李賀

垂翅の客

草森紳一

芸術新聞社

装丁・装画　熊谷博人

著者　写真・大倉舜二

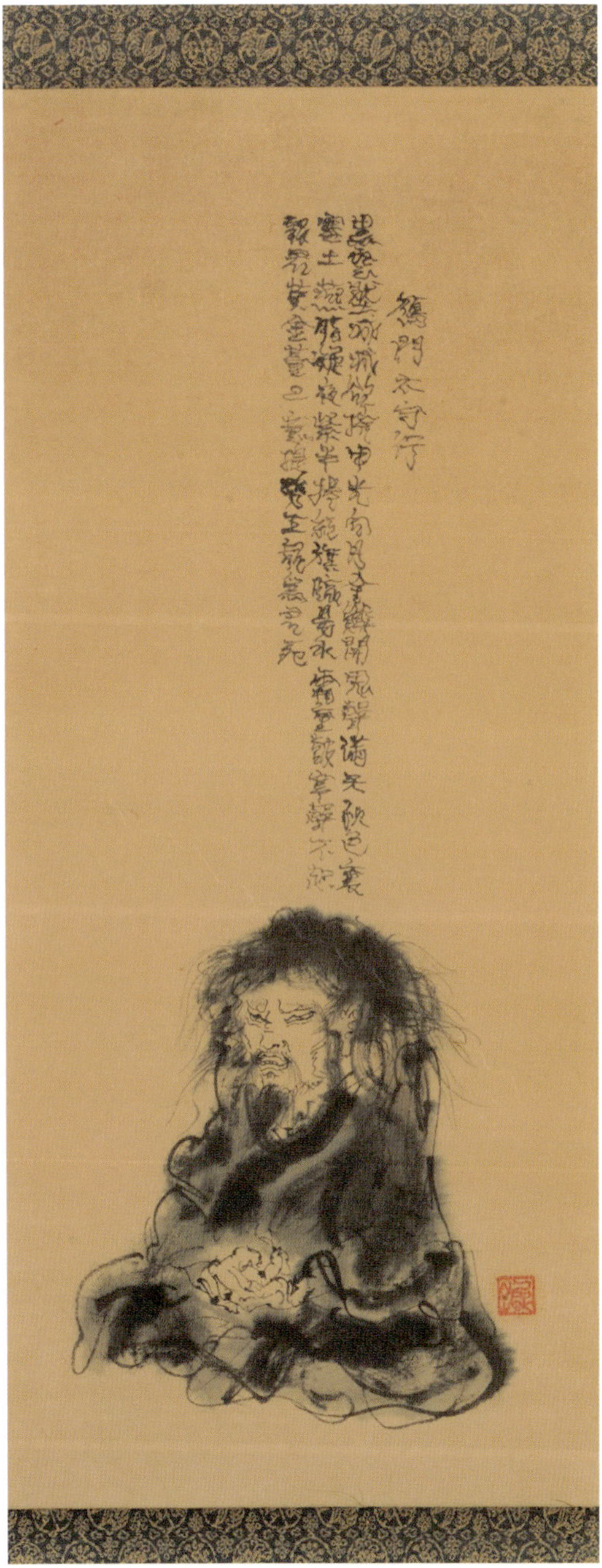

李賀　画・井上洋介

李賀——垂翅の客　目次

編集協力　円満字二郎
校　閲　菊地隆雄

原則として初出（『現代詩手帖』）に拠った。単行本化するにあたり若干の形式上の統一を行ったほか、適宜、ルビを加え、明らかな誤植と思われるものは修正した。その他、編集の過程で注記を施した場合は、その内容を［　］で示してある。

なお、原文には、現在の観点からは配慮の必要な表現が含まれていることがあるが、著者が物故していることを考慮し、原文尊重の立場からそのままとしてある。

序章

李賀は、つねに奴僕の少年を従え、小躍りする驢馬にまたがり、背には古びた破れ目のある錦《にしき》の嚢《ふくろ》を負って、ただ山野をさまよっていた。感じるところがあるとすばやく筆をとって書きつけ、ふたたび嚢の中にその紙片を投げこむ。そして日暮れになると帰ってくる。

都長安で不遇を浴び惨胆たる心で故郷昌谷《しょうこく》に帰ってきていた唐の詩人李賀の日常の反復として、このシーンは伝えられている。

つねに李賀の騎る驢馬のうしろを追いかけていく少年。この少年のことを李賀は、詩の中で、巴童《はどう》、とよびかけている。そしてこの少年に感謝の意をあらわす詩をのこしている。

蟲響燈光薄　　虫響きて　灯光《とうこう》薄く
宵寒藥氣濃　　宵《よる》寒くして　薬気《やくき》濃《こまやか》なり
君憐垂翅客　　君は憐《あわれ》む　垂翅《すいし》の客を
辛苦尙相從　　辛苦《しんく》　尚相従《なおあいしたご》う
（昌谷読書示二巴童一）

戸の外では秋の虫がやけくそに鳴きさわいでいる。勢いのよい響きとして耳に受けとめるゆえに、かえって部屋の中の灯が、薄く感じられる李賀。昌谷の夜は寒い。病に犯されている李賀はせんじ薬を常用している。その薬の書斎にたちこめるぷんとした気配、それをうそ寒く、「濃」と、感じる李賀。読書の手を休め、巴童にむかっていうのだ。「お前は、この翅《つばさ》たれ翅ふるえぬ敗北の俺を憐んで、御苦労にも今なお、俺のあとについてきてくれるのだなあ」

李賀はあきらかに死の寒寒とした戦《おのの》きの中にいる。巴童は、主人の感謝の言葉にこたえていうのだ。

巨鼻宜山褐　　巨鼻《きょび》　山褐《さんかつ》に宜《よろ》しく
龐眉入苦吟　　龐眉《ほうび》　苦吟《くぎん》に入《い》る
非君唱樂府　　君が楽府《がふ》を唱《とな》うるに非《あらず》んば
誰識怨秋深　　誰《たれ》か識《し》らむ　怨秋《えんしゅう》の深きを
（巴童答）

巴童が答えるといっても、奴僕の少年巴童が詩をつくりうるとは思えない。巴童の気持になって李賀がかわりに答えてやるのだ。いや李賀は、巴童の心などはどうでもよいのだ。自らの心を吐くのに巴童の答を設定するのだ。巴童をだしにした自己問答なのである。

いいえ、この私のどでかい鼻には、山歩きのボロボロ着物がぴったりでございます、そして私に一番ふさわしいことといえば、そんな恰好してあなたさまのおのりになる驢馬の尻尾を追っかけていくことでございます。太く、濃い眉毛のあなたさま、おや苦吟をおはじめになりましたね。さあ、楽府をつくって唱《うた》ってください。あなたさまが唱わないならば、あなたさまの怨みの秋の底深さを、秋を怨む心のにがにがしさを、誰が識《し》ることができるでしょうか。

奴僕巴童をだしにつかったこの二つの問答詩から、李賀という詩人がなぜ驢馬にのって山野をかけめぐらねばならなかったか、李賀の視界に転回する自然が、どのような心象の風景と化し、あるいはまた自然に触発されてどのような感情が奔《はし》りのぼったのか、朧《おぼろ》げに浮びあがってくる。

みずからを「垂翅の客」と、それは自嘲ではなく自信の響きをもって言い、巴童という少年の口を借りて「君が楽府を唱うるに非んば誰か識らむ怨秋の深きを」といいきる。病いの進行する李賀の肉体をのせた驢馬は、愁いを誇りの愁いに逆転させるような屈折したこころ、沈欝した逆上の心理をも、同時にのせて山野を駆けていたのである。日課のように、郷里昌谷の自然の中をさまよっていたのである。日課というにはあまりにもストイックに欠け、むしろ惰性、自棄にも似ていたのだが。

*

李賀。字《あざな》は長吉《ちょうきつ》。徳宗《とくそう》皇帝の貞元《ていげん》七年（七九一）、晋粛《しんしゅく》の子として昌谷で生れ、憲宗《けんそう》皇帝の元和《げんわ》十二年（八一七）昌谷で病没した。二十七才だった。

この短命の詩人李賀は、鬼才とよばれてきた。この鬼才という言葉は重要である。鬼才という言葉が日本に移動し、それは日本語となり、無数の鬼才が簇出《そうしゅつ》し、はかなく消えていったからである。このような鬼才たちと李賀は肩をならべるわけにはいかないからである。李賀の詩の注釈者荒井健は要領よくつぎのように指摘する。

「李賀は鬼才とよばれた。この言葉は、かれの為にできた。他の文学者をさすことは、中国においては、ない。鬼は日本語のオニとはちがい、死者、すなわち亡霊を意味する。鬼才とは、幽霊や妖怪など超自然の事物によって、鬼気せまる神秘な雰囲気をかもしだす異常感覚者をさす。鬼才の語は、かれの死後二百年を経て、宋代の随筆集『南部新書』に、「李白《りはく》を天才絶（最高の天才）となす、白居易《はくきょい》を人才絶となす。李賀を鬼才絶となす。」と初めて記される」と。以後「文献通考《ぶんけんつうこう》」には宋《そう》の諸公が集って唐の詩人を論じ「太白《たいはく》仙才、長吉鬼才」と評したとあり、宋の厳羽《げんう》の「滄浪詩話《そうろうしわ》」には「太白仙才。長吉鬼才」といったあと「仙詩鬼詩、ともにそうやすやすと理解に耐えるものではない。ただわかることは仙は人に対して傍若無人であるし、鬼は人をへい（屁）とも思わぬ」と言及している。こういった中国の伝統的な大まかな印象批評を通して、李白は、天才とされ仙才とされ、白楽天《はくらくてん》は、人才とも天才ともいわれ、さらに杜甫《とほ》が詩才として一枚加わることがあるが、李賀は一貫して鬼才の称号を受けつづけてきた。まさに「千古の鬼才」なのである。

鬼才の鬼、それは桃太郎の鬼ではない。あの幼時のうちに刻まれた、牙をむいてはいたが、足輪をはめて愛敬のあったあの巨大な赤鬼青鬼のフォークロア、そんな我々の記憶のなつかしさともちろん中国の鬼は一致しない。我々の語彙の中にもある鬼火、宋末の臣文天祥《ぶんてんしょう》が元《げん》に囚われた時うたった、鬼神も壮烈に泣くという、日本軍人乱用のこの鬼神や、唐の詩人岑参《しんじん》の鬼哭啾啾の鬼に近い。荒井健がいうように鬼とは死せるものをいう。あるいは亡霊をいう。あるいは化物をいう。さらには神を陽の霊とし、それに対し陰の霊を鬼という。

李賀は、こういった鬼と、どういうかかわりがあるというのか。ある人は李賀の詩を「百霊奔《はし》りて赴《おもむ》く」といい、ある人は「奇にして怪に入る」という。「珊瑚鉤詩《さんごこうし》話《わ》」の人は「詩は平易恬淡《てんたん》を最もよしとし、怪険蹶趨《かいけんけっすう》を下とする。しかし李長吉の詩だけは例外だ。彼の詩は奇をてらっているのではない。ごくひとりでに牛鬼蛇神《ぎゅうきじゃしん》が甚《はなはだ》しく現れてしまうのだ」というのだ。

たしかに李賀は、亡霊をかき、墓場の情景をかき、鬼灯を写し、ブルーの狸は血を吐いて哭《な》いた。そして「喜んで鬼、泣、死、血の類の文字を用いた」のかもしれない。だがそれだけのことで李賀を「千古の鬼才」として通用させるわけにはいかないだろう。怪物は、紀元前の詩人屈原《くつげん》も縦横に走らせ、韓愈《かんゆ》も「百怪我が腸《はらわた》に入らん」といいえたのである。晩唐の詩人たちも、宋の詩人たちも、李賀の怪を模倣することができた。清の画家羅《ら》両《りょう》峯《ほう》の詩もうじゃうじゃと怪物たちを躍らせることができた。二百数十篇という短い生涯にふさわしい詩篇の中で、偽作の疑いのある作品も十数篇を含むのである。奇であるため、かえって模倣はおろか偽作さえ発生するのである。

李賀が、唐を頂点に、真黒にむらがる中国の詩人たちの数量の中で、ただ一人、鬼才の名をほしいままにできたのは、たんに死者たちを愛し、神話の比喩の中に幻想を遊ばせることができたからではないだろう。「万物を嘲弄する」という感覚の喜びに忠実であると同時に（それは李賀にとって詩を垣間見ることにつながるのだが）、「孤憤不遇」「其の哀激の思い」の劇《はげ》しさに裏打ちされていたからである。李賀の詩は、そこから選《え》りでてくる詩なのだ。「氷山のたちまち倒れ、ゴビの砂漠がにわかに移動するようだ」という銭鍾書《せんしょうしょ》の詩体論も、奥野信太郎が「李賀雑考」の中で、ステファン・マラルメの「対象を名ざすことは、詩の愉楽の四分の三を除去してしまう。詩の愉楽は徐々に推量してゆく満足からぬき出されるものである。暗示し、喚起することこそ、想像力を魅惑するのである」という言葉を想起し「李賀の詩の難解な理由のひとつは、その警抜な造語以上に、われわれの想像力を暗示の世界において羽搏《はばた》かせることによるところが多い」という言葉も、さらにその奥に李賀という人間を覗き、詩法のための詩法としてではなく、李賀という人間の心理と不幸のメカニズムが詩法をさえ左右していることをみなくてはなるまい。この理解なくしては、なぜ李賀の詩が「注なしではよめない」とか逆に「解釈のめんどうがいらぬのは、やっぱり昌谷だけだ」といわせる「晦渋《かいじゅう》の調」の意味がとけない。晩唐の詩人杜牧《とぼく》が「李長吉歌詩敍《じょ》」でいうように「いまだかつて誰も通わぬ道を踏みわけた」という言葉も清《しん》の沈徳潜《しんとくせん》がいう「天地の間にこの文体を欠いて得ず」という意味も、ただそれだけの言葉として体裁のよい響きで通過するだろう。李賀の伝記への試みは、そういった謎への賭《かけ》でもある。

李賀がこの世を去った時、晩唐の詩人李商隠《りしょういん》は五才であったが、のちに彼は「李長吉小伝」をのこしている。「長吉は夕闇が落ちるころ家へ帰ってくる。長吉の母は女中に彼の背にある破れ錦嚢《きんのう》を受けとらせる。母は袋の中の詩片をとりだしてみる。書かれた詩片が多い日は母はいうのだ。『この子ったらまあ、心をすっかり吐きだしてしまうまで詩はやめない気だよ』灯明をともして一緒に食事をする。夕べの食事が終ると長吉は女中に先の詩片をもってこさせ、さらに墨をすらせ、紙をたたませる。そして白昼、谷や野で走りがきした詩を推敲するのだ。それが終るとぽいと他の嚢《ふくろ》の中へ投げこむ」

李商隠は簡潔な文体で李賀の姿を叙述する。そのため李賀の姿は無言のしぐさに落ちこんでかえって深い奥行をつくっていく。このようなくりかえしの日々は、李賀が酔いに酔い、酔どれになった時、あるいは親戚、知人が死んだ時以外は、やまないのだという。

　李商隠がどのようにして資料を蒐集《しゅうしゅう》しこの小伝を書きあげたかは明瞭ではない。李賀が夭折した時、彼は五才だったが、彼が二十一才の時、李賀と同じく科挙の風景の中に捲《ま》きこまれている。その後いくたびもいくたびも政敵に斥《しりぞ》けられ、進士試験の関門を突破することができないでいるのである。そのような不遇の時、李商隠が、永遠に科挙の世界から葬られた李賀の境涯をどう感じとったか、その境涯の弾力を受けた李賀の詩の破壊的な精力をどう感じとったか、いささかの記録ものこされていない。自分の中で育てた李賀のイメージをそこなうまいとする慎重な「李長吉小伝」と李賀の影響を受けさらにソフィストケートして独自のスタイルを構築した詩のかずかずがのこされているだけである。

　むしろそのような穿《せん》さくよりも、李商隠がこの小伝の中ではじめてひきだした李賀の母がいったという「まさに心を嘔出《おうしゅつ》せんとし、すなわちやむ」という言葉の検討のほうが急務である。この喜びとも憐みともつかぬ李賀の母の、不遇な息子への嘆息は、もちろん李商隠の感傷と意諾を含んでいるわけだが、この言葉はそればかりでなく大きな詩論を含んでいるのである。

「志を言う」、この言葉は、中国で詩というものがはじまった時からの詩の定義といってよい。この「志を言う」という言葉は、明らかのようでいて、莫然とした霧も含んでいるのであって、都合のよい部分も多いのである。ただはっきりいえることは、この「志を言う」という言葉は、政治と詩という関連において発生しているということである。紀元前四〇〇年代に孔子によって編定されたといわれる「詩経《しきょう》」は、政治家が民情を詩の中からさぐるばかりでなく、志をのべることによる政治への批評も多く期待されているのである。中国の伝統的な政治と詩との関連は、このような遠い出発をもつのだが、このような伝統が一貫して変らないにしろ、社会の変貌、人間の変貌は、政治の変貌、詩の変貌なのであって、この「志を言う」という意味も複雑になっていくのである。さらにいえば「志を言う」ことのできた詩人はそうざらにはいないということになる。時の複雑は、「志を言う」ことを一つの才稟《さいひん》とし、己れの命の小刻みを代りに要求するかもしれない。なんのために己れの命を小刻みにしてまで詩をつくる必要があるか。だがこのような詩の伝統が受けつがれているかぎり、世の中の詩への需要は、生命を小刻みにまでは自らを苦しめない詩人たち、そのていどの世の目撃者、そのていどの悲憤やみがたき詩人を求めはするのである。魯迅流にいえば、「あってもなくてもよいような作品」を必要とするのだ。

魯迅はかつて詩についていった。詩とは「血の蒸気であり、覚醒せるものの真の声音である」と。しかも魯迅は、その「血の蒸気」を中国の巨大な詩史にほとんど見出していないのである。世にいれられぬを悲しみ、死の間際まで世にいれられることへの未練に生きついには汨《べき》羅《ら》の水に身を投じた「志」のかたまりとさえいえる屈原の詩境さえも、魯迅は「芳菲悽惻《ほうひせいそく》の音多く、反抗と挑戦は、その詩篇からうかがうことはできない」と裁断するのである。「血の蒸気」は反抗と挑戦を抱いているのである。詩が政治と結びついた時、それは「志を言う」ことと連結した。だが「志を言う」こと、さらには反抗と挑戦を政治は希《のぞ》むだろうか。「志を言う」こと、命を小刻みにして挑戦することを行動でしめすことができても、詩という器に「志を言う」ことはだれでもできるだろうか。中国の知識人たちは、政治と詩という両頭の矛盾をくっつけて、生きてきたのである。

魯迅は、李長吉を愛していたと、その弟周作人によって語られ、魯迅の作品の中にも李長吉の名がかなり引用されているが、反抗と挑戦、血の蒸気を詩にたたきこんだとは、どこにもかいていない。

李賀は「心を嘔出した」という。とはいってもこれは李賀の母の言葉であり、その上それは伝説の言葉であり、なおもいえば李商隠の李賀論にすぎないかもしれない。そして李賀自らいったとしても、元末明初の詩人高青《こうせい》邱《きゅう》（一三三六—一三七四）のように自らいったにすぎないかもしれない。

元気《げんき》を斬《き》り
元精《げんせい》を捜《さぐ》り
造化《ぞうか》、万物　情《じょう》を隠し難《がた》し
冥茫《めいぼう》たる八極《はっきょく》　心兵《しんぺい》を遊ばせ
坐《そぞ》ろに無象《むしょう》をして有声《ゆうせい》と作《な》らしむ

これは一種の詩論であって、「青邱子の歌」の中にその詩論を縫いこめた高啓《こうけい》（高青邱）も、詩の秘法を奪出していながら、詩として奪胎することはできなかった。元《げん》と明《みん》の王朝の交替という乱世に生き、そして政争にまきこまれ、死刑という他動で生涯を閉じた高啓であったが「志を言う」ことによって死刑の終焉を迎えたのではない。むしろ悲しみと諦めのうちに生涯を閉じることに傾いていた。冥茫たる宇宙に心の刃《やいば》を放ち、無象をもサウンドの響きにおきかえようという二十三才の時の詩論は、まさに「志を言う」を拒まないのだが、むしろ高啓はこの詩論の踏台を「だぶだぶの粗衣も気にとめぬ、出世した男をみても羨ましくない。人々が竜虎の闘いを戦わしているのにも無関心なら、太陽の烏《からす》、月の兎が駈けめぐる時間の通過、年を数えるのも意とはせぬ」といったところにおいているのである。このようなロジックの中から「血の蒸気」がたちのぼるはずはない。高啓は敗北者ではあったがその敗北を諦めによって曖昧にしようとした。それは一つの〝生きる〟であり、それは生きやすい〝生きる〟であろう。詩は恰好な弄《もてあそ》びものとなりうる。「我が愁いは何《いず》こより来《きた》る　秋至りて忽《たちま》ちにこれを見る」といった甘美におちこむ。二十七才の時の自選詩集「婁江吟高《ろうこうぎんこう》」の序文ではその若さをもてあまそうともせず「天下無事の時、豪邁奇崛《ごうまいきくつ》の才人は用がないから、山林草沢《そうたく》に隠れ、田夫野老《でんぶやろう》相手に酒と歌……ひとたび天下に事あればふるいたち、徹底して智者は謀《はかりごと》をめぐらし弁者はその説を行い成功する。……今や天下争乱の時、事有るの時……だが私にはその才がない、自ら奮発しようと思うのだが、それはたとえば堅車《けんしゃ》良馬なく千里を行こうとするようなものだ。だからひそかに婁江の岸べに伏《かく》れ自らを安んずるのだ。……そして心に感ずること目を驚かすことを詩に発し憂憤を忘れ利害得失の世界から去ろうと思うのだ……」

高啓の言葉は殊勝であるにはある。この諦めのよい適度さ。それは詩にもあらわれるのである。「高青邱　臞《や》せて清し」。森鷗外をして「青邱が身は、いややせに痩せたれど」といった名調子に訳させる軽さをのこすのである。

高啓は、死刑という生のクライマックスを三十九才の年、迎えたが、死刑はまさに彼の〝生きる〟において唐突であったといえよう。高啓は時代のコンプレックスに身を賭して生きたというより、自分の〝生きる〟を曖昧にし傷をおそれた。それは詩にもあらわれるのであって、自らいう「冥茫たる八極、心兵を遊ばせ、そぞろに無象をして有声とならしむ」ることから退き「あってもなくてもよい作品」群二千をのこすことになるのである。

李賀は「心を嘔出した」といわれる。李賀を論ずるものはつねにこの言葉を生かしてきた。李賀は他動によって昌谷に退き、高啓が自動によって婁江の浜に退いたのとは大きな落差があるのである。高啓も傷ついてはいたが傷つきすぎてはいなかったのだ。李賀はこの人間の傷つきすぎはせぬという陥し穴を逃れている。

たとえば、李賀は、驢馬にのり、奴僕の巴童を従え山野を行く。高啓も林下を行く。高啓は歌う「樹《じゅ》涼しくして山意《さんい》は秋に　雲淡くして川光《せんこう》は夕《ゆうべ》なり　林下人と逢わ

ず　幽芳《ゆうほう》誰とともにか摘《つ》まん」。この自然観照のぬくぬくさは、李賀の「門を閉じて秋風に感ず　幽姿契濶《ゆうしけいかつ》に任《まか》す　大野素空《たいやそくう》に生じ　天地曠《こう》として粛殺《しゅくさつ》」の白けた虚しい自然への殴りこみとは比べるも愚なのである。ともかく李賀は「心を嘔出した」のだといっておこう。あるいは嘔出しないではいられなかったのである。

「長歌続㆓短歌㆒［長歌 短歌に続く］」という李賀の詩をこでみておこうと思う。彼の「歌をうたう」ということ「詩をつくる」ということの心の結構、その結果をみることができるだろう。

長歌破衣襟　　長歌　衣襟《いきん》を破り
短歌斷白髪　　短歌　白髪を断つ

声を長くひいて歌えば、私の衣の襟はびりりと裂け、
声を短くうそぶいても、私の白髪はちぎれ飛ぶ。

　この二十代の詩人李賀が「白髪を断つ」といっているのである。しかも自分のことをいっているのである。李賀は若くして白髪であったといわれ、他の詩篇の中にも白髪とする句がばらまかれている。嘘でも誇張でもない。それよりも長歌すれば襟元が裂け、短歌すれば白髪がちぎれるというのは大仰すぎはしないだろうか。だが李賀の大仰は白髪三千丈《はくはつさんぜんじょう》式の範疇《はんちゅう》をはるかに去っているのである。彼の包懐する悲しみと怒りは、歌をうたうだけで内臓から肌にぴりぴり達し、その肌の顫動《せんどう》は衣裳をも揺がすのである。それを李賀は「衣襟破る」といったのである。あるいはその悲しみと怒りは、歌を短くうそぶくだけで頭膚《とうふ》に充血しふるえ、この青年の白髪をちぎろうとするのである。それを李賀は「白髪断つ」といったのである。

秦王不可見　　秦王《しんおう》　見るべからず
旦夕成内熱　　旦夕《たんせき》　内熱《ないねつ》を成《な》す

「秦王見るべからず」、秦王にお目にかかることができない。李賀の衣襟を破り、白髪を断つ怒りと悲しみは、この秦王のせいであったのだろうか。秦王とは、李賀の時代の皇帝憲宗と考えてよいだろう。憲宗皇帝にお目にかかれないということは、隠喩がこの詩句にかくされている。つまり李賀が二十才の時遭遇した進士資格拒否事件、彼の詩を輝かせたともいえる挫折とふかぶかと内通している。おそらく李賀の傲慢な性格が他人の恨みを買い、あるいはその才能が嫉妬を買い、それがひるがえって、出世の捷径《しょうけい》である科挙に赴き政治官僚となることを、

絶対というかたちで阻止されたのである。科挙に合格しないということは、憲宗皇帝に逢えないということなのだ。李賀は、時の詩人にならって、憲宗を秦王に置きかえて「秦王見るべからず」とあっさりいったのである。そのことを思うと、さらには試験を受けることさえ拒否された屈辱を思うと、「旦夕内熱を成す」のである。朝に夕にまる一日中、焦燥にかられ、心の中は熱病がさかまくかのようだというのだ。

渇飲壺中酒　渇《かっ》して　壺中《こちゅう》の酒を飲み
饑抜隴頭粟　饑《う》えて　隴頭《ろうとう》の粟《あわ》を抜く
凄涼四月闌　凄涼《せいりょう》　四月　闌《たけなわ》なり
千里一時緑　千里　一時に緑なり

「旦夕内熱を成す」ばかりの欝悶を、李賀はどのように解放しようとするのだろうか。内熱していると同時に李賀は渇し饑えているのである。喉が喝すれば壺中の酒をあおり、ひもじくなれば、隴道《あぜみち》の粟をひっこ抜いて噛《かじ》るのである。なおもいえば李賀の内熱は、屈辱の思い出のために発するばかりでなく、当然李賀が病いに犯されていたことも、そのための感覚であるともいえるのである。時は四月である。その闌闌《らんらん》たる風景を「凄涼」と感じる。

そして「千里が一時に緑」になった季節の転換、その明るい闌なる風景を、渇し飢えた心で「凄涼」と感じるのである。

夜峰何離離　夜峰《やほう》　何ぞ離離《りり》たる
明月落石底　明月　石底《せきてい》に落《お》つ
徘徊沿石尋　徘徊《はいかい》　石に沿うて尋《たず》ぬれば
照出高峰外　照出《しょうしゅつ》す　高峰《こうほう》の外に

いままでの熱っぽい激した調子は、ここで夜となって急に冷えびえとなる。夜の闇に塗りこめられた峰峰がすこしづつ隔たりながら連なっている。「何ぞ離離たる」、李賀の目は自己の内熱を醒ますように、遠くをみる。一本の平行線を高くひくのである。明月がでているのである。明月はやがて峰の谷間、その石の底に落ちていく。高くひかれた横の線は、こんどは下方へ垂直の線を落すのである。李賀は夜の山谷を徘徊しながら石河原に沿って明月の行方をたずねる。ここでは下部に線がひかれる。だがその行方を尋ねた月は、高い峰の外に照出しているのだった。下方へ垂直に落ちた線は、ふたたび下から上方へ垂直の線をつきあげるのである。前半のギラギラしたダイナミズムがこの四句では爽やかな調子とかわるのは、それは夜が扱われているばかりでなく、転々とする視点のリズム感覚にもよるのである。そして「秦王見るべからず」ということが明月をかりて喩えられて一層詩は複綜しているのである。

不得與之遊　　之《これ》と遊ぶをえず
歌成鬢先改　　歌成《な》りて　鬢《びん》先《ま》ず改まる

「之《これ》と遊ぶをえず」、李賀は、谷間の石底に落ちたかにみえた明月を求めてさまよったがたどりついた時は月は高峰の外に輝いていた。李賀は、はぐらかされた気持をいだいて（突然、試験を拒否された時のような気持におちいって）歌をつくる。歌は成る。歌が成った時、鬢の毛は白く改まった。鬢の毛が改まらずに、歌はできあがらないのだ。

　かつて「歌成りて鬢先ず改まる」詩人を多く知ったであろうか。鬢先ず改まるという修辞には一人の人間の時間の縮小がこめられているのである。歌なるごとに死の意識はしのびより、音をたてて寿命の縮むのを察知するのである。だが、李賀は詩作をやめなかった。「この子ったらまあ、心をすっかり吐きだしてしまうまで、やめない気だよ」という李賀の母の言葉には、賭けられた命、悲壮な冒険がよこたえられているのである。やむということは、死ということであった。そうではあるが、李賀が「心を嘔出し」「血の蒸気」を吐き、「志を言」った詩人であるかは、引用の二、三の詩では証明にはならないだろう。これが、「李長吉伝」の目的の一つでもあるのだ。その展開をまえに、李賀の臨終の光景をみておくのも悪くないだろう。

＊

　元和十二年（八一七）、李賀は死んだ。李商隠の「李長吉小伝」は、李賀の臨終のシーンにも触れている。あたかも架空実況放送にも似たもっともらしい目撃のメカニズムをもって語られている。

「長吉が瀕死の床に横たわっていたときのことだ。しかも真昼時のことだ。とつぜん、緋色の衣を着た男が、真赤な虬《みずち》に駕《の》って、部屋に現れた。太古の篆書《てんしょ》とも霹靂《へきれき》の石文《せきぶん》ともつかぬ字のかかれた板書をつきつけて『お召しだぞ、長吉、さあくるがよい』と緋色の衣を着た男はいうのだ。長吉は、その板書になんと書かれているのかさっぱりわからない。それでも彼は寝台から下りて、叩頭《こうとう》して答える。『母は、年寄の上、病気なのでございます。私はこのまま行ってしまうわけには参らぬのでございます』それをきいて緋色の衣を着た男はカラカラと笑って、そしていう『天帝は白玉楼《はくぎょくろう》をご完成なされた。ただちにお前を召して記念文を書かせよとの仰せだ。天上はいいところだぞ、苦悩のないところだ』長吉はひとりしくしくと泣いた」

李商隠はここまで書いてから「これはまわりの人がみんな見ていたことである」と註釈をいれ、また話をつづける。

「しばらくして長吉は気絶した。と、居間からもうもうと煙がたちのぼり、その煙の中を、車の行く響き、簫《しょう》や笛の音が、だんだん遠去《とおざか》っていくのが聞える。長吉の母はあわてて人々を留め、哭《な》きながら五斗の黍《きび》を炊くほどの時間、息のふきかえすのを待った。だが長吉はついに死んでしまった」

この臨終の長いシークェンスを、李商隠は李賀の姉から実際にきいたのだ、つくり話ではない、彼女はそんな嘘をつく人ではないと懸命に力説する。

だれも嘘だと思うものはいない。だれもほんとだと思うものはいない。李商隠の巧みな虚構、虚構の中への対象の定着作業は、あきらかに一人の人間の姿を残像するのである。

書誌・訓詁《くんこ》の学は、中国は、はるかに西洋に先駆している。それは紀元前の漢の時代にはじまっている。ほじくりにほじくる精力的な学者たちの汗は、紀元前の姿さえ現代につたえているのだが、そのほじくりには大きな抜け穴があったように思える。嘘もほんとうなのだ、ほんとうも嘘なのだという自明の定理を見失っていたと思う。李賀の理解というものが「論詭譎怪《ろんききっかい》」「怪険《かいけん》」などという言葉で処理され、李賀の詩の愛好者の系譜は毛沢東にいたるまで綿綿とひきずっているにもかかわらず、等閑に附されてきた。たしかに李賀の詩のスタイルは、取扱うものたちが意味の世界にまきこもうとするかぎり、するりするりと逃げだし、強引に追いすがったとしてもその刹那、超ジャンプがとげられているはずである。それでも宋末元初から清代まで十種の評注書がかかれている。そこには多くの誤解と笑うべき当推量《あてずいりょう》がまきちらされている。そして現代においても、詩を解釈するという挑みをするかぎり、李賀の詩はその挑みに身をかわすだろう。

たしかに、李賀は、千二百年を経過した現代におあつらえの時を迎えているということはいえよう。李賀を愛した佐藤春夫は「稀有の才を抱いて夭折したこととその作風の類似とから支那のキイツとも言われている李長吉は」といい、「李長吉の手法はいつも立体的で効果が妙に心理的なものを捉えるので近代詩と相通ずるものを感じさせられるのに、特にこの五言（「莫種樹」）では理智的な仮面を着けているだけに、近代象徴詩の味によほど接近している。これが西洋紀元八世紀の支那の詩だから驚く」といい、あげくには「西洋の詩などはだらしのないものだと言いたくなった」といっている。外国の詩人との比較の誘惑ということに関してなら、ロートレアモンともランボオとも、E・ブロンテとも李賀をつきあわせてみたくなるだろう。詩の手法、その幻視、暴力的な内面の告白、まさに類似しているのである。だがその比較への前のめりは罠への旅となりかねないだろう。李賀が、現代にもっともおあつらえの時を迎えているということは、私たちがヨーロッパの象徴詩やシュールレアリズム詩を受けとめる感性の習慣ができあがっていることに非常に負っているのだが李賀は唐の詩人であることを忘れてはならないだろう。「註なしには李賀の詩はよめない」という一方、「解釈のめんどうのいらぬのは長吉だけだ」といわれているが、正確には日本人になじみの漢詩だとはいえ註なしにはよめなくなっているのであり、解釈のわずらわしさを避けない心がまえがなければ李賀の詩はよめないのである。李賀の詩の破壊というものは中国詩史上一見突発的に孤立しているかにみえるが、李賀は李賀以前に生産された詩を教養としているのであって、それにがまんできない故に破壊されている節が多いのだ。

横道にそれたようだ。李商隠の、李賀の臨終のシーンについてのべていたのだった。李商隠の叙述するエピソードは、そのほんの一部であって、夭折の詩人たちの例にもれず、面白すぎるできすぎた伝説をいくつものこしている。これらは、実説以上に李賀の詩、李賀の生涯と口裏をあわせていて、たんなる伝説やエピソードではない。これら伝説、エピソードでさえも、逆転して李賀の創作といっていいほどだ。それを喋々《ちょうちょう》し喧伝し記録したのは、李賀の周辺であり関心をいだいた人たちであっても、彼等がその嘘を創造したのではなく、李賀の生き方、詩への態度、詩体がそれを強制したのである。これは李賀の実録、これは李賀の伝説と隔離して、彼の像を浮べることはできない。李商隠はそのことを知っていて、実録、伝説をかきまぜて李賀の像を浮ばせた。空間の中に一つの建築を聳《そび》えたたせたのである。そして、人間像の構築にかんしていえば、他人の噂や法螺《ほら》の中に、正確でないゆえに、一層自分の姿が躍っていることもあるのだ。噂という想像のエネルギーは、真実めかした複製画とまったく逆をいって、真実からどんどん離れることによってますます真実に引戻されているのである。デテールがちがうと本人が叫んでもむだなのだ。人間はこの仕組から逃れることはできない。

「列仙全伝」に李長吉の肖像画がはいっている。立長の版画である。下方に建物の一部がほのみえ、その家からたちのぼったかのようにみえる、花びらのような小さな雲の群でつながれた大きな輪が、ふわっと宙に舞いあがっている。その輪の中に、李賀と、彼の腕をおさえつけている執鞭吏《しつべんり》のような男、さらにこの男の家来と思われる一匹の虬《みずち》が、おさまっている。この図柄のヒントは、李賀の臨終伝説に由来していることは疑いの余地はない。切長の目に八の字髭の男は、李賀の泣言をカラカラと笑いとばした天帝の使者、緋色の服を着た男であろうし、李賀と緋色の服を着た男を爺むさい表情でうさんくさげにみつめている虬は、瀕死の李賀の寝室に緋色の服を着た男を駕《の》せて現れた赤い虬にちがいない。

だが、李賀がすでに雲の上にいるということは、この絵が李賀の臨終伝説がおわったところから出発しているということを示している。李商隠はこの逸話の叙述を「長吉竟《つい》に死す」でとめていて、雲に浮んで天上を行くシーンまでは追っていない。

この絵はすばらしいものとはいえないかもしれない。

「列仙全伝」中の李賀

李賀の像がかかれているといっても空想画であるから、この種のものは対象人物のイメージを壊滅させるばかりでなく、かく人のイメージのたかがすべてを暴露してしまうといったところがある。ただ「列仙全伝」の画人は非現実な現実、たよりない強烈さを基盤にして、せいいっぱい李賀を空想していることだ。空想とは、虚しい空、すなわち空間に想念を植えこむということであって、その想念が、青か黒か真紅に染まるかそれはわかったものではない。というよりその塗りこめられた色が批評にならないでもないということである。
この画人の描く李賀は、使者に手を抑えられ身をいささか弓なりにしているが、それは痛いためではなく、どうも下界を気にしているための附帯動作であるようだ。

眉をひそめ口をむすび、泣きべそをかいているような李賀の顔であるが、もうひとつそれにダブってつまらなそうな表情もうかがえるのである。李賀は、「母は年寄の上、病気なのでございます。私がこのまま行ってしまうわけには参らぬのでございます」と緋衣の使者に泣いて答えている。とすると母が年老いていず、病気でなければ、喜んで死ぬとでもいうのだろうか。どうも李賀のこのいいまわしは、そらぞらしく眉唾に思えてならない。彼が、母を想い、弟を想い、故郷を夢にまでみたことは、彼の詩篇にあふれているが、それは通りいっぺんの想いではなかった。屈折した心の釘がうちこまれていた。「垂翅の客」とみずからいう自意識だけが心の支えのような巨大な頭の李賀から発せられた想いであったはずだ。画人が家を想うあまりの泣きべその心配顔の下に、満ちたりなさそうな顔をもう一枚敷いたのは、画人の想像力が李賀に固定した表情を与えることに躊《ため》ったからであろうか。

すくなくとも李商隠は、画人の土台ネタになった小伝の中でたっぷりふくらみの余地をのこしている。李賀は、その詩篇の中で、自分の不運を天のせいにし、天を恨み、天を怒り、ついには天を否定した。その天という絶対への李賀の執着のルートを李商隠は知っているのである。だから「天上はいいところだぞ、苦悩のないところだ」と緋色の衣を着た男にいわせるのである。李賀の執着した苦悩からの解放も天上では果されるはずである。天への恨みも霧散するはずである。だが李賀はひとりしくしく泣く。そんなシーンを設定した李商隠は、たった「母は年寄の上、病気なのでございます」という言訳のためだけにしくしく泣かせる場面を用意したのではないだろう。親孝行ではあったにしろ、李賀は自分の挫折にプライドをもつに至っていたのである。天の否定は、自分の苦悩の解放を願うという表向きの願いに反して自分をいためつける地上への愛、自分の不幸への愛とさえなっているのである。

緋色の衣を着た男の表情をみてみよう。李賀が逃げださないようにと彼の左腕をがっしり抑えているが、その目は、怒り笑いのようだ。李賀のいさぎよくない自己瞞《まん》着《ちゃく》の心理を見抜き、地上に未練をのこすまいぞといっている風だが、それは一応のお役目なのであって、そんな未練の李賀を許容しているような目だ。李賀が母を楯に申開きをした時、なぜ男は笑ったのか。というより李商隠はなぜ笑わせたのか。画人はその李商隠のふくらませぱなしの表現に、ある答をだしているのである。

男の家来である赤い虯の表情も複雑である。人間の顔は、動物か植物のどちらかの影を宿すと島尾敏雄はいうが、動物も植物も人間の影を宿すのである。この虬は、険しく、うさんくさげな人間の表情を宿している。李賀の煮えきらぬ自己瞞着に、この空想上の動物といわれる虬は、額に二本の立皺をよせ、瞳はごろんと波だち、鼻の穴はひくひく開閉し、頤《あご》をぐいとつきだし、二人をじっとみている。まるで李賀のしぐさにいらいらし、主人も主人だ、いやだというのになんでむりやりひっぱっていくのか、頭髪を寒々とさかだてて訝《いぶか》るのである。緋色の衣を着た男のように李賀への諾意はなく、李賀は虬によって裁断されているのである。虬の中の人間の影は、画人の影なのだ。「列仙全伝」にもっともふさわしからぬものとして李賀は、裁ち切られているのだ。李商隠といい、この画人といい、李賀をその伝説にふさわしく場面をセッティングしながら、すこしも人間離れした鬼才であろうとは信じていないのである。

　李賀は、唐詩の時代区分でいえば中唐（七六六―八三五）の詩人である。盛唐の詩人、李白、杜甫、王維《おうい》などの一種完成された極点の時代を継いだ中唐は、二つの大きな主流を生んだ。一つは白楽天を中心とする平易恬淡のグループである、一つは全く対照的な韓愈《かんゆ》一派の険怪のスタイルである。李賀はしばしば韓愈の系列に組せられるが、むしろ孤立している。初唐・盛唐・中唐・晩唐という唐詩の時代区分は、単なる区分ではなく唐というマンモス王朝の盛衰とも敏感に反応している。李賀の生きた中唐は、極盛に達した国家のもつ悶えを鎮め、急転直下の破滅の旅を避けて現状を維持する、あるいは止揚すべき時代だった。そしてそれは「中唐の再興」といわれたが、再興は没落するもののあがきともいえた。李賀は、唐王朝の没落の気運を、自分の没落によりよく生きることによって、鋭く嗅《か》いだ。李賀は、みずからの没落を、はからずも時代のコンプレックスに平行させることになるのだ。彼は「再興」「止揚」がもつ栄光の、まもなくおこるであろう悲命の中に、もっともよく生きるのである。李賀は、やはり時の子なのであって現代にひきずりこみすぎることは無謀なのである。李賀の詩をよく知るということは、唐という歴史をよく知ることになるだろう。

　奴僕巴童をつねに従え、時代のコンプレックスを心中に痛ましく蔵し、驢馬にのって故郷昌谷の山野を行く。その李賀の生涯をたどろうと思う。しかし彼は、その生涯の詳細にはまもられてはいない。年代記風に李賀を定着することは不可能に等しい。そしてその不可能さは、かえって李賀のシルエットをかたちづくるにあたって、もっともよしとするものだ。かずかずの奔放なエピソード、伝説、現存する二百四十首余の詩篇を精査することにより、その生涯の全容に近づくことはできる。

　ローレンス・ダレルが「バルタザール」の中でいうように「人間それぞれの性格に関していえば、たとえ現実のことであろうがでっちあげであろうが、そんなへんてこなものはありはしない。人間それぞれの魂というものは、相反するいろいろな傾向のより集った蟻塚みたいなものだ。なにか固定して動かない属性をもったものとしての個性の存在などは、まるで幻想なのだ」。李賀は強烈な個性の持主でもなければ、その個性を超越することによって鬼才になったのでもない。ただ時間と空間を、矛盾する蟻塚のような心の揺れ目をかいくぐって、選びとっただけの話だ。人間は死の瞬間まで呼吸を続けるにもかかわらず、その人間が生きる瞬間というものは、場面の上に立った時だけである。シーンとは、人間がはじめて時間をだき（むこうみずなことだが）意識し、空間を埋める時なのだ。そのシーンは、彼の想像力の爆発した時に構成されるだろう。シーンをもたない人間、すなわち風景のない人間には、時間はないのだ。

　李賀の詩は、李賀の伝説は、死にものぐるいに李賀が自分のシーンを選択して生きているゆえに、そのためいかに自分の姿を晦《くら》ますことになろうともつまりは自分を白状しているという罠から逃げ出すことはできない。それをこれから追跡しようと思うのだ。「列仙全伝」の画人は、正鵠を射た李賀の像などありはしないという眺望台にたつことによって、鋭く正鵠を射えたのである。

第一部

挫折以前

我に郷を辞するの剣あり

貞元《ていげん》十二年（七九六）。李賀は六才。その春、長安の都で歓喜にうちふるえている男がいた。孟郊《もうこう》、字《あざな》は東野《とうや》（七五一—八一四）、後世金《きん》の詩人元好問《げんこうもん》をして「東野の愁《うれい》に窮するは死すとも休《や》まず」といわせないではおかなかったこの男が長安の都で歓喜にうちふるえている。

彼はようやく進士となったのだ。それは、ようやくというにふさわしかった。官吏登用試験の最終関門を突破し、進士の資格を獲得したのは、彼、四十六才の春だった。

昔日《せきじつ》の齷齪《あくせく》嗟《なげ》くに足らず
今朝放蕩《ほうとう》として思ひ涯《かぎ》りなし
春風に意を得て馬蹄《ばてい》疾《はや》く
一日に看尽《みつく》す長安の花
（登科後）

この喜びのあさましさは、あの破廉恥であけっぴろげな若者たちの喜び、青春の喜びの特権に似ている。四十六才の孟郊は、不気味に青春を回復している。「昔日の齷齪」は、すべて思い出となって、嘆きの断面から脱落する。この合格の日に、かつての不平と貧窮は、ことごとく「齷齪」として回顧され、抱擁される。気は放蕩として、その放下されたおおらかな気分の中で、思いは未来に、今日明日からの未来に際限なく拡《ひろが》っていくのである。

「放牓《ほうぼう》」といわれる合格者発表は、二月に行われる。礼部《れいぶ》の役所の東牆《とうしょう》に、高さ丈余の土塀が築かれ、夜遅く合格者の名を淡墨で濡らした黄紙が張りだされる。合格者は、ただちにうちそろって試験官の宅門を訪れ、及第を謝す。それから連日、宴会の洪水。そして最大の宴会は、曲江の宴だった。

曲江《きょくこう》、それは長安城内の東南の隅にある。この曲江の池辺は、長安の貴族、読書人、市民たちことごとくが群《むらが》りつどう行楽の地であった。牡丹咲く三月こそ曲江は、その賑いに酔い乱れる。「朝より回《かえ》りて日日春衣を典《てん》す　毎日酔を尽して帰る」と杜甫でさえ「曲江二首」の中で歌った。朝廷から帰ると毎日毎日、春の衣をつぎつぎと質にいれ、手にいれたその銭で酔を尽すのだと。もっとも杜甫の場合「細《こまか》に物理を推《お》すに須《すべから》く行楽すべし　何ぞ用いん浮名《ふめい》此の身を絆《ほだ》すを」というにがにがしさをその酔の裏に敷いていたのだが。

　曲江の宴。幾重にも曲り折れて流れる小川の水辺に腰をおろして座をうけ、上流から浮き流されてくる觴《さかずき》をひろいあげては、酒をくみかわし、詩をつくる、別名曲水流觴《りゅうしょう》の遊びといった。故鈴木虎雄の論文「唐の進士」によると「宴会にのぞみては、天子直轄の歌舞練場たる教坊に手紙をやりて、そこより妓楽を借る。天子は紫雲楼に出御して之《これ》を観たまふ。宴場には諸官省の亭子あり。数日前より売物店など江辺に多く集る。当日となれば公卿の家にては率《おおむ》ね家族を引きて来観し鈿車翠幕《でんしゃすいまく》相接して至る。宴は其《その》間に開かる。宴後には灯閣・打毬《だきく》等の遊戯もあり、婿選みのことも自然此際に行はれたり」と。曲江の宴は、まさに長安の春のクライマックスであり、新進士たちの歓喜を中心にざわめく大スペクタクルでもあった。貞元五年の進士羅玠《らかい》は、その歓喜の中で「曲江に舟を泛《うか》べ舟沈み、玠以て溺死」したと五代の王定保《おうていほ》の「唐摭言《とうせきげん》」に記されている。

　新進士たちの年齢は、一定した層に集中していない。若冠十六才で及第する神童もいれば孟郊のように四十六才で資格にたどりつくものもいるのだ。これら曲水に遊ぶ新進士たちのごった煮の風景を、楼閣の高みから時の皇帝は鷹揚にうちながめる。列席した大臣たちは、己れの安泰に思いを馳せ、にこやかにおごそかな顔を維持しながら、心の中では算盤の球がかちかちとはじかれているのである。自分の部下とし、自分の娘婿として、誰に目をかけようかと。

　宴はつづく。まもなく二人のもっとも若く美貌の青年がえらばれる。時は牡丹の季節。「牡丹濃艶《のうえん》人心を乱し一国狂うが如く金を惜まず」と王叡《おうえい》（王轂《おうこく》ともいう）がうたったように、当時の人々は牡丹を熱狂的に愛した。白楽天も「花開き花落つ二十日　一城の人皆狂ふが如し」とうたい、劉禹錫《りゅううしゃく》も「唯有るは牡丹真に国の色《はな》　花開く時節《とき》京城は動《どよも》す」とうたった。曲江の宴は実に「狂うが如き」牡丹の季節のまっさかりの中で開かれていたのだ。

　二人の若い選ばれた新進士は「探花《たんか》」という役を仰せつかる。探花、「花を探《さぐ》る」、つまり牡丹を探るのである。広大な長安城中の名園、東は慈恩寺、西は西明寺、そして北は永寿寺へと訪れ、一等抜いて鮮かな牡丹の咲き誇りを手折ってもってくるのを命ぜられる。もし先に他人の手によって手折られていた時、少俊の二人は、罰盃を受けねばならない。しかし罰盃がなんであろう。たかが酒をしたたか仰がなければならないだけの話ではないか。

孟郊は四十六才、当然「探花」という颯爽とした大役を仰せつかるはずもなく、罰盃という嬉しい悲命とも無縁である。だが、孟郊の思いは、「放蕩として」きわまりないのだ。

宴は終った。新進士たちは（孟郊の合格年は三十名といわれている）、用意された馬に一斉にうちのる。同年の美少年たちによって手折られた、あるいは手折られるはずだった牡丹の行方を求めて、長安城中の名園を三十頭の馬は群をなして駆けめぐるのである。年若からぬ孟郊も、「昔日の齷齪」を空の彼方にほうりなげ、老いも若きもいりまじった新進士たちと馬首を並べて、前に後になりながら、土埃《つちぼこり》を蹴って牡丹を観賞してまわるのだ。「春風に意を得て馬蹄疾し」、春風を四十六才の肉体に晒《さら》し、宴の酒にいささか上気しながら馬を駆る得意の心、馬蹄は疾く軽かった。これは、牡丹をあしらった勇爽華麗の風景というより、ちょっとした奇観ではないか。

*

孟郊の生涯の前半は、詳細ではない。ただ貞元七年（七九一）の秋、彼は湖州の地方選抜試験を受け郷貢進士《きょうこうしんし》に挙げられ、長安へ旅だった。貞元八年（七九二）、都の進士の試にはじめて応ずるが下第。彼はこの年、四十二才。貞元九年（七九三）、再下第。長安の都を去って、朔方《さくほう》、湖楚《こそ》、湘《しょう》、洞庭《どうてい》、汝州《じょしゅう》とさまよい、貞元十一年（七九五）、三たび試に応ずるため長安へやってくる。そして貞元十二年（七九六）、ついに孟郊は進士に登第した。四十六才で進士になったといえば感動的であり、裏をかえせばいぎたなくさえ思われる。孟郊は、多くの人々のように二十代から進士への試みを開始したのでない。たとえば孟郊と忘形の交を結んだといわれる韓愈《かんゆ》（七六八―八二四）。孟郊はしらが頭でむさくるしい姿をしているが誇りだけは高い、それにくらべて私はいささか姦黠《かんかつ》、ずるいところがあるといい、「吾れ願わくば身の雲となり東野《とうや》は変じて龍とならんことを」と友情あるところをしめした韓愈は、孟郊より十七も年下であったが三年早く進士になっている。孟郊は、四十代になってはじめて科挙に挑みはじめたのである。何十回も落第を繰りかえしたのではない。おそらくその時まで受験するだけの経済状態も、心理的状態も整っていなかったのだろう。「旧《く》唐書《とうじょ》」によると「孟郊なる者、少《しばら》く嵩山《すうざん》に隠れ処士《しょし》を称す」とあり、はじめは世捨人の生活を送っていたらしいが、四十代にはいって俗世にとびこんできたということは、自ら「男児路《みち》を得んとするは即ち栄名のため」というような俗世への意識の劇《はげ》しさに、その反撥から生れたはずの隠士の生活が破れたからだ。四十代から出世の早道といわれる科挙を試みるということは、容易ならない執念が賭けられているのだ。

年甲斐もくそもなかった。苦い砂を噛むたびに孟郊は歌った。

棄《す》て置かれ復《また》棄て置かれ
情《じょう》は刀の刃傷《じんしょう》の如《ごと》し　（落第）

一夕九起《いっせききゅうき》して嗟《なげ》き
夢短くして家に到《いた》らず
両度《ふたたび》長安の陌《まち》
空《むな》しく涙をもて花を看《み》る　（再下第）

春になると長安の人々を狂気の風車にまきこんだというあの牡丹を、「空しく涙をもて」みたこともあった。その孟郊が「曲江に水満ち花千樹」（韓愈）の中を、盛りをこえた肉体に鞭打って、しかも放蕩として城中の牡丹をことごとく一日で見尽す精力をみせたのだ。そのむかし「門を出づればすなわち有るは碍《がい》　誰かいう天地は寛《ひろ》しと」と嘆いた不信感は他愛なく消え、「万物みな及ぶとき　ひとり余《われ》春を覚えず」という厚顔な挫折感も、この合格という春風の前には、溶けて流れるのである。

後世の人々は、孟郊の手放しの歓喜をあさましとした。「性孤僻寡合《こへきかごう》」と断定され、中共［中華人民共和国］の王《おう》士菁《しせい》などは「隠士といっても嵩山《すうざん》に隠棲していたわけではない。隠棲風であったにすぎない。彼も唐代の隠士の例にもれず、官を求める一個の手段にすぎなかった」と言及する。もっとも、そのまま山にいたらよかったろうにという中国古人の皮肉は、偽の隠士へのさぐりではなく、孟郊の餓鬼のような喜怒哀楽の表現にたじろぎつつも、いい気さ枯れなさ不純さを感じたからにちがいない。

ともかく浮き浮きした感激を真正直に詩にはめ落した孟郊だったが、あの感激にふさわしく出世街道を遅まきながらも登ってはいかなかった。地方官に任ぜられたにすぎず、「郊寒」と人々がいうのは、あまりにも「窮愁《きゅうしゅう》貧病《ひんびょう》」の字句で彼の全詩篇が満載溢れているからであった。「登科後［登科の後］」でうたったあの痛恨の喜びは孟郊の詩篇の中で例外的に存在するのであって、それすらも評家は見落さず、王士菁などは「彼の一生の中で唯一の得意の時であった」と暴露し、気の狭い男だと裁断する。たしかにたった一度だけの生命の奔騰をはさんで、その前後の詩篇は、窮・愁・貧・病の苦渋の詩句で埋めつくされる。これはなんと割のあわない話ではないか。

＊

孟郊が、進士となった時、彼は思わず四十数年間の恨みつらみ齷齪を、清算してしまった、身分年齢をとわぬ平等主義を装ったこの官吏登用試験は、人々に限りない夢、希望権をあたえた。進士の資格をうるということは出世への近道である。この狭い近道へむかって人々は殺到した。ここに大量のエネルギーの蓄積と放散がおこなわれる。それは滑稽な蠢《うごめ》きともみえるが、彼等にとってその滑稽は見えないのだ。あまりにも巧妙なこの罠を、人々は避けようとしなかった。

一般に科挙は、漢に淵源《えんげん》し、隋《ずい》に興《おこ》り、唐に盛ん、そして宋に成る、といわれている。明・清にいたって、科挙は人智の手におえるかぎりの複雑な構造を加算しつつふくらんでいった。この制度の平等というありえぬ好餌、整頓された迷路ともいうべき仕組みは、それ自体が仮構のからくりとなり、その仮構へ参加をこころみる人間に、まきこまれた彼等のシーンの切抜きを請求した。その切抜かれた風景の中で、時の子として各人は、割りあてられた演技を熱っぽくはたそうとするのだ。孟郊が、やっと自分にさしこんできた光条の束を摑んだ歓喜も、この科挙というダイナミックなからくりの中では、その歓喜の連続はゆるされるはずもなく、不遇の地方官という端役しか演ずることができないのだ。

なぜ科挙という珍風景が発生したのか。隋（五八一―六一八）の文帝は、地方にはびこる世襲貴族の横暴に、腹をすえかねていた。これら世襲貴族を制するには、地方に中央政府直属の高等官吏を派遣する必要があった。かくして官吏登用試験が生れ、中国全土の希望者にたいして門戸を開いた。すなわち科挙は、皇帝の貴族に対抗する駒、その駒の製造機として採択されたのだ。

唐代の科挙は、隋の文帝の初志をはたした時代だった。だが皇帝の意図がなんであれ、この門戸の解放は、人々にとってさしこんだ光なのであって、そのまぶしい光の矢にむかって人々は行進するのをやめない。希望権こそ人間のアキレス鍵なのだ。古代の楽府《がふ》に「枯魚《こぎょ》河を過ぎて泣く」という詞がのこっている。

枯魚河を過ぎて泣く
何の時か悔《く》ゆとも復《ま》た及ばん
書を作りて魴鱮《ほうよ》に与へ
相教《あいおし》へて出入《しゅつにゅう》を慎《つつし》ましむ

枯れた魚、ひものとなってしまった魚が、河の上を通過する時、後悔して泣く。だが終ったことは、もう悔んでも昔に戻ることはできない。そんなことのないように書を作って、世の魚たちにあたえ、出入り《ではい》にはよくよく気をつけるように教えたというのだが、このような教訓がかつて有効だったことがあろうか。「枯魚は河を過ぎて泣く」ものなのだ。平等、門戸解放という餌、その誘惑の餌の背後に、発案の皇帝すら想定しえなかった人間劇の罠がしつらえられていようと人々は自分の欲望、その欲望によっておぼろげに浮びあがってくる映像にむかって、かきすすむのである。孟郊が不平の中に映しだしていた希望の映像、その映像をついに拾って歓喜にふるえた時の現金な快哉を責めてもむだだ。唐代の知識人たちは、孟郊の滑稽の軌跡をなんらかの意味でみなたどるのである。王維も岑参《しんじん》も韓愈も、柳宗元《りゅうそうげん》も元稹《げんじん》も白楽天も科挙の罠にかかり、くぐり抜け、そこからあらたに発生する罠にむかってさらに行進していったのである。

*

李賀。この短命の詩人も、その風景の中で力いっぱいうごめいてみせる黒い一点の蟻粒となるのである。

我有辭郷剣　我に郷《きょう》を辞するの剣あり
玉鋒堪截雲　玉鋒《ぎょくほう》雲を截《き》るに堪《た》えたり
襄陽走馬客　襄陽《じょうよう》　馬を走らすの客
意氣自生春　意気自《おのずか》ら春を生ず
朝嫌剣花淨　朝《あした》には嫌う　剣花《けんか》の浄《じょう》
暮嫌剣光冷　暮には嫌う　剣光《けんこう》の冷《れい》
能持剣向人　能《よ》く剣を持《じ》して人に向う
不解持照身　解せず持して身を照らすを　（走馬引）

李賀は故郷昌谷《しょうこく》を出奔しようとしている。剣をひっさげて出奔しようとしている。その抜きはらった剣の刃は、玉《ぎょく》のような光輪が散って、それは浮ぶ雲をも二つに断ってしまうことができようと喚《わめ》く。襄陽、そこは当時の兵力の結集地であった。その襄陽の地へ、李賀は剣をひっさげ、故郷の土を蹴って馬を走らせている。その馬を駆る心は「意気　自ら春を生ず」るばかりだ。朝に暮に一刻として俺の剣が、浄《きよらか》であるのは、嫌だ。血で汚れておらねば、がまんならない。俺の剣が、一刻とて冷光を放っているのは、嫌だ。剣の光は、血にぬくもって熱気を吐いていなければ、がまんならない。俺の剣こそ、相手を倒すためにあるのであって、伊達、飾りの剣ではない。

李賀は、気でも狂ったのではないか。李賀が剣客だったとは初耳である。科挙に赴かんとする野望の青年であったはずだ。だが、この詩だけに関してなら、李賀はあきらかに襄陽の地にむかって、むさぼるように原野を馬で駆っているのである。「我に郷を辞するの剣あり」の我は、架空の我ではない。架空の剣客をうたったのではない。それでは、李賀の注釈者、鈴木虎雄がいうように、襄陽は一本には長安とあるとし、「長安ならばこれは全く自己を言うたものである。襄陽とあってもそれは自己を比したのである。或は初め長安としたのを余り露骨であるから襄陽に換えてボカシたものかも知れぬ」といい、自分の意気を語るのに剣客を借りたとしているがそうであろうか。中共の注釈者、葉葱奇《しようそうき》は「我」とは襄陽の客自らのことであって、遊俠の少年の「意気揚揚」の意志を表現しているとし、この種の豪俠を諷刺しているのだとしているが、前者の見解とおなじく、この見解も李賀の詩、李賀の心の習慣をとらえてはいない。

意気あがる剣客のような李賀ではなく、まさしくこの剣客も李賀なのである。すなわち進士を目指す書生李賀と剣客李賀がウラオモテのダブル・イメージになっていて、共に存在しているのであって、剣客の中に己れの心情を仮寓させるなどという技巧とは、自分の影を全く無視した架空の剣客の像を構築する技巧と同様に縁はない。だがダブル・イメージとはいえ、李賀が科試を断念し、官吏への道、宰相の地位も不可能ではない「吏道」への希望を廃棄し、剣客の道に一挙に転向したのかもしれないという疑問の余地はのこされている。そのためのやけくそな剣のふりまわしであり、馬への鞭くれではないかと。ところがそのような記録も逸話ものこされていない。李賀は、科挙に赴いているのである。この詩は、河南府の地方試験に合格し、長安の都でおこなわれる進士の試験を受けに故郷を旅立つ李賀の、野心に身をもてあました姿と受けとったほうがよい。馬は長安を目指し、その馬には書生の李賀がのっていても、長安は等しく襄陽であり、書生は等しく剣客であってなにがおかしいのだろうか。「……のような」という「比」の影像はなくダブル・イメージが発生しているのだ。

都長安での最終試験に応ずるということは、登龍門に立つということでもあった。龍門の急湍《きゆうたん》をよくのぼった鯉は、龍になるといわれてる。李賀は龍たらんとし天下の野を望もうとしているかにみえる。そしてそれは自分を剣客と思いこみ剣客に化すことによって、鋭く旅の空間を埋め継いでいく。というようにまで李賀のこの詩に迫ることは、一篇の詩としてしめたものだというべきだが、それはダブル・イメージとして捉えるところで終っているにすぎず、李賀の深い心層、李賀さえ知りえない深い心層を掘っていないだろう。「朝には嫌う剣花の浄　暮には嫌う剣光の冷」という寒い情熱、野蛮な情熱の病根には触れてはいないだろう。この軒昂《けんこう》ぶりにこそ、青春者の過度の冒瀆《ぼうとく》を証左していて、李賀の悲鳴をきくのである。この不安定な夢へのいらだち。李賀はあせって「雲を截る」ことさえ夢みるのだ。

＊

李賀が河南府試に及第したのは、元和《げんわ》五年（八一〇）、二十才の時と推定されている。

彼の生れ育った昌谷は、河南府福昌《ふくしょう》県に属し、河南の首都洛陽は、そのむかし隋の宮廷のあった地、唐代第二の大都市であった。郷試は洛陽で行われ、李賀は首尾よく合格した。受験生に詩賦が課せられたが、その答案の詩、「河南府試十二月楽詞《がくし》」が伝わっている。その年の冬、李賀は故郷を出立した。正月に行われる都長安での礼部主催の最終試験に赴くには、地方の受験生は、早く郷里を出発していなければならない。交通は、徒歩か馬しかない。このころ、人間は大自然をきりくずす知恵はまだもたない。自然の暴威の前に、人間の欲望と覇気が、いちどきに停頓してしまうこともあるのだ。神経のむきだしになった受験生たち、息子のほまれをわが身のほまれともしようと身構える親たちの心情は、あらゆる不測の事故を予想して、都までの距離と時間を計算しつくし、試験日に間にあうようにと心を配る。

その年も暮、李賀は、剣客にでも変身しなければ心の落着しない不安と野望のせめぎあいにいらだちながら、入京したのだった。

李賀は進士科を選んでいた。唐代には二十種に近い科があったといわれ、「新唐書選挙志」によると「其の科目、秀才明経《めいけい》、進士、俊士、明法、明字、明算、一史、三史、開元礼、道挙、童子を有す」とある。通常六科といわれ、それは秀才・明経・進士・明法・明字・明算のことで、もっとも秀才科は永徽《えいき》二年（六五二）に廃止されていて李賀の時代にはなかった。明経、進士の両科が重んぜられていたが、特に進士の科がもっとも貴しとされ、受験者は殺倒した。「摭言《せきげん》」には「三十老明経、五十少進士」とあり、明経に三十で合格するのは老というべく、進士に五十で合格してもまだ少《わか》いというべきだとさえいわれ、進士の科の及第は難しく、難しいだけそれは出世コースでもあった。たとえ位人臣をきわめても進士を経ないものは終《つい》には美を欠こうとさえいわれていた。

難関であった。一回の合格者は、数十にも満たなかった。記録によると李賀が受験しようとした前年（八〇九）は、進士三十二、諸科十二とあり、中宗の神龍一年（七〇五）のように進士六十一、重試及第十二、諸科二十九、総計百名を越すというような例外は稀に等しかった。応募者が増大し制度が複雑化していった明清時代は三千人に一人の倍率になるというが、唐の時代は進士科にかぎっていえば百倍にはなるだろうといわれている。

二十才の青年李賀は、長安の都へ入った。すでに李賀は、名声の轟きわたっていた韓愈の知己をえていた。元和四年（八〇九）、都官員外郎《とかんいんがいろう》となって洛陽に勤務し、翌元和五年（八一〇）の冬、河南令《れい》となっている。才能のコレクターであった韓愈は、府試に及第した李賀を「挙《きょ》進士《しんし》」としてただちに推薦した。だが、昌谷から長安までの馬の旅、長安の都へ入っても心はゆれに揺れていた。性倨傲《きょごう》な早熟児李賀も、当然試験の難しさを知っている。青春の毒味に生きれば生きるほど、不安と恐怖の逆巻きをもてあますのだ。その不安と恐怖は、極度な自恃《じじ》と跳躍した心意気とによってがむしゃらにとりおさえなければならないほどだった。

李賀と韓愈

都に入って、しばらくして、奇妙な噂が李賀の耳につたわってきた。

李賀は、試験を受けずに長安を去った。

それから七年。元和十二年（八一七）、二十七才で病没するまで、ついに「試に就か」なかった。

「仁和里雑叙皇甫湜［仁和里《じんわり》にて皇甫湜《こうほしょく》に雑叙《ざつじょ》す］」という李賀の詩は、その時の彼の驚きをよくつたえている。

枉辱稱知犯君眼
排引纔陞強絙斷
洛風送馬入長關
闔扇未開逢猰犬
那知堅都相草草

枉《ま》げて知《ち》と称《しょう》するを辱《かたじけな》くし君が
眼《め》を犯す
排引《はいいん》纔《わずか》に陞《のぼ》りて強絙《きょうかん》断《た》ゆ
洛風《らくふう》　馬を送って長関《ちょうかん》に入《い》る
闔扇《こうせん》　未《いま》だ開かざるに猰犬《けっけん》に逢《あ》う
那《なん》ぞ知らん　堅都《けんと》相《そう》すること草草《そうそう》

客枕幽單看春老　客枕幽単《かくちんゆうたん》　春の老《お》ゆるを看《み》る

「柱げて知と称するを辱くし君が眼を犯す」、俺の知己だと貴方はわざわざ私のことをおっしゃってくださった、しかし結局は貴方のお眼を犯《けが》すことになってしまった。貴方（君）とは、皇甫湜のことである。文章家として名をのこした皇甫湜（七七七—？）は韓愈をめぐる友人グループの一人であり、元和元年（八〇六）二十九才の時、進士科に及第している。伝説ではあるが、韓愈が李賀と出あった時、皇甫湜も韓愈とつれだっており、李賀の詩の中にも皇甫湜に関するものが四首ふくまれている。「枉げて知と称するを辱くす」、おそらく皇甫湜も韓愈とともに李賀を推挙したにちがいない。

　だが「君が眼を犯す」ことになってしまったというのだ。激しい感傷を肺腑に、呑みおさえこむようにして、ふりかかった事件を回想してるかに思える。「排引」、貴方の後楯《うしろだて》をえて、さあこれからだ、そう希望の乱光が矢の束となって降ってきた時、頑丈なはずの太綱がぷつんと切れていってしまったというのだ。

　それはつぎのような噂がたったのである。

　李賀の父の名は晋粛《しんしゅく》。晋粛の子である李賀は進士になりえない。

　長安の都に宿し、迫る試験の日に待期していた李賀。李賀の文名は、長安の都でもすでに嚇嚇《かくかく》としていた。李賀は、受験生特有の不安と猜疑《さいぎ》の堂々めぐりにいらだちながら、一方人をも毒す驕傲《きょうごう》も空気を切って廻る風車のように鋭利に回転していた。そんな時、虚をつくように死んだ父の名が、李賀のはりめぐらしたあらゆる不安の予想の隙間をかいくぐって、つきだされたのである。李賀の父の名は晋粛、晋粛の子である李賀は進士とはなりえない。晋《しん》と進《しん》は、同音であるから、諱《いみな》に触れる、辞退すべきだというのである。

　それを伝えきいた李賀の推薦者韓愈は「諱弁《いみなのべん》」を書いて抗議した。「賀《が》、進士に挙げられて名あり。賀と名を争う者、之《これ》を毀《そしり》て曰《いわ》く、賀が父の名は晋粛、進士に挙げられざるを是《ぜ》となす。之を勧《すす》めて挙げる者をも非となすと。聴く者察せず、和して之を倡《とな》へ、同然として辞《ことば》を一《いつ》にす」

　意表の横槍とはこのことであった。

　郷貢に及第し、挙進士の資格を獲得した秀才たちが中国全土からぞくぞくと長安の城下に集ってくる。ある記録はその様を叙して「郡国の郷貢進士たちが群をなして、孟冬、京師《みやこ》に集ってくる。たちまち京師は彼等の着る麻の衣で埋まってまるで降る雪のようだ」といった。これら雪の一ひら一ひらが、彼等にとって敵といえば敵だ。しかしそれ以上に、彼等は、彼等一人一人の背後に推挙している先輩たち同士の戦いをも控えているのである。ちょうど韓愈が李賀を推挙したように。韓愈が自分をその車軸におき、孟郊（七九六・進士）、賈島《かとう》、張籍《ちょうせき》（七九九・進士）、盧仝《ろどう》、李翶《りこう》（七九八・進士）、皇甫湜（八〇六・進士）、沈亜之《しんあし》（八一五・進士）、孫樵《そんしょう》（八五五・進士）、劉叉《りゅうさ》、王建《おうけん》（七七五・進士）、張徹《ちょうてつ》（八〇九・進士）、李漢《りかん》（八一二・進士）といった才子たちを棒軸とし、一つの輪をつくったのは、文学の一派を形成しようという意志と同時に官界に一勢力をつくって他の勢力と拮抗《きっこう》しようという政治家としての謀《たくら》みをもふくんでいるのだ。だから逆にいえば、だれの推挙をうることが立身出世の速道《そくどう》となるか、その換算は受験生の側にあるのである。

試を拒まれた李賀は、その換算を一尺の竹の棒で深海に棹するように誤ったのではないか。李賀と名声を競うものが弾劾していう言葉の中に「之を勧めて挙げる者をも非となす」とあるのはあきらかに韓愈をも告発しているのである。「諱弁」の中に皇甫湜も姿をみせ「もし李賀が進士になれないとするなら、あなたも同罪ってことですよ」と脅迫してさえいる。李賀と名声を争うものが、だれであったかはわからない。もちろんその名声は、詩才においてであろう。しかし韓愈にまで告発が及ぶとすれば、官界の勢力争いをその背後に覗くことができるのだ。李賀は、政争と個人の野望のぶつかりあう渦巻きの中にあって恰好な餌食だったのではないか。

*

元和五年（八一〇）、この時韓愈は河南令であった。だがそれまでの職歴はどうであったろうか。それは李賀の酷薄な生涯のためにも、くわしく洗ってみる必要がある。

韓愈が進士科に及第したのは、貞元八年（七九二）、二十五才。「同年」（同じ年の合格者）で友人でもあった李観《りかん》などはその年ただちに博学宏詞《こうし》科に及第したが、韓愈は三たび連続して同科をすべり落ちた。このころ、たとえ礼部主催の進士科に合格しようとも、すぐさま官位が、あの及第の歓喜にふさわしく降ってくるわけではなく、さらに吏部《りぶ》の選抜試験を通過しなければ官位を得ることは至難の時代になっていた。伝統的に中国では小説は、「小さな説《はなし》」として軽蔑されつづけたが、とはいえある種の効用はあるのであって唐代の小説は、これら不平落伍の進士たち、もしくは、試験にさえ合格できない人たちによる欝憤の晴らし場であった、とさえいわれている。そこには唐代の科挙の資料を多く発見することができるのだ。白楽天の弟、白行簡《はくこうかん》（もっとも彼は元和二年の進士）の小説「李娃伝《りあでん》」をひっくりかえしてみると、進士科に首席で合格した男にむかって、長安の娼妓《しょうぎ》李娃は、なおも手綱をひきしめていうのだ、「まだまだですわ。このごろの秀才ときたら一科第に擢《ぬき》んでられたくらいですぐいい気になって、もう朝廷の顕職にありつき、天下に美名がとどろきわたったつもりになるんですから、おかしくって……もっと勉強して、もう一度及第しなくては」。かつて地方から試験を受けるためにでてきたポッと出のこの男を色仕掛で、彼を葬式の幕持ちから歌うたい、ついには乞食にまで転落させた罪ほろぼしに、この「倡蕩《しょうとう》の姫《き》」李娃は必死に叱るのである。「もう一度及第しなくては」とは、韓愈がばたばたと下第し嘆いた吏部の試験のことなのである。官吏の任命は、吏部がにぎっていて、早く官職を求めるものには再度の股くぐりを課したのである。

韓愈の詩の言葉を信用するなら、その時「摧折《さいせつ》して気いよいよ下《くだ》」ったのだった。長安の都を去り、「身将《まさ》に寂寞《せきばく》に老いんとし　志《こころざし》閒暇に死せむと欲す」のである。無欲恬淡《てんたん》、世を捨てようという気弱な不遇者のパターンにすがりつこうとする。だが雷雨に叩きつけられたかのように韓愈は、現実原則の前にたちまち気をもちなおす。「朝食腸《はらわた》に盈《み》たず　冬衣纔《わずか》に骼《こし》を掩《おお》う」、そのような清貧の辛抱を足蹴りする。彼は現実原則の麓へおおらかな帰還をするのだ。韓愈は気弱から発生した理想への執着を棄て現実原則という新たな台座に立って強弓を構えなおすのだ。それは強弓といってよく、彼は戦場に生活の資を求めて赴いたのだ。天下乱れし時、誰かが拾ってくれるかもしれない。

貞元十二年（七九六）。汴《べん》州刺使《しし》宣武《せんぶ》節度使《せつどし》の董晋《とうしん》をたより、その推挙によって宣武軍観察推官《すいかん》の職に進士科合格四年目にありつく。「詩骨《しこつ》は東野に聳《そび》え　詩濤《しとう》は退之《たいし》に湧く」、自らの才を認め同時に相手の才を認めるという風通しのよい友情関係にあった孟郊が、韓愈の長安の都への別れといれかわりにようやくこの年進士科に合格していた。貞元十五年（七九九）、韓愈を拾いあげ官界への第一歩を踏ませてくれた恩人董晋は薨じた。韓愈は喪を護して、洛陽へ向ったが、その途上の宿で、汴州に兵士の叛乱がおこり、留後《りゅうご》の陸長源《りくちょうげん》が虐殺されたという報《しら》せをきいた。その時、韓愈が考えたのはつぎのようなことだった（此日足レ可レ惜一首。贈張籍）。「董晋の死そして洛陽へ喪を護する任務とあわただしい時だったので、女房子供を連れてくることはできなかった。私はよっぽど零落の運勢なのだろう。このままふたたび逢うことはないかもしれぬ。ただ気にかかるのは未だ乳房を断たぬ娘のことだ。忘れてしまおうと思うのだが、たちまち自分のすぐそばにいるような気がしてきて、その泣声さえ耳に響いてくるのだった」。ところが妻子は難を免れ、韓愈のもとに追いついてきた。そして彼は妻子に汴水《べんすい》をくだって東の彭城《ほうじょう》に先にいっているように命じる。喪に従ずるという任務を終えるや、彼は「還《かえ》り走って停《とど》まるに及ばず」、その足で彭城への道をとるのである。韓愈の人間への愛のありかたと人間への冷たさが、微妙に同時に自然に、結合しているのをみる。恩人に報ずるといってもいつまでもうじうじしてはいない。妻子の危険を想っても、それはしかたがないことだと考える思いきりのよさ。生きていたとわかれば、恩人の喪への従いをてきぱきとすませ日を待たずに、彭城へ向うのである。その地には徐《じょ》州の節度使、第二の恩人となるべき張建封《ちょうけんぽう》がいる。前任の地汴州に戻る気は、彼が叛乱を耳にした時すでになかったのではないか。のこした妻子をさえ、棄てる決断がついていたかに思える。おそらく董晋が死去した時、胸中には張建封を自分の官吏への道の踏台にする決心が浮游していたにちがいない。韓愈の現実原則への降伏にはじまったこの苦労は、いったん官吏への道につくや、妻子の死をもしかたなしとするいさぎよすぎる惨忍さに変っている。

その年の秋、張建封の上奏により、武寧軍《ぶねいぐん》節度推官となった。張建封は韓愈を迎えるにあたって「睢水《すいすい》の陽《きた》」に邸宅さえつくってあたえた。だが、かつて董晋に対して「侍従近臣、虚位あり」といい、董晋の命を受けて賀正に上京する同僚にむかって、「命を上宰《じょうさい》に受け　須《すべか》らく期に及ぶべし」といい、もし皇帝の目にとまることがあったらそのまま帰ってこないほうがよいと不穏なことを忠告しているのである。このころすでに韓愈のこころの中に、藩鎮《はんちん》の属官で終ることへの拒否の姿勢ができている。恩人董晋の死は、ある意味で思う壺だったのかもしれない。だがそうであるならなぜその時、ただちに同じ節度使張建封のもとに息せききって馳せ参じたかは不明だが（都へ行ってそこで就職運動をすればよいという疑問）、この地でも韓愈は不満をぶちまけているのである。辺地を守る節度使はそのころ地方の王侯のようにふるまっていた。代理のみ送り賀正に都へ上らないのは、自らの小王国をまもるためであった。そして幕僚を歓待したのもその小王土をまもるためであった。そして幕僚の逃亡を避けるために、「疾病事故に非ざれば輒《すなわ》ち出づるを許さ」なかった。そのむかし吏部の試に三たび退ぞけられ、食わんがために心をもちなおして、自ら辺境に職を求めてさまよった彼だったが、とうにそのような初心は消失し、朝廷での直臣としての野心と不平をあからさまに主人にむかっていう勇気をこのころすでにもっている。張建封にむかって「大賢であるあなたさまは俗人とちがって事業異《ことな》り、その遠大なる抱負は、俗観とはちがっております」とおだてあげ、「できますことなら、朝廷が私めを諫諍《かんそう》の官に任命くださるようあなたさまのご推薦をいただきたいのです」とぬけぬけというのである。韓愈の計算では、都へはまだ早かったのだろう。張建封の幕下にいることは、いま都へ上るよりも、中央への近道だったのだろう。志の不発よりも経歴こそが必要なのだ。だが張建封は彼の意を拒んだ。推薦依頼後の諫言なのか、諫言後の舌も乾かぬ間の推薦依頼なのか、このような虫のよいへりくだった言辞のかたわら、彼にむかって諷諫《ふうかん》する詩を贈ってさえいる（汴泗交流。贈㆓張僕射㆒）。「公の馬走るなかれ　須《すべか》らく賊を殺すべし」、打毬《だきゅう》。組に散って、馬を走らせながら毬《まり》を決勝点へ打ちこむ競技、辺境を守護する武官がこのような遊芸三昧に毎日耽っているなら、いざ夷敵が襲ってきた時、公の馬は逃亡し、敵を討つことはできないであろうときつく非難するのである。

　それでもその年の冬、張建封は、この危険人物韓愈を京師に朝正させた。案の定、彼は、要路の大臣たちに精力的に逢って歩いた。だがこの野望と挑発の会見は、韓愈に失望をもたらしただけだった。彭城に帰ってきてその会見の模様をのべている。「大臣たちには、俊異《しゅんい》の士は多いことは多い、彼等と議論を闘わしたが、だが彼等にはいささかの瑕疵《かし》もない、やぶれかぶれのところがない。私には、頗《すこぶ》る礼をつくして遇してくれたか、彼等はついぞ腹を割って話すことなく、腹に毛皮をかぶったままであった。なにかいいたくて喉元まで言葉がのぼりかかるが、敢えて吐かず、そのうち自然に言う機会がおこるだろうと待ったがついぞこなかった」。都の、狡猾で無難な大臣たちの前に、出世欲にかられた韓愈の野望などは、青海原にのりだして、棒杭を打つ反応の無抵抗さに似ていた。しかも、貞元十六年（八〇〇）の春、戎馬《じゅうば》の地彭城に帰っても、そこにもやはり欺きのゲームがあるだけだった。

　ついに同年五月、建封の幕下《ばっか》を辞した。彼が洛陽へと去って数日して、建封は病没し、董晋の時とおなじように乱兵がおこった。汴州につづいて、ここでも韓愈は動乱にまきこまれることを免れたのである。むかし、俺は生れつきついていないと自分を口惜しく慰めた彼だったが、汴徐二州の禍乱を脱《のが》れた現在、その宿命観は、「凡《およ》そ禍福吉凶の来るや、我に在《あ》らざるに似たり」という風に大幅な変貌をみせている。「賢不肖は己に存し、貴と賤と禍と福とは天に存し、名声の善悪は人に存す。己に存する者は、吾将《まさ》に之《これ》を勉めんとす」と「衛中行《えいちゅうこう》に与ふる書」の中で自奮の勢いをみせている。しかも、かつてのうろたえんばかりの飲食衣服の嵐が、自分を襲うこともなくなった以上、志をとげることだけが眼目となる。職はなくなったが、より図太くなっていて、吏部の試につぎつぎと憂を嚙まされていたころのいらだちはこの時かなり薄められていただろう。洛陽と長安の間を、「勉めて」往復し、貞元十八年（八〇二）微位ながら国子《こくし》四門《もん》博士に調せられた。

いづれにしろ韓愈は、自己にのみ、もろもろの理屈の尾ッポをくっつけながらも冷くかかづらわっているかに思える。だがここで大俗物の大俗物たるゆえんの奸智《かんち》と感傷のいりまじったところに生産される自己防壁材、彼の青春哀惜癖、才能愛好癖、不遇奇人同情癖の芽生えを摘んでおかなくてはならない。仁義の旗をなびかせて韓愈は、吏道を他人の悲しみを蹴散らしてもかきすすむのだが、彼にはつぎのような感慨をつねに心の底に重石をつけて沈め、あるいは心の底から重石をはずして浮ばせていたりはしてはいたのだ。

半世遑遑《こうこう》と挙選《きょせん》に就《つ》く
一名始めて得て　紅顔は衰《おとろ》ふ
人間《じんかん》の事勢　豈《あ》に見ざらむや
徒《いたずら》に自《みずか》ら辛苦して　終《つい》に何《なん》すれぞ

（贈二侯喜一）

この感慨は科挙による苦労の亡霊といってよいだろう。ようやく進士に名を挙げられた時、紅顔の衰え、時間の喪失に驚愕する。韓愈が及第したのは二十五才の若さであったが、三十も半ばに達しようかと想定されるこの詩の時点は彼が科挙の亡霊になおひっぱりまわされているゆえに実は韓愈にとって「一名始めて得」た時点と同じなのである。いまでは「人間《じんかん》の事勢」のたかの知れ具合、「自ら辛苦」することのそんな滑稽さも、承知してはいるのだ。それだからこそ「紅顔の衰」はそれにくらべてかけがえないものに思える。このような感慨は、彼自身、職を探しに汴州へ赴いた時、すでに萌芽していた。自分のとり戻せない「紅顔の衰」を、若者の紅顔を、前のめった積極さで擁護することによって、失われた代償を、棒引きにしようとする。あるいは韓愈が自ら将来開くべき才能として先取するか、あるいは才あって不運不遇のものには、年上の孟郊におけるようにその年齢を問わず友交を結び、ひきたてようとする。

張籍にであったのは、中央での就職をあきらめ汴州の藩鎮の幕僚をやっていたころであった。張籍の生没の年代は、つまびらかならないが、おそらく韓愈とそれほどの年齢のひらきはなかったものと推定される。友人孟郊が張籍の文章を「自ら得るところあるを矜《ほこ》って」さかんに賞賛するのでその名は韓愈も知っていた。そして、張籍が汴州にたまたま来たということをきくとわざわざ「車を命じて之《これ》を載せて至り　引いて中堂に坐せしむ　懐《ふところ》を開いて其《その》説を聴けば往往《おうおう》望むところに副《そ》ふ」のである。さらに自慢げに政治家の太っ腹に似た単純さで張籍にいうのだ、「園中に植えられてしまった木のように君はすでに根はできあがっている。枝葉が繁ってその木が伸張していくのは難しいことではない。そのせっかくできあがった根を腐らせないためにも、城西の傍に家を借り、君を僕のもとに留めおいたのだ。歳時いくばくならずして、君の才能は、浩浩として湖江のごとき大きさにみるみるなっていった。人々は、君を世話する僕をみて、馬鹿ないらぬ世話をしていると笑った。僕の先見の明を知らぬのだ」。

董晋の幕下にいた時、韓愈は汴州の郷試の試験委員長になった。張籍は、合格した。貞元十五年（七九九）、上京した彼は、一度で進士科に及第した。「之《この》子去ること須臾《しゅゆ》　赫赫として盛名を流す。窃《ひそか》に喜び復《ま》た窃に歎じ諒《まこと》に成すところあるを知る」、韓愈は世話した甲斐があったと満足している。張籍が進士科に抜擢されたのは、節度使董晋が卒し、汴州に叛乱がおこったころである。

貞元十八年（八〇二）、韓愈が四門博士に任用されるまで、彼は一見ついてないかにみえるが、この不運の土壌こそ、彼に出世の契機と出世への貪欲な勇気をあたえたと思われる。時たま清貧に憧れたり、酒に酩酊し、こころ茫茫とするという気弱におちこむ時もあったが、自分が刻苦した故にできるかぎり才人をひきたてようという、自己欺瞞の、奸智と感傷の行為も平行して開始していたのである。この不遇時代に、彼は多くの友人たちを自分の周囲にかきあつめていた。それは、すでに拡がっていた彼の文名にその誘引の磁場があったからにちがいないが彼はその友人の輪が、官界への足がかりとしてムダではないことを知っていただろう。事実、彼が第一の恩人董晋が死ぬや、すぐに徐州の節度使張建封をたよったのは、それは李翺《りこう》の紹介によるものだといわれている。李翺は、韓愈の従兄の娘を妻とし、親戚の間柄にさえなっていた。人間関係を結ぶということは、ただの文学談義のお茶のみ関係ということではなく、即、政治的関係を結ぶということであった。そのような間にあって詩は滑る油となって流れはさまるのである。韓愈は張籍に忠告している。「男児再び壮ならず　百歳風の狂するが如し」、この一回性の生命の中にあって、あなたがなお高爵を求めようとするなら、旅をしなさい。そこでは多くの人と知合うことになるだろう、それはあなたの高爵への道につながるのだから。「一郷を守ることをなすなかれ」、なまじ出世欲があるなら、家へじっと閉じこもっているには及ばぬという現実的な忠告なのである。

中央にのりだしたとはいえ国子四門博士では彼は物足りなかった。その年全土を旱魃《かんばつ》が襲った。朝臣たちは、挙選を本年は停止すると発表した。このような混乱の時、滅ぶものと浮ぶものをあわただしく生む。それが渋滞する社会組織の皮むきのチャンスなのである。韓愈は、ただちに「今年挙選を停《とど》むるを論ずる状」をかいて奉じた。「旱魃が起ったゆえに陛下は、京師の人を憐んで、もし挙人たちが都へ集ってきたなら、彼等の食糧がそれだけ減るとおもんぱかりなさったのでありましょう。臣伏してこれを思うに……京師の人口は百万を越えております。挙人は、五七千人にすぎません。その僮僕《どうぼく》畜馬をあわせても、京師全人口の百万分の一の食糧をも費さないでありましょう……」といい、しばらくでも挙選を中止して士をとらなかったなら、それこそ「君有れども臣なし。是《ここ》を以て久しく旱するなり」ということになりかねない、後顧の憂いとなるだろう、と論ずるのである。

もちろん、この論は政策の変更となって報ぜられなかった。しかし翌貞元十九年（八〇三）、の七月、彼は一跳びに監察御史《ぎょし》に登りつめるのである。韓愈の時を盗む迅速な処置は、受けいれられなかったにしろ効を奏したというべきである。「臣《しん》朝官に非ずと雖《いえど》も、月に俸銭を受け、歳に禄粟《ろくぞく》を受く。苟《いやしく》も知る所あれば、敢えて言はずんばあらざるなり」。このような大義名分の下に、勇気を投じ、その裏に朝臣たちの目にかなおうという邪欲があろうとも、表は赤心をさらけだしているのにはかわりないのである。その裏の邪欲をせめるのはムダである。

しかし監察御史に登ることしばらくして、矢継ぎばやに同官の張署《ちょうしょ》・李方叔《りほうしゅく》とともに兆《ちょう》の尹李実《いんりじつ》を弾劾し「御史台上、天旱し人饑《う》うるを論ずるの状」を奏上したが、それは韓愈のダメ押しとはならず、勇み足となった。李実の罪は、ひいては多くの臣たちの罪であって、韓愈は、讒者《ざんしゃ》百万に囲まれることになるのである。

暗転して南彊《なんきょう》の僻地、陽山《ようざん》へ貶《へん》せられ、貞元二十年（八〇四）、二月、陽山令として着任、毒霧白昼にくすぶるその地についた。だがここでもみられるのだが、韓愈における暗転は、暗転につぐ暗転とはならず、すべて陽転のために捧げられた一休みの暗転のように観察できる。一休みといっても韓愈は、不平をいうのであり、長安から陽山までは、二ヶ月以上の旅を歩まねばならないのである。そしてまた辺境で、「惟《た》だ瑕垢《かこう》を滌《あら》ひ　長く去って桑柘《そうしゃ》を事とせむを思ふ」と気弱になり、隠棲を夢みるにはかわりない。だが彼はひとたびたりとこの隠棲の断片すらこころみたことはない。ただ吏道への邁進は、清貧への願望にくらべ、堕落であり惨酷であるということはしっかり知っているのだ。ずるさも、たくらみも、つめたさも、すべて洗い落したい気持に駆りやられる。だが官界の組織はそうさせないばかりでなく、彼自身もしないのだ。

　徳宗が、貞元二十年（八〇五）の正月、崩去し、順宗が即位した。その死は、韓愈の陽転とつながっていくのである。徳宗の朝に貶謫《へんたく》された人々は、ぞくぞく都へ召還されはじめるのである。

　その夏陽山から郴《ちん》州に出て次の任命を待ち、またまた韓愈が陽の光にむかって転りはじめたころかつて御史台で同じ監察御史の職にあった、柳宗元、劉禹錫の二人が（貞元九年〈七九三〉の進士。韓愈が進士科に及第した翌年そろって合格）、彼等が順調にすすめてきた官人としてのコースをさらに飛躍させようとしていた。順宗の即位とともに政権を握り、政治改革を断行しはじめていた王伾《おうひ》、王《おう》叔文《しゅくぶん》の一党として、柳宗元は礼部員外郎、劉禹錫は屯田員外郎という地位につくにいたった。だが宦官《かんがん》と藩鎮の力を弱め軍権を握って一挙に政治の膿《うみ》を押しだそうという野心と順宗の風病を口実に無視し羽ぶりをきかせた二王の党の奢《おご》りは、順宗の憲宗への譲位により八ヶ月で倒壊するのである。九月柳宗元は邵《しょう》州刺史、劉禹錫は連州刺史、十一月、柳は永州司馬、劉は朗州司馬に改められ、流謫《るたく》の身となった。

　その秋も末、韓愈は江陵《こうりょう》府参軍事《さんぐんじ》となる。流れ行く劉禹錫に韓愈は江陵でめぐりあった。その時の詩「永貞《えいてい》行《こう》」で、韓愈は口をきわめて一党の専横を攻撃し、かつての同僚劉禹錫にむかって、蛮地には、かつてみたこともない両頭の蛇、ぞっとするような鳴き声を喚《わめ》く怪鳥、夜、群飛して灯にうちかかる虫虫がいる、また毒蛇に刺されると手足を斬り落さねばならぬ、その地の奴僕たちもここそ詐欺を働くようなものばかりだから油断はならぬと、さんざんにおどした末、「吾嘗《か》つて同僚、情勝《た》うべけんや　具《つぶさ》に目に見ることを書し妄《みだり》に徴するに非ず」、むかし一緒に仕事をしてきた仲間だ、このたびの左遷はまったく同情にたえない。私がのべた蛮地の風俗は、私がつぶさに目撃したことで、わざと大袈裟にいっているのではない。韓愈の調子には、意趣ばらしのような、あるいはその意趣ばらしを棄てて一段高みから同情の風を吹きおろすような迫力をもっている。終句で「ああ、なんじ既往《きおう》宜《よろ》しく懲をなすべし」、過去自分たちがやったことをよくよく胸に手をあてて反省してみるのもよかろうという。「永貞行」全篇が脅迫と同情と教戒のいりまじった動的な構成になっている。陽山に韓愈が流されたのは、同じ地位にあった柳劉の讒訴《ざんそ》もあづかっていたかのような気分も、同情と忠告を捜入しながらもさしだされている。「讒構百万」と彼がいう時、この二人がその「百万」の中に算されないとはいいきれない。彼等が讒訴しなくても、彼が勇み足の渦中にあった時、無視黙殺の可能性はあるのだ。

ただいま道すでに塞がる

元和元年(八〇六)六月、韓愈は江陵から長安へ帰り、権知《けんち》国子博士となる。
元和三年(八〇八)国子博士に正式に任命される。
元和四年(八〇九)都官員外郎となる。
元和五年(八一〇)河南令に転任。

徳宗の死、順宗の即位、王伾《おうひ》・王叔文《おうしゅくぶん》ら一党の専横とその破滅、順宗の譲位、憲宗の即位。韓愈が陽山に貶《へん》せられてから三、四年の短期間というもの時は動きに動いた。この、時の身ぶるいは、韓愈を長安の都へとふたたび押しもどすのである。それは願ってもないことだった。元和元年、権知国子博士となり、同五年河南令に赴任するまで韓愈は陽転の一途を着実にたどっていった。この時期の韓愈は、彼の一生を通じて、もっとも波荒れのない平穏な時といえるだろう。

李長吉は、まさしくこの時期に韓愈と知己を結んだのである。

これまで韓愈の職歴を洗いながらも、同時に彼の性格をも洗ってきた。彼に青春哀惜癖と才能コレクションの癖もあるのをみてきた。この性癖には、単純な自己満足と代謝の心理から発せられる人間抱擁のおおらかな気前のよさがあり、そのおなじことが一転、軸がすべると、己れのたくらみ、官界への遊泳にことごとく生きてくるといったものだった。

韓愈の文名の地位がのぼるにつれ、彼自身も才人を集めたが、野望の青年たちも彼の宅門を叩いた。「唐国史《とうこくし》補《ほ》」はいう。「韓愈は後進をよくひきたてた。彼等は科第を求め、あるいは多くのものが書を投じて益を請うた。時人は彼等を韓門の弟子といった。のちにいよいよ韓愈の官位は高く登っていったが、後進のめんどうをみることをやめにはしなかった」。とはいえ逆にいえばどっちこっちでもあったのだ。柳宗元が進士の第をとり、続いて博学宏辞《こうじ》の試験にも合格、はじめて集賢殿正字《しゅうけんでんせいじ》の官をえた時、韓愈の言葉でいえば（柳子厚墓誌銘）「彼は俊傑廉悍《れんかん》、ひとたび議論おこせばその言ことごとく今古に証《しょう》拠《きょ》し、経史百家に出入した。論旨卓絶、その語気突風のツキ切るごとく、つねに一座を圧倒した。名声大いにふるい、当時、人人は皆慕って彼と交わろうとした。そればかりでなく諸公要人も争ってわが門下から出でしめんと欲し、口口に彼を薦誉《せんよ》した」。諸公要人も自分の地位を固めるために才子を必要としたのである。この「諸公要人」という言葉に韓愈のおこがましい自弁の影をみるより、むしろそれは時の自然な風向きであった。

元和二年から元和五年の間、韓愈の官職は長安と洛陽の二都を往復している。この間、韓愈は、李賀という才能と出逢ったのである。洛陽の近く、昌谷《しょうこく》に住んでいた李賀と彼が知りあったのはこの期間に相違ない。そして元和五年、李賀が河南府試に合格した時、十年前張籍のときそうであったように韓愈は、己れの先見の明が実証されていくだろうことを誇らかに確信しながら、挙進士として推薦した。むさぼるように推薦したにちがいない。

府試に及第した受験生たちが長安の都へ旅立つ前に、送別の宴がひらかれる。「試已《や》めば、長吏（長官）、郷飲《きょういん》酒《しゅ》の礼を以て属僚を会し、賓主を設け、俎豆《そとう》（礼器）を陳《なら》べ、管絃を備へ、少牢《しょうろう》（祭の御馳走）を用いて、鹿鳴《ろくめい》の詩を歌う」と「新唐書《しんとうじょ》選挙志」は記す。李賀が府試に合格した時河南府尹《いん》が長吏としてみずから属僚をひきつれてこの送別の宴に出席し、激励の言葉をのべた。席上河南令であった韓愈も挨拶にかえて、受験生へ詩をつくっておくった。

　洛陽は周公以来、文章で音のきこえた土地です。よくよく秀抜なひとでなければ、この地では人の耳目をおびやかすことはかないません。私はいま県尹《けんいん》を忝《かたじけな》うしておりますが、今回の及第者たちの優秀さをみて、愧慄《きりつ》して情をなしがたかった。それで負けずとばかりあなたたちと才を競ったり、いわんや才を嫉《ねた》んだりは私はいたしません。ただこころからあなたたちの文章を写させていただこうと思う。これから家へ帰って妻児に御馳走の用意を命じるつもりです。どうか私のささやかな餞別《せんべつ》の宴をうけていただきたい。いま文人の権徳輿《けんとくよ》が宰相の命をうけたというしらせがはいってきました。これからは大いに文道がおこなわれることでしょう。

　というような内容の詩、というより演説調を詩にいささか組みかえてみたという低調さで韓愈は、河南の地方試合格者たちを前に、ごきげんである。ユーモアなどという次元に自分をひきおろし、卑下の装いさえやってのけ、さらにその道化の地点から抱擁力の大きさの彼方にまでふわりと一跳びして、自分の家へ彼等を招待する。李賀もおそらくこの送別の宴にで、なおも韓愈の自邸でひらかれた宴にも出席したはずだ。

陰風短日《いんぷうたんじつ》を攪《みだ》し

冷雨《れいう》渋りて晴れず

勉哉《べんかな》　徒馭《とぎょ》を戒《いまし》めよ

家国《かこく》は子《し》の栄《えい》を遅《ま》つ

（燕二河南府秀才一）

　時しも冬、道中気をつけて行かれるがよい。家国はあなたたちの栄をまっている。しっかりやってきなさい、その詩の終聯で先輩としての手を、ゆったりと抱きかかえるような俗ぽさでうちひろげ語りかけている。文章の士の名産地河南の郷試を通過するようなものであるなら、「絶《はなは》だ殊尤《しゅゆう》」であるはずだと韓愈はいうが、李賀は彼の息のかかった青年たちの中でも、とりわけ秘蔵の子であったろう。

*

　その秘蔵の子が、長安で試を拒まれ、呆然とするのだ。後世名文として祭りあげられる「諱弁《いみなのべん》」を書いて、韓愈はただちに抗議し、その中で皇甫湜《こうほしょく》が「もし李賀が進士になれないとするなら、あなたも同罪ってことですよ」と威嚇していることは、韓愈が受験資格のない李賀を誤って推挙したことを責めているのではない。もちろん李賀がこのような笑止の諱《いみな》の罠にかかるのはおかしいのだと皇甫湜は思っているのであり、そのような諱《いみな》の無理押しにただ手をこまねいて李賀を見殺しにするようなことになるのなら当然あなたも連坐を免れていいはずはないといっているのだ。

韓愈の人間抱擁癖、狡智をもその含量とする人間抱擁癖の、勇み足であったのではないか。李賀の才名への嫉妬と傲骨《ごうこつ》への憎悪が、人にそのような暗い陥穽《かんせい》をつくらせたにしても、同時に李賀の推薦者韓愈への陥穽づくり、いやがらせではなかった、とは断言できるはずはない。李賀が官界にのりだすにあたって推薦者を誤選したかもしれないとは、その点においてなのである。

不意をつかれた韓愈は、「李賀に書を与えて、賀に進士に挙げられんことを勧め」た責任と予想さえしなかった己れの間の悪さを翻転しようと例の正義の旗のもとにその非を論ずる。だが、「聴く者は察せず、和して之《これ》を唱へ、同然辞《ことば》を一にす」のである。これは韓愈の抗議をシャット・アウトする附和の人々の情景をひきちぎっている。「賀《が》が父の名は晋粛《しんしゅく》、進士に挙げられざるを是《ぜ》となす」のである。韓愈の佯《いつわり》の正義を嘲笑うように、李賀の父の名は晋粛、晋粛の子である李賀は進士になりえないと、首唱者に和して人々は雷同の言葉を繰返えすだけである。

この韓愈の「諱弁」は、彼の抗議にもかかわらず受けいれられず、李賀が受験を自ら辞退したあとでの敗戦処理的な状況の中で、彼は筆をとったのであろう。この「諱弁」は、古来名文章として「波瀾畳出《はらんじょうしゅつ》して転折神《てんせつしん》あり」とか「文勢一順一倒、勢に乗じて回旋して結をなす。風の落葉を捲《ま》くが如し」とか評され、「古文真宝」「文章軌範」「唐宋八大家文」はみなこの「諱弁」を省略することはない。たしかに名文にはちがいないのであって、それは非のうちどころのない論陣の構えに思われる。しかもリラックスさえしていて、文章の中で皇甫湜に「子《し》と賀《が》と且《まさ》に罪を得んとす」といわせたのち、おびえるどころか、「然《しか》り」などとオウヨウに答える自分をさらに自分の筆で描出してさえいるのだ。

律に曰く、「二名は偏諱《へんき》せず」。之《これ》を釈する者曰く「徴を言えば在を称せず、在を言えば徴を称せざるが若《ごと》きを謂う、是《これ》なり」。律に曰く「嫌名を諱《い》まず」。之《これ》を釈する者曰く「禹《う》と雨《う》と、丘《きゅう》と蓲《きゅう》との類の若きを謂う、是なり」と。今、賀が父の名は晋粛、賀の進士に挙げらるるは、二名の律を犯すとせんか、嫌名の律を犯すとせんか。父の名晋粛、子は進士に挙げらるることを得ずんば、若《も》し父の名仁《じん》ならば、子は人《じん》たることを得ざるか。

「二名は偏諱せず」と、たとえば孔子の母が徴在《ちょうざい》という名であったから、孔子は徴の字をいう時は在をいわず、在の字を用いる時は徴の字を用いないようにしたということで、二字の名前は二字同時は不可であるが、一字づつどちらかを忌むのならかまわないというのである。李賀は、この律を犯していないことになる。また「嫌名を諱まず」とは、字は違っているが音が相似している場合で、その際は忌む必要はないという意味で、これまた李賀は律を犯していないというのである。

以下韓愈は犀利《さいり》にしかもひた押しに「夫《そ》れ諱は何《いず》れの時にか始まりし。法制を作り以て天下に教へし者は、周公・孔子に非ざるか。周公は詩を作りて諱まず、孔子は二名を偏諱せず。春秋、嫌名を諱まざるを譏《そし》らず」といいなおも昭王の場合、孔子の門弟曽子《そうし》の場合、漢の武帝の場合、呂后《りょこう》の場合をあげ、引例を並びたてることにより相手を圧倒するという術を駆っている。

そして、そのような小事にこだわるのは「宦官宮妾《かんがんきゅうしょう》のみ」と攻めたて、「今之《これ》を経に考へ、之を律に質《ただ》し、之を稽《かんが》うるに国家の典を以てするに、賀の進士に挙げらるるは可とせんか、不可とせんか」といいよるのだ。なおもそれでは足りずと「周公・孔子・曽参《そうしん》に勝《まさ》って、乃《すなわ》ち宦官宮妾《かんがんきゅうしょう》に比せば、これ、宦官宮妾の其の親に孝なること、周公・孔子・曽参よりも賢なるものか」と李賀をひきずり落した「今世の士」たちにむかってたたみかけたのである。

この証明の熱気と正当をむさぼる理論の整然さは、この「諱弁」を、文章を学ぶものの模範としたぐらいであったが、それが熱気のこもった名文であればあるほど、政治家韓愈の体臭、まやかしの正義を感ぜざるをえない。このまやかしの正義を当時もっとも敏感に察知していたのは柳宗元（七七三―八一九）だった。

韓愈が柳宗元と親しく顔をあわせた時は、おそらくともに監察御史の職にあった時であろう。それは、中国最大の文章家といわれる二人が同じ任務に相会した時でもある。もちろん二人の結合点は、政治ではなく文学においてであった。柳宗元は、そのころ改革派の王叔文一党の尖鋭であり、韓愈とは思想の袂《たもと》を別にしていた。監察御史にのぼるや韓愈は狡猾なくせにオッチョコチョイでもあるという癖を露呈し、「御史台上、天旱し人餓うるを論ずるの状」を奏上し、陽山へ貶せられたことはすでにのべた。

だがこの左遷を納得いかないことだというしこりは生涯とれなかったと思われる。その左遷の間、王叔文の一党はついに政権を握り柳宗元、劉禹錫《りゅううしゃく》という同僚であり文学の友でもある彼等の地位はそれにつれて上昇した。しかし一党の急速な挫折によって、ふたたび韓愈にも陽がさしこみ、江陵府参軍事となり蛮地陽山から一歩、長安の都へ近づく。

その江陵へ赴く途中、韓愈は、都にいる自分の同志王《おう》涯《がい》、李建《りけん》、李程《りてい》の三人にむかって、一詩を贈った。それは、都へ自分をよび戻すよう努力してくれないかという意味の詩で、「殷湯禽獣《いんとうきんじゅう》を閔《あわれ》み　網を解いて蛛蝥《ちゅぼう》を祝す　雷《らい》煥《かん》宝剣を掘り　冤氛斗牛《えんぷんとぎゅう》に銷《き》ゆ」と情けない声をだしているのである。むかし殷の湯王は網にかかった禽獣を放ち、おまえたちは蜘蛛や稲喰い虫のようにものをやたらにむさぼってはならぬと忠告したという、私は、はからずも網にかかった禽獣に似ている、その網をはらうよう皇帝に頼んでもらえないだろうか。雷煥が宝剣をほりだした時、北斗星と牽牛星の間にただよっていた紫気がたちまち消えたというが、君たちが私を都へ戻るようにしてくれたなら私の冤苦《えんく》も残りなくけしとぶことであろう。

韓愈のこの比喩のありかたは、「網をとく」「冤氛銷《き》ゆ」といった都合のよい部分にしか類似のない強引な比喩である。だが韓愈のいう「冤氛」の原因はその詩によると柳宗元、劉禹錫にも関係があるという疑心を告白しているのである（赴㆓江陵㆒途中、寄㆓贈王二十補闕・李十一拾遺・李二十六員外翰林三学士㆒）。「同官尽《ことごと》く才俊　偏《ひとえ》に柳と劉とに善《よ》し　或は慮《おそ》る言語洩れ　これを伝へて冤讐《えんしゅう》に落つるかと　二子宜《よろ》しく爾《しか》るべからず　将《はた》疑うらくは断ずるか還《ま》た不《いな》か」。私と同役の監察御史のものたちは尽く才俊の士ばかり、特に柳宗元、劉禹錫とはなかよしである。だが二人は王叔文たちと結託していたから、そうは考えたくはないが、彼等から言語洩れ、これが王叔文らに伝《つたわ》って、私は無実の罪に落ちこんだのではないか、二人がそうしたとは思えないが、断じて然りや、然らざるやはっきりしないと、柳宗元、劉禹錫に濃厚な疑いをかけているのである。

江陵で朗州に遷されいく劉禹錫にであい、蛮地の凄まじさをさんざん述べて驚かした末「ああ、なんじ既往《きおう》よろしく懲《ちょう》をなすべし」といった意味あいも、ここにいたって、よく溶けてわかってくる。柳宗元は、ひとたび擯《しりぞ》けられるや二度と「光顕」にありつくことなく流謫の地柳《りゅう》州で没したが、その時韓愈は墓誌銘の筆をとった。その人となり才能を賞めたたえ流された僻遠の地での業績をのべ、友誼厚き例を語る。元和十年（八一〇）劉禹錫とともに柳宗元も長安に召還されたが、それも束の間「偕《とも》に出されて刺史となる」ことになる。だが劉禹錫が播《は》州刺史に命ぜられたときくや、彼の母が老母ゆえに気の毒だと柳宗元は「柳（州）を以て播（州）に易《か》ふることを願はんとす。重ねて罪を得て死すとも恨みず」と拝《はい》疏《そ》したというエピソードを書きくわえ、まさに墓誌銘にふさわしく展開するのだが、その後半において一貫した称賛の文脈はとつじょ挫折し、いささか死者に鞭打たなければならなかった。即ち彼はいう「子厚《しこう》（柳宗元）をして台省《だいしょう》に在りし時、自ら其身《そのみ》を持すること已《すで》に能《よ》く司馬・刺史の時の如くならしめば、亦《また》おのづから斥《しりぞ》けられざりけん。斥けられし時、人ありて力《つと》めて能く之《これ》を挙げたりせば、必ずまた用いられて窮せざりけん」。なぜこのようなことをいわなければならなかったかも、ここにいたって、よく溶けてわかってくる。

韓愈は柳宗元への詩および文章を七つも残し、文学の友、文学の敵として知己を結びつづけたのであったが、しかし陽山に左遷されたことへの要因を柳宗元らと引きはなして考えることを、彼の死に際しても解きはなつことがついぞできなかった。

柳宗元は、韓愈をどう思っていたのだろうか。稀有の文人として認めながらも、彼の欺瞞に黙ってはいられなかった。韓愈のように疑惑を心の奥にくすぶらせてはおかなかった。「韓愈に与へて史を論ずる書」で柳宗元は、彼の言のことごとくをひっとらえてきては、青蛙が腹をみせて地べたに叩きふせられた時のように、なんらうしろめたさの片鱗さえもみせず、臆することなくひっくりがえしている。

かって韓愈は、唐の歴史を編纂したいという考えをもっていた。それは誰もが適役だと思っていた。ところが、比部《ひぶ》郎中史館修撰《しかんしゅうせん》という願ってもない地位についても、いっこうにその気配をみせない。劉軻《りゅうか》という人がその怠慢をなじり、柳宗元もそれをいった。韓愈は、なぜ私がやりださないかは劉軻への手紙で論じておいたからそれをみてくれと柳宗元には返事した。柳宗元に対してこのような疎略なことをいうのは、劉軻への手紙の文・章にそれ相当の自信があったからにちがいない。事実「諱弁」でみせた時のように故事来歴を引いて論じているのである。柳宗元はその手紙をみた。「今乃《すなわ》ち書藁《しょこう》を見るに及んで、私心甚だ喜ば」なかったのである。「韓愈に与へて史を論ずる書」はかくして永州からはるばる送達されることになった。

「書中の言の若《ごと》くならば、退之《たいし》宜しく一日も館下に在るべからず」と柳宗元はまずいいきった。韓愈の第一の理由は、宰相が、この官に命じたのは不遇を憐んでくれたからであって、史筆を執らせようという意図はないのだというにある。柳宗元はいう。「はたして宰相の意がよしんばそうであっても、退之よ、君は虚《むな》しくその栄とする意を受けるつもりか、修史館の近くにただ冒居し、奉禄を貪り、部下を私用に使役し、館の紙筆を自宅にもちこみ、私書を為し、それらを子供の養育費の足しにする、そんなことでよいであろうか。古《いにしえ》の道に志す者は宜しく是《かく》のごときなるべからず」

韓愈の第二の理由は、歴史を編纂した者はことごとく刑禍にあっている、人禍あらざれば天刑に遭っているというのである。柳宗元は、史は過去を扱うものなのに、そんなことをいっていたら退之よ、君は、人を褒貶《ほうへん》成敗する御史中丞《ぎょしちゅうじょう》にもなれなければ、天下の士を生殺《せいさつ》出《しゅつ》入《にゅう》しなければならぬ宰相の任にもつくことはできないであろうと、つめよるのである。さらに韓愈が証拠として提出した、「春秋」の孔子の例、「史記」の司馬遷の例、「漢書」の班固《はんこ》の例、「春秋左氏伝」の左丘明《さきゅうめい》の例、「後漢書」の范曄《はんよう》の例、これらをとるにたらない証拠として、ことごとく論破する。そして柳宗元はいう、「これ、退之、君は中道を守って、その直《ちょく》を忘れなければ、なにもおそれることはないではないか。君のおそれているのは、君自身が直になれないこと中道を守りきれないことへのおそれなのではないか。さもなくば刑禍は恐るる所のものであるはずはない」

韓愈の第三の理由は「我一人なり何ぞ能《よ》く明らかにせん」ということであった。そんなことをいうなら人々皆、我一人なりというであろうといい、「今、学《がく》退之の如く、辞《ことば》退之の如く、言論を好むこと退之の如く、慷慨《こうがい》して自ら正直行行焉《せいちょくこうこうえん》たりと謂《おも》えること退之の如くにして、なお云う所かくのごとくんば、唐の史述は其れ卒《つい》に託すべきなからんか。退之宜しく更《あらた》め思ふべし。為すべくんば速《すみや》かに為せ。果して卒に以て恐懼して敢《あえ》てせずと為さば則ち、一日にして引き去るべし」と攻撃の矢束を浴《あび》せるのである。

韓愈は、過去しばしば正義の筆鋒《ひっぽう》をふるった。この正義のふりまわしには、多くのものが正義に生きていない故に人々は、弱いのである。韓愈は、その間の事情、正義のふりまわしには泣く子も黙るという事情をよく知っていた。ところが、柳宗元は、韓愈の常套の手段を、自分の手段として韓愈にたちむかっているのである。それは韓愈より一枚上手であったというより、より廉直に生きたためというべきであろう。「柳州の人物は高く昌黎《しょうれい》(韓愈)の上に出づること一等」という評はそこから湧く。

韓愈は、柳宗元のこの書をみて、怒りを発しなかっただろう。この完全なる攻撃の構えは、よくみればつねに韓愈の才能をほめたたえながらその欺瞞をあばいているのであって、おそらく攻撃の矢の雨を快く肌にうけながら読んだにちがいない。このことによって絶交ともならなければ、韓愈が奮起して歴史を書いたという形蹟もみあたらない、柳宗元が先に卒するまで、韓愈の友人グループの円環にいない遠い地点での友人として、互いに相手に軽蔑と尊敬と疑問を抱きながら続いた。

　このささやかな個人的事件は、元和九年（八一四）正月と推定される。李賀が科挙の界から葬られた元和五年（八一〇）から四年の月日がたっている。あの時、韓愈は正義の筆鋒で、その非を説いた。皇甫湜が「子《し》と賀《が》と且《まさ》に罪を得んとす」といった時、「然り」といったのは韓愈であったが、韓愈は罪を得なかった。退いたのは李賀ひとりであった。韓愈は正義の筆鋒を出しっぱなしであって、事件が李賀の辞退によって落着しても依然とただ出しっぱなしなのである。韓愈は、その不本意な落着を許さずなおも正義の筆鋒を突き続けた気配もなければ、李賀の辞退は自分の辞退と考え、李賀の不幸と心中した気配もないのだ。

　それが政治家のしわざというものであり、ききわけのよいということなのであろう。柳宗元はそれができなかった。韓愈の大人の匂い、つまりすぐ心もないことだと暴露してしまう欺瞞の正義にがまんがならなかった。柳宗元がひとたび流遷されるや、二度とカムバックできなかったことはそのような精神事情とも通っている。韓愈は柳宗元の墓誌銘において、「子厚、前時少年たりしや、人の為にするに勇み、自らを貴重顧籍《こせき》せず、謂《おも》へらく、功業立ちどころになるべしと。故に坐して廃退せらる。既に退けられては、又、相知の気力あって位をうる者の推挽《すいばん》するなし。故に窮裔《きゅうえい》に死して、材は世の用を為さず」に終ったというのである。つまり、子厚はあまりにも大人の匂いがなさすぎたと回顧しているのである。

　政治というものを考えるならば、不当であることは正当でもありうるのだ。中国の政治の伝統をみる時、つねに組織に諫諍《かんそう》の官、直言の官、上表の機関をおいた。それは、正義をいう組織ではあるが、不当であることも正当でありうるという論理を無視する組織ではありえない。この組織の存在によって、多くの名文は世にのこったが、その名文が世にすべて受けとめられたとはいえない。ここにも文学と政治の同居を外装とする残忍なからみあいが中国の伝統にはあるのだ。正義をいわなければ無能であり、正義にこだわりつづければまた無能であるというつらさが、中国の政治の伝統にはあるのである。

韓愈の正当を貪る抗議は、無駄であった。おそらく中央試験の主催者である吏部の中からおこったであろうこの物議は、ひとたび論じられたからには、とりかえしがつかないのだ。その横につきだされた槍が「諱《いみな》」のタブーに触れたものであっただけに、李賀は進退きわまるのである。

＊

このいまわしい滑稽とさえ思われる「諱《いみな》」という風俗。これは中国特有の風俗といってよいだろう。「諱」とは、死者の生前の名前である。先祖、皇帝（に属するものを含めて）を尊崇することから出発したこの諱の風俗は、もし人がその諱とぶつかった時いろいろの方法を講じて避けなければならない。改字の法、欠筆の法、改音の法とある。改姓の例、改名の例、辞官の例といろいろな種類もある。たとえば、荘氏は後漢の明帝の諱荘を避けて厳氏と改める。改姓の例である。皇帝とおなじ名をもつことはおそれおおいことなのだ。このおそれおおさへの恐怖はいったん走りだした以上、どこまで走りだすかわかったものではない。祖父の名が安であるなら長安のあらゆる官職につくことはできない。亡父の名が軍であるなら、将軍にはなりえない。

俗に周に起ったという避諱《ひき》の風俗は、唐の時代には狂うように盛んとなった。それを無理押しすることにより諱のタブーは、政敵を引きずりおろす恰好な刺客の凶器ともなった。この風が中国二千年の長きに垂れた時、流弊《りゅうへい》、混乱おびただしく、避諱学さえ必要とするにいたっているのである。これがわからなければ、古文書を正しく解きえないかもしれないのだ。

進士の試において、家諱《かき》はもっとも重んぜられた。宋の銭易《せんえき》の「南部新書」はつぎのような例をのべている。「およそ進士の入試において、たまたま題目に家諱が発見されたなら、答案を書きつづけてはならない。それがしは、忽《たちま》ち心痛を患い試院を出て休息したいのです。謹んで答案をお返ししたいと存じます、といって疾下《しっか》に休息をとりにでていかなければならぬ」。

家諱の解釈は、同字だけにかぎらず、同音も否とするにいたっていた。唐制は、韓愈のいうように、「不諱嫌名、二名不偏諱」といっているが、もともと法制としてではなく風俗として動きだし、それは無節操に揺れ、動き、結び、離れる故に、それを抑えようと、その風俗の中からある限定のこころみとして法制化されたものにすぎないゆえに、結局はバンソコウをはって痛みをとめるといったその場しのぎのかなり寛大なものにならざるをえなかった。事実つぎつぎと無視されていっているのである。

李賀が、亡父の諱によって驚かされる四年前、元和元年（八〇六）に白楽天も似たようなケースを経過している。白楽天が進士に及第したのは、貞元十六年（八〇〇）、二十九才の時である。十七人中四番、最年少であった。「第に擢《ぬきん》でらるる」ただそれだけでは貴しとするにたらない、母はじめ兄弟親戚一同にその及第を報告した時こそはじめてその及第は栄となるのだ。そのように自分にいいきかせて白楽天はその報告に故郷へ帰ろうとした。

時輩《じはい》六七人　我を送って帝城《ていじょう》を出《い》づ
軒車《けんしゃ》行色《けしき》を動かし　糸管《しかん》離声《わかれ》を挙ぐ
得意別恨《べっこん》を減じ　半酣《はんかん》遠程《えんてい》を軽んず
翩翩《へんぺん》として馬蹄《ばてい》疾《はや》し　春日《しゅんじつ》帰郷の情

（及第後帰観留二別諸同年一）

その年同時に合格したものたちが、彼の帰郷の旅立を見送るまでの仲にもはやなっている。車が動き、景色が動きだすと同年の仲間たちが用意した音楽、離別の曲が車の後を追う。だが合格得意のこころは、離別の悲しみをも薄め、酒に半ば酣《たけなわ》なこころは、遠路の旅をも軽くみるのである。「翩翩と馬蹄疾く　春日帰郷の情」にせきたてられているのである。宋の黄徹《こうてつ》は白楽天の「檄《げき》を得てこれを喜ぶの意」をみて、「春風得意馬蹄疾し」と歌った孟郊を思いだし、「これは決して孟郊ひとりの語ではない」といった（碧渓詩話）。白楽天も合格の喜びのあさましさから疎外されることはなかったのだ。

だが孟郊がその喜びのあさましさをまもなく棄て、「悪《あ》しき詩はみな官を得《え》　好《よ》き詩は空《むな》しく山を抱《いだ》く」とかつての不平家にたちまち戻り、またまた猟官運動に奔《ほん》馳《ち》しなければならなかったように、白楽天にもすぐに官は下らず、三年みすみすと待機の空を眺めた。

しびれきれた白楽天は、韓愈も柳宗元も劉禹錫もそうであったように吏部試を受けることにした。貞元十九年（八〇三）、博学宏辞の科を白は最初選んだ。だがただちに書判抜萃《しょはんばっすい》の科に受験を変更したのだった。それは彼が、賢明にも祖父の諱を回避した結果なのである。祖父の名は鍠《こう》、ゆえに博学宏辞の科の宏《こう》と同音であることを忌避したのである。白は、嫌名諱せずという唐律を賢明にも信用していなかったのである。

そしてこの書判抜萃の科を受けることにより、たまたま席を同じうした元稹《げんじん》との出逢いの瞬間がもたれるのだ。

白より八ツ年下、はるか十年前（貞元九年）、十五才で明経科に合格した「元《げん》才子」に出逢うのである。「七年長安に在《あ》り　うるところは惟《た》だ元君のみ」といい、我々を結ぶ魂の源流は別所《べっしょ》にあるのではない、おなじ泉から湧きこぼれているのだという終生の友、梁《りょう》州の旅で彼が白をみた夢が、都で曲江に遊び慈恩寺をたずねる白のでてくる夢が、まったく同月同日の白の行動であったという元稹（白行簡「三夢記」）との友情の最初の交換の日をこの時もったのである。

*

李賀は、白楽天の賢明をも幸運の余地をも密閉されたかにみえる。切れるとは思ってもみなかった頑丈なはずの綱が、こともなく軽い音をたてて断たれてしまったのだ。晋と進、李賀が科挙に依存し、官吏の地位の巌《いわお》にしがみつこうとあがくかぎり、この諱という不逞の刺客をひとたび不本意とはいえ手許によびこんだ以上、避けることはならない。

我に郷を辞するの剣あり
玉鋒《ぎょくほう》雲を截《き》るに堪えたり
襄陽《じょうよう》　馬を走らすの客
意気　自《おのずか》ら春を生ず　（走馬引）

そうこころの剣に意気のしぶきをふきつけなければ郷門を出立することのできなかった一受験生の不安は、彼の用意したあらゆる不安の予想を裏切って、合否と無縁のところで、欝蒼と錯綜した「諱《いみな》」という葛に意外にもからめとられてしまうのだ。

洛風《らくふう》馬を送って長関に入る
闔扇《こうせん》未《いま》だ開かざるに猘犬《けつけん》に逢う　（仁和里雑叙皇甫湜）

洛陽を通って長安への旅。洛陽から吹きつける風を背にうけ、長安の都で開かれる科試の文場を目指して、李賀の馬は走る。奴僕の少年巴童も、主人李賀の馬を追っていたかもしれない。長安の殷賑な街中に馬は入り、旅を解き、いざ登龍の門へとのぞんだ時、そしていまその門扉《もんぴ》が、音を軋《き》しませて開く気配をみせた時、猘犬《けつけん》、まさに気狂い犬が李賀の面前に躍りでたのだ。

「諱」というものは、避けるためにあるのではないか。

その通りである。が、避けえたであろうか。父晋粛よ、なぜあなたはそのような名前をおもちになったか、李賀はうらめしくそれをいわないだろう。死者は、息子長吉の危窮をみかね、墓台をはねて名を改めにあわてて息をふきかえすことはしないだろう。

二度目のチャンスはないものか。「南部新書」のいう挙進士が、題目が諱に触れているのを知り、心痛たちまち思うといつわって文場を去ったように。もしそれならば、つぎの科試には父や祖父の諱をみいださずにすむかもしれない。

ないだろう。そのようなまどろみ、思惑ある期待はかなわない。李賀を押しつぶした暗闇の閉じ蓋がそんな余光を射しこませるほど甘くはない。進士という言葉が官界から逃亡しないかぎり二度とめぐることはないだろう。

科試ともいうように、進士科だけではなかったはずだ。白楽天が吏部試で示したように科をかえてみたらどうだ。進士科だけがすべての道ではあるまい。たとえ将来、不利の道を歩むことになろうとも。

それもかなわないことだ、白楽天の例は、例にはならぬ。あの吏部試は、進士の資格をもつもののみにゆるされた就職試験なのだ。それなら礼部試でも進士科以外に、秀才も明経も明法も明算も、科としてあるではないかというだろう。かりに進士科のつぎに重んじられている明経の科は、受験生の数もすくなく課題も古典の解釈だけだときく、元稹は十五才で抜擢されたときく。それはその通りだが実は李賀はその明経にさえなることはできないのだ。なぜか。科の選択は、郷試を突破した挙進士のみに与えられているのだからだ。あのような「諱」のタブーを李賀におしつけるのなら、河南の府試で注意深く自ら辞退、あるいは辞退を強要されていなければならないはずだ。李賀の受験を阻まんとするものが、韓愈をも指弾したということは、推薦者としての失格を強くいいたかったのにちがいない。

李賀の才稟《さいひん》を嫉み、そしるものたちが（韓愈に対してもふくめていいかもしれない）諱を犯しているという言を、あるいは撤回するかもしれぬではないか。

だめだろう。これは法律は法律でも、むしろ犯すべからざる礼法、風俗、仁道に近い。強制執行というより、本人の自発を待つものだ。いちどでもその諱を避けてしまったなら、進士という言葉が抹殺されるまで、無視するわけにはいくまい。本人も、他も気づかずに終ればよかったのだ。だが、なにものかによってアッピール・アウトの噂の煙がたちのぼった以上、それは礼法であるゆえに、致命的なのである。北斉《ほくせい》の顔之推《がんしすい》は「顔氏家訓《がんしかくん》」の中でいっている。「礼記《らいき》」には亡き父母の「似るを見て目瞿《おそ》れ、名を聞きて心瞿る」とある。それは感ずる所あってはじめて「惻愴《そくそう》たる心眼」に触れるのであって、そんな時は諱を心から避けるべきだ。そうでない時は、普通にしていればよい。伯父兄弟が先人に酷似しているからといって、終身、断腸の思いに忍んで、伯父たちと顔をあわさないでなんかいられるものか。亡父の名を耳にするや、それを避けようとしてこころ顛沛《てんぱい》して駈けだすなどというのは愚なこと。その場その場で事情酌量して対処すればよいのだ。そんな風に顔之推はしたりげであるが、「顔氏家訓」がかかれたのは六世紀、諱を避けるものの滑稽を笑う正しさの時は、九世紀に突入した中唐も末期には、笑ってはいられぬ時にかわっていた。「唐代の避家諱の慣例の如きは、もっとも不合理なものだ」と中共の陳垣《ちんえん》はいうが、その時から千年以上も経過した後世の人間がのこのこと現れて憤激したところで、憤激の自由の行使にすぎない。

那《なん》ぞ知らん　堅《けん》都《と》相《そう》すること草草《そうそう》
客枕幽単《かくちんゆうたん》　春の老ゆるを看る

那ぞ知らん堅都相すること草草、いったいなんということだ、人をみる目をもった奴は一人もいないのか、このでたらめな人間鑑定は！　この怒りは自慰ともならない。この怒りは、呆然の中に生きている。呆然に精神の全域が支配され、その呆然の中からふと想いだしでもしたかのように、怒りが発するといった趣さえある。

李賀は、落第するという憂き目、この不快な権利をさえ、「諱」という刺客の手によって、放棄させられるのである。落ちても落ちてもどぶねずみのように這いあがり、山ほどの詩書を読み尽し、ようやく一青衿《せいきん》となる。「佳人我に問う年の多少　五十年前二十三」、老来の新進士詹義《せんぎ》のように自ら諷刺を演じることもできないだろう。科挙に関するかぎり、李賀の未来への展望、かもしれぬという期待は、夜の国に蔵《しま》われてしまうのだ。

李賀は、呆然と長安の都に滞《とどこお》っている。推薦者韓愈や皇甫湜ら友人たちは、讒者《ざんしゃ》たちの蟠居《ばんきょ》する吏部にむかって抗議している。李賀は、仲間たちの好意ある抗議をどう眺めていたか。ときたま唐突に、あの狂い犬たちに対する怒りが頭髪をゆさぶらんばかりに燃えあがってくるが、呆然と老人のように李賀は黙って眺めている時間のほうが、多かったであろう。

年は明けた。李賀は、都を去らない。二月礼部の挙場にて進士の試が全国の郷貢進士たちを集めて開かれる。元和六年（八一一）進士科は二十名の合格者を生産した。

新進士たちは、状元《じょうげん》（首席合格者）以下馬にのって試験官の邸を訪ね、門内の西階の下に列を綴って立ちならぶ、試験官は東階の下に列し、対面する。試験官の主事がでてきていう、「請う諸郎君、中外を叙せられよ」「請う状元よ曲《つぶさ》に名第、第幾人なるかを謝せられよ」、何才で合格したのか、何番目で合格したのかを述べよというのである。儀式が終ると「飲酒数巡」するのだ。さらに試験官につれられ宰相を訪ねる。状元はまた他の合格者たちを代表して宰相に謝していう、「今月某日、礼部放《ほう》牓《ぼう》。某等幸いにも成名を忝《かたじけな》うするは、皆、相公陶鎔《とうよう》の下に在り。感懼《かんく》に任《た》えず」。そして状元以下ひとりひとりが姓名をなのりあげる。

謝恩の儀式がおわると期集院《きしゅういん》で合格者たちの交歓の宴がひらかれる。たがいに同年であることを確認しあい、顔崩れんばかりに破顔し過ぎし日の辛苦、及第を狂喜してかたりあう。郷里のはなし、自分らの推挙者の自慢、将来の助けあい、詩のはなし、その身を折らんばかりの喧《かまびす》しさの中を酒盃はとびかうのである。宴はこれで終るのではない、

大相識《両親生存を宴す》の宴、次相識《父母一方生存を宴す》の宴、小相識《兄弟あるを宴す》の宴、聞喜勅下《ぶんきちょっか》の宴、桜桃の宴、月灯の宴、牡丹の宴、看仏牙《かんぶつが》の宴、関宴《かんえん》。ぞくぞくと宴はかさなって進士たちの喜びを多忙にする。関宴、そうだこの関宴のまえには、簡単な身・言・書・判の試（容貌、言語等を調べる試験）が、吏部に身柄の移った進士たちに課せられる。その後ただちに任官するものもいる。さらに吏部試を受けようと覚悟するものもいる。関宴は、別称離宴ともいった。それはこの宴が終ると、任地にむかうもの、いったん郷里の土を踏もうとするもの、長安の都へのこるもの、同年の進士たちが離ればなれになる最後の宴であったから。もしくは、それは曲江《きょっこう》の宴、探花の宴ともいった。それは牡丹濃艶に匂ふ、曲江のほとりでひらかれたから。

我に郷を辞する剣あり、玉鋒《ぎょくほう》雲を截《き》るに堪えたりと歌って、都へ馬をのりいれた李賀は、そうあるべきはずの試に挑むこともなく、新進士たちの歓喜の影像に背をむけてことごとくを見送らねばならなかったのである。李賀、二十才、「探花」の使として、城中の名園をあまねく、もっとも豪奢に花びらをひらく牡丹の一枝を求めて、さまようていたかもしれない。すくなくとも、白楽天がこの合格の日の歓遊を「曲江の西岸杏園《きょうえん》の東　花下帰るを忘るるは美景に因《よ》れり　樽前《そんぜん》酒を勧めて是《こ》れ春風」と憶いだしたように、たとえその後の生きるコースがどうなろうとも、このあさましい白痴のような空洞のよろこびに近づけたにちがいない。

彼等はまもなく曲江の北、慈恩寺《じおんじ》に期集する。その大《だい》雁塔《がんとう》の塔壁に、書を得意とするものが及第者の姓名をか

きしるすのである。

この七層の大雁塔、高さ三百尺、その「高標　蒼穹《そうきゅう》に跨《また》が」（杜甫）っているともみえ、またはその「塔勢　湧出するがごとし」（岑参）ともみえると詩人たちを驚倒させた。龍蛇のまがりくねる回廊をくぐってその最高層に登りつき、眼前を見晴るかそうとする時、突然耳うつ烈風の、音たてて塔を逆巻く声におびやかされ、破砕した心でそれでも視界をおさめようとすれば、そのあがった心は、山脈《やまなみ》が波濤のごとくゆれるとみえるのである。眼下の長安の街並は、もうろうとかすむのだ。曲江の流れは線の条となってかすみ、動いているとは思えない。だがこのもうろうとした気をつき切って下界に降下するなら、そこには百万を越える人口が蝟集《いしゅう》しているのだ。九衢《きゅうく》を諠諠《けんけん》と車騎が往来し、安南の赤い鸚鵡《おうむ》がかごの中で大声を真似、市街は花の色彩とむせる匂いですきまなく埋り、花のないところには妓楼《ぎろう》立って管絃と嬌声《きょうせい》がむせぶ。曲江の草を碾《きし》って鈿車《でんしゃ》行き、緑酒が宙を飛沫してとぶのだ。綱わたりの異人小屋もあれば、貴族の邸宅には崑崙奴《こんろんど》がせわしなくはたらいている。

李賀は、この長安のどの一角で、じっとしているのか。

客枕幽単《かくちんゆうたん》　春の老ゆるを看る

どの一角で、放狂する長安の春を尻目に、単《ひと》り幽《さび》しく、旅の枕に頭をかたぶけているのか。文場の戦いの意志をもがれ、故郷昌谷にただちに帰省することなく、にぎにぎしい長安の旅宿に滞《とどこお》り、春の老けゆくをみつめているのである。この春の老けゆくをみる、「看る」は、虚《うつろ》なふてぶてしさをふくんでいる。受験資格強奪というショックの整理への努力、そんな余力を越えた空間のない空間の世界と、その「看る」はむかいあっている。

しばらくして李賀は虚な「看る」をやめ、この世の空間にもどり、ショックの整理にとりかかる。李賀は、自分の挫折を承認する声を、ぬけぬけとほざきはじめるのである。

長安有男児　　長安に男児ありき
二十心已朽　　二十にして心已《すで》に朽《く》つ
人生有窮拙　　人生　窮拙《きゅうせつ》あり
日暮聊飲酒　　日暮《にちぼ》　聊《いささ》か酒を飲む
祇今道已塞　　祇今《ただいま》　道已《すで》に塞《ふさ》がる
何必須白首　　何ぞ必ずしも白首《はくしゅ》を須《ま》たむ（贈㆓陳商㆒）

この頽朽《たいきゅう》の詩句、太陽の頽《くず》れおちるを目撃したものの息づかい、それにもかかわらず剣の心の刃をぬいて昌谷を出奔した時に似る意気をそれらの詩句に感じるのはなぜか。絶望を口にできるということは、実は意気なのか。

河南試の李賀

いわば鐘の音を高らかに響きわたらせようと李賀は考えていた。そのためにも鐘を打つ手綱をしっかりにぎっていようと思っていた。だが、李賀はその手綱をしっかり握りしめていられるかどうかに、惑ってもいた。故郷を出奔する時から当惑していた。

鐘を打たんとして、手綱で面を打たれ、首を巻かれ、自ら首を吊りかねない破亡の影像に廻り道して慄《ふる》えているところがあった。その慄えは、鐘がたとえ轟々となり響いても、その響きを収める時、その手綱をうまく裁くことができるかどうか、そこまで彼の不幸の影像は先廻りしていた。

その惑いは、僭越《せんえつ》となって返答された。鐘に音声を導きつたえる「行動開始」寸前に、李賀は狂い犬によって嚙み殺されたのだから。

李賀は嚙み殺された。
進士への道は、閉された。
二十にして心已《すで》に朽《く》つ、と呟《つぶや》いた。

＊

とはいえ、嚙み殺されたのは、李賀の勝手ではなかったか。狂い犬は、ただ吠えたてて、李賀の鐘楼へ赴く歩行を阻んだのであって、嚙み殺すつもりはなかったのだ。李賀が選びとっていた道だけを、李賀が諦めて背を向け去っていけば、その吠える役目はすんだのだ。「二十にして心已に朽つ」とはそれこそ自縛した滑稽の埋葬というものではないだろうか。

頽落の心を悲壮にいってみたところで李賀は自分を自分で埋葬したのではないか。そもそもが進士の資格がなんであろう。たかが官吏がなにほどのことがあろう。このような附帯疑問のつるべうちは、後世の人間のいい気な権利、つまり臆測と忠告の自由として留保されるものにすぎないかもしれない。

確かに、李賀の生きた時代、憲宗の時代（八〇六—八二〇）は唐代の科挙のピークともいえた。一年足らずで弟李純《りじゅん》、すなわち憲宗に譲位した順宗の時代はさておき、徳宗の時代（七八〇—八〇四）は、宰相二十六人中、科挙出身者は十四人、約半数とはいえ陸贄《りくし》を除いて、その宰相の地位を縦横したものはいない。李晟《りせい》、渾瑊《こんかん》、馬燧《ばすい》といった名武将たちが長期にわたって宰相の地位を死ぬまで襲っていた時代であり、彼等の名将としての声望と智謀を必要とする時代でもあった。半数を科挙出身者で占有しているといっても、その権力は、貴族出身者、武官出身者に比してその容量は微微たるものだった。

陸贄（七五四—八〇四）は例外であった。宝亀三年（七七三）、十八才で進士に登った陸贄を、徳宗は東宮のころから名を聞き、位に即くや翰林《かんりん》学士とし、しばしば時局の得失を問うた。彼は勇気をもって直諫《ちょっかん》し、徳宗の意に逆った。だが「宰相有りと雖《いえど》も、大小の事、上《しょう》必ず贄《し》にこれを謀《はか》る。故に当時、これを内相と謂う」と宋の司馬光の「資《し》治通鑑《じつがん》」は記している。陸贄の果敢な直諫に、たとえ貌《ぼう》従《じゅう》しても、徳宗にとって不愉快なことであったにちがいない。徳宗はその不愉快さをも愛した。そのような心理の生産の結果として、彼の言を容れるのをやめなかったが、陸贄を宰相としたのは即位以来十年も経過した貞元八年（七九二）のことである。この年開かれた貢挙は陸贄が主考官となり韓愈は進士科に及第している（同じ年度は年度でも、陸贄がまだ宰相とならない兵部侍郎の時である）。

そのころ徳宗は、戸部侍郎裴延齢《こぶじろうはいえんれい》を親厚した。例によって贄は延齢の姦詐《かんさ》を、その罪悪を、上にせめた。また延齢は「官吏はなはだ多し。今より欠員ありとも、しばらく補うなく、その俸を収め、以て府庫を実せんを請う」ともいいあきらかに進士科出身者にたいし敵対を露わにした。その非を「羣臣《ぐんしん》、延齢が寵有るを畏れ、敢えていうものな」かった。ひとり贄、その不可を論じ力争《りょくそう》したが、徳宗はかつてのように貌従することなく、ついに怒り色に表したのである。つねに受身であり、その受身を憎みながらも、その受身の苦痛を愛して陸贄のはばからぬ上奏を自ら求めてもいた徳宗の心理の不自然は、怒脹となって御破算した。貞元十一年（七九五）陸贄を太子賓客に落し、さらに忠《ちゅう》州別駕《べつが》として遠貶《えんぺん》した。韓愈が三回連続して吏部試に下第したのは、彼が陸贄の門生であったための妨害であろうともいわれる。その後徳宗は、宰相に不信をいだき、御史・刺史・県令以上の官吏は自分で選用するという疑心暗鬼の人となった。

　憲宗は、十五年間の在位の中で、二十六人の宰相をつぎつぎと登用した。そのうち十六人は進士出身者がしめた。貴族官僚と進士官僚の内部闘争は、悪弊となって激甚したが、その暗闘も進士出身官僚群に軍配はあがりつつあった〈穆宗《ぼくそう》長慶元年〈八二一〉から唐が滅びた昭宣帝《しょうせんてい》天祐四年〈九〇七〉まで、その両者の勢力争いである牛李《ぎゅうり》の内訌《ないこう》はあったが、生産された百五名の宰相のうち八十五名が進士官僚という大独占となるに至る〉。

　進士の資格をもつことは、高級官吏となり、その俸禄により一族の支えとなり、また名声をうる手段として有効であるばかりでなく、宰相として山頂から野を眺望する可能性をも大いに孕《はら》んできていたのである。そのような潮の波の押しよせの中で、吏道を期待する李賀の青春は、時秒を汲みうつそうとしていたのだったが、狂犬たちの足掻きによって、李賀の目の前に土砂くずれの堆積がうずたかく到着したのである。

　李賀は呆然としてしまった。李賀のはりめぐらした不幸の影像は、そんな影像ではなかったからだ。だが、附属した影像を剝ぎおとした不安という原魂は唸って肉体にささくれたつ鏃《やじり》となって射こまれたのにはかわりはない。呆然としても肉のなかで旋回する鏃は痛いのであり、「祇今《ただいま》道已《すで》に塞《ふさが》る」といわざるをえなかった。

　進士となることだけが道ではないことはわかっている。李賀にふりかかった凶殃《きょうおう》と汚辱は、なるほど、遠遠と、孜孜《しし》と、不合格という泥濘《でいねい》の道を歩むという、そんな汚辱にくらべて残忍とはいえよう、いや李賀のケースは、落第者のもつ未来に放つかもしれない光への期待さえ流してしまったのだといえたところで、たかが人間に小さな苦悩、より大きな苦悩などというものがあろうか。たかが一生、甘えてはいけない。

いっそうのこと、土砂で埋った進士への道からくるりととってかえし、「史記」酷吏列伝の人、漢の寧成《ねいせい》のように、ふてぶてしく針路の変改をいさぎよく口上すべきではないか。

寧成はその気、虹を吐き、しかも狡猾であった。官につかえるや気概こめて、その昇進に傾注した。中尉《ちゅうじょう》となると彼の統治、廉にして厳、横暴の宗室・豪傑の人々は震憾し、惴《あえ》ぎおそれた。そのため彼は罪におとされたがその時未練もなく吏道を破棄し、首枷をはずして脱走した。故郷へ帰った寧成は、称していう、「官吏となって二千石の出世もできず、商売をはじめて千万の富をたくわえることができず、どうして大きな口を開くことができようか」。田を買収し貧民を使役し、彼の懐中にはたちまち数千金がころがりこんだ。仁侠の徒を自任し、逆転して官吏の盲点を利用し、つねに数十騎を従え、郡守よりも人を蔵すること多かったという。

李賀、商の道もあるのだ。汚辱という汚辱が頭上にこぼれ落ち、その衝撃にしばらく立ちあがれなくとも、時間という神、その神の通過を見送りさえすれば、その赤く裂けた傷口も、若さという特効薬によって癒えるものだ、そういう人生智を認めないのか。それともなおもめめしく、寧成の例は不当だ、彼は官吏になったではないか、俺は官吏はおろか、その資格試験を受けることさえ焼きつくされたのだ、なおもそれをいうつもりなのか。

李賀の全詩篇は、そのような人生智を涙ながら自分の内へ採用する、そのようなことをしなかったことを知らせている。

尾を巻いて去る負け犬の、新たなる門出のふるいたつ勇気。李賀はそのようなけなげな感傷の勇気を受けつけない。弔いの鐘をいんいん鳴らすのだ。汚辱の湯束を全身にかぶりその汚辱の洪水の中に死を生きようとする。禍いを転じて福となさん、かかる平凡なシーンの選択には、気分の切換えという血みどろな努力さえあればよい。それなら誰でもやっている。

李賀は、禍いを禍いとし、煙草をのみすぎたアルコール患者の胃袋の沼が、ちょうど瘴気《しょうき》にけむっている沼に似ていても、なおもその沼の住人であることをやめそうにない酒に祟られた光栄者のように、その嘔吐の熱気の中で生きようとする。

「長安に男児ありき　二十にして心已に朽つ」。李賀は激痛を隠蔽し、けたたましく挫折を宣言するのだ。「人生窮拙あり　日暮聊《いささ》か酒を飲む」。理念が、観念が、挫折したのではない。人生が挫折したのだ。観念の挫折ぐらいであるならば、ある日、路傍の石につまづき、ただひっくりがえるだけで、その瞬間から新芽の観念に転換するかもしれない。立って歩いている時みた風景は、ひっくりがえる瞬間みた風景とは、同じ風景にもかかわらず違った風景であったといって……。が、李賀は観念を挫折したのではない。てれくさい人生というしろものを挫折したのだ。その自分の挫折を、他人ごとのように囁き、あるいは悟りきったように自分を説得し、日暮れになると酒を喉板に叩きつける。ここには一時しのぎの楽天的な自暴の酒はない。だが苦悶の熱気の中で生きようとするならば、そのにがい渋い美酒は、おそらく麻酔となって痛みをとき、痛みから離脱することにより、その果てには麻酔の醒める時が待機していてかえってその痛みを露頭させるだろう。それが禍を禍として放置するものへの復讐の物語なのだ。「祇今《ただいま》道已《すで》に塞《ふさが》る　何ぞ必ずしも白首を須《ま》たむ」。禍に生きるものの、自らの反人間性にたいする裏切りの悲鳴である。死を夢み、死をいそぐのである。

人間は、死にむかって間《ま》を埋めたてていく。その間《ま》の埋めかたこそ、シーンをもちえないか、もちえたのか、の微妙な境を引く点線にほかならない。そのシーンを継ぐにあたって人々は伏線という自己愛の網をはりめぐらしつつ、つぎはぎだらけのシーンを糸ではり縫っていく。針で縫うに疲れた時、そこにはじめて死の完結をみるのだ。伏線のない人生は、はじめから死である故に、皮膚をはぎ、臓器と血脈をむきだしにし、風にはじかれた一粒の砂をも死の傷とする無防備の生（死）なのだ。

あの進士資格剝奪によって、李賀は彼が敷きつめてきた伏線のある人生をものものしくほうりなげた。禍の沼の中から、脱離、蟬脱《せんだつ》しようとしない頑《かたくな》なシーンの受容。伏線は不安のよき同類であり、それは自分をも他人をも迷彩に追いこむ。希望権の守備する一条の斜光というものは、自分を自分で追いこんだ、繁雑に交錯してからむ、不安の縄目の極少のすきまから、ようやく見出していく刻苦で陽気な心理機制である。

時には、欣々と打ちならすなりという相反する鳴鐘律を守る用意もされていたのだ。そのような痕跡があるからには、旧き日の李賀の心を抽出し、ある検算をしてみなくてはならない。なぜ、李賀は暗い闇の鳴鐘律をえらばねばならなかったか。どうしても、そうしなくてはいられなかったのか、それを検算しなければならない。

*

それには元和五年（八一〇）秋、李賀が河南府試に応じた時の彼の心にまで、溯行しなければならない。

府試は、東都洛陽で開場した。李賀は、二十里（支那里）の旅を終え郷里昌谷から洛下に入った。東西四里南北二里の宮城が築かれ、その南には、周十三里の皇城を構え、その城下には官庁と顕官の住居する一百十三の坊が整然と走り長安の都の繁栄を奪うばかりに発展していた。次北宣風《せんぷう》坊には安国寺が、次北崇業《すうぎょう》坊には裴度《はいど》の邸宅が、次北永豊《えいほう》坊の西南の隅には垂柳がやわらかく極茂していた。次北清化《せいか》坊には旅舎がたちならんだ。書肆さえすでにあった。

この頃洛陽にはどのような詩人たちが街を歩いていただろうか。

韓愈は元和二年（八〇七）からそのまま洛陽で官職についていた。元和四年六月、尚書《しょうしょ》都官員外郎となり、そのまま東都に分司した。四十三才である。同年であり、愈が国子博士の時、助教であった侯継《こうけい》が、節度使王鍔《おうがく》の参謀として河中の幕《ばく》に赴くにあたって、彼に一詩を贈った（送㆔侯参謀赴㆓河中幕㆒）。この詩は、このころの彼の心境の一断面を語っている。

憶《おも》う昔、はじめて進士科に及第したころ、おたがいにまさに少年であったといってよいだろう。君のおとがいにようやく鬚がポチポチと生えはじめ、我が歯は清きこと氷《こおり》のようであった。そのころはともに心気壮《そう》にして、万事己れにできぬものはないと思っていた。あれは今日昨日のことに思われるのだが、我が歯はあちこち黒い洞窟の入口のように抜けおちいやしくなり、君の顔は老いて憎々しくなりおおせた……。幸に二人は学省の官を同じくし、そのまま親交をつづけることができた。教授の仕事は暇で絶ったも同然、二人は遊宴を以てつねとしたものだ。秋には密樹の蔭の下へ入って川面に釣竿をたらし、夜になるとこうこうと燈の燃える下で、バクチをした。冬、雪径をたどって山中の樵夫《きこり》をたずねた。また風通しのよい寺の長廊で、坊主と問答し打ち負かしたこともある。……沈冥《ちんめい》、日をはからず、その楽しむことかぎりなかった。

韓愈は、思い出の習性にしたがい、よいことばかりを思い出しているのである。だが暇であったことは事実で「東都遇㆑春「東都にて春に遇う」」という詩でも「閑職についたのでなにもすることはない。すべてきかざるみざるが貴いのだ。……幸いにも東都の官を蒙《こうむ》り、長安の政界の機と穽《せい》に陥ることから免れることができた。人とはちがっていたいという傲僻《ごうへき》が手伝っていよいよその懶惰《らんだ》は、いよいよ染ってぬけきれぬ。人に逢うのもめんどうで、すでに私のもとを去ったものはすすんでくるはずがなく、未知の人は呼ぼうとしたところでなかなかくるものではない」といっている。そしてつぎのように青春を回顧するのである。

少年の気、真に狂　春《はる》と競う意あり
荒れ乗って疲れを知らず　酔死《すいし》、豈病《あにへい》を辞せん
（東都遇㆑春）

だがこの青春回顧は韓愈の気休めであり欺瞞であることをわれわれは知っている。閑職をこれ幸としているようだが、実はそれを喜々とうけいれてはいないのだ。いらいらしてるのだ。この閑職はいってみれば韓愈が自ら築いたものなのだ。李翺《りこう》は「韓吏部行状」でその間の事情をのべている。元和元年（八〇一）江陵から長安に帰り権知国子博士となったが、翌年、東都分司の国士博士として洛陽へ赴任したのは「宰相に公《こう》の文を愛するものあり、将《まさ》に文学の職をもって公を処さんとす。先を争うものあり。公に語を構えこれを非とす。公、難の及ぶを恐れ、遂に分司東都権知を求」めたその結果であると。韓愈の文才を愛し推挽しようとした時の宰相とは、鄭絪《ていこん》であろうといわれる。

韓愈は、出世をおびえたのである。讒言《ざんげん》によってふたたび陽山に貶《おと》されたような憂目へのふりだしに戻ることに恐怖したのである。あたかも仇を避けて深居するような洛陽での日々だといいながら、さらに辻褄を合せて、誰にもすすんで人に逢いたくない心境だといいながら、洛陽での韓愈はかなり動き揺れていて正直な言葉とはいえないのである。裴度にも逢っている。皇甫湜《こうほしょく》も近くにいる。李翺も元和四年まではいた。孟郊も母の喪に服して洛都にいた。

李賀と韓愈の出逢いはこの洛陽での在任期間においてなされたであろう。韓愈にとって李賀との出逢いと同じぐらいに重要なのは盧仝《ろどう》（?—八三五）とのそれである。このころ盧仝は洛陽の市井の一隅、「破屋数間」のせまい家の中に十数人の家族をかかえ隠れ棲んでいたはずである。韓愈は、盧仝に積極的に近づく。「既に去る、焉《いずくん》ぞ能《よ》く追わん　来《きた》る有り、猶聘《なおへい》するなし」といった人間嫌いの舌は、その詩を作った時間を除いてはからからに乾いているのだ。盧仝にむかって、東都留守《りゅうしゅ》や河南尹《いん》に紹介しよう、面会して官に就くようにとしつこい。玉《ぎょく》川子《せんし》と自ら号する盧仝は、「輒《すなわ》ち耳を掩《おお》う」のだ。韓愈は「僕、県尹《けんいん》を忝《かたじけの》うす、能《よ》く恥じざらんや」という。韓愈のようなすぐれた人を野に放っておくことは、県令

という権力の座にありながらなにもすることのできないのは恥しい、臆面もなく彼はいうのだ。

盧仝は、終世官に就かなかった。家甚だ貧、その破屋には図書のみ堆積していたという。志を墨守、つらぬき通したかにみえる。

太和五年（八三五）、時の宰相王涯《おうがい》が暗殺された。その異変（甘露の変・これより晩唐に入る）を知らず盧仝は、王涯の館で諸客と会食していた。清貧を自負し、しかもその清貧は徹底し、主君に仕えないで野にあるただそれだけで清貧といういい子になろうとする連中とは違い、子孫にまでそれはしみ渡っているといったのは韓愈であったが、たまたま晩年に到って権勢の館にいあわせてしまったのである。

吏卒は彼を捕える。「わしは盧山人だ。衆に怨みはない。なんの罪があろうというのか」と盧仝は胸をはっていう。「なにが山人か。宰相の宅にいながら、罪あらずといえたものか」、捕吏もまた痛烈にいう。

この時、愈が死去してから十年以上の歳月が流れている。盧仝の反骨がどのような変化をとげていたかわからない。仝、老いて髪なく、その禿げあがった脳後へ釘先が鋭く加えられた。そして死んだ。

盧仝の詩を、韓愈は「怪辞《かいじ》衆を驚かす」といい、仝の長篇「月蝕詩」を刪略《さんりゃく》した「月蝕詩、玉川子の作に效《なら》う」という詩がある。また宋の厳羽《げんう》は「玉川の怪。長吉の瑰《かい》詭《き》。天地の間おのずから欠き、この体をえず」といって李賀とならび称した。

同じく韓愈の推すところとなった李賀が、洛都に入京した時、市隠する盧仝はすこぶるこころ曇っていなかったのか。

天下の薄夫《はくふ》はなはだ酒に耽《ふけ》る
有銭無銭ともに憐《あわれ》むべし
玉川先生《ぎょくせんせんせい》もまた酒に耽る
百年驟《にわか》に過ぎて流川《りゅうせん》の如《ごと》し
薄夫銭《ぜに》あり　恣《ほしいまま》に楽しみを張る
平生《へいぜい》の心事《しんじ》　消散し尽し
先生銭なし　恬漠《てんばく》を養う
天上の白日　悠悠として懸かる　（歎二昨日一）

天下の俗物もこの玉川先生も酒にいりびたる。どこが違うかといえば俗物には金があり、先生には金がなし、彼等は楽しみ、先生たる俺は恬漠を養う。ところがどちらもたいしたことはない、百年驟に過ぎて流川の如し、どちらの心事も死んでしまえばこれ終り、お日さんが今日も悠々照ってるよ。そんな盧仝が、洛陽にすみついている。

元稹《げんじん》、のちに李賀と、噂という次元で、大きなかかわりをもつにいたる元稹も、半年前には洛陽にいたはずである。

元和元年（八〇六）、母の喪に服し政界を退いていた彼は同三年（八〇八）、忌明けで復帰し、翌同四年（八〇九）の春、東川《とうせん》の監察御史に命ぜられた。三年間の空白は、元稹（三十一才）に兇暴なエネルギーを授ける。東川の節度使厳礪《げんれい》の不正を摘発、数字を連ねて長安の御史台に憑かれたように報告している。

人間にとって強いられた行動の空白がいかにこころを引裂くつらいものであるか、その空白を一気に回復しようと精励する、人間の精神習性のパターンをやはり踏んで、元稹は厳礪の不正をたたきつぶしたのである。その功により彼はただちに、洛陽の御史台に命ぜられている。ここでもまた彼は官吏の不正をみた。彼の眼球は空白以前の百倍の「見える」目になり、みえてみえてならないのだ。そんな目はもはや固ぐるしい正義の目というよりは、数年間の空白による余剰の精力の吐きだし、出世へのはやる心のせきたてによって、まるで「血も涙もない」機械と化して精確に汚職を告発していく。

元稹が母の喪に服してる間、親友白楽天は元《げん》のかつての地位、左拾遺《さしゅうい》（元和元年）となり、その職権、皇帝の気づかぬ誤謬を匡《ただ》し補うというその権限を、勇者のようにふるっている。その後も翰林《かんりん》学士（元和二年）、制策《せいさく》考官（元和三年）、また左拾遺と政治そのものに職は関与し、この間の白楽天の詩文は政治問題に触れぬものなく、多くの皇帝に提出された上奏文がのこされている。事実、「資治通鑑《しじつがん》」をひもとけば、韓愈、元稹の政治行動は、ポツンポツンと忘れたころに夜空に火を吐いて打ちあげられるロケットみたいな趣きであって、それにくらべ白楽天の行動は頻度をもって速射されている。元和五年（八一〇）五月、京兆《けいちょう》府戸曹参軍《こそうさんぐん》となり、直言の機を一応失ったがなお翰林学士として皇帝に意を通達することはできた。そして同六月、上《しょう》が学士らと三殿に対来した時、楽天は政策の非を論じた。「陛下、錯《あやま》れり」とまで彼はいった。上は「色荘《そう》にして」顔色をかえ、翰林学士李絳《りこう》に「居易（楽天）小臣、不遜なり。須《すべから》く院（翰林院）を出でしむべし」といった。李絳は「陛下、直言を容納す。故に羣臣敢て誠をつくして隠すなし。居易の言、思《おもい》すくなしといえども、志は忠を納《い》るるに在《あ》り、陛下、今日これを罪せば、天下各々、口をつぐまんと思うことを臣は恐る。聡明を広め聖徳を昭《あきら》かにする所以《ゆえん》に非ざるなり」。そのとりなしにより、白楽天は命びろいをしたのである。李絳は韓愈と同年であり、翌元和六年宰相となっている。前出の同年の王涯よりも宰相になったのは早い。貞元八年（七九二）陸贄の下に合格した進士たちは、優秀の士多く、韓愈は二十三人中十四番であり、友人欧陽詹《おうようせん》は三番、李観《りかん》は四番、侯継は十二番、宰相にまで登った王涯、李絳、崔群《さいぐん》は、七番十五番二十番であり、時の人は「龍虎の榜《ぼう》」だといった。

　それはそれとし、直言、諫諍《かんそう》は彼等にとって命がけの賭であって、容れられなかったなら、あるいは上の怒りに触れたなら、「骸骨を乞」われるかもしれないのである。かつて宰相李泌《りひつ》が徳宗に諫して「願わくば骸骨を乞わん」と先まわりしていったのは、死すれすれのところで発せられる殺し文句、それほど国家を思っているのかと死を「許さず」とのたまう、上の感激を命がけで期待するスリルの一刻なのである。直言が通れば、それは自分の地位の拡大につながるだろう。諫諍の地位にたとえ微禄でもついた時、彼等が必死に直言するのは、それは「社《しゃ》稷《しょく》のため」と同時に「自分のため」なのだ。「直言を売る」という言葉の存在も、この「国家と個人」への利得が曖昧になりやすく利用しやすいからでもあった。彼等が文章を勉強したのは、それは上奏というパイプの中を流れるためには、文章が秀れていることは説得上重要なのである。白楽天は、自分の詩才をもよく利用した。彼が翰林院に入ることを許されたのは、楽府《がふ》及び詩数百余篇をつくり、時事を諷し、禁中にそれが流聞、ついに憲宗の目を悦ばすことになったからだ。

　喪に服している間、元稹は白楽天の八面六臂を横目でただ見送っていなければならなかった。年はより若かったが、同時に官界政界に入りこみ、むしろ地位においては楽天に先んじていた元稹であった、終生、おたがいの傷をなめあうような交友はつづいたのだったが、この喪による空白、楽天の活撥は、この傲慢な才子をじたばたさせたであろう。

　元和五年（八一〇）二月、東台監察御史元稹は河南の尹房式《ぼうしょく》の不法を発見した。韓愈がかつて監察御史になった時、勢いこみすぎて陽山に貶せられた時に似た勇み足をやってしまうのである。すなわち都への報告をあとまわしにし独断で、房式の任務を停止させてしまうのだ。逆に房式は長安に訴え、朝廷は元《げん》の行動を不可とし、一季の俸を減じ、西京《せいけい》に召しかえそうとした。

　その途上元稹は敷水《ふすい》駅で、宦官劉士元《りゅうしげん》と争をおこし、馬鞭をもって面を打たれ、傷つくという事件がおこった。このころ宦官を愛すること激しかった憲宗は、元《げん》を江陵府士曹参軍《しそうさんぐん》に貶《おと》した。「資治通鑑」は、この時の白楽天の上言をしるしている。「中使（劉士元）が、朝士（元稹）を陵辱《りょうじょく》したのです。中使をば問わずして、稹まず貶《へん》せらる。いまごろ中使はまた外で、ますます暴横《ぼうおう》をふるっていることでしょう、人はそれを黙ってみていることでありましょう。稹は御史となり挙奏すること多く、権勢を避けず、そのため切歯するものが多かった。おそらくはこれから人々は、陛下のために肉体をぶつけて法を執り、悪を疾《にく》み、あやまちをただそうとすることはなくなるでありましょう。もし大姦猾《かんかつ》が世に行われていようとも、陛下、絶えて知ることはありませんでしょう」。上《しょう》、それをききいれず、元和九年（八一四）まで元は、江陵の地に埋没することになる。

*

元和五年、冬李賀が府試の受験地洛陽に入ったころ、この奇妙な事件と元稹の左遷の噂は、半歳を足したぐらいにしか時を消してはいない。その噂は、まだくすぶりつづけていたかもしれない。

府試は、元稹の勇み足によって罪を免れたあの府尹房式の令のもとに、河南二十県の受験生が集ってきたのだ。これに合格したものは、挙進士として中央の科試に赴く権利をうる。唐代はこの二段階であり、明清の時代のように、県試―府試―院試―歳試―郷試―挙人覆試―会試―会試覆試―殿試―朝考という、のぼってものぼってもまだ頂きに達しそうもない、そういううんざりする経過の階段はない。試験問題は、帖経《ちょうけい》・策問《さくもん》・雑文《ざつぶん》（詩賦）の三種であり、玄宗のころから「詩を以て士を取る」といわれるほど、詩は重要な課題となっていた。

李賀の親友、元和十年（八一五）の進士、沈亜之《しんあし》はつぎのようにいう（叙レ詩送二李膠秀才一）。余の故《な》き友李賀は、善く南北朝楽府の故《ふる》き詞を択《えら》ぶ。その賦するところ多からざりしも、怨鬱悽艶《えんうつせいえん》の功は、誠に以て古《いにしえ》を蓋《おお》い今を排し、詞をなす者をして偶《なら》ぶことを得るなからしめたり。惜しいかな、その終《つい》にまた声絃唱に備えられざることは。賀の名、天下に溢るるも、年二十七にして……卒す。是によりて、後学争って賀を踵《つ》ぎ、相いともにその字句を綴裁《てっさい》し、媒《なかだち》をもって価をとる。ああ貢諷合韻《こうふうごういん》の勤も益益《ますます》遠し。

李賀の詩才は、天下に溢れていたという。彼はその合格にかなりの確信をもっていただろう。それならいったい何に不安していたのか。ともかく李賀は洛陽で開かれた郷貢を通り抜けた。幸いにも「賦すところ多からざりし」詩篇の中に、この郷試に課せられた詩の答案「河南

府試十二月楽詞《がくし》 幷《ならびに》 閏月《じゅんげつ》」十三首を残してくれている。李賀の挫折以前のこころをこれらの詩は、ときあかしてくれるかもしれない。

河南府試十二月楽詞幷閏月

李賀は、府試の開かれた洛陽での試験場で「十二月楽詞 幷《ならびに》 閏月」という課題のもとに、一年十二ヶ月、閏月ふくめて十三首を詩作した。

二月

二月飲酒採桑津　　二月　酒を飲む　採桑《さいそう》の津《しん》
宜男草生蘭笑人　　宜男草《わすれぐさ》生え　蘭は人を笑う
蒲如交劍風如薫　　蒲《がま》は剣を交えるが如く　風は薫るが如し
勞勞胡燕怨酣春　　労労《ろうろう》の胡燕《こえん》　酣《たけなわ》なる春を怨み
薇帳逗煙生綠塵　　薇帳《びちょう》　逗煙《とうえん》して　生ずるは緑の塵
金翹峨髻愁暮雲　　金翹《きんぎょう》の峨髻《がけい》　暮雲愁う
沓颯起舞眞珠裙　　沓颯《とうさつ》　起《た》って舞う　真珠の裙《くん》
津頭送別唱流水　　津頭《しんとう》　送別して流水を唱《うた》う

酒客背寒南山死　　酒客　背寒く　南山死す

採桑の渡し場に李賀はいる。真昼間から酒を飲んでいる。酒に酔う目に、わすれ草が六七尺の高さに生えのびているのが朦朧と映る。宜男草、男に宜《よろ》しき草、みごもる女がこの草を身につければ、男の子が生まれるという。そんな酔の瞳に、こんどは蘭の花が映ってくる。李賀はふと蘭が俺を笑っている、笑ったなと感じる。菖蒲の葉は群茂して剣戟《けんげき》の如しだ。

酔いの中で、渡し場の草花を眺めている李賀を、春風が吹く、その風を、薫ってるな、と感じる。

その時、頭上を、胸に黒ぶちの胡燕が、鳴いて飛んでゆく、その鳴声、疲れきったものの怨めしげな声、春酣《たけなわ》なのが怨みなのか。

胡燕の声に、酔に朦朧としていた李賀は瞬間、自身胡燕となった。ということは、その瞬間まで春たけなわな自然の気勢を、労労たる心で、ただ流しみていたのである。そこには悲しみや喜びという対象へののりうつりもなく、肉眼だけが自然の気勢に対してアイモをまわしていたのだ。意味を逃れていた目は、胡燕の声によって目醒めて、たちまち意味を索《もと》める心と合点する。胡燕の声は、李賀の声となるのだ。バラの群なす咲き誇り。その群がりは一垂れのとばりとなって、煙《け》むり、緑の塵を浮かばせる。

と、さっとたちあがったのは、金のかんざしをさした高髻《たかまげ》の女､夕映え雲みて悲しくなったのだ。真珠のスカートひるがえし旋舞する。

渡し場で、白昼から酒をあおぎ、とどまっていた李賀、夕暮れの時刻まで滞ってしまった。

夕闇の落ちかかった渡し場で、別離の歌「流水」の曲が唱われている……酒のめる旅人の背すじはざざっと氷つき、そびえる南山は死んだ。

李長吉の十二月楽詞は、その意新しく、いかなるものをも踏襲してはおらぬ。句は麗にして滔淫《とういん》せず、長短一ならずして、音節もまた異《ことな》れりと元《げん》の孟昉《もうぼう》は批評した。逆に日本の評注者鈴木虎雄は「試験の時の詩だから気が抜けたような作品が多い」という印象を洩している。「気が抜ける」そのような心の余裕が李賀にあったとは思われない。引用の「二月」の詩にしても、この緊張した試験の真最中に、自分の死を予覚する、それを詩にも映す、映ってしまう、そういう余裕ならあったといってよい。試験の詩とはいえ、李賀は詩の中にうずくまっていて、輝かしい春の陽射しがさんさんと降る渡し場で、酒に心と肉体をさらして、欝とうしさと退屈、疲労と死につなぎとめられてさえいる。

労労の胡燕　酣《たけなわ》なる春を怨む

春の空をいく燕は、なぜ「労労」としていなければならぬのか。冬が去ってことごとく精気をふきかえした春のまっさかりを、なぜ怨まねばならないのか。

採桑の渡し場を夕まぐれが囲んだ、送別の曲「流水」が、夕まぐれを渡っていく。

李賀は、壁が突然剝がれ落ちるように、南山のすがたが変容し、死に包まれたのを、皮膚感覚のおののきを通じて、みる。そして、病者を襲う悪感のように、酔は青ざめ、背に氷を落されでもしたかのようにふるえる。

酒客　背寒く　南山死す

詩は結局において、意味の追跡をまくものだ。李賀のいう「薇帳《びちょう》」は、「薔薇のさいているそばの戸張り」であってはならない、「バラのとばり」でなくてはならない。金翅の美女が、沓颯《とうさつ》、起って舞うのは、「薔薇のさいているそばの戸張り」の中であってはならない、そうならば李賀はこの戸張りの中で酒を飲んでいたことになる。李賀は採桑の津のどこかにいればよいのだ。美女が真珠のスカートをひるがえしたのは、まったく突然でかまわない。「南山死す」、それは、明の徐渭《じょい》［文長］のいうように「酒客の死」でもなければ同じく明の曽益《そうえき》のいうように「日落ちて南山の影滅する」といった理にそうことはない。南山は死んだのだ。

河南府の地方選抜試験の時、李賀はまだ可能の領域にあったはずだ。しかしその詩は、緊張にコチコチになって俗にもならなければのびのびと野望と健康のこころにはちきれてもいない。試験中の詩にもかかわらず（いやな接続詞だが）、李賀は死の影を招いている。これは「二月」の詩だけにあてはまるのではない。

「正月」の詩では、「暗黄《あんこう》柳に着きて宮漏《きゅうろう》遅し」というように時間はゆったりと刻まれ、むしろその遅さにいらだつ風であるが、詩篇全体は、薄薄たる、寒緑、幽風、冷なり、未だ開かず、折るにたえずとちりばめられ、詩の気分は、「楼に上《のぼ》り春を迎うれば新春帰る」という宣言に、できるかぎりの反逆の語を打ちこんでいく、むしろ新春を閉そうと奔馳《ほんち》している。

この詩の主人公は、「錦牀《きんしょう》暁に臥《が》すれば玉肌《ぎょくき》冷なり」という宮女（という李賀）である。

城中につねに閉ざされている。宮女は見えない鎖につながれている。春の沸騰をみても、かすかな期待を、おざなりに、するだけだ。「早晩　菖蒲綰結《かんけつ》するに勝《た》えむ」、いつの日か、しょうぶの葉が長くなって結びあわせできる時もこようと一応はいっても、春への淡い世辞であって宮女は、脱出の熱望に馳《か》られてはいない。豪奢な寝台に、玉の肌を冷く、暁に横たえる宮女の情態は、エロチシズムとなって、物憂げな諦めを抱きしめている。

「東方　風来って満眼春なり」で句を起す「三月」も例外ではない。

曲水漂香去不歸　　曲水に香　飄《ひるがえ》えり去って帰らず
梨花落盡成秋苑　　梨花落尽《おちつく》して秋苑《しゅうえん》となる

長安の禁城から曲江の離宮まで路の両側を壁ではさんだ夾城《きょうじょう》に暖な陽をおくって、軍装の宮女たちをそこに遊ばせたが、終聯にいたって、白い梨の花、落ちつくし、その春の没落の姿に、一挙に李賀は秋の没落をみてしまうのである。

「六月」では、夏の酷熱をダイナミックに展開したのだが……。

炎炎紅鏡東方開　　炎炎たる紅鏡《こうきょう》　東方開く
暈如車輪上徘徊　　暈《うん》　車輪の如く　上《かみ》に徘徊《はいかい》す
啾啾赤帝騎龍來　　啾　啾《しゅうしゅう》として赤帝《せきてい》　龍に騎《の》り来《きた》る

だがこの太陽の狂奔も、すでにこれらの句の前に、「帔《ひ》は疎霜《そそう》を払い　簟《たん》は秋玉《しゅうぎょく》」という句が用意されていて、その激しさは水に漬けられる、つまり冷房装置が準備されているのだ。

すなわち李賀は、霜を疎《うす》くおいたような帔《かたぎぬ》を着て、秋玉のような冷《ひん》やりした湘竹の簟《たかむしろ》にごろりと横になって、紅鏡の季節、太陽が車輪の如く燃えて徘徊するのを、迎えようと構えるのである。

これらの詩の技巧は単なる技巧状態を停止し、とうに李賀の切迫した時間の意識によって、坂道を遠くけりころがっていっているのである。この時、すでに李賀は一つのシーズンにぬくぬくと鎖につながれていることはできなくなってしまっている。

李賀が、あの進士の資格を奪われ、「二十にして心已に朽つ」とほざく以前に、死の予覚とそれによって捲きおこる時間の埋まりいくことへの恐怖の経験者であったのではないか、そういうごきげんなかんぐりも信用のおけるものになってくるのである。

秋、「九月」の詩は、あからさまに李賀は、人間の底、虚無の暗底にひっそりとすわってしまっている。

九月

離宮散螢天似水
竹黄池冷芙蓉死
月綴金鋪光脉脉
涼苑虚庭空澹白
露花飛飛風草草
翠錦斕斑滿層道
雞人罷唱曉瓏璁
鴉啼金井下疎桐

離宮の散螢《さんけい》　天は水に似たり
竹は黄《き》　池は冷《れい》　芙蓉《ふよう》死す
月　金鋪《きんぽ》に綴《つづ》られ　光脉《ひかりみゃく》脉《みゃく》
涼苑《りょうえん》　虚庭《きょてい》に　空《そら》　澹白《たんぱく》
露花　飛飛《ひひ》　風　草草《そうそう》
翠錦《すいきん》　斕斑《らんぱん》　層道《そうどう》に満つ
雞人唱《けいじんしょう》を罷《や》めば　暁　瓏璁《ろうそう》
鴉《からす》　啼《ない》て金井《きんせい》に疎桐《そどう》は下《くだ》る

離宮の夜、蛍がその白い夜をちらちらと飛ぶ、天《そら》は、水のようだ。竹の葉は黄ばみ、池の水は冷い、蓮の花は死んでしまった。

この水のような天空に月は、門扉の把手の獣環（＝金鋪）のようにとりつけられて離れず、その光を打ちこまれた釘の頭のように脉脉と放っている。「光脉脉」といってもきわめてそらぞらしい光というべきであろう。

「涼苑　虚庭に　空　澹白」。涼苑、さらにその中の虚庭の上にひろがる空の色は、澹白、涼―虚―空―澹白という強引な無色語句のつみかさねにより、李賀の心象は、当然、苑―庭といった実態から去り、そらぞらしい欠落の無を視象している。

露の花がピッピッと点をつくって飛ぶ、風は草の一茎一茎をはげしく揺りうごかす草の翠《みどり》が錦《にしき》となって、二重に上下に走る層道に、斕斑《らんぱん》と満ちている。

離宮の夜の風景は朝を迎えた。時刻をしらせる雞人が夜明けを唱え、唱え終れば暁の光が瓏璁《ろうそう》と白みはじめる。

鴉が啼く、「鴉啼て金井《きんせい》に疎桐《そどう》下る」。鴉が啼きたてると合図のように、暁に白んだ庭に、沸然と、黄金の井戸が浮びあがり、その井戸の中へ、いくひらかの桐の葉が、かさかさと鋭く落ちていくのである。

冬は、むしろ李賀の時間の病いを凍結してしまうかにみえる。

「鐘を撾《う》ち高飲す千日の酒を　凝寒《ぎょうかん》を戦卻《せんきゃく》して君が寿《じゅ》を作《な》す」（十一月）。いや時間の病いの凍結どころか、李賀はそれを溶かそうとさえしているのではないのか。

冬になり、はじめて李賀は未来の時間を楽観したのだったが。

御溝泉合如環素
火井温泉在何處

御溝《ぎょこう》　泉合《がっ》して環素《かんそ》の如し
火井《かせい》　温泉　何処《いずく》にか在《あ》る

お濠の泉は、そのさざなみを氷に合《がっ》し、それは白絹の環のようだといい、この寒さを溶かす火の井戸や温泉はどこにあるか、李賀はごきげんである。

時間への焦慮は消滅し、李賀は、白天から雪が、砕け落ち、ふりそそぐのを眺めつつ、酒を飲むのである。一たび飲めば、千日は酔うという酒をのむのである。そして皇帝の寿《いのち》ながかれをおまけに祈っているのである。

この酒が、寒さを撃退するための酒ならば時間の病いの凍結することを李賀は、のぞまぬことになりはしないか。なおもいえば、李賀は時間への焦慮の消滅することを嘆いているともとれるのである。「火井　温泉　何処にか在る」、もし火井、温泉があるなら、氷に合した泉は溶けるだろう、溶けるならば李賀は時間との戦いをまたはじめねばならない。たとえ千日の酒を飲んでも、千日の酔いしかならないのだ。李賀はやはり未来を凍結の冬に、楽観してはいない。

「閏月《うるうづき》」の詩では、「今歳《こんさい》何ぞ長く来歳《らいさい》遅きや」という。時間の長きを願いながら、李賀は、時間の長きにいらいらするのだ。いらいらというより、むしろその声は、時遅きへの期待というべきだが、しかしそれも時の進行への恐怖に裏返された単純な心理構造なのである。

＊

李賀は、洛陽城下の試験場で十三首の詩をしたためた。考試三種、すなわち帖経《ちょうけい》・策問《さくもん》・雑文《ざつぶん》のうち詩賦は雑文である。経書の中の或る文章に紙をはって伏せその全文を黙写させるもの、それを帖経という。四書五経の知識を問うものだが、これは暗記問題の部類に属そう。策問、それは題を与え政治上の得失を問うものである。唐初は、この策問が進士の資格としてもっとも重んぜられた。いまは詩賦の時代だった。李賀が十三首の詩をしたため終った時、すでに帖経、策問は片附けられていただろうか、あるいは得意の詩からはじめたのであろうか。せんさくの欲望にかられる。

試験の制限時間は一日であった。試験場には兵衛がもうけられ、棘のバリケードで重囲される。受験生の衣服はきびしく捜索されて不正への目は光る。替え玉事件もひんぱんに発生したであろう。唐律はつぎのような条項をしるしている。「諸貢挙において当人が受験しなかった場合、すなわちその代人が貢挙に応じて合格しなかった場合、一人徒一年、二人一等を加える、罪は徒三年を限度とする」とある。ということは替え玉も発見されずに合格すれば、たとえのちに発覚したにしても、二人ともに罪とはならないという不思議な法律である。
　受験生は、「水炭脂餐《すいたんしさん》」の道具を自帯して試験場にはいるのだ。考試はまさに一日がかりであり、休憩の時間も昼休みの外食の時間もない。舒元輿《じょげんよ》は、「貢士を論じる書」の中で試験当日の模様をつぎのように実況している。「試の日、受験生八百人ことごとく、手に脂燭《ししょく》水炭をもち朝までかかる覚悟で、ある者は食事道具を肩にしょい、ある者は手にぶらさげている、そんな光景を目撃した。試験の係員が大きな声で横柄に名前をよびあげると、受験生は、場内に突入する、そこには何重にも棘で囲まれた席がある、すなわちそこは廊下でそれぞれ分坐するのだ、寒く雪片がひらひらと外からもれて舞いこむ、席は地べただった」。これは長安での挙試の惨状ではあるが、郷試もこれにほぼ近く、東都である洛陽地区以外の地区の情形はさらに「厳属《げんぞく》惨苦」たるものであったかもしれない。

　唐代の科挙は、末期的発展をとげた清代のように一週間も挙場にとどまって答案を書きつづけるということはなかった。一日で終った。一日といっても朝にはじまり夕べに終るのではない。夜もなお続行をゆるされる。晩に至ってなお答案作成が完了しない時、受験生は持参の燭《ローソク》をともす。ただし三本である。この燭は、あせりの燭となるであろう。三本は、二本になり、二本は一本になり、一本はついに暗闇となるのである。挙場の夜に千にちかい燭がともされる時、それは異観であったろう。韋永貽《いえいたい》はその詩で「白蓮千朶《せんだ》　廊を照して明なり」とうたう。白蓮の千枝の炎がゆれて挙場を照らし、こうこうと明るいとうたう。ついに三本目の燭が燃えつきたなら、筆を擱《お》かねばならない。呂栄義《りょえいぎ》の「上庠録《じょうしょうろく》」は「夜三《さん》鼓《こ》を以て限と為《な》す」と記す。夜中の十二時である。限というのはその時刻がちょうど三本目の燭の物理的に命運の尽きる限りなのだということであろう。答案を書きおわらぬものも暗闇ではどうにもならぬ、宵を徹してねばることかなわぬ、宿舎に帰らねばならない。

　李賀は、燭のつきる前に答案を提出したのか、あるいは燭の手数のいらぬ夕刻までにさっさと提出してしまったのか、もちろんそれはわからない。ただ、この十三首の詩は、しどろもどろの作ではない。詩作へのしどろもどろの反照は詩にはみあたらない、そのかわり李賀の生きることへのしどろもどろが、冷静に反照しているのである。

　この答案の詩に、李賀の、死とむかいあった時間の意識が、少年の「時への無関心」という無能の光栄をはねのけ、切迫している。詩の大半は、怨む、寒い、愁う、薄し、死す、遅し、折る、落尽す、衰う、厭うという語句、暗・幽・冷・労・老・難という風な句によって、一年中埋めつくされているのだ。

しかも明《みん》の朱朝《しゅちょう》が指摘するように「諸詩大半は宮中における閨情《けいじょう》を叙すこと多い」のである。それは冷えたエロチシズム、エロチシズムの熟《う》れをもつたえている。李賀は、宮女の、一生処女のまま皇帝にまみえることもなく閉され終ることに、いうならば「閉される」という地点に同類根をみいだしているのである。

李賀は、まだ閉されていなかったはずだ。しかしそのはずである河南府試における十三首は、死のちらつきと予覚に沈澱し屈している。一年十二ヶ月という課題を、李賀は、自然の風景描写でみたせばよいという平凡さ賢明さに気づきさえしなかった。時間を意識するという病の圏内でしか、十二ヶ月をとらえることはできなかった。たとえ時間への意識を理知的にとらえることのできる詩人でも、試験という限定された時間内で、それを詞とする努力を避けるだろう。李賀にとってそれを避けないことはしかしそれは自然であったにちがいない、李賀の生において風景を風景としてみる心性はすでになかったのだから。天然自然の空間は、李賀の時病によって、肉感的に次元を交替されてしまっているのだ。それは、李賀にとってほんの普通のことになっていた。試験のさなかでも李賀は、その次元に降下し着地することは、ラクなことだった。そして詩名こそすでに天下に名溢れていた、詩こそ彼の誇りであり世俗との握手の確たる拠点でもあった。李賀は自信をもち、その詩の境界にさえも身を漂わせる余裕はあっただろう。

李賀の時の病い、時に病める者の肉体的感覚の冴えが、長安での挫折以前の河南府試の答案詩にみとめられるということは、いったいどういうことなのか。それはこの時にはや病没の臨終伝説への行進が、動きだしていたということを意味するのか。李賀の時の病いとは、肉体的病いによって喚起されたというメカニックなものだったのか、病は、青年の覇気、アニマルな勇気を、あちこち蝕《むしば》んでいたのだったのか。詩そのものからは、李賀の「病」は抉出《けっしゅつ》されてはこない。だが時の病いは、もっとも肉体的病者のはらからでありやすいのである。それは平凡なことだといっても、無理なのである。すくなくとも、長安での侮辱と拒絶の唖然たる一瞬をもつ以前に、李賀の心性は、「労労」としていたことだけは検算できたのである。

ジョン・キーツがそうであったようにその詩ははじめから病と不安に屈していたという提言はあながち無謀ではないことだ。

細痩病弱の李賀の武士への変身

人となり纖痩《せんそう》。通眉《つうび》。指の爪を長くす。（新唐書）

長吉細痩《さいそう》。通眉。指の爪を長くす。（李長吉小伝）

李賀の容姿容貌を語るものは、ほとんどこの記事に依拠し踏襲している。明《みん》の李維楨《りいてい》が「伝に、その細痩通眉指の爪長くす、を称す。貌人《かお》と殊《こと》れり」というのもその例で、李賀あるいは李賀の詩を愛するものにとって、伝えられるその体貌の特長は、彼等の想念に水をぶっかけはしなかったのである。鬼才李賀にふさわしいものとして喜んだにちがいない。人間は、いつの時代にもこのような他愛なさをまもっているのだ。

眉が太かったことは、自ら「龐眉《ほうび》苦吟に入る」「龐眉の書客　秋蓬《しゅうほう》に感ず」といっているところからも想像できる。

やせほそった李賀の立像、やせこけた李賀の顔容、その衰えこけた李賀の顔に歯向うように、ふさふさと豊な強い眉が、一文字に墨のように濡れて意志しているのである。その眉の異常な刻印は、李賀の詩の「怪奇詭矞《きいつ》」さへの人々の驚きに媚びへつらうように合致していて、みるものを他愛なく肯かせたであろう。李賀自身もまた、「龐眉」とその眉に「龐」という字を修飾しかぶせるほど誇らかに愛していた気配がある。

そしてその指の爪は長かったという。それは李賀の、故意あるしわざであろう。眉は李賀の生来の附録であっても、爪を長くのばすということは、爪は長くのびるものであっても、そこに人為がある。その爪の異常な長さは、人々の驚きにこびへつらうのである。民国の周閬風《しゅうろうふう》は、「詩人李賀、彼にはいくつかの体貌上の特点があって、それは、私たちの感覚にむかって彼の詩才はそれほど非凡なものではないのだと納得させるには、あまりにも形貌大異すぎる。それでもなお常人だといわせることがどうしてできようか」と興奮している。

纖細の李賀であったが、その太い眉という形状をきく時、黒黒とした毛髪を予想させるが、それは一挙に裏切られる。

李賀は、白髪であった。二十そこそこの李賀が。

秋姿《しゅうし》　白髪を生ず　（傷心行）
短歌　白髪を断つ　（長歌続短歌）
我に星星《せいせい》たる髪を遺《のこ》す　（感諷五首其二）
夢に白髪の生ずるを泣く　（崇義里滞雨）
何ぞ必ずしも白首を須《また》む　（贈陳商）

これらの句は、青年特有の奢り、才に恃《たの》む若者によくある老人ぶりの証左ではない。事実李賀は老人ぶるところもあったのだが、むしろそれは彼が白髪であったために老人ぶる一与件をなしたと考えるべきだ。

もちろん、母胎からころがりおちた時から、李賀が白髪であったはずはない。李賀の全詩篇を一束と考えてみた時、そこには一人の生命が浮ぶはずであって、頭髪ことごとくが白髪であるはずはなく、「白髪生ず」と自らいうように、そうならば黒髪の中に白髪が加算されていくそういう「時間」も含まっていただろうし、その白髪もふさふさしたものではなく、「短歌白髪を断つ」ものであり、「詠懐二首」で「驚霜《けいそう》素糸《そし》落つ」というように、それは脱けおちていく「時間」をも、その白髪は含んでもいたはずだ。

民国の王礼錫《おうれいしゃく》が、「秋姿白髪生ず、と李賀がいっても、それは満頭白髪であったのではないことに注意すべきだ。今だってあちこちにごま塩頭の人間はいるではないか、なんの不思議なことがあろう」というのは、そういう意味で正しい。だがその論法から、「彼の眉毛は、顔のどまんなかに連着していて、黒白ブチの眉毛であった」というのは、いいすぎであろう。そうであったかもしれないが、「唐書」などの記録はそこまではいっていないし、李賀自身は眉にかんしては「龐眉」としか誇らしげにいっていないのだ。清《しん》の王琦《おうき》は彼の注釈書の中で、「龐」は一本では「厖」であるとし、李善《りぜん》は「厖」を「雑」と解し、それは眉が黒白雑色であるとしているといい、また顔回《がんかい》の例をもあげるが、一訓では「龐」は「厚」「大」の意味もあるとし、どちらがそうなのかわからないといっている。

また一説では、体貌の特長として鼻が大きかったという。それは「巴童答」の中の「巨鼻山褐《さんかつ》に宜《よろ》し」の巨鼻を、巴童の巨鼻と解かずに李賀の巨鼻とみなした推量の自由への溺れであろう。

ともかくこれも体貌の検査により、李賀は体弱多病であったということは、断言できる。あの二十にして白髪という恐ろしいイメージも、白くふさふさしている不気味さではなく、むしろ「疫気《えきき》頭を衝きて鬢茎《びんけい》少《まれ》なり」と自嘲するように、その白髪すら、かたはしから脱けおちて、薄いのである。それは我々の想像の恐怖であるばかりでなく、李賀の恐怖でもあったのだ。

李賀は、あの長安の事件以前に、あるいはほとんど時日をへだてぬ洛陽での地方試以前に病に犯されていたのではないか。

草暖雲昏萬里春
宮花拂面送行人
自言漢劍當飛去
何事還車載病身

草暖《あたたか》く雲昏《くら》く　万里は春
宮花《きゅうか》面《おもて》を払って行人《こうじん》を送る
自ら言う　漢剣当《まさ》に飛び去るべし
何事ぞ還車《かんしゃ》に病身を載《の》すとは
（出城寄㆓権璩楊敬之㆒）

草は、春陽をあびて暖かげだ、みわたすかぎり万里は春だ、だが雲だけが昏《くら》いのである。だが李賀は、その雲の昏ささえも、草の暖かさといっしょくたに、「万里は春」とのみこんでしまうのだ。

李賀は、多くの注釈者がいうように、屈辱のうちに故郷昌谷に帰ろうと、長安の城下を出たにちがいない（のちに奉礼郎となりその官を辞して故郷へ帰る時点の詩と考えられないでもないが）。

王宮に咲き乱れる花は、花びらをしゃくりあげるように払って、ちらちらと春の野にとびちる、その華麗は、来る人を迎えるのではなく、行く人を送るのだ。

行く人李賀の忿懣《ふんまん》を知らない春の、すこやかな風景のなかに彼はいる。その花の姿態に自分の送別の意味さえ感傷的にみいだしかけていた李賀は、突如激するのだ。

その激しさのあまり一人言となって唇からほとばしりでる。「俺は漢剣だ、俺は空を切って飛びさるのだ！」

俺は漢剣だ、そう李賀が口ばしる時、彼はこの漢剣になにを想起したのか。

漢の高祖は、まだ皇帝にならぬころ、まだ泗水《しすい》の亭長であったころ、路上に横たわる大きな白蛇を斬ったという。白蛇を秦の皇帝たちは白帝として祀ったが、それはその白帝の子の化身であるという。つまり赤帝の子高祖が、秦を斬ったのである。そして事実、彼は漢の王朝をひらいた。漢剣は白蛇を斬ったその剣のことだという。九州を征圧し、へんぽんと炎《も》えるようにはためく漢の赤い旗幟《きし》の林立を李賀は思いだしたであろうか。

またこの漢剣は、太康五年（二八四）、西晋《せいしん》の恵帝が、孔子の履《くつ》、王莽《おうもう》の頭とともに焼きはらおうとした時、難をおそれて列兵陣衛するというものものしさであった。だがこの漢剣は炎の中の屋根をつきやぶって、とびだし、どこともなく消えさったという。

李賀はこの故事を想いだして、自分にたとえたのだろうか。しかしその吐かれたひとりごちをきいているのは、だれもいない春の風景だけである。春の空間は、ただ李賀の屈折した声をすいこむだけである。李賀は、空を切ってとばなかったのだ。

いや巴童は、この時、主人のむなしい苦痛のあがきをみていたかもしれない。長安で讒《ざん》にあい、ただ春の老けゆくを試とともに見送らなければならない主人李賀の姿の目撃者は、どのような親友たちよりも、奴僕巴童であったかもしれない。そうであれば「君が楽府を唱うるに非ずんば　誰か識らむ怨秋の深きを」といった巴童の言葉は、より重みをましてくるのである。

もっともこの言葉は、あつかましくも李賀自らが代弁しているのだが、李賀の、怒りをむなしく空間に殴りつけるこのシャドウ・ボクシングに似た反復、そのそらぞらしい反復のみが李賀のいのちの保持になるといういましさ滑稽さを、巴童はみていたにちがいない。

李賀は愚痴る。俺の意気は燃えて高く漢剣のように雄飛の器なのだ、それなのに試を他動によってこばまれ、いたずらに故郷へ帰ろうとするのだと。

そう思うとふたたび屈辱の思い出が、喉元に馳けもどってくる。

「何事ぞ還車に病身を載すとは」、漢剣であるはずの李賀は、空を錐もみして鋭く飛び去るどころか、意気消沈し、あまつさえ病身をのせ、国へ帰ろうというのだ。

この詩は、元和二年の進士、権璩《けんきょ》、楊敬之《ようけいし》の二人に送っている。楊敬之は、韓愈の弟子の一人である。権璩は、時の宰相権徳輿《けんとくよ》の息子である。楊敬之は、韓愈を通じて李賀と親しくなったのであろう、彼は深く李賀に同情したであろう。権璩も韓愈を通じて知りあったのかもしれない。愈は、時の権勢にことごとく縁故をつけておくという抜目のなさであったから権徳輿の息子と知りあっていても異とするにたらない。その実、「燕㆓河南府秀才㆒」（河南府の秀才に燕《えん》す）」では文人権徳輿が宰相になったことを喜んでいるし、墓碑さえかいている。権璩は、父を通じて、李賀の拒試の非を訴えたかもしれない。

これらはすべて「かもしれない」というかたちでしかいえないが、二人が李賀の不運を同情していたことは確実であろう。すでに進士となって官位についている二人の友人にむかって、李賀はなにをいいたかったであろう。「ともに遊ぶ者、権璩、楊敬之、王恭元《おうきょうげん》。李賀が詩をつくるたびにすぐそれを奪っていった」と「新唐書」は記すが、友人であると同時に彼等はファンでもあった。自分たちより若い李賀に対して。李賀が挙に就かないことに対して巴童に近いこころをもって、その荒れた姿をみまもっていたにちがいない。

人々の噂によって挙試への挑みを中止した時、すなわち心の病が、にわかに肉体の病ともなったとは思われない。ただ李賀の病が一層亢進したであろうことは想定できるが。府試の答案詩におけるあの落着いた憂欝と死の影は、すでに李賀が、野望に反して、というより同時にして病による死の予想とむかいあっていたのだということは、いいすぎにはなるまい。

病骨　猶《なお》能《よ》く在《あ》り　（示弟）
病骨　幽素《ゆうそ》を傷《いた》む　（傷心行）
病客　清暁《せいぎょう》に眠る　（潞州張大宅病酒遇江使寄上十四兄）

李賀の病との戦いは、はじめから李賀の敗北となっている。「帰り来れば骨薄く面に膏《あぶら》なし　疫気頭を衝きて鬢茎少《まれ》なり」、病を克服することへの努力より、李賀はそのおびえを消すことに努め、その消火策として、病を親しげに観察する方法にしか考えはいたらなくなってしまっている。

奥野信太郎は「その夭折を相照して思うとき、生来腺病質であったことが想見できる。この体質的不幸が詩人李賀の形成に重要なる意味をもっていたことは、その作品に接するときのまたひとつの鍵であることは疑いなかろう。失意の人として出現した李賀の精神は、多病体弱によっていよいよその輝きを増していったかの感がある」といい、さらに感傷して「その輝きは蛍火のように青白く、また苔の花のように妖しげである」（李賀雑考）とのべている。

＊

長安の都にむかって、王者の虹をかける李賀にとって、病こそ、その挫折の予想という大いなる伏線であった。とはいっても、病は、たしかに李賀にたいして前途の不安と死の脅迫をつきつけているが、まだまだその不安と脅迫を打消す気力の中にあった。不安は、夢まどろんでいた。

普通、受験生の第一の不安は、その当落にちがいない。発表の日のざわめき。ごったがえす合格者掲示広場の人いきれのなかを、不安の鎌首をおさえかね、気はひっくりがえって、かきすすむ。

さらに勇気のないものは、発表を見にいくことさえできない。たとえば清《しん》の小説「儒林外史《じゅりんがいし》」の登場人物の一人、趙温《ちょうおん》のように。趙温は、発表日のかなり前から眠ることもできず、昼はといえば「鍋の中の蟻」のようにいらいらとじっとしていることができない。そしてとうとう発表当日には、田舎からつれてきた下男にみにいかせる始末だ。

自信あるとはいえ、試験に真の自信があるはずはない。李賀も不合格の可能性を神経質に内訳し、受験心理のルートにのったであろう。試験当日まで長安の都へ着かないような事故がおこるのではないか。勉強しなかった個所のみがいじわるくでるのではないか。当日病気が重くなったら、どうすべきか。合格しても、試験官が間違って、他人を合格として発表してしまうのではないか。その不安のきりのなさに愛想をつかした時、こんどはあらゆる好条件を列挙し、不合格の憂目の可能性を消去していったであろう。

縁故もつけた。科挙は、人民だれもが叩いてよい門戸開放の実力試験であるはずだ、その実力試験にどうして縁故が必要であろう。そのような曖昧な頑迷さ、きれいごとを李賀はとらない。というより受験者の資格として、だれもが推薦者を必要とするのだからだ。推薦者は、当然そのまま彼の縁故となる。それはさらに推薦者の知己たちとも縁を結んだことにもなる。有力者の推挙をうることは、合格ばかりでなくその後の官界での遊泳にもかかわることだ。李賀は、韓愈らの知己と推挙をえていた。

白楽天は、進士の試（八〇〇）に挑むにあたって、見方によっては卑屈な奇襲の戦術ともいえる、みじめな手紙を時の実力者陳京《ちんけい》（?—八〇五）に送っている（与陳給事書）。

「この正月の日、郷貢の進士白居易、謹んでわが家僮《かどう》をして給事閣下のおんもとへ書を献じ奉ります。閣下の門屏はおそらく請謁者の押しかけること林のごとく、書を献ずるもの雲のごとしでありましょう。その押しかける多くのものたちの言葉はただ一つ、その意も等しく一意でございましょう。だれもがたくみに言葉をあやつって閣下のおめがねにかなおうとするものばかりです。私、居易めはそうではございません。私が直接閣下に請謁せずに書を奉じましたのは私めの疑問とするところを質《ただ》していただきたい、ただそれだけでございます」

「給事閣下、あなたさまは天下の文宗、当代の精鑑。それゆえにわが浅陋《せんろう》をかえりみずにあえて腹心を開く次第です。居易は田舎者、朝廷に助けてくれる有力者も、故郷に私めの才を薦誉《せんよ》してくれる知人もありません。それなのになぜやってきたかといえば、自分の文章をたよりとする心があったからです」

「ここに謹んで雑文二十首詩一百首をお送りさせていただきます。……もしその意にむかっておまえは進むべきではないとおっしゃりますのならどうか一言そのわけをおきかせ願いたく存じます。私めはその機会を放棄し、故郷へ帰り、世から全く退きかくれることに甘んずるでありましょう」

李賀もそのことには、無頓着であった。縁故をうることに清濁の情念のスペースをさしはさむことなどは、はるか遠くへ放擲《ほうてき》されていて、無視されている。

受験拒否という刺客の刃をうけた時、推挙者皇甫湜《こうほしょく》にむかって「枉《ま》げて知と称するを辱《かたじけな》くし君が眼を犯す排引纔《わずか》に陞《のぼ》りて強絙《きょうかん》断ゆ」としみじみ言った。ここには全く素直な感謝しかない。請託は一種の不正であることには無頓着であったよりに思われる。

台湾の張金鑑《ちょうきんかん》は「中国文官制度史」で、「白居易詩をもって顧況《こきょう》に謁し、李賀詩をもって韓愈に謁し、孟郊の呂渭《りょい》に詩を投ずる、鄭谷《ていこく》の柳玭《りゅうひ》に詩を投ずる、あるいは皇甫湜と牛僧孺《ぎゅうそうじゅ》の相標榜するに至るは、皆関節を通じて権要と結ばんとする事例なり」と名をずらずらならべて裁断に附している。白楽天が請託したのは実は、陳京ひとりでなく顧況にも謁しているのであり、あの卑屈な殺し文句はあちこちにばらまかれていたとみなければならない。時代の風俗といってしまえばそれまでだが、政治の流弊の例として張金鑑は、李賀をもその仲間にかぞえているのだ。

風俗とはいえ、風俗は流弊《りゅうへい》を及ぼす機能をもっているのであり、天授三年（六九二）すでに薛謙光《せつけんこう》は「権貴に請謁し詩を陳《の》べ記を奏し、咳唾《がいだ》の沢《たく》を希《のぞ》む……」と上疏、痛陳しているのである。当時、柳宗元は、その風俗をにがにがしく思っていた（送韋七秀才下第求益友序）。

「ちかごろ地方からでてきて有司《ゆうし》をたずね進士を求めるもののごときは年に数百人はいよう。多くのものみな文辞を為《な》し、今を論じ古《いにしえ》を語る……有司は一日に幾千万言のことばをきかねばならぬ。詩文を読むといっても十のうち一つさえもかなわぬぐらいだ。日常の進退応接に疲《ひ》耗《こう》しきって、目はくらくらし、詩文などよみたいとも思わないのが実情だ。」

しかしながら李賀の社会への野望は、一方では不安の渦つぼの中で燃え焦げていたとはいえ、そのような時代の流弊に対して潔癖を介入させることなどには、まるで無頓着であった。李賀の不安に燃え焦げたこころの裏側には、その自分の不安を自分でせせら笑うような驕慢が塗りこめられていた。詩への異常なまでの自信、韓愈らのひいきはその自信をさらに確固とするのに役立ったであろう。

とはいえ病への不安は、李賀の驕慢をしばしば凌駕し、焦燥させていた。病者は、政治をよく揮うことができようか。政治の枢要に位置しても、病によって半ばして挫折するのではないか。あるいは病者として最初から引退を余儀なくされるのではないか。

我に郷を辞するの剣あり
玉鋒《ぎょくほう》雲を截《き》るに堪えたり
襄陽《じょうよう》　馬を走らすの客
意気　自《おのず》ら春を生ず

（走馬引）

李賀は未来の空間に、異常な変身をとげて舞いおりる。裂くような疼痛と身の衰えは、合格という目睫《もくしょう》をとびこえ、合格後の自分の像を変化させるのだ。

彼の残酷な夢は、甲冑の武者に自分を変身させるのだ。「我に郷を辞するの剣あり　玉鋒雲を截るに堪えたり」、李賀は胸をそらしていう。

やせこけ、霜のおりた薄い髪に油気をうしなった顔、勢いのよいのは太い眉だけ、そして長くあるよう自らそだてている指の爪だけが意志的である。そのような衰弱の李賀を騎せた馬は、故郷をあとに平原を馳《はし》っていくのだが、そのみてくれの衰えに反し、李賀の膨脹した夢想は、剣をふりまわす屈強の武士に変じているのだ。

彼の騎乗する馬は、あきらかに長安の城下をさしているにもかかわらず、変身した彼の幻想は、馬の重《かさな》りあいよろけあう、塵埃のもうもうとまきあがる、そして馬の金属と金属がその土ぼこりにけされた視界の中でぶつかりざわめく、殺伐の地襄陽《じょうよう》へ向っている。異民族の侵略をむかえうつ発進の地襄陽へ。

この錯乱は、身の衰えの不安にうろたえるものの幻想であるにしても、そのうろたえをさぐってみる必要がある。その変身した勇壮の武人の立像は、合格後の不安という厚かましい夢想の虜囚の産物であっても、あまりにもなりすましているゆえにその面膚《めんぷ》を打ち剝がさねばならない。

黒雲壓城城欲摧　　黒雲城を圧し　城摧《くだ》けんと欲す
甲光向日金鱗開　　甲光《こうこう》日に向えば金鱗開く
角聲満天秋色裡　　角声《かくせい》　天に満ち　秋色の裡《うち》
塞上燕脂凝夜紫　　塞上《さいじょう》の燕脂《えんじ》　夜紫《やし》を凝《こら》す
半巻紅旗臨易水　　半《なか》ば紅旗を巻いて易水《えきすい》に臨み
霜重鼓寒聲不起　　霜重く鼓《つづみ》寒くして声起らず
報君黄金臺上意　　君が黄金台上の意に報いん
提攜玉龍爲君死　　玉龍を提攜《ていけい》して君がために死せむ

（雁門太守行）

古楽府《こがふ》「雁門太守行《がんもんたいしゅこう》」の擬作である。

雁門とは今の山西省代県《だい》にある地名。ここは唐朝の、主要な北部の要塞で、夷狄が本土を攻略する時、この雁門をその入口とした。李賀がこの雁門を訪れたことがあるかどうかはわからない。しかし詩は辺城の征戦をうたっている。

黒雲城を圧し　城摧けんと欲す
甲光日に向えば金鱗と開く

索漠とした辺境に聳《そび》える城を、黒雲がおしかぶさって、いまにも城が摧けくずれんばかりだ。黄金の鱗が、瞬時、キラッと跳ねる。鎧甲《がいこう》の金属が太陽の光とぶつかって。「甲光日に向えば金鱗と開く」の日は、日ではなく月の誤りではないかという説がある。宋の王介甫《おうかいほ》はこの詩首二句を読んで「この児の誤りかな。いまにも黒雲が城を圧しようとする時、どうして太陽とぶつかって鎧甲が光ることがあろうか」（姚文燮昌谷集註）と嘲笑した。太陽と黒雲がなぜ同時に存在するのかわからないというのだ。楊升菴《ようしょうあん》はこれをうけて「コチコチ頭のじいさんには詩はおわかりにならぬのだ」ときめつけ、続けて「凡《およ》そ兵が城を包囲した時、きまって怪雲変気があらわれるものだ……私が滇《てん》にいたころ、安鳳《あんほう》の変にぶつかり、ちょうど包囲の城の中にいた。その時日暈《ひがさ》がふたつ重ったように耀いていたが、その側に黒雲が蛟《みずち》のようにわだかまっていた」と実証している。

また王安石は、これは敗退の状を象徴しているというのは、多くの説をそしって「秋天の風景というものは、たちまち陰《くも》りたちまち晴れといったふうに、瞬息《しゅんそく》のうちに変るものだ。雲愁いて凝密し、霖雨《りんう》まさにふりしきらんの気配をみせながらも、にわかに数尺裂開して、日光がさしこむこともあるのだ」と気象観測している。

これらのいずれも李賀の詩の生態をよく観察していない。民国の銭鍾書《せんしょうしょ》は李賀の詩の跳躍をよくとらえ「その各分子の性質は、皆凝《かたま》って重く堅固だが、全体の運動は、一方迅失して流れころがる。故にその分子だけじっとみていると、その詞藻は重く凝固してるが、それを合せて詠じてみれば、気体飄動《ひょうどう》するであろう……これは氷山のたちまち倒れ、ゴビの砂漠が疾手《はやて》のように移り、その勢は砕塊《さいかい》細石をさしはさんで直進する。固体であってもその固体は流動性を具えているのだ……」（談芸録）といっている。

たしかに李賀のたちまち現れたちまち没する氷山のような感覚の習性、感情の苦痛を考える時、黒雲を夜のものときめつけ、日を月に改変するということはおこがましい出すぎである。

角声　天に満ち　秋色の裡《うち》
塞上の燕脂　夜紫を凝《こら》す

角笛、それは戦場のホルーンだ。その響きが辺塞の空に、波紋のように、ゆっくりと拡っていく。その音は秋の気配、崩頽《ほうたい》の気配を悲壮にふくんでいる。その響きがわびしく天に満ちわたった時、李賀の視点は俯瞰から瞬間細部に転じて、城塞の色彩を凝視している。燕脂色の粘土で築かれた城の壁の部分を、凝《こら》して、みている。夜がおとずれると、その壁土のエンジの色は、紫に変化、凝固する。

　黒雲が城を圧する時、それは夜であるか昼であるか、角声が天に満ちる時、それは真夜中であるか白昼であるか、李賀はなにもいっていないし、李賀にきくことができたとしても彼は答えはしない。

　李賀は詩を「能《よ》く苦吟し疾《はや》く書す」と伝えられている。苦吟するといっても、その苦吟は朝になれば昼となり、そして夕べになって夜となる、そういう時制に詩をあわせるために苦吟するのではない。宋の馮贄《ふうし》の「雲仙雑記」しるすところのエピソードによると、「ある人が李賀に謁見した時、彼は長い間何もいわずにだまっていたが、とつぜん地に向って三回吐くようになにかいった。にわかに三篇の詩ができあがっていた」とあるが、このエピソードをただ面白がってみてもしょうがないであろう。

　このエピソードの長い沈黙こそ李賀の苦吟にあたるだろうし、とつぜん三回地に向ってなにかいったという個所は、李賀がその時、そのまま詩を完成したのだと考えることはできまい。むしろこの個所は、李商隠の「李長吉小伝」の、昌谷の山野を驢馬にのってさまよう李賀が、「偶《たまたま》得る所あれば、即ち書して嚢中《のうちゅう》に投ず」という部分、「心を嘔出する」という部分と脈を一致させている。

　李賀は、時制への媚よりも、イメージの鮮度を尊重したから、「疾く書す」ということは、逃げいくイメージへの呪縛の方法であった。李賀は、人間わざでなく詩をつぎつぎつくったのではない。そうでなければ、李賀の推敲の癖は宙に浮いてしまう。だが、もちろんその推敲は、時制を一致させるために棒げられないであろう。どよもする気体を定着しそこからふたたびどよもする自由を詩句にあたえるために、それは必要な作業だった。

半《なか》ば巻いて紅旗は易水《えきすい》に臨み

霜重く鼓寒くして声起らず

半ばめくれかさなり、はためかぬ紅の軍旗が易水にむかって垂れている。

軍鼓が響く。だがずっちりおりた霜は、太鼓の音を寒々としか響かせぬ。

君が黄金台上の意に報いん
玉龍を提攜《ていけい》して君がために死せむ

私は主君が、高台に千金を重ねて天下の人材を招いたという燕の昭王の如き、その篤い志に報いんと、玉龍の剣をひっさげて、この雁門の地で死ぬことをなんらいといはいたしませぬ。

この終聯二句は、詩の傷のように思われる。息づまる情景の断片のはりあわせを、急にめんどうになって、ほうりだしたようにみえる。

＊

「雁門の悲壮」といい、李賀の代表作としてかならず示される傑作だが、その解釈は、諸説紛紛と定まらない。定まらなくてもこの詩は人を「悲壮」におとしこむことは確実であって、巣をつつかれてとびだす蜂の大群の声音のようなやかましい穿さくにこれまで耐えてきた。

＊

この詩にまつわるエピソードについて語ろうと思う。そのエピソードでは李賀が韓愈に逢い、韓愈が李賀と出逢ったのは、この詩が媒介となっている。そのエピソードを記録したのは、唐の張固《ちょうこ》だ。

「李賀は、歌詩をたずさえて韓愈に面会を乞うた。韓愈はそのころ国子博士分司となったころだ。客の帰るのを送ったばかりで、ひじょうに疲労困憊していた。門人が李賀の詩をもってきたので、それでも帯を解きつつくるくるとめくりながらこれを読んだ。首篇は、『雁門太守行』で、『黒雲城を圧し城摧けんと欲す　甲光日に向えば金鱗と開く』とある、あわてて席を退き帯をしめなおして、李賀を迎えた」(幽閑鼓吹)

話はよくできている。「関節を通じて権と結ばんとす」という李賀への後世の批判は、この伝説をも一つの証拠としてるにちがいない。

韓愈が国子博士分司東都の時だと信ずれば、元和二年(八〇七)、李賀十七才の時だということになる。ここでは李賀も当時の風潮にさからわず、詩文をたずさえて訪問している。

ところで韓愈は多忙である（彼の詩では、このころは暇でたまらないといっているのだが）。ようやく一人の客が帰るのを見送った（このころの詩では人にあうのもめんどうだといっているのだが）。韓愈はとても疲れていた。そこへ李賀が恩顧をえようとやってきたのだ。

門人が李賀の詩巻を韓愈に手わたす。疲れきった彼は、それを無雑作にひらひらとめくり、帯をほどきながら読もうとする。横柄であるが、陸続と門をくぐる縁故訪問にいささか倦きている韓愈、それでも一応目を通そうという韓愈、そういった韓愈のシルエットが巧みに生産されている。

「楊升菴外集《ようしょうあん》」に「摭言《せきげん》」にあるとして引用している記事（実際にはない）は、この「幽閑鼓吹」に似ているのでついでにのぞいてみよう。

「李賀は詩巻をもって韓退之に謁見しようとした。その時韓は暑さにうんざり参っていてごろりと横になっていた。そして門人に追い払わせようとそれでもその詩巻を開くと、まっさきに雁門太守行がかかれている、読んでこれは奇作だと感じ、帯をしめなおして李賀に面会した」

李賀が韓愈を訪ねた時の、韓愈の状況、つまり客の帰るのを送り、極めて困憊していたという状況と暑さにぐったりと参って臥していたという状況がちがうだけで、他は文辞こそちがえほとんど同じである。

ともに疲れていて逢いたくないというセッティングで、幸運をつかもうとする主人公にクライシスを与える。といっても韓愈の態度は門に立っている李賀にはみえず、読むものだけが感じるのだが、ともかくいやいやながらも一応その詩巻をみるということで、クライシスを脱する。

ひとたびクライシスを脱出するや、こんどは大団円にむかって急上昇する。韓愈はその首巻にある詩「雁門太守行」をみて驚きあわてるのである。ときつつあった帯をあわててしめなおし李賀を出迎えた、あるいは、ぐったりと横に臥していたのだがはね起きて束帯して李賀に逢ったことになる。二人の出逢いはかくしてなった、このエピソードは短篇小説のプロットの妙をもっている（もっとも幽閑鼓吹は小説に分類されているのだが）。

この伝説を頭から信じることは、もちろんできない。李賀が韓愈に出逢ったのは、その記事からすればすくなくとも東都分司として洛陽に赴任した元和二年（八〇七）その年の夏末以降から元和四年（八〇九）の六月都官員外郎になるまでの間ということになる。洛陽は昌谷から五十キロ（百五十里）、「李賀年譜」の作製者朱自清《しゅじせい》流にいえば「往来はなはだやすし」である。

この韓愈をあわてさせた痛快なエピソードは、しかしながら李賀がわざわざ作品持参で彼の宅門を叩いたことになっていて、当時の知識人の風気の例にもれないわけだが、もう一つのエピソードは、韓愈のほうからわざわざ李賀を訪ねている。

それは大袈裟にも李賀七才の時の出来事だという。「新唐書」をはじめ、詳しくは「太平広記」「唐摭言」がそのことを書いている。以下「太平広記」をもとにしてみていこう。

李賀は七才にしてその歌名「京師《けいし》を動か」していたという。ここでまた韓愈が舞台俳優よろしく登場する。しかしこんどは皇甫湜とつれだって万才のようにその舞台にせりあがってくる。

二人は李賀の作品をみる。これはすごい、これは奇なりと二人はいう。二人とも李賀の名前を知らなかった。

李賀というのは、古人であろうか、それなら恥しいことにいままで知らなかったわけだ。あるいは今生きている人であろうか、それならこの俺たちがどうして知らないわけがあろうと首をかしげる。才能あるものを雲霞のごとく膝下におこうとした韓愈のある一面をよくとらえたエピソードの構築である。

むかし晋粛《しんしゅく》という人がいて李賀はその子であるというものがでてくる。そこで二人は馬をつらねて昌谷の李賀の家へやってきた。ここでは、前のエピソードとちがって才能あさりにかなり韓愈は熱心である。

現れたるは、総角《あげまき》の子供、衣を着ながら出てきて、それは二人には全く信じられない。この子供がその李賀なのか、この子供があのような詩をつくったというのか、狐につまされたみたいになる。そこでためしに面前で詩をつくらせてみればよいという名案が二人に浮ぶ。

七才の李賀は「欣然」と笑ってうなずき、筆に墨をぬらしてかきはじめる。まさに「旁若無人」。二人にみせた詩といえば「高軒過《こうけんか》」。「二公大いに驚く」とある。

あまりにも七才というのは、眉唾である。「高軒過」にも幸にも副題がついていて「韓員外《いんがい》愈　皇甫侍御《じぎょ》湜過《よ》ぎらる　因って命じて作らしむ」とあり、年譜作者たちは安堵して、韓愈が都官員外郎に、皇甫湜が監察御史として洛陽へ転任した年から割出して元和四年（八〇九）のことだと帳尻をあわせている。だがこんな副題は、李賀がつけたのかどうかはわかったものではない。一才から百余才までの歴代の文人、政治家の事蹟を歳ごとに収録した「年華録」をみると、李賀七才などは、かなり全体の頁からみて後にでてくる。ということは一才から六才までの事蹟がたくさんあるということで、文人、政治家たちがいかに早熟伝説に祭りあげられているかわかるのである。古代の人々にとって、早熟伝説は、疑いをはさむ愚のまえに、お祭りであることを知らねばなるまい。

　伝説から年代を抽出するという作業をこれ以上続行するということは、生涯を昏《くらま》し終えたものの、底知れぬおとし穴にはまることになろう。韓愈を李賀が、李賀を韓愈が、どちらがわざわざたずねたのかということも、ほじくる徒労の間つぶしにすぎない。李商隠が小伝でいう「最も先《ま》ず昌黎《しょうれい》の韓愈の知るところとなる」の簡潔な記事に呑みほされてしまうのだ。

　ただエピソードのドラマの小道具として狩出されている「雁門太守行」と「高軒過」の二つの詩は、年代考証を度外視して、李賀の酷薄な精神史をみる上に異様な足どりをのこしてくれてはいるのである。

「高軒過」をみてみよう。韓愈と皇甫湜の訪問は、李賀を単純に喜ばせている。一個の受験志望者として、進士科出身の二人を仰ぐようにみているのだ。二人の姿は、大きく颯爽と李賀の目に映った。

華裾織翠青如葱　　華裾《かきょ》　翠《みどり》を織り　青きこと葱《ねぎ》のごとし
金環壓轡搖玲瓏　　金環　轡《たづな》を圧し　揺らいで玲瓏《れいろう》
馬蹄隱耳聲隆隆　　馬蹄　耳に隠《いん》として　声隆隆《りゅうりゅう》
入門下馬氣如虹　　門に入り馬を下《くだ》れば　気は虹のごとし

　二人の騎る馬は、金環を、玲瓏とひびかせて、馬蹄は、隆隆と土を蹴っている。門前でひらりとおりる姿は、意気軒高、中天にかかる七彩の虹のようだ。

　たとえ複雑な心理を内蔵していようとも、進士となって出世を夢みる李賀に、二人は、眩しい姿となって、映るのである。その羨望を自分の意気に発展させてつぎのようにいう。

龐眉書客感秋蓬　　龐眉の書客　秋蓬に感ず
誰知死草生華風　　誰か知らん　死草に華風の生ずるを
我今垂翅附冥鴻　　我今　翅《つばさ》垂《た》れて　冥鴻《めいこう》に附す
他日不羞蛇作龍　　他日羞《は》じず　蛇　龍とならむ

　この詩はすくなくとも河南府試以前の詩であることは推定できる。二人が訪れるまでの李賀の心境を、この緊迫しない四句に検算し導きだすことができる。

　李賀はなににうち沈んでいたのだろう。風に吹かれて、秋の野を、毬《まり》のようになってやけくそに飛んでいく枯れ蓬《よもぎ》に自分を比していた李賀。その絶望した頽廃は、二人の貴人の訪問によって、いちどきに息を吹きかえすのである。

その絶望感というのは、病の侵蝕であったのか。それともこれまでに郷試になんども落ちていたためなのか。それ枯れた死草が、華かな風（韓愈と皇甫湜に逢えたこと）に吹かれて、いちどきに息をふきかえすとは、誰が思ったであろうか、と李賀はいうのだ。

二人は、李賀の詩才をほめちぎったであろう。ほめたくてわざわざ百五十里の道を駆ってやってきたのだから。李賀の自恃、不安に傷つけられている自恃、その暗い自恃が、いちどきに太陽の光脈を浴びた日陰の草花のように、明るい視野に立つ。

今日までの私は翅たれ、暗い冥界を高く飛ぶ鴻であった（打ちひしがれても李賀は鴻に自分を比して大きくでているのである）。あなたさまにお逢いしたからには、近い日、かならず天に昇る龍となってお目にかけましょう、そう誓うのだ。ありきたりの誓いである。このありきたりさは、自分への過剰な自信にみちて、野望の設計図をひくが、その図面がなにも実現実行されていないことへの焦燥と欠除によって生まれるパターン感情である。そして「高軒過」では、すくなくとも李賀は元気になっているとみるべきだ。

「他日羞じず　蛇　龍とならむ」という「高軒過」にみられる意気は、同じ意気であり誓いであっても「雁門太守行」のそれには、希望の光条はない。不能の心意気にエネルギーは奔騰しているのだが。

君が黄金台上の意に報い
玉龍を提攜《ていけい》して君がために死せむ　（雁門太守行）

豪気な言葉ではないか。だが「高軒過」の豪気にはこの豪気さのような悲鳴はない。この「悲壮な」詩を、詩一篇として傷つけるようなわがままな悲鳴はない。

それはどういう悲鳴だというのか。しかしともかく最後の二句を、豪気な人間による豪気な語としてうけとっておこう。訳註者荒井健は「結局は剣をとることはしなかったけれども彼も唐を代表する詩人の一人として、その窮極の精神は剛直であり武骨ですらあった」といった。その見解を証拠づける詩句を、「走馬引」「雁門太守行」以外の詩からも拾いあげることはむずかしいことではない。

豪語の割引

南園十三首

其四

三十未有二十餘　三十未《いま》だ有《ゆう》せず　二十の余
白日長飢小甲蔬　白日に長《つね》に飢えて小甲蔬《しょうこうそ》
橋頭長老相哀念　橋頭《きょうとう》の長老　相哀《あいあわ》れみ念《おも》い
因遺戎韜一巻書　因《よ》って遺《おく》る　戎韜《じゅうとう》一巻の書

俺は三十にもまだならぬ、二十を越えたばかりの若僧だ。その俺は、白昼まっぴるまから小っさな菜っ葉の芽を嚙《かじ》って、いつもがつがつ白い太陽の下で、飢えていた。そんな俺が橋の上で一人の老人に逢ったのさ、俺を哀れんでくれる老人に。そして老人は、俺に一巻の兵法書をくれたのさ。

其五

男兒何不帶呉鉤　男児　何ぞ呉鉤《ごこう》を帯びて
收取關山五十州　関山《かんざん》五十州を収取《しゅうしゅ》せざる
請君暫上凌煙閣　請う　君　暫《しばら》く上れ　凌煙閣《りょうえんかく》
若箇書生萬戸侯　若箇《じゃっこ》の書生　万戸侯《ばんここう》たる

男と生まれたからには、三日月形の呉鉤の剣をひっさげ、河南北道に騒ぐ五十州をことごとくたいらげてみせないでは、どうしていられよう。ところが君よ、ちょっとためしに、功臣を祀《まつ》っている凌煙閣にのぼってみてくれたまえ。書生っぽあがりが何人、万戸領する侯に封ぜられているというのか。

其六

尋章摘句老彫蟲　章を尋ね　句を摘《つ》み　彫虫《ちょうちゅう》に老ゆ
曉月當簾挂玉弓　暁の月　簾《れん》に当って　玉弓《ぎょくきゅう》を挂《か》く
不見年年遼海上　見ずや　年年《ねんねん》遼海の上《ほとり》
文章何處哭秋風　文章　何処《いずく》にか秋風に哭《こく》す

章を尋ね、句を摘み、虫の彫刻にも似た詩文のわざ、そんなことをしているうちに俺は老いぼれていく。暁の白む月光が、部屋の簾《みす》にあたって、玉の弓の影をおとしている。お前には見えないか、くる年もくる年も続けられている遼東の戦いを。おめおめと秋風に哭く書生などは、いったいどこをさがしたらいるというのか。

其七
長卿牢落悲空舎　長卿《ちょうけい》牢落《ろうらく》　空舎に悲しみ
曼倩詼諧取自容　曼倩《まんせん》　詼諧《かいかい》　自容《じよう》を取る
見買若耶渓水剣　見《げん》に買わん　若耶渓水《じゃくやけいすい》の剣
明朝帰去事猿公　明朝　帰去　猿公《えんこう》に事《つか》えん

不遇の日々の自己対策ならあるさ。おちぶれの司馬《しば》相如《しょうじょ》は、空《から》っぽの家で悲しんで生き、東方朔《とうほうさく》ときた日には、道化の煙幕をはって自分をまもった。俺か、俺はまっさきに若耶《じゃくや》の谷へ、名剣を買いにいこう。明朝にはすぐたちもどって、剣の猿公に弟子入りだ。

「南園十三首」は、故郷昌谷を歌っている。昌谷の風景。李賀の家の所有地「南園」。その風景の中に彼はうずくまり、優しいこころ、鋭く孤独なこころでの風景という「もの」への観察、そして時たま諦めともいえる静かさもおりおりみせて十三首はならべられている。

　だがいま右にあげた四つの詩が、昌谷での李賀の心象風景の詩群の中ごろに、連続してならんで悲鳴をあげている。もちろんこの「南園十三首」は、挫折以後の詩群、つまり最悪の事態で科挙の罠におちこみ、惨胆と故郷へ病身をのせて帰ってきてからの作品だ。

　この四つの詩の悲鳴は、「君が黄金台上の意に報い玉龍を提攜《ていけい》して君が為に死せむ」という豪気な悲鳴の内側を、よりよく白状していて、李賀の挫折以前のこころの謎にせまる手がかりになる。

　李賀は、この四つの詩で、自分のこころを悲鳴するのに、故事来歴で身を固め、悲鳴の台座をつくった。

「其四」では、漢の張良《ちょうりょう》の故事がでてくる。貧に窮して白い太陽の下で、「長《つね》に飢えて」小さな菜っ葉の芽をがつがつ噛っている不遇の青年、そのくせ「三十未だ有せず二十の余」と年齢意識にかまけて、うろたえている李賀は、橋頭で老人に出逢い、その老人は不遇を憐んで、兵法書一巻を彼に授けた、と夢想する。秦の始皇帝に追われて逃亡中だった張良が、下邳《かひ》の橋上で、一人の老人に逢い、いろいろためされたすえ、これを読めば王者の師となろうという一編の書をもらう。それは太公望呂《たいこうぼうりょ》尚《しょう》の兵法書だった。事実まもなく張良は漢の高祖の股肱《ここう》の臣となって建国の功業につくすのである。李賀は、張良の僥倖《ぎょうこう》を自分に代置してみるのだ。なんといういい気さ、という前に、なぜ李賀は兵法書などを手にいれる僥倖を夢むのかを考えるべきであろう。

「其五」では「男児何ぞ呉鉤を帯びて　関山五十州を収取せざる」とたけだけしくいきせきこむ。これでは、「その窮極の精神は剛直ですらあった」のかと思わないわけにはいくまい。しかしすぐに悲鳴をあげていて、自分の剛直の夢に水をさすのである。貞観《じょうがん》十七年（六四三）唐の太宗は建国の功臣二十四人をえらび、凌煙閣の高殿に顕彰して彼等の肖像をかかげた。それはみな武人ばかりで、書生あがりの文官はいないとへ理屈をいうのである。なぜ「若箇の書生万戸侯たる」といわなければならないのか。「男児何ぞ呉鉤を帯びて」といったからには、「若箇の書生」などという意識ははじきとばしてしまえばよいのではないか。

「其六」では、へ理屈は、びしょびしょの泣言にかわっている。遼東では、いま戦いたけなわである。それなのに俺は、「章を尋ね、句を摘み、彫虫に老ゆ」るばかりだと自嘲まじりにわが身にふりかえる。そして「文章何処にか秋風に哭す」といって、そこには詩文の否定、書生の否定、文官への否定があるのだが、この無用論は、完全な否定にはなっていない、一応の否定、ただ切ながっているだけだ。彼がもし文官への道をスムーズに駈けていたならば、いいそうにもない煮えきらぬ否定の叫びなのである。文官への道をえらんだのは錯誤であったとしみじみさとり、もっと早く武官への道を志しておけばよかったと地団駄ふんでいるのとはちがうのだ。文章を否定すればするほど、そのいとうべき文章への心が明確になっていく。文章無用の心のさなかにあっても、「彫虫に老ゆ」という未来を洞察してしまっている。

「其七」では、世に容れられなかったものの、その不遇のやりくりを想起して、李賀は自慰する。はじめはひどい貧乏ぐらし、女房の卓文君《たくぶんくん》と居酒屋を開き、部屋の中といえばいたずらに四壁が立っているばかり、だがまもなく「子虚《しきょ》の賦《ふ》」が武帝の目にとまり、召しかかえられるにいたるという司馬相如の例。滑稽を演じなければ本音を吐けず「わたしなどがごときは、いわゆる世を朝廷の間に避けるといったものでございましょう。古人は、世を深山の中に避けたそうですが」（史記）といわなければならなかった佯狂《ようきょう》の出世法、漢の東方朔の例。この二人の例を想起することは、李賀の自慰になろうが、この二人は、かなり状況が異っていて、東方朔などは、滑稽というトウカイの術を用いていて、世に容れられなかったという時期を厳密にはもっていない。しかし、それはどうでもよい。李賀は、この二人を能文の士として自分に比し、このような人生のやりくりのつらさ四苦八苦を思うと、一気にごめんだといいきるのだから。「見《げん》に買わん若耶渓水の剣　明朝帰去猿公に事えん」と元気のいいところをみせて、めめしい自慰を御破算にする。といってもこの元気のよい武士への志こそ、また自慰にすぎないのだが。

*

「南園十三首」にみられる豪気の部分というものは、それは真の豪気ではなく、詩文を業とする文官への否定から、逆放射されたものであることがわかる。

　ただこの際はっきり認識しておかなければならないことは、他動によって文官を否定されたことにより出発し、その未練を分断する一方法として、あらためて自ら文官を否定し、その豪気に自分をなじませようとしていることである。

　受験を拒まれ、故郷の風景に憂悶をなげかけ、なすことなく二十才いくばくかの精力を病身の中にもてあましていた李賀は、不能の心意気、まぼろしの光栄を借景して、武人に扮装し、官人への意志をみじめったらしいものとして唾棄し、やりきれない憂悶の渦を一挙にぶっつぶそうとするのである。いますぐにも剣客となり、動乱の関山五十州の辺境へ、遼東へと駈け参じようとするのである。

　魯迅は、李賀の心理の仕組みを明察していた。

「仙才李太白がよく豪語するのは、わざわざ説明するには及ぶまい。ところが指の爪を長くのばしたままの、骨《こつ》痩《そう》、柴のごとき鬼才李長吉でさえ、『見《げん》に買う若耶渓水の剣　明朝帰去猿公に事《つか》えん』といいだす始末、まったく身のほどしらずにも簡単に刺客になろうと想っているのだ。これは差し引ゼロにして考えてみなければなるまい。その証拠に彼は刺客になりに行ったことはないのだから」

「豪語の割引」というエッセイの中でこう魯迅はのべている。

　豪語の割引をしてみて、「その窮極の精神は剛直であり武骨ですらあった」という風に割引の答を導いてはなんにもならない。李賀の剛直、無骨は、それは扮装であって、弱さの大晒《おおさら》しであり、弱きものの空威張りなのだ。病にやせこけ柴の木のような青年の、エネルギッシュな幻想。屈辱の日がその幻想を、より乱脈に煽った復讐の夢なのだ。

　このかなしいひきちぎるような恍惚の変装の一刻を、魯迅は皮肉に愛情っぽく、なおもいうのだ（「ノラは家出してからどうなったか」＝北京女子高等師範学校文芸講演）。

「人生で最も苦痛なことは、夢から醒めても行くべき路がないことであります。夢をみている人は幸福です。もし行くべき路をみつけることができないでいるのでしたなら、彼の夢を呼び醒まさないでそのままじっとしておいてやることが大切であります」

これは、李賀だけにむかっていわれた言葉ではないが、魯迅はこの言葉を言葉にした時李賀の生涯を思いうかべていたのであって、つぎのような言葉を李賀に言及して、つづける。

「唐朝の詩人李賀は、一生の間、困頓していない時間などというものはすこしもありませんでした。しかしそれにもかかわらず彼はいままさに死のうとする時、母にむかってこういったというではありませんか〝お母さん、上帝が白玉楼ができあがったので、祝いの文章を僕に書かせようと呼んでおります〟これはあきらかにたわごとではないでしょうか、あきらかに一個の夢であります」

そう断言したあと、さらに、

「かくしてひとりの子とひとりの老母、ひとりの死にいくものとひとりの生きのこるもの、死ぬものは楽しげに死んでいき、生きていくものも安心して生きていく、たわごとをいったり、夢をみたりすることは、このような時には、偉大さを発揮するものなのであります」

というのだ。これらの言葉の裏に、魯迅の暗い虚無を感じ、李賀の臨終伝説を、彼は伝説の捏造者たちにならってまったく同意して、李賀の生涯にむすびつけている。だが、この強引な論法にもかかわらず、李賀の豪語の割引を指摘し、その豪語は挫折し、道を失ったものの夢であることを見抜いている。

「南園十三首」は、彼の武人への意志と豪気の語を、科挙を踏破することによってえられる文人への志の否定をはさんで、吐きすてられているゆえに、逆接して文人への志が、手に負えないほど強烈であったことを思いしらされた。だが、「雁門太守行」の「君が黄金台上の意に報い　玉龍を提攜《ていけい》して君が為に死せむ」のような、あっけにとられるような夢の変装のなりきりはなく、その変装の下に隠されていた傷だらけのあばれ骨ばかりをここでは露呈してしまっている。だから魯迅はその変装をらくらくと見破って「身のほど知らずにも刺客になろうと想っているのだ」といったのだ。

だが「南園十三首」のようにそのトリックをはからずも暴露してしまっている詩では、詩文のわざを否定し、剣をふるって戦場に赴こうとしているが、しかしそれをかなりいいきっているにもかかわらず、夢をみるあせりになっていて、彼の吐きだす自嘲と未練の小さなトゲは、夢になりきらぬ夢、彼の夢にささくれだっている。

仮説として、病の不安は、すでに挫折以前にあり、したがって剣客の夢もすでに挫折以前に開始されていたことは、前にのべたことがある。

そうであるならば、李賀の剣客の夢は、三叉路に分岐していることになりそうだ。

すなわち、李賀は、故郷を出奔し長安の試験場にむかう時、はやくも剣客の夢をみていた。そのことは、この章の一番先に引用した李賀の詩「走馬引」でしめした。これが一本の道である。

不安のしつこいからみによって剣客の夢をみ、その錯覚の光栄で自分を鎮圧しようとしたが、本心は、進士への実現に胸うちふるえることのほうが多かった李賀が、長安で進士への夢うち砕かれた時、傲僻《ごうへき》にも剣客の夢を延長させた。「出城寄権璩楊敬之」を引用してそれをしめした。これも一本の道である。

もう一本の道は、いま「南園十三首」でしめしたばかりだ。あたかも李賀は、挫折後はじめて剣客を志したかのように、新しく唇をぬらしているのである。

李賀の剣客の夢は、実はこのような点のところどころにうたれてある一本の直線ではなく、一点を中心に三本の線が派生し、あるいは一点に集中する三本の線である。そしてこの三本の線は、すべて李賀にとって、不本意の線であって、こんな線を自らひかなければならないことは、たまらないことなのである。だからこれらの線の性質は、定まっていず、時と場面の変化によって、異動しているのである。

この章「挫折以前」の大きな目的は、受験拒否以前の李賀のシルエットの生産であり、復元である。逆算である。進士を目指して、かきすすんでいるにもかかわらず、剣客に変身していた事実をつきとめたからには、この剣客の夢、このたわごとの鋭さ淋しさに刃をさしこんで割いてみなければならなかった。それはよい逆算の道である。

これまでに、李賀の心理状況、李賀の人間関係、李賀の時代の社会状況に、あるものには必要以上に深くあるものにはわざと浅く、あたりをいれて進んできた。

この渋滞したさぐりの中で、はっきり計上されてきたことは、「不安」が李賀を支配しきっていたということであろう。この不安は、ただ単純に合格不合格の不安であるならば、ことは簡単だが、もっと曖昧ないくつもの衣を厚着した不安であって、その曖昧な不安はそのくせとびだす時は、それなりに単純の叫びをあげてあらわれるゆえに、人を誤読させ迷彩するのだ。

しかしながらこの曖昧な不安のつきあげる動因の一つは、李賀が挫折以前に、死の予想におびえていたからだということにかんしては検算を終えたといってもよいだろう。それは早熟なるもののいい気な死の抱擁ではなく、みえない病骨の進行の速度こそが、李賀の心を左右上下にひきちぎっていたことも、検算を終えたといってよいだろう。

なれようはずのない華麗なたわごと、すなわち剣客の夢は、病骨の意識と受験の執着（文人への執着）との葛藤の中から生まれた、奇型の夢なのである。

李賀は夭逝のいたましい恰好のよさに、憧れるはずはなかった。中国では、名と字《あざな》は、たがいに関係のある言葉を用いるという黙約がある。白楽天—白居易という風にだ。「天を楽しみて居ること易（やさ）し」である。李賀の場合字は長吉であるから、「長（つね）に吉なることを賀（よろこ）ぶ」という風に意味をとることもできよう。李賀の姓名は、祝福された姓名であって、挫折も病気も、いわんや短命をも、のろいはらわれているはずの姓名だった。

それはともかくとして、李賀の文人への執着は、受験の執着であって、それにからまる不安の数々は、李賀のみならず受験生ことごとくの不安であって特筆すべきことではなく、李賀はそれなりに処置し注意を怠らなかったろうし、むしろ韓愈らの知己、詩への自信などから、他の受験生より有利にたっていたはずだ。だが病骨の意識が、受験に合格する前から、はや彼の文人への執着に、傷つけていた。病骨によって、官吏として無能の烙印をおされるかもしれない、病骨は官吏としての野望をなかばにして倒してしまうかもしれない、そういうもろもろの不安が李賀を剣の夢に追いこんだということを、これまでのくどいまでの反復した検算から、整理、復習できる。

だが挫折以前に、病骨の進行と不安の自覚の中にいたならば、剣客の夢などとむりをはらずに、進士への野心、文人への野心をすててしまえばよかったのだということはいえるだろう。すでにまえに、挫折以後なお官吏への執着をもつのかという疑問を設定したが、こんどはなぜ挫折以前にでさえ、病という悪条件の中にいながら進士への道を棄てきれなかったのか、なぜ剣客の発想をえたのか、その疑問にむかってさぐりをいれていかなければならない。剣客の夢が、挫折以後にはじめてみはじめた夢であるなら、弱者の変身願望として、しんしゃくの余地はあるが、挫折以前であってはそれが不安の果ての逆上であったにしても、その逆上は剣客というかたちを必須としていないはずなのだ。ましてこの剣客という発想を「その窮極の精神は剛直であり武骨ですらあった」という唐代の詩人たちの通例の中に無頓着に総括してなげこむわけにはいかない。

*

李賀の剣客の夢は、病者のまぼろしによって浮びあがった像ではあるが、その剣客の夢を育てたのは、時代のバックシーンにほかならなかった。かつて清の姚文《ようぶん》燮《しょう》は言った（昌谷詩註自序）。

「……古人の書を読む者は、心から古人の心になりきらねばならないばかりか、わが身も古人になりきらねばならない。そうすれば古人が見えてくる。人々は身心ともに李賀になりきらずに李賀を論ずる。それでどうして李賀の身も心も見ることができよう。故に歴史をよく熟知しているものこそ、はじめて書に註すべきである。よく唐史を論じられる者こそ、はじめて李賀の詩に註すべきである。私の意がことごとく李賀の意と化すことは、私の幸せであるばかりでなく李賀の幸せである」

こんなことが姚文燮の自慢になろうかという気もするが、詩を論じ詩を註する者は、しばしば歴史を中途半端にして、人間のシルエットを見失いがちなのは嘘ではない。

時代のバックシーンとはなんであったか。

あの広大な唐王朝の領土の外郭を、すきまなく囲む無数の異民族の遠吠えが、あちこちにやかましく唸りだしていたことに、まず目をむけねばならない。

李賀は、衰弱した肌に、時代の急迫を感じるのである。李賀は辺境の動乱を耳にするたびに、不安と幻想、幻想という喜びへの下降、そしてつき刺さる批評のこころの痛さに、自分を混乱の暗い穴へ閉じこめていく。ついにはその混乱したおそれは辺境の地に殷殷と音する幻聴となって、李賀は自ら築いた偽りの傲慢の砦から、一人の装甲の武者を疾駆させたのではないか。

当時、チベット（吐蕃）とウイグル（回紇）の辺境民族が、雪だるまのようにふくれあがって、強大な勢力となり、中国本土をおびやかしていた。その強大な勢力にはさまって蟻のように少数民族たちも叛乱をかさねていた。沙上をかろうじて歩む瀕死の馬に襲いかかる鳥獣たちのように、唐王朝の腐朽を嗅いだ彼等はかさにかかって侵攻してきた。

李賀もその噂の渦中から耳に栓することはできない。たとえば黄洞蛮《こうどうばん》のニュースである。李賀の生きた貞元から元和にかけて、黄氏という蛮族が、容州・邕《よう》州の怪険な山中の洞窟からとびだしては荒しまくるという巷説を耳にしていたにちがいない。

雀歩蹙沙聲促促　雀《じゃく》歩《ほ》　沙《すな》を蹙《け》って声促促《そくそく》
四尺角弓青石鏃　四尺の角弓《かくきゅう》　青石の鏃《ぞく》
黒幡三點銅鼓鳴　黒幡《こくばん》　三点　銅鼓《どうこ》鳴る
高作猿啼搖箭箙　高く猿啼《えんてい》を作《な》し　箭箙《せんぷく》を揺《ゆる》がす
綵布纏跤幅半斜　綵布《さいふ》　跤《こう》を纏《まと》う　幅　半ば斜《ななめ》なり
溪頭蔟隊映葛花　渓頭《けいとう》の蔟隊《ぞくたい》　葛花《かっか》に映ず
山潭晩霧白鼉吟　山潭《さんたん》の晩霧《ばんむ》　白鼉《はくだ》吟じ
竹蛇飛蠹射金沙　竹蛇《ちくだ》　飛蠹《ひと》　金沙《きんさ》を射る
閑驅竹馬緩歸家　閑《しずか》に竹馬を駆って緩《ゆる》く家に帰る
官軍自殺容州槎　官軍自ら殺す容州の槎《さ》　（黄家洞）

「資治通鑑《しじつがん》」によれば黄洞蛮は三たび寇を為したことを記している。

貞元十年（七九四）
　欽州の蛮酋《ばんしゅう》、黄少卿《こうしょうけい》反し、州城を囲む。邕管計略使《ようかんけいりゃくし》孫公器《そんこうき》、奏す。「請う嶺南の兵を発して之《これ》を救はん」上《しょう》、許さず。中使を遣わして之を諭解《ゆかい》せしむ。

元和三年（八〇八）
　西原蛮の酋長、黄少卿、降らんと請う。六月発亥《きがい》、以て帰順、州の刺史と為す。

元和十一年（八一六）
　冬十一月壬戌朔《じんじゅつさく》、容管《ようかん》奏す、「黄洞蛮、寇《あだ》を為す」と。乙丑、邕管奏す「黄洞蛮を撃《う》ちて之《これ》を却《しりぞ》け、賓蛮《ひんばん》等の州を復せり」と。

「李賀年譜」の朱自清は、貞元十年はわずか五才であるし、元和十年は李賀の死んだ年だから、元和三年の六月以降にこの詩をつくったのではないかといっている。

だが孟子のいいぐさではないが「ことごとく書を信ずるは書なきに如《し》かず」であろう。司馬光の「資治通鑑」にはきわめて簡単な記載しかないが、「新唐書」などをみると、その時十三州は陥ちたのであり、元和三年には、帰順後いくばくもたたずしてまた叛乱をおこしているのである。韓愈が「黄家賊事宜状《じぎ》」を提出したのは、元和十五年だが、その年には「資治通鑑」には記載はないのである。

元和三年の作とすれば、李賀の挫折以前ということになるが、断言はできまい。ただ歴史書に記されていないだけで、黄洞蛮の侵寇のニュースは李賀が物覚えがついたころから死ぬまでの期間、ひんぱんに報道され、この不気味な蛮族のイメージは、李賀の頭の中でふくらんでいったであろう。李賀の幻灯の匣《はこ》の中でこの蛮族は躍りはじめるのである。

蛮人たちは、雀がとび歩くといった恰好で砂を蹴って跳《は》ねていく、無言で砂を跳ねていくのだが、サクサクと声をたてているような音がする。手に角飾りの弓と青い石鏃《やじり》の矢をもって雀のように小躍りしていく。

黒旗がひるがえると、それを合図に銅鼓が重く三度ひびく。つづいて猿が啼くような蛮族の声、彼等のゆすぶるえびらの異様なはね音。

彼等の足には、百彩の布片が斜めに脛《はぎ》にまかれ、その谷間に群るさまは、赤紫色の葛の花みたいだ。

夕霧が山潭にふりそそぎかすむころ、黄洞蛮たちは、奥深くすがたをけしていく。そしてたちこめる夕霧の中から白い大とかげがうなりを吟じ、竹色の大蛇がすべりおり、毒虫がこまかく飛び交って金色の砂に毒を射かける。

密林の野獣の夜がやってくるころ、音もたてずに竹馬を駆って、ゆるゆると棲家へひきあげていく。

一方、黄洞蛮討伐軍は、なんらなすすべもなく、その身替りに容州の人民を殺傷して、戦果として中央に報告するのだ。

＊

アフリカの暗黒大陸の密林を写したような天然色フィルム、それを小気味よいカッティングで誘導されたあとに、とつぜん李賀のスーパーの声がはいる。「官軍自ら殺す容州の槎《さ》」。

この声は、憤りとも諷刺ともいえ、ぽとりと雫《しずく》する一滴の水玉にも似たとつぜんの評句は一篇の詩の傷とはならずにここでは効果をあげている。李賀が容州・邕州（広西地方）へ旅したという事蹟はのこされていない。李賀は、あたかも現状をつぶさに目撃したニュース特派員のように、噂の中にそだちつみかさなっていったイメージの資料群を、動体として還元したのだ。

李賀は、辺境をなおも歌う。

霧下旗濛濛　　霧下りて旗濛濛《もうもう》
寒金鳴夜刻　　寒金《かんきん》　夜刻を鳴らす
蕃甲鎖蛇鱗　　蕃甲《ばんこう》　蛇鱗《じゃりん》を鎖《つら》ね
馬嘶青塚白　　馬嘶《いなな》きて　青塚《せいちょう》は白し
（塞下曲）

玉塞去金人　　玉塞《ぎょくさい》　金人《きんじん》を去ること
二萬四千里　　二万四千里
風吹沙作雲　　風吹きて　沙《すな》　雲と作《な》り
一時渡遼水　　一時　遼水を渡る
（摩多楼子）

北虜膠堪折
秋沙亂曉鼙
髯胡頻犯塞
驕氣似横霓

北虜　膠《こう》を折るに堪えたり
秋沙《しゅうさ》に暁鼙《ぎょうへい》乱る
髯胡《ぜんこ》　頻《しきり》に塞《さい》を犯し
驕気《きょうき》　横霓《おうげい》に似たり　（送秦光禄北征）

一方黒照三方紫
黄河冰合魚龍死
三尺木皮斷文理
百石强車上河水

一方の黒《こく》は照らす三方の紫《し》
黄河　氷合《ひょうごう》して　魚龍死す
三尺の木皮《もくひ》　文理を断《た》ち
百石の強車　河水に上《のぼ》る　（北中寒）

時代のバックシーン

中国の歴史は、あいつぐ内乱と異民族侵入の歴史であり、内乱を鎮圧し、異民族を平定したものこそが、王朝をうちたてるのである。だからつねに中国の歴史は、土着漢民族の王朝交代史であったわけではない。つねに四《し》夷《い》は騒ぎ、あるいは内乱に乗じて四夷がふかぶかと入寇し、彼等の王朝が林立することしばしばであった（元《げん》や清《しん》は中国を統一さえした）。

ということは、純血な漢民族の存在は、ありえないということである。中国の歴史を通覧する時、異民族の王朝期には、きまって興漢運動がおこり、その純血の優越がエネルギーともなってその王朝を倒し、あるいは彼等を西戎北胡《せいじゅうほくこ》と侮蔑的によびならしているのに気がつかないわけにはいかない。だがそういう純血はありえないはずだ。

なぜなら四夷のしばしばの侵入と漢王朝の四夷への遠征は、当然多量の混血をまねいているだろうからであり、漢民族が建国するときにしても、ある異民族の勢力をかりて、内乱をおさめ、他の異民族をもたいらげるというのがきまった経過なのである。

漢民族の優越感は、異民族に押しまくられ異民族に支配されているときにこそ、その優越感はよりめらめらと燃えるのだが、むしろ漢民族と異民族のじっ懇なれあいのうちに中国の歴史の川は流れてきたように思えてならない。

たしかに漢民族は、中国土着民族であろうけれども、彼等がその土着を優越するほど純血ではありえない。ただいえることは、異民族が侵寇し、異民族が中国を支配するにいたっても、漢民族が支配されたのであって、ことごとく殺害されたり、逆に僻地に追放されたのではないということだ。つまり漢民族は武力のみの異民族では追いはらえきれない土着の人口と、伝統ある文化の遺産の上で、息していたことである。異民族支配の国家の歴史を記録するものは、まさしく漢民族にほかならなかったのである。

李賀の生きた唐朝は、李世民［太宗］が国内の反乱と四境のざわめきを統轄し、父を高祖として皇帝に奉じ、かくして建国された。それは西暦六一八年のことである。唐は、漢民族の王朝である。

だが「唐の源流は夷狄において出ず」（朱子語類）といわれている。それは唐の創業が、夷狄出身の武士たちの力に負うところ多かったということばかりではなく、李世民の一族、唐室そのものが夷狄の血が流れていたのである。「もし女系母統にかぎっていうならば、唐代創業の君主もしくは初期君主たち、すなわち高祖の母の独孤《どっこ》氏、太宗の母の竇《とう》氏はそれぞれ紇豆陵《こっとうりょう》氏、高宗の母は長孫《ちょうそん》氏で、みな胡種にほかならなく、けっして漢族ではない。故に李唐皇室の女系母統は、胡族の血胤《けついん》がまじっていたということは、だれでも知っていることで、わざわざ闡述《せんじゅつ》するを待たない」（陳寅恪・唐代政治史述論稿）のである。

その胡族の血も、まもなく漢化されていく血であるにすぎない。その漢化された血は、蛮夷が四域でさわぐ時、漢族の危機として熱くたぎるだろう。それは異民族が、中国に王朝をうちたてても、胡化することできず、むしろ征服者たちこそが漢化していくよりほかないほど強固な土着民族の誇りなのだ。李賀は、唐室の嫡孫であることを誇りとし、蛮夷の反逆に剣をにぎろうとした。この時李賀の心には、唐室の母系は蛮夷であり自分はその血をうけているのだという意識、迷いは、あるはずはない。大唐帝国が威容をふるう時、無数の夷狄たちは、遠まきにおそれかしこまっているだろう。

威容は永続的なものではない。永続を願うものだ。すなわち威容はいずれ崩れるのである。その威容のベールが、わずかでもその下の肌をみせてしまったとき、威容に屈服していたものたちは、それをけっして見逃がさないだろう。

ベールの下の膿のたまった傷口を、大唐帝国は蕃犬どもにみられてしまったのだ。四境はざわめきはじめる。李賀の生きた時代は、唐が新王朝をうちたてて以来、二百年にもなろうかというころである。もはや唐の威容は、内実のともなわぬ、体面の威容、とりつくろった威容であった。そのような威容は、蕃犬たちの吠える口を緘《かん》する力をもたない。だが、かつて威容を誇ったものは、それを維持するようにつとめねばならない。

がむしゃらに蕃犬たちの口を緘しなければならない。それには軍を出動し、鎮圧することである。

軍とは、兵をもって構成する。兵とは民衆のことである。崩れかかるボロボロの壁を下からささえようとする労苦は、民衆がうけもつのはきまりきっていた。

唐は、隋制を整理継承し、兵農一致の府兵制度を行っていた。「三時耕種・一時講武」といわれるように民衆たちは、冬は軍事訓練を受け、交代で都へのぼって禁軍の衛士となった。また在役中（二十一才—五十九才）に一度は辺境の軍団に派遣され防人《ぼうじん》となった。しかも武器・軍装・糧食は自分で用意しなければならなかった。

しかしこの府兵制度も則天武后《そくてんぶこう》のころより腐敗を開始していた。それは、はじめからこの封建国家が蔵していた矛盾の露呈である。均田制も租庸調《そようちょう》の制も、内外の矛盾が表面化することにより崩れはじめる。新興地主階級の出現、官僚機構の内的質的変革は、当然府兵制度の敗壊でもあった。富める者たちは、まず兵役を代人雇人をもって避けた。寺院へ逃げこんだ。大多数の農民はそれをできない。貧しい農民の負担は、一層はげしくなる。そうでなくても、土地の兼併や旱害などにより農民は苦しんでいた。辺疆部族との続発する戦いのニュースは、農民の耳をふさがしめたであろう。

詩人陳子昂《ちんすごう》（六六一—七〇二）は、則天武后のころにすでにつぎのようにいう。「今や天下の百姓《ひゃくせい》は、窮困しきったというわけではないにしても、この五六年というもの、軍族の弊によって、不安でいっぱいになっている。夫婦夫婦はほとんど一緒にいるということさえない。親子は、たがいに相養うこともかなわぬ……しかも土地は饑荒《きこう》を被《こうむ》り、水旱《すいかん》に遭わない土地はないときている。兵役にひっぱりだされ、疾疫で死亡し、流離分散するもの十中四五、これこそ不安の状というべきではないか」（唐文）

農民は故郷の脱出をはかった。流民である。唐律を犯してまでの流亡は、死の征役への拒否のみならず、たとえ故郷にあっても、戦争の疲弊のあおりをくらった重税、混乱にあてこんだ不正官吏の横行、そしてあいつぐ天災、農民は進退きわまっていたのである。兵役と重税の負担をおしはらうには、流亡しかなかった。

流亡の頻発は、府兵制度をどろどろに溶かしはじめていった。

開元十年（七二二）。縁辺の戍兵《じゅへい》はつねに六十余万駐屯していた。張説《ちょうえつ》（六六七―七三〇）は、当分彊寇《きょうこう》はあるまいという観測にたって、玄宗皇帝に上奏した。

「『二十余万の戍兵の任務を解《と》いて、農に還らしめん』と。皇帝はなぜだと首をかしげた。張説はさらに言った。『私めは久しく辺域にあって、つぶさにその情勢を知っております……もし敵を防ぎ勝を制するには、かならずしも兵をいたずらに必要としません。彼等の農務をさまたげてまで兵は必要としません。陛下、もし以て疑となさば、臣請う、閤門《こうもん》百口を以てこれを保《たも》たん』。皇帝はこの言葉に従った。はじめ諸衛府の兵は、二十一才より成丁《せいてい》として軍に従い、六十にしてようやく軍から免ぜられるのだった。そのため兵の家は、雑徭《ざつよう》を免れずますます貧困におちいり、ついには家を棄て逃亡するよりほかはなかった。百姓たちは、まったく苦しんでいた。張説は建議して言った。『請う。壮士を召募し、これを軍団にあてるべきです……流亡する者、かならず争ってあらわれその募集に応ずるでありましょう。』皇帝はこの言葉に従った。旬日にして精兵十三万をえて、これらを諸衛に配した。兵農分離はこの時よりはじまった」（資治通鑑）

玄宗皇帝は、募兵制を発布し、それをぼろぼろになった府兵制に平行させねばならなかった。だがこの募兵制が効を奏したのではない、さまよう流民の多くは、路上で餓死するか、新しい癌として登場してきている軍鎮《ぐんちん》の下に収束され、解放された兵たちも戻るべき故郷をもたなかった。

天宝年間（七四二―七五五）、雲南の蛮族、南詔《なんしょう》がさわいだ。天宝十年（七五一）、剣南節度使鮮于《せんう》仲通《ちゅうとう》（六九三―七五四）は、兵八万を率いて南詔蛮を討たんとした。はじめは大いに濾南《ろなん》に敗り、南詔王はその罪を謝したが、仲通はそれを許さず、なおも軍をすすめたがこんどは逆に敗れ、士卒死するもの六万を数えた。

楊貴妃の従兄楊国忠《ようこくちゅう》（―七五六）は、その敗状をかくし、なおも南詔蛮を討たんと大徴兵令を発した。

「資治通鑑」はその徴兵の模様をつぎのように伝えている。

「人、雲南には瘴癘《しょうれい》多く、いまだ戦わざるに士卒の死する者十に八九なるを聞き、あえて募《つの》りに応ずるものなし。楊国忠、御史《ぎょし》をつかわし、道をわかちて人を捕へ、連枷《れんが》して送り、軍所にいたらしむ。旧制に、百姓《ひゃくせい》の勲ある者、征役をまぬがる。時に兵を調することすでに多し。国忠、奏して、まず高勲をとる。ここにおいて、行くもの愁怨《しゅうえん》し、父母妻子これを送り、所在《あちこち》に、哭声《こくせい》、野にふるう」

白楽天は、李賀と同時代の詩人だ。だが、天宝の南詔蛮征討にはるかさかのぼって詩題を構え、有名な「新豊《しんぽう》の臂《うで》を折りし翁」をのこしている。

頭鬢眉鬚《とうびんびしゅ》、白きこと雪にも似た老翁の話だ。この八十八才にもなるという老人の右腕は折れている。

翁に問う　臂《うで》折れてより幾年ぞ
兼ねて問う　折ることいたせしは何の因縁ぞ

老人は答えはじめるのである。

二十四才の時だった。兵部の名簿に自分の名前が記載されているのを知ったのは。天宝の大徴兵令の時のことである。南詔蛮への再度の討伐軍を送るための徴兵に、彼はえらばれてしまっていたのだ。

聞くならく雲南に濾水《ろすい》あり
椒花《しょうか》落つる時　瘴煙《しょうえん》起る
大軍徒渉《としょう》すれば　水は湯のごとく
いまだ戦わざるに十人二三は死すと

これでは、わざわざ死にいくようなものではないか。

「皆いう前後　蛮を征する者　千万人行きて一の廻《かえ》るなし」。夜更けて、ひそかに大石をもって自分の臂《うで》を槌打《ついだ》した。

かくして彼は自らの腕を犠牲に徴兵をまぬがれたのである。

「風雨陰寒《いんかん》の夜は、いまでも、夜っぴいて古傷が痛み、よう眠れませんが、なんら後悔することはございません、老身ひとりいまなおあるを喜ぶばかりでございます」

然《しか》らずんば当時濾水の頭《ほとり》
身死して魂孤《こんひとり》にして骨は収められず
まさに雲南に望郷の鬼《き》となり
万人の塚上《ちょうじょう》に哭《な》くこと呦呦《ゆうゆう》たるべし

天宝十三年（七五四）、南詔との戦闘で、全軍皆没し、前後の死者二十万人に達したのである。

白楽天はなぜ開元天宝までに時代をさかのぼったのか。それは詩人たちの初等の知恵である。この詩は、あきらかにみえすいた寓意の詩である。

中唐にあっても南詔の勢力は強大であり、それ以上に、吐蕃、回紇をはじめとする群小の外寇の渦中にあった。その上外寇を撃退するはずの藩鎮たちの叛旗が、唐朝にむかってひるがえり混乱をきたしていた。この混乱の中にこそ自分の地位を上昇させようという楊国忠のような姦邪の行為が乱れとんだであろうことは、異とするにたらない。

白楽天は「辺功を戒《いまし》むるなり」と副題をおいた。辺功の貪る競争によって苦しむのは、下部の人間だけだ。しかし白楽天は詩において時代のリアリティの中によく生きない。それはある意味で時代のリアリティをかえって失うことになりがちだ。過去の中に、現代の目、現代の肌をもちこむことこそ、詩にリアリティをのこすことになるとでもいうかのように。寓意という形式は、失なわれやすいリアリティの守護であり、すべりどめの知恵なのである。

杜甫（七一二―七七〇）は、開元の極盛と天宝の激乱をともども目撃した。白楽天が玄宗の時代を借りたように、杜甫はさらにさらにさかのぼって、漢の武帝の時代を借りて、寓意した。「兵車行《へいしゃこう》」がそれである。

車轔々《りんりん》　馬蕭々《しょうしょう》
行人《こうじん》の弓箭《きゅうせん》　各腰《おのおのこし》にあり
耶嬢《やじょう》妻子　走って相《あい》送り
塵埃《じんあい》に見えず　咸陽《かんよう》の橋

徴兵に男手をとられた田地は荒放題、「千村万落　荊杞《けいき》を生ず」のである。県官は、にもかかわらず租を求むること急なのである。

信《まこと》に知る　男を生むは悪《あ》しく
かえってこれ、女を生むは好《よ》し
女を生まばなおこの隣に嫁するを得ん
男を生まば　埋没して百草にしたがわん

そして杜甫も、辺塞で死し、風雨にひとりさらされている白骨の寂寥《せきりょう》を想うのである。

君見ずや青海の頭《ほとり》
古来白骨　人の収むるなし
新鬼《しんき》は煩寃《はんえん》し　旧鬼《きゅうき》は哭《こく》す
天陰《くも》り雨湿《しめ》る時　声啾啾《しゅうしゅう》たり

杜甫もというより、白楽天が杜甫の「兵車行」を頭において、終聯四句を形成したというべきであろう。
李賀は、なんどもいうように剣をひき抜いて意気を示そうとした。

君が黄金台上の意に報い
玉龍を提攜《ていけい》して君がために死せむ　（雁門大守行）

男児何ぞ呉鉤《ごこう》を帯びて
関山《かんざん》五十州を収取せざらんや　（南園十三首其五）

李賀は、民衆の悲惨をものともせず、このような意気をしめそうというのか。あるいは口のほんのすべらしなのか。いや口のすべらしでさえない。これら豪語は、不能の心意気であり、逆上の心理にすぎないことをすでに証明してきた。李賀がそのようなふるまいともっとも無縁であることを、病の彼はいやというほど知っているのだ。そればかりでなく、李賀の目は、諷刺の目におちいらざるをえなかったことはたびたびだったのだ。たとえば「感諷《かんぷう》五首其一」がそうだ。

合浦無明珠　合浦《ごうほ》に明珠なく
龍洲無木奴　龍洲に木奴《ぼくど》なし
足知造化力　知るに足る　造化の力
不給使君須　使君《しくん》の須《もとめ》に給せざるを

漢の時代、合浦は明珠の特産地であった。地方長官の乱獲によってぴたりと真珠はとれなくなったが、善政が行われたらまた産出するようになった。呉の李衡《りこう》は妻にかくして龍洲に千本の木の奴隷、みかんを植えておき、死ぬ時、俺は死んでもお前たちの生活はこまらないだろうといった。

李賀はこの二つの故事を、もみくちゃに用いる。この比喩は、整頓された比喩ではない。ただ「なにもない」ということをひきだすために李賀はこの二つの故事を想起して、「なくなったもの、ないものが、あるようになる」という状況を呼びおこし、その「あるようになったもの」を「ない」と否定しているのである。この跳躍した故事の使用は、イメージを膨脹させ、錯綜させるのである。

「これでわかるのであろう、造化の力のたかが知れ具合を。ないものはないのだ。偶然は、そうはないのだ。都合のよいようにできてはいないのだ。郡の長官が、いくら必要だといってもないものはないのだ」。この合浦の明珠、龍洲の木奴の語に皮肉を感じるものがいたなら、その句は、はじめて諷刺の語となり、まっすぐにつき刺さるのではなく、曲りくねってささくれたつものとなるのである。しかし、それと同時に、「造化の力」にたいする李賀の不信をみておかねばなるまい。李賀のすべての詩句は、そのような屈折の光を、無関係のところへいってもいつも反射させているのだ。

越婦未織作　越婦《えっぷ》　未《いま》だ織作《しょくさく》せず
呉蠶始蠕蠕　呉蚕《ごさん》　始めて蠕蠕《じゅじゅ》たり
縣官騎馬來　県官　馬に騎《の》りて来たる
獰色虬紫鬚　獰色《どうしょく》　虬《きゅう》の紫鬚《ししゅ》
懐中一方板　懐中　一《いっ》の方板《ほうばん》
板上數行書　板上　数行《すうこう》の書
不因使君怒　使君《しくん》の怒りに因《よ》らざらば
焉得詣爾盧　焉《いずくん》ぞ　爾《なんじ》の盧《ろ》に詣《いた》るを得《え》ん

越の国のおよめさんは、まだ絹を織っていない。呉の国の蚕は、やっとごそごそ動きだしたばかり。それなのにもう県官が、馬に騎ってやってきた。こわい顔つき、虬《みずち》のような紫のあごひげはやしている。ふところから一枚の四角な紙きれをだす、そのおふれには何行かの字が書いてある。「使君のお怒りがなかったら、なんでお前の家などにくるもんか」。イバって県官はいいわけする。

越婦拜縣官　越婦　県官を拝し
桑牙今尚小　桑牙《そうが》　今尚《なお》小なり
會待春日晏　会《かなら》ず　春日の晏《おそ》きを待ちて
絲車方擲掉　糸車　方《まさ》に擲掉《てきちょう》せん
越婦通言語　越婦　言語を通じ
小姑具黄粱　小姑《しょうこ》　黄粱《こうりょう》を具《そな》う
縣官踏餐去　県官　餐《さん》を踏みて去る
簿吏復登堂　簿吏《ぼり》　復《ま》た堂に登る

およめさんは、県官に頭をさげていうには「桑の芽がまだ小さいのでございます。きっと春の日がもうすこしたちましたなら、糸車もかちゃかちゃ動きだすでございましょう。どうかそれまで税金をおまちくださいませ」。およめさんがそう申してると、こじゅうとはすぐに黄粱をさしだす。県官は、俺がこんなもの食べられるかとばかりに、食事を蹴っとばしていってしまう。それといれかわりに下っぱ役人がこんどは座敷にあがってくる。

＊

これは、役人の搾取に対する諷刺である。「感諷」というように、李賀は、まったく民衆のそば近くにたってしまっている。といっても李賀の諷刺の目は、傍観者の目だ。民衆の怒りの代弁者ではない。よき政治家としての自覚による正義の目でもない。傍観者としての鋭い目をもつか、優しい目をもつかしないならば、自分に対象はひきよせられてその諷刺は、諷刺の機能を失うのである。しかし、李賀が、剣を抜き払って意気ごむ時、その裏側に、諷刺の目も研がれている同一人から発せられる言葉であることを知らねばなるまい。

たしかに軍役を忌み、批判する知識人は、中唐に至って激増していた。たとえ言葉だけでも李賀のような意気の言葉を吐くものはいなかった。戎昱《じゅういく》、盧綸《ろりん》、王建《おうけん》、劉長《りゅうちょう》卿《けい》、戴叔《たいしゅく》とかぎりない。とりわけ張籍《ちょうせき》は、辺戦をよくうたった。

胡馬崩騰《ほうとう》　阡陌《まち》に満ち
都人乱を避け　唯《ただ》宅を空しくす
宅辺の青草　垂れて宛々《えんえん》
野蚕《やさん》葉を喰ひ　また繭《まゆ》を成す
黄雀《こうじゃく》　草を含んで　燕巣《えんそう》に入り
嘖嘖啾啾《さくさくしゅうしゅう》　白日晩《おそ》し
去る時　禾黍《かしょ》　地中に埋めしも
飢兵　土を掘り　翻《ひるがえ》すこと重々
鴟梟《しきょう》　子を養う庭樹《ていじゅ》の上
曲牆空屋《きょくしょうくうおく》　多く旋風
乱定まり　幾人か本土に還《かえ》る
唯　官家　重ねて主《あるじ》あり
（廃宅行）

その頻度の量は、蛮族の跳梁の激化した中唐にあっては、必然であった。

初唐の詩人楊烱《ようけい》（―六五〇）でさえ「烽火《ほうか》西京を照らし　心中自《おのずか》ら平らかならず　牙璋鳳闕《がしょうほうけつ》を辞し　鉄騎龍城をめぐる　雪暗くして旗画《きが》凋《しぼ》み　風多くして鼓声《こせい》雑《まじ》る　むしろ百夫の長となるも　一書生となるにまされり」と悲鳴をあげた。揚烱の時代は、一方的な征戦の時であった。

下って中唐という李賀の時代は、国家の権威は凋零《ちょうれい》し、穴ぼこのあちこちあいた大きな古井戸であった。おなじ悲鳴でも、悲鳴の質はかわってきている。その穴ぼこから悲惨がしみとおるように侵入してきた。戦いは、その悲惨をいれまいとする受身の姿勢にかわってきていた。

李賀は、そのような情勢の中で、官吏たることを希《のぞ》んだ。官吏過剰という時代の穴ぼこの中に、それでもみずからがむしゃらにはいっていこうとした。

かりに夢にまでみた進士となったにしてもただちに任官することができず、もしできたとしても辺城へ、節度使の幕僚として都落ちしていかなければならない情勢を李賀は多くの先例をみて知っていたはずだ。

李賀は、なぜ天上高く迷いこむのか。しかも合格しない前から高らかに迷いこむのか。李賀は胸をはった空に舞う小鳥のようだ。

多くの詩人たちは、その惨状を叙し、その悲惨悲痛をうたった。

李賀は、剣客を夢むのだ。むこうみずにも愛国者の口調で。李賀の倨傲《きょごう》の青春は、荒れたさびしさに彩られる。

外蕃の侵略と掠奪は、それから守ろうとする藩鎮の腐敗と横暴とも関係がある。

開国当時、唐は威勢を駆って領土を拡大、空前の大帝国をつくった。そのため征戦は、続いたのである。征戦は悲惨であったが、負け戦《いくさ》ではなかった。そして降伏した国の統治は、その住民の自治にまかせた。その地に都《と》督府《とくふ》や州県をもうけ、その酋長を都督・刺史・県令に任命し、懐柔しようとしたのである。

ところが懐柔という知恵は、懐柔されるという相手の知恵なしでは成立しない。懐柔するという側が、弱体をみせはじめた時、懐柔されるという知恵をえらんでいた側は、反逆のハネ板の鎖をずるずるとひきあげるだろう。

それをみてあわてふためいた唐は、軍鎮を国境地帯にもうけその反逆に備えんとした。

睿宗《えいそう》（七一〇―七一二）は、藩鎮、軍鎮を管轄する節度使をおいた。河西節度使である。回紇とともに巨大な雲となって唐朝を脅かしはじめていた吐蕃の侵寇を防ぐためである。玄宗はさらに十節度使をおいた。それははや滅びるための予行演習であった。

安禄山《あんろくざん》の大反乱（七五五―七六三）がおこった。彼の父はソグド人、母は突厥《トルコ》だった。平盧《へいろ》・范陽《はんよう》・河東の三節度使を兼ね、宰相になることこそが彼の念願だった。

節度使は、軍事・財政・民政の権力を保持していた。中央で勢力をうることをおそれた唐朝は、外民族出身者をそれに任じた。

外寇には外民族をもってあてる。それは賢明な策にみえる。節度使が屈強な守備力をもたねば、外蕃の侵攻を抑えきれない。しかし漢民族をもってあてることは、その反逆を考える時、良策ではない。それは玄宗の宰相李《り》林甫《りんぽ》（—七五二）の考えであった。

睿宗から玄宗開元末まで、二十八人の節度使のうち、異民族はわずか二人である。

しかし玄宗天宝から唐末までの節度使の過半数は異民族で占められるに至る。

李献忠《りけんちゅう》＝回紇、哥舒翰《かじょかん》＝突騎施《とつきし》、高仙芝《こうせんし》＝高麗《こうらい》、鮮于仲通＝鮮卑《せんぴ》、史思明《ししめい》＝突厥、僕固懐恩《ぼくこかいおん》＝僕骨《ぼくこつ》、李懐仙《りかいせん》＝柳《りゅう》城胡《じょうこ》、李懐光《りかいこう》＝靺鞨《まっかつ》、渾瑊《こんかん》＝鉄勒渾《てつろくこん》、王承宗《おうしょうそう》＝契丹《きったん》といった具合だ。順命するものもあれば、忠貞大功をあげるものもあり、すべて挙兵割拠するものとはかぎらない。だが多くは、仇となってかえり、唐朝は、墓穴を掘ったというべきである。

苦肉の策を弄した李林甫が死んだ後、その権力の座の後釜を狙ったのは、楊貴妃の従兄の楊国忠と安禄山だった。

この二人は、玄宗の寵をえていた。

宮廷での酒宴の席、玄宗の前で、「腹垂れて膝を過ぎる」ほどに肥満している安禄山は、かろやかに座興として踊ってみせることがあった。ひとたび踊れば、「疾《はや》きこと風の如し」だったという。ダラリと垂れた肥満体の腹の中に、野望はみちみちていたのだ。

同じく権力の座を狙うものとして楊国忠は安禄山の野心を、女の脳髄のように見抜くのである。

楊国忠はいちはやく宰相となった。そしてほどなく安禄山は「逆賊楊国忠を討ず」という旗印をかかげ、雄武城から「諸蕃の馬歩、十五万を発す」のである。

全土は無政府状態となり、その鎮定まで九年の月日を要した。その鎮定すらも外蕃回紇の援兵によるところ大であったのだ。

安禄山の大乱はおさまったが、そのことによって節度使の力は弱まるどころか、平定後には四十余人の節度使が割拠し、管内の壮丁を徴し、募兵し、私兵を擁し、唐朝に叛した。

「中興」の世といわれた徳宗・憲宗の時代は、李賀の生きた時代だが、つぶさにその時代をみずとも、安史の乱のような全土を焦す争乱がおこらなかっただけで、着実に唐朝は山を下りつつあった。

徳宗は両税法を断行、節度使の兵を帰農させようとこころみた。それを不服とする河北三鎮河南二鎮は、六年にわたる（七八一—七八六）反乱をおこした。

それぞれ王を自称し、地方政権をうちたて、徳宗は奉《ほう》天《てん》に逃れ、さらに梁州《りょう》へと逃れた。

王どころか皇帝を僭称した淫原の節度使朱泚《しゅせい》（七四二

—七八二）は、朔方の節度使李懐光《りかいこう》（七二九—七八五）に敗れたが、その李懐光また叛し、朱泚と手をむすぶというありさま。

将軍李晟《りせい》（七二七—七九三）は、朱泚を破って長安を回復、朱泚は敗走中、部下に殺され、徳宗はようやく都へ帰ってきた。

とりわけ淮西節度使李希烈《りきれつ》（—七八六）の反乱は、長く、説得の使者顔真卿《がんしんけい》（七〇九—七八五）を幽閉殺害、興元元年（七八四）にはみずから帝位についた。貞元二年（七八六）李希烈また部下に殺され、乱はようやくおさまった。

一応、おさまりはしたものの、朝廷は、節度使にたいし領土の世襲、官吏任命の自由を承認せざるをえなかった。それをいやいや認めることにより、かろうじて唐朝の面目と存続を保とうとしたのである。

李賀は、これら藩鎮の叛乱が終って四年後に生れている。

*

李賀の生れた貞元七年（七九一）から、進士の試験を受けに長安へのぼった元和五年（八一〇）までの国内情勢、政治情勢を年代記風に列挙しておこう。

徳宗

貞元七年（七九一）　李賀一才

藩鎮の乱により奉天・梁州へと逃げまわった徳宗は、都へ帰ってから、つねに帝を衛従した禁軍に褒賞を与えた。恩を恃《たの》んだ禁軍（皇帝直属軍）は驕横の徒と化し、百姓《ひゃくせい》を侵暴《しんぼう》、府県を陵忽《りょうこつ》、官吏をないがしろにした。

安南の都護高正平《こうせいへい》、重税を課し、ために羣蛮《ぐんばん》の酋長杜《と》英翰《えいかん》ら、兵をおこして都護府を囲む。

貞元八年（七九二）　二才

中書侍郎《ちゅうしょじろう》・同平章事《べんしょうじ》竇参《とうさん》を郴《ちん》州に貶し、兵部侍郎陸《りく》贄《し》を以て中書侍郎・同平章事とす（韓愈はこの年兵部侍郎陸贄のもとで進士となる）。

六月。吐蕃の千余騎、涇《けい》州に寇《あだ》し、屯田の軍千余人を掠奪する。

七月。河南北・江淮《こうわい》等四十余州に大水害。溺死する者二万余。陸贄上奏し、諸道の水災を宣撫《せんぶ》せしむ。

宦官竇文場《とうぶんじょう》、左神策《さしんさく》大将軍柏良器《はくりょうき》を悪《にく》み、謀をめぐらして彼を左遷す。これより宦官の軍政への介入・専恣《せんし》はじまる。

貞元九年（七九三）　三才

はじめて茶に税を課す、しかしそれによって水旱の被害を救うことはできなかった。

雲南王（南詔王）異牟尋《いぼうじん》、吐蕃を棄てて唐に帰せんことを上表す。

十一月。宣武《せんぶ》節度使劉《りゅう》士寧《しねい》、淫乱残忍にして諸将服せず、ついに部下の李万栄《りばんえい》、衆心をえて兵権を奪う。劉士寧、逃れて都へ帰る。陸贄は上奏していう「もしこの傾奪の徒をそのまま任につかしめるならば、利のあるところに人々の心は動くもの、その利への心はひそかに増長し、ついには救いがたい禍にまで発展するでありましょう。ただ乱を増長させる道のみに非ず、逆謀を企てさせる端緒ともなるものです。」徳宗、従わず。万栄を留後《りゅうご》とす。これより藩鎮の内部に下剋上の風潮強くしばしば部下に廃立され、そのため藩鎮は部下の歓心を買うことにきゅうきゅうとした。

貞元十年（七九四）　四才

異牟尋、自ら襲って吐蕃を撃《う》ち、十六城を取り五王を虜《とりこ》にし、その衆十余万を降す。

夏四月。宣武軍乱る。留後李万栄、討ちてこれを平ぐ。

陸贄、両税法の弊を論ず。節度使の跋扈で軍費はかさみ国庫はますます疲弊し、農民は水旱にくわえてのたびかさなる徴税により、それから逃れんと浮民となって郷里を去るもの多かった。

十二月。裴延齢《はいえんれい》の計により陸贄、相《しょう》をやめて太子賓客となる。

貞元十一年（七九五）　五才

裴延齢の言をいれ、四月、徳宗、陸贄を貶して忠州の別駕《べつが》となす。

韓愈、「争臣論」をつくりこれを譏《そし》る。

諫議大夫陽城《かんぎたいふようじょう》もまた、「天子をして姦臣を信用し、無罪の人を殺さしむべからず」といい、拾遺王仲舒《おうちゅうじょ》らをひきい、上疏して延齢の姦佞《かんねい》、贄らの無罪を論ず。上《しょう》、大いに怒る。

五月。宣武留後李万栄を以て節度使となす。

九月。横海《おうかい》節度使程懐直《ていかいちょく》、野に狩して数日帰らず。兵馬使懐信《かいしん》、門を閉じていれず。懐直、奔《はし》りて京師に帰る。

貞元十二年（七九六）　六才

秋七月。李万栄病ゆえに、東都留守董晋《りゅうしゅとうしん》をもって同平章事とし、宣武節度使を兼ねしむ。万栄死す。腹臣鄧《とう》惟恭《いきょう》、自ら万栄に代るべしといい、軍事を権し、董晋を迎えずを通達する。董晋、速かに任地へ赴く。ために謀るに及ばず、惟恭、諸将をひきいて董晋を迎える。

八月。汝州《じょしゅう》の刺史陸長源《りくちょうげん》をもって宣武行軍司馬《こうぐんしば》とし、董晋を補佐させしむ。

裴延齢死す。人々相賀《あいが》す。上、ひとりこれを悼惜《とうせき》す。

吐蕃慶州に寇す。

十一月。韋渠牟《いきょぼう》、左諫議《さかんぎ》大夫となる。翰林《かんりん》学士韋執誼《いしゅうぎ》とともにもっとも徳宗の親狎《しんこう》するところとなる。事を奏すれば三刻、六刻の遅きにまでいたり、なれなれしく語笑する声が往往にして外へきこえるほどだったという。

鄧惟恭、乱をなさんと謀る。発覚し、董晋ことごとくその党を捕斬《ほざん》す。

貞元十三年（七九七）　七才

三月。吐蕃の要路に三城を築く。吐蕃は、甘粛地方の大部分を征服、十二万の人口をもつ涼州はすでに吐蕃の手にあった。

六月。吐蕃入寇、台登《だいとう》で交戦。

徳宗、宦官を宮市使《きゅうしし》とし、都内の商品を査閲させ、宮中に必要な品を購入させた。しかし宦官の恣意のおもむくところ十中一の報酬はなく人々はこの宮市にくるしんだ。

貞元十四年（七九八）　八才

徳宗、宦官を重んじ、詔命を彼等に口宣させ、宮市の弊をいうものをことごとく左遷す。

九月、昭義《しょうぎ》節度使呉少誠《ごしょうせい》反し、地を侵すこと二十余里。

太学生薛約《せつやく》、陽城に師事するをもって連州に流され、陽城これを郊外に送れば、罪人に党するを理由に道州の刺史に左遷。

十月、塩州で吐蕃と交戦。

貞元十五年（七九九）　九才

二月、宣武節度使董晋死す。後任の陸長源、才を恃《たの》み、軍中ことごとくこれをにくむ。かくして乱をおこして彼を惨殺す。

三月。呉少誠、兵をもって唐州を襲い、百姓《ひゃくせい》千余人を掠去す。

八月。少誠、許州を囲む。

呉少誠の官爵を削奪し、諸道に命して討伐軍を編成、兵を進める。しかし諸軍、統帥なく、兵を出すごとに自らの利を計算するものばかりであった。

十二月。吐蕃の衆五万、南詔および嶲州《すいしゅう》を襲うも、これを撃退す。

貞元十六年（八〇〇）　十才

春正月。四軍、呉少誠と戦い、みな利あらずして還る。

二月。韓全義《かんぜんぎ》をもって蔡州《さいしゅう》四面行営招討使となし、十七道の兵みな、全義の節度を受く。

四月。全義、軍事を議するごとに宦官数十人を帳中にあつめ争論するも、こと決せず。

五月、呉少誠の軍と交戦、諸軍潰滅。

徐泗濠《じょしごう》節度使張建封《ちょうけんぽう》死去。変を恐れ留後の鄭通誠のひきいれた浙西《せっせい》の兵とそれを怒った軍士たちが衝突、通誠殺さる。

秋七月。呉少誠進みて韓全義を五楼《ごろう》に撃つ。諸軍また大いに敗る。

十月。呉少誠の官爵を復す。

貞元十七年（八〇一）　十一才

諸道塩鉄転運使李錡《りき》、天下の利権をとり、権貴に結び、県官の財を盗取《とうしゅ》す。罪なくして戮《りく》を受くる者相継ぐ。

五月。崔善貞《さいぜんてい》、宮中・塩鉄の弊、李錡の不法を上《たてまつ》る。上《しょう》、悦ばず、命じて錡に善貞を械送《かいそう》せしむ。錡、阬《あな》を道のかたわらに掘り、鎖械《さかい》のままそっくり院中にいれ、生きながらこれを埋む。遠近、これをきき慄《おのの》く。また錡は自分の計をまもらんと、私兵を他の十倍の給賜で収養した。

七月。吐蕃、麟州《りんしゅう》を陥れる。

九月。韋皐《いこう》しばしば吐蕃を破り、斬首万余級、捕虜六千、降戸三千。雑州を囲む。

貞元十八年（八〇二）　十二才

正月、吐蕃、大相兼東鄙《とうひ》五道節度使論莽熱《ろんもうねつ》を派遣兵十万をもって維州の囲みを解かんとす。撃退するも、士卒死する者大半。

七月。鄜坊《ふぼう》節度使王栖曜《おうせいよう》死す。軍将何《か》朝宗《ちょうそう》乱をなさんとするも、裴玢《はいふん》これをとらえて斬る。

貞元十九年（八〇三）　十三才

宦官の勢ますます盛んなり。

正月より雨ふらず、秋七月に至る。

翰林特詔王伾《おうひ》、書をよくし、王叔文《おうしゅくぶん》、碁をよくし、ともに東宮《とうぐう》に出入し、太子に娯侍《ごじ》す。翰林学士韋執誼をはじめ、陸淳《りくじゅん》・呂温《りょおん》・李景倹《りけいけん》・韓曄《かんよう》・韓泰《かんたい》・陳諫《ちんかん》・柳宗元《りゅうそうげん》・劉《りゅう》禹錫《うしゃく》らと党を結び、蹤跡詭秘《しょうせききひ》にして、その端を知るものあるなし。叔文、太子にむかって「某は相《しょう》となすべく、某は将となすべし、異日、これを用いよ」という。

十二月。今歳日でりの害甚し。しかし徳宗、李実《りじつ》の言をいれて租税を免ぜず。監察御史韓愈、上疏し「京畿の百姓は窮困しております。今年の税銭及び草粟《そうぞく》をいまだ収めていないものには、来年の収獲まで待ってやるべきであります」といったが、ためにかえって坐し陽山の令に貶せらる。

貞元二十年（八〇四）　十四才

九月。太子風疾《ふうしつ》をえて、言語不能となった。

順宗

貞永元年（八〇五）　十五才

春正月。諸王親戚宮中に入りて賀す。徳宗の太子ただ独り病を以て来るあたわず。徳宗涕泣《ていきゅう》悲嘆し、よって病をえ、ついに徳宗崩ず。太子、病をおして諸軍を召見《しょうけん》、百官と会見、太極殿《たいきょくでん》にて皇帝の位（順宗）に即く。

順宗、音《おん》を失い、事を決するに帷中《いちゅう》より、宦官李《り》忠《ちゅう》言《げん》・昭容牛氏《しょうようぎゅうし》がかわりて奏を可す。

吏部郎中韋執誼、尚書左丞・同平章事となる。王叔文、国政を掌中にいれんとし、執誼を相と為す。

李師古《りしこ》反せんとするも、順宗即位を知り、兵を罷《や》む。

王叔文、翰林学士となり、事つねに翰林に下し、叔文をして可否せしめ、韋執誼これを行う。外党謀議唱和す。叔文及びその党十余家の門、昼夜車馬、市のごとし。

宮市を廃す。塩鉄使の月進銭を廃す。

陸贄ら譴逐《けんちく》されしものその多く都に戻る。

李錡を鎮海《ちんかい》節度使とし、塩鉄転運使を解く。

彰義《しょうぎ》節度使呉少誠に同平章事を加う。

順宗の病、久しく癒《い》えず。宦官倶文珍《ぐぶんちん》ら、叔文・忠言らの朋党の専恣をにくむもの、翰林学士鄭絪《ていいん》・王涯《おうがい》らを召し、太子を立てんとす。

太子立つ。中外大いに喜ぶ。王叔文、ひとり憂色あり。

叔文、韋執誼と相離反す。叔文の母死し、喪を以て位を去る。韋執誼ますますその語を用いず、叔文怒る。しかし一党はすでに坂を下りはじめていた。

秋七月。倶文珍らの策動により順宗退位し、太子（その長子）が帝位につく。王伾を開州司馬、王叔文を渝州《ゆしゅう》司戸に貶す。

十一月。韋執誼を貶して崖州《がいしゅう》の司馬となす。一党ことごとく左遷。

憲宗

元和元年（八〇六）　十六才

正月、上皇（順宗）、興慶宮に崩ず。

西川《せいせん》節度使劉闢《りゅうへき》、三川《さんせん》を兼ね領せんことを求む、上《しょう》、許さず。闢、ついに兵を発す。

五月、左神策行営節度使高崇文《こうすうぶん》、劉闢を破る。

八月、高崇文、劉闢の衆を鹿頭関《ろくとうかん》に破る。士卒降る者万計。闢、数十騎をひきい、吐蕃に走らんとす、これを追って捕え京師に送り、これを誅す。高崇文、西川《せいせん》節度使となる。

内常侍吐突承璀《とつしょうさい》を左神策中尉となす。

回紇入貢し、摩尼《マニ》教を伝える。

元和二年（八〇七）　十七才

正月、李吉甫《りきっぽ》、同平章事となる。

九月、劉闢破れて、藩鎮大いにおそれて多く入朝せんことを求む。李錡も入朝せんことを求む。憲宗ひとたび許すも、武元衡《ぶげんこう》の言により許さず。錡、計窮まり、ついに反を謀《はか》る。

高崇文、西川節度使の辞職を請願、代りて武元衡を充《あ》つ。

李錡、部下の叛逆によって捕えられ、京師に械送《かいそう》さる。上《しょう》、腰斬の刑に処す。

十二月。高崇文、同平章事となる。節度使から同平章事となるもの、あるいは両官を兼ねるもの多し。節度使となることは、宰相への最短コースであった。

上《しょう》、山南東道節度使于頔《うてき》の子季友《きゆう》に、皇女普寧《ふねい》公女をもって妻《めあ》わす。翰林学士李絳《りこう》、これを諫《いさ》む。

李吉甫、元和国計簿《げんなこくけいぼ》を撰す。天下の方鎮四十八。国家の税戸、天宝に比し四分の三減じ、天下の兵三分の一増す。およそ二戸ごとに一兵。

元和三年（八〇八）　十八才

二月。回紇に下嫁した咸安《かんあん》公主、その地に薨《こう》ず。

四月。李吉甫の策動により、裴垍《はいき》・王涯《おうがい》、翰林学士を罷め、時政の失を指陳《しちん》した韋貫之《いかんし》・牛僧孺《ぎゅうそうじゅ》・皇甫湜《こうほしょく》・李宗閔《そうびん》ら久しく調せられず。翰林学士白楽天、その非を上疏す。

黄銅蛮入寇。

吐蕃、つねに勁勇《けいゆう》の胡族沙陀《さだ》を前鋒となす。回紇、吐蕃を攻め涼州を取る。吐蕃、沙陀の内通を疑う。ために沙陀、唐に帰し、霊塩《れいえん》節度使范希朝《はんきちょう》、厚くこれを迎える。希朝、征討あるごとにこれを用い、向うところ皆勝つ。

九月、淮南節度使王鍔《おうがく》、入朝、宦官に賂《まいな》いし同平章事を求む。

戸部侍郎裴垍を以て中書侍郎・同平章事となす。徳宗が、宰相を信ぜず、天下の細務を皆自ら決し、裴延齢らを用いたことを、憲宗は非とし、「太宗・玄宗の明を以てすら、なお輔佐をかり、以て、その理をなせり。いわんや朕のごとく、先聖に及ばざること万倍なる者をや」という。執政の多くは、諫官が時政の得失をいうを悪《にく》む。

十二月、南詔王異牟尋卒す。

元和四年（八〇九）　十九才

南方、旱饑《かんき》す。

給事中李藩《りはん》、裴垍の薦により、門下侍郎・同平章事に抜擢。

成徳節度使王士真《おうししん》死す、その子副大使承宗《しょうそう》みずから留後となる。

河北三鎮、相承けて嫡長《ちゃくちょう》を副大使とし、父歿《ぼっ》すればすなわちかわらんとす。

四月。憲宗、河北諸鎮の世襲の弊をあらためんと欲し、朝廷の除目《じもく》に反すればこれを討たんとす。李絳らこれに反対す。

左軍中尉吐突承璀《とつしょうさい》、上の寵をえんと、自ら兵をひきいてこれを討たんとす。

五月。吐蕃和を請い、使者送らる。

夏、回紇六千五百頭の馬を、絹五十万疋と交換条件に送ってくる。回紇は旱魃に苦しんでいる唐の弱味につけこんで痩馬ばかりを送ってきた。唐は、五十万疋の半分しか支払うことはできなかった。

九月。吐蕃五万余騎侵寇す。

十月。憲宗、王承宗の官爵を削奪、吐突承璀を以て左右神策河中河陽浙西宣歙《せんしょう》等道行営兵馬使・招討処置等使となす。白楽天、上奏していう、「……臣は恐れます、四方のものたちが宦官が討伐軍総司令官になったときいて、朝廷を窺うであろうことを。また四夷これをきいて必ず中国を笑うであろうことを。陛下、後代にこのこと相伝えられ、『中官を以て制将・都統となすこと、陛下より始まる』といわしむることにどうして忍ぶことができましょうぞ……」。憲宗は、その他多くの士の不可の極言にあい、やむをえず、宣慰使のみとす。

呉少誠死す。

元和五年（八一〇）　二十才

吐突承璀、行営に至るも威令ふるわず、承宗と戦い、しばしば敗れる。

東台監察御史元稹《げんじん》、宦官に馬鞭《ばべん》を以て打たれ面を傷つく。その上、江陵の士曹に貶せらる。

諸軍の、王承宗を討つもの久しく功なし。白楽天またいう、「臣の愚見を以てするに、すべからく速《すみや》かに兵を罷むべし。もし又遅疑せばその害、四あり。痛惜をなすべきもの二、深憂をなすべきもの二……府庫の銭帛《せんぱく》、百《ひゃく》姓《せい》の脂膏《しこう》を以て、河北の諸侯を資助し、うたた強大ならしむ。これ臣が陛下のために痛惜せるものの一なり。……うたた承宗をして同類を膠固《こうこ》せしむ。かくのごとくならば、すなわち与奪みな鄰道《りんどう》に由り、恩信、朝廷に出でじ。実に恐る、威権ことごとく河北に帰せんことを。これ陛下のために痛惜する者の二なり。今天時已《すで》に熱く、兵気相蒸《あいむ》し、飢渇疲労、疾疫暴露するに至り、駆りて以て戦につくは、人なにを以て堪えん。たとえ身を惜まずとも、また、苦を忍びがたし。……これ陛下のために深憂するものの一なり。臣聞く、回紇・吐蕃みな細作《さいさく》あり、中国のこと、小大ことごとく知る。今、天下の兵を聚《あつ》め、ただ承宗の一賊を討ち、冬より夏に及び、すべていまだ功を立てず。すなわち兵力の強弱、資費の多少、あによろしく西戎《せいじゅう》・北虜《ほくりょ》をして、一一これを知らしむべけんや。……これ、その陛下のために深憂するものの二なり」

九月。吐突承璀、行営より帰る。裴垍、李絳ら罰せんことを乞う。上、降して軍器使となす。中外相《あい》賀す。
太常卿権徳輿《けんとくよ》を以て礼部尚書・同平章事となす。
河中節度使王鍔《おうがく》を以て河東節度使となす。上の左右、
鍔の厚賂を受け、多くこれを称誉す。

*

李賀の剣客の意志は、一見このような時代の要請に反応してるかにみえる。「男児何ぞ呉鉤《ごこう》を帯びて　関山《かんざん》五十州を収取せざらんや」、この言葉だけをちぎりとり、この言葉は、二十そこそこの青年の言葉だとつきつけられるなら、この青年の生きた時代をある程度知っているものは、青年にふさわしい覇気の言葉として時代にすっぽりはまっているとし、疑いのおこる余地はない。もっともらしいのである。

だが、もっともらしいということは、ただそれだけのことで、流動しているはずの「ある人間」の習性が、たまたまうわずみの部分でとまった状態にみえたにすぎないものを目撃したというだけである。そのうわずみの下部はもっとごうごうと流動しているはずだし、そのうわずみ自体も微かながらほんとうは動いているはずで、その微動の複数加算により、いつなんどきそのうわずみ自体も破れ、人の目を欺く流動体に変ずるかわからないはずだ。

もっとも人間の「用」ということに関してならそのうわずみ的観察、もっともらしさの図形への獲取、それだけで十分なのである。

ところが「ある人間」への好気心にひきずりまわされるものにとって、そのような観察のもっともらしさは我慢ができないものとなる。李賀の詩をよく知ったと思いこむものにとって、あるいは、李賀の時代をよく知っていると思うものにとって、「李賀は、青年の覇気にふさわしく、戦乱の世に剣をひっさげてたちあがろうとした」ということもなげにスッパリ割って澄ましこんではいれないのだ。

たとえば、則天武后の暗政に対して、叛旗（六八四）をひるがえした李敬業《りけいぎょう》のその幕僚駱賓王《らくひんのう》（―六八四）が歌った意気の言辞。

生きて塞《さい》に入るを求めず
唯《ただ》まさに死し君に報ゆべし

この意気の言辞と「君が黄金台上の意に報い　玉龍を提攜し君がために死せむ」といった李賀の言辞と、意気という意味では同類項は結べても、全然ちがったものな

のである。

その意気は、ともに強調の言辞であり、装われた死の覚悟である。しかしながら、李賀は戦場になく、駱賓王は戦場にあった。その意味で両者は全然ちがったものなのか、といわれればこれもまた否定しなくてはなるまい。そんなことではなく、同じ意気の言葉でも心の流動性がちがうのだ。この流動性は、時代に所属したものだ。時代がちがうといっても、初唐と中唐の相違ということではなく、中唐という時代の空気を吸ったからこそでてくる心理の影のことだ。李賀が、初唐という条件下にあったなら、李賀の招いたその「心理」のメカニズムは変らないとしても、「心理の影」は変っているだろう。この影こそが人々を「時代の子」におとしこみ、「時代を超越」させないのである。この「影」の差こそが実は膨大な差なのだ。

だから王維が「ことごとく名王の首を繋《つな》ぎ　帰りきたりて天子に報ぜむ」と壮気を吐き、王昌齢《おうしょうれい》が「黄沙百戦して金甲を穿《うが》たるるも　楼蘭《ろうらん》を破らずんば終《つい》に還らず」と歌いおろし、十五にして剣客を志した李白が、「願わくは腰下《ようか》の剣をもって　直《ただち》にために楼蘭を斬らむ」と激しくとも、李賀の意気どおりと盛唐の詩人たちのそれを同類項で結んではいけない。

まして、李賀の意気どおりは、屈曲した川であり、他はそれほど折れまがった川ではないなどと比較してはならない。いかすべきなのは、李賀の意気どおりの裏にみえる屈曲した川の生態なのである。中唐という時代がなければ絶対ありえない川の生態であり、流動する生態の影なのである。人々の顔がちがえば心もちがうなどとすましていられない。

李賀の剣客への意志は、自己への欺きであり、幻想であり、挫折以前に発芽していた剣客への発想は、時代のバックシーンの中で息づき選んだ心理の影であることをいいたいために、とくに李賀の時代の政治情勢をはさんでみた。

そのことによって李賀の心理の影をどのように逆算できるのか。

李賀は、進士を志した。すなわち文官を志したことは事実である。にもかかわらずなぜたとえ幻想であるにしても剣客を志したのか、あるいは自分を詩の中では、そうみせかけねばならなかったのか、この心理の影を「時代」は解いてくれる。

李賀は病骨の不安の中で、進士を目指す時その合否よりも、進士となってからの姿を想像していた。不安は、そこまで人間の夢を追いこむものだ。

だが大唐帝国は、歳ごとに進士を製造するをやめなかったが、徳宗の時代には「官吏はなはだ多し」と裴延齢がいったように、李賀はかりに天下の進士になっても、官吏過剰の時を迎えていた。

官吏はもちろん貴族出身もいるわけだが、多くは科挙出身者であった。そのことは科挙出身者が、朝廷には氾濫していたということである。だからかならず官吏となれるとはかぎらないのだ。収容人員をはるかに越えていたのである。

しかし李賀十六才からはじまった憲宗の御代は、進士出身の宰相をつぎつぎと登用したから、進士となることは華々しい存在にみえたであろう。元和元年から元和五年の李賀が受験に上った年までの宰相を調べてみれば、鄭余慶《ていよけい》、杜黄裳《とこうしょう》、鄭絪《ていいん》、武元衡、裴垍はみな進士出身者である。その後その傾向はますます激しくなり李絳、韋貫之、裴度、李逢吉《りほうきつ》、王涯、崔群《さいぐん》と続くのである。

ということは、宰相ばかりのことではなく多くの要職は、進士出身者で占められたということである。憲宗は、直言を喜ぼうとしたから、諫職にあるものは競って直言した。だから左拾遺の元稹（長慶三年宰相）が、「理乱《りらん》のはじめは必ず萌象《ほうしょう》あり。直言を開き視聴を広むるは、理（治）の萌《きざ》しなり。諂諛《てんゆ》に甘んじ近習に蔽《おお》はるるは、乱の萌しなり」と図にのり、牛僧孺（長慶三年宰相）、皇甫湜、李宗閔（大和三年宰相）、白楽天が避くるところなく時政の失を指陳し、李絳や裴垍が翰林学士時代の痛烈な直言によって上に認められ宰相にまでのぼったといえるのである。

それは遠くから憧れみる時、はなばなしい恰好のよさにみえたであろう。だがはなばなしくみえればみえるほど、その罠にむかって無数の蟻がむらがっているはずである。進士出身者は朝廷にあふれこぼれ、進士は官吏にすぐにはなれないという状態に李賀の受験のころには、もうきてしまっていたのである。

そういう状況を判断していたはずの病者李賀はそれでも闇雲にそのはなばなしい恰好のよさを夢みて突進しただろうか。

彼はそういう状況を知悉していたが、いさぎよく進士への希望は棄てきれなかった、そしてすぐさま挙進士のたどる新しい傾向に目をむけたにちがいない。

藩鎮の幕僚として都を落ちていくという進士たちの新しい傾向である。挙進士によって官職はえられず、さらに上級の吏部試にも下第したならば都を落ちていくよりほかはない。韓愈が、董晋、張建封とつぎつぎに節度使をたよっていったように。

だが、こうも考えられる。その都落ちも韓愈がはからずも計算したことになってしまったように、意を決して地方へ落ちていくことをいとわないなら節度使の幕僚こそ都の下位の官職でうろうろしているより、はるかにてっとりばやい富裕と権力を握る方法であり、都へ凱旋する速い道かもしれない。韓愈の最初にたよった董晋は明経の出身であり、貞元五年―貞元九年までの五年間、宰相を勤めた人である。武人出身の節度使ではなかった。

しかもこのころ、同平章事と節度使を兼ねるもの、恩賞的に節度使として地方へ送るため、わざわざ同平章事を加えたり、逆に節度使から同平章事となるもの多く、朝廷の弱味につけこみ淮南節度使王鍔のように平章事をみずから求める節度使さえ増え、同平章事は乱発されていた。

たしかにこのような出世への道もあるのである。だがこの道は、殺伐な道であった。戦闘がこの道にはつねにつきまとっているのである。

蛮夷との戦い。節度使同志の戦い。もし主人の節度使が、野望に目が眩み政府に反乱をおこしたなら政府討伐軍と戦わねばならない。あるいはその討伐軍側の節度使の幕僚として戦いにくわわらなければならない。もっとも最悪の状態は、一つの節度使の中での戦い、下剋上の風潮である。

危険ではあるが、その功と野心いかんでは自ら節度使にも、または朝廷から、高位の約束のもとに、お声がからないとはいえない。朝廷という檜舞台での縁故の素材は、地方といってもけっこう中央に劣らずあるともいえるのである。

進士出身者たちも、戦場には、いた。しかし武人としてではなく文人政治家として生きようとしてきたものにとって、よく戦場を馳ける男になれるだろうか。

貞元十三年（七九七）、義成《ぎせい》節度使薨じ、観察使の姚南仲《ようなんちゅう》が後任に命じられた時、李復《りふく》の将盈珍《えいちん》は「姚大夫は書生っぽではないか。そんなやつに将才があるはずがない」と憤慨した。時代は、進士をも戦場に駆ってはいたが、文人が武人の才をも兼備していることは稀だと考えるべきだ。

それならものものしく武人を、剣客を、はじめから志してはどうなのか。李賀ならまだ遅くない、若い。

李賀の剣客の発想とは、このような時の動きの中での逆上ではなかっただろうか。

李賀は病による死の不安の中で進士を夢む時、合格以前に進士出身者の図形を夢む。時代との換算によってひかれたその図形は、より李賀を不安にする。その不安のいらだちの李賀は、一挙に剣客を夢むよりすべはなかった。進士などは一度も志したことはなかったかのように自分を偽り、その偽りの自分を信じこもうとする不能の心意気におちこむよりほかはなかったのではないか。

　李賀は文才に秀抜ではあったが、将才も劣らず秀抜であったと都合良く解釈することはできない。おそらく李賀は、剣の修業はもちろん、剣にふれたこともない病に衰え痩せこけた青年にすぎなかったろう。「我に郷を辞する剣あり　玉鋒《ぎょくほう》雲を截《き》るに堪えたり」、この詩句は、時代の不安にひきずりまわされた青年が、剣客の野望にたぎる錯覚の粉を懸命にわが身にふりかけているいじらしくもいじましい姿の証左なのである。あきらかに進士の受験のために、やせ衰えた李賀は、長安の都へと街道をいくのである。

「襄陽《じょうよう》馬を走らすの客　意気自《おのずか》ら春を生ず」、李賀の心と肉体は長安道をつき走るにもかかわらず、口さきだけは襄陽の戦場へ馬を鞭打っている。そして長安で、不安によってはりめぐらした予防線の網の目をぷっつりたちきられるのだ。李賀がさきまわりして育てていた不吉な仮定表をすべてあざ笑って、思いもよらなかった衝撃の不幸が、彼を襲うのである。

　不吉な仮定表をつくってしまったがゆえに剣客に変身しなければならなかった李賀の心性の残酷とそのことに消費した精力は、エアポケットにおちこむような反動つきの間の悪さで、無視されてしまうのだ。間の悪さは、強力な滑稽さだ。これは死の恐怖をも撥ねとばす滑稽さだ。

　かくしてこの滑稽さを拒む彼は、この「間の悪さ」を見まいと、挫折後も自己防禦の変身、不能の変身、つまり剣客の扮装を、ときおりにつづけていかなければならなかった。自己の瞞着《まんちゃく》を延長させるのだ。それはもはや持続的な扮装ではなく、思いだしたようにして発する断続的なボロボロの扮装にすぎなかったが。

此馬非凡馬　　この馬　凡馬に非ず
房星本是精　　房星《ぼうせい》もとこれ精
向前敲瘦骨　　向前《きょうぜん》に瘦骨を敲《たた》けば
猶自帯銅聲　　なお自《おのずか》ら銅声を帯ぶ　（馬詩其四）

　これは剣客への変身が剝落した際の愚痴であろう。弱気であろう。この弱気がさらに荒落すれば、「長安に男児あり　二十にして心已《すで》に朽ちたり」という虚無に陥没するのである。

　李賀は、瞞着への情熱の中で、辺塞軍旅をうたった。

ここまで逆算してきたような心理の影をひきずってうたった彼の辺塞詩は、西川、淮南の節度使でもあった盛唐の詩人高適《こうせき》や、一生の大半を辺塵の中で埋れた岑参などのような臨場感にしたたか裏打ちされた塞外の孤独感も美意識もない。

たとえば「貴主征行楽《きしゅせいこうらく》」だ。

この詩は元和四年、李賀が十九才の時、節度使王承宗叛し、その征討軍司令官に宦官の吐突承璀が命じられ、それは世の物笑いとなり、そのころはりきっていた白楽天が反対の上奏をした事件、その征討軍側の内幕をうたったと註者たちが推測した詩だ。

「貴主征行楽」とは、皇帝の子女の公主が、女だてらに征討軍を引きつれ出陣する楽しみという意味だ。

奚騎黄銅連鎖甲　　奚騎《けいき》　黄銅《こうどう》　連鎖の甲
羅旗香幹金畫葉　　羅旗《らき》　香幹《こうかん》　金の画葉《がよう》

奚騎。東北部の夷種を奚《けい》とよぶ。招集された討伐軍の中に奚の騎兵隊もくわわっている。

彼等は黄色の銅の鎖《くさり》かたびらの鎧を着こんでいる。李賀は、奚騎・黄銅・連鎖甲と言葉を即物的に並べる。その即物感によって、どよもする騎馬、打ち鳴る鎖の音、そして黄色という色彩がかえってどよもする。そこには当然、複数の奚騎がいて、ゆれざわめく抽象画だ。

そしてこのざわめき、ゆれうごきの中に旌旗《せいき》を次句でなげこむ。

羅旗、最上等のうす絹でつくられた旗、その旗は香木、その香木には金箔で木の葉模様が画かれているという。

この句でも、羅旗・香幹・金画葉と即物的な語の羅列で、一列にならべられることにより、それらは香りをたちこめ、旗はゆれ、画《えが》かれた金の葉さえもが、もはや画かれた金の葉ではなくなる。

二句を連続してよむがよい、その時起る影像はフレキシブルに融通していて、全体の俯観にも、ズームを寄せた接写にも耐えるのだ。この二句を王琦は「富麗の態」と評する。

中軍留酔河陽城　　中軍留《とどま》り酔う河陽城に
嬌嘶紫燕踏花行　　嬌嘶《きょうせい》の紫燕《しえん》　花を踏み行く

奚人の騎兵隊は、河陽城を目指しているのだ。

そこには征討軍の本陣があり、いまだ軍を発せず、その中で兵たちは酔うているのだ。

その河陽城へ奚の騎兵隊は、集合しようとしているのだ。

彼等の騎《の》るは紫燕の良馬。

屈強の彼等を騎せた馬は、なまめかしく嘶《いな》きながら花を踏んでいくのだ。けっして李賀は、もうもうとまきあがる砂煙の中を走らせない。

この四句までの間に、中共の葉葱奇《しょうそうき》は、女将軍を登場させ、奚を宦女とみなしている。馬で河陽城へ向う奚騎を、黄銅の鎖かたびらの鎧を着た女兵の一群とみなしている。

華美な解釈といえるが、奚騎は奚騎とし、女将軍は河陽城の中ではじめて登場するほうが自然だ。

なるほど女性が馬に騎るという勇壮でエロチックな風景は、当時珍しくはなかった。楊貴妃の姉、虢国《かくこく》夫人は、お化粧もせず、早朝、馬を馳って宮門にかけつけたという。李賀も「河南府試十二月楽詞」の中で、夾城《きょうじょう》の軍装の宮妓《きゅうぎ》を詩とした。これは、混乱した世相の中で生れた一種の風俗であり、李賀の奇想ではない。

春營騎將如紅玉　春営《しゅんえい》の騎将　紅玉の如し
走馬捎鞭上空綠　走馬　鞭を捎《はら》えば空緑《くうりょく》に上《のぼ》る

河陽城の軍営にいる騎馬隊の女将軍（公主）は、紅玉のような美女。

春はまっさかり。

馬を走らせ鞭をピシッと一ふりすれば、緑の空へかけのぼらんばかりだ。いや緑の空というより、馬が蹄をあげて空にたちあがることにより、そのため視野が緑の風景から空までをずりあがるようにしてみたというそういう感覚かもしれない。

奚騎が河陽城に向いつつある時、酒に酔う城中には、甲冑姿の美女がいるのだ。シーンはしらぬまにその主体をいれかえている。

女垣素月角咿咿　女垣《じょえん》の素月《そげつ》　角咿咿《かくいい》
牙帳未開分錦衣　牙帳《がちょう》未だ開かざるに錦衣《きんい》を分《わか》つ

城の女垣《ひめがき》にしらじらと素月がかかるころ、戦場の角声が咿咿《いい》とひびきわたる。

深く眠りにおちた女将軍の陣幕がひらかないうちに、部下に錦衣を賜わるというその角笛の合図だ。まだなんら戦勝をおさめぬうちに。

＊

李賀はあきらかにこの詩の出発において、諷刺を目指していた。女将軍に仮宿し、宦官が征討軍の将軍になるという腐敗、戦に進発せず、屯所にただ留り、酒宴と大盤振舞、李賀は最後の一句で、「牙帳未だ開かざるに錦衣を分つ」といい、諷刺をこめる。

はたして刺す力をもっているか。あわててつけたしになってしまった諷刺ではないか。

地方官吏の搾取を諷刺しようとした「感諷《かんぷう》五首其一」では、諷刺よりも優しさにおちこんでしまった李賀だったが、ここでは軍の内部を諷刺しようとしながら、戦争のもつイメージの前に李賀の感覚は破れてしまっている。目的がつけたしになるのである。

愛国者のようにみせかけて、李賀が漢剣をふるう時、それは、逆上の所産であって、むしろ張籍ら中唐詩人たちとおなじ戦争忌避の心体が、実はよこたわっていた。ただ時代によってうけた心理の影は、李賀をナマな戦争忌避の表現にひっぱっていかなかっただけだ。

むしろおやおやと思うほどの愛国者の口調の時のほうが、李賀は悲鳴をあげているゆえに、李賀は戦争を忌避しているといえる。戦いを諷刺しようとはじめからかかった詩の大半、いや全篇は、諷刺はかすれて、戦いというシーンへのイメージのみが輝いてしまうのである。

文官への意識の過剰から駒のように飛びだした李賀の武人・剣客への意志に、才能への自恃《じじ》、病骨による死の恐怖、受験そのものへの不安、時代への不安をさらにかぶせて、李賀の荒落の姿を考えることは重要である。だがさらにかぶせていかなければならぬものがいくつかまだのこっている。

そのいくつかをかぶせていくことにより、李賀の逆上した荒落の姿はよりひきしまっていくはずである。

そのうちの一つとはなにか。

生活である。現実原則である。李賀は才能への自恃の背後にのっぴきならぬ生活、一家の生活をかかえていたのだ。

受験資格拒否は、自恃の滑稽の敗北のほかに、生活の敗北をも意味していたのだ。

皇孫の自恃

「公安にて李二十九弟晋粛《しんしゅく》が蜀に入るを送る、余は沔鄂《べんがく》に下らんとす」という詩が杜甫にある。大暦三年［七六八］冬の作とされている。

とりわけ、どうという詩ではない。杜甫は従兄弟の晋粛に公安で出逢ったのだろう。晋粛が成都に旅立っていくのを見送ったあと、ただちに自分も正反対の方向の沔鄂へと出発する。たがいに背中を向けあって旅をするのだが、道中に流れる江水は二人の目的地まで流れている。私たちはそれほど離ればなれではないと思う。しかし、思えば私の漂泊の旅はいつまで続くのだろうか。江都へ向う晋粛よ、だれかに占ってもらいたいものだ。

そんな意味の詩で、駄作である。

駄作ではあるが、杜甫の従兄弟である晋粛こそ李賀の父にほかならなかった。

李賀の父、晋粛がどういう人間であったのか。「太平広記」に「辺上の従事」とあるだけで、ほとんど記録にのこされていない。崔教《さいきょう》の「邵伯祠碑記《しょうはくしき》」に貞元九年［七九三］陝《せん》県の令であったことが記されている以外、この杜甫の詩だけが資料だ。

だがこの詩からも、晋粛の風貌はうかがえない。なぜ、公安から江都にむかったのかその時、晋粛はひとりだったのか、二人はどの程度の親戚づきあいだったのか。

この詩は、大暦三年であるから、李賀は当然生まれていない。二十数年後に生まれている。杜甫はこの時、五十七才、その二年後の大暦五年に死去しているから、「詩人杜甫と李賀」、「杜甫という叔父と李賀」との出逢いはありえないことになる。

李賀には、姉と弟が一人づついたが、李賀の父が杜甫にであった時、晋粛はまだ独身であったかもしれない。

このようにしつこく李賀の父、晋粛の行蹟を知りたいと思うのは、父晋粛がその子李賀の生きかたにかなりの影響を与えていると思われる節があるからだ。

李賀の父が、いつ死んだのか明瞭ではない。いつどこで何才で死んだのか逆算のしようも推定のしようもない。ただ李賀が進士に挙げられんと長安の都へ上った時には晋粛はもうこの世にはいなかったことだけは確実である。

かりに二十才の時、晋粛が杜甫に逢ったとする。そうすると李賀は四十三才の時の子供ということになる。晩年の子ということになろう。一人の姉がいたから、もっと若く最初の子を生んだことにはなるが、弟は、当然李賀よりさらに年を経てから生んだことになる。しかもこの計算は、五十七才の杜甫に、二十才の晋粛を逢わせることによってのみできることなのだ。杜甫にとって二十九番目の弟、すなわち杜甫の親戚中の生れた子供で二十九番目の従兄弟ということで、一応二十七才の開きのある従兄弟同志ということはありうると考えての計算である。晋粛は晩婚であったか、早婚でも子供はなかなか生れず、四十代にはいって次々と生んだか、姉だけは早く生んだが二人の男の子は四十代であったのか、妻は鄭氏一人だけであったのか、それは莫として摑めない。

不確かな数字の上でものを考えすぎることは、危険でムダな遊びになりがちだ。ついには李賀の定説化している生年にさえ疑問をもたなければならなくなってくる。

ともかく杜甫がのこしてくれた詩は、晋粛という人間像をのこしてくれていない。

「太平広記」の「辺上の従事」という言葉と崔教の「陝県の令」という言葉から、晋粛が、下級官僚として中国全土をあちこち赴任して歩いたであろうことは想像できるが。

曖昧にしか浮ばぬ晋粛の像ではあるが、その像は、一家のものたちに、貧窮の影をおとしている。うだつのあがらぬ下級官僚の家族のものたちがいだくだろう影である。

貧困は、李賀の詩にしばしば登場した。

三十未《いま》だ有せず二十の余
白日に長《つね》に飢えて小甲蔬《しょうこうそ》
（南園十三首其四）

渇《かっ》して壺中《こちゅう》の酒を飲み
饑《う》えて　隴頭《ろうとう》の粟《ぞく》を抜く
（長歌続短歌）

一心　愁謝枯蘭《しゅうしゃこらん》の如し
衣は飛鶉《ひじゅん》の如く馬は狗《いぬ》の如し
（開愁歌）

家門　厚重《こうちょう》の意
我に望む飢腹《きふく》を飽《あ》かしむるを
（題帰夢）

青軒《せいけん》　樹《じゅ》転じて　月　床《しょう》に満つ
下国の饑児《きじ》を夢中に見る
（勉愛行二首送小季之廬山其二）

下級官吏の父さえいまはなく、王氏に嫁いでいる姉は別として、李賀は、母と弟を養わねばならない。自分を襲うひもじさは、意気によって詩の上ではうち払えようとも、一家の貧窮への責任は、彼にいつも重くのしかかってきて、詩の上でもうち払えない。

それを解消するには、科挙に合格し、高級官吏となることだった。

下級官吏になることなら、いつでもなれたのだった。それは、李賀は唐室の出身だったからである。

このころ官吏になる手段としていくつかの道があった。薦挙・制挙・科挙・学校のほかに、蔭任《いんにん》（貴族の子弟への特別任官法）・貲納《しのう》（納税による任宮、一種売官の法）・方伎《ほうぎ》（医術・芸能の特殊技能による任官）などがあった。

李賀は唐室の出身であるゆえに、資蔭によってすくなくとも任官することはできたのだ。

李賀は、これを無視した。どうして父祖よりやや低い地位が約束されているという不幸なリフトにいさぎよくのることができよう。

唐の太宗はいった。「朕《ちん》、天子となるは、百姓《ひゃくせい》を養うゆえんなり。豈《あ》に百姓を労し、以ておのれの宗族を養うべけんや」。この言葉は、大唐帝国の礎をきづいた太宗の高邁な真意であると同時に、うるさいままならぬ宗族を抑えるという策略も含んでいる言葉だった。

科挙は、このような宗族や貴族の口をふさぐ便法として編みだされたのだった。その意図は、着々と実を結び、貴族出身官僚と科挙出身官僚との抗争はたえず激しく繰りひろげつづけられていたにしても、李賀の時代には、貴族も平民とおなじ立場で科挙を受けるべきだという風向きにかわってきていた。とはいえ、李賀がそういうものわかりのよい青年として科挙をえらんだのではない。「飢え」である。この「飢え」から一挙にともづなを放つためには、下級官僚であった父よりも、より低い官位の約束されている蔭任の法をやすやすと迎えることはできない。つまり李賀の一族は、没落の皇族であった。進士にならないでもすむ勢力の残存する皇族の果てではなかった。

李賀は、進士出身でない蔭任の法にたよった父晋粛の無能の一生を、眺め、あるいは聴かされ育っただろう。あるいは、母の愚痴、そして母の息子への期待というかいがいしい反照の重荷を感じながら、父を眺め、感じてきたであろう。

進士合格をもって、「飢え」からの解放と宗室出身の「衿《ほこ》り」を、二つながらに奪いたいと李賀は願っただろう。

李賀の「飢え」にみられる「意気」というものは、彼の皇族の末裔としての誇りと、「飢え」からの脱出という予想感覚の二つながらを考慮にいれなければ、あわれに近いのである。そういう意味からも、李賀をこのような緊張に追いこんだ父晋粛、でれでれと没落の流れにひきずられ、蔭任の法を受けいれ、下級官吏に甘んじた父晋粛の像をもっと鮮明に感じておきたかったが、無理なようであった。

杜甫と晋粛の邂逅。遠くに晋《しん》の名将杜預《どよ》や初唐の詩人杜審言《としんげん》を先祖にもつ杜甫と没落貴族の末孫である晋粛という従兄弟同志の出あい。志をえず、流沙のように低位もしくは無官のうちに中国をさまよったであろう二人のめぐりあい、それはどんなめぐりあいだったのか。杜甫の詩は、二人の出あいをよく伝えてはくれていないのだ。

しかし、李賀は、ほんとうに唐の皇孫であったのだろうか。盛唐の李白が、

家はもと隴西《ろうせい》の人
先は漢の辺将たり
功略天地を蓋《おお》い
名は青雲の上に飛ぶ
苦戦　ついに侯《こう》たらず
当年　頗《すこぶ》る惆悵《ちゅうちょう》

自分は皇室の出であるとかつて歌った。それは僭称《せんしょう》ではないかとその真偽を問われるような事情も李白同様李賀にもよこたわっていたのではないか。

田中克己はその著「李太白」の中でこの詩をつぎのように解剖する。「李白がその真偽は知らず、隴西の李氏の一族と称したがったのも、むりはない。ただ彼は皇室の如く権力をもたず、しかも最近に塞外から来た家の出であることが知られていたため、これが公認されなかったのである。門閥万能の時代に生れた李白にとって、このことは大打撃であったに相違ない。前述の李白自身による家系に関する発言も、一は時の宰相への、一は青年時代、住地の地方官への、自薦的な意味を含むものだったことが知られるので、益々信用し難くなるのである」。家系を偽ることはよくあることだ。そもそも唐室そのものが、鮮卑《せんぴ》という塞外民族の出身にもかかわらず、名門隴西の李氏に系譜をつないでしまったぐらいなのである。

李賀字長吉。系出鄭王後。（新唐書）
李賀字長吉。宗出鄭王之後。（旧唐書）
李賀字長吉。唐諸王孫也。（太平広記）

隴西李賀。字長吉。唐鄭王之孫。　（太平広記）

賀。唐皇諸孫。　（李長吉歌詩叙　杜牧）

記録は、李賀の自弁を証拠づけるように、宗室鄭王の後裔だという。いままでの李賀研究では彼の王孫を疑うものはまだでていない。

この鄭《てい》王とは、唐の高祖の第十三子李元懿《りげんい》のことで、彼は鄭の恵王と呼ばれた。李賀はこの恵王の家系からでた皇族の子孫だということだ。

李白のように李賀が、「隴西の長吉」というのは、唐室が名門隴西の李氏であるといわれていたからだ。高祖が隴西の李氏であると偽称したということ、鮮卑の血統であることを、李賀は当然知らなかったろうからそういっているのである。中国では、よく名前の上に出身地を附していうが、李賀は隴西の生れではない。昌谷の生れである。皇室の出であることを強調するためにその出身地を冠したのであった。

皇族・名門貴族の中には、没落の流れに抵抗の棹をさすものもいた。没落を拒むならば、時代の大河の破船の木片をひろい、筏を組んでのりきらねばならない。

范陽《はんよう》の盧《ろ》氏は、高祖李淵《りえん》が六朝以来の名門貴族太原《たいげん》の王氏、滎陽《けいよう》の鄭氏、趙郡の李氏、清河《せいか》の崔《さい》氏などと連合して唐を建国したさいの大家族の一つである。この盧氏は、百十六人の進士を唐の滅ぶまでの間にだした。盧氏は蔭任の法にたよらず、いちはやく時代の波がしらを先取りしたのである。

宰相にまで上った新興官僚派の領袖李宗閔《りそうびん》は李賀と同じく宗室鄭氏の出である。皇族の出なのである。しかしながら彼は貞元二十一年［八〇五］の進士科の出身で、牛《ぎゅう》僧孺《そうじゅ》と組んで貴族派の李徳裕《りとくゆう》らと政争を繰りかえした。だが進士官僚派に皇族がやるよう「期集《きしゅう》、参謁《さんえつ》、曲江題《きょっこうだい》名《めい》みな罷《や》めよ」と上奏し、進士科出身者を抑えようとした李徳裕の一党の李紳《りしん》（元和元年進士）、李回《りかい》（元和三年進士）は、挙進士であったという複雑さなのである。

李賀も、当時の多くの皇族貴族たちと同じように科挙をえらんだ。おちぶれたとはいえ皇族の出であることは挙進士となってからでも有利に働くはずである。

地主層の選挙官僚に反撃するには、むしろ皇族貴族こそがまず進士となることこそが、よき反撃の足がかりとなるのではないか。礼部の科挙をパスしてきた新興地主階級の進士群へさらに試を課して払い落す砦としての役割をもった身・言・書・判の吏部試は、それこそ姑息というべきではないか。吏部の要職には、進士群の登場を喜ばぬ名門貴族たちがいて、容貌・風采を検査したのであった。

唐の諸王孫李長吉、遂に金銅仙人、漢を辞する歌を作る。
（金銅仙人辞漢歌）

詩の中の序文においてさえ、唐の皇室の出であることを誇らねばならなかった李賀は、官界へ入るスタートに新興地主階級の進士出身者の頭領、韓愈と手を結んだのである。

おちぶれて社会の一隅にはき棄てられているとはいえ皇族の血統をつないでいる李賀。

病の浸蝕と死の恐怖をやみくもに押しかくし、王室の出であるという名誉の挽回とのっぴきならぬ貧困の打開を願って科挙に挑む李賀。

その李賀は、新興地主階級の韓愈のひいきを受けいれようとしたのである。進士出身者の多くは、この階級の出身者である。貴族官僚たちは、この勃興してくる進士出身官僚を圧迫した。韓愈らは、それに対抗するために進士出身者同志でサークルをつくった。そしてこのころには、貴族官僚とのはげしい敵対は続いていたとはいえ、貴族からも進士になるものが続出しはじめていた。はじめは単純にみえた貴族官僚対進士官僚という図式は、かなり複雑化していた。

韓愈が、皇族のはしくれであることになおこだわる李賀を、仲間に加えようとしたのはその一見したサークルの性格からすれば、気まぐれであるかにみえる。

あるいは、とるにたらぬ貧乏貴族へのあわれみのためなのか。あるいは、韓愈の、才能のあるものには目がないという奢りの性癖のためか。そういう疑問が続発する。もっとそれよりも、なぜ韓愈のさしのべる手を、李賀は受けいれたのかということだ。

李賀の才能を認めてくれたのは、皇族貴族たちではなく、新興階級の韓愈たちであったからか。

皇室の出であることとは別に、李賀には現実的な目が働いていて、その目が旧勢力がいずれ凋落するだろうことを判断してのすばやい反応だったのか。そういう打算がはじめからあったためなのか。おそらくこれらはすべて理由となろう。

これは矛盾ではない。矛盾とは、たえず一組の中のものであって、相対立する二組のもののいわれではない。心には二組の心はない。矛盾している一組の心のダイナミズムがあるだけだ。志と現実処理の落差に驚き、それを矛盾ということはできない。といって矛盾を矛盾とも思わぬ同居性などといったところで、つまらない話だ。

病におびえながら、時代の錯雑した移動にあわてふためきながら、青年の野心を抱懐している李賀。その野心は、母と弟の飢えを背負っているということ、その背負う重荷をほうりださないためには、皇族の血統という自恃がどれほどの動力の源となっていることか。このことをよく凝視、俯瞰したうえで李賀の矛盾した心性を責めねばなるまい。そして責めることができるといって責めていいものかということも考えるべきだ。

貧窮により現実原則が、破綻をきたしていても、人間の矜持《きょうじ》は、その破綻をささえることがある。そのささえぶりが人に滑稽にみえることもある。しかしいったん矜恃を自分の生きる上のバックボーンにおいた時、その自分の滑稽が相手にどう写ろうとかまわなくなる。ということは、嘘だ。おびえを矜恃で守護しているにすぎない。

だからこそこのような矜恃で守護しているにすぎない。だからこそこのような矜恃の人間が破綻に生きるをやめ、現実原則の危瀬から脱出しようとたちあがろうとする時もあるのだ。その時またこの矜恃は恰好なエネルギーの在所《ありか》となってはたらく。

李賀が、おちぶれの中に遠い家系の繁栄を思う時、その繁栄を復活しようと意図する時、その思い、意図は、実は現実原則を安定させ、できることなら豊かにしようということの隠れ簑であるにもかかわらず、その現実原則確立の意志を丸裸にせず、かつての繁栄の復活のみを大きく口にするものなのである。家系の誇りは、この際スピード増強剤となってはたらき、彼は盲目の突進者となる。

血統に弱い多くの人間たちは、その突進にあわてて道をあけ、あるいは感傷的に協力さえするかもしれない。

李賀は、韓愈のひいきをえた。宗室の末孫であり、この詩才のきらびやかさに、そしてその傲慢な青年ぶりに韓愈は感激し、自分の円陣の中にくわえることを計算したであろう（杜甫と李賀を関係づけた記事は彼の作品に皆無だし、李賀もなんら詩の上では語っていないが）。おそらく会話の中では杜甫が叔父であることも語られたであろう。詩人としての血筋も韓愈を満足させたにちがいない。

李賀は、現実原則の確保を目指してたちあがりながら、その意図よりもその意図の上にぴかぴか輝く鱗のような政治への高邁な意図、あるいは詩の冒険に韓愈ら文人政治家たちとの交際の中で、浮き足だっていただろう。

李賀は、あきらかに進士になろうとしているのだ。おちぶれたとはいえ相反する階級の韓愈らとなぜ手を結んだかといってもむだなことだ。李賀の心は、政治家として、詩人としての志を前面に開いているとはいえ、清貧や志を墨守することにさわやかさを感じる余裕はないはずだ。現実原則のほうが先約なのである。しかも人間と人間のぶつかりあいは、志や思想をかるがると越えがちなものである。

たとえば柳宗元の若き日である。彼は、河東の柳氏の出である。その家系の出であることを彼はしばしば口にする。「それ程までに家系を常に意識に入れている者が、寒族出身の王叔文一派と結ぶに至ったことは極めて興味深いことであり、また晩年には、門閥派の李吉甫と文通している事実を認めることもできるが、こういう多面性と、内面の複雑な動きを無視した階層的一面的区別観は、結局人間的彫りの浅さと、強いて、単純な図式主義に陥らせる」（太田次男・長安時代の柳宗元について）のである。柳宗元は、名族ではあるが、生活は貧窮していたという事実。人間の人間個人への興味は単面的でないという真実。思想への共感、野心による計算は、階級意識などというものをいつふっとばしてしまうかもしれないものであること。そして、家系の誇りに反した行動にでたとしても、そのことにより家系の誇りは消滅したということもまたありえないのである。

かくして李賀は、韓愈らの新勢力を背にくくりつけ、日睫の科挙へとむかった。しかし長安の都には、にがにがしい進士資格拒否事件が待っていた。

李賀という人間そのものが、まるごと葬られるのだ。現実原則の確立の底意も、もろもろの思念の鱗も、ひっくりかえされてしまうのである。

「李賀と才名を競うものが……」といわれているが、それもその一因かもしれないが、実際は、韓愈とその一派を憎むもののしわざだとも考えられる。

よかれと思った韓愈のひいきがかえって仇となった。官界へはいらぬ前に、官僚闘争にまきこまれてしまうのだ。飢えからの脱出も、脱出後に附属してくっついてくるはずだった官人→政治家として野望の図形も、すべて潰滅してしまう。

死んだ父、下級官吏で終った父、皇孫のなれのはてだった父。その父の不遇によって、貧苦をなめた李賀が、一家の生活のために、一族の名声回復のために、才気をギラギラ光らせながら、ふるいたったのだが、その父こそが仇となる。父の名晋粛が呪い笑うのだ。

挙進士となり、官職につき、そしてえられるはずだった禄粟《ろくぞく》・職田《しょくでん》・俸料《ほうりょう》は、ことごとくフイになった。

茅屋《ぼうおく》　四五間
一馬　二僕夫

俸銭　万六千
月給また余りあり
すでに衣食の牽《ひ》くなく
また人事の拘《かかわ》り少し
遂に少年の心をして
日日　常に晏如《あんじょ》たらしむ

貞元十九年（八〇三）、書判抜萃科《しょはんばっすい》に登り、校書郎の官職をえた時（三十二才）の白楽天の声である。「久しく労生のことをなし　摂生の道を学ばず　年少にして已《すで》に多病　此の身豈《あ》に老に堪えんや」という青年期の暗い声は、影もない。奴僕を二人もかかえている身分なのである。

李賀の暗い声も、進士に挙げられた時、官職についた時、どのような声にかわったかをついに我々はみることはできないのだ。

＊

落第する権利さえ李賀は拒まれた。

その苦痛によって李賀は、皇族出身という矜恃を無に帰すどころか、ますますそれを煽って相殺しようとしている。「仁和里雑叙皇甫湜」で「宗孫《そうそん》調せざる　誰か憐れむところとならむ」といった。ショックによって宗孫などという誇りは剝落し、一受験生のみすぼらしい心理に墜落していくのではなく、墜落していきながらも、宗孫という矜恃によってこらえている。

李賀の矛盾は時代の矛盾にほかならない。その矛盾たちが、李賀一個の存在を裏切るのである。李賀が時代にむかって吐きかけた思惑ある網の数々は、ことごとく仇となって帰ってくるのである。仇となってからも、李賀は、自己矛盾を整理しきれない。自己矛盾をさらけだしぱなしでいる。

＊

科試拒否直後の李賀の心境を映している「仁和里雑叙皇甫湜」を、部分的にたびたび引用してきたが、ここでは全詩を引用してみよう。

大人乞馬癯乃寒
宗人貸宅荒厥垣
横庭鼠逕空土澁
出籬大棗垂朱殘

大人《たいじん》の乞馬《きつば》　癯《く》乃《か》つ寒《かん》
宗人《そうじん》の貸宅《たいたく》　荒《こう》の厥《そ》の垣《かき》
横庭《おうてい》の鼠逕《そけい》　空しく土澁《どじゅう》たり
出籬《しゅつり》の大棗《だいそう》　垂朱《すいしゅ》　残《ざん》たり

仁和里という町は、洛陽の市中にあった。故郷昌谷にほど近い洛陽の都にしばしば李賀は足を運んでいた。この第二の都東南部のはずれ仁和里に、李賀の寓居があった。

　この寓居が、挫折以前にしつらえられていたのか、それ以後なのかはわからない。そのいずれにしても洛陽は、李賀にとって、長安の都への前線基地であった。洛陽は、政治においても文化においても、長安の都のひな型みたいなものだった。

　たえまなく有力者は往来し、また名の轟いた人たちが、この東都で官職についていた。李賀は、この都で、韓愈、皇甫湜らと知己を結んだのだった。

　外蕃が、まず洛陽を陥し、叛乱軍が、まず洛陽に乱入したのは、このひな型の都を支配することは、首都長安攻略への絶好の足がかりとなるからだった。李賀のような立身出世を願う若者たちにとっても、王道への予兆に輝く都であった。

　この最初の四句では、仁和里の寓居でのすすけた境遇、すすけた心象が吐きだされている。これは、あきらかに挫折以後の李賀が視象した寓居の風景だ。

　大人《たいじん》に馬がほしいと乞う。痩せこけて寒々とした馬をかしてくれる。一族のものに家を借りる。垣根は荒れ放題だ。

　一説では大人とは、李賀の母親のことだという。それならば母が息子李賀にやせこけた貧馬をくれたことになる。李賀の一家の貧窮を思いしらされる解釈だ。

　また大人は、丈人の閲違いだとする説がある。年長のえらい人たちという意味に、それならなる。

　さらに、大人は皇甫湜を指すというのもある。彼がかしてくれる馬だからどうせ官馬のやせ馬だというわけだ。

　ともかくわからないものはわからないのであって、そのかわり見落してはならないことは、「大人の乞馬　癯乃つ寒」という句はたんなるぼやきでも自嘲でもないということである。敗残のおちぶれの李賀に、そのような貧しいみすぼらしいものの状況が、みえてみえて、たまらないということである。

　息子にやせた馬しかあたえられぬ母のこころとか、おちぶれたものへの人々の冷たさ、といった風にいろいろな解釈を固定することによってニュアンスをひきだすことはできるが、それよりも馬や垣根が、寒々とした李賀のこころにかぶさっていき、ものとしての馬や垣根ではなくなって、李賀の心の窓枠の中に所有されてしまったものとなっていることに注視すべきだ。

　その心の窓枠は、「横庭の鼠逕　空　土渋たり」とさらに借家の庭に転じ、細部にねずみの小走りする小径《こみち》まで捉え、わびしい窓枠となる。その庭の土は、むなしく、渋った土だ。「渋」とは、李賀独特の言語感覚だ。わびしい窓枠は、垣根から突出した大きな棗《なつめ》の、朱色の実のたれさがりさえも、いいようもないわびしさの中の豊饒さではなく、棗の実のみすぼらしい朱色さと映すのだ。

だが、この四句でもっと注視しなければならないのは、心の窓枠などではない。「宗人の貸宅　荒の厥の垣」、李賀が、一族のものに、宅を借りるにあたって、なにげなく「宗人」といっていることだ。「荒の厥の垣」を貸しあたえてくれた親戚のものを「宗人」と呼んでいることだ。李賀が皇族の出であるからには、当然親戚も皇族の出であるわけだが、ここではわざわざ親戚を宗人と呼ぶ必要があるだろうか。明《みん》の曽益《そうえき》などは、宗人を親戚とは考えずに、「宮室を掌《つかさど》る者」と考えてしまうのは、無理ではない。

李賀は、自分の一族を、「宗人」といってしまうことにより、自分も宗人、皇族の末孫であるということに、本能的にひきよせてしまっているのである。自分は宗室の出であるという自意識の過剰が、自然なかたちで暴力的に一族にのりうつって、一族に「宗人」をおしつけてしまっているのである。一族はそれは宗人であろうが、李賀のような宗人意識にからめとられているとはかぎらない。

安定美人截黄綬
脱落纓裾瞑朝酒
還家白筆未上頭
使我清聲落人後

安定の美人　黄綬《こうじゅ》を截《き》り
脱落　纓裾《えいきょ》　瞑朝《めいちょう》に酒
家に還《かえ》れば　白筆未だ頭《とう》に上《のぼ》らず
我をして　清声　人後に落さしむ

安定の美人、といっても女ではない。皇甫湜のことをいっているのだ。すばらしい人、立派な人のことを美人という。

彼は睦《ぼく》州新安の出身だが、詩の修辞としてその人と同姓の故事を用いることがある。李賀などは自ら隴西の長吉といったほどだ。皇甫湜の場合、李賀がいうわけだが、後漢の皇甫規・皇甫嵩《すう》ら名士が、安定の人であったから、それとかけあわせて彼を安定の美人といったのだ。

このようなややこしさは、まるでナゾナゾ遊び、パズル遊びで、我々を困惑させるが、それはしかたがないという意味で、詩はつねに時代の産物であり、後世は考慮されないものであり、詩が時代を越えて生きる時、そのような困惑を附録のようにその詩の命にくっつけているのである。

さて、李賀は皇甫湜を安定の美人だという。前四句で洛陽仁和里での自分の環境をわびしい心象をかぶせてうたってから、にわかにこの五句から八句では皇甫湜のことをいいだすのである。

　安定の美人は、黄綬の身分にある。綬は官吏の印鑑につけられるひものことで、黄綬は官位の低いものがつけることになっていた、といってもそれは漢代のことで、唐制では緑・紫・青・黒の四色で、黄はないのである。

　ここでも李賀は、故事を踏んでいるわけだが、このようなことにあまり拘泥すると詩はふっとんでしまうのである。

「安定の美人　黄綬を截り」という詩句のもつ「この安定生れのすばらしい人皇甫湜は、官位なんか、へとも思わず」という意味と、「黄色いひもをひきちぎって」というイメージが、迷い消えてしまうのである。

「脱落　纓裾　瞑朝に酒」、イエローの印綬をちぎりとってなげすてるばかりでなく、冠のあごひもをはずし、礼服の裾も脱落させ、夜も昼も、昼も夜もあけずに酒でべろべろなのである。

　低い地位でも、人間は語る次元をかえれば誇らかになったりするものだ。近くは、江戸の下級武士の誇りを考えてみるがよい。武士というタテの階級組織の中にあっては、劣等であり、代々劣等でなければならない地位への呪いも、ひとたび農民、商人の中で比較される時、武士であることにやおらいきりたったものである。

　もちろん、唐代にはそんな階級意識はない。しかし官吏となることは、一種の特権階級に参加することであり、低い地位にさまよっていても、国民プロパーで考えれば、まさにさまざまであるはずだが、皇甫湜は、官吏そのものを軽視しているむきがある。

　皇甫湜（七七七—?）は、元和元年の進士で、陸渾尉《りくこんい》を皮切りに監察御史、太子庶子、太子賓客を経て工部郎中に終った。文章家として名をのこし「皇甫持正《じせい》文集」六巻をのこしている。

　友人韓愈のように出世しそうもない様子が「安定の美人　黄綬を截り　脱落　纓裾　瞑朝に酒」という叙述によって李賀に目撃されている。それは、李賀にとって困るはずだ。「家に還れば　白筆未だ頭に上らず　我をして　清声　人後に落さしむ」のだからだ。

　皇甫湜が、この詩の時点でどのような地位にいたかは断定は下しにくい。いや、この詩には、「湜新尉㆓陸渾㆒［湜《しょく》新たに陸渾《りくこん》に尉《い》たり］」という附注が多くの版本には附されているのだが、その附注が李賀の直筆のものと承認するならば、この詩の位置は変ったものにならざるをえない。なぜなら、この詩は、その内容から判断して、進士拒否事件以後、すなわち元和五年以後と推定しているからである。訳注者荒井健のように「後の人がまちがって付け加えた」と考えざるをえない。陸渾の尉とするならば、黄綬は実在しなかったとしても唐代では県尉をさしたから符合するのであり、「白筆未だ頭に上らず」ともいっているように、白筆は、七品以上の官吏が髪にさしたものだから、陸渾の尉であるなら正九品下でさらに符合するのである。鈴木虎雄のように「世間の物議に拘らず長安の都へ出て、中央試験をば屢次これを受けた、しかし遺憾ながらいつも落第をしている」「賀が府試に応じたのは……予の仮定の元和元年ごろとすれば賀が十六才頃である。それから元和四・五年頃まで連年中央試験を受けたのではなかろうか」「元和五年賀二十才の頃からは受験を見合わせとした」という大胆な見解をとるならば、この詩が皇甫湜が陸渾の尉に新たに任官した時のものとみれないこともないのである。

鈴木虎雄の説はとらない。この章におけるこの詩の位置は、進士資格剝奪後における李賀のさまよえる心の状況をみることである。それは年代の実証とかかわりなくみることができるだろう。皇甫湜の地位にしても、「白筆未だ頭に上らず」の地位にあるといった程度で充分なのだ。

すでに挙進士の皇甫湜だが、白筆の身分にもなっていず、李賀をひきたてる力をもたない。私の清声は、どんどん人に追い抜かれていくと李賀は、呟くのだ。

それは、あせりの言葉ではあるが、愚痴ではない。彼が白筆の地位に早く昇り、自分をひきたててくれと本気でいっているわけではない。

朝も夜もなくべろべろに酒に酔い痴れる皇甫湜は、出世しそうもないわけで、私の清声を高らしめよと李賀がいっていても、彼に対する愚痴でないのは、べろべろ酔いの出世に縁のなさそうな皇甫湜を、李賀は好きなのだ。だから「安定の美人」といっているのだ。自分の中にくすぶって消えやらない現実への夢をいだいて李賀は、皇甫湜と対面しているわけだが、このたよりになりそうもない先輩を、かえってすばらしい人だとみているのでもあるのだ。ひょっとしたらという助平なこころをどこかのすみにあてにせずに思いながらだ。

そもそも皇甫湜は短腹な男であった。高彦休《こうげんきゅう》の「唐闕史《とうけつし》」はつぎのようなエピソードをつたえている。「……その褊急《へんきゅう》な性質はまったく人とことなっていた。かつて蜂に指を刺されたことがあった。気が狂ったようにあわてて町中の子供たちに蜂の巣を集めてくることを命じ、これを高い値で買いあげ、それはたちまち庭に山となって聚《あつま》った。そしてそれを杵臼《きねうす》でこなごなに砕かせ、その蜜液を絞りとり、刺された痛さの復讐をとげた」。こんなエピソードもある。「松《しょう》という我が子に詩を数首写させた時のことだ。松は一字だけちょっと書きまちがえた。彼はとびあがって怒りののしり、杖でぶたんとしたがみあたらなかったので、ひっつかまえてわが子の腕をがぶっと嚙《かじ》った。血は流れること肘まで及んだので、やっと嚙むのをやめたのだった」

皇甫湜のような男をどう考えるべきなのだろうか。つねに酒気を帯び、才を恃《たの》み、物に傲《おご》るところがあったといわれているが、官吏そのものを無視している気配があるといっても元和三年（八〇八）には、牛僧孺、李宗閔などと一緒に賢良方正能直言極諫科の制挙に及第して意欲的なのである。唐代を通じて二百六十五人の制挙出身者が生産されたが、そのうち七十二人が宰相となっており、確率からいえばたいへんな確率なのである。進士第では安心できずに、不定期に開かれる皇帝じきじきの制科のチャンスを皇甫湜はのがしていないのである。

官界遊泳の術に秀れていないとはどういうことなのか。秀れていないということは、官界遊泳の否定ではないはずだ。意志はあるけど下手だということであろう。しかし人間の世では、この下手であることが尊ばれ、同情されやすいのである。時には清貧の士であるかのような評価さえうけがちなのである。

たしかに皇甫湜はへたであったろう。元和三年、李吉甫の策動により裴垍・王涯は翰林学士を罷めさせられた。この年、制挙に擢第された牛僧孺・李宗閔らとともに皇甫湜も時政を痛烈に批判するのである。そのため「久しく調せられ」ないわけだが、だいたいこの事件で排斥されたものの中で、のちに宰相にならなかったのは皇甫湜だけなのである。

政治への意志をもつということは、遊泳の技術もその意志の従僕となるはずだが、皇甫湜の場合そのバランス悪く、めんどうになると自分の性癖に逆上し、よりかかったのではないか。

めんどうになると自分の性癖に逆上するということは、一種の勇気であって、それは人を魅了する。宮界へ足がかりを摑もうとする李賀にとって、皇甫湜はたよりがいのない人間であったかもしれないが、自分の性癖に傲るところの多い李賀にとって、皇甫湜は、親しみのある人間であったろう。

遊泳にかけてはかなり巧者であった白楽天なども、皇甫湜のようなタイプには弱いのであって、彼へのいくつかの詩をのこしている。「あなたは性、慵《ものう》く、病気でもないのに病気だといってひっこんでいる、心に不足はないから、貧乏だのに貧乏だと思わない……先生にくらべれば僕なんかまったく俗人もいいところだ」（酬皇甫賓客）。彼の死を哭した詩もあるが、それによればまさに思いやりのある言葉の連続で「あなたは多才がために幸福をえられなかった、あなたの薄命は聡明であったがため。人間の世に寿命をえられなかったが、死後こそあなたの名は留まることだろう」（哭皇甫郎中湜）。

いや、なににもまして皇甫湜は、韓愈の友人であった。かつて彼が、公安県に赴任し、その地の園地に遊んだことを詩にして、韓愈に寄せてきたことがあった。それを叱って「世にひとたび用いられたなら、人々を救済することに専念し、世に用いられぬ時は、孔子や顔回たらんと身を修めるべきだ。百年なぞといっても短いものだ、君子たるもの園地に遊んだ詩などをつくってのんびりしていてはならない」（読皇甫湜公安園池詩書其後）と韓愈は説教している。皇甫湜は、詩をつくるのは好きだったらしいが、一詩ものこっていない。

だが韓愈は、官界遊泳の術にたけていたといえるが、結局は、彼の性癖によって、宰相になれなかったと思われる。それは、彼が変人愛好癖があり、皇甫湜、盧仝《ろどう》、劉《りゅう》叉《さ》、孟郊、賈島、そして李賀と奇掘な人間を感傷的に愛した傾向があり、彼等に対してかなりの力を尽すのだが、彼等はみな自分の性癖にやぶれていくのであり、彼等は、韓愈への下からのひきたて役にならなかった。かなりの力を尽すといっても徹底して尽すのではなく、へんに打算的な冷たさ、ドライな政治的性格もあって、門下のものたちはいつかは彼のもとを去っていくのである。

李賀も韓愈のもとを去った。ただ韓愈とともに李賀を推挙した皇甫湜との交際はつづいていた。

＊

枉辱稱知犯君眼
排引纔陞強絙斷
洛風送馬入長關
闔扇未開逢猰犬

枉《ま》げて知と称するを辱《かたじけな》くし君が眼を犯《けが》す
排引 纔《わずか》に陞《のぼ》りて強絙《きょうかん》断ゆ
洛風 馬を送って長関に入る
闔扇《こうせん》 未《いま》だ開かざるに猰犬《けっけん》に逢う

この詩をつくった時、あの狂おしい事件は終っているのである。何年たったあとかそれはわからない。進士の夢は打ちくだかれたが、生活への道をかかえ、屈辱の思い出をかかえ、さまよっていた。あまりあてにならない、だが大好きな皇甫湜に逢ってもみる。

逢っているうちに、まざまざとあの事件がよみがえってくる。李賀は、皇甫湜に頭を垂れていうのだ。

かたじけなくも貴方は、俺の知己だと、私のことをおっしゃってくれたが、結局貴方のお眼をけがすことになってしまった。

貴方のおひきたてによって、やっと最初の階段に足をかけるところまで、たどりついたと思ったのに、その強いはずの太綱がプツリと切れてしまったのだ。

洛陽から吹く風に送られ、馬にゆられて長安の関所を私はくぐろうとした。

閉じた扉が、ひらかぬうちに猛犬がたちはだかったのだ。

*

推挙したのは、皇甫湜だといっている。彼の推挙は、韓愈の推挙のつけたしみたいなものであったろうが、李賀はいま皇甫湜とむかいあっているのである。礼儀の言辞というよりは、韓愈を自分の推挙者と考えたくはなかっただろう。あの偽瞞の正義の一文「諱弁」の中で、韓愈にむかって「もし李賀が進士になれないとするなら、あなたも同罪ってことですよ」と攻撃してくれたのは、皇甫湜であった。

「白筆未だ頭に上ら」ぬ、李賀があまりあてにはしていない皇甫湜にむかって、回想に沈む彼は、ふかく感謝の頭をさげるのだ。せっかく推挙してくれたのに、それに報いることができなかったと。

この淡々とした回想は、まるで雪の降る夜の静かさだが、それは怒りのしのびよる感情への抑制の一刻であった。

恩に報いようとしても、報いようがなかったのだ。

那知堅都相草草　　那《なん》ぞ知らん　堅都《けんと》相《そう》すること草草《そうそう》
客枕幽單看春老　　客枕《かくちん》　幽単《ゆうたん》　春の老いるを看る
帰來骨薄面無膏　　帰来　骨薄し　面《おもて》に膏《あぶら》なし
疫気衝頭鬢莖少　　疫気《えきき》　頭を衝《つ》き　鬢茎《びんけい》少《まれ》なり

那《なん》ぞ知らん
淡々と狂おしさをこらえた静かな空間は、あたかも透明な薄ガラスがいままでもそこにはられていたかのように、音をたて、割れて、散った。
刀堅《とうけん》や丁君都《ていくんと》のような善馬を相するものは一人もいないのか。伯楽たちのいいかげんさ、この見る目のなさ！　だがもう遅い。いまさらそれをいってなんになろう。
狂い犬が、扉に手をかけようとする李賀の前に躍りかかって吠えた。試験を受けることを拒まれた。落第の不名誉を蒙ることさえ、拒まれた。

長安の旅宿で、ひとりぽつんと、試験が行われていくのを、ぼんやりと見送らねばならない。長安の春が、老《ふ》け衰えいくのをじっと眺めていた。

その耐える自分のいじらしさを、李賀はまざまざと想いだすのだ。「那ぞ知らん」という声は、そこからこらえきれずにとびだしてしまった痛みの矢の声だ。

田舎へ帰ってくる。骨薄く、顔には油身はカラカラに涸れきってない。肉体は、衰滅に瀕している。

彼の肉体をおかしていく疫気は、頭部にまでせめより、鬢毛を根っこからむしりとって、ポチポチとのこすばかりだ。

回想を中止せねばならない。李賀の心の動きにあわせて、詩行の運びは揺れて、動くのである。

欲雕小説干天官　小説を雕《ちょう》し　天官に干《もと》めんと欲すれど
宗孫不調爲誰憐　宗孫は調せられず　誰の憐《あわれ》みを為《な》さん
明朝下元復西道　明朝　下元《かげん》　復《ま》た西道
崆峒敍別長如天　崆峒《こうどう》　叙別　長きこと天の如し

皇甫湜と逢ったが、もとより職の道はなかった。期待してはならない人であることを知ってはいても、ひょっとしたらという気持がどこかにはたらいていなかったとはいえない。期待のできない人だからこそ、皇甫湜はすばらしい人なのだ。だが彼と逢っているうちに、李賀はあの屈辱の日を想いだしてしまったのだ。そのまとわりつく想い出をふりはらりように李賀は皇甫湜にむかっていう。

つまらぬ文章をこつこつ刻んで、礼部に提出してみようと思っています。

皇族の末孫の私などがなにをやってもうまくいくはずもないのですが、うまくとりたてられることはないからといって、だれが憐れんでさえくれましょう。

明朝。十月十五日。下元の節、私はまた西道へ旅にでます。

崆峒の山々を目指して旅にでます。このまま別れてしまえば、二人の間には、天のように長い空間がはさまれてしまうでしょう。

いささか感傷に流されている。職をさがしに洛陽・仁和里の寓居をあとにして、長安への旅路をとるというのである。あの事件後、李賀は、蔭任の手段をたよって協《きょう》律郎《りつろう》となっている。この詩は、それ以前なのか、それ以後の就職運動の旅なのかは、わからない。

＊

この二十行にわたる詩をことごとく引用してみたのは、この詩の中に彼の整理しきれない自己矛盾がそのまま息してると思ったからだ。とくに皇族の出であることをしつこく、あるいはなにげなく、口にしてしまう李賀の姿をこの詩の中でよくみれると思ったからだ。

宗人の貸宅　荒の厥《そ》の垣
宗孫は調せられず　誰の憐みを為さん

一詩の中で、二度もいっているのである。一度は、親戚を宗人とわざわざいい、一度はわざわざ自分を宗孫といっているのである。

敗北と落魄の傾斜の途上で、皇族の出身であることが、転り落ちる速度をとめるいささかのつっかえ棒になっている。荒れ庭の家を貸してくれる親戚の冷たさに対しても、宗人といわないではおれない李賀、皇族の末孫が世にいれられなくともだれが憐もうといいながらそのこと自体が救いとなっている李賀。李賀が、皇族のなれのはてでさえなく、この事件に遭遇したならば、どのように身を処置したであろう。彼が宗孫意識をたよりに、崩れる自分をこらえているのをみて、まだそんなものにしがみついていると、笑いこけることもできようが、李賀に価値転換を強いることはできない。

なにがなんでも李賀は皇孫なのであって、皇孫でなくなることはありえないのだ。

落魄の者の目には、「もの」は落魄した「もの」となって映ってしまうこと、自分自身は位を欲しながら、官位に無雑作な皇甫湜への憧れの心、この彼にもっと偉くなって自分をひきたててくれというあてにしていない我《わが》儘《まま》、事件への刺すような回想と憤激とあきらめ、病弱の現在、就職運動への旅立ち、こういったものが連想式に、一詩の中にごたまぜになって回転しているのである。そして皇孫意識がこの回転運動の中で、光って、みえがくれするのである。

李賀は、すでに間の悪さを負って生きている。李賀の準備された不安と気負は、すべてせせら笑われてしまった。李賀の伏線ある人生は、つまづいてしまった。

だから李賀は、自分の間の悪さを踏みつぶそうとするのである。無用の長物となってしまった伏線のある人生を、そうなってしまったことにさえ知らん顔をして、つづけることを自分に命じているのである。その滑稽さがすべて見通しだからといって、非難するにあたらない。

むしろ寛容こそが、真の非難となろう。

のっぴきならぬ生活の保障への希求を、皇孫という意識で煙幕をはっているのである。そして李賀のおびえが、きりのない伏線劇を錯綜させ、それが敗北しても、煙幕をはることをやめない。ばれてしまったかと舌をださない。しかしひとたび破れた伏線劇は、つぎはぎだらけのドラマなのであって、皇孫意識のような破れ目はあちこちに暴露してしまうのである。この暴露を目ざとくみつけ、そしてなお寛容であってこそ、李賀への批評ともなり、接近もかなうのである。

疲労した夢想

万策尽きた李賀は、夢みる。
ある時は、貴公子になりすます。（栄華楽）

鳶肩公子二十餘　　鳶肩《えんけん》の公子　二十の余
齒編貝脣激朱　　歯は貝を編《あ》み　脣《くちびる》は激朱《げきしゅ》
氣如虹霓飲如建瓴　気は虹霓《こうげい》の如し　飲《いん》は建瓴《けんれい》の如し
走馬夜歸叫嚴更　　走馬　夜帰る　叫ぶは厳更《げんこう》

李賀は、たちまちのうちに化粧する。いまにも襲いかかろうと身がまえる鳶《とび》のような怒り肩の貴公子に。齢は、二十をでたばかり。歯は白い貝を編んだよう。その歯をおおう唇は、激朱。朱よりも激しく朱の色。彼の意気は虹をも、朱の唇から吐かんばかり、酒を飲めば、屋根の上から水瓶《みずがめ》をぶちまけるように、胃にそそぐ。

馬を走らせ、夜更けになって御帰館だ。

夜警が厳重に夜の刻限を叫んでいる。

*

詩は、この貴公子の遊逸のすがたをさらにうたっていく。

彼の衣裳はといえば、「尨裘《ぼうきゅう》　金玦《きんけつ》　雑花《ざっか》の光《こう》」だ。

ふさふさした毛ごろもに、金環をつけ、派手な花模様が雑花のごとく光っている。

そんなきらびやかな妖しい衣裳をつけて、城の女の部屋に遊びにいくのだ。「玉堂に調笑す　金楼の子を」、玉堂へ、金楼に住む淫奔な女の子を呼びよせて、からかい戯れる。

彼は権力の持主でもある。「錦袪《きんきょ》　繡面《しゅうめん》　漢帝の旁《かたわら》にあり」、錦の衣、顔には白粉をぬって、いつも君主のそばにいる。九卿六官はみなこの青年のようでありたいと思う。「十二の門前に大宅を張る」鳶肩の公子の一族からは、「三皇后　七貴人」「五十の校尉　二の将軍」が出たという。

この大宅では、しばしば酒宴が開かれる。「瑶姫《ようき》　凝《ぎょう》酔《すい》　芳席《ほうせき》に臥《ふ》す」、瑶のような美女が酔いつぶれて、こおばしい香りのたちこめるベッドに、たおれふしている。

だれかが「小猿のスープなんかちゃんちゃらおかしくて食べれるものか」と怒鳴りちらす。

金蟾呀呀蘭燭香　　金蟾《きんせん》　呀呀《ああ》　蘭燭《らんしょく》の香り
軍装武妓聲琅璫　　軍装の武妓《ぶぎ》　声　琅璫《ろうとう》
誰知花雨夜來過　　誰ぞ知る　花雨《かう》　夜来　過ぐる
但見池臺春草長　　但《た》だ見るは池台《ちだい》春草の長き

金のひきがえるが、呀呀と口を開く。蘭膏を塗りこめたローソクは香りを放つ。

軍装の武妓の踊り、甲冑の声がカチャカチャと鳴る。

みんなは、花の雨が、夜すぎさったのもしらずに遊びに耽けった。

いつのまにやら池には、春草の背が長くのびている。

*

李賀は、この種の詩をかくことにより、諷刺を目指したり、諷刺に陥ったりすることはたびたびだった。

ここでは、あたかもむなしい李賀の夢、はかない変身願望であるかのようだ。この貴公子の遊堕《ゆうだ》は、李賀の夢想の完璧な柵内にある。地位も財産も容姿も健康も、放蕩も淫行も贅沢も、衣食住みなみち、あまつさえ一門は繁栄をきわめている。

みち足りるというより、過剰に越えていて、飽和の情態にまで達している。その弊さえも、鳶肩の公子に、虹を吐く意気を与え、賤しきしもべに千尋《せんじん》の段物《たんもの》を下すという気まえのよさ、つまり慈悲ある性格に化粧しなおして、一挙に帳消しをはかっている。

多くの注釈者が指摘するように、李賀は後漢の梁翼《りょうよく》の故事に託することによって、諷刺をこころみようとしたのかもしれない。

それがなんら果されていず、鳶肩の公子の栄華こそ、李賀の変身に思えることは、いたましいことだ。

この詩の最後の二句は、そのいたましさを証示するケイレン、白昼夢からのわびしい帰還だ。

當時飛去逐彩雲　　当時　飛び去って　彩雲を逐《お》う
化作今日京華春　　化して今日　京華《けいか》の春と作《な》る

当時とは、二十そこそこの鳶肩の貴公子が時をわがもの顔にふるった時代。その一門のものたちはみな五色の雲にのって仙人と化し、この世をさったが、いまわが都では、一門の栄華の春が再現されているのだという。

なぜ、李賀は「化して今日」などといって、夢から醒めなければならなかったのだろう。

だがこの二句を、評者たちは、夢から醒めたのだとは考えないのである。王琦《おうき》は、「専ら梁翼のことを詠じ以て貴戚の戒となす」といっている。曽益《そうえき》は「けだしこれを借りて以て当時の専恣者《せんししゃ》を刺す」という。董懋策《とうぼうさく》にいたっては、はっきりと「国忠、林甫、元載《げんさい》の輩」を刺したのだと名ざしでいうのだ。「協律鉤元《きょうりつこうげん》」の陳本礼《ちんほんれい》だけは「今日という二字をもって諷刺の意図をだそうとしたのだとはいえない」といっている。

たしかに時代をかえて諷刺するというムダなこころみを、李賀はしばしば企てた。しかし、時代をかえて願望を託することもしばしばだった。諷刺を意図しながらイメージの前にやぶれさるといういつものプロセスさえたどっていない。人間の繁栄のはかなさを詠うこともあったが、一方では、生ぐさくその繁栄を願ってもいたのだ。

あの事件の想い出は、繁栄という欲望をあきらめさせるどころか、その欲望の炎に、なおも風さえ送って燃えあがらせていた。その繁栄の夢に疲れる時、いらだって諷刺におちいったり、あるいは世はどうせはかないものだというあきらめにきりかえることもあった。ここでは、繁栄を夢の中で再現させ、その夢が醒めた時、つけ焼刃の諷刺にも、あきらめにもおちいらずに、それは過去の繁栄ではない、いま現実に再現されているのだと自分をかきくどくのである。

「化して今日　京華の春と作《な》る」を、「それっ諷刺の言葉がついにでた」と鬼の首でもとったように飛びついてばかりいては、落ちぶれ皇族の李賀の心理を掘りおこしたことにはならない。

この詩のはかなさは、繁栄のはかなさを描出するということではなく、諷刺の目さえあわててもたずに、白昼の夢旅を終え、その醒めをいわずに現実だと自分にいいきかせる李賀の心性の強引なはかなさなのである。

姚文燮《ようぶんしょう》昌谷集註叙で宋琬《そうえん》はいう。「賀は王孫なり、宗国を憂うるところなり。和親の非なり、仙を求むるの妄なり、藩鎮の専権なり。関宮の典兵なり。仙を求むるの妄なり。朋党の舋成《きんせい》して戎寇《じゅうこう》の禍、結ぶなり。以て区区、隴西奉礼の孤忠。上はこれを天子に達する能《あた》わず、下はこれを羣臣に告ぐる能わず」。それはその通りだろう。杜甫の詩が盛唐の世をうつし批判しているという意味で詩史というなら、李賀の詩も、中唐の世をうつした詩史だといえよう。だが、この姿勢を全面として容認することはできない。李賀という円球体の一つの表面、いや一面なのであって、その円球体のみえない内部に、混沌とした心の振幅をかかえこんでいるのである。

中華民国の蘇雪林《そせつりん》は、西洋文学の知識を借入し、唯美文学の啓示者として祭る。中共になってくるとがらりと評価はかわってくる。葉葱奇《しょうそうき》はいう「李賀の個性非常に強く、抱負にあふれ、自分の長所をのばして国家のためにわが力をつくそうと切に願った」。李賀は、愛国者として蘇生している。中央ではその唯美性を認めても、批判の対象とするためだ。陳貽焮《ちんたいきん》はいう「彼の生活スケールは狭く、体験も深からず、その創作において、〝美〟を追求しすぎるという不良傾向にある、このことは特にいっておこう」と。

こんな風に簡単に人のこころを斬れるものか。斬ろうと斬ったところで、パイナップルの薄切りの一かけらしか斬れない。一面を斬るということは、全面を斬ることになりにくい。

李賀は、唯美文学の啓示者でも、愛国の詩人でもない。そういう尺度を通して、みることもできるが、一部分としてはみえなくもないといったていどのことで、パイナップルの薄切りの一かけらとさえなっていない。

万策尽きた李賀の円球体の内部は、破壊と生産、否定と肯定でにえくりかえっているのであって、たまたま円球体の外皮にでてきた一部分をピンセットでつまみあげ、その一部分がどんなにもっともらしい顔をしていてもつぎにひろいあげる一片も、もっともらしい顔をしている可能性がある。

　発光しえた人間の心性というものは、光脈を、やたらに、矢状に、放射しているのであって、心性そのものを呑まないかぎり、とらえにくいものだ。

「栄華楽」の貴公子は、李賀の心性から放射された光の一矢にすぎない。漢の梁翼の栄華への歴史の逆飛行はそのはかなさをいうための作業ではない。自分の否定しきれない欲望を否定するための作業でもない。栄華の夢を歴史の逆飛行によって託し、それが醒めて現実にひき戻されても、そのまま現実の中に移項させるのだ。それをみて、諷刺を意図していたのかとはたと手をうち、中唐の時代に、鳶肩の公子のごとき繁栄をさがしもとめても、だめなのだ。たとえみつかったとしても、いやみつかるだろうが。

　現実の中への願望の引継ぎ作業は、あたかもスバラシイ夢から醒めたものが、その夢を継続させようと、夢から醒めた瞬間の寝位置をさがしもとめるいじましい作業に似ている。李賀の傷はこのような作業によってしばしのいいきさにありつけるのではなく、いよいよ傷は深くなっていくのだ。

＊

万策尽きた李賀は、夢みる。
ある時は、大将軍になりすます。（呂将軍歌）

呂将軍　　呂《りょ》将軍
騎赤兎　　赤兎《せきと》に騎《の》る
獨攜大膽出秦門　　独り大胆を攜《たずさ》えて秦門を出で
金粟堆邊哭陵樹　　金粟堆辺《きんぞくたいへん》　陵樹《りょうじゅ》に哭《こく》す
北方逆氣汙青天　　北方の逆気　青天を汙《けが》す
劍龍夜叫將軍閒　　剣龍　夜叫ぶも　将軍閒《かん》なり
將軍振袖揮劍鍔　　将軍　袖を振り　剣鍔《けんがく》を揮《ふる》う
玉闕朱城有門閤　　玉闕《ぎょくけつ》の朱城　門閤《もんかく》あり

赤兎は、後漢末期の群雄の一人呂布《りょふ》の騎《の》りまわした馬だ。

　赤兎に騎って呂将軍は、独り大胆をたずさえて秦門を出るのだ。「呂将軍　赤兎に騎る　独り大胆を攜えて秦門を出で」、この三行を読むかぎりは、勇壮な影像が浮ぶ。だが戦場にむかうのではない。この呂将軍は、金粟堆という陵墓へひとり行き、そのほとりの樹の下で「哭」くために行くのだ。

金粟堆とは玄宗の陵墓である。それならば、いつものように後漢の時代におりていって、呂布を叩きおこしたのではなかったのか。玄宗ならば唐であって、呂将軍とは、呂布のことではないことになる。李賀の時代に呂という将軍が実在したのではないかと案ずる註釈者もでてくる。赤兎といったのは、呂という言葉から呂布の馬を連想したにすぎないということになる。

　つまらぬことだ、李賀は、詩をそのように解してはいない。呂という将軍の像こそが急務だ。李賀の時代をよく知るということは、李賀の詩をよく知ることになるということは、究極的には、時代考証のつじつまあわせのことではない。

　北方に叛旗がひるがえる、その逆気が青い大空を汚している。それを知って、呂将軍の剣は、龍となって夜叫ぶ。

　ならば北方の叛乱の地へただちに出陣すればよい。「将軍間なり」、呂将軍はしずかに都にのこっているのだ。なぜか。だから玄宗の陵樹のもとでひとり男哭《な》きしていたのだ。

　呂将軍は行きたくとも、行かせてもらえないのだ。この「間」は、不本意なしずかさなのだ。将軍はこのしずかさに耐えられない。哭いてもみるが、哭いても追いつかない。袖をふって剣のつばを宙にうちはらってみるが、それも時間だまし、自分だましにもならない。

　戦場へ赴くことを皇帝に嘆願しようと思うが、その声はとどきそうにない。皇帝のいる朱城までには門閣が壁となって幾重にも重畳して、彼の意志をさえぎっている。

　いったいぜんたいこの呂将軍とは、李賀のことなのではないか。

榼榼銀龜搖白馬　榼榼《こうこう》と銀亀《ぎんき》　白馬に揺《ゆら》ぐ
傅粉女郎火旗下　傅粉《ふふん》の女郎　火旗の下《もと》
恒山鐵騎請金槍　恒山《こうざん》の鉄騎　金槍《きんそう》を請うも
遙聞箙中花箭香　遥《はるか》に聞く　箙中花箭《ふくちゅうかせん》の香

シーンは一転して戦場。

銀亀がぶらりぶらりとゆれているというクローズアップから開始される。白馬にまたがっている武士の腰にぶらさがった銀亀が揺れている、と思うとそうではなく、おしろいをぬった女将軍が、白馬にまたがっていて、その腰に銀亀がゆわえられているのだ。その女将軍の白馬のちかくには、火のような紅旗がたっている。

　恒山に陣どる敵地から、鉄騎がとびだしてくる。金槍でのたちあいを申しこんできたのだ。女将軍の陣は、しーんとして、応ずるものもいない。ただ、はるか敵陣にまで、女将軍が箙《えびら》の中にしこんだ箭《や》の香りが、におってくるだけである。

ここでふたたび註釈者たちは、せんさくする。恒山という地名から類推し、そこに拠点をもうけた王承宗《おうしょうそう》の叛乱をあてはめる。この女将軍こそ、王承宗鎮圧にむかった宦官将軍吐突承璀《ととつしょうさい》だとし、この四句は彼の無能をそしったのだという。

そういうことはありうることではあるが詩は、白楽天の諷刺詩のようにはピシャッときまってはいない。詩は、時代も風俗も、場所も人物も、ことごとくつじつまの迷妄から離れて、李賀の時間と空間の世界にまきこまれている。「傅粉の女郎」は宦官吐突承璀ではない。「呂将軍」は呂布でもなければ、呂という将軍が実際にいたのかの問題も詩の表現完了の段階では終っている。

彼自身遠まわしの表現を意図していたにしても、詩は、いかに李賀が感覚に惑溺していたかを証明するだけだ。銀亀、白馬、傅粉の女郎、火旗、鉄騎、金槍、花箭の香といった視覚、触覚、嗅覚の感覚の総動員をうけた「もの」たちが、いちどきにぶつかりあう影像をみるだけだ。後世の人々が李賀の詩を御しかねた原因の一つが、ここにも秘められている。

西郊寒蓬葉如刺　　西郊の寒蓬《かんぽう》　葉は刺《とげ》の如し
皇天新栽養神驥　　皇天《こうてん》　新栽《しんさい》　神驥《しんき》を養う
厩中高桁排蹇蹄　　厩中《きゅうちゅう》の高桁《こうこう》　蹇蹄《けんてい》を排し
飽食青芻飲白水　　青芻《せいすう》を飽食《ほうしょく》　白水を飲む

詩は戦場から、ふたたび呂将軍にもどる。
将軍はぐちる。
「寒天の西の郊野に生える蓬《よもぎ》の葉は、トゲのようだときく。天よ、そんな草を野にうえてそれで名馬を養おうという所存か。一方、皇帝の厩舎では、戸口の桁《けた》を高くしてあつく保護しているときくが、その中にいる馬は、みんなびっこ馬、そんな馬にたらふく青草をあたえ、白い水をのませ放題とか」

野に私のような忠臣がいるのにお気づきにならぬのか、と呂将軍はいらだつ。女将軍などを派遣してどうして勝利はえられようと呂将軍はぐちる。極彩絵巻はずり落ちて、怨嗟《えんさ》の声ばかりとなる。このような怨嗟の声をひとつとらえそこなうと葉蔥奇のように「自己の忠君、愛国の熱情、そして憤懣をうたおうとした」ということになってしまうのだ。

圓蒼低迷蓋張地　　円蒼《えんそう》　低迷　蓋《がい》は地に張る
九州人事皆如此　　九州の人事　皆此《かく》の如し
赤山秀鋌禦時英　　赤山の秀鋌《しゅうてい》　禦時《ぎょじ》の英《えい》
緑眼將軍會天意　　緑眼将軍　天意を会す

なんのことはない、呂将軍とは李賀のことであったのだ。呂将軍に仮装して自分の不遇をいいたかったのだ。イメージの喜びに破れ不発の発砲になっていたとはいえ、あの戦場のシーンは、諷刺を意図していたのだ。

あの事件への抗議は、吏部の中で隠密裡に処理され、憲宗の耳にまでは到達しなかっただろう。その怒りとうろたえを直接詩にぶっつけることもあったが、この詩のように極彩色の中に身を沈め、いらだちを訴えることもあったのだ。

天はいったいなんなのだ。ただ円蒼が低くたれこめ、屋根のように地に向って張っているだけだ。天下の人事はいいかげんなものだ。将軍よ、あなたは赤菫山《せききんざん》の秀れた鋌《あらがね》だ。時世の溷濁《こんだく》を洗いそそぐ英器だ。緑眼の将軍よ、天はあなたの味方、時期のくるのを待つがよい。

呂将軍のぐちは、李賀のぐちだ。呂将軍のぬいぐるみをかぶった李賀のもとへ、作者の李賀がやってきて慰めているのだ。

つまり李賀が李賀をさかんに慰めている。おさまりきらぬ自分へのかきくどき、自己納得のいじましさだ。同じ四行の中ではじめは天さえ否定するにいたっているのに、さいごには「天意を会す」などと楽天的になろうとつとめている。ここにも、李賀の悲鳴をみるのだ。陳本礼は、「この詩は、詩人を詠じたのであり呂布を詠じたのではない」という。この詩人とは、李賀にほかならない。

＊

「栄華楽」の貴公子への仮装は、挫折以前の李賀が、貧乏下級官僚の子弟として、どれほどの憧れであったか。下級官僚の子弟とはいえ、皇室の流れをくむものとしてのプライドが、それを回復しようという野心にどれだけ力づけていたか。貴公子への仮装は、それを逆算してくれた。貴公子になりますということは、貧しく、しかし奢りの高い李賀の夢の再現なのだ。

「呂将軍歌」の将軍への仮装もそうだ。病弱の李賀が、文官を目指しながらその可能性への不安から、武人・刺客を志すにいたった屈曲の心理はすでに逆算しおえているが、将軍への変身は、武人・刺客の変身の延長上の地点にたつものだ。なぜ事件後も変身をつづけるのかといえば、死にも匹敵する間の悪さを間の悪さと感じないための必死のコントロールなのだ。

それは疲労の色濃き制御だ。その変身を完璧にするために、どれだけの傷すいをかさねなければならないか。

たとえ呂将軍なるものに扮し、豪快を装おうとも、変身は変身の運命をたどる。ばれてしまう。呂将軍が「西郊の寒蓬　葉は刺の如し　皇天新栽　神驥を養う　厩中の高桁　塞蹄を排し　青芻を飽食　白水を飲む」という時、異様華麗の絵巻は、このぐちの前に、黒い焔《ほのお》となって焦げ落ちる。

甲冑武者呂将軍は、ぐちった瞬間から、半身を破亡の李賀の姿といれかえている。そのことを李賀も察知し、あわてる。その詩の傷をふさごうと、あるいは露《あらわ》れた自分の姿を、他人からそらそうと、本格的に自分自身を登場させ、「九州の人事は皆此の如し」などと、将軍にむかって偉そうにいうのだ。

遅すぎる。みたところ将軍の動態としてぴったりくっついていた「金粟堆辺　陵樹に哭す」「剣龍夜叫ぶ　将軍間なり」という詩句も、李賀の本音として馬脚をあらわす。

李賀のこころの傷が、単に詩句にあらわれるだけでなく、その詩法とも関連してくる。詩の技法も傷つきうめいているのだ。

呂将軍が現実のだれか、「傅粉の女郎」とはだれかということではない。そういった虚構の表現が、事実とぶつかったり、事実の表現が虚構に変質したりするのだ。直喩、博喩、曲喩、誇張、故事、反接、倒叙といったものが、キラキラと衝突しあい、隠れたり露れたり、表現を越えたり、越えなかったり、越えすぎた部分から新しいイメージが発生し、そこからこぶのように発展したりして、詩をよむ者は、目がくらむのだ。

これはただ単に、李賀が異常感覚の持主であったからではない。異常に追いこむ事件が李賀の中に発生し、そのことによって彼の心理が錯綜混乱し、詩そのものにまでそれが映ってしまうことなのだ。

詩意が、個人の運命を映すのは、あたりまえだ、だが詩法そのものにまで運命が侵蝕し詩法を左右にゆすぶっていることは稀だ。

李賀は、自分のこころの動きに忠実であろうとした。こころのナンセンスを盗もうとさえした。この詩への構えに、さらに変身の術を附加するなら、ますます詩体は、ゆがみ、かがやくのである。これはソフィスティケーションでもなければ、トウカイの趣味でもない。李賀のこころの傷のせいなのだ。いたずらに詩の難渋をいうまえに、李賀の心理のメカニズムをまずとらえることが先決なのだ。

＊

長い検算の旅を終えようと思う。

検算というより、逆算の困憊《こんぱい》した旅だった。

この逆算の旅の最大の成果は、科挙という一点にむかって驀走《ばくそう》していた李賀のこころが受験放棄という強制事件によってとつぜん頓座したのではなく、すでに不安のおののきにとらわれていたということの発見である。

さらにいうなら伏線のある生を、李賀はこころの中で経営していたことだ。なぜ李賀が挫折以前に伏線をはって生きなければならなかったのか、年代記に不親切な李賀の詩編から掘りおこしてみた。年代記に不親切ゆえにかえって掘りおこすことができた。

この土掘り作業は、年代的に詩を排列しにくいからといって、挫折以後の李賀にのみ、重石をかけがちな誘惑から退くという意味からも重要だった。たしかに挫折以前の作品は確認しにくいのだが、むしろ挫折以後の作品から挫折以前のこころをひきだすことができた。年代の不明は、かえって逆算の旅をらくにしたともいえる。

挫折以前の李賀の不安の網目に、不合格の項目はふくまれていても、あの侮辱の不意打ちはふくまれていなかった。それだけにあわてふためき、逆上するわけだが、その逆上は挫折以前に習練されていた逆上なのだ。挫折以後はいなおって逆上したのだ。

だから伏線の糸をはるにしても、新規まきなおしではなく、挫折以後もそのまま続行させたのだ。

病体へのおそれ、武人への志望、皇族としての矜持、それらを時代の背景、生活状況とからみあわせることによって、李賀の文官への希望と不安を掘りおこしてみた。李賀の傲慢は、その希望と不安がせせら笑われたのちまでも、その伏線劇をくりこさなければならないという心理の系路も（例・武人への意志）、その伏線をとりだし逆算することによってみてきたのである。

李賀は、不安の虜囚。夢みる虜囚。夢は李賀を救いはしない。不安は不安を生む。不安を夢むようにさえなる。

不安の虜囚は、可能性の世界を夢めば夢むほど、その可能性が背走していくことを知る。それは不安の悪循環を生みだし、途方もない冒険家に不安者をしたてあげる。

李賀の刺客への志願というものは、比喩でもなければ、強調の法でもない。もちろん、事実ではない。不安の夢なのだ。不安の悪循環とは、不安が不安をさきまわりするところにある。不安は、おそるべき伴侶《つれあい》となる。不安の中に、彼は溺死するかもしれない。

官吏になるということ、文人政治家になるということ、そのことに李賀がうなりをあげて突進していたかということについては、長い逆算の旅の中で、それがいかに屈曲していたものであったかを証明した。不安の心理の特性からすれば、李賀は、自分が官吏への道をえらんだことが、誤算であるかもしれないという考えにおよんでいたともいえる。そのことを承知で、突進する誤りのおののきの快感。それは素足で白刃の上を渡るような冒険だ。

彼の逆上、あるいは意気軒昂というものは不安の予覚に前のめりしながら、予覚を打消す所作なのだ。

不安の動力学というものは、不吉な予覚を一つ打ちくだくたびに、あらたにまた予覚があらわれることなのだ。予覚の連鎖反応を自分に受付ける勇気を冒険というなら、冒険が悪あがきをするのだといえよう。

だが破滅という姿で、不吉な予覚が実現してしまったとするなら、この不安者は、不安を伴侶とすることをやめるだろうか。

李賀の滑稽なまでの傲慢、滑稽なまでの臆病は、羞恥によって保持されている。羞恥は表沙汰すべきではない。その隠ぺいの術が、威丈高であり、時にはおそろしいばかりの謙虚なのだ。挫折後にもなぜその不安を継続させたかは、不安のメカニズムに消息していなければ、理解しにくい。

不安は勤勉だ。倦むことを知らない。その上不安は、いつも光を夢みるという優等生だ。李賀は、傲慢な悲しい優等生。不安の渦に逆巻かれた李賀の傲慢は、進士になることの道からとってかえし、新しい道を歩むという夢をふくませはしない。

逆算の旅は終った。だが、李賀をなお不安への冒険家にしたてて、いじめぬく、傲慢という彼の性癖の禍根を観察しておかねばならない。

*

先《さき》には号《な》き咷《さけ》び　後《のち》には笑《わら》う　（周易繋辞上伝）

李賀の生涯は、あの事件を死の境線とし、「号咷《ごうとう》」のうちに終った。

不安をおびきよせ、不安にからまれ、不安を棄てれば、不安に待伏せされ、不安を追いかければ、不安につれなくされる。このような不安のメカニズムを繰返すうちに、李賀は悶絶してしまった。

この不安の恋愛遊戯《シーソーゲーム》に費消した精力、そのエネルギーの放散の莫大さを、後の世の人間の権利として、いたましく傍観することができる。

なぜこのような死に追いこむ熱量のおびただしさを吐くことを、李賀は意諾したのか。それは、これまでの論究によって、進士受験資格剝奪という世俗的事件に、要因を求めることができる。

すなわち他動の力によって、李賀は心理の惨状にさらされたのだと。だが、それはその通りだと思われるからこそ、一つの疑問も湧く。それほどあの事件の発生は、他動であったろうかと。あの他動には、自動的要因がひそんでいたのではないかと。

ここに自動的要因を仮定してみたい。すべては李賀の性癖に帰すという仮定だ。あの事件は、李賀の性癖が招いた他動の事件だという仮定だ。

＊

「幾人かの硯友《けんゆう》は、長吉狂という雅号を我に与えた」とその沈酔ぶりをいう周閬風《しゅうろうふう》は、その著「詩人李賀」の中で、彼の性格を「一言をもっていえば怪僻だ」といい、その怪僻をさらに六つに分解してみせる。
①不喜羣処　独り荒郊に向い幽趣を尋ね、詩料を求めるという孤独癖が強かった。
②吟詠為懐　詩作を精神上の唯一の慰安剤とした。
③傲慢　彼をわざわざ訪ねてきた元稹《げんじん》に門前払いを喰わした。李賀の傲慢に恨みを抱いていた親戚のものが、彼の死後、詩篇を厠に投げこんだ。
④傷感　人間嫌いによっておこる感傷の気味が、歌詩の随所にみられる。
⑤自負　自分の才能をきわめて高く買っていた。
⑥富敏感　感性が鋭い。
周閬風は、「怪僻」という大傘の下に、六つの特性をかくまった。しかしながらこれら六つの特性は、均等に並列されていいものだろうか。

たとえば傲慢と吟詠為懐は、肩を並べるにたる特性だろうか。主体と属性がごったになっているところから、曖昧な性格調査が行われているように思える。傲慢と自負は、相似のものではないか。傷感と富敏感は、それほど隔然としたものか。

あっさり傲慢のみを主体にして着眼してみるがよい。独り野をさまよう孤独癖も、詩をつくることによってのみ欲求不満を解消したという知恵も、傲慢だからこその感傷も当然の自負も、異常な神経質さも、ことごとく含まれてしまうはずだ。

性格調査のつまらなさは、えらびだすことによって、その人物の曖昧な中の真実味を、けしとばしてしまうことである。

それでもなお試みようとするのなら、性質、性癖、習性、傾向などと、性格は同一なのかという疑いと闘いが、性格調査の結果に示されていなければ、意味はない。

＊

ここでは、李賀の性格調査をするつもりはない。李賀の中の傲慢を特にとりだし、それを性格としてではなく、性癖とみなして、考察してみたい。

周閬風は、傲慢という特性をとりだし、二つのエピソードをもって、その例証とした。元稹との出逢いと詩篇投《とう》溷《こん》事件の二つである。

傲慢といったところで、傲慢でない人間をさがすほうが難しいくらいで、いろいろな傲慢があるのである。

いろいろある傲慢のなかで、どういう傲慢であったかを調査するつもりはない。ただ、その傲慢は、憎まれない傲慢、愛敬のある傲慢でなかったこと、その傲慢によって、李賀自身がつまづいたという疑いの節があるのだ。そうであるなら、李賀の他動のせいにする挫折の嘆きというものを、そのまま単純に理解してはならないことになる。

＊

李賀が進士への道を拒否されたのは、韓愈が彼を弁護する「諱弁」でいうように「賀と名を争う者、之《これ》を毀《そし》」ったためといわれる。李賀の詩才への嫉妬からだという。宋の劉克荘《りゅうこくそう》が自分にひきつけていう言葉でいえば、「薄徒どもが、李賀と名を争うことが苦しく耐えきれなくなって」ということになる。

だがそれだけのことで、あの諱のタブーがあれほどまでに拡大解釈されるのか。ただ詩才への嫉妬からというのでは、あまりにも李賀と名を争うものたちが純粋すぎる。

それを一歩すすめたのが「劇談録」の記事だ。

＊

元和年間のことだ。進士李賀は歌篇を善《よ》くし、韓文公の深く知るところとなり、その誉は日一日と縉紳《しんしん》の間にひろまり、声華籍甚《せきじん》たるものがあった。時に元相国稹は、年少にして明経科に擢第《てきだい》、詩篇もたくみで、いつも李賀と交際したいものだと思っていた。ある日、進物持参で李賀の家を訪ねた。名刺をみても李賀はなにもいわない。それでも一応、下僕にこういわせた。明経科に擢第されたというおかたが、李賀などになんの御用があるというのです。相国は一言も口をきかずに感情を殺し、慚憤《ざんぷん》して退いた。その後彼は左拾遺になった時、制科を受験、合格、要路についた。すなわち礼部郎中となり、李賀の父の名は晋、進士に応ずる資格はないと論じた。また李賀は軽薄をもって時輩の排するところとなり、ついに志をとげないで終った。文公はその才を惜しみ諱弁を著してこのことを録明したが、やはりどうにもならなかった。

＊

日本の橋本循は、この記事にかなりの信頼をよせ、「長吉が進士の挙を格《さまた》げられたのは元稹が宿怨を修めたからである」といいきっている（李長吉を論ず）。李賀は受験前からその傲骨によって人々の恨みを買い、「俗論は長吉をして夙《はや》く既に進士に挙げらるゝことを断念せしめてゐたことであらう」といい、李賀は科挙の合格者にたいし嫉み心をもち、あのような無礼にでたのだといっている。また清の姚文燮《ようぶんしょう》の言及を引証し、「元稹や白居易の作詩の態度乃至《ないし》は傾向ともいうべきものに慊《あきた》らぬものがあったかもしらぬ」といっている。

だが李賀の研究家たちの多くは、この記事に対して疑いをはさんだ。

「元稹が明経に擢第したのは、李賀わずか四才の時ではないか」「祠部《しぶ》郎中は、礼部に属しているが、祠祀《しし》、享《きょう》祭《さい》、天文……等をとりあつかうのであって、礼部郎中のように礼楽学校をとりあつかうのではない」と朱自清は否定する。

鈴木虎雄は「元稹の明経及第は貞元九年で稹十五才、書判抜萃の科の及第は貞元十九年で白居易と同時、稹は二十五才、才識兼茂の天子制科の及第は元和元年で稹は二十八才である。明経を及第した十五才の元稹が三才の李賀を訪問するとは考えられぬ」と考証している。劇談録の記事を信じ、元稹は明経に合格したころ李賀を訪ねたのだという風に読みとるかぎり、十五、六才の少年が、三、四才の幼児を礼物持参で訪問、その幼児に侮辱をくらって逃げ帰ったというナンセンス・シーンができあがってしまうのだ。

ところが、よく読めば劇談録は、元稹が明経に合格したころ、とはいっていない。「元和中」といっているのである。

そこでホッとして、二人の年齢をにらみあわせ、元稹が才識兼茂の科に及第した元和元年なら、十五才の少年と三才の幼児の出逢いということはおこるまいと考える。鈴木虎雄などもそのように考えるのだが、しかしやはり自分でもしっくりしないとみえて「稹が賀を訪問したとしてもその時期は劇談録のいう所の年時ではあるまい」という。

それは劇談録がいう、稹が礼部郎中の時という年時にひっかかるものがあるのだ。鈴木虎雄は、「旧唐書の本伝及び稹の自叙を見ても、稹は礼部郎中になったことはみえていない」という。礼部郎中という職そのものが宙にういてしまうのである。

「李賀年譜」の朱自清は、稹は祠部郎中にはなったことがあったとし、祠部郎中なら礼部に属していると親切にもあたってみる。だがこの官職は礼部は礼部でも科挙にたずさわることはないといって、ようやくこの記事を否定するにいたる。そもそも元稹が祠部郎中になったのは元和十五年（八二〇）だ。李賀はとうに他界しているというのに、否定もくそもあったものではない。

アーサー・ウェリーは「白楽天」の中で、八〇八年にある人が、李賀の資格獲得を妨げることに成功したということを断片的にのべている。

白楽天の母は、花を賞《め》でつつ、井戸に落ちて死んだ。それにもかかわらず白楽天は「花を賞でる」「新しい井戸」という二つの詩をかいた。これはタブーの重大な侵犯だ、官人として許さるべきことではないといわれた。

この馬鹿馬鹿しさの傍証として、ウェリーは李賀の例を引いたのである。これらの告発は、信じがたいほど子供じみてみえるが、現代の政治家だってこんなたぐいの他人の足すくいをやっているのだ。このころの中国では、このようなことが平気で政敵に対する攻撃の方法として考えられていたのだといっている。

そして附注において、李賀を妨げたある人とは、元稹であるという説があるが、それはありそうもないことだといっている。

ウェリーの否定の根拠は、稹はその時、喪に服していて、公的な論議から遠ざけられていたからで、そのようなことはありえないと彼を弁護している。李賀の資格剥奪事件を、なぜ八〇八年としたかをウェリーはのべていない。

伝記作成にあたって、のこされた資料群はすべて検討されねばならないが、検討をしすぎるということは、その人物のすがたを見失いがちだということだ。おさえこんでもおさえきれない年代考証に汗し、その確定の不安に悩まされるより、その資料群の中から人物の姿を浮びあがらせることこそ、伝記作業にとっては重要だ。

この元稹妨害説の資料群の取扱いにおいても、説の確定への情熱よりも、元稹が、受験資格剝奪事件の資料群の中で、なぜ悪党の役割を演じるのか、これらのエピソードがいかにナンセンスであっても、その中に李賀の傲慢な性癖がすかし絵のように浮きでてはいないか、それを適確にみることのほうが先決である。

喪に服していたのだから、元稹が政治的発言をするはずがないとウェリーがいったところで、人間は法を破り、法をかすめ、逸脱しがちなものであることを彼も知っているはずなのだが、中心人物以外の人物の評価にたいしては、あっさりと曖昧な中の塊をさぐることをやめ、きめつけてしまいがちだ。

喪などといっても、表向きのことであって内面の心までもいつも表向きであるとはかぎらない。元稹が喪に服していても、彼がプライベートにまきちらした言葉や冗談が、礼部の人間、李賀の才名を嫉むもののヒントとなったかもしれず、その言葉の飛火こそ、元稹の計算であったかもしれない。あるいは、元稹自身が、喪に服したまま、部下に噂をまくよう露骨に命令したかもしれないのだ。

ただ元和五年（八一〇）、李賀が、長安の都へ挙進士を目指してのぼった時、元稹は、江陵の地に貶せられて、中央にはいない。それでも元稹策動説を棄てられないなら、この江陵の地からでも、李賀を刺すことはできるとはいえるだろう。

伝説を考証するかぎり李賀と元稹の出会いは困難だ。だが、二人が出会うというかぎりにおいては、その可能性はみちみちている。それは、元稹の知人は、李賀の知人であったり、知人の知人であったりして、人間のつきあいは、それほど旗幟を鮮明にしていないのだ。出逢う可能性のほうが出逢わない可能性よりより多いのだ。

「諱弁」を書き李賀を指嗾《しそう》したものを弾該した韓愈は、元和四年早逝した元稹の妻の墓誌銘さえ書いている。元稹も韓愈への書をいくつか書いている。このことは、すくなくとも韓愈が元稹とは友人ではなかったにしろ、元稹の妻の墓誌銘を書く程度の知人ではあったろう（知人でなくても有名な文章家に墓誌銘を依頼するということはありうることだが）。元稹は、韓愈によって、李賀を紹介されたかもしれない。もし元稹が、李賀の指嗾者であるならば、韓愈は、一年前その妻の墓誌銘を書いてやったばかりの男を暗に攻撃していることになる。しかし、これはなんの不思議でもないことだ。よくありうることだ。人問の欲望とか恨みは、そのような節度をいつでも無視するものだ。

元稹指嗾説は、ここで確認することはできない。ただ、このエピソードの中に浮びあがっている元稹の像は、検討する必要がある。

元稹は、わざわざ年下の李賀を訪ねたのだ。それは昌谷の自邸か、洛陽の寓居かはわからないが、この訪ねるという行為において、元稹の、才能ある者への畏敬、好奇心の強さ、彼自身の勤勉な貪婪《どんらん》さ、こまめな活動力を感取することができる。李賀の傲慢に慚憤し、噂をまいて李賀の受験資格を阻んだという点で、元稹の嫉妬深さ、攻撃性、自尊心の強さ、狡猾性といったものが感取できる。

この二つの感取をからみあわせたところから、李賀の試を阻んだのは、元稹でなかったにしろ、敵にまわしたら損だという性質を元稹はもっていたように思われる。自分の気にめさぬ者は、仮借なく蹴落すといういさぎよさを元稹はもっていた。

李賀はもう死んでいない長慶年間［八二一―八二四］のことだがこんな逸話がのこっている。

宰相令孤楚《れいこそ》は、張祜《ちょうこ》の詩文を賞で、詩三百篇をもって皇帝に上表した。皇帝は、この詩はどうかなと元稹に問うた。「彫虫《ちょうちゅう》の小巧です。壮夫のなさぬことです。これを激奨するようでしたら、これからきっと陛下の風教は変るのでございましょう」。皇帝は、元稹の言葉を納得してうなずいた。

この答え一つで張祜の出世の道は、閉塞してしまったのである。

「三十未《いま》だ侯に封ぜられず　顚狂《てんきょう》九州に遍《あまね》し　平生莫《へいぜいばく》耶《や》の剣　小人《しょうじん》の讎《あだ》に報いず」と、上等ではない詩の中で張祜は不平をかこっている。小人とは元稹をさしているのか。

小杉放庵は、「才子の才を嫉むは、美人の美を憎むより酷《はげ》しいものがある」とこの伝説に対して感想をもらしている。

この伝説を李賀とのエピソードとだぶらせる時、二つは全く重りあうようで、重ってもいないようにも思える。才子の才を嫉むといっても、元稹は李賀の才を大いに認めていたのである。手土産持参でわざわざ李賀を訪ねているのだ。

元稹をすげなく拒んだのは李賀にほかならない。白楽天との友情を考える時、元稹を才子の才を嫉むと一方的にはいいきれないのだ。

ただ二つの逸話から、張祜も李賀も、元稹の働きかけによって、政治的生命を断たれていることだ。あるいは元稹でなかったかもしれないが、元稹はなぜ人の政治生命を断つ事件に伝説にしろ顔をのぞかせるのか。

それは、元稹のいだいていた政治家論と関係はないだろうか。

元和元年（八〇六）元稹は、白楽天とともに才識兼茂の制科を受験した。

「策」は唐帝国を以前の隆盛にもりかえすにはどうしたらよいかという問題だった。元稹は二千九百九十六字を費して答えている。

元稹は、その衰運の因を官吏登用の法に求めた。「当今の極弊」とさえ言った。そして試験制度の改革をいい、その内容までを詳述した。

礼部試は二つの科をもって士を求めること。

一つは、唐礼、六典《りくてん》、律令など凡そ国の制度に関するものから、九経、歴史に至るまでの試験をする科。記憶力以外のなにものでもない答案の合格者を上第としない。この合格者を学士という。

二つは、詩賦、判決文などの文章を以て試みようとする者への科。この合格者を文士とする。ただ飾った美しい文章（藻繢雅麗《そうかいがれい》）にしかすぎないものは上第としない。

布衣《ほい》より奴隷に至るまで受験できる。

身言書判の吏部試は廃止する。

その他、細部にわたって提案し、一貫して流れる主張は、雕詞鏤句《ちょうしるく》の才を有するものは、かならずしも、よき政治家ではないということで、この「策」の返答は、一種の政治的人間論になっている。

制科で鋭い批判を書くのは、上策ではないといわれていたが、元稹は、勇気をもって危険な意見を吐いたのである。そして元稹は首席で合格した。しかしこの意見は、当然容れられることはなく、ウェリーなどは、この革命的提案が採用されたなら、中国の歴史は変っていただろうとまで言っている。

科挙の歴史とは、中国の歴史でもある。

文を重んじた科挙は、時代の流れにつねに矛盾の石を投げこんでいた。政治的才能のある者は、かならずしも文学的才能があるとはかぎらない。文学的才能のある者は、かならずしも政治的才能があるとはかぎらない。

王朝をゆるがす乱は、たいてい落第分子の爆発であった。この落第分子の中には、文学的才がないばかりに下第を重ねていたものがいたかもしれない。そうならば、政治的手腕のある者を科挙は、網の目からたくさんのがしていたかもしれない。

文学の才をもって試験に合格しても、政治的能力が欠けるばかりに、不遇をかこち、そのこころの反映が、中国詩史をさんぜんたるものにしているかもしれない。

よき文学者はよき政治家であるという政教一致の伝統的な中国の理想は、巨大な理想であるがゆえに、超人の思想でもあった。

元稹は、その矛盾をしたたかについているのである。そういう元稹はいかにといえば、自分は政治的人間であり、文学的人間でもあると信じこんだうえで発言しているのである。

多くの人間は、そうはいくまいというわけだ。文学という曲物は、それらと一致しない自由をも主張するものだし、政治という曲物は、人間いかにいくべきかに対してはいつも冷淡なものだ。元稹は、そういった矛盾を察知していたにちがいない。

元稹のこのような現実的感覚からすれば、李賀を文学的人間として認めても、政治的人間としても交際をもとうとしたかどうかは、あやしいものだ。

自分でもそう信じていたように、元稹は政治的人間でもあり文学的人間でもあった。その二つの要素が微妙に助けあいながら、時に応じては、どちらにもその主体性をおくことのできるそういう種類の才子であった。

若年にして明経の科に合格以来、元稹はつぎつぎと手をうっていった。書判抜萃科、才識兼茂於体用科と上級試験を確実にものにし、自分の足場を固めていった。

ことあるごとに上表を奉り、それらはとりあげられないにしても、大胆な合理的な論白によって、相手の心に残像した。

また宦官の横暴を上奏する勇気をもちながら、のちには宦官と結託するという変節もやってのける勇気を持っていた。

長慶二年（八二二）ついに元稹は、宰相になった。時の皇帝穆宗《ぼくそう》に詩文を愛されたためである。結局、文学的人間でもあったことが、政治的人間であることに役立っているのである。

だが元稹の宰相は、どさくさまぎれみたいなところがあった。宰相裴度《はいど》の政策の失敗に乗じ、皇帝の発意だけで任命された。人々から敵意をもって迎えられた。

宰相の地位にあったのは、わずか三、四ヶ月にすぎない。裴度暗殺計画が、元稹からでていると指摘されたからである。宋の司馬光は、「資治通鑑」の中で、元稹をこそこそ動きまわる人間としてたくみに描写している。

元稹は、親しくない人間にとっては、まったく鼻もちならない奴であったろう。狡猾で策謀家の一面が、彼を伝説上のおあつらいな悪党にしたてたのである。「唐才子伝」の元《げん》の辛文房《しんぶんぼう》は、元稹を批評し「誉れが若くしてやってきたため必然気鋭となってあらわれた。気鋭はすなわち志の驕り、志の驕りはすなわち怨みをのむ」といっている。

元稹への批評は、李賀においても通じる。李賀は、傲慢であった。その傲慢が仇となって、おとしめられたのかもしれない。単に李賀の詩名の高さに嫉妬して、李賀を官界からはじいたのだと受けとることはできない。

李賀の傲慢のありかたが、どれほど人の心を傷つけるものであったかを想起しないわけにはいかない。元稹との逸話の中に、そのありかたが、いきいきと予想されるのだ。

また、この逸話の中に元稹が登場してくるのは、たとえ二人の間になんら交渉がなかったとしても、彼をこの逸話の中にぶちこめば面白い話になるという、そういう雰囲気をまきちらして彼は生きていたことも諒解できるだろう。

おたがいが早熟児であったこと。元稹が、よき文学者は、かならずしもよき政治家ではないという持論をもっていたこと。彼は、政敵の暗殺も図りかねない策士であったこと。たがいに傲慢であったこと。たがいに詩人として秀れていたこと。

これらの因子が李賀の進士資格剥奪事件に、できすぎているほどうまく結びついたのである。といっても、実際に元稹が李賀を指嗾したかもしれないという可能性は保留しておこう。

この根も葉もないかもしれないエピソードの中に、李賀の像、その傲慢の形態は、鮮明に看取することができる。そして、元稹との出逢いを（門前払いだから顔を合わせていないのだが）エピソードの中にもつことによって李賀への一つの批評の声をきくことができるのだ。

李賀をおとしめたものたちでさえ意識していないかもしれない、政治的人間として不適格という烙印の声をだ。この傲慢という性癖によっておこる悲惨な破綻は、李賀の死後にさえなおつきまとうのだ。

*

李賀の詩篇の数は、版本によって一定しない。元刊の呉正子注釈本をもっとも古いかたちをのこしているものと考えて数えれば、本集四巻二百十九首、外集二十二首である。

ただしこの外集二十二首は、はたして李賀のものであったかどうかは、きわめてあやしい。

いま、李賀の死後刊行された唐本をみることはできない。だが杜牧によって書かれた序文「李長吉歌詩敍」によって、その数を知ることができる。

太和五年十月のことだ。もう真夜中だというのに家の外で、お手紙ですよ！　と疾呼《しっこ》しているものがいる。私は、こいつはきっとなにかあったのだと、手紙を受けとり、灯をつけさせて封を開くと、果して集賢学士の沈公史明からの書信だった。「わが亡き友李賀とは、元和のころ、義愛はなはだ厚く、朝晩、起居飲食をともにしていた仲だった。賀はまもなくして死んだ。むかし、彼が日頃からつくっていた歌詩を私に授けていた。それを四編にわけたが、凡そ二百三十三首である。……」

つまり唐本は、二百三十三首あったわけである。呉正子本では、総数においては八首増だが、外集などというものはこの時なかったのだから、十三首減ということになる。

李賀は夭折した。そのことからすれば、二百数十篇という詩篇の数量は、あいふさわしい数に思える。

しかし、もっとあったのではないかという欲求がおこっても不思議ではない。このミステリな詩人を愛するものにとっては、むしろ自然でもある。

おあつらいにもつぎのような話がのこされている。

李藩《りはん》侍郎はかつて李賀の歌詩をあつめ、文集をつくりたいと思っていたが、いまだ完成しないでいた。李賀に従兄がいて、その彼は李賀とは筆硯の友であったことを知って、彼を呼んで逢ってみた。彼に遺作の捜訪をお願いすると、かしこまりましたといい、そしてこう李藩にたのむのだった。「それがしが、李賀の作品をぜんぶさがしあてましたなら、字句を改めなければならないものがたくさんでてくると思います。どうかこれをごらんになって修補してください。これはどうしても改めなくてはなりません」。李公は喜んで、お願いした。だかそれっきりなんの音沙汰もない。李公は怒って、彼をよびよせ、その怠慢を詰った。彼は言った。「私は、小さな時から、どこにいくにも一緒でした。そして彼の傲慢を恨みにいつも思い、いつか恨みを晴らしてやろうと思っていました。旧作をぜんぶ手にいれますと私は一気にそれらを糞だめの中に投げこんでしまいました」。李公は大いに怒って、そのことを叱りつけた。ああ、人の恨みは、なんと恐ろしいことだ。かくして李賀の詩篇は流伝するものは少いのである。（幽閑鼓吹）

李賀の詩篇は、彼の傲忽《ごうこつ》を恨む従兄の手によって、糞溜の底に、沈んで消えたのである。

死後にまでついてまわるこの間の悪さ、このことに後世の人間は、涙してもよい。あるいは、笑いころげてもよい。いずれにしたところで、死後の間の悪さまでは、李賀はしらないのだから。

宋の劉克荘は、李賀の才名を嫉むものによって詩篇を溷中《こんちゅう》に投ぜられ、そのため世に伝えられるもの絶少で「全集は一小冊にすぎない」と嘆く。

それに対して王琦は、そうではない、天地の間にそうはいいものばかり生れるわけはないのだ。李賀の詩篇が、このような災難にでくわさなかったなら、それは今日の伝本にみられるような精善のものばかりではなかったろうといい、鍾伯敬《しょうはくけい》の言説をひいて否定している。

鍾伯敬にいわせれば、李賀が沈子明に手渡した二百三十三首こそ、彼がこの世に伝えようとしたものであって、このほかはみなのこることを欲さなかったものばかりだという。「則《すなわ》ち長吉の詩、逸するものなきかな。その逸するもの逸するにあらず。皆賀の存《のこ》るを欲せざるところのものなり」という。あの投溷事件は「長吉の幸」だったのだという。

この説は、かなりもっともである。莫大な量をのこした杜甫にしたところで、駄作の群につつまれているのだ。李賀の詩は、ほとんど駄作はみいだされない。その輝きの緊迫が、短命の鬼才李賀の像をより鮮明にしているのだが、李賀という人間そのものに好奇をもつものにとっては、彼の駄作をもみ、彼の作品のプロセスをもみ、さらにいえばその駄作群の中から、李賀の像をうちたてる幅をかぎだしたい欲求も、ほんとうなのである。

この投溷事件は、死んだ李賀のしらないことだが、生きのこっている人間にとっては、李賀はまだ生きているのである。従兄の恨みは、死者への鞭をさえいとわないのだ。

死者になっても、その傲忽の悲惨が、清算されずについてまわるということは、生前の李賀の傲忽が、いかに人の心を傷つける愛敬のないものであったかを思いしらされるのだ。

李賀は、あの進士資格剝奪事件を、他動のせいにし、その自動性をいわず、天をさえ恨むにいたっていた。

すべては、李賀自身に内包する、この傲慢癖に禍根があるともいえるのである。この傲慢癖による悲惨を、李賀自身、まったく気づいていなかったのであろうか。

そんなことはあるまい。気づいていても、どうしようもなかったであろう。この傲慢癖は、なおすのになかなか骨がいるというよりこの傲慢を李賀は、たよりにしてようやく地に立っていたのである。

この傲慢による悲惨を代償に、傲慢だからこそ〝みえる〟という光栄に浴してもいたのだ。

李賀は、その悲惨をぐちりにぐちるといってもその性癖の改修を進言することはできまい。むしろその性癖の悲惨に気づかぬふりをしてその結果であるところの悲惨にのみ、自分をかかずらわっていることに命をかけて、李賀はいるのである。

なによりも、あの事件を契機に、坂道をころがりはじめていたのである。いまさら性癖の改修に精をだすことはできない。進士への道をあきらめ、他の道への方向転換を進言することもできまい。

李賀は、あの事件に遭遇した時、ひっかえす道がまだたくさんのこされているのを知ってはいただろう。

だが、李賀は、その挫折以前に、あまりにも伏線をはって緊張をつづけていたのだ。あらゆる予測される結果に網をはり、不安にさいなまれながらも、自分を守備し、そして科挙を自分の人生への第一歩として、狙いすましたのである。

それは、狙いすぎの自滅というものになってしまった。李賀の、不安に対して守備していた予備処置をすべて笑うように、意表をついた部分から李賀の挫折を宣告したのである。

それは、傲慢という性癖による破亡といううっちゃりであった。傲慢による自滅の可能性にまで、びっしりつまったスキのないはずの伏線の術は、手がまわっていなかった。傲慢の性癖が自分を挫折に追いこむとは夢にも思っていなかっただろう。傲慢の罪は、罪にならないと思っていたというより、まったく無頓着であったろう。

挫折を承認した時、灯のみえる多くの道をふりかえることを李賀は自分に許すはずはない。

真暗な坂道を転ることによってのみ、自分の間の悪さを間の悪さとしないでもすむだろう。真暗になってしまった坂道の中に、こんどは一条の光をみいだし、落ちていくだろう。

まだまにあうかもしれない灯のみえる道を拒否する。ただただ禍の沼にのみつかってはいあがろうとしない逆上のいさぎよさも拒否する。この禍の沼からはいあがる意志をもたずに、この禍の沼の中につかったまま、光を求めるのだ。

悪あがきの人生が、挫折以後、開始されるのである。科挙へのこだわりの中に、自分の生きることを完結しようと思うのだ。伏線と不安の緊迫の中に、李賀は、若い年月を集中してしまっていた。その白髪になるほどの精神の集中の甲斐もなく、破れてしまったからといって、新たなる対象にむかって集中を開始するには、あまりにも疲れてしまっている。その余力を、何百倍にも発光させて、禍の沼の中で光明を求めるという悪あがきをえらぶのだ。科挙への意志、政治官僚への意志を、命をかけた惰性によって、失われた時の中で続行しようとするのだ。挫折決定の現在けっして、政治官僚として、不適格な性癖の持主だということに反省する必要はない。たとえ彼の傲慢に他人が傷つくことがあったとしても、その性癖に反省することはもうない。傲慢は、この悪あがきの生の中で、それを維持し促進させるよき性癖として復活するのである。

だが李賀は、そのような悪あがきの中で、つぎのような心をもっていたこともあるということは知っていてほしい。

錦襜褕
繡襠襦
强飲啄
哺爾雛

錦《にしき》の襜褕《せんゆ》
繡《しゅう》の襠襦《とうじゅ》
強《し》いて飲啄《いんたく》して
爾《なんじ》の雛《ひな》を哺《やしな》う

「錦の襜褕　繡の襠襦」とは、雉の表現だ。雉のからだや羽毛は、錦《にしき》の直裾《なおきすそ》、刺繡のあるズボンやチョッキのようだというのだ。といっても李賀はなになにのようだという比喩体をもちいているのではなく、李賀は「錦の襜褕　繡の襠襦」という断片的な叩きつけの印象をそのままで期待しているのである。

そのままの印象をもちつづけたまま、「強いて飲啄して　爾の雛を哺う」という詩句に二重覆しをしていけばよいのである。「お前は、自分の雛に、むりして水を飲ませ物を食べさせ、育てていこうというのか」

隴東臥穟滿風雨
莫信籠媒隴西去
齊人織網如素空
張在野春平碧中

隴東《ろうとう》の臥穟《がすい》　風雨に満ちる
籠媒《ろうばい》を信じて隴西《ろうせい》に去る莫《なか》れ
斉人《せいひと》の網を織る　素空《そくう》の如し
張りて野春《やしゅん》　平碧《へいへき》の中《うち》に在り

李賀は、雛を養う親雉に忠告したいというのだ。

「畑のうねの束には、風雨に満ちる中で、苗は横倒れにふしている。だから餌はないといって、仲間の鳴いている西のうねのほうへ飛んでいってはいけないよ、囚えられた仲間がおとりの籠の中で鳴いているのだから。斉の人は網を織るのがうまい、網をはっても白い空のようだ。春の野の平ったい碧《みどり》の原に、その網が張ってあるんだよ」

網絲漠漠無形影
誤爾觸之傷首紅
艾葉綠花誰剪刻
中藏禍機不可測

網糸《もうし》　漠漠《ばくばく》　形影無し
誤って爾《なんじ》これに触れなば首を傷つけ紅《くれない》ならん
艾葉《がいよう》　緑花　誰か剪刻《せんこく》
中《うち》に禍機《かき》を蔵《ぞう》す　測《はか》るべからず

「あみ糸は漠漠と張られていて、形も影もない。誤ってそれに触れたら、たちまちおまえの首は傷ついて紅に染るだろう。もぐさの葉や緑の花をだれがもっともらしく剪《き》り刻《きざ》んで、あみの糸にめぐらしたのか。そのようなもっともらしさの中に思いもよらぬ禍機がかくされているのだよ」

これは、楽府体の「艾如張《がいじょちょう》」という詩だ。李賀は、この古楽府の形式を踏襲してなにをいいたかったのだろう。あるいはなにを感じていたのだろう。

「中に禍機を蔵す　測るべからず」とは、なにをいおうとしているのか。それは、科挙の罠をさしているのだろうか。まるで素空としか思えない糸の縦横にはりめぐらされた罠の中に飛びこみ、首から紅の血をだして傷ついた雉とは、李賀のことなのか。

はかりしれない禍機とは、李賀の内部に巣喰って気づかぬ心性のことかもしれない。

この詩は、罠への忠告を、静かさとやさしさをもって語りかけてくる。

これは癌患者の手術後におこるみせかけの快癒に似ている。李賀の多くの時間は、科挙への未練の悪あがきで、終始するのである。挫折という暗闇の中で、その暗闇の中にひたりながら脱出しようともせず、その期待のできぬ暗闇の中から、光が浮びあがってくるのを待ちのぞむのである。

だが李賀は、暗闇の中で悶絶した。彼の夢みた光はついに彼の面前までやってこなかった。

父名晋粛、是を以て進士に応ぜず。韓愈これが為《ため》に諱弁を作る。賀竟に試に就かず。（旧唐書）

父名晋粛を以て、進士に挙げらるるを肯《がえ》んぜられず。愈為に諱弁を作る。然るに卒《つい》に亦《また》挙に就かず。（新唐書）

或るもの賀を謗《そし》りて家諱《かき》を避けずと。文公時に諱弁一篇を著す。不幸にして未だ壮室に登らずして卒す。　　（唐摭言）

尤《もっと》も楽府詞句を善くし、意新語麗、当時詞において工なるもの、敢て賀と歯《し》するなし。これに由りて名は天下に聞《きこ》ゆ。父名晋粛を以て、子は故に進士に挙げら

るるを得ず。（宣室志）

因って賀祖の禰《でい》晋粛を議し、進士挙に応ずるを合せず。賀また軽薄を以て時輩の排するところとなる。遂に轗軻《かんか》と成る。文公、其才を惜しみ、為に諱弁を著し之を録明す。然し竟に事を成さず。（劇談録）

世もまた賀を以て蛇魅《だみ》牛妖《ぎゅうよう》と為し、尽《ことごと》くは其の才を掩《おお》うを欲せず、而して父名を借りて以てこれを錮《こ》す。蓋《けだ》し溷中の投を待たずも、賀の傲忽人を毒す。姓氏を将《も》って人間《じんかん》の世に容れられず。（王思任昌谷詩解序）

或は言う、元微之詩を以て長吉に謁す。曰く、明経擢第、何事か来りて看ん。微之怒り、父の諱事《きじ》を以って其の進を阻む。（李維楨昌谷詩解序）

李賀、讒《ざん》に阨《やく》し、進士に挙げらるるを得ず。愈、諱弁を作る。賀を愛すと謂うべし。然るに讒者百にして愛する者一、是れ愛は讒に勝《た》えず。（宋琬昌谷集註序）

乃《すなわ》ち賀、年少を以て、一たび出ずれば即ち塵網に攖《ふ》れる。姓字人間《じんかん》に容れられず、それこれを擠《おと》すなり。（姚文燮昌谷詩註序）

李賀はついに試に就かなかった。そのことを告げる文章は古今数えきれない。それは同種の感動の口調で語られる。そして、韓愈が諱弁を李賀のために書いたこと、傲忽が人を毒しそれが人間《じんかん》から排斥される因となったことも同時に告げられることが多い。

李賀にとって「中に禍機を蔵す　測るべからず」とは、なにか、もう一度思いを馳せてみたい。亡き父の名のことなのだろうか、自分の傲忽が仇となる意外性のことか、それとも科挙そのものが漠然ともつ罠のことなのか。

これらのすべてが罠だったともいえる。李賀のはかりしらぬ禍機は一つや二つではなかっただろう。あのように禍機の可能性を計算し尽したはずなのに。宋琬は、韓愈が諱弁を書いたのは、李賀を愛していたからだという。

しかし韓愈と知己になることじたいが、李賀の大きな災の因となっていること、諱弁の正義が、てれかくしの正義であったことも想いおこしてもらいたい。韓愈と知己をむすぶことじたいが、大きな罠への第一歩であったかもしれないのだ。

出城

雪下桂花稀　　雪下り　桂花《けいか》稀《まれ》なり
啼烏被弾帰　　啼烏《ていう》　被弾《ひだん》　帰る
關水乗驢影　　関水《かんすい》に乗驢《じょうろ》の影
秦風帽帯垂　　秦風に帽帯《ぼうたい》垂《た》る
入郷試萬里　　郷に入らんと万里を試みるも

無印自堪悲　印《いん》無く　自《おのずか》ら悲しみに堪える
卿卿忍相問　卿卿《けいけい》　相問《あいと》うに忍びん
鏡中雙涙姿　鏡中　双涙《そうるい》の姿《すがた》

元和六年（八一一）、李賀は、資格を奪われ、未練の中に、都へとどまっていたが、晩秋になって故郷へ帰ろうとする。

雪が降り、桂花は稀になってしまった。
弾《たま》をうけ、傷いたが鳥が、啼きながら帰っていく。
関門の水に、驢馬にのった自分の影が映っている。
長安から吹きつける風で、私の帽子の帯はたれてなびく。
故郷へ帰ろうと、遠い旅路についたが、それは万里の重み。
腰に宮印を帯びず、その悲しみをこらえるのだ。
遊妓が、「あなた、試験はどうでした」とたずねる、その耐えられない苦しさ。
鏡の中に、ふたすじの涙が流れ落ちる自分の姿。

＊

韓愈が李賀を弁護する「諱弁」を書いたのはこの年であろうか。なんの効果もなかった。この二人が、この事件に関し、どのような会話をかわし、どのような挨拶が行なわれたかは、いっさい記録にのこされていない。李賀の「高軒過」に、韓愈であろう人物がでてくるのと韓愈の「諱弁」の中に李賀がでてくるだけで、両者の詩文の中にいっさいおたがいはでてこない。この沈黙にこそ、意味があるのであろうか。

秘蔵っ子李賀の挫折とまったくいれかわりに、韓愈はこのころ新しい秘蔵っ子をえた。法師無本《むほん》、のちの賈島《かとう》を。

韓愈の推挙で、彼はなんども科試を企てる。そしてついに合格せずに終った賈島との新しい交際がはじまっている。

例によって親切に詩を批評し、「あなたが范陽《はんよう》の遠き都に住んでいてお顔を拝したことはなかったが、逢えばかならず意気投合するのではないかと予感しておった」（送無本師帰范陽）などと賈島に囁きかけているのだ。またまた性孤癖な才子をみつけだし、大いに励まし肩肌を脱ごうとはじめている。

第二部

公無渡河

箜篌《くご》の引《いん》　又曰《またい》わく、公《こう》よ河を渡る無かれ

李　賀

公乎公乎
提壺將焉如
屈平沈湘不足慕
徐衍入海誠爲愚
公乎公乎
牀有菅席盤有魚
北里有賢兄
東隣有小姑
隴畝油油黍與葫
瓦甒濁醪蟻浮浮
黍可食醪可飲
公乎公乎其奈居
被髪奔流竟何如
賢兄小姑哭嗚嗚

公や公や
壺を提《ひっさ》げて　將《は》た　焉《いず》くにか如《ゆ》かん
屈平《くっぺい》　湘《しょう》に沈むは　慕うに足らず
徐衍《じょえん》　海に入るは　誠に愚となす
公や公や
牀《しょう》に菅席《かんせき》あり　盤に魚あり
北里に賢兄あり
東隣に小姑《しょうこ》あり
隴畝《ろうほ》　油油《ゆうゆう》たり　黍《きび》と葫《まこも》と
瓦甒《がぶ》　濁醪《だくろう》　蟻《あり》　浮浮《ふふ》たり
黍　食らうべく　醪　飲むべし
公や公や　其《そ》れ奈居《いかん》
髪を被《みだ》し流れに奔《はし》らば　竟《つい》に何如《いかん》
賢兄　小姑　哭《こく》して嗚嗚《おお》たらん

万里の帰郷

元和五年（八一〇）。東都洛陽で挙行された河南府試を受験し、進士に挙げられた李賀は、その冬、長安の都へただちにむかった。礼部の考試を受け、進士に抜擢されることを望んだからである。

入京してまもなく「父の名は晋粛、子は進士に挙げらるるをえず」、そんな噂が埃のようにたちのぼり、たちまち恒例の選挙に騒ぐ官界にひろまった。李賀の亡父の名は晋粛、晋《しん》の発音の名の父をもつ子が、どうして同じシンの発音をもつ進士になってよいものか。それが噂の正体であった。彼は受験を断念した。

民国の朱自清《しゅじせい》の作成したもっとも信頼するにたる「李賀年譜」はいう。「この年の冬、京より里に帰る」と。

たしかにつじつまがあわないでもない。不測に襲いかかった風聞にたじろぎ、悄然とその風聞のもつ意味をたしかめたあと、そのまま冬のうちに帰郷していく李賀。ここには、しかし、あまりにも物わかりのよい李賀が存在しすぎるともいえる。

いったい、この受験資格を剝奪しようという噂が長安の街をおおったのは、正確にはいつごろであったのか。応試者は、十月二十五日、受験手続きのため、尚書省戸部へ出頭することになっている。李賀は、当然この日以前に都へ入っていたわけだ。尚書省へ赴くことさえ、すでに噂の横槍がつきだされていれば、できなかったということになる。あるいはこの受験手続きだけは終り、明けて正月に施行される礼部での考試の日を待っている期間にこの陰険な噂が李賀をうちのめしたのだ、とさえ推測できるのだ。

このどちらがより正しいか、私たちはなんらそれらを判断する資料をもたない。ただ朱自清が、冬のうちに故郷昌谷《しょうこく》へ帰還させたのは、それなりの根拠があったのである。それは「出城」という詩を、この事件直後の詩とみなし、冬とみなしたからである。

雪下桂花稀　　雪下《ふ》って　桂花　稀《まれ》なり

啼烏被彈歸　啼烏《ていう》　弾を被《う》けて　帰る
闕水乗驢影　関水《かんすい》に　乗驢《じょうろ》の影あり
秦風帽帯垂　秦風《しんぷう》に　帽帯《ぼうたい》は垂れる
入郷試萬里　郷に入らんと万里を試みるも
無印自堪悲　無印　自ら悲しみを堪える
卿卿忍相問　卿卿《けいけい》の相問に忍び
鏡中雙涙姿　鏡中　双涙の姿あり

この詩は、なるほどあのいまわしい噂により受験をあきらめさせられ、すごすごと故郷へ帰っていく李賀のすがたとして、みようと思えばみえる。だが詩自身は、そうだとは一言もいいきっていない。故郷へ帰ろうとしていること、心が傷ついていること、官位がえられないことを悲しんでいること、それはたしかだとしても、李賀の短い生涯にあってこれらのことは、どの時点にもあてはまるのだといえなくもないからである。彼にとって故郷と長安は官位を頂点に線を結びあう三角形であった。死ぬまで李賀はこの三角形の線上を往来していたから、あっさり事件直後と断定することはできない。

それはそれとし、ともかくこの詩を検討しておこうと思う。

雪下《ふ》って　桂花　稀なり
啼烏　弾を被《う》けて　帰る

雪が降ったのだから、冬だと考えてしまうのは無理もないことだ。このころの冬とは、十月から十二月である。だが、雪降れば冬だといってよいのか。「桂花　稀なり」と李賀は言っている。この詩句の意味するものは、桂花の季節なのに桂花が稀になったということである。稀になったのは雪が降ったからである。

雪が早く降りすぎたのだ。秋のうちに、冬の雪が、桂の花に降りそそいだのである。桂は常緑の喬木といわれる。鋸《のこぎ》り歯のような葉をもつこの桂は、白色の花を開くという。俗には木犀《もくせい》を桂ということもあり、もしこれだとしたなら、この高さ三、四メートルの喬木は、秋に白色の四弁の小花を群生させ、その芳香は激切だという。

桂は、白い花を吐く。雪もまた白い。雪が降り落ちてくれば、桂の花は雪に埋れる。桂の白い花は、物理的にも雪に殺されるだろうが、視覚の上からいっても白と白は相殺してしまうはずなのである。

清《しん》の陳本礼《ちんほんれい》の注釈書「協律鉤元《きょうりつこうげん》」は、董伯音《とうはくいん》の発言として「秦地は早寒、秋高《たけ》なわに即ち雪……冷落の光景」なる語を引いている。私も、冬日の作とせず、晩秋と考えたいのである。
という風に秋の作と考えてしまえば、故郷へ帰ろうと出城し、旅路についたのは、あの事件直後ではないというこ とになる。なぜなら、洛陽の府試に及第し、京師に上ったのは冬だからである。

このような考証は、なにか阿呆らしさがいつもつきまとってならないし、結論をだしてもつねに暫定的なものにすぎない余地がのこるので、しゃくっとしない。だが私は李賀の心理の軌跡に心を奪われているところがある。そのことに忠実であるためには、やはり考証の門口に立たなければならない。なぜなら李賀は、いさぎよく故郷へ尾っぽをまいて帰れる心性をもっているとは思えないからだ。

この事件、二十才の李賀の頭上へとつぜん落下したこの暗い石は、彼の進むべき道を閉塞させることにおいて、いかに完璧をきわめたか、それは第一部「挫折以前」の章でのべつくした。だがその眼前に降りた闇は、闇にもかかわらずどこかしら微光の媚をちらつかせていて、李賀の進士への希望をなおつながせる曖昧さをもっていた。いつわりの闇を思わせるものがあったのである。それは李賀の闇への反撥心がそんな微光をつくりだしたのかもしれなかった。

未練のうちに長安の旅舎で、年を越し、正月に開場された挙試を、いじいじと李賀は横目で見送ったと私は考えたい。「仁和里雑叙皇甫湜《こうほしょく》」という詩がある。この制作年代はずっと下った地点のものと考えられるが、この詩の中の一句が、心に付着して離れない。この一句が、私にとって、李賀がそのまま冬帰国せず、長安に滞留したということを、確信させるのである。

この詩には科試を拒絶された直後の彼の心境が回想されている。「排引、わずかに陞《のぼ》りて強絙《きょうかん》の断つ」といい、韓愈、皇甫湜らの強力なひいきの太綱でわずかにのぼりかけたとたん、その切れるはずのない太綱がプツリと切れてしまったと事件を回顧している。「闔扇《こうせん》、未だ開かざるに猰犬《けつけん》に逢う」ともその句をいいかえて続け、閉じられた扉が、ぎいっと開かれようとする直前、狂犬にたちはだかれたと告げる。問題なのはそれらに続くこの一句である。

客枕《かくちん》　幽単《さびしく》　春老《しゅんろう》を看《み》る

この一句が私をゆさぶる。客枕とは、旅枕であり、長安に滞在していることである。李賀は、幽暗と単《ひと》り、春の老いゆくを看ていたというのである。

おそらく事件直後の李賀は、憎悪、憤慨、呪詛、懇願の激情にとらわれ、崩奔して悶えたであろう。心は混乱し、興奮し、激発していたにちがいない。だがこの詩の地点では反省的悲哀にたちかえっていて、事件の実態を内省化し、一種の考察の目をもってむかっている。しかも「客枕　幽単　春老を看る」の語は、事件からさほどの時日をえていないはずなのに、妙な観想の静かさをたたえている。これらと激発の悲哀とを同時にもちえたというところに、李賀の悲哀の深さがあるのである。

この「春老を看る」の春は、事件後の春だと考えたいのだ。朱自清のいうように、その冬、ただちに帰郷したとは考えたくない。李賀はそれほど思いきりのよい青年ではない。というよりいさぎよくできない内的事情をかさねすぎているのである。そのことは第一部でしつこいほどみてきた。

李賀は、長安で新年を迎えた。微光の流れる闇は、そのふたしかさゆえに慰さめであり希望であったのだが、春になっても光の世界へ逆転することもなかった。科挙は、彼をそしらぬげに、予定通り施行されていく。

二月には、合格者が発表される。「濃艶　人の心を乱す」とまでいわれた牡丹のむせかえる季節のまっただ中で、新進士の誕生を祝う曲江《きょっこう》の宴がにぎにぎしく開かれ、市中は騒然となる。

李賀は、この時、長安の市中のどこかにいたのである。幽単とひそんでいたのである。友人のだれかしらが、進士の栄誉をこの時えたかもしれない。李賀は、一直撃のもとに大の字に伸ばされた自分をかえりみず、その友人のもとへその健闘をたたえにでかけ、勝者の肩をだきあうといった残忍なけなげさをもちえたか。おそらくできるはずはない。しかし故里に戻らなかった。李賀は春の老いさらばえていくのを幽単とみつめながら、長安に滞ったのである。

「春老」は、春がふけていくという意味である。とはいえただ漠然とふけていくと平べったい時間の意識でながめていたのではない。「春が老いる」という感覚が、この時すでに彼の心部の底で収斂し、支配していたのだ。死の匂いにとりまかれていたのである。

「春の老いる」を「看《み》る」といっても、その「看《み》る」は、なんとなくみるのではなく、まさに「看る」のであって、茫洋たる「みる」ではない。自己意識にみちた「みる」なのだ。春という自然の時間の通過をみるばかりでなく、彼自らの病弱な肉体の時間、それにともなう内的な時間の収縮していく「老」を、この「看る」は、熟視しているのである。つまり不快な現実的絶望感の中で、死にむかって侵蝕していく病いの進行をも「看察」しているのである。

「出城」の詩が、冬ではなく秋だということは、ほぼ一年余、彼が都にとどまっていたことを意味する。あくる元和六年の晩秋ちかく、ようやく彼はその重い腰をあげたのだ。

李賀の擁護者であり推薦者である韓愈は、その間、任地の洛陽から中央の礼部にむかって抗議してくれたであろう。彼への同情心からというより自分の面目にもかけてだ。「諱弁《いみなのべん》」というその理不尽な浮説を非難する一文を官界にむけて発したのも、この一年間においてだ。彼は李賀にむかっても、落胆するな、もうすこし待てといった伝言や手紙をかき送っただろう。友人たちも、おなじような慰撫の言葉をささやいたかもしれない。

なぜ李賀は、一年間も、うじうじと都に耐えていられたのか。それは「未練」というおそろしくしつこい力のせいであって、韓愈たち推挙者の顔をたてるためではなかっただろう。彼に「未練」の耐久力をあたえたのは、故郷への意識だったのではないか。自尊心より、故郷への面目であったような気がしてならない。それは郷党意識からでているというより、家門の意識であるかもしれない。

京城

驅馬出門意　馬を駆って　出門の意《こころ》
牢落長安心　牢落《ろうらく》せり　長安の心《こころ》
兩事向誰道　両事　誰に向いて道《い》う
自作秋風吟　自《みずか》ら作る　秋風の吟

この詩を長安に居残った一年の間の作と考えたい。その後もいくたびと昌谷と長安のあいだを往復した彼であるから断定はできないが、かりにちがっていたとしてもそのままずらして考えられる内容をもっている。故郷へ甘えてしょぼくれながら帰れないのは、「出門の意」と「長安の心」とのあいだに、あまりにも大きな落差がありすぎたからだ。

「出門の意」とは、第一部挫折以前で詳細にみたように、彼はあまたの不安の蛮族どもにおびやかされつつ、ただしまだ幕は切って落されていないという楽観の馬にのって不安をずり落し、合格によって想定される宝玉の山のみを計算するよう自分をしむけ、心たかぶらせて故郷を出立した、その意気を指している。

これなら故郷をもつ受験生の心情とかわらず平凡にすぎるのであるが、そのみてくれは、おなじように田舎者の青雲の志であっても、そのみてくれの奥に敷かれたものは、唐朝創立の一門の血統をひいているという自負心をからみあわせながら、いま零落している事実の回復を、病に蝕ばまれている彼が、進士合格によって、その足がかりとしようとしている、といった心理を隠しているのである。自らも期待しているばかりでなく、一族から強く懇望されていた。彼の「出門の意」とは、そういう裏があった。どうしても合格しなければならないという悪い環境の中にいた。だが、まさか受験資格を奪われるとは、不安の熱狂的な蒐集者である彼も、思ってもみなかっただろう。かくして「長安の心」は、「牢落せり」となったのである。

「両事　誰に向いて道《い》う」の「両事」とは、「出門の意」と「長安の心」にほかならない。この二つのあいだのあまりにもの落差、いわば間のつらさが、故郷へ彼を帰さないのである。この間の悪さを、愚痴として人に言っても、一時しのぎの解放とさえならない。この落差を人に説明してもまだるっこくなるばかりで、それなら唇を閉ざしていたほうがよい。自分ひとりで嚙みしめるほかなく、他者を排斥してしまうのだ。「両事　誰に向いて道う」は、だからこの悲惨な俺をだれもわかってくれないかという哀訴ではなく、もっと傲慢な自己哀訴というべきものなのである。そして「自ら作る秋風の吟」、詩の中に自分をなげこむしかてだてはなくなってしまうのである。詩作とはそれほどの包容力を擁しているのか。

　自分の牢落は、家族の牢落につながるというつらさが、いよいよ彼を牢落に深まらせるのである。彼の朗報を待っている家族たちに、もっとも間が悪いのである。あわせる顔がないのだ。李賀の官吏登用によって、貧窮から救われ、名門としての経済的誇りの奪回をひそかに願っている父のない一家への間の悪さが、この驕慢な青年をもっとも強力にいためつけるのである。家族のものたちが、口であからさまにその期待を強要したかはしらない。だがそのように家族の心を重ったるく読みとったことが、そもそも間の悪さを生みだす原動力となった。ともなれば、この事件による傷痕は、彼にとって傷痕の快楽へすりかえてしまうという自己保護をくわだてるかもしれない。それをさせないのが、故郷の家族たちへの思いだ。そのため彼の牢落の感覚はいよいよささくれだっていくのである。

「題帰夢〔帰夢に題す〕」をよむと、夢にまで、家族たちが李賀にむかって、呪いをかけてくる。

長安風雨夜　　長安　風雨の夜

書客夢昌谷　書客　昌谷を夢む

長安に李賀はいる。風雨の激しい夜。李賀は風雨のすさんだ音を部屋の中で感じとりながら眠る。その嵐の中の浅い眠りは、李賀に郷里昌谷の夢をみさせる。

怡怡中堂笑　怡怡《いい》　中堂に笑い
小弟裁澗菉　小弟は澗菉《かんろく》を裁《き》る

中堂は座敷。その座敷で家族のものたちが楽しそうに笑っている。清の陳本礼は、笑っているのは老母だという。徐文長《じょぶんちょう》や句解定本の丘象随《きゅうしょうずい》は兄弟だという。鈴木虎雄や斎藤晌《しょう》の日本の註釈者たちは陳本礼の説をとって母だという。しかし「怡怡」という擬音語が女性特有のものだという証拠がないかぎり母親であるという答はでてこない。またこの場合、兄弟とも限定するのは正しくなく、家族のものみんなということであろう。李賀は、夢の中で、わが家をたずねたのだ。夢の通性として、家へ帰ったといっても、実際は自分だけが帰っていることを知っているだけで、他の家族たちは知らない、自分の目だけが、その情景に参加しているということがよくあるが、この場合もそうである。李賀は家族の楽しそうな団欒をみることはつらいのであり、つらいから余計にそういう夢をみるのである。つぎの夢のシーンは、もっとも彼が愛している末の弟がでてきて、昌谷の谷間で、かりやすの薬草を切っているのをみる。これは葉茎の煮汁を染料にするといわれているが、生活の資として弟が働いているわけであり、これまた李賀の胸痛む風景なわけだ。中堂で笑っていたものの中にこの弟がはいっていたかどうかはしらないが、どちらであっても、飴のようにのびちぢみする夢にあってはおかしくない。

家門厚重意　家門　厚重《こうちょう》の意
望我飽饑腹　我に望む　饑腹《きふく》を飽《あ》かしむるを

夢から李賀は、とつぜん醒める。いやな、欝陶しい夢だったろう。いやなつらい夢だと思うことは、すでに自ら夢判断をしたことなのだ。彼は、家のものたちが、いかに自分へかける期待が厚く重いか、すきっぱらを李賀によって解決してもらえるものと望んでいるかをいやっと思うほど知るのである。李賀が家族たちの心をそう受けとって、その期待に答えていないという焦燥が、このような夢をみさせた。

労労一寸心　　労労《ろうろう》たり　一寸の心
燈花照魚目　　燈花《とうか》　魚目《ぎょもく》を照す

夢から醒めて、李賀は眠れなくなる。心は労労と疲れはてている。家族のこと、自分をたよる家族のこころを想うと、神経は冴え、眠れなくなる。夢にまでみなければならぬほど、長安に幽居する李賀の心は、「労労」となっているのであり、限界へ接近しているのである。寝床のそばの行灯《あんどん》の花芯が、ちらちらと、眠れぬ魚の目のような眼、見開いたまま閉じることを知らぬ魚の目になったような眼、労労と困憊しているくせに、やけに冴える眼を、照すのである。風雨のざわめきを戸外に感じとりながら、李賀の心は「労労」としている。こういう彼の姿をみていて思うことは、家族の存在がそれほどにも大きいことだ。鬼才李賀という先入観が不思議な作用のしかたをして、私はなにか異和を覚えるほどである。だが考えてみれば、人はあんがいこのような他愛ない、しかし情味たっぷりなところから出発し、その出発に救われたりするものなのだ。彼の心の動きは、労労としているのだが、家族のことを思う時、その労労とした身心を死なすことはできないのであって、その労労とした仮死体から生命の光を放ちはじめる。

秋の終りちかくまで、ぎりぎり李賀は待った。じたばたもがいてみる。頽落の感覚に包囲されながらも、家族のことを想起したらさいご、じたばたしないではいられない。科挙にかんするかぎり絶対の否なのだ。この事件により進士となることは永久に葬られたということを知っていながら、もがく。

長安に男児あり
二十　已《すで》に心朽《く》つ　　（贈陳商）

この自らを決済するような重い声は、李賀が未練たっぷりな悲鳴をやめたということではない。頽朽《たいきゅう》した心にのみすべてを賭けることを宣言したということではない。自ら朽ちることに誇らしげな居直りの響きをもっているが、なお家族への気がねを魚糞のように粘着させてもいたのだ。未練とは、弱気な希望である。家族のためにも、自らの半身は已に心朽つことを承認しながらも、もう一つの半身はありうべからざる幸運の到来を夢む。未練を経営しつづける。

ともかく一年近くの月日がつるつると費消していった。その間、旅舎にただただぐづついていたのか。あの手この手の打開策を弄したのか。受験が許可されることを頼みに、勉強でもしていたのか。家族からのどんな問い合せがあり、それにどう返事したか。一年余の滞在費をどのように捻出したか。そのようなことはいっさいわからない。進士となって官界いりしようと図った李賀を誹謗し、おとしいれたものが、にわかに翻意してその主張を撤回してもそれは礼法にふれたものであるゆえ、喜々と従いえないものだが、それでさえうまくすりぬけるような救いの手は、やはり訪れることはなかった。韓愈や友人の奔走も、むだ打ちに終ったようであった。

冬に入京した彼にとって、晩秋の帰郷は、一年の区切りであった。未練の生を生きることの一区切りであった。

冬までなお居残るならば、中央の挙場をこころみんと、各州から雲集してくる郷貢の進士たちの群を目撃しなければならない。彼等は、たとえその顔に不安を刻んでいても、それは可能性の圏内にある不安顔にすぎない。彼等がやってきても、資格を剥奪された李賀の一年前の事件は、噂の余韻をまだのこしているだろう。それを耳にし、笑われ、同情されることは耐えられないことであった。

この秋のはじめには、李賀の推挙者である韓愈は、河南令をやめ、職方《しょくほう》員外郎として、長安へ戻ってきていた。李賀が、韓愈に面会したかどうかはわからない。「諱弁」をかいて彼を弁護してくれたとはいえ、韓愈の人柄に不純を見抜いていたならば、おそらく李賀は逢おうともしなかったろう。この事件の発端は韓愈にありと疑いきっていたかもしれぬ。

韓愈は遷任のさい、新しい知友賈島《かとう》をつれて洛陽から入京している。ということは、李賀が長安にいることを知っている以上、彼があまりにも無神経な男なのか、逆に李賀を意識しての神経質さか、そのどちらかでなければならない。李賀は、この韓愈をみて、どう反応したであろうか。この時期の作品として韓愈に「酬司門盧四兄雲夫院長望秋作［司門の盧四兄雲夫院長の望秋の作に酬ゆ］」というのがある。

白首の寓居《ぐうきょ》　誰か借問《しゃもん》
平地寸歩　雲巌《うんがん》をとざす

この白がじじいの寓居には、だれも訪ねてきてはくれない。いまの私はただの平地に住んでいるというのに、まるで雲と巌石の仙居にでもいるように、世間離れして生きている。そうさびしげにいう。だがこんなふうにいうのは彼の得意であって、その実、連日すきまなく人と逢っていたのだ。

弟子が一人でも久しく彼に面会へこなければ、すぐに自尊を傷つけられ、遠まわしの不平をいうのが癖なのだ。ふと思うのだが、韓愈が長安にもどってきたのを李賀は知っていながら、故意に無視していたのではないか。それを彼は物たりなく思っていたのではないか。李賀を目の前にして、いろいろ手を尽したことをいって、差引ゼロにして、自分の罪悪感を解消し、できることならむしろ貸しをさえ李賀の感情にあたえ、そののち人生訓の一つでもいって励ましたりするという欺瞞をどうしても演じておかねば気持が定まらなかったのではないか。そしておそらく李賀は彼のもとへでむかず、いらだって皮肉の一つも弟子たちを通じていったかもしれない。自分の存在が遠因になっていることなどおくびにもださなかっただろう。

韓愈の弟子は、李賀の友人であること多く彼等は両者の詩文に登場するが、両者はたがいの詩文に登場しない。このような深い関係にありながら不可思議なことだともいえるのだが、偶然性の立場からすればありえ、二人の間には、ぬきさしがたい太いひび割れが生じていたような気がしてならない。韓愈は、こうも歌う。

ああ　我れ小生　強伴《きょうはん》にあい
怯胆《きょうたん》　勇に変ずは　神明の鑒《かん》
坑《あな》を馳《は》せ　谷に跨《また》り　いまだついに悔いず
利のためにして止めば　真に貪饞《たんざん》

ああ、と大仰に絶句してみせ、我輩がごとき小生が、あなたのような強いつれあいができて、臆病で怯胆の性格が、勇気あるそれにかわりました。神もよくごらんになったことで誓ってそうだといえます。穴であろうと谷であろうと、一馳せ一跨りに突進して、なんら悔いるところありません。利のためためらっているようでは、まったくみすぼらしいことですからね。

この言葉は一応自分にいいきかせているのだが、くるりとトンボを切れば、李賀にむかって吐かれた言葉だともいえる。事件にこだわる李賀、進士の別にこだわる李賀、そういう未練たらしい李賀を批判するところからでた韓愈のいらだちを表現している、といえなくはないからである。つまり李賀がこの事件に執着しているかぎり、韓愈にとっても心が重いのであってそのような潜在願望が、この詩句にひそんでいるような気がしてならないのである。

李賀は、都を離れていく。だが事件にこだわることを一生やめはしないだろう。道中、早雪が、彼を襲う。

雪下《ふ》り　桂花　稀なり
啼烏　弾を被《う》けて　帰る　　　　　　　　　　（出城）

烏が悲しい啼き声で、雪空を飛んでいくのをみる。烏は、ただ鳴き声をだして飛んでいったにすぎないのだが、それは自分の泣き声に思われ、弾をうけて傷つき、それで啼きながら飛んでいくのだと、烏の中に自分をとびこませてしまう。

宋の趙宦光《ちょうかんこう》は、「賀詩の妙は、興にあり、その次は韵《いん》にあり」といった。ここにも「興」の手法、いわば陰喩の法がもちいられており、詩を読むものは、その奥処をかぎとらねばならないのである。烏が、傷痍の肢体をひきずりながら、ねぐら目指して空を征《ゆ》く。この烏は、身心ともに傷つき故郷へ帰る李賀にほかならない。

「雪下り　桂花　稀なり」の「興」はそれではどう解くか。文字通りの意味は、秋だというのに早く雪が降ったため、白い花を開く桂は雪の下になり、ほんどみわけがつかなくなったということだ。雪の風景の中で、なお桂の花たることの面目をたもつ花は稀になったということだ。

つまりここでも彼は、事件のことをいっているのであり、雪は、事件の思いがけなさをさしている。そして、ほとんど自らの道のふさがれてしまったことを桂の花を通していおうとしているのだが、ここで注意すべきことは自らの不幸をのべていながら、「稀なり」ということにより、かろうじて希望をのこしていることである。「稀なり」とは、「稀にはある」ということなのだ。雪下に桂花をすべて埋めてしまわなかったのである。李賀はまだどこかに楽観の余地をのこしていて、絶望の虜囚になりそこなっている。

また桂は科挙をあらわす花である。「桂林一枝《けいりんいっし》」といえば、進士に及第することであり、「桂を折る」「桂を攀《よ》ず」というのも、おなじである。注釈書は一致してこの句は、李賀が自らの不第を言ったのだとしている。

関水に乗驢《じょうろ》の影
秦風に帽帯《ぼうたい》の垂《た》る

関水の川ぞいを旅している。その川面が、鏡面となって、驢馬にのっている彼の姿を倒影している。都からの送り風に、帽子の帯がひらひらなびいている。そのたなびいている帯のさまも、水の面に映っていて、乗驢の影とともに、李賀はみているのである。帯のなびくさまは、乗驢の影の中で動いているのだ。
この時、吹きつけてくる風は、なにがなんでも「秦風」、すなわち長安の方向からの追風でなければならない。現実には向い風であったかもしれないが、詩の現実の風は、李賀を故郷へと追いたてる風でなければならない。このようにじっと水面の鏡に自らの騎驢の姿を映してみつめていることは、この旅は心すすまぬからであって、帰心にはやっていれば、驢馬は走りに走って、あらゆる風景を棄ててしまうはずなのである。

郷に入らんと　万里を試みるも
印なく　自《おのずか》ら悲しみに堪う

「郷に入らん」、この言葉の重さはどうだ。自らの心に逆ってやっとむりやり決意したというかったるさがある。万里などあるはずがないのだが、これは強意のレトリックでさえなく、心理的距離の長さなのである。「試みる」も重っくるしい。「試みる」は攻勢であり、能動の所作なのだが、いやいやながらしかたなく身を励ましているという響きが強い。なぜこうも重い旅なのか。それは帰郷といっても、てぶらの無印であるからだ。官位の印綬をおびることなく、彼に期待をよせている家族のもとへ帰らねばならぬからだ。その懐抱を彼はだれにもぶつけることができなくなっていて、衰微した自分の肉体の中にとめておかねばならないのである。

卿卿《けいけい》の相問に忍び
鏡中　双涙の姿

卿卿は、妻が夫を呼ぶ親愛の言葉である。二十才の李賀は、おそらく無妻である。妻がいたという説もあるが私はとらない。おそらく、「あなたあなた」と呼んだのは、遊楼の情人であったかもしれない。あるいは李賀が空想の中にこしらえあげた妻であるかもしれない。その彼女が相い問うことは、当然、試験の結果である。李賀は結果さえもつことがなかったのだから、この問いは、つらい問いなのである。耐えきれない苦しい問いかけなのだ。もう「忍ぶ」よりしかない。いざ帰里の旅をとってむかったからにはいっさいの逃げはきかない。ひたすら「堪える」か「忍ぶ」しかない。
そういう「堪え」、「忍ぶ」の自分の顔はいったいどういう惨状を呈しているのか、李賀の心性はこのような時かならずなにものかに自分を鏡写してみたくなる衝動をもつ。鏡の中に自らをみる。双瞳から涙の落ちる顔を、じっとみる。これが忍ぶつらさ、忍ぶ滑稽さから曲折した自らの心を解放する唯一の守護法なのだ。

長安より洛陽まで約四百キロ。洛陽から昌谷まで西へ約五十キロ。ようやく「万里の試み」を終え、わが家にたどりついた。

昌谷の風景

一

李賀は、昌谷へ帰った。帰ったというよりいやいやながら帰ってきてしまったといってよいだろう。

帰郷の旅が、万里を試みるように重かったのは、帰るべきところは、昌谷しかないこと、あまりにも明白であったからだ。彼の故郷への執着は、強いだけに故郷へ足をむけさせないのだが、だが強いだけに故郷へ足をむけさせるのである。心は、故郷へ足を背けながらも、肉体は故郷へ足がむいているのである。彼にとってそれほど故郷が重いのであればいっさい家を断截してしまえばよいともいえるのだが、故郷の存在こそが彼の進士受験のバネになっているからにはそうはいかない。バネはいづれ戻らねばならないのだ。

「郷に入らんと、万里を試みるも　印なく自ら悲しみに堪う」の言葉を、さらに追討するなら、彼の心が重いために、千里が万里の心理的距離になるのではなく、重いために万里にも思えるはずの距離が、かえって千里どころか一里の距離に短縮されてしまったのではないか、とさえ思えてきたのである。だれでも幼児に経験したことがあると思うのだが、なにか外で失敗し、その失敗が家にたいしてうしろめたい時、心は重く足も重たいにもかかわらず、その帰宅の道のりはいつもより早く、家についてしまうことはなかったであろうか。心持ちゆっくりわざと、ぶらぶら歩くのに、すぐ家へついてしまうことはなかったか。李賀の場合も、そうではなかったのか。はじめはその重い心が彼に実際以上に長旅を強いたと臆測してみたのだが、今はその逆ではなかったかと私は考えはじめている。

李賀は、家をあまりにも気にしているゆえに、結局は「家」に脅迫されていたことになる。ということは、家はもはや彼にとって危険な存在である。極端にいえば、家は心のふるさとでなく、外界にみえる敵でさえあり、その敵をどう処理していいかに困惑してしまってさえいる。弁解の余地がみいだせないで、怯懦《きょうだ》のおよび腰になってしまっている。つまり対応できずにもたもたしている。処理できない。処理できなければ、この外的圧迫によって、内的不消化が発疹する。それが不安の連鎖を生みだし、またその不安を抑圧しようとするから、一つの不安を強引につぶしおえた時には、新しい不安の誕生に脅かされる。そこには、ある興奮状態の渦巻が生じ、その中で摩擦しあった神経の戦闘が行われる。もともと李賀は、不安を内部に飼っている男だ。家へつき、母や弟の顔をみた時、いっさいの事情を語りつくし、すべての事態の原因と想定される恨みを外敵にぶつけ、蓄積した興奮の解放をはかることをしなかっただろう。いよいよ慢性の不安を飼いつづけ、精神の放荷を企てなかっただろう。親兄弟がおろおろするほど無口になり、口をきく時は一種の逆上となって興奮を附加していったのではないだろうか。おそらく昌谷は、彼を慰めやしなかった。家は、外敵であるからには、彼を慰めるはずもないのである。家への愛、つまり家へのやましさが家をわが外敵とすることへむかって昂進させるのである。昌谷へ帰っての詩篇では、まったく彼はあれほど気にし夢にまでみた家のことをいっさい口にしていない。このことは、一応、注目してもよいのではないだろうか。といえば、故里は遠くにあって想うものという通則に李賀もはいってしまうことになるのだが、いざ家に戻れば、遠くにあってみるようには必要な核心だけがみえるなどということはなくなり、細部ばかりがこんどはみえてきて、かえって核心が朦ろう化していったことも否定できない。家にいれば家はみえなくなる。しかしだからといって家へのいらだちが消尽するのではなく、いっそうその痛覚は促進していくのである。

李賀は、家族の顔さえも正視できなかっただろう。正視できないでいることは、不満を貯蓄していくことにほかならない。それは、彼の病に衰退しつつある肉体へ刺激をあたえることになり、その刺激は彼の感覚に異常をあたえることを促進する。異常感覚というものは、不安の虜囚たるものにしかあたえられない光栄なのである。

故郷へ帰った彼の荒涼とした精神に、しばしの放荷をあたえるものは、昌谷の風景であった。風景にだけは、彼はよき敵として、あたりちらすことができた。風景に、自分の不平を語ってきかせて自慰するのではなく、自分の目の力、想像の力によって、捕虜とすることができたからである。彼の力の及ぶ外敵でそれらはありえた。

彼は、昌谷近くの女几山《じょき》にのぼって、蘭香神女《らんこうしんじょ》の廟へ参詣することもあった。「蘭香神女廟［蘭香神女の廟］」という詩は「三月中作」とあるが、これにこだわって「春帰昌谷」と同年の作とし、「昌谷詩」に「五月二十七日作」とあるところから、この三作を一連の年においてつくられたと考えることもできるが、実はその証拠はなにもない。春につくられたことだけが確かなだけだ。

古春年年在　古春《こしゅん》　年年　在り
閑緑揺暖雲　閑《しず》かなる緑　暖雲《だんうん》に揺《ゆら》ぐ

　風景をみながら春の存在を彼は考えてみる。春には、新しい春なんてものはないと考えるのである。春の風景は、年を交代するたびごとにかわりまためぐってくるのだが、春という存在は、すこしもかわったりはせず、来たり去ったりすることもなく、不変なのである。不死身なのである。新春という考えを李賀はどうしてもとりたくないのである。新春を認めるならば、当然春は有限であって、春の死があることになるからだ。春は、風景の変化によって去っていってしまうようだが、実際はその変化に私たちの目が迷彩されているにすぎず、居づっぱりなのだといいたいのである。だから古春と言ったのだ。春には年齢はない。むかしながらの春なのである。

　こんなことを考えたりするということは、李賀が死におびえているからにほかならない。春という言葉は、もともと総体的かつ抽象的ないわれであって、すこしも具体的なすがたをもたないのだが、李賀はその春に「在」といって存在格をあたえているのである。

　その「古春」の存在の中で、「閑かなる緑　暖雲に揺ぐ」のをみる。べつに緑が閑寂としているわけではない。この古春がこの日「閑」としていたのである。緑とは、周囲の古春の風景、草木でなりたっている風景の総体にたいして言っている。「暖雲に揺ぐ」とは、緑の古春の風景が風に揺れざわめいたのではない。緑はあくまでも閑なのであって、その閑緑の上に、空の雲がさしかかった時、実際雲は草木を揺がす力をもつはずもないのだが、とはいえものとものとのふれあいがおこったわけで、揺れたとみえたのだ。みえたというより、まさに揺れたのだ。その揺れはこの閑春の唯一のわずかな摩擦なのだが、閑かなだけに揺れるともみえたのである。「暖雲」といったのは、李賀特有の語法であって、雲が暖いわけではない。この日の古春が暖いのである。だから「閑」と「暖」をいれかえて「暖かき緑　閑雲に揺ぐ」といってもよいのかもしれないが、詩の効果として、これは悪い。「揺ぐ」という語も死ぬ。

松香飛晩華　松は香り　晩《おそ》き華を飛ばし
柳渚含日昏　柳の渚は　日を含みて昏《くら》し

三月であるから晩春である。松の香りが匂う中を、花びらがちぎれ飛ぶ。晩華といったのは、晩春だからである。円熟というより春の頽落の香りであり、だから花は散るのである。この蘭香神女廟のあたりには、池かなにかがあるらしく、その渚には、柳の木がたっているが、柳の木だちは太陽の日ざしを吸いとって、昏い。たしかに晩春の風景には、時々、烏滸《おこ》のように空洞な「閑かさ」がたたずまうことがある。それは夏を予感的に含み、まさに「暖」であり、けだるく、動いていてもすべてがスローモーションである。それは李賀の肉体が感じとる動きでもある。

沙砲落紅満　沙砲に　紅を落して満ち
石泉生水芹　石泉《せきせん》に　水芹《すいきん》生ず

廟外の一個所にとどまって古春をみているのではなく、李賀がわずかとはいえ移動しながらみているのが、なんとなく感じとれる。沙砲とは、砂や石。柳の渚の「沙砲」なのかどうかはしらないが、ともかく砂や石のある部分へ切りとるように拡大の照明の光をあてている。李賀の目は近視眼と遠視眼が錯落するところに特長がある。その砂や石の上に、紅が落ち満ち乱れている。柳は紅の花びらをもたないはずだから、この二句は、やはり柳の渚から移動しているのだ。おなじ泉であっても、すこし李賀の足は進み運ばれているのである。岩のごつごつしたあたりにも水芹が生えている。

幽篁畫新粉　幽篁《ゆうこう》　新粉《しんぷん》を画《えが》き
蛾緑横暁門　蛾緑《がりょく》　暁門《ぎょうもん》に横たわる

幽閑とした竹林の樹々は新しい白粉をふきだしている。そのふきだすさまは、白い絵具でいま刷《は》いて画いたばかりだという。「幽篁新粉を画き」は私には凄じく白痴的な光景に思われてならない。「幽」はこんもりと奥深く静かな感じをあらわす句だが、この動きもしない物群に「新粉を画く」という句を与えて、べっとりとした目にみえない盛り上るような動き、というより変化をぶあつく与えるのである。白い粉末を絵筆でいま塗りたくったばかりの竹林が、息を殺してひっそりとし、竹林そのものが、まるでもっそり野獣の一匹がわだかまっているようだ。この一句は、竹藪そのものにかなり李賀の肉体は接近してみているという感じであるが、次の句では遠視に戻っている。

彼は、いったん廟に着いてから、その外域を散策しだしたのではどうもないようだ。廟に近づいていきながらの途中で風景を射落しつつ歩いているのである。廟へ廟へとかき進んでいるのであり、八句目の「蛾緑　暁門に横たわる」ではじめて、蘭香神女廟が姿をあらわしている。これは遠望である。蛾緑というのは、蛾眉の緑ということである。蛾眉は、美人の眉の呼称で、まゆずみをさす。美人の眉は、蛾のまゆのように細長く曲っているところからそういったのである。だから暁の廟門の上にかぶさっている緑が、蛾のまゆであり、美人の眉のようであるという比喩をもって迎えられているのである。だがそう李賀が連想したというより、むしろ「新粉を画き」と前句でいったことにひきずられた詩句と考えるべきかもしれない。白粉のイメージが眉を呼びおこし、またともに「画く」ものであるという連合から、廟門にかかっている緑を「蛾緑」といってしまったのかもしれない。しかし私たちの目には、女の眉のような緑が暁門の上によこたわっているのがみえるのである。

弱蕙不勝露　　弱蕙《じゃっけい》　露に勝《た》えず
山秀愁空春　　山秀《さんしゅう》　空しき春に愁う

この二句のつくりも、クローズ・アップとロングの組合せである。李賀の目は、そういう運動習性をもっている。廟門を遠望した目はなおも遠望を続けることに耐えられないのであり、転じてこんどは彼が歩いているすぐそばにあるもののすがたに目がいくのである。そこにはかぼそい蕙草が生えていて、そのかぼそさのため、葉にたまった露の重みにいまにもこらえきれないような感じである。そこでまた彼は廟門のほうをみやるのだが、さらに前句より遠くをみやるのであり、そこには秀峰の山がみえ、空しいひっそりとした春の中に愁いているのである。李賀は、廟にたどりつくまでの晩春の景中に、空虚な存在をみたのである。

李賀は、風景のふところに抱かれるのではなく、いつも風景と戦う。詩句のなった時は、だから風景を模倣し終えたときではない。叩きつぶした時なのである。杜牧が李賀の詩集に序文を寄せた時、つぎのように彼の詩を評断した。

「雲煙綿聯《うんえんめんれん》、その態をなすに足らざるなり。水の迢迢《ちょうちょう》、その情をなすに足らざるなり。春の盎盎《おうおう》たる、その和をなすに足らざるなり。秋の明潔、その格をなすに足らざるなり。風檣陣馬《ふうしょうじんば》、その勇をなすに足らざるなり。瓦《が》棺篆鼎《かんてんてい》、その古をなすに足らざるなり。時花美女《じかびじょ》、その色をなすに足らざるなり。荒国陊殿《こうこくたでん》、梗莽邱壠《こうもうきゅうろう》、その怨恨悲愁をなすに足らざるなり。鯨吸鼇擲《げいきゅうごうてき》、牛鬼蛇神、その虚荒誕幻《きょこうたんげん》をなすに足らざるなり」

　この杜牧の「足らざるなり」の列挙はどういうことなのか。あらゆる物象が、李賀の手にかかると顔色がなくなることをいっているのである。もし風景を相対的な位置におくならば、詩人は風景に追いつくよりほかはない。その風景と近似にまでは追いつくことはできるが風景以上にはけっしてなりえない。だがいったん李賀の手にかかれば、和をなす盎盎たる春も、そばに近よれないような鮮烈な春となって現出する。つまり春の美しさの詩的通念として天地に和した盎盎たるさまというものがあるわけだが、李賀はそんな通念を破壊した春をつくりあげてしまって、現実の春も色褪せるような春を生みだしてしまうということである。季節に咲く花もこの世の美女も、李賀のつくりだす花や美女ほどには、色めいてはいない。風檣陣馬のいりみだれる戦場の勇壮な光景も、李賀が詩にこねあげた戦場の光景以上には勇壮ではない。荒廃した国土、崩れはてた宮殿や莽莽たる丘壠は、人の心に怨恨悲愁の思いをおこさせるものであるが、李賀がそれを詩にするとその実景以上の怨恨悲愁が湧きおこる。鯨が海を吸いあげ、大亀が海に躍りあがり、牛鬼や蛇神がでてきても、李賀の「虚荒誕幻」の怪奇さにくらべれば、なんの驚くにもたりないのだという風に、杜牧はもちあげている。

　李賀が風景に勝つと私がいったのは、そういうことなのである。現実社会の仕組みには歯のたたなかった李賀が、はじめて勝利を握ることのできた相手は、風景であり、物象であり、幻想であった。つまり、はっきり彼の目に「見える」ものの世界であった。すなわち詩の世界であった。そこでは、李賀は、幼童が玩具を壊滅する時のように、兇暴な牙をむきだしにして、挑みかかっているのである。周益公《しゅうえきこう》の「平園続稿」が、「万象を嘲弄する」といい、「麓堂《ろくどう》詩話」が「天真自然の趣なし」といったのはそれである。

　だがこの十行の最後の一句「山秀　空しき春を愁う」にはなぜかひっかかってしかたがない。昌谷の自宅から蘭香神女廟までの歩いていく時にみた風景の中で李賀は猟猟と戦いつづけていたにもかかわらず、この最後の一句では、ただの観察者になりさがって、ただの感慨をのべているにすぎないように思えるからである。

李賀が風景をみる時、そこには内省というものが欠落している。それは彼が風景と戦っているからで、戦っている時、人は内省する余裕をもつことができないのである。風景という外面にむかう時、彼の内面は、別離の挨拶を告げていたはずなのに、この一句ではとつぜん内面のつきあげを喰ってしまっているのである。

　つまり、「空春の愁」という内面の情がつきあげてきてしまっているのである。この悲愁は、彼の不安のあらたなはじまりとなるかもしれない。彼の不安への一よぎりが、悲愁を招きよせ、悲愁を愛するという泥試合を照覧させることになるかもしれない。おそらく、風景を討伐することにむかうことによって不安を圧殺しようとしていた李賀が、かよわい草に目をやった時、その露をうけている蕙草がその重さに耐えられないでいるというふうにみて、詩としてつかんだ時、すでに忘れていた内面がふきだしてくる準備を自らつくったということなのである。だからこの接写の戦いから、ロング・ショットの「見る」にかえたとしても、すでに遅く、不安の恋人である「空しさ」とか「愁い」というものが、すでに李賀の目に駈けのぼってしまっていたのである。いわば、風景を抹殺していた兇悪な李賀が、風景の逆襲を受けたということなのである。だが李賀はこの逆襲を受けた時、幸いにも彼の肉体は廟前に到着していた。視点をこんどは、廟内に切りかえることによって、不安と悲愁をふたたび内部に押し戻すことができるかもしれないのだ。

舞珮翦鸞翼　　舞珮《ぶはい》　鸞翼《らんよく》を翦《き》り
帳帯塗軽銀　　帳帯《ちょうたい》　軽銀《けいぎん》を塗る
蘭桂吹濃香　　蘭桂　濃香を吹き
菱藕長莘莘　　菱藕《りょうぐう》　長《つね》に莘莘《しんしん》

葉葱奇《しょうそうき》の「李賀詩集」の疏解によれば、この四句は「廟中神前の情景を描画した」ものだという。私たちが李賀の詩の前でしばしば不意打ちを喰うことなのだが、なんの予告もなしに、突如画面がかわってしまうことだ。いま廟中に彼の視点がはいったというなんの前ぶれなしに、神像の舞衣にぶらさがっている環珮《かんぱい》を凝視するところからはじまる。その環珮は、鸞鳥の翼を翦りとったかたちをしていると、彼に唐突に言われてしまう。このような唐突さは、他の中国の詩人に同類をみない。李賀の詩を読むスリルと困難さは、この唐突の斧をいつどこでふりおろされるかわからないということである。この驚きの体験を喜べないものは、李賀の詩をケレンの芸として否定するだろう。

李賀は、たしかにこの唐突さが人を驚かせるものであることを知っていたかのごときところもあるのだが、そのような故意をこえて李賀の肉体そのもの、つまり彼の心、彼の目が唐突な性をふくんでいたことを見抜かねばならない。不安なるものがつねにもつ唐突性というものを考える必要がある。だから彼がこの唐突さを、意図して詩法に算入したとしても、この意図より、彼の肉体そのものの唐突さのほうがさきであり、その自らを急襲する唐突な想念を観察して、詩法化したのだという冷静さを一方でもちえるのは、唐突なる者は自らの唐突に悲鳴をあげながらもいつもその唐突を愛しているところがあるため、一方では周密な観察者でもありうるのだ。

「帳帯　軽銀を塗る」は、蘭香神女の像を飾っている幕の紐のことで、その紐には軽く銀粉が塗られている。そして像の安置されているところに蘭桂の香が焚かれていて、その焚かれるさまは吹くようであり、香りは濃馥としている。杜牧が「瓦棺篆鼎《がかんてんてい》、その古となすに足らざるなり」と詩評し、瓦の棺も、篆字《てんじ》彫の宝鼎《ほうてい》の現物を目前にしても、李賀の詩ほど古雅な感じを受けないといったのだが、その原因を考えるならば、つねにイメージの断片をぶつけはするが全貌をしめさない詩へのあり方に大きな秘密があるような気がしてならない。もう一つはいつも匂いをなげこみ空気感をだすことも関連しているようだ。「菱藕《りょうぐう》　長《つね》に莘莘《しんしん》」は、菱の実や藕《はす》の根が常時たくさんあるのだという。そのさまが即物的にポンと切りとってつきだされているわけだが、詩の読者はつねに自分流の情景を思い浮べようとするから、それらは即物的ゆえにかえって自在に動きだす。神像の前あたりに置かれた供物だと人はその像を結実させる。

看雨逢瑤姫　雨を看て　瑤姫《ようき》に逢い
乗船値江君　船に乗って　江君《こうくん》に値《あ》う
吹簫飲酒醉　簫《しょう》を吹き　酒を飲んで酔い
結綬金絲裙　綬《じゅ》を結ぶ　金糸の裙《くん》
走天呵白鹿　天を走り　白鹿《はくろく》を呵《か》し
遊水鞭錦鱗　水に遊んで　錦鱗《きんりん》に鞭《べん》す

この六句では蘭香神女像が、李賀の想念の中で動きだしている。

雨が降りだすのをみると、蘭香神女は、像であることからするりとぬけ、巫山《ふざん》の神女・瑤姫に逢いにいく。この瑤姫が空を通りすぎれば、朝には行雲となり、暮には行雨となると神話ではいう。雨は瑤姫の通過する信号のようなものなのである。さらに湘江《しょうこう》へ行って船にのり湘夫人に逢いにいく。簫の笛を吹き、酒を飲んで酔う蘭香神女。酔っても金糸の裙《はかま》の紐をきちんと結んで乱れない彼女。白い鹿に騎り、叱声をあげながら天を走る蘭香神女。錦の鱗の鯉に乗り、水の中を鞭打ちながら戯れる彼女。

　神話の世界へ、彼は恣意のままこの木像か銅像か知らない蘭香神女の像を運びさってしまっているのである。李賀の詩はしばしば、神話がその素材となるのだが、なぜそのように彼が親近感をもつにいたったかの機因は、いろいろ考えることができるが、その一つに、彼の育った昌谷の中に女几山があり、この山中には蘭香神女廟があって、幼時からひん繁にこのあたりで遊び、この廟中にある像にたいして奇異な興奮を感じとっていたせいかもしれないのだ。彼の幻想癖は、この廟中ではぐくまれたのかもしれない。神話と李賀の関係はいづれ詳論する時があるとして、故郷へ頽残して戻ってきた李賀が、この廟へ足を運ぶことは自然である。

密髪虚鬟飛　　密髪《みっぱつ》　虚鬟《きょかん》飛び
膩頬凝花匀　　膩頬《じきょう》　凝花《ぎょうか》に匀《ひと》しき
團鬢分珠窠　　団鬢《だんびん》は　珠窠《しゅか》に分れ
濃眉籠小唇　　濃眉《のうび》　小唇《しょうしん》を籠《こ》む

　この四句に移りみれば、蘭香神女を空想の中に解き放つ作業は、やはりなんの断りもなく終っていて、神女像そのものをまた李賀はみつめているのである。私たちの意識と無意識の混濁した境を注意深くみるなら、この混乱はなんの奇怪でもなくむしろ常態であることは明快なのだが、いったん詩につくり置く時、どのように虚荒誕幻の世界を奪いとっても、つねに整序の造型の力がくわわり、その詩を読むものは安全に、詩人によってつけられた路を踏んでいくことができるのであるが、李賀の詩はなかなかそうはいかず、慣れないうちは面喰うことが多いのである。

　蘭香神女像の髪は、ぎっしりと濃い髪である。それを飾る虚鬟は、くるりと輪のように捲いた髪型で、その輪の中は空洞のようになっているので虚鬟という。葉葱奇は、それが風に払われて飛んだのだといっている。そうではなく、像そのものが故旧化したため、不安定となって風にふかれるたび飛びたつようにみえるか、あるいはいっそう飛んでいってしまっていまはここにないのかもしれない。そのほうが「密髪」が生きてくる。像の頬は、豊かなこってりした頬で花びらがぺったりとついている。花びらのような頬紅がこってりとくっついているのである。珠窠は玉のくぼみ、いわばえくぼである。両の鬢につれあうようにえくぼが二つ開いているのである。神像とはいえ、かなりわいせつな女神像だといわねばならない。眉は濃く、その下に小さな唇がまるまってつぐんでいる。李賀は神像を、天や水に遊ばせて活化したかと思うと、とつぜんもとの神像に戻し、その顔のつくりの点検をしているのである。

弄蝶和輕妍　蝶を弄《ろう》して　和して軽妍《けいけん》
風光怯腰身　風光は　腰身《ようしん》に怯《おじ》ける

その神女像のまわりに蝶が舞うている。それは蘭香神女がまねきよせて、自由に弄しているかのようで、なぜ弄しているかといえば自分の軽よかで妍《あでや》かな姿に蝶が似合うからである。いったん「物」に戻した蘭香神女にふたたび李賀は生命をあたえている。こういう李賀の慰さみものになって生命のだしいれをしている蘭香神女の像は、不気味なエロチシズムを漂泊させていて、あたりの風光は、その神女の立像に圧されておびえているようにみえると李賀は感想をもらすのである。

深幃金鴨冷　深幃《しんい》に　金鴨冷《きんおうひやや》かなり
奩鏡幽鳳塵　奩鏡《れんきょう》　幽鳳《ゆうほう》に塵《ちり》あり
踏霧乗風帰　霧を踏み　風に乗って帰る
撼玉山上聞　玉《ぎょく》を撼《うご》かす　山上に聞《きこ》ゆ

像は、廟内にむきだしになっているのではなく、一つの建物の中におかれているのであろう。正面だけがむきだしになっていて、そばへ行けばまるみえなのである。そこには、深いとばりがあって、金の鴨が冷《ひ》んやりとおかれている。金の鴨といっても、そのかたちをした香炉のことである。奩《はこ》にはいった鏡のうらに彫られた鳳凰が、塵にまみれて幽寒としている。李賀の目は、神女像の周囲の環境に移動しはじめている。この二句は、蘭香神女の古色蒼然たるさまをだしていて出色の句だが、李賀はそうしたあと、またまた彼女に生命をあたえる。最後の二句。「霧を踏み　風に乗じて帰れば、玉を撼かす　山上に聞ゆ」、蘭香神女は、いつも深幃の中にいて、塵にまみれているのだが、実際はわが身をぬけだしているのだと。霧を踏み、風に乗じてこの廟へ戻ってくる時、彼女の衣の玉飾りの鳴る音が、山上にきこえるのだという。それは、遊びにでかけていた彼女が廟に戻って、もとの像に戻った時のしるしなのである。

句解定本の明《みん》の姚佺《ようせん》は、「深幃に金鴨冷かなり　奩鏡の幽鳳に塵あり」の句を「閨怨に類し刪《けず》るべし」と評している。この神女の像のひっそりとすえおかれたすがたに、閨怨の渇きを李賀はみていたのであろうか。それは附会だというより、李賀ならそう感じとるという気もしてくる。この古色な味をひきだす背後に李賀のエロチックな衝動があるように思えてならないのである。そういった附会のイメージをつづけるなら、最後の二句は、セックスをすませてきた蘭香神女の爽かなしぐさとも考えられないことはない。

丘曙戒《きゅうしょかい》［升象］は、この詩篇を評し、「蘭香を借りて以て己れの貞素な気持を表わしたのだ。故につぶさにその人境の潔を言った」とのべている。「蘭香を借りて」という評断にはくみしがたい。なぜなら李賀にはいつも「借りて」というあさましい志はないからである。たしかにこの詩の中に、故郷での李賀の心象をみることができるが、心象を写す意図は彼にはまるでないのであって、ひとりでにでてしまっているということなである。それが彼の悲惨である。「人境の潔を言った」という評もあたっていない。むしろひとりでにこの詩に油田のふきだすようにでてしまっている自分のすがたというものは、「潔」ということにもっともほど遠いドロドロしたものである。「人境の潔」というほど悟りきったものではない。悟りきれないわだかまりのあるドロドロさの中にいて、不安定だからこそ、李賀は故郷の山野にさまよったのである。だから神女のセックスを解放することは、むしろ彼が泣きをいっていることなのでもある。自らの抑圧を白状していることなのでもある。

この詩の李賀は、閉鎖に徹しようとしている。無言であろうとしている。李賀の悲愁はいつもそういう欺瞞のみじめさを欲していることである。蘭香神女の廟の風景の中で必死に自己の開示を節制しているのである。だがこの姿勢には無理があるのであって、すこしの破れ目がでても、その時、繕いきれないほどの自分の心象をさらけだしてしまうのである。自分を抑圧することが大きければ大きいほど、その抑圧が破れた時、李賀の不安と悲愁は大きく成長してしまっていて、それがむごたらしく曝されてしまうのである。

風景への情熱は、やはり李賀にとって逃亡であったかもしれない。風景は、李賀にとってよき敵手であり、そこでは堂々と野蛮な目をふるえたのだが、その野蛮さは、たえず不安に使嗾《しそう》されていたにすぎない。不安にかられた人間は、つねにその悲愁にたいしてさえ、欺瞞の正当化を企てるのである。悲愁などというものは、まるで自分とは縁がなかったかのような顔をするものだ。

結局は、彼は不安を監禁したにすぎないから、ちょっとした油断によっても、不安の種となる外界の類縁を呼びこんでしまい、閉鎖したはずの甲冑に自ら穴をあけてしまうのである。「弱蕙　露に勝《た》えず、山秀、空春に愁う」といったりしたのはそのせいなのである。李賀にとって風景は克己の対象にほかならなかった。克己ぐらいではやはり逃亡にしかなっていないのである。自己を封じても、封印したその下には、不安と恐怖と情熱と悲哀と怒発が逆巻いているのであり、そういう肉体をかかえて見た世界にしかやはりならないのである。李賀の詩がエロチックな衝動をいつもあたえるのは、彼がエロチシズムを意図するからではなく、封印の箱づめの中に対立しあうものの錯綜した緊張の対峙とその対峙をほどいた時におこる運動感のせいだ。生と死の格闘が生じているからである。

　私は思うのだが、李賀は、風景をみるにあたって、それが比喩の想念を喚起する時、もっともそのことをおそれたのではないだろうか。李賀の詩は、喩のモザイクだといえないこともない。だができるだけその詩において比喩のかたちにみえる表現となることを拒否しているところがある。この詩を例にとってみるなら、「幽篁　新粉、画く」、実際は、画くはずはないのだが、画いたようだとはいわないのである。「画く」と断定していうのである。「膩頰凝花匀《ひと》し」の「匀し」は「似る」とか「如し」といっても、かわりのないはずなのだが、「匀し」と等価に据えた李賀の馬鹿力を評価し、あくまでも「匀し」として私たちはみる必要がある。

　比喩は、一種のトウカイである。それは、心の中の曖昧さと対応しているものだ。人間の内面が曖昧であるならば、比喩はいくらでも製造できるし、なんとなく合点した気にもなれるのである。不安と恐怖をとりはらうため、自己納得しようと思えばいくらでもその筋道はみつかり、それはまたすぐに壊体するもろさをもつ。比喩の行為は、だから欺瞞の行為だともいえるのである。李賀の詩にしばしば比喩をひっこめようとするしぐさがみられるのは、その比喩が、彼の内面の恐怖をあらわすばかりでなく、ついでにその曖昧さをまで開示してしまうことに気づいていたからかもしれない。この詩は彼の詩の中でも稀なほど悲鳴の綻びのないほうであり、他の詩ではもっと抑えきれずに悲鳴をあげてしまっているのである。

二

昌谷は、河南府福昌《ふくしょう》県の中にあった。福昌はもと宜《ぎ》陽《よう》と呼び、隋の宮廷のあったところである。福昌と唐代に名づけられたのは、そこに福昌宮という宮殿があったからである。その西南三十四里に女几山がそびえ、そこは蘭香神女が天に昇天する山といわれ、遺廟がその山中にあったことは、すでにみた。

昌谷は県の東にあり、福昌宮の北にあたり、女几山のふもとにあった。李賀は、故宮の地、山水の地、神話の地に生まれ育ったのである。民国の周閬風《しゅうろうふう》が「詩人李賀」の中で、「昌谷の景色は峻秀にして神話に富む気味ありを知るべきだ。この外にも、昌谷水が福昌県の西に流れ、甘水《かんすい》とおなじように洛水に流れこんでいた。昌谷の四囲は、いたずらに山あるばかりでなく、水もあり、まさしく依山傍水《いざんぼうすい》の地であった。我々の天才詩人を涵養する絶好の場所であったことを忘れてはならない」といっている。「李長吉評伝」の王礼錫《おうれいしゃく》も「昌谷の環境は非常に美麗であった……ゆえにその作品の美麗は昌谷の影響を受くること自然すくなくはなかった」といっている。

このような環境説にはしばしば抵抗を覚える。かかる説は、天才の創造性を、彼の狂気や疾病と結びつけるのに似ていて、もっともらしいとともに、なにかしら阿呆らしさをのこしている。そのような環境や肉体疾患をえなければ、天才は生まれないのかというあっけなさを覚えるとともに、そのような条件の下にあるものは、みな天才かという反抗心さえおこる。昌谷の地で生まれたものはみな李賀でありえたか、さらに病弱でありえたものはみな李賀たりえたかというつまらぬいいがかりの弁をついしてしまいたくなる。

だから、王礼錫や周閬風のように、恩きせがましい言い方をすべきではないのだ。それは、影響を受けることは当然であるからだ。人間は、自《みず》から「みた」ものがすべてなのである。私たちの肉体とは、「みる」ものなのである。「みる」とは「知る」ことでもある。「知る」ことが心である。そうであるなら、名勝旧跡の地昌谷に生まれ育っても、だれもかれもが鬼才にならなくてもいいはずである。そしてその風景の中で育った鬼才がたまたま一人生まれても、またいいはずなのである。しかも、その昌谷の風景が、その鬼才にとって決定的な要素を占めていても不思議でもないので、この土地に生まれなかったら式の恩きせがましい言いかたは不要である。

李賀の家居の規模についてはわからない。彼の詩は、家の中のインテリアまでを詳しくはのべていない。ただ家居のまわりに南園と北園があったことは「南園十三首」と「昌谷北園新笋［昌谷北園の新笋《しんじゅん》］四首」という詩があることから判断できる。

園とは、草木樹果の生えている所である。庭をも畑をも自然林をもふくむ私域である。南園北園があるということは、東園西園もあったことを意味するのかは、よくわからない。まず南園から覗いておこうと思う。南園の規模はそれによってほぼ推測がつくし、「蘭香神女廟」とおなじように、彼が南園の風景の中で、どのように肉体をもちこんでいたかをみることができるだろう。

其一

花枝草蔓眼中開　　花の枝　草の蔓《つる》　眼中に開く
小白長紅越女腮　　小さい白　長い紅　越女《えつじょ》の腮《あご》
可憐日暮嫣香落　　憐むべし　日暮《にちぼ》　嫣《えん》なる香落ち
嫁與春風不用媒　　春風に嫁与《かよ》して媒《ばい》を用いず

李賀は、物象を肉体に透過させて見る。「花枝《かし》　草蔓《そうまん》　眼中に開く」の句は、まさにそういう感じがする。物象を肉体の中にさそいこむというより、物象の中に彼がはいっていくという印象を受ける。「眼中に開く」というのは、一見、眼をもって、対象に距離を置いてみているようであるが、そういった距離眼力というものは、李賀の才にはないのであって、すべてを肉体の中にいったんとりこんでしまって、その中で彼の心の中にひっかかりをもってきたものだけを、ピンセットでつまむように料理するのである。

風景を肉体の中にとりこむといったが、もちろん風景をみるのは、彼の目である。彼は目をもってみるのだが、物を見るという目の機能性だけでは、みないということである。肉体の目でみるということである。「花枝、草蔓、眼中に開く」とは、だから肉体にとりこまれた花の枝、草の蔓が眼の中に開いているのを、もう一つの心の目がみるということである。だから李賀にとって眼とは物象の捕獲器にすぎず、その肉眼のほかにその捕獲した物象をみるもう一つの目、つまり目を管理するもう一つ目があるように思える。私がこの句から受ける像とは、李賀の眼球である。その眼球の水晶体のなかに、花の枝や草の蔓が映っているのである。

「昌谷集句解本」の姚佺《ようせん》は、この句を「禅味あり」と評している。「眼中に開くの三字妙なり。もし眼、花を見ずば、花は眼に入らずなり」といっている。この句は、禅味ということになるかどうかはしらないが、李賀は、眼球で花をみなかったので、花が眼球にはいることができたのだとは、たしかにいえるのである。

「小白《しょうはく》　長紅《ちょうこう》　越女の腮」、この句も、眼中に開いた物象である。「花の枝、草の蔓」をさらに詳しくみようとしたのである。それが小さな白、長い紅なのである。これは、もちろん、花枝や草蔓の中に咲いている花そのものであるが、李賀の肉体にまずとびこんでくるのは、「小さな白い花」とか「長い紅」の花という知覚からではなく、「小さな白」であり「長い紅」という色彩そのものがさきなのである。「越女の腮」というのは、その直覚に対する批評である。小さな白、長い紅の咲いているのをみて李賀は越女の腮を想起したのである。越地方の女性は、美人多く、色が白いことで天下にきこえていたという。李賀は、越の女をみたことがあったか、なかったかはどうでもよいとして、ともかく女の白い腮の部分が、その小さな白の中から浮んできたのを彼はみたのである。

あとの二句は、李賀は思考の世界に入ってきている。物象を肉体に透過させることをやめて、知力の声をもって感想をくわえている。「憐むべし　日暮　嫣香は落ち」「春風に嫁与する　媒を用いず」と。かわいそうでたまらないというのである。日暮れになると、その艶然たる香りが落ち、媒酌人もなしに春風のところへ嫁にいってさまようのだからというのだ。ここでいおうとしていることは、日が暮れると、艶香を放って咲いていた花も、風に落され、風にしたがって、いってしまう、それは憐れであるということである。いわゆる「容華慰謝《ようかいしゃ》」であり、「流光の去り易《やす》きを嘆く」のであり、ありきたりのことなのである。

だが、呉正子《ごせいし》が先輩の評として、「末句新巧」と註するように、春花の旋落するを、「春風に嫁与して　媒を用いず」といったところに、気が利いた機智が生まれ、この詩をあわれなものにしている。「仲人もなしに風のところへ嫁にいってしまったよ」という発想には、やはり感心してしまうのである。この機智が、この詩の憐れっぽさを軽くし、憐れっぽさをまた詩にのこすことになる。

このような嫁に行くなどという人間っぽい発想は、花枝草蔓の中の小白長紅のすがたに、越女の腮を想った時、すでに導かれていて、それが「春風に嫁与して　媒を用いず」を掘りあてる契機となっているのである。しかしこのような人間っぽさを、風景の中に投げこんで、野合させてしまうことは一つの危険をもっている。それは、「興」や「喩」を換起しやすいことである。姚文燮《ようぶんしょう》などは、この詩を大胆にも諷喩詩として解釈し、李賀の生きた元和年間の歴史的事実をひきづりだすことに精をだすということも、おこりうるのである。諸王の娘たちが、科挙に合格した人才のもとへ政略として嫁に行かされた事実をひきづりだし、その芳姿艶質な娘たちが嘉偶をえなかったことを諷したのだ、ともいえないことはない内懐の深さをこの詩句は抱いているのだ。ただこの詩の中に、李賀が「時間」をみていたことは確実であっても、「時間」を意図したのではないことは確実である。花の散るの早きを感じるのは、なにも李賀の専売ではなく、このあわれはだれでも感じることであり、不遇の李賀が、風景の中に自らを仮託したなどと読みとることはないのである。もちろん、仮託しなくとも仮託したことになることは、李賀が風景の中に肉体をもちこんでいるゆえに、その肉体が不遇感を沈下させていたなら、そういうものが彼の意志をこえてでてしまうことは当然、予想されることだ。この詩の場合、むしろ春の艶な「憐れ」を機知をもって救いあげている李賀の心のしっとりとしたはずみをむしろみるべきだ。

其二

宮北田塍暁気酣　宮《きゅう》北《ほく》の田塍《でんじょう》　暁気《ぎょうき》　酣《たけなわ》なり
黄桑飲露窣宮簾　黄桑《こうそう》は露を飲んで　宮簾《きゅうれん》に窣《そつ》たり
長腰健婦偸攀折　長腰《ちょうよう》の健婦《けんぷ》　偸《ひそか》に攀折《はんせつ》す
將餧呉王八繭蠶　将《まさ》に呉王の八繭蚕《はっけんさん》を餧《か》わんとす

「其一」は、春の南園を散策していた時の詩であるが、この南園は、福昌宮の廃殿の近くにあったらしく、「其二」では宮殿の北のあたりにまで李賀の足はのびている。「其一」の時間は、おそらく午後から風のでてくる夕暮れにかけてであったが、ここでは、朝に限定されている。福昌宮の北に、南園の田塍、つまり田圃のうねがずらりとつらなっているのである。そこへやってきて李賀は、暁の気配が酣にのこっているのを、身にうけとめているのである。その畑は、黄色の桑畑で、その桑の葉は朝の露を飲んでしめりをおびたまま、宮殿の簾に、ソツソツとぶつかって音たてている。暁の風が吹いているからである。窣《そつ》は、擬音である。ふとみると、そこに長い腰の、頑丈そうな農婦がいて、ことさらひっそりと音たてぬように桑の枝を折っていた。蚕を彼女は、飼おうとしているらしい、と李賀はみるのである。

「呉王八繭蚕」というのは、蚕のことをいう、ただのそれだけのことだのに、このように飾って言ったのである。八繭蚕というのは、一年に八回飼える蚕のことで、呉王といったのは、むかし呉地でさかんに飼育された事歴を生かした飾りの詩句なのである。このような事歴をかぶせるのは、中国の詩のおはこであって、この用法の乱費は、詩を殺すが、詩を生かすことも、もちろんあるのだ。飾り以上に利いてくる場合がある。それは詩句が、意味性を背負っているからであり、ということは曖昧であるからであり、この場合は、ただ蚕のことをいいたいだけなのに、詩の読者は、その語感と語の意味性にふりまわされて、むかしの呉の地まで見物することになる。

　鈴木虎雄の註解によれば、この詩は「福昌宮のそばの桑畠で婦人が桑の葉をぬすんで自分の家の『かいこ』を飼おうとしているのを見て作った詩」という。なるほど、そういう風にもいえるのかと思う。曽益《そうえき》は「桑を採るものの多くは、人に見られるのを畏れ、故に偸かに攀折するのだ」といっている。鈴木虎雄の解釈はここによっているのだろう。私などは、「偸に攀折す」という句に、一応なんだろうとは思うが、そのわけをさぐらないほうが、ひっそり音をたてないように大女が桑の枝を折っている、というその映像だけで興奮し、満足してしまう。

　だが、いったんそのような説を耳にするとやはりいろいろと疑問がおしよせてくる。この桑畑は、李賀家の土地、南園内ではないのか。南園内であるなら、この頑丈な長腰の女は、李賀家の小作人の妻かなにかなのか、それにしても李賀の視線は、どこかそらぞらしいところがあるから、やはり南園とは無縁の女なのか。そうだとすれば、この女は、自分の家の蚕を飼うために、李賀の畑に侵入して桑の樹を盗もうとしていることになるのか。そのために、でかい図体にも拘らず、こっそり音をしのばせて折っていたのか。それにしても李賀はなぜこの盗っと女を叱らないのか。それを黙許するほど李賀は寛大なのか。叱らないのは、やはりこの畑は、南園の領地からはずれたところにある他人の所有地であるせいなのか。解釈の追求にふりまわされると、ざっとこんな調子になってしまうのである。ともかく、ここでは、李賀の足が、南園のつづきの位置にある福昌宮にまでのびていることがわかる。李賀の家居にほど近くにあり、この廃殿のそばちかくまで畑になっていたことが推測されるのである。

其三

竹裏繰絲挑網車　竹裏《ちくり》　糸を繰りて　網車《もうしゃ》を挑《か》く
青蟬獨噪日光斜　青蟬《せいせん》　独り噪《さわ》ぎ　日光斜なり
桃膠迎夏香琥珀　桃膠《とうこう》　夏を迎えて　香の琥珀
自課越傭能種瓜　自《みずか》ら越傭《えつよう》に課して　能《よ》く瓜《うり》を種《う》う

　季節は、夏にかわっている。南園の夏である。南園には竹林があったらしい。竹裏とは竹林である。竹林の中では、糸を繰っていて、紡《つむ》ぎ車をしきりに動かしている。なぜ竹林の中にあるかといえば、夏の暑気を避けるため、竹林の中に紡ぎ車をもちこんだのである。青蟬が、独り噪いでいる。独りといっても一匹ということではなく、蟬だけがということである。あとはひっそりとしていて、蟬だけが、がしゃがしゃ鳴いているのである。日光が斜にさしこんでいる。青蟬とは、日ぐらしの類である。蝿よりやや大きく、青い色をしている蟬である。稀には赤色のもいるというが、夜は草上に、日中は樹の上にあって、その声は清亮と小であるという。だから清亮と噪《さわが》しいわけである。青蟬は、竹林の中で噪ぐこともあるのだろうか、おそらく李賀は、竹林を移動してしまっているはずだ。

次の句も、さらに移動しているはずである。桃膠とは、桃の木から吹きだしたヤニである。そのヤニは琥珀色で、夏の陽光の中で芳香を放っているのである。この桃の木に、青蟬が噪いでいるのだとは考えないほうがよいだろう。

最後の句も、移動している。「自ら越傭に課して能く瓜を種う」。越傭とは、越（浙江地方）生まれの傭人である。李賀の家では、人手不足なのか、人を傭《やと》っている。郷里に帰ってきた李賀は、この越出身の傭人を指図して、瓜を栽培させているのである。指図しているのだとはいえ、李賀は、畑仕事にもでていたことがわかる。

さらに続く、其四、其五、其六、其七は、第一部ですでに紹介したから、その解釈は省くけれど、一応、その句だけはあげておこう。

其四

三十　未だ有らず　二十の余
白日　長《つね》に飢えて小甲蔬《しょうこうそ》
橋頭の長老　相《あい》哀念し
因《よ》って遣《おく》る　戎韜《じゅうとう》一巻の書

其五

男児　何ぞ呉鉤《ごこう》を帯びて
関山《かんざん》五十州を収め取らざるか
請う　君　暫《しばら》く上《のぼ》れ　凌煙閣《りょうえんかく》
若箇《じゃっこ》の書生　万戸の侯たる

其六

章を尋ね　句を摘み　彫虫《ちょうちゅう》に老ゆ
暁月　簾に当って　玉弓《ぎょくきゅう》を挂《か》く
見ずや　年年　遼海の上《ほとり》
文章　何処《いずく》にか　秋風に哭《な》く

其七

長卿《ちょうけい》　牢落《ろうらく》　空舎《くうしゃ》に悲しみ
曼倩《まんせん》　詼諧《かいかい》　自容《じよう》を取る
見《げん》に買わん　若耶渓水《じゃくやけいすい》の剣
明朝　帰去　猿公《えんこう》に事《つか》えん

この四つの七絶は、いったいなにごとだろうと思う。これらは、どうして、南園詩の中にはさまれていなければならないか。

私は、李賀の謀略をみる思いがする。李賀はおそらくこれらの詩篇を、最初から「南園十三首」として意図して作ったのではない。なんの企てもなく、南園の生活の中で生まれていった詩篇を、彼は編集しなおしたように思えてならない。私は、エディトリアルなデザインの匂いをこの「南園十三首」に感じるのである。一篇一篇は独立した、ひとりでに集まってしまったものであるが、そのバラバラの十三首を彼は、順列をつけて構成しなおしたのだと。

このほぼ中央にはさまれた四篇は、南園そのものをうたったのではない。だが、南園の生活の中で、李賀の心を襲った悲鳴ではあるだろう。人は、風景の中にさまよっても、風景ばかりをみているわけではない。風景が、彼の感情を触発し、刺激をあたえることはあるが、その場合は風景と感情がないまぜに交合しあう、しかし、風景の中にあって、風景がまるでみえなくなってしまうこともあるのである。目を開いているし、きちんと路を歩いているのだが、風景に肉体は開かれていず、この四句にみられるように風景を離れ、肉体の中に住まう心の波濤にかまけていることもありうるのである。それは、他人からみれば放心の状態だともいえるのだが、その肉体は南園の土の上にしっかとあることはまちがいないだろう。その意味では、まさしく南園の詩だといえるのである。

この四篇は、まさに悲鳴である。春、夏と南園の風景にたちむかう李賀の銃さばきにみとれながらついてきて、不意にこの四句で彼は銃をなげすて、とつぜん盲目になって、自らの感情のこんぐらがった一種の恥を思いきりさらけだすさまをみていると、李賀がいかに故郷にあって自分を圧殺していたか、あの科挙を拒否された事件が忘れられないでいたかということが、逆算されてくる。いかに自らの挫折感に色をつけてごきげんをとっていたか、ということが痛ましく露呈しているのがみえるのである。だがこの四篇を、ここにはさんだことは、あくまでも李賀の謀略なのである。自らの恥を、効果として用いているのである。自らの恥に復讐しているところがある。南園の抒景詩として読んでいったものは、この四篇の悲鳴にあわててしまうだろう。そういったデザイン上の謀略が、手傷を負った李賀によってこころみられているのである。

元《げん》の呉正子《ごせいし》以来多くの註釈書は、この南園十三首のそれぞれに其一、其二という風に番号をふっている。私は、ほとんどの註釈書をマイクロフィルムの紙焼きでもっているのだが、清《しん》初の黄陶庵《こうとうあん》の批本、呉汝綸《ごじょりん》評注の李長吉詩集、陳本礼の「協律鉤元」以外はみなそれにならっている。この其一、其二という風に書割ってあるのをみていくことに私は強い抵抗を覚える。

　これらはみな七言絶句ではあり、一篇一篇として読むに耐えるのだが、其一、其二の形式で読まされることは、これらの詩に対する私たちの構えは、そのたびにいちいち箱づめされるのである。むしろ、これらの十三首をずらずらと長篇詩として読めるように、これらの順列番号をとりはずしてしまったほうが、南園そのものが、十三の箱ではなく一つの大きな箱となってその全貌をあらわすのではないだろうか。そうすれば、悲鳴をあげている詩も、なんら不思議ではなくなる。唐突にはいってくることこそが、自然になる。南園に肉体をおく李賀のすべてということになる。全体性が把握できる。李賀は、たしかに謀略的にこの四篇を挿入したのではあるが、ふりかえってみれば、南園をさまよう李賀というものは、風景をみたり、風景に感情をあわせたり、風景が消えて感情だけになったり、また風景がみえてきたりという混濁したものであるはずなのだ。李賀は、ばらばらにできあがった十三首をみつめながら、エディトリアルな才をふるって、南園の中の混濁した自分のすがたというものを構成しなおしたのだといってもよいのである。その場合、その混濁した自分の肉体性、つまり全体性を生かすためには其一、其二といった分割は、邪魔になるはずである。

　私は、註釈書でない詩集の版本を調べてみた。景蕭《けいしょう》山《ざん》朱氏蔵宋蜀本「李長吉文集」には、順列は同じではあるが番号はふられていない。景常熟瞿《けいじょうじゅくく》氏鉄琴銅剣楼《てっきんどうけんろう》蔵金《きん》刊本「李賀歌詩篇」においても同じである。また宋代の古いかたちを伝えるものとされる朝鮮古活字本「李長吉集」は、独自の編集がなされていて、この南園十三首は「地理類」の中にいれられているのだが、ここにもそのような枠はめはない。景元《けいげん》本の「錦嚢集《きんのうしゅう》」もそうなっていない。時代をずっとくだって明《みん》の黄光《こうこう》校の「李長吉詩集」もとりはずしてある。

　これらをみると、おそらく李賀は十三首をならべただけであって、けっして詩を箱詰めにして並べたのではなく、編校者の恣意によって途中から変動したのだと思われるのである。だから私は、もっとも普及している清《しん》の王琦《おうき》の「李長吉歌詩」を底本としてきたが、この詩にかぎり其八以後は、番号をとりはずして読んでいくつもりだ。李賀は、題をえてからようやく詩をつくることはなかったといわれる。詩ができてから、題がつけられたのである。詩は、李賀にとって無我夢中のうちに彼の肉体からこぼれ落ちるものであり、そのこぼれ落ちたものにたいして、李賀は熱い目をもって、その熱くこぼれ落ちた詩片を、なまのまま生かしながら料理していった、そのエディトリアル・デザインともいうべき李賀の造型力を、大事にしなければならないという気がしてきたからだ。

春水初生乳燕飛　　春水《しゅんすい》　初めて生じ　乳燕《にゅうえん》飛ぶ
黄蜂小尾撲花歸　　黄蜂《こうほう》の小尾《しょうび》　花を撲《う》って帰る
牕含遠色通書幌　　牕《まど》は遠色《えんしょく》を含み　書幌《しょこう》に通じ
魚擁香鉤近石磯　　魚は香鉤《こうこう》を擁して　石磯《せきき》に近づく

　ここでは、また初春に戻っている。李賀は造型作業の中にあって、まるで春夏秋冬に追っていくことに拘泥していないことがわかる。彼にとって必要なのは、その組みたての中にあって「南園にいる李賀」の全体を浮びあがらせることなのである。

　清《しん》の方扶南《ほうふなん》がいうように、これから以下四首は「閑寂」である。そしてこれから以下六首は、「皆、当世に合《あわ》ざるといい、隠処、間に就《つ》くの意」をしめしているのだという。中にはさまれた四首で、恥しいほど激動したからには、当然、その後の詩は静力学的にもその乱れた息を整えねばならぬと自分にいいきかしているようだ。

　ここでは、南園に川が流れているのがわかる。その川が昌谷水なのかどうかはわからない。あるいは、昌谷水の岐《わか》れがはいりこんでいるのかもしれない。ともかく、雪どけ水で水かさが増えたらしい。その増量が春水のしるしなのである。水量が増えることによって、はじめて春の水となったのである。その川の上を、雛を養っている親燕が一羽飛んでいくのをみているのである。また黄色の蜂が、その小さな尾っぽで、花を撲ったように叩いたりしながら帰っていく。

　最初二句では、李賀の位置は、戸外の春の中にいるわけだが、後二句では室内にはいってしまっている。南園にむかっている部屋の中にいるのである。「牕《まど》は遠色を含んで書幌に通ず」。ここには李賀の物をレイアウトしてみる習性がはっきりあらわれている。窓が、そのレイアウトの役割をはたしているのである。窓は、それ自体が、風景の裁断である。しかしその裁断は景色の奥行までをとりつぶしはしない。それで「遠色を含んで」といったのである。「書幌に通ず」は、書斎の窓掛けのそばにいても、その遠い風景がひきづりこまれていて見えるということである。このようにはっきりと、そのような感覚がえられるのは、窓じたいが一つの焦点をあわせるというデザイン効果をあげているからである。その「遠色」は、川磯あたりまでを含んでいるのかもしれぬ。おそらく窓からの遠望では、川はぼんやりみえても、魚を釣っているさままでは、みえなかったはずだが、そこに李賀の想像の視力がくわわって、ある状態を拡大凝視する。それが「魚は香鉤を擁して石磯に近づく」である。おそらく針を呑んだ魚が、釣人にズルズル石磯まで川の水からひきづりだされている情景なのだろうが、李賀の想像視力は、魚そのものの態を枠取りしてしまっているゆえに、釣人などは消滅させられ、受身のはずの魚は、能動態に変更され、積極的に、鉤《つりばり》を抱いて、しかも香りのある鉤まで抱いたりして、石磯に近づいてくるといった、超現実的な影像を生みだしている。これは、彼の書斎の窓が、遠望のきくところに位置していたことを示し、その書斎の中をうろうろしながらも、南園を散策することができたことをしめしている。

泉沙耎臥鴛鴦暖
曲岸廻篙舴艋遅
瀉酒木蘭椒葉蓋
病容扶起種菱絲

泉沙《せんさ》　耎《やわらか》に臥し　鴛鴦《えんおう》暖《あたたか》し
曲岸《きょくがん》に篙《こう》を廻《めぐ》らし　舴艋《さくぼう》遅し
酒を瀉《そそ》ぐ　木蘭《もくらん》椒葉《しょうよう》の蓋
病容《びょうよう》　扶起《ふき》して　菱糸《りょうし》を種《う》える

この詩では、李賀が病気で臥していたことがわかる。南園には、小さな泉もあったとみうける。泉の砂辺に鴛鴦《おしどり》がふしているのである。暖かそうにやわらかに臥している。暖かそうで、やわらかなのは、その日の陽気のせいなのか、鴛鴦の羽ぶりやそのうずくまるふるまいが、そうみせるのか、おそらくその両方であろう。「曲岸廻篙　舴艋遅し」は、李賀が、川べりの近くまで身を運んでいることがわかる。その川は、かなり激しく岸のまがりくねったところをも流れていた。そのため漁人が、岸にぶつからぬよう竹竿であれこれ忙しく動かしているので、舴艋（小舟）のすすみは遅々としている。李賀がこのような風景をみることができたのは、病をおして、南園の戸外へでたからであることが、後二句でわかる。だから前二句の風景は、病に臥していたものがみた風景なのである。

「酒を瀉ぐ　木蘭椒葉の蓋」。李賀は昼間から酒を飲んで自分を元気づけるのである。酒杯の上に木蘭と山椒の葉をかぶせ、その上から酒をそそぐのである。あるいは、酒の上にそれらの葉を浮べるのであるかもしれない。浮べば、酒水はその葉のために消えて、蓋をしたようになるわけだ。こんなことをするのは、酒に香気をあたえて、味をよくするためにほかならない。風流な飲みかたもあったものだ。かくして自らを元気づけた李賀は、病体を扶け起こしてもらって、戸外にでるのである。そして菱糸を種えにいくのである。すでにとりあげた「題帰夢」の中で、李賀の弟が谷間で、かりやすの薬草を切っている情景がでてきたが、李賀はこのおなじ谷川へいったのかもしれない。もっとも、つねに李賀の詩に対して大胆な解釈をする姚文燮などは、「病容　扶起　菱糸を種ゆ」の句に対し、菱糸を白髪と解し、病後、鏡にむかって忽《たちま》ちに白髪になっているのをみたのだと解する。これは、狂った解釈である。

邊讓今朝憶蔡邕　　辺譲《へんじょう》は　今朝　蔡邕《さいよう》を憶《おも》う
無心裁曲臥春風　　無心なり　裁曲《さいきょく》　春風に臥すを
舎南有竹堪書字　　舎南《しゃなん》　竹有り　書字に堪う
老去溪頭作釣翁　　老い去りて　渓頭《けいとう》に釣翁《ちょうおう》と作《な》らん

辺譲とは、人の名である。後漢の人で、年少にして、蔡邕《さいよう》という文人官僚にひきたてられ、一躍、九江の太守に命じられた。この場合、辺譲とは、李賀である。辺譲が、李賀であるなら、蔡邕は、彼を引きたててくれるだろうだれかである。しかし蔡邕を韓愈などと考えないほうがよい。彼の才能を認め、高位に抜擢する力をもった実力者のだれかを憶うのでよい。韓愈のために、かえって李賀は不幸になっているのであり、韓愈でないだれかの登場を遠く憶っているのである。だが、李賀は、そういう虫のよい自分をすぐに否定する。無心に楽曲を作って、春風にねころがっていたほうがよいというのである。舎南、李賀の家の南、つまり南園には竹がいっぱいある。竹林はすでこの一連の詩の前のほうにでてきたが、その竹林である。「書字に堪へたり」というのは、その竹を切って簡《ふだ》にすれば、そこへいくらでも字が書けるというのである。この竹は、おそらく釣翁にもつながって、竹が釣翁の竹竿をひきだしているともいえる。「老い去って渓頭の釣翁と作《な》らん」は、だれかがひきたてにやってくるのを待ち望むなどという助平根性をださずに、このまま老いさらばえていこうと、そう自分にいいきかしているのである。谷間のほとりで、釣りをたれる翁となって、そのまま、老いさらばえていこうと、反省ともつかず覚悟ともつかない口吻をみせて、李賀は殊勝である。

　この句では、あきらかに李賀は、自分にふりかかった事件を想いかえしているのである。しかしさきの四首でみせたような激昂した李賀のすがたはここにはない。「男児　何ぞ呉鉤を帯びて、関山五十州を収取せん」といった歯ぎしりの音のきこえてくるような意気がりや、「章を尋ね　句を摘みて　雕虫に老ゆ」「文章　何処にか秋風に哭す」といった自己への否定ぶりはみあたらない。むしろ、あきらめに近いものが濃厚に滲出している。あきらめよう、あきらめようとしている。南園を出でず、故郷を出でず、そのまま老いさらばえていこうとしている。

　この思考は、李賀にとって、やはり危険な時だといわなくてはならない。このような隠者志向は、平凡でもあり、しばしば自慰にすぎなく、本気にその気になっているのならまだしも、李賀は、思わず「辺譲　今朝　蔡邕を憶う」といったあと、あわてて取消しているという風があって、どこか無理に自分をなだめすかして隠者たらんとしているように思えてならないからである。ここには、脂ぎった悲鳴はないが、脂ぎらない悲鳴というものが、きこえてくる。閑寂としているが、彼の欝悶の音が、なんら諦観とはならぬ寂しい音が、轟いてくる。さらにのこりの三首をみなければならない。

三

長巒谷口倚嵇家
白晝千峯老翠華
自履藤鞋收石蜜
手牽苔絮長蓴花

長巒《ちょうらん》の　谷口《こくこう》に　嵇家《けいか》は　倚《よ》り
白昼の千峯《せんぽう》　翠華《すいか》　老いたり
自《みずか》ら　藤鞋《とうあい》を履きて　石蜜《せきみつ》を収《と》り
手づから　苔絮《たいじょ》を牽《ひ》きて　蓴花《じゅんか》を
長《そだ》てん

南園そのものの面積はどれくらいの領域をしめていたのか、漠然としている。大きな土地でなかったことだけはたしかだ。「病容を扶起して菱糸を種える」ことのできる距離内のものであった。つまり病に臥していても、無理をすれば、谷間にたどりつける距離内の広さであった。李賀の家は、風光に恵まれてはいたが、大地主ではなかったのである。

「長巒の　谷口に　嵇家は　倚り」は、昌谷内における李賀邸の位置を示し、「長巒」とは、おそらく女几山をさしている。巒とは、もともと円い山のことである。それなのに長巒とはなにごとかと思えるのだが、長く円い山というものが、さして矛盾しているとは思えないのである。王琦の注は、郭璞《かくはく》の「爾雅《じが》」を援用して、荊《けい》州では山形の長狭なるものを巒というとしているが、そのような根拠をみつけてこなくても、長っぽそく円い山というものを感覚的にそっくり受けいれることができるはずである。

女几山の容姿は、長っぽそく円い山であったのである。その山のそばが昌谷のはじまりになっていて、そこに嵇家がくっついている。嵇家とは、嵇康《けいこう》の家という意味ではあるが、李家というのをはばかって、あるいは修飾して、嵇家としたのである。

そこで嵇康とは、晋《しん》の嵇康であって、竹林七賢の一人である嵇康のことで、李賀が自らの家を嵇家ということは、竹林に世を隠れて清遊した嵇康に自分を比していることにほかならない。

十番目の句で「辺譲は　今朝　蔡邕《さいよう》を憶う」と、現世への未練をいったん覗かせたりしたのだが、すぐに「老い去りて　渓頭に釣翁と作《な》らん」とあわて気味に打消した。その打消しの覚悟が、そのままいまとりあげている詩に、余波を送って続いているのである。

つまり、李賀は世に背をむけて生きることに、かなりその気になっているのである。というより、噛みしめるように強いて勉めているといった彼の心の鼓《つづみ》がきこえてきて、つらい。

南園からみえる白昼の峰峰の緑はつやつやと輝いている。だが、李賀の目には、そのつやつやした緑を、そのまま受けとることはできない。隠者を志向したのならば、その自然の盛りを、そのまま受容すればよいものを、李賀はやはりそうはできない。そのつやつやした緑を「老」といってしまうのである。この「老」という字を、意訳して、「みどりが深まって目がさめるようなみずみずしさ」(斎藤晌)とか、「翠《みどり》の光がくろずんでいる」(鈴木虎雄)という風にもできるが、私は、どうしても「老」を「老ゆ」という文字通りの意味に受けとらなければ、李賀を見失うのではないかと思えるのである。ものが盛りを迎えていればいるほど、いづれやってくるその盛りの頽《たい》凋《ちょう》のすがたを見る彼の反射感覚を無視するわけにはいかない。そうみることは、李賀の意地でもあり、嫉妬でもあった。

この詩でも、李賀はまた谷間におりていっている。滑らないようにと籐で編んだ鞋《くつ》をはいて、石崖につくられた蜂蜜をとりに渓流へおりる、はじめは乱れ髪のように揺れ、大きくなると綿のようになって、蓴菜《じゅんさい》の花にまといつく水苔をひっぱって、その害を除く作業に従事するのである。

この李賀の労働は、きわめて理屈っぽく自己確認的である。御飯粒を、歯と舌でゆっくり噛みしめているといった風合がある。それは、「自履」とか「手牽」といった語から、それが感じられるのである。「自ら藤鞋を履んで」とか「手づから苔絮を牽いて」というのは、すべて自分の労働行為をいちいちみているといった緩徐な動作を感じるのである。知行合一からはずれている、頭でっかちな労働のしぐさなのである。

すっきりしない自分をなんとか励ましているというぎこちなさ、けなげさが感知できて、私はつらい。自分の家を、「嵆家」などといってしまった時から、すでにぎこちなさは始まっていたといってよい。

なぜなら隠す行為が開始されているからである。これまで南園の詩において、いろいろな古人を李賀は想起した。司馬長卿、東方曼倩《まんせん》、辺譲、蔡邕、そして嵆康をである。詩の表面は、彼等が主格となっているのだが、実際は李賀にすぎないという復讐を、この古人と自分の身をいれかえるというレトリックによってしたたかに受けているのである。

松渓黒水新龍卵　松渓《しょうけい》の黒水《こくすい》に　新の龍卵
桂洞生硝舊馬牙　桂洞《けいどう》の生硝《せいしょう》は　旧の馬牙《ばが》
誰遣虞卿裁道帔　誰か虞卿《ぐけい》をして道帔《どうひ》を裁《た》ち
輕綃一疋染朝霞　軽綃一疋《けいしょういっぴき》朝霞《ちょうか》を染めしむ

谷間に、李賀はなお居続けている。李賀は隠者志向をさらに一歩前進させて、道士たらんとしている。仙人志向をしているのである。前作で、崖によじのぼって石蜜をとったりしたことが、道士志向に彼をしむける要因になっているのである。石蜜は、一種の不老長生の薬となるものであって、崖上または土窟の中にあり、人はそこに到るのは困難であり、命がけでそばにちかより、長竿でつついて蜜をとりださねばならない。味は酸《す》であり、蜜の色は緑であるという。

そういった昌谷での生活をつづけるならば、まるで道士の修業をしているのかと思えるほどだ。この詩では、なお谷間の奥へと、李賀の行動半径は深まっている。

その谷間の奥にあってはもはや渓川というものではなくそれにふさわしい渓のせせらぐ音などは消えており、おそらくたっぷりと淵になっていて、水は静まりかえり、流れは滞留している。つまり、どんよりと深いのである。そのあたりの前後には、松がうっそうと生えていて、それが水面に映じ、黒々とした水となっている。その黒い渓面の中に、李賀は、新しい龍の卵が沈んでいるのをみるのである。

またそのあたりの桂のおいしげっている洞窟には、生硝、生のままの天然の、硝石がとびでている。硝石の中には、馬牙硝《ばがしょう》と呼ばれるものがあり、それは馬の歯のかたちをしているのである、その歯は白いのではなく、かなり古びたものであり、それで旧馬牙といい、新龍卵と対置させているのである。新龍卵といい旧馬牙といい、ともにこの渓に道教的雰囲気を醸出させるのに手だすけしている。松影と水の深みによって黒ずんだ淵をのぞくと、生みたての白い龍の卵が、底に沈んでいるのを発見するということは、実際にあったとは思えないが、その黒水は、李賀に幻化の術をあたえるのである。龍の卵といい、馬牙の硝石といい、すべて仙術の象徴であり、小道具である。不老長生にかかわるものばかりである。

この谷間で、このようなものをみた李賀はなにを考えたかというのが、「誰か虞卿《ぐけい》をして道帔《どうひ》を裁ち　軽綃《けいしょう》一匹　朝霞を染めしむ」という下二句である。

またここでも李賀は変身している。こんどは虞卿という男にだ。虞卿は戦国時代の遊説の士である。彼の晩年は、不遇そのものであり、はじめの順風満帆の勢いはついに戻らず、その不遇感の中で、彼は「虞氏春秋」をあらわした。司馬遷は「史記」の中で彼を評し、「虞卿、窮愁《きゅうしゅう》に非《あら》ずんば亦《また》書を著して以て自《みずか》ら後世にあらわること能《あた》わず」と言った。この窮愁の虞卿に李賀は扮装しているのである。

つまり、虞卿は、不遇感の中にあってなお現世での栄達を求めてじゅくじゅくしているのである。そのことによっておこる窮愁が、「虞氏春秋」をかかせるのだが、李賀にとってもおなじで、李賀は、その窮愁払いにあたって詩作に従事するわけである。それでは彼等の著作も詩作も、現世への未練であり、怨みを証することにしかならないだろう。

この堂々めぐりの循環を、李賀は、当然、気づいているのであり、そこで、いっそう、きっぱりと道士になったほうがよい、と自分にけしかけるのである。だから、だれかこの虞卿に、道士の衣裳を裁断し、朝の霞の色（紅黄色）に染めた一着のうすぎぬを贈ってやるものはいないかというのである。だが、このいいかたは、まだどこか奥歯に物がはさまったいいかたである。このいいかたでは彼はまだ道士になろうと決心していることにはならないのだ。他人の力によって、自分の未練の行為を粉砕してほしいという受身の願望なのである。これでは、まったく俗世に足を半分のこしたいいかたにすぎないのである。本心は、なお俗土に足を半分踏みしめているのであり、偽りの心だけが、道士を願っている。そのため、奇特な誰かが、むりやり李賀に道衣を着せなければならないのである。しかも、誰かに道衣を着せられる破目になることさえ、自分でいいだしながら、彼はおそれているのであり、そんな奇特な人はいないと否定さえしてしまっているありさまだ。

南園に閉じこもった李賀は、とどのつまりは、道士となって俗世とさようならすることにまで、かなり自分をそそのかしておきながら、ついにその決断をなしえていないのである。未決着のまま「南園」の詩は、十三首目を迎えるのである。

小樹開朝徑　小樹《しょうじゅ》　朝径《ちょうけい》に　開き
長茸濕夜煙　長茸《ちょうじょう》　夜煙《やえん》に　湿《うるお》う
柳花驚雪浦　柳花《りゅうか》　雪浦《せっぽ》に　驚き
麥雨漲溪田　麦雨《ばくう》　渓田《けいでん》に　漲《みなぎ》る
古刹疎鐘度　古刹《こせつ》に　疎《まばら》なる鐘　度《わた》り
遙嵐破月懸　遥嵐《ようらん》に　破れし月　懸《かか》る
沙頭敲石火　沙頭《さとう》　石火を　敲《たた》き
燒竹照漁船　焼竹《しょうちく》　漁船を　照らす

最後の詩は、五言詩になっている。それまではすべて七言で進んでいたのが、終りにいたって、ばっさりと呼吸を狂わせているのである。私たちの目、すなわち呼吸は、七言のリズムがあまりにもつづくので、いい気になっていたのだが、とつぜん肩から落ちるように息を乱されるのである。

これは、李賀の計略にほかならない。五言に落しても、四行詩であるならば、それまでがすべて四行詩であるゆえに、その衝陥の、つきおとしのショックは軽微なものであったろう。というより、十三の詩篇を排列した「南園」のシリーズが、その構成において傷物となる可能性が強かったであろう。そのつき落しの衝撃が軽微であるならば、このシリーズ全体が、とつぜん歯抜けのガタガタになってしまうのである。だから、最後に至って五言へ急転直下に落すことは冒険なのである。李賀は、しかし、ここでその冒険をあえてし、成功している。それは五言八行の詩形で変化したからである。八行であるならば、それまでの七言四行の十二首の重量を、充分に受け堪えることができるからである。つまり、読者は、息を乱されても、息を整えるだけの行程が用意されていて、むしろ快路を歩むことになる。しかしこの五言八行の大胆な謀略は、実際は読者のための謀略ではなく、李賀自身にとって、七言四行で整然と南園を歩いていくことは、息苦しいことであったので、それを開放するために自ら謀って、穴ぼこに落ちたかったのだという肉体が欲する自然の行為を、さらに詩篇として掬《すく》いとっているということなのである。

ある一説（黄之雋《こうしせん》）によると、「南園」の詩の十一番目と十二番目は、もとは、あわせて一篇の七言律詩であり、それが誤って二分されたのだと。そうだとすれば、「南園」の詩は、十二首ということになり、終りの二首は七律、五律とつづくことになり、穴ぼこへ二段構えに落ちていくことになる。十一番目の詩と十二番目は、たしかに連続して読んだ時、ともに昌谷の渓間の詩であり、つながって読める。黄之雋のいう「賀に七言律はない。と思っていた或る日、南園詩を読んでいて、第十一首には語気がすっきり通っていないのでふと疑いをもち、すぐに第十二首とを連続して読んでみて、はじめてそれらがもとは一首であり、誤分されていたものであることがわかった」という発見も、いわれてみればかなり信憑性を帯びてはくるが、しかし十一首目に語気がないということを認めないならば、やはりこの説はむなしいものになってしまう。

最後の十三首目の詩にたいしても、方扶南《ほうふなん》のつぎの説がある。それは、もともとこの詩篇は入っていなかったのだが、他と同じように南園の詩なので、因って彙録《いろく》したのだと。方扶南が、このようにひっかかるのは、最後にきて五言詩句が不意にあらわれるからである。それは、李賀の造型感覚、ひいては李賀の肉体の呼吸習性をつかんでいないところからおこる指摘であるような気がしてならない。葉葱奇は、この変則を「唐人は一題の中において、七言と五言、古体と今体の併列をすることは、諸大家の詩集の中にたいへん多くみられ、後人のように一題一体に拘らなかった」という風に解決している。

しかし彼もなおひっかかるところがあるとみえて、この首を最末においたのは、園外の朝暮の景色を描写したからだといっている。しかし、園外だという証拠はどこにもないのである。古寺がこの詩にでてくるからか、漁船がでてくるからか。古寺は園内にもあったかもしれず、渓流に棹さす漁師の舟だって、漁船ではないか。もっとも園外とはまさに園外であって、他人の隣接区域までをふくみ、南園のうちといえないこともない。園内と園外をもって南園はつくられているのだから。もっとも洛陽あたりまでいってしまうと当然、園外とはいえないのだが。

それにしても、どうして、私は各説にこうも拘ってしまうのだろうか。すっぱり否定するのなら、否定の弁をいわずに、南園の李賀のすがたを追っていけばよいものをと思いはするのだが、他人の説というものは、いったん目睹《もくと》すると、蜘蛛の糸となって私の皮膚にからみついてくるので、それをいちいちとり払わなければ前へ進むことができないという奇妙な習性が身についてしまった。なにがなんでもとり払わなくては自分が立たないのである。

さて、最末の詩の内容である。園外としても園内とみても、どちらでもよい。それよりも、まさに最末を飾るにふさわしいエロチックな手法をここで彼はみせている。

この八句は、一句ずつが独立しているとみてよく、いわばばらばらのスチル写真をつぎつぎとみせられるという感じだ。鈴木虎雄が「これは朝晩のことを同時にのべ、作法はゴチャゴチャしている。前の二句に朝と夜があり、三四句が昼の景、古刹以下が夜の景となっている。或は未完成の作かも知れぬ」といいたくなるのも、わからぬでもないが、私は一句一句を切りとられた写真のようにみていくのが、よいと思う。李賀の目は、カメラの目となって、南園の景を切りとっているのである。そして切りとった景を他の切りとった景にのりづけしようとしていないその作法の垂直性を感取して、私たちは近づく必要がある。八つの俳句を並べたと考えればよい。

園内の中を、李賀の心は迷いつづける、それが十二首までのすがただ。李賀が迷うのは、とどまるべき場所をさがし求めていたからだ。迷うということは、観想するからだ。風景への目は、不意に観想の世界に彼をひきづりこむ。迷えるものの観想は、当然、彼に苦痛を想いださせるだろう。過去の傷にひきもどすのである。そこで、あらためて彼は、自分の行くべき場所を考えるのだが、苦痛の記憶はいつもそれをさえぎり、邪魔立てするのである。そのため彼の決意は、いつも曖昧をきわめ、欺瞞にさえ思える。だがその欺瞞は、私の目からみれば欺瞞なのであって、李賀にとって欺瞞であるかどうかわからない。不正直の正直ともいうべきものであるかもしれない。だがそのような曖昧さをのこしているかぎり、李賀の迷いは、継続しているといえるのだ。

この迷いを一時的にも爆破するには、観想を棄却しなければならない。ということは、自分を殺すということである。風景の前で一瞬たりともとどまることなく、風景をたちどころに射殺していくことである。すこしでも風景の前にとどまるなら、この迷い狂う不安の男は、風景のつるにまきつけられ、観想の地獄にはいるからである。

この「南園」の末尾に置かれた五言詩八句は、その一つ一つが、観想にからまれることをふりきった、銃撃の収穫なのである。これらの詩句の背後には、観想をふりきった蒼ざめた李賀という青年のすがたが、立っているのである。ここには、燃焼があり、精神と風景が交合しあった一致の緊張がみられるのである。

小樹　朝径に　開く

小さな樹、それがまず李賀の目にとびこんでくる、そしてそこには、朝の小道が開かれている。はじめから小樹のそばには、朝の小道があったのだが、たとえあったとしても、李賀の目があってはじめてその朝径は存在となるのであって、だから「開く」といういいかたをしているのである。一枚写真を、視点を二つ折りに移動しながらみていくのに似ている。

長茸《ちょうじょう》　夜煙に　湿う

茸とは、草の乱れ繁るさまという。それが長く伸びた状態でそうなので、長茸という。その長茸に、夜の煙霧が流れて、びっしょり濡れている。

柳花　雪浦に　驚く

この驚くは、李賀が驚くというより、強調の語とみるべきである。柳花雪浦でよいのである。正確には柳花雪浦と傍点をふったシャッターのきりかたをしているといってよい。驚いた時に、シャッターはきられているのである。柳の花が散って、白い花が散って、浦に雪が降り落ちた状態をとらえているのである。雪かとみまがうのではなく、雪とみえたのだといってよい。

麦雨　渓田に　漲る

麦に雨がそそいでいる。その麦は渓間にある田畑に植えられた麦だ。麦の田畑は雨水で漲っている。一枚写真のある部分をまずトリミングし、こんどはそのトリミングの幅をぐいぐいと拡大してみていく感じである。

古刹　疎なる鐘　度《わた》る

これは、遠景である。古寺のみえる方角からまばらな鐘の音が、まわりの風景にひろがりわたっていく。古刹といわれるだけなのにその寺をかこむ暗い森までがみえる。夜とはいっていないが、夜だと確信させてしまう。

遥嵐　破れし月　懸る

日本人の感覚としては、遠くに逆巻く嵐のまっただ中に、破《かたわ》れ月がひっかかっていると受けとりたいところだが、そうではなく、嵐とは、暴風雨のあらしではなく、山気のたちのぼるをいう。京の嵐山の嵐は、そういうところからつけられたのであり、水蒸気の多い山は、それ事体がソフト・フォーカスになって、風光明媚にみせるからである。遠くにみえる山気の中に、破月がひっかかっているのである。

沙頭　石火を　敲《たた》く

砂岸で、だれかが石と石をかちっと叩くと、パッと火が飛ぶ。だれかが叩いているのはわかるのだが、鮮明なのは、火だけである。その火の焔《ほのお》が、その場所が沙頭であることを知らせるのである。

焼竹　漁船を　照らす

竹が音をたてて焼けている。焼ける焔が漁船を照らし、その焼竹が漁船の上であるというありかをしめしているのである。つまり漁船の上で、かがり火がわりに竹が燃されているのである。

　これらの八句には、たがいになんの脈絡もなければ他首のように連想の遊戯も発生していない。私たちは、スライドを一枚ずつ落して、いちいちスクリーン上にみるように、これらをパンパンとみていけばよいのである。この五言律を、十三首目においたことが、李賀の「南園」の生活に対する結論でもあったわけである。それは呼吸を変えることばかりでなく、観想を抹殺して自分をむなしくする風景への対しかたをしているからだ。

「南園」を覗いたついでに北園もみておかねばなるまい。北園は、南園よりさらに小さな土地であったかどうかは、つまびらかではないけれど、南園のようにさまよい歩いた痕跡を、北園の残された詩はしめしていず、新しい竹筍のことだけにしぼっている。その詩は、「昌谷北園新《しん》筍《じゅん》」の四首である。

籜落長竿削玉開
君看母筍是龍材
更容一夜抽千尺
別却池園數寸泥

籜《たく》　落ちて　長竿《ちょうかん》は　削玉《さくぎょく》と　開けり
君《きみ》は看よ　母筍《ぼじゅん》は　これ　龍材なるを
更に容《ゆる》す　一夜に　千尺を抽《ぬ》き
池園《ちえん》の　数寸の泥に　別却《べっきゃく》するを

　籜は竹の皮。竹の皮がつるりと落ちて、長い竿が玉を削ったようにあらわれでた。さあみよ、この大きな竹は、龍ともなる器なのだ。一夜のうちに千尺も抽きんでて、庭の池のあたりの数寸の高さの泥の中にいることからおさらばしてしまうほどなのだ。

　姚文燮《ようぶんしょう》は、「竹を借りて以て自負す」といっている。丘季貞《きゅうきてい》［象随］も「これ奉礼（李賀）の自負の意」という。この詩では、まったく生々とした李賀のすがたをみることができる。彼の事件を知らなかったら、これからはじめて進士に挑戦しようとする驕児の声のようである。虹をも吹きとばす感がある。南園にも、竹林があったが、北園にもあり、北園の池ちかくまでそれが生えていたことがわかる。

斫取青光寫楚辭　青光を　斫取《しゃくしゅ》して　楚辞《そじ》を写す
膩香春粉黒離離　膩香《じこう》　春粉　黒く　離離《りり》
無情有恨何人見　無情も　恨みあり　何人《なんぴと》か　見ん
露壓煙啼千萬枝　露は圧し　煙に啼《な》く　千万枝

　ところがその自負が、二首目では、恨みにかわっている。なんという不安定さだ。自負の意気ごみが、怨恨へ転じてるその変り身に驚くのであるが、そこでこれはいったいどうしたのかといえば、彼の自負が怨恨をよびよせたのではなく、怨恨が自負より先であり、怨恨こそがあのような自負の悪路を歩ませたのだという風に理解したほうがよい。

　あのような激しい、気恥しいかぎりの自負のぎんぎらぎんの精力は、人間そうたやすく発現するものではない。彼の不運感が、彼に自負心を鼓吹するのである。不運感は、萎《しお》れきったものでありがちであるが、それをふりはらうには、それにみあう幸運が舞いこまなければならないのだが、もしそうはならずに、それでいて不運感のしょぼくれを削りとろうと思うなら、不運感を拡大するより手がない。拡大には、力わざが必要なのであって、その不運感が拡大された時は、力のこもった不運感にならざるをえないのである。

　怨みもまた、力わざである。怨みもまた、精力のみなぎる時である。怨みは、たえがたいことのようだが、たえがたいということにおいて生命力を充血させているのであって、怨みを抱く人間はおしなべて精力家であるといわなくてはならない。

「青光を斫取《しゃくしゅ》す」とは、青い光を斫《き》りとるということである。青い光を斫りとるなどという殺意の暴力は、怨みの力わざがなければできるものではない。といっても、李賀が青い光を斫りとったわけではなく、もちろん青い光を放つのは「竹」のことであり、斫りとったものも、竹なのである。だが竹を斫りとるさいに、彼の眼前にゆらぐ像は、まさしく青い光であって、竹そのものは青い光の発光にまぶしくてみえないということである。

李賀は、その斫取した青い光に、「楚辞」を写すのである。楚辞は、楚の屈原《くつげん》を中心とする詩人たちのアンソロジーである。楚辞と李賀の関係はいづれ論じるつもりだが、いってみれば、この古代詩集はすべて、怨恨の歌だといってよい。人によっては、この詩集を、李賀は自作になぞらえたのだというが、そうではなく、李賀は、この詩集を自分の境遇にみあうものとして、自らの慰さめとして熱愛していたのであり、詩句通りにとって、楚辞を竹簡に写したのだといってよい。楚辞の詩句を写すということは、楚辞の怨みを写すということであり、李賀の怨みを写すことである。姚文燮が、「青を殺《そ》いで以て怨みを写す」といったのは正確である。怨みが、なぜ精力みなぎり生々しているかといえば、それは攻撃的な突貫志向を肉体にあふれかえさせねば耐えられぬからである。こういう怨みの情熱は、ふつう大半の人々は見舞われずにすんでしまうのである。怨みをもたぬ人間の肉体は、だからなまりやすい。血は淀んで騒ぐことすくないのだから。

「膩香　春粉　黒　離離」。膩は、濃くぶあつく、油ぎった語感をもった字句である。しかも香りが「膩」だというのである。そういう油ぎった香りが、新竹を斫ったその断面に、春の気配たっぷりな白粉を吹きだし漂って、彼の鼻をつくのであり、その白い空間に、李賀は、墨で黒々と楚辞を書写していくのである。「離離」とは、筆が字から字へと移り、かかれゆくさまである。それはまさにつぎつぎと離れていくのだといってよい。

「無情も　恨みあり　何人か　見ん」。竹は、無情である。人間のように情をもたない「もの」である。だが、黒々と墨で春粉の上を染められ濡らされていくことによって、恨みをもった「もの」に転ずる。だがこの恨みを、だれもみることはない。恨みを無情の竹に写した李賀当人しか、みるものはいないのである。ここに北園における感情史の一端が浮かびあがってくる。

このような「何人か見ん」式の悲哀の内省におちいった時、李賀がしばしばとるしぐさはその悲哀の目を風景の中にさまよわせて逃げるのである。この場合は、竹の風景にほかならなく、竹の千万枝が、その葉におりた露の重さにおされ、煙る春のもやの中で啼いている、とみとるのである。

家泉石眼両三茎　家泉《かせん》の　石眼《せきがん》に　両三茎《りょうさんけい》
暁看陰根紫陌生　暁に看れば　陰根の　紫陌《しはく》に生ず
今年水曲春沙上　今年　水曲《すいきょく》の春沙《しゅんさ》の上《ほとり》に
笛管新篁抜玉青　笛管《てきかん》　新たなる篁《たけ》　玉青《ぎょくせい》を抜かん

池のほかに、北園には泉もあったことがわかる。その泉のあたりに転っている石には、穴のあいて眼のようになっている石があって、そこから二、三本の竹が生えだしている。

暁がた歩いていると北園の大路（紫陌）に、竹の根っこが地面に生えでているのをみた。そこで、昌谷の主として、李賀はつぎのような予報をするのである。泉水のほとりの沙の上には、新しい若竹が、青玉のように、笛の管のようになって抜き生えでるだろうと。ここでは、また李賀は、若竹の芽生えを発見することにより、いささか楽観的になって気持をとりなおしている。

古竹老梢惹碧雲　古竹の　老ゆる梢　碧《みどり》の雲を　惹《ひ》く
茂陵歸臥嘆清貧　茂陵《もりょう》に　帰臥《きが》して　清貧を　嘆けり
風吹千畝迎雨嘯　風　吹かば　千畝《せんぼ》に　雨を迎えて　嘯《うそぶ》き
鳥重一枝入酒樽　鳥は重ければ　一枝　酒樽に入《おち》る

李賀は死におびえているゆえに、たえず対立の発見にぴりぴりしているところがある。若竹ばかりに気をとられていた自分を罰するように、「古竹」の存在がよぎるのである。古竹の老いた梢が、青雲をひきよせているようで、老いが若さを呼びよせているようだ。

茂陵とは、昌谷のことで、漢の司馬相如《しょうじょ》が晩年、病により官を辞して、茂陵に帰ったことに自分を比しているのである。この詩は、そうだとすると、科挙に拒まれて故郷へ帰った直後の詩でなくずっとあとの詩ともいえるが、北園そのものをだしておくことが目的であるから、まあよいだろう。ともかく彼は、病で故郷に帰りふし、清貧を嘆いている。貧を嘆くのではなく、清貧を嘆いていることに注意したい。

風がこの北園にひとたび吹きこむと、千畝（一畝は三百坪）の広さの竹林は、雨を迎えて嘯き、ざわめくのである。鳥が竹の枝にとまると、その枝は鳥の重さで曲折して、そのまま酒樽の中に落ちこむ。そこで酒を一杯ということになる。

故郷へ帰った李賀にとって、母や弟のいる家は耐えられぬものであり、家族たちのやさしさという圧迫から逃れるためには、昌谷の風景の中をさまようしかなかったのだ、という設定のもとに、彼はその風景の中にあってなにをどう見て、なにをどう考えたかを「蘭香神女廟」「南園」「北園新笋」の三つの詩によってみてきた。同時にそれは昌谷内にあった李賀家を中心とする一帯の地図を描きだすことにもなったはずだ。そして、結局、彼はこの昌谷の中で、自分の心を静めることはできなかった。そうならば李賀は、ふたたび故郷を出なければならない。

四

元和六年（八一二）の冬、李賀は帰郷したのであるが、結局は数ヶ月しか家に凝滞することはなかったと思われる。彼の遺詩中にある「送沈亜之歌［沈亜之《しんあし》を送る歌］」の序文をみると、彼は、元和七年の春には、長安にいなければならぬからである。

それをみると、「文人沈亜之、元和七年、書の第に中《あた》らざるを以て、呉江《ごこう》に返帰《へんき》す。吾れその行を悲しむも、銭酒の以て労する無し。又、沈の勤請《きんせい》に感じ、乃《すなわ》ち一解を歌って、以てこれを送る」とある。沈亜之（七八一―八三二?）は、李賀の友人である。十才は年上の友人である。その彼が、明書の科を受験し、下第したのである。もっとも競争の激しい進士科を彼は受けたのではなかったらしい。はじめのうちは進士科を狙っていたのかもしれないが、下第を続けるうちに比較的に容易な明書科に変更したのかもしれないが、それにも落ちるのである。三年後の元和十年に進士に抜第されているので、また進士科に狙いをかえたのだと思われる。三十四才の合格であって、当時としては遅くも早くもない。

ともかく下第し故郷の呉興に返帰する沈亜之へ、詩を以て、元和七年に李賀は見送っている。したがって、李賀は、故郷から、この年の春までには、長安に舞い戻っていなければならないわけだ。そうするなら、元和六年の晩秋から初冬にかけて李賀は昌谷に返帰したと私はみなしているわけだから、郷国にあること数ヶ月であったとしなければならない。

そうだとすれば、私は必要以上に、昌谷の風景の中の李賀を詳述しすぎたという嫌いがないでもない。それはたしかにそうであるが、私としては、昌谷の地理をさぐっておきたかったということなのであり、南園北園の両詩にしたところで、なにも、受験を拒否され故郷へ帰ってきた直後の李賀の詩とみなしてとりあげたのではない。ともに、わかっていることは故郷で作ったということが確実なのであって、南園北園が昌谷の家にあって、そこで李賀はなにを考えていたか、どんな風景のみかたをしていたのか、また李賀の心理の反復の形態は、進士拒否事件以後、死ぬまでほとんどかわらなかったとみなしているから、帰国後の李賀は、家から一歩もでないで蟄居《ちっきょ》していたというより、昌谷の風景をさまようしかなかったと考えている。

　そして、生々しい事件後の李賀が、数ヶ月して、ふたたび長安にむかったことは、ごく自然のなりゆきとしてみているのである。そうでなければ嘘だとさえ私の中の李賀はけしかけるのである。家に耐えていれるはずがないのである。そういう李賀の息づかいが、私にのり移ってきてしまっている。家族のものたちと顔を合せることがつらいならば、昌谷の風景の中に飛込まないではいられないのだが、だがその風景が李賀を抱きしめたかといえば結局は抱きしめえなかったことを、年代不定の南園北園の詩から算定することはできたのである。

　それらの風景は、やはり李賀を刺してきた。とどのつまりは痛い風景であった。風景が痛いとは、李賀の心が痛いのである。痛さは、耐えることによって、忍ぶこともできるが、痛さがなおつづくならば、同じ場所にあって、さらに耐えつづけることはできない。反転しなければならない。場所を移動しなければならない。場所の転移は、風景をかえることによって、痛さを一時的に散らすのである。風景が物珍らしくて、それが痛さを一時的に忘れさせるのである。それはばたっと泣きやむ赤児に似ている。だがその赤児は泣くのを一瞬忘れたのであって思い出せばまた焼きつくように泣き叫ぶだろう。痛さの気散じである。気散じには場所を転位しなければならないのだ。

　李賀に「野歌」という詩がある。

鴉翎羽箭山桑弓
仰天射落銜蘆鴻
麻衣黒肥衝北風
帯酒日晩歌田中
男児屈窮心不窮
枯榮不等瞋天公
寒風又變爲春柳
條條看卽煙濛濛

鴉翎《あれい》の羽箭《うせん》　山桑《さんそう》の弓
仰天して射落す　芦《あし》を銜《くわ》えし鴻《こう》を
麻衣は黒肥《こくひ》して　北風を衝《つ》き
酒を帯び　日晩田中《にちばんでんちゅう》に歌う
男児　屈窮《くっきゅう》するも　心は窮せず
枯栄《こえい》等しからず　天公を瞋《いか》る
寒風又変じ　春柳《しゅんりゅう》となり
条条《じょうじょう》　看《み》れば即ち　煙濛濛《もうもう》

この詩の主人公を考えれば、猟人である。あるいは、陳本礼のいうように武士である。「得意ならざる武士」である。だが李賀は、猟人武人をそのまま直叙することはないのであって、それらは李賀の変身にほかならなく、その変身にさえ破れて、李賀自らが顔をだしているのである。ともかく、この詩では、あまりにも李賀が潑剌元気なのに、こちらがあわててしまうほどだ。

鵶翎の羽箭　山桑の弓

清《しん》の黄陶庵《こうとうあん》にいわせるなら、李賀の毎首発端における百練千磨の開門ぶりは、「骨力勁険《けいけん》」であり、凝ることをもって鳴る温庭筠《おんていいん》李商隠《りしょういん》も手を斂《おさ》めねばならない、ということになる。李賀が発端においてよくこころみるのは、即物的にストンストンと物を切ってさしだす方法である。「鵶翎の羽箭」とストンと投げだし、「山桑の弓」とつづけて投げだす。鵶の羽の矢、山桑でつくった弓という風に投げだされるたびに、そこに強い風がおこり、人の目はびくつき見るのである。そのように人を注目させたあと、それらは散乱した骸骨が、つぎつぎと寄りあって立ちあがり、人体に復元するように、一つの運動をおこしだす。

仰天して射落す　芦を銜えし鴻を

空を征《ゆ》く芦の一枝をくわえた鴻の鳥（大雁）を、仰天するや、鵶羽の矢を山桑の弓につがえ、射落すのである。「芦を銜えし鴻」は、こんな故事を踏まえている。雁は、河北から江南へむかって渡る時は痩瘠《そうせき》なので空を高飛することができる。だから地上から猟人が狙い放つ射ぐるみを、畏れない。高飛すれば、とどかないからである。だが、帰路は河北が沃饒《よくじょう》の地であったので、雁はすっかり体肥してしまい、その重量のため低空飛行しかできない。射ぐるみの的になりやすい。そこで雁たちは、口中に芦の一枝を銜えて飛ぶのだという。どうして、芦の一枝を銜えれば、射ぐるみを避けられるのかしらないが、ともかくそういう故事があるのである。だが、この場合は、射ぐるみを用いない。猟人は、天を仰ぐや、弓を絞って矢を放ち、射ぐるみの攻撃を避けんと芦の一枝を銜えて低飛する肥えた雁を、射落すのである。雁のまじないをこの猟人の強弓は、うちはらい、猟人の鋭い矢は、雁の胴を射抜くのである。ことごとく芦を口にくわえて低飛する雁の群という光景も異様であるが、それが口にくわえたまま射落されて地上に墜ちてくるさまも、快爽な像を結び、李賀の故事来歴の利用のしかたは、いつもながら巧にして鮮烈である。

麻衣は黒肥して　北風を衝き

酒帯びて　日晩　田中に歌う

その猟人は、麻の衣を着ている。それは、垢で黒びかりしていて、北風を迎え撃って野を歩いている。だが麻衣とは、長安の最終試験の資格をもった挙子が着るのだといわれている。とすると、この猟人はいったいだれなのか。もちろん李賀なのである。早くも李賀は、猟人の化けの皮を自ら剝いで素顔をだしてしまっているのである。ただこの李賀は、強弓の猟人に化身するだけあって、かなり神経が勢いだっていて、垢だらけの麻衣を着て、険しい北風の荒ぶる中に逆《さから》い立っているのである。彼が立っている場所は、田圃の真只中で、夕暮れには酒を帯びて歌うのである。李賀はいったいなにを歌ったのか。なぜ酒を帯びて歌わなければならないのか。

男児　屈窮するも　心は窮せず
枯栄等しからず　天公を瞋《いか》る

「男児」はと李賀は大袈裟にいう。男児は屈窮しても、心までは屈窮しないと叫ぶ。李賀の屈窮とは、進士拒否という官界俗世の事件であり、それに伴うもろもろの障壁をいっているにちがいない。これらが李賀の心と対立するものである。これをさらに図式化するならば、官界対李賀の心、貧困対李賀の心である。だが、官界にも貧困にも彼の心の同値している部分があるはずであり、だとすると彼のその同値の心は屈窮しているはずであり、故になお対立して残っている心とはそれではいったいなんなのか。官界に依存しない心なのか。官界に反撥する心なのか。貧困をものともしない心なのか。貧困をよしとする心なのか。あるいは官界の理不尽な拒否にあえば、それは当然頽喪《たいそう》してしまうはずのものでありながらも、心は頽喪を受けつけないということなのか。

空しく自らを鼓励しているとしか思えない。そのようなことをいくらやってみたところで、屈窮が解除されるどころか、かえって火勢を煽ることにしかならない。そしてその「心は窮せず」という心から吐きだす言葉はなにかといえば、「枯栄等しからず」と天帝を怒鳴りつけることであった。

人の運命を掌る天地主宰の神を叱りとばすことであった。わが身の災厄を運命として甘受して、そのことによって屈窮の心を癒すことよりも、そのほうがいじましくないとはいえるのだが、天帝を叱るという行為の意味することは、人間に好運不運の差別があるのはどうしてかということを、まさに怒りつつ「天問」していることであり、天を不遜にも叱責した心意気だけは認めなければならないにしろ、とどのつまりは天の否定にまでたどりついていない。天の存在、運命の主宰者としての絶対的職能を李賀は認めているのであり、運命の公平を問責しながら、その存否そのものまでは否定していないのである。天への信仰は、中国伝統のものであり、それを叱責するなどということは、天への疑いを抱いた屈原《くつげん》以上の迫りかただといえるにしても、天の否定ではないから、なお天を信じこんでいるという余地をのこすのである。「男児　屈窮するも　心は窮せず」といった北風の中を酒を飲んでの反抗の歯の喰いしばりは、凄壮であり、また哀れだともいえるのだが、運命そのものを否定していないから、一応、すさんで怒鳴りちらしたあと、きわめて楽天した結論に李賀はおさまってしまうのだ。

寒風　又変じて　春柳となる
条条　看《み》れば即ち　煙　濛濛

寒風が春柳に変じるというのは、李賀個有のいいかたである。寒風が春柳になるはずはないからだ。彼がいいたいことは、寒風の吹く冬が、春柳の春と対応するのだということであって、中国の循環輪廻の思想に、それならあてはまる、冬がやってくれば春がかならずめぐってくるのである。次の句は、条条と濛濛が対語になっている。条条というのは、寒風に葉落ちて枝ばかりになった冬の風景であり、濛濛は、煙濛濛であり、緑葉の煙る春の風景である。

李賀は、いづれ長い冬も、緑葉煙る春にかわる日が来ると観じているのである。天を叱責したはずの彼が、もうこのような機嫌のよいことをいっているのである。とするなら、「男児　屈窮するも　心は窮せず」という言葉は、長い冬のつらさも、いづれは春柳の季節となるのが、この世の理なのだから、一度屈窮していても、心の底までは屈窮しないという彼流の根拠を循環思想の中に求めていることになる。また、李賀の屈窮感というものは、あたかも循環の輪廻が杜絶してしまったかのように感じるところから生まれている、のかもしれないということだ。循環輪廻の思想を信じるならば、李賀にふりかかった災厄も、いづれ解除され溶解する日がやってくるかもしれない。だが、それはなかなかやってこない。杜絶したままである。李賀を襲った事件は、彼の生きかたとしての方途をきりかえないかぎり、輪廻を断截されたものであるはずだ。そのことを彼は知っているからこそ、屈窮感に沈んでいたはずなのに、いったい天公にむかって叱るということは、どういうことなのか。「枯栄等しからず」とは、輪廻循環が、彼にむかって新たに始動することを要求しているとしか意味しないはずなのである。このような李賀のいい気な矛盾の露呈にもかかわらず、なおこの「野歌」という詩を受けいれることができるのは、追いこまれた彼の痛みを、感じとることができるからである。痛みに反転する人間の逃げ場所として、その場所までを非難する気にはなれないからである。

　この詩を李賀がどこでつくったのかは知らない。「田《でん》中《ちゅう》」にいるようであるが、それが昌谷の田中であるかどうかはわからない。だが昌谷の田中で、李賀がわめきちらしたのであっても、なんら不思議なことではないだろう。故郷へ帰った李賀が、南園北園を歩きまわる中で、痛みにこらえかね、口から弱音を吐きだしても、暖く見守ることができるのだ。その弱音は、強気を装って精気をまきちらしているゆえに痛ましいといえば痛ましいのだが、李賀はそのことによって、故郷という場所にいることがいっぱいいっぱいになって、彼を故郷という場所から追いだして、彼にある気散じをあたえることになるのだ。つまり活力感覚を彼に取戻させる。「男児　屈窮するも　心は窮せず」といったからには、李賀は故郷に滞留してはならないのだ。「枯栄等しからず」と絶対なる天に対して瞋《いか》ったからにはもはや彼の居るべき場所ではない。故郷にいるかぎり、屈窮感は続くのであり、たとえなんのあてがなかったとしても、「枯」から「栄」への転位を念じて故郷を出奔しなければならない。

　だが、その出奔は、最初、進士の受験を目指して故郷を出た時のように、活力感にみちたものではなかったろう。その出奔の決意は活力感を生みだしたにせよ、それはつくられた活力感であった。故郷を出るのではなく、出なければならぬ、出なければ生きてはいけないという痛さの解放を動機としているのである。その目的は、じっとしているのは耐えられないという目的に堕ちてしまっているのである。口先では「男児　屈窮するも　心は窮せず」といい、佯《いつわ》りの活力感を生産し、出奔の決意を呼びこんだといっても、いざその出奔の時は、その元気さは剝げてしまっていたのではないか。

「将発」という詩がある。「将《まさ》に発《た》たんとす」という意味である。これは、故郷をふたたび出奔しようとする時の詩であるかは断定できないが、挫折後の詩である。しかしこれは秋の詩であり、元和六年の冬帰郷し、数ヶ月後故郷を出たのだとすれば秋はないのであり、いづれかの年の旅先の詩であったりする可能性のほうがはるかに濃いのだが、私は、故郷を出立する時の詩とずらし考え、李賀がそのような気持をもったことはないとはいいきれないというより、むしろそのほうが濃いのだと思っている。旅先でも思うかもしれないが故郷を出る時だってそういう感情をもつことはできる。ともかく「将に発する」の題から、私は勢いだったものよりも、渋々と立ち、自らを督励しているためらいを感じるのだ。

東牀巻席罷　東牀《とうしょう》　席を巻き罷《や》み
護落将行去　護落《かくらく》として　将《まさ》に行き去らんとす
秋白遙遙空　秋　白く　遙遙《ようよう》たる空
日満門前路　日は満ちる　門前の路

部屋の東側におかれたベッドのそばで、敷物を巻き終える。ゆっくりゆっくり巻き終えるという感じだ。この敷物は旅にでる時の必携品なのかもしれない。姚文燮《ようぶんしょう》は、「席を巻き罷み」の運動を次のように解釈する。「席を巻く時、以て尚早となし、或いは暫《しばら》く停《とま》るべし」と。早く巻きおえるということは、早く出発しなければならぬということである。それで、早く巻き終えないように、暫く手を動かすのを停めたりして、時間をもたせたりしているのである。なぜこんなことをするのか。姚文燮はこの詩を恋愛詩とみなしてしまっているから、「尽きざる展転　恋を留むるの情」といっている。おそらくこのもじもじしたさまは、将に発せんとすることへの不安であるにちがいない。あるいは、たいして執着していないはずの場所への未練である。むしろその場所にとどまることはつらいのであり、だからこそ出ていこうとしているのだが、だがでていくさきには、なんの希望も約束されていないのである。李賀が、ぐづぐづといさぎよくないのは、そういうところからきているのである。葉葱奇《しょうそうき》の、「前途に依靠《いこう》なく未だ悵惘《ちょうもう》を免れず」というのが、席を巻くスピードの正体をもっともよく解説している。

だが巻き罷んだからには、いづれ出立の一歩を踏まねばならない。だが、その一歩は、護落《かくらく》としている。護落とは、剨落《かくらく》であり、廓落《かくらく》であり、依るべなく広い無辺の空間に落ちていく寥《さび》しさ、というより、空虚さである。そこには心を満たす、心にはりをあたえる目的感覚が欠落している。わかっていることは、その空虚さの中を「将に行き去らん」とすることだけである。外界をみる。秋である。それは白い秋だ。「秋白」である。この白いは、ただ白いのではない、護落とした感覚が同値にとらえる白である。その護落とした白々しい空間は、「遙遙」と空までつきぬけているのである。そして、その白けた空間から目を落とし、ようやく門前の路をみると、そこには陽光が満ちている。その陽光は、散乱する射光ではあるが、やはり白い光の散乱であり、護落した空虚な光の充満なのである。白い空間をさらに白く影をつけて満ち落ちている光の中を、李賀は「将に行き去らん」として、はいっていくのである。曽益は、「路を南にすべきか北にすべきか」迷って往くことができないでいるといっているが、そうではなく、はじめから就くべき道は欠けているのであり、だから寥落《りょうらく》としているのであり、白い光の満ちた門前の道へ足を漬けて進まなければならないのである。またこの光の散乱は、姚文燮のいうように、「旭日は途《みち》に盈《み》ち、我を促して道に就《つ》かしむ」といったものではない。彼が渋っているのは、迷いなどという贅沢なものではなく、この場合は、不安からきているのである。「野歌」と「将発」の二つの詩をつなぎあわせてみる時、そこには、大きな落差があるのを認めなければならない。「将発」の詩は、廓落虚無であり、方向を欠いてしまっている。そうではあるが、おそらく李賀の足は、長安にむかっているはずなのである。長安へたとえむかったとしても、その場所にはおそらく、あるいはなにも期待することはできないかもしれぬということが、李賀にはわかっているのであり、それが彼の心理に欠落をあたえるのである。「野歌」で、痛さのあまり、あれほど声激しく、天をののしり、しかもきわめて楽天的な展望をえた彼であったが、それは痛さを止める手段だったのであり、そのためにも場所をかわらなければならなかったのだが、いざ場所をかえようとして、故郷を将に発せんとする時、白々しい、まばゆい虚白のカーテンが前途を埋めつくしていたのである。門前の路に満ちた白い散光の群は、生の匂いと死の匂いを、香しく放った中ぶらりんのエロチックなすえた匂いのする空間に漂白しているのである。李賀は、廓落としていても、まだ死の領域には、片足しか踏みだしていない。それが、この詩の救いである。

昌谷から長安の都まで、四百五十キロだとすれば、何日かかるか。道の不整備、天候の悪化不順を計算にいれても、一ヶ月もかからなかったはずだ。どのように道草を喰って、のろのろ歩いたとしても、一ヶ月を要しない。馬ならもっと早いだろう。

なんのために。それは、就職のためであったのだろうか。彼が早早と故郷を去ったのは就職の通知がきたためか。それとも、ともかく彼は故郷を出て、長安へ行ったのか。長安で試験を受ける許可のでるのをなお待つためか。長安へ行ってその運動をするためか。または最初から就職運動を開始したのか。そのへんのことは、わからない。ともかく、元和七年の春には、李賀は、下第した友人の沈亜之を激励しているからには、長安にいなければならないのだ。

呉興才人怨春風　　呉興《ごこう》の才人　春風を怨み
桃花満陌千里紅　　桃花　陌《まち》に満ち　千里は紅なり
紫絲竹斷驄馬小　　紫糸　竹断《ちくだん》　驄馬《そうば》は小
家住錢塘東復東　　家は　銭塘《せんとう》に住し　東また東

だが、いったい李賀は、友人の沈亜之に対して、どんな慰さめかたをするつもりなのだろうか。李賀自身、科試そのものを拒絶されてから、一年そこらしかたっていない。落第することさえできなかったわけだから、沈亜之の場合とちがうにしても、この十才も年長の友人にたいしてどういう言葉をもって慰さめるつもりなのか。李賀自身こそが、まだ人に慰さめられる位置にあるはずではないか。

ともかく「送沈亜之歌」を見ようと思う。呉興の才人というのは、沈亜之が、浙江省湖州の呉興の生れであるからである。彼は文章家として名をのこした人である。沈亜之も韓愈門下であり、皇甫湜と来往があり、李賀とはそのような関係を通して、親しくなったのかもしれない。その呉興の才人である沈亜之が、春風を怨んでいるということは、下第したということである。何焯《かしゃく》がいうように「唐人の多く落花を以て下第に比した」。それは春風に散る落花が、科挙に落ちるという比興を呼んだからである。落花しているのは、桃の花である。桃花は、長安の市中に満ち、千里の彼方まで紅である。落花という類縁が、落第の悲痛を呼びおこすというより、落第の身を、華かな桃花の乱舞乱咲《らんしょう》する中に立たせるということ、立っていなければならぬということが、怨めしいのである。もし合格していたならば、桃の落花の舞いにも、なんら下第の連想をひきおこしはしないであろう。豪奢な春の落花の景が、自分を祝福しているようにさえ思うであろう。李賀は、桃花乱落の中に傷ついている沈亜之を立たせて、彼を飾るのだ。紫糸とは、手綱である。沈亜之は、馬に乗って帰郷しようとしている。竹断とは、鞭がちぎれていることである。驄馬は、青白色の馬。それは小さな馬だ。小さいといっても、ふつうの大きさだったかもしれないが、悲愁の底にある沈亜之にとっては馬も小さいはずだ。というより、同じ悲愁の李賀には、小さくみえたのかもしれない。彼の家郷は銭塘のかなたにあり、東からさらに東へと馬にのって、はるかいくのだ。李賀はその小さな馬をみているうちに、馬にのって帰去する沈亜之の姿が、先きだってみえてくるのである。

白藤交穿織書笈　　白藤は交穿《こうせん》して　書笈《しょきゅう》を織り
短策齊裁如梵夾　　短策《たんさく》は斉裁《せいさい》して　梵夾《ぼんきょう》の如し
雄光寶礦獻春卿　　雄光《ゆうこう》の宝礦《ほうこう》　春卿《しゅんけい》に献ぜんとし
煙底驀波乘一葉　　煙底《えんてい》　波を驀《こ》えて　一葉に乗れり

この詩篇は、故郷から長安にむかってきたかつての沈亜之の姿を歌っている。彼は白藤で編んだ書笈を負い、その中には小さな冊子をきちんと経文の夾板《きょうばん》のように揃えいれて、長安にやってきた。雄光を放つ宝礦ともいうべき才能を、春卿に捧げようとやってきた。春卿とは尚書省礼部であり、科挙を営む礼部の試験官をさす。古代にあって、諸官を春夏秋冬に区分したが、礼部は春にあたるのである。そして、水煙もうもうたる波濤を一葉の舟に乗って驀走してきたのである。

春卿拾才白日下　　春卿　才を拾う　白日の下
擲置黄金解龍馬　　黄金を擲置《てきち》して　龍馬《りょうば》を解く
攜笈歸江重入門　　笈《おい》を攜《たずさ》えて江に帰り重く門に入る
勞勞誰是憐君者　　労労《ろうろう》　誰かこれ　君を憐れむ者ぞ

だが、その成果はどうであったか。試験官は才能を拾うにあたって、白日の下で行ったのであり、決して盲の闇の下ではなかった。それなのに、黄金の才能を擲置し、龍馬の才を留めおくことなく解き放してしまった。つまり、ついに沈亜之は落第の破目となったことをいおうとしている。かくして笈を背負い、呉興に帰り、重い心で家門をくぐる。しかし、だれも、君の労労とした心を憐れんでくれるものはいない。おそらく、敗れ帰ってきた受験生に対し、一応だれでも憐みの言葉をかけるだろうが、沈亜之の「労労」とした心までをよくつかんで、憐みの声をかけるものはいないということなのである。

考えてみれば、沈亜之は、まだ長安にいるのであって、故郷へ帰っているわけではないはずだ。李賀が、このあたりから強く体験者としての声を発しはじめているのである。「黄金を擲置して　龍馬を解く」というまでは、沈亜之を語ることが、そのまま李賀の心と重ることはなんの異とするものではないけれど、とくに「労労　誰かこれ　君を憐む者ぞ」からは、一応「君」と呼んではいるものの沈亜之の姿以上に李賀がせりだしてきてしまっているのである。

吾聞壮夫重心骨　　吾れは聞く 壮夫は心骨を重んずと
古人三走無摧捽　　古人　三走　摧捽《さいそつ》なし

請君待旦事長鞭　君に請う旦《あした》を待って長鞭《ちょうべん》を事《ふる》い
他日還轅及秋律　他日　轅《ながえ》を還《かえ》して秋律《しゅうりつ》に及べ

ここへくると、もはや李賀は自分を励ましているとしか思えない。「吾れは聞く」とか「君に請う」とか、一見自分にいいきかせていないような方策をとっているゆえに、なおさら自分にいいきかせているようにきこえてくるのである。「壮夫は心骨を重んず」などというのは、「野歌」の「男児　屈窮するも　心は窮せず」にどこか響きが似ている。「古人三走するも　摧捽するなし」は、一見、沈亜之を、管仲《かんちゅう》の例をひいて、三戦して三たび敗走してもくじけなかったことをいい、激励する。だが、人を激励するのはかまわないが、それでは李賀おまえはどうなのだ、といいたいほどの激しい励ましようなのである。そして、実に他人を励ましているうちに、自分を励ましていることになっているのだ。そして最後の二句で、「どうか、沈亜之よ、明日になったら、長い鞭をふるって旅立ち、他日には同じ馬をもって轅をかえし、秋の受験の季節にはかならず戻ってきてくれ」というのである。

この詩を読んでいて、いったい李賀はどのような状況の中にいたのであろうかと、思わないわけにはいかない。この時、李賀は、すでに奉礼郎に任官していたのだろうか。あるいはまだ任官していず、ぶらぶらしていたのかもしれない。李賀は、心骨とやらで吾が身を鼓励し、市中に滞って、受験拒否というタブーの解かれ、受験のチャンスのあたえられるのをあてもなく待っていたのかもしれない。あるいは進士への思いこみを棄て、さっさと奉礼郎という低い官職に就いていて、友人の沈亜之の下第をみて、お前にはまだ機会があると励ましているうちに、知らず自分を励ましていることになっていたのかもしれない。

いつ李賀が奉礼郎になったのか、各説ありで、決定的なものはない。朱自清《しゅじせい》は、元和六年としている。鈴木虎雄は元和五年、としている。斎藤晌は元和六年、荒井健も同じく元和六年。周閬風《しゅうろうふう》は元和六年。田北湖《でんほくこ》は元和七年の説。

しかし、どれもが根拠が薄く思えてならない。どれもが推測をでていない。たしかに李賀は京師にいること三年と言っており、挫折した翌る年の任官というのが、自然といえば自然なのだが、絶対の理由づけになるはずがない。また尚書職方《しょくほう》員外郎として、たしかに元和六年に韓愈は長安に帰ってきているのだが、この彼の職が、李賀に職を与えるほどの強い力をもったと思えないし、私の恣意の推測ではむしろ韓愈と李賀の間に決裂をみているのである。そして、私の説もなんら根拠とはならないとはいえ、元和五年の秋に入京し、元和六年の秋まで一年あまり、長安にいたとして考えをすすめているのであるかぎり、元和六年の説は、自動的にとることができないのである。私は元和七年の説をとらざるをえない。「始為奉礼憶昌谷山居［始めて奉礼と為《な》り昌谷の山居を憶《おも》う］」の詩で、「小樹棗《そう》花《か》の春」という詩句があり、奉礼郎となったのが春だったとするなら、「送沈亜之歌」は元和七年の春であるから、奉礼郎になりたての時であるかもしれない。

そうすると、沈亜之を激励する李賀の心境は、どう解釈すべきなのだろうか。李賀が、あれほどまでに自分をさしおいて激励できたのは、奉礼郎という低い官位に落着していたからなのか。

李賀は、いったい奉礼郎という官職の中になんの己れの位置をみたのだろうか。この奉礼郎の地位の中に「寒風　又変じ　春柳となる」を見出したのか。それでは、あまりにもあっけない仕末記である。後世の我々には、推測のきかぬ事情が、おそらくよこたわっていたのだろう。李賀が故郷を去って長安にむかったのは、未練であれ屈辱であれ、ともかく痛みから逃げるためであった。場所をかえないではいられなかったからだ。そして長安へ着いた李賀は、それだからといって痛みがとまるはずはなく、むしろもっと激痛となってかわったのであり、事件後のように一年近くも長安で苦痛を耐え、希望の訪れをいじましく怨みの中に待つという力は失っていただろう。失っていなかったとしても、あの事件は身も蓋もないかたちで決着がついていたにちがいない。もしそうだとすれば、長安はさらに耐えがたい場所になっていたはずなのである。この耐えがたさを一時的にでも、癒すことになるのだとしたら、またまた新しい環境の中に身を渋々であっても置きかえなければならないだろう。それが、奉礼郎の職であったように思えてならない。だがこの奉礼郎の職も、なんら彼の心を癒すことになるはずはなく、かえって、自らの傷を自らの手でこじあけて、その傷に自ら悲鳴をあげることにしかならないことは、見えすいている。

始めて奉礼郎となる

一

落第して故郷へ帰る沈亜之を送別する詩は、李賀ばかりでなく賈島《かとう》（七七九—八四三）にもある。沈亜之が、韓愈の門にあるなら、李賀と知友関係にあるのと同様に、賈島と知友関係にあっても不思議ではない。というより、賈島と李賀が、たがいに顔をあわせたことがあるかもしれぬという可能性が、いささかなりともでてくることに妙趣を覚えるのである。

それは、賈島を、韓愈の新たな犠牲者として私はみているからだ。韓愈の才能を嗅ぎつける能力、その才能を自分の膝下に置こうとする蒐集欲、そういう才子を官界にひきずりこみ、その気にさせる激励の能力、さらにその結果が、新興地主階級の出身である韓愈の政界での足固めになるという計算。賈島にも、もとより官界への野心はあったにしても、韓愈の鼓励によって、その野心はふくらみ、僧の足を洗って、還俗するにいたるのである。彼の引力にまきこまれた賈島は、文場連敗してついに進士第とはならず、地方の下級官吏として、その生涯を終えるのである。

韓愈年譜の立場からすれば、「送無本師帰范陽〔無《む》本《ほん》師の范陽《はんよう》に帰るを送る〕」の詩は、元和六年冬の作とされている。この年の秋、韓愈は、洛陽勤務の河南令の官職から、職方員外郎に遷任し長安へ戻っているのだが、その時、賈島も伴っているのである。

始めて見る　洛陽の春
桃枝は紅《あか》い糝《つぶ》を綴れり
遂に長安の里に来り
時の卦《か》は　習坎《しゅうかん》に転じたり

これはその詩の一部分である。韓愈と賈島の出会いを語った部分なのであり、賈島が長安にやってきたことを告げてはいるのだが、そして彼が范陽に帰郷するのは、十一月の冬に転じてからだといっているのだが、私にはなぜ彼が秋にやってきて、はやばやと冬に帰らなければならないのか、わからない。彼が長安にともなってきたのは、韓愈の人なつこい誘いもあり、僧無本であることをやめて、進士を目指しなおす確認の意味もあり、それではやばやと、確認がついた以上、帰郷するのかもしれない。

　賈島が、僧になったのは、試験にあまりにも連続して敗れたからだともいわれている。韓愈との出会いによって俗心がふたたび激しくよびさまされたとするなら、ただちにこの年から試験を受けてもいいはずである。挙進士の資格は、すでに取得しているはずだからだ。全国の挙進士は来春の試にそなえ、晩秋、陸続と京師へのぼってくる。賈島が、受験の意志あるとすれば、帰郷するのは異なわけだが、この時はただ決心しただけにすぎないのかもしれない。

　彼は范陽の人である。范陽は、現在の北京である。浮《ふ》屠《と》を離れ、還俗するにあたって、彼を久しく訪れたことのない故郷の范陽へ向かわせたのだろうか。だが長安から范陽までの道のりは遥かであって、李賀が昌谷に帰郷するというようなわけにはいかない。

　にもかかわらず賈島の詩に、李賀とおなじく、下第の沈亜之を送別する詩があるとすれば、春には長安へ舞い戻っていなければならないだろう。元和七年の春には、范陽から長安に戻っていなければならない。李賀の場合以上に、つじつまがあいにくいとしなければならないだろう。だから韓愈の「送無本師帰范陽」の詩は、かならずしも元和六年冬の作としなくてもよいように思われるのだ。彼が范陽に返帰したのは、「習坎」つまり十一月であったとしても、元和六年であるという証拠は、「遂に長安の里に来り　時の卦は習坎に転じたり」の句から握りしめることはできないのである。絶対不可能だというわけではないが、李賀が昌谷から長安にでてくる距離の三倍はあり、しかも往復しなければならず故郷に数日も、逗留しなかったとし、途中なんら事故がおこらなかったとしても、最低三、四ヶ月は要したであろうから、沈亜之を送別することは、まさにぎりぎりのあわただしさであったとしなければならない。

　ともかく賈島の送別の詩（送沈秀才下第東帰「沈秀才の下第して東帰するを送る」）をみてみよう。それは李賀の対応のしかたとのちがいをみる意味でも、みておかなくてはならない。

曲言《きょくげん》の悪者は誰ぞ
耳を悦ばせること糸を弾くが如し
直言の好者は誰ぞ
耳を刺すこと長い錐《きり》の如し
沈生《しんせい》の才は俊秀
心腸に邪欺《じゃぎ》なし
君子は苟合《へつらい》を忌み
交を択《えら》んで師を求むが如し
疾《ねた》む夫《もの》の口は毀出《きしゅつ》し
礼部の闈《い》に騰入《とうにゅう》せり
下第に子《し》は恥じず
才を遺《のこ》す人はこれを恥ず
東帰の家室は遠くも
轡《くつわ》を棹《うごか》して時に参差《しんし》たり
浙雲《せつうん》は呉《ご》に近しと見え
汴柳《べんりゅう》は楚《そ》に接して垂《た》る
明年　春光の別れ
回首するをまた疑わず

この詩を読んでいて、私がもっとも感じようとすることは、沈亜之にむかって、なにごとかをいおうとする賈島の心の位置は、どういうところにあるのかということである。つまり、彼も、まだ受験生にすぎないのではないかということである。賈島は、下第するばかりで、ついに進士第に登ることはなかった。この下第した沈亜之を慰さめる彼の言葉は、当然、李賀のように、一句一句が自分に逆流してくる惨劇を呈しても、不思議ではないと思われるのだ。

だが、私にはやけに賈島が沈着であるように思えてならない。一句一句が、自分に返戻してないばかりか、同病相憐むといったいじましさにもなっていない。それは、彼が僧籍にあって沈着の訓練をなしてきた成果のせいでもあるまい。そもそも僧籍を離脱したのは、彼の俗心の過剰がそうさせたはずである。にもかかわらず、なにか他人ごとのように、慰さめているのは、異である。

彼にいわせるならば、沈亜之が下第の憂き目をみたのは、曲言の悪者がいて、試験官または天子の耳を悦ばせ、そういう苟合《へつらい》の輩が礼部の試験場に騰入したためだという。このころの受験生は、自らの下第に対して猜疑の目をもってみる幸福をもっている。下第の不幸を、自分の実力のせいにしないですむ余地をもっている。当時、貢挙は猥濫をきわめていたという。請託、賄賂が乱れとび、選挙は公正なものとはいわれなかった。礼部侍郎が、試験官になるのだが、その姻族や賄賂を結んだ方鎮の子弟が抜擢されたりするため、勢門の子弟でない寒門の俊秀は、十中六七は落ちるとされていた。それでも彼等は、この進士を目指したのだが、下第ともなれば、その貢挙の猥濫をいって、不平を鳴らす余地があったのだ。だから、下第者にする友人の知人の慰藉の言葉は、一つの定式にはいっていて、その公正ならざるを非難すればよかったのだ。賈島の慰さめかたにも、そのような風合《ふうあい》がある。だがこの定式の慰さめかたは、すでに進士となって吏道にまみれているものが、一つの余裕の位置に立ってすべきものなのである。賈島は、まだ進士とはなっていない。にもかかわらず、このような余裕ある言葉を投げかけ、「下第の子は恥じず　才を遺す人は恥ず」といい、下第こそが俊秀のしるしであって、けっして恥じず、目こぼししてたものこそが恥じるのだといったりするのは、妙なことだといわなくてはならない。多分、この詩を沈亜之に送った時、つまり元和七年の春には、長安にいたとはいえ、賈島は、まだ礼部貢挙を試みていなかったと想定できる。まだ苦渋を呑んだことのないものとして、あるいはすでに進士になってしまっているものと似た位置に立つという錯思を以って、賈島は慰さめてしまっているのだ。彼が僧となる前、なんども下第したといわれているが、それは遠い話であり、いまふたたび俗に戻って試を挑もうとする彼にとっては、沈亜之と同格の位置に立つことはなかったのだ。だが、彼にも自らの「下第」を歌った詩がある。それをみると、賈島が、自らの落第にはやはり泰然としていられなかったことがわかる。

下第　只　空嚢《くうのう》
如何にして帝郷《ていきょう》に住まんか
杏園《きょうえん》　百舌《もず》は啼く
誰か酔って花の傍に在るか
涙落ち　故山遠し
病来　春草は長し
知音《ちいん》に逢う　豈《あ》に易《やす》からん
孤棹《ことう》　三湘《さんしょう》に負う

この賈島の悲哀ぶり。「如何に」「誰か」「豈に」といった反語を連発して、身悶えしている彼の様態をみていると、もし沈亜之を送別する時、自らも同じ憂き目にあっていたとしたなら、けっしてあのような冷静な言葉はでなかったであろう。沈亜之への李賀の一句一句のごとき痛みいった針の詩句を、賈島に見いだすことはできない。慰さめの句々が、あまりにも分析にすぎ、凡百である。賈島は「早蟬」なる詩で、「下第を得るに非ざれば高韻なし」、つまり科挙に落ちたものでなければ、よい詩はつくれない、とまで言ったあの怨みの嗟嘆の苦々しさがここにはないのである。

このころの送別とは、どういうものであったのだろうか。私はふと、李賀と賈島に沈亜之を送る詩があるのを知って、この二人が肩をならべて東帰する彼を見送っている図を想起した。さらには韓愈一門の連中を、そして韓愈さえをも見送りの一団の中に想起したのだが、どうであったのだろうか。李賀の遺詩中にも賈島のにも、両者はでてこない。それ故に同座の可能性をもつ沈亜之の送別の詩は、私の関心を誘うのだが、送別とは、しかし送別会のかたちをとったり、見送ったりしなくても、送別でありうるのである。特に李賀は、「君に請う　旦《あした》を待って　長鞭を事《ふる》い」といっているので、沈亜之の出立の日には見送りにいかなかったといってよい。前日、沈亜之は、別れの挨拶にやってきて、その場で送別の詩を作って贈ったのかもしれない。もちろん、私たちの日常の体験と照合すればその送別は、出発の日も二重にふくむこともありうるのだが、李賀は、そのようなまめやかさをみせたとは思えない。賈島の場合も、李賀と同様に、出発の日を見送らなかったかもしれないが、李賀の「旦を待って」という限定した語句を、その詩の中にもってはいない。だが、賈島は、韓門の人としては、新人である。沈亜之と交友関係を結んだとしても浅い月日しか経過していないだろう。賈島のそばには、韓愈が立っているような気がしてならないのだ。もし、見送りの宴がもたれたとしても、李賀は、出席したとは考えられないというより、考えたくない。それは、私が、あまりにも、韓愈と李賀の間に、亀裂をみすぎているせいかもしれないのだが。むしろ気まずい思いをしながら、たがいに表面をつくろい、沈亜之が、馬にのって、遠ざかっていくのを見送っている図を、空想するべきなのかもしれぬのだが。

もっとも、このような不確定な「かもしれぬ」づくしをやって楽しんでしまう私の弊は、李賀の「送沈亜之歌」と賈島の「送沈秀才下第東帰」を、ともに元和七年の作としてしまっているところからおこっているともいえるのだ。沈亜之が進士になったのは、元和十年だから、その後の二年間においても下第している可能性があるのであり、賈島が送別の詩を贈ったのは、元和八年、九年の間においてかもしれず、もしそうであるなら、韓愈の詩「送無本師帰范陽」を元和六年冬の作としてもいいはずである。賈島は故郷范陽から、そそくさと折返すマラソン選手のように、元和七年の春を目指して長安に戻ってくることもないわけだ。ただ、賈島が、本格的に科試に対するようになったのは、もっとあとからであると考えるのが、彼の送別詩の穏かな息づかいからして、自然であるかもしれない。

この問題の元和七年の春には、私は、李賀が奉礼郎となっていたと一応みなしているのだが、ここにまた私の小説的空想を刺激する詩が一つのこっている。僧無可《むか》の詩である。「送李長吉之任東井〔李長吉の東井《とうせい》に任ぜらるるを送る〕」という詩である。もちろんその詩作の年度は不明である。だが、「東井に任ずる」といっているからには、李賀が官吏となった時にちがいないのだ。ただ「東井に任ずる」の「東井」の意味するところがよくわからない。東井とは、別名「井宿《せいしゅく》」のことであり、星座二十八宿の一つで、双子座に属する。「晋書天文志」には、「南方東井八星、天之南門〔南方の東井に八星あり、天の南門なり〕」とあるが、この場合なにを意味するのかわからない。官職を星座にあてはめる習慣があったのか、任地の長安をいっているのか、あるいは節度使の幕僚として南方に赴任したことなのか、私にはわからない。もし長安以外の地に任官したことがあるとすれば、新しい説が提出されたことになる。荒井健の李賀年譜のみが、この詩の存在を明らかにし、元和六年の頃に、「長安に出て、奉礼郎（従九品上）に任官。僧無可が詩を作って李賀の門出を送った。（?-）」とし、だが「李長吉すなわち李賀と断定してよいかは疑問」とただし書きをつけている。

もし、断定してよいとしたなら、無可は、どこで李賀にこの詩を送ったのかということである。無可の生没は不明であるが、中晩唐を股にかけて生きた詩人であることは、たしかであり、李賀と交友をもつ可能性をもった詩僧である。「唐才子伝」は、「長安の人、高僧なり。詩に工《たく》み、多く五言をなす。初め、賈島の俗を棄てし時、青龍寺に同居し、島《とう》を呼んで従兄となす」とある。だが「全唐詩」の略解をみると、「范陽の人。姓は賈氏。島の従弟。天仙寺に居り、詩名また島とともに斉《ひと》し」とある。

この二つの出典をみると、故郷がまず違っている。長安と范陽になっている。「唐才子伝」では、賈島が僧時代の同僚であり、従兄呼ばわりして親しかったことをいっているが、「全唐詩」では、無可の姓は賈氏で、従兄従弟の親戚関係に転じ、故郷も賈島とおなじ范陽ということになっている。このいづれを正とするかは、私の断定するところではないが、親戚であろうと義兄弟を誓った仲であろうと、無可が賈島と関係のある同志であるということは、無可が李長吉任官の詩をのこし、賈島が李長吉とおなじように沈亜之の下第にたいし詩をのこしていることによって、賈島——李賀の相知の線が浮上するということであって、伝記的想像力を騒がせるのである。

　無可上人が、この詩を送った位置が青龍寺であったとするなら、この寺院は、長安城の南門の東にあり、つまり長安で李賀と無可上人は逢ったことになる。そうであれば、「東井に任ずる」ということを、どう解くべきか。長安で相遇したのであれば、李賀はどうしたって地方の任地に行かなければならないだろう。その場合、東井はどこをさすのか。またそれが正しいとすれば、元和七年の周辺の事件ではないだろう。元和七年に執着するならば、このころ李賀は長安で奉礼郎の官職についているはずだから、長安にいるのに「送李長吉之任東井」などとは、まずはいわないのである。だからこの詩を、もっとも坐り心地のよい位置におくとするなら、李賀が元和七年のはじめに、長安へむかう途中、どこかで無可上人に逢ったとするのがよいのである。ということは、李賀が故郷を出た時、すでに奉礼郎の職は決っていたということにはなるだろう。彼の痛みを一時的に散開させるためにも、家貧を救うためにも、奉礼郎というなんの期待も抱くことのできない官位を承諾して、家国を旅立ったのだということになる。だが、無可上人が、李賀に花むけとして贈った詩の内容は、そうぴったりいっているだろうか。

江盤《こうばん》は　転ずる虚《そら》に桟《かけはし》し
侯吏《こうり》は　行く車に拝す
家世《かせい》はこれ城の後
官資は邑城《ゆうじょう》を宰《さい》す
市に饒《さわが》しく黄犢《こうとく》を売り
田《でん》を躡《ふ》んで白雲を鉏《す》く
万里　千山の路
何に因《よ》って書を寄すを欲す

　この詩を読んでいると、李賀はどうも都落ちしていくように思えてならない。家門の繁栄は、城《みやこ》をあとにしてこそあり、お前の官吏としての才能は、いづれあらゆる領地を宰領するのだと、無可は励ましているように思えてならない。天地は一つであり、どこへ行っても同じであり、どのような人間も時の運行に棹さすことはできないという。「万里　千山の路」といっているが、それが、さほど遠くもない長安にむかう人にいう言葉とは思えないのだ。

　想うに、この詩は、李賀が、奉礼郎になった時のものではないだろう。しばらくしてこの官職を辞したのち、やはり李賀は、昌谷にとどまっていることができず、長安に出たり洛陽に出たりし、また友人の張徹《ちょうてつ》をたよって、潞州《ろしゅう》へ旅している。むしろこの期間のできごとではないだろうか。無可と李賀の出逢いも、元和七年よりも、はるかに納得がいきやすい。ただ、気になることは、無可が李長吉にむかって、「何に因って書を寄すを欲す」といっていることだ。この詩句を検討するならば、書を寄すを欲したのは李賀ということになる。都落ちするにあたって、なにか送別の詩をと所望しているのである。とてもでないが気弱になっているのである。しかもこの気弱に対して無可はやさしく叱責しているのである。

ともかく、李賀が沈亜之を見送った地点にまで戻ろう。沈亜之が東帰したのは、放榜《ほうぼう》すなわち合格者発表はふつう二月の中旬であるから、春、東帰したとしても、それは二月末に入いっていたにちがいない。李賀が奉礼郎になったのは、自らいうように春であるから、沈亜之を送別した時は、すでに官職についていたという可能性は強い。いったい奉礼郎という官職はどのような位置なのか。これは、九寺のうち太常《たいじょう》寺に属している。九寺には太常寺の他に光禄《こうろく》寺、衛尉《えいい》寺、大理《だいり》寺等があり、尚書、中書、門下の三省が国家の大政を掌る政務機関であるのにたいし、これはいわば業務機関であった。太常寺は、礼楽郊廟社稷《こうびょうしゃしょく》のことを扱うところである。

奉礼郎は従九品上の品級であり、もっとも低い地位であった。その職掌は、民国・楊樹藩《ようじゅはん》の「唐代政制史」によれば、「君臣版位を掌《つかさど》り、以て朝会祭祀之礼を奉す。……凡《およ》そ祭祀、朝会在位拝跪《はいき》之節、皆これを賛導《さんどう》し、公卿諸陵を巡行すれば、その威儀を主《つかさど》る」のである。いってみれば、儀式屋であり、会場整理係というべきものであった。定員は二名であった。そのわずか二名の中にわりこんだのであるが、わりこみがいのない職掌なのである。

だが、李賀は、進士でもないのに、なぜ官職を、たとえ低い職とはいえ、うることができたのか。それは礼部貢挙による以外にも、吏道はあったからである。封爵のある場合、皇室の親戚である場合、勲庸《くんよう》による場合、資蔭による場合、労考による場合とあった。

周閬風は、韓愈の提抜によって奉礼郎となったといっている。たしかに元和六年の秋から元和七年の春二月、四門博士へ遷職するまで、韓愈は、職方員外郎である。これは、従五品上の品級であるが、兵部に属し地図、城《じょう》隍《こう》、鎮戍《ちんじゅ》、烽候《ほうこう》、防人、道路の遠近、四夷の帰化のことを管掌するのであって、けっして職という字がついているからといって、官職に権限をもつものではなかった。韓愈は、情理によって李賀が官職を得る法を設けてやったのだと周閬風はいうが、そういうことはありそうもないことなのである。このころは韓愈のいわば失意時代であって、李賀が諱の事件にまきこまれ進士を断念しなくてはならなくなったことの罪滅しに、奉礼郎という侮辱的な地位を彼が用意してやったとは、とうてい考えられない。もしそうしてやったのだとしても、そのような不正をやってのける政治力は、このころの韓愈にはありえないのである。

李賀年譜の朱自清は、この就職事件への転生をどうみているのか。王鳴盛《おうめいせい》が「十八史商権《しょうかく》」の中で、「賀は恩蔭を以て官を得る」といっているのをやや近しとみ、「新唐書選挙志」が、「太廟《たいびょう》及び郊社《こうしゃ》の斎郎《さいろう》は、即ち蔭子を以てこれを為す」といっているのを引例し、李賀が奉礼郎となったのはこの方法によるものにちがいないとしている。つまり恩蔭の法によって、奉礼郎の官位をえたのだとしている。恩蔭とは、家門の栄によって官職に就くことである。私たちは、唐代の官吏は、ことごとく、進士の科試の網をくぐりぬけるものだと思いこんでいるところがあるが、実際は、この恩蔭の制を蒙って官職をえたもののほうが多かったのである。科挙を突破することは、それだけに難しかったのである。官職の空席は、それほどありあまっているわけではなかった。

恩蔭の制によれば正五品以上の子は、みな蔭をもって補されることになっていた。従五品の子弟は従八品下、三品以上の曾孫、五品以上の孫は、子より孫よりそれぞれ一等さがった官位を授けられた。つまり、家門に五品以上の出身者がいれば、孫まで、三品以上なら曾孫まで蔭を受けることができたのである。築山治三郎氏の言葉（唐代政治制度の研究）でいえば、「貴族門閥の旧官僚はその子弟が門蔭か襲爵によって官位を得る」のである。「李長吉歌詩集」の註釈者鈴木虎雄は、朱自清とおなじく、「蔭（祖先の功労による恩典）によって仕官するに決心し、太常寺（官省の名）の奉礼郎となり、更に協律郎として生計を立てることとしたものであろう」と推定している。協律郎とあるのは、新旧の唐書がともに奉礼郎なるをいわず、「協律郎」のみをいっているので、鈴木虎雄はどちらかに決定せず、両方を併呑したいいかたをしたのである。この協律郎も、奉礼郎と同じく太常寺に属し、和律呂（音楽）を管掌し、定員二名で、品階は正八品上で、奉礼郎より位はやや高い。「賀の作品から判断すれば、奉礼郎になったので、恐らく協律郎になったのではなかろう」と斎藤晌は推量的否定をしている。葉葱奇は、新旧「唐書」の記事を非難し、「疏忽《そこつ》なる錯誤」ときめつけている。唐書は、正史であるとはいえ、宋代になるものので、数百年の時間の経過をえているので、全面的に信用することはできないのである。この疏忽は当時、楽工が李賀の作品を諷誦したという風聞を根拠にして、「遂に彼を協律郎とみなすよう誤認したのだ」と葉葱奇はつっぱねている。朱自清の年譜は、この記載を一切、無視して、触れていない。私も、この協律郎任官は、いまのところ黙殺しておこう。そこでこの奉礼郎であるが、荒井健は「恐らく名門の子弟に対する特別任用制度（任子）による採用であったのだろう」と、やはり恩蔭の説をだしているのだが、斎藤晌は、これに対し新しい説を提出している。「この官は太常寺に属し、選考によって就職できる官職であった。いわば最低の高等官であった」とし、「本邦の註釈家たちは蔭補によって奉礼郎に任ぜられたように記しているが、賀の近い尊族には蔭補のもとになるような人物は発見されない。誰の力で、どういう手続きで、この官職についたかは不明である」といっている。

私もこの説を支持する。たしかに李賀は、自ら「唐の諸王孫」と称し、皇族鄭王の子孫ではあるが、実際はもはや皇族ではなかった。貧窮の小地主であった。父親も辺上の従事にすぎない。門蔭は、曾孫まで通用するのだが、三品以上の位についたものを、彼の家系の中からさがしださなければならず、いまのところそれは発見されていない。また彼が、皇族の出身であるなら、封爵による道もあるわけだが、国公、郡公、県侯、県伯、県子、県男の爵位をもったものが同族にいる気配はないのである。

李賀は、「隴西」の長吉ともいい、その名門の出であることを誇る。隴西といえば、山東門閥貴族の一つ、隴西の李氏をさすのがふつうだが、このころ宰相となった李徳裕、李逢吉、李絳、李紳などと李賀が同族であったということはきいたことがない。彼が「隴西」という時、この山東貴族の李氏としてでなく、皇室が隴西成紀の出身であるという意味でいっているのだろう。

だが、この山東貴族たちも、ほとんどが、進士出身であった。彼等には、襲爵や恩蔭の特権があったはずなのに、科挙へ挑んでいるのである。築山治三郎氏はつぎのようにその事情を説明している。「封爵や門蔭によって起家するよりも実力主義によって科挙に登第して仕官することが時代の要請でもあり、新興科挙官僚に対抗する方法でもあり、また唐朝の方針として新科挙官僚をつくることによって旧貴族官僚を抑えることができるから、旧貴族も必ずしも門蔭や封爵によらずして科挙に応試するものが多くなってきたと考えられる」という。

唐室が、科挙への寒門への解放によって新興官僚を進出させ、山東貴族を抑えようとした策略はあたったのだが、結局、彼等貴族たちに巻きかえられたむきがないでもない。それは、彼等も門蔭にたよらず科挙にむかえばよかったからである。寒門の庶子たちが、一族をあげ全家財を投げうって、合格にたちむかうのに対し、山東貴族の子弟たちは、その背後へ門蔭によっても吏道がのこされてあるという滑りどめをもってかかり、そこには余裕があった。さらに彼等は、幼少から経学に親しみ、文章辞賦に親しむ機会が恵まれていた。たとえば鄭州の崔氏は、粛宗から昭宗にいたる約百四十年間に、百六十六人の登第者をだし、宰相の数でいえば、唐代を通じ、李氏は二十七人、崔氏は二十五人も生みだしているのである。李吉甫の子李徳裕のように、諸生と郷賦を同じくするを恥じ、科試を喜ばず、蔭補によって、秘書省の正九品上の校書郎からはじめたものもいる。李吉甫は中書門下平章事で正三品であるからその子弟は従七品下の官職につけるはずだが、李徳裕は正九品上からはじめ、そのいきごみはよく、しかも親子そろって宰相になるのだが、時の皺勢は、やはり山東著姓貴族も科挙に傾いていたのである。

こころみに元和七年の宰相表をみるならば、杜佑《とゆう》、于頔《うてき》、権徳輿《けんとくよ》、李吉甫、李絳の五人の宰相がいる。このうち進士出身は李絳だけである。他はみな門蔭によって任官している。杜佑の父は鴻臚寺《こうろじ》卿であり、いわば鴻臚寺の大臣であり、従三品の官品。李吉甫は、趙郡の李氏の出身であり、父は御史大夫で、いわば警視総監であり、正三品。于頔は太子太師の後裔で、従一品。李絳は李吉甫と同じく趙郡の李氏の出身であるが、父は録事参軍で都督府の官吏であり、正七品上と高い官級ではなかったので、進士にどうしてもならなければならなかったのかもしれない。権徳輿の父はその徳行を以て天下に知られた人で、死後秘書監を贈られる。従三品である。みな名門の出身であり、進士になった李絳をのぞいては恩蔭の適用を受けて出世街道を快走したことがわかる。こうみると進士出身の宰相はわずか一人であるようだが、これは宰相だけの話であって、その下の予備軍ともいうべき高位高官には進士出身者がうごめいているのである。たとえば五年後の元和十二年の五人の宰相たち、裴度《はいど》、李逢吉《りほうきつ》、王涯《おうがい》、崔群《さいぐん》、李鄘《りよう》はみな進士登第者というふうにかわっているのである。そして王涯をのぞいてはみな名門の出である。

李賀は、皇族鄭の孝王李亮《りりょう》の末孫であり、子孫代々承襲するはずなのだが、いったいなにを襲爵したというのか。旧唐書の宗室世系表で大鄭王房の表をみると、李賀の父晋粛の名も、もちろん長吉の名もみいだすことはできなかった。李賀が皇孫といい、隴西成紀の人であるといい、皇室の出をほのめかすのを、はったりだとは思わないが、この世系表でみるかぎり、みあたらないのであり、たしかだとしても疎属だったといわねばならないだろう。またもしこの世系表が李賀の系統をいれることを失したとしても、このころ彼の立場はかなり困難をきたしていたにちがいない。というのは、この世系表で大鄭王房における代々子孫の官職名をみることができるのだが、襲爵によってぬくぬくとこの世系は生きているとは思えないからである。小鄭王房のほうは、それでも李勉《りべん》、李宗閔《りそうびん》、李夷簡《りいかん》といった宰相をはじめとする高官が生まれているが、大鄭王房はそれにくらべて没落の色が濃い。ほとんど出世コースを歩んでいない。新唐書の世系表の言葉でいえば、「そのはじめ皆、封爵があったが、世は遠く、親は尽きるにいたって、則ち各々その人の賢愚のままに、ついに異姓の臣と雑《まじ》り、官に仕える。或いは民間に流落するものあり、甚だ歎くべし」ということなのだ。大半は襲爵をえる場を失ってしまっていたのだ。まして李賀は疎属であり、恩蔭をえる希望はすくなく、進士になにがなんでも登第しなければならぬ破目に追いこまれていたにちがいない。科挙の道をふさがれたからにはのこされた道は、選考によって、高等官の末席にかろうじてぶらさがるしかなかったであろう。

つまり胥吏《しょり》の道しかなかった。胥吏は、科挙や恩蔭なしでなれる在官者であり、簡単な吏部の選考によってなれるものであったが、しかし進士や任子とちがって流外官とされ、三品官から八品官までの清資官になることはできなかった。奉礼郎は、おそらく流外職掌のうち、祭祀の雑務を掌る斎郎やあるいは朝会の節に在位の官を賛導する太常寺賛者の代表者のごときもので、やはり流外であり、流外から流内にはいったもので、それ以上の昇進は困難なものであったと思われる。皇族としての誇りに反して、その皇族の恩蔭をも受けとることのできぬ位置にいる李賀、進士にならなければその誇張された皇族の矜持さえ維持することのできないという時世の断崖のもとで、進士一本に絞ったもうあとのない李賀の前途は、あの諱の事件によって、決定的な暗闇の一網打尽となったであろう。元和七年、下第した友人沈亜之を李賀は送別する。この年、韓愈の女婿李漢《りかん》が進士に抜第されている。韓愈は女婿李漢の合格に喜ぶそのおなじ顔を、門下の沈亜之にたいしてはどのようにむけただろうか。李漢は、李賀の友人でもあった。李漢も皇孫であったが、彼はれっきとした末裔であった。彼は門蔭、襲爵によっても清官になれる資格をもっていたが、それを拒否し進士の道から吏道へ入った。それにくらべ李賀は、恩蔭を受けて清官にもなれず、進士の門戸を開くことができなく、奉礼郎となって、長安の春の中に立つのである。

二

李賀は、奉礼郎になった。後悔の念が、はやくも彼を侵しはじめている。痛みを転位させるためにも、奉礼郎の低位にでもしがみつかなければならなかった李賀であったが、このような一時しのぎの姿勢では、即刻にその無理に対する報復がやってくるのである。奉礼郎となった時、李賀は、見せかけの喜びすら、自分にしむけて表わすことができなかったのである。

「始めて奉礼となり昌谷山居を憶《おも》う」という詩がある。この詩題の「始めて」は、「奉礼と為《な》り」にかかるのではなく、「昌谷山居を憶う」にかかるとも一応思われるのだが、やはり「奉礼と為り」にかかるとみるべきだろう。奉礼の官職について、しばらくは、忙中にまぎれ、故郷を憶いだしたこともなかったが、ふとある日始めて昌谷の山居がおもいだされたというのではないのだ。むしろこの詩は、始めて奉礼郎になり、日数を置かずして、早くも故郷を憶ってしまっている、のである。

しかもこの「憶う」は、「念う」とも「想う」とも「意う」とも「懐う」とも「思う」ともちがって、「疇昔《ちゅうせき》を憶う」とか「幼穉《ようち》時事を憶起す」というように、遠い時間をたぐりよせるようなもどかしさをもっている。奉礼郎となったばかりですぐに昌谷山居を憶うということは、故郷を離れて、多日を消費していないはずなのに、その故郷の時空は、彼にとって遠いところにあるようになっているのを憐察しないわけにはいかない。

掃斷馬蹄痕　掃断《そうだん》す　馬蹄の痕《あと》
衙回自閉門　衙《が》より回《かえ》り　自《みずか》ら閉門

「掃断す　馬蹄の痕」とは、太常寺奉礼郎としての任務の内容をしめすものであるだろう。「馬の蹄の痕を一度掃い清めたら、それっきり誰も来ない」（斎藤晌）とか、「たずねて来るお客の馬の蹄の痕をはらい清め」（鈴木虎雄）といった疏解《そかい》は、あまり納得しがたい。というのは、この句が、李賀の勤務する太常寺の状景なのか、あるいは、李賀の邸前なのか、曖昧であるからである。王琦は、「官閑職冷、車馬の賓の相過ぐるなし、また役の従う無し」といっている。これだと、彼の官職は閑冷なため、賓客の車馬が、太常寺に出入することなきため、その庭前は掃き清められたまま、馬蹄の痕すらみあたらないということになる。だが曽益などは、これを太常寺の状景とみなしていないから、客を謝す、つまり客を断ることとみなし、李賀の住居の閑散たるさまだと考えている。これに対し、董伯音《とうはくいん》は「謝客」だとみなしてないのであって、「華軒、流水の如く、人の礼郎を問うなし」と解釈している。李賀の風流な生活ぶりをみているのである。私は、この句を、王琦のいうように、太常寺官衙の状景とみなすのであり、さらにいえば車馬賓客の来訪がないのではなく、むしろあって、そのためによって、つけられた馬蹄の痕を、掃き清めたのだと考える。「贈陳商「陳商に贈る」」の中で、「臣妾《しんしょう》　気態の間」「唯、箕帚《きそう》を承らんとす」といっているのに注目すべきであって、臣にへつらう召使の根性で、ただ、ほうき掃除役ばかりを承るだけよと、自嘲しているのを、この「掃断す　馬蹄の痕」の中に重ねあわせみるのがよいように思われるのだ。

奉礼郎の職は、閑冷であって、することはといえば、車馬の痕さえもないようにひたすら掃き清めることしかなく、それを徹底するよりほかなく、李賀自らが手をくだしたかどうかはべつとして、もうやたらに清掃を尽したのだ、それしかすることはないのだ、ただ儀典の式場を綺麗にするしかないのだ、というやけ糞な官衙における李賀の態度を、私はむしろみたいのである。そして李賀は、お役所から帰ってくる。だれとあうこともなく、ぴたっと門を閉めて、家にとじこもってしまうのである。底意地なまでに、お役所と私生活とを区別しようとしている彼の姿をみるのである。

長鎗江米熟　長鎗《ちょうそう》に江米《こうべい》は熟し
小樹棗花春　小樹の棗花《そうか》　春なり

長鎗とは、鍋、釜のこと。釜には江南米がよく煮えている。門を閉じて独居する李賀の生活の内部を示している。庭の小樹は、棗の樹で、花を咲かせていて、まさに春である。李賀が、奉礼郎になったのは、春であるというのは、「小樹の棗花　春なり」という句が根拠になっている。李賀が自炊生活をしていたのか、奴婢がめんどうをみていたのかどうかはしらないが、庭の小樹になつめの花をみ、春を感じとったのは、江南米が鍋に煮えているそばにいながらであることは、見逃すことはできない。

向壁懸如意　壁に向って如意《にょい》を懸け
当簾閲角巾　簾《すだれ》に当《むか》って角巾《かくきん》を閲《しら》ぶ

この二句も、長安の私宅での彼のふるまいである。部屋の壁に、如意の棒を吊し、簾のそばへ寄って、角巾を閲視して、かぶりととのえる。角巾とは、唐人が私居でかぶった帽子である。李賀は、気をこめることもできない役所仕事がひけると、そそくさと家へ帰り、自ら門を閉じるほどの狷介ぶりをしめし、まるで隠遁者のようではあるが、どうも李賀のこれらのふるまいには、そわそわしたところがないでもない。如意を壁にかけたり、角巾をかぶりなおしたり、意々と閉門の決意に従容としたところがないのだ。

犬書曾去洛　犬書《けんしょ》　曽《かつ》て洛を去り
鶴病悔遊秦　鶴病《かくびょう》　遊秦《ゆうしん》を悔《くや》めり

官務をきっぱり終えると、さっと脇目をふらず家に帰ってくるという生活。それはそれでけっこうではないか、李賀はいささか意固地になっている、と思いはすれ、李賀がその意固地に充足しているなら、それはそれでいいと思うのだが、実際の李賀は、そのような生活には耐えられないことが、この二句では、暴露している。

犬書とは、典拠がある。晋の詩人（二六一—三〇三）陸《りく》士衡《しこう》（機《き》）は少時、猟を好み、ある豪客が黄耳《こうじ》という犬を彼に献じた。この犬は、黠慧《かっけい》にして、よく人語を解した。京師に旅してから久しく故郷と音信を絶っていたので、ふざけて彼はこの犬に「一走りして返事をもらってきてくれないか」と言った。犬は尾っぽをふって声をだし、これに肯《うなず》き、手紙をもって騰上逸去《とうじょういっきょ》した。家に着くと、手紙をいれた筒をくわえ、それをみるようにと促し、家人はそれをみおわると、また鳴いて返事を要求し、それを受けとるやただちに洛陽の彼のもとへ帰ってきた。人間の飛脚で五十日の行程を、この犬はわずか半月で往復したという。

すなわち、「犬書　曾て洛を去る」とは、故郷へ手紙をだすことを指し、田舎へ音信を久しく断っていたことを含んでいる。また犬書の故事を用いたということは、李賀は故郷への想いにかられていることを意味している。彼のいらだちを示している。「洛を去る」というのは、「洛陽を去る」であって、あたかも李賀が、洛陽にいたかのごとくであるが、そうではなく、長安にいたのであり、陸機の故事を踏襲したので、そうなったのである。

陸機という詩人も、故郷を思うことの多い人であった。都の洛陽に着かない旅中にあってさえ、「佇立《ちょりつ》して故郷を望み　影を顧りみて悽《せい》と自らを憐む」（赴洛道中作）人であった。故郷を離れることが、それほど凄然たる悲情を感《うご》かすものであるなら、なにも都へ立つこともないのだが、それに対して陸機は、「世網《せもう》　我が身に嬰《まつ》わりしなり」と答えて、世の網にひっかかったことなのだ、世の中の目にみえない計略にひっかかったのであり、それはどうしようもないことなのだ、仕官してこの世に頭角をあらわしたいという野望に身をほだされているから、どうしようもないというのだ。

孤獣　我が前を更《す》ぎたり

旅中の山谷の中で、一匹の群からはずれた野獣が、陸機の面前を影となって駈けぬける。この孤立した野獣は陸機をものともしない。陸機もこの野獣におびえない。なぜなら彼はこの孤獣の中に、自らを触発されているからである。これは感傷のもつ図々しさであり、「悲情は物に触れて感《うご》」いてしまうのである。

洛陽の地で遊宦したのちも、できるだけ冠の纓《ひも》をととのえ、できるかぎり祇粛《ししゅく》し、つつしんで仕えるようにつとめているのであるが、そんなことをすれば、余計そのゆりかえしが欝として大きくなるのは当然であり、「楽しみを思うも楽しみは誘《みちび》きがたく　帰らんというも帰ることいまだ克《あた》わず」、胸臆が、ますます締めつけられるだけのことなのである。

かの帰塗《きと》の艱《けわ》しきを感《おも》えば
我をして怨慕《えんぼ》を深からしむ

この詩句は、陸機の「贈従兄車騎［従兄車騎に贈る］」にあるのだが、このころの旅行は命がけであり、故郷呉地への道は険しく、野獣は彷徨し、その困難をおもえばおもうほど、都での故郷への怨慕の心は深まっていくというのである。この陸機の、帰旅の困難さを思う心は、同時に帰旅以前の洛陽の地での帰るに帰れない困難の数々をしめしているのであって、そのはねかえりとして故郷への怨慕が深まるのである。困難にみえることを心に抱懐することはイージーなことだ。それは、その困難にむかって行動することを阻止するからである。行動しないのなら、その抱懐だけがのこるのであり、抱懐するだけなら、いくらでも深く怨慕し、悲傷することができるのだ。

かくして、李賀も、長安に来て官に服したことを悔むことができる。悔みつつ、故郷を念うことができる。「鶴病　遊秦を悔めり」ということもできる。鶴病というのは、自らを「鶴病んで」といったのであり、そういう鶴のように痩せ、病いに侵されている自分が、都へやってきて官吏になったことを悔んでいるというのである。故郷にある時から、病身であることはわかっていたはずだ。陸機のように、故郷を出立する時から、都へ向うことは、世網のトリックにひっかかったことでどうしようもないのだということは、わかっていたはずだ。しかしわかったからといって、世網にかかっている以上はどうにもならないのであり、病身さえ押して、李賀は、奉礼郎という低い官職にも甘じて、長安に遊んでいるはずなのだ。だからじたばたするなというわけだが、そうはいかないのであり、やはりじたばたするのである。故郷をより一層、怨慕するのである。病身を悔むのである。

李賀は、故郷に送信することを言うのに、陸機の故事を利用しているが、それは詩であるから詩めかなければならないとして、そうしたのではなく、この時、李賀は、陸機の故郷への想いを、当然、踏まえているとみなさなければならない。唐詩人たちにとっては故事を踏むことは、詩にその語句を超えての増幅をもたせるものとしての賭けがあるのであり、換言としての美辞法なのではなかった。「犬書　曾て洛を去り」の句に、陸機の境涯を思っているのであり、さらに自分をかぶせているというふくらみに、読むほうも、かぶせとっていかねばならないのである。「犬書曾去洛　鶴病悔遊秦」の対聯は、修辞としてみるならば、「犬書」といったからには「鶴病」と動物合せし、「去洛」といったからには「遊秦」と地名合せをして、対句を構成しているのだが、これは単に対句の犠牲になったというより、その修辞の犠牲によって、李賀の傷がより傷口をあけているのを、看察しなければならないのである。修辞は、イメージであるより、傷口なのである。修辞は、いわんとすることそのものではなく、その「もの」にできたコブのようなものであり、その「もの」の立場からすれば、そのコブは偽瞞であり、迷彩であるのだが、人間のごちゃごちゃになった心性のありかたからすれば、「もの」そのものであることこそ至難であるというより、不可能なことなのである。

土甑封茶葉　　土甑《どしょう》　茶葉を封じ
山盃鎖竹根　　山盃《さんぱい》　竹根《ちくこん》を鎖《とざ》す

これ以後四句では、李賀は昌谷山居を懐っているのである。彼はまず飲食をもって故郷を想起する。土を焼いて作った瓶に、茶の葉が封じられているのを、想いだす。故郷の人よりも、故郷にある「もの」を想いだすのである。さらに竹の根で作った酒盃のしまわれたままになっているのを想いだす。盃を「山盃」といったのは、「土甑」といっているからだが、この山盃といった時、李賀の想念には新たなコブが生れているのであり、昌谷の山や林が盃の背後に浮んでいることはいうまでもない。土甑も山盃も、昌谷にあって常用していたものであり、それが廃用となって、封ぜられ、鎖されている状態を想像しているのである。姚文燮の「昌谷集註」は銭澄之《せんちょうし》の弁として「封と鎖は主人不在を見《あらわ》す」といっているのを引いている。不在というからには、在が前提なのであり、李賀の魂魄は、故郷に主体がおかれていることがわかるのだ。

不知船上月　　知らず　船上の月
誰棹満渓雲　　誰か棹《さお》をさすや　満渓《まんけい》の雲

　つづいて李賀の追憶は、物から、風景に移る。昌谷の渓水の夜。船が浮んでいて、その真上に月がでている。それは船上に月を載せているようだ。家人の誰かが船をこいでいる。雲が満ちわたり、雲をこいでいるようだ。だが、だれがこいでいるのかはわからない。追憶のイメージは、一つのコンプレックス体であるから、その映像は曖昧なのであり、曖昧であるが、曖昧なりに家人のうちのだれかであることはわかるのであり、その曖昧の像を結ばせたのは、彼が追憶によって、なんの意図することなくせりあがってきた像なのでしかたがないのであり、それが夜の雲でむらむらとしている谷間の風景であったから、どうしようもないのであり、そのため、誰が掉して、夜雲に低くたれこめ、みちわたっている谷を、だれが漕いでいるのか、「不知」なのである。曽益は、この詩句をつぎのように推評す。「船上の月。我れ昔、これに載る。渓上の雲。我れ昔、これに棹さす。今すでに官に服している（それができない）。誰がいまその谷間を優《ゆう》游《ゆう》させているのか」と。けれども彼が、かつて昌谷で、船にのって漕いだことがあったということにはなるまい。漕いだことがあったかもしれないが、漕いだ自分のむかしを憶ったのではない。だれが漕いでいるかさだかならない昌谷の夜の渓を払然《ふつぜん》と想いだしたにすぎないのである。この月夜の船は、舟遊びの風流なのではなく、むしろ夜、舟をだして漁《すなど》りしている風景として想いだしたのかもしれない。そうだとすれば、それは労働の状景であり、この追憶のイメージは、さらに疼痛のふくむものとなる。

この詩によって、長安における李賀の官界生活の第一歩をみた。だが、彼の長安の生活は、つねに「衙《が》より回《かえ》って自ら門を閉ず」といった徹底したものであったとはいえない。むしろ、いろいろな宴席に招かれて、それに李賀はかなり几帳面に出席している。

「花遊曲」という詩をみてみよう。これには序文が附されている。寒食の節、つまり冬至後百五日・六日・七日、つまり四月上旬のころである。これらの日には、人々は火を絶ち、冷たい乾粥などを食べたという。王建の「寒食行」をみると、城中は車馬で喧鬧《けんどう》とするほど、にぎわいだことが想像される。

この寒食の日、諸王の皇族たちが、妓楼の女たちをよんで、郊外の野に遊んだ。李賀もその座につらなった。その席で、梁の簡文帝の詩調を採って、花遊の曲を賦し、妓にあたえ、琴を弾かせ、歌唱させた。というのが、この詩の序である。李賀が、諸王の宴遊に列席したのは、彼が皇族の末孫であったからではあるまい。諸王たちは、李賀の詩名の高きによって呼んだのであり、いわばたいこ持ちの役割を担い、座持ちの道具立てにすぎなかったとみるべきであろう。だが、李賀としては、皇族の一人として皇族とつきあうという風に受けとれるのであり、また逆に自分はなんら皇族と同等でありえない、彼等もまた彼を皇族扱いしていないということに、屈辱を受けとって唇を噛むことにもなりうるのである。

李賀は、「妓に与え弾唱せしむ」などといっているが、実際は主座にある皇族たちに、詩をつくることを命じられたのだといってよい。前もってこの「花遊曲」を用意して、寒食節の野宴に出席したのか、即興でやってのけたのか不明であるが、序の筆調からすれば、即興のようである。この奉礼郎にすぎない李賀は詩に巧みゆえに、あたかも芸人のように貴賓の席によばれるのである。彼としては、彼等と交際することにより、どのような吏道が開かれるかわからないという野望がやはりあって、この酔興な招待を断らなかったように思えてならないのだ。

梁の簡文帝の詩調を採ったというが、皇帝のどの詩なのか、曽益は、春日詩をあげている。「花開く幾千葉　水は覆う数重衣　歌妖《かよう》は曲を弄して罷《や》み　鄭女は琴を挟んで帰る」。しかしどのように詩調を採ったのか、具体的につかむことはできない。

「旧唐書」は、「その楽府《がふ》数十篇、雲韶《うんしょう》楽工の諷《ふう》ぜざるなきに至る」といい、「新唐書」もまた「楽府数十篇、雲韶の諸工皆これを絃管に合す」といっており、李賀の楽府が、当時、歌曲となって、世に流播したことはまちがいない。李賀が歌妓の侍る宴席によばれることは、ただ詩名が高かっただけでなく、それは歌曲となり絃歌にふさわしい可能性をもっていたからである。「談薈《だんわい》」に、「李益と賀と名を斉《ひと》しくし、つねに一篇出づれば楽人、すなわち以てこれを賂購《ろこう》するを重んじ、楽府、称して二李と称す」とあるが、この記事を信じるならば、李賀の楽府は競って賂購されたわけであり、いわば流行の作詞家であったわけだ。もっとも賂購されたといっても、「楽府数十篇」であり、それが、奉礼郎職以上の収入となり、彼の生活を支えたかどうかは疑わしい。さてその詩をみていく。

春柳南陌態　　春の柳は　南陌《なんぱく》の態《すがた》
冷花寒露姿　　冷えた花は　寒露の姿

春の柳は、城南の街そのもの、冷えた花は、寒くおりた露そのものだという。城南の街並みは、春柳そのものになってしまったということであり、その盛んなるさまをいうのである。朝、郊外に冷く咲く花は、寒い露そのものということは、その花の冷たさは、寒露が花びらにおりているからそう感じられるのだが、李賀の目のとらえどころは機転していて、寒露のほうが花をのっとってしまっているのである。

今朝酔城外　　今朝　城外に酔わんと
拂鏡濃掃眉　　鏡を払って　濃く眉を掃く

これは妓女たちが粧《よそおい》を凝《こら》すさまである。今日の朝、城外での諸王の宴に借しきられた歌妓たちが、朝っぱらから酔い乱れることを心づもりして、鏡の覆いを払って、覗きこんで、眉を濃くかいて、化粧するのである。

煙濕愁車重　　煙湿《うるお》い　車の重きを愁う
紅油覆畫衣　　紅油《こうゆ》は　画衣《がい》を覆う

「煙湿」を、春雨とか氷雨などと解くむきがあるが、私は雨ではないと思う。朝のじっとりした、いわゆる煙る霧雨であって、雨滴となって落ちるのではなく、その煙る霧雨の中を通る車は、だが重いのである。これから宴が開かれるというのに軽快な朝ではない。紅油は、紅色の油衣で、いわゆる雨具であり、雨合羽である。湿って重く降りそぼる霧の朝の中を、華美な模様の画かれている舞衣の上にこの紅油の雨合羽をはおった彼女たちをのせた車は、郊外にむかうのである。

舞裙香不暖　舞裙《ぶくん》　香　暖まらず
酒色上來遲　酒色　上り来ること遅し

しかし、それでも宴はつづけられる。契約でやってきた遊妓たちは、起って舞うのである。招待された李賀も、狷介を発揮して、席を蹴らないのである。彼女たちの舞う裙《はかま》には、香がたきこめられていて、舞い踊るたびに香が、観客に達するようになっているのであるが、寒い霧雨のため、香はこもってしまって、暖く発散せず、冷えびえとしているのである。彼女たちは、酒を飲んでいるのだが、酔いが顔色になかなかのぼってこないのである。

この詩を「協律鉤元」の陳本礼はつぎのように解いている。「この首を通して、みな伎を嘲る詞である。末二句の諧謔は、笑いをひきおこさざるをえない。則ち座に加わり曲を賦した客（李賀）は、殊に伎に与えて弾唱させしめることに妙があるを自覚しているのはいうまでもない。諸王の頤《あご》をほどき、笑いをおこさせることである。首四句は、花遊に伎を見て興が乗ずるのを写している。後四句は、期せずして雨に遇い、その冶遊《やゆう》を逞しくできないのを写し、その興の敗れるのを見て、この嘲笑の詩をつくるに至るのである。伎にその詩曲を与え自唱自弾させ、諸王の笑楽に供したのである」。

なるほどと思わせる解釈であるが、もしその通りであるとするなら、まったくみじめな李賀を、この詩作のありように、みることになる。李賀は、目ざとく機転に富んで、人の好嫌をとることに汲々とし、調子のよい才人にみえて、むごたらしいのである。それでなくても、「自ら閉門す」などといっている李賀がこのような席にいることじたいみじめなのに、その上塗りをやることになってしまう。この詩の中に、私は諧謔を認めるが、それは妓女たちを嘲笑するための諧謔ではないように思われるのである。この寒さにふるえている妓女たちにむかってする、むしろ、やさしみのある「からかい」なのである。

彼女たちの様態を自唱自弾させたところに、妙味があるのだというが、そんな妙味は、残忍であり、また残忍に徹しているわけでもないから、下品になってしまう、このように私はとらないから、この詩が歌妓によって自唱自弾されることにより、この寒空の野宴にかえって、ぱっと明るさが散ったように思えるのである。そして、冷やかな香を発して踊る妓女に、湿って煙る郊外の野に、舞衣の上から紅色の油衣をひっかぶっている彼女たちの姿に、むしろエロチックなるものの漂いをみるのである。

「花遊曲」は、四月の詩であるが、おそらくおなじ年の同じ月につくったと思われる詩が、もう一つある。それは「申胡子觱篥歌〔申胡子《しんこし》が觱篥《ひちりき》の歌〕」である。申胡子（ひげの申）というあだ名の男のために、觱篥用の曲をつくってやったのである。これにも、長い序がついている。

「申胡子は、北方辺地の将の下僕である。この辺将の李氏は、皇族の出であって、江夏王の子孫である。ある年、言行に失するところがあって、ついに官を北方に奉ずることになった。自分では七言詩、五言詩を学んだといっている。彼の名はまだ久しく知られていない。今年の四月、長安の崇義《すうぎ》里で彼と向いあったところに住んでいた。とうとう彼は衣を質入れして酒を買い、私に一緒に飲めという。気分が熱してきて、酒杯をかわすこと爛《たけなわ》になってきたころ、その勢いをかって私にむかって言った。『李長吉、お前は、七言だけは得意だが、五言の歌はへただなあ。いくら筆の先をひねっても、陶淵明や謝霊運の詩の勢いにくらべ、その相遠きこと幾里になるかね』。私は答えた。『しばらくしたら申胡子觱篥歌を作り、五字を以て句を断じてみせましょう』。歌はできあがった。左右にいた人々は大騒ぎして、唱いだした。かの辺将の李氏は大いに喜び、盃をさしあげて起立し、歌妓の花娘を幕の中に呼びいれた。花娘はなよなよとでてきて客に挨拶した。私はなにが得意なのかと彼女にたずねると、『平調ならすこしは』といった。ここにおいて私の弊辞を歌声に合せ、私のために健康を祝してくれることになった」

　この奉礼郎時代、李賀は長安の崇義里に住んでいた。明の徐松《じょしょう》の「唐両京城坊攷《こう》」によると、この皇城にほどちかい右朱雀門《しゅじゃくもん》街東《がとう》第二街にあった崇義坊には、「太常寺協律郎李賀宅」があったと記している。その根拠になったのは、やはりこの詩からである。

　この李賀宅とむかいあったところに、申胡子の主人李氏がいたのである。ずっとこの李氏がここに住んでいたというより、北方の防備からたまたま長安へ帰ってきていて、その仮宅があったのかもしれない。李賀は、觱篥の名人であるその奴僕の申胡子とむしろ昵懇であったが、皇族の末孫であり、へまをして北方に左遷されたこの李氏にも親しみを覚えていたと想定することはできる。

　この序文には、李賀のてらい気たっぷりな傲岸な気性が躍っている。李氏が、お前に五言はできるかと侮辱したのは、彼に即興詩をつくらせるためのおとりの言葉であったかもしれないのに、李賀はそれに気づかず、あるいは気づいても、なにをと思って作ってしまうのである。「朔客《さくかく》大いに喜ぶ」とあるが、それは負け惜しみしないフェア・プレーの精神から李氏がそうしたのではなく、はじめから良い詩のできるのを期待していたからである。用意でもされていたかのように歌妓がでてきて、その新しい、生みたての詩を、申胡子の觱篥を伴奏に、歌妓が唱ってみせるのである。

觱篥は、胡笳《こか》の類で、胡楽器であり、西域から中国に入ってきた。「竹を以て管と為《な》し、蘆《あし》を以て首と為す」（文献通考）とある。「胡人これを吹いて中国の馬を驚かす」とともある。また悲篥とも書き、それはその吹く声が、悲しいからだという。宋代後は衰退するが、唐代にあっては、律管の楽器の首の位置をしめていた。この奴僕の申胡子は、おそらく西域人でなかったかと思われる。

顔熱感君酒　顔は熱し　君が酒に感ず
含嚼蘆中声　含嚼《がんしゃく》す　芦中《ろちゅう》の声
花娘篸綏妥　花娘《かじょう》の篸《しん》は　綏妥《すいだ》とし
休睡芙蓉屏　芙蓉の屏《へい》に睡《ねむ》りを休《や》めぬ

李氏がすすめる酒に感じ顔に酔いはまわって火照り、申胡子の含み鳴らす觱篥の音色をきいている。歌妓の花娘が、芙蓉を画《えが》いた屏風《びょうぶ》の中で眠るのをやめかんざしをやんわり垂れて聴きほれている。

誰截太平管　誰か太平管を截《き》り
列點排空星　列点《れってん》　空星《くうせい》を排し
直貫開花風　直ちに開花の風を貫き
天上驅雲行　天上　雲を駆って行かしむ

いったいだれだ。太平管を截りとって、その管に空の星のような孔をあけたのは。音色を発すると、そこからでる音色の風は、ただちに花を開かせ、さらに天に上って、雲を走らせる。そんなことをするやつは、だれなのだ。申胡子への讃美であり、彼はこの酒盛りの間も觱篥を吹いたのだ。

今夕歳華落　今夕　歳華《さいか》落つ
令人惜平生　人をして平生《へいぜい》を惜しましむ
心事如波濤　心事　波濤の如く
中坐時時驚　中坐　時時に驚く

これまでの前八句は、かなり調子のよいものであったが、この四句で彼は、突然、自分の所感をいれている。それは、あわてているといってもよいほどの狼狽をあらわにしている。

今日も夕べとなって、また一日が頽落した。今日一日も夕闇となって落ちることを認識するということは、なにごともなく時間を消していく平凡な日常を思うことであり、それをとりかえしのきかぬ惜しさと人に感じさせることである。李賀は、このようになにごともなく太平楽に遊びほうけて一日が落ちていくことに、急にあせりさえ感じているのである。いったんあせりにとらえられれば、とどめようもないのであり、心中は波濤となって騒ぎたてるのである。宴会のさなかでも、いてもたってもいられなくなるのである。だがこのような時間への恐怖は、主客の李氏などには関係のないことなのであり、彼について語らねばなるまいと思いなおす。

朔客騎白馬　朔客《さくかく》　白馬に騎《の》り
剣弝懸蘭纓　剣弝《けんぱ》　蘭纓《らんえい》を懸く
俊健如生猱　俊健　生猱《せいどう》の如くも
肯拾蓬中螢　肯《あ》えて拾う　蓬中《ほうちゅう》の螢

辺塞の司令官である李氏は、白馬にまたがって駈ける。剣のつかには、組紐をぶらさげ、その俊健たるさまは、野性の猿のようだが、実はこの人は、蓬の草むらから蛍を拾って書に親しむ人でもあるのだ、とこの李氏をほめたたえることで結んでいるのである。李氏が喜ぶのは、無理もない。そしてこの詩を、歌妓に唱わせ、申胡子に合奏させたのである。この詩の中でケイレンするようにしめした時間への恐怖は、直ちに歌唱弾奏されるのをききほれる間に、また得意の気持にかわって、かき消されてしまっていたのだろうか。

三

皇族の酒宴に、李賀が同座しているのを、これまでにみてきたが、さらにもうすこしみてみよう。詩名高きものたちが、このような上流階級の宴席に招ばれることは、当時なにも珍らしいことではなく、李賀が同席していたとしても、なんの不思議なことでもない。だが、李賀のおかれている状況を考える時、どのような心中で、どのような心底をもって、どのような心略をたずさえて、座を連ねていたのか。その時、いかなる心機があり、心痛心焦が動き、心思は騒ぐか。奉礼郎任官以後の李賀の心像をみるのに、この種の詩は、絶好なのである。

「許公子鄭姫歌「許公子の鄭姫の歌」」も、おそらくこのころ作られたと思われる。この詩には、「鄭が園中にて賀に請うて作らしむ」という言葉が添えられている。鄭姫の園中で宴が開かれたのである。許公子というのは、許の公子ということで、許は、漢の皇室の外戚の一つである。鄭姫というのは、その許公子の愛人である。姫といっても遊妓である。唐室には、許姓の皇族はいないわけであるから、換言していっていることがわかる。鄭姫というのも、楚の懐王の寵姫に鄭袖《ていしゅう》がいて、それに多分換言されているのであって、園中で詩を李賀に請うた姫は、鄭という名であったかは、わからない。

　この詩題をみてもわかるように、李賀が宴席に侍っているところは、ほとんどが皇族のそれである。この共通点は、なにかしら李賀の執心をあらわしているようである。高位高宮や貴族からの招宴もあったろうし、他の詩人はみなそうしているのだが、李賀の詩にはないのだ。このような宴に侍ることは、幇間の一種であるのだが、李賀は、高級官僚や官僚貴族の前には、断じて出ていかないというような意地が、彼の心胆の中にあったのだろうか。わずかしかのこされていない詩の中からそのような判断を下すことは、もちろん当て推量にしかならないのだが。

許史世家外親貴　　許史《きょし》の世家《せいか》は外親《がいしん》の貴なり
宮錦千端買沈酔　　宮《きゅう》錦《きん》千端にて沈酔《ちんすい》を買えり
銅駝酒熟烘明膠　　銅駝《どうだ》の酒は熟し　烘《ひか》りて明膠《めいこう》
古堤大柳煙中翠　　古堤《こてい》の大柳《だいりゅう》　煙中に翠《みどり》なり

許史の史は、やはり漢の皇室の外戚の姓である。この場合、許公子の愛人のことをいおうとしているのだから、史家をもちださなくてもいいようであるか、ならべて言ったほうが、単独よりも、いっしょくたのようでいて、むしろ権威化するのである。宮錦千端のうち宮錦というのは、宮中特製の錦のことで、それをも（千端幅二尺二寸長四十尺を一端とす）どさっと投げだしてそれをかたにし、沈酔を、ぐでぐでに身を沈めることを買おうとする、許公の大胆富麗ぶりをいおうとしているのである。

　方扶南《ほうふなん》は、この詩を偽作とみなしていて、「許史世家外親貴の句などは、俗手にして李賀の筆ならけっしてこんないいかたはしない」といっている。外集にある詩は、私もかなり疑いをもっているけれど、一応この詩は、偽作とみなさずにみていこうと思う。

「銅駝に酒熟し烘りて明膠」。銅駝というのは、洛陽の銅駝街のことで、この遊興の巷にある酒はいまや熟し、明るいニカワ色を放って光っている。「古堤の大柳　煙中に翠なり」、その街の、古くからある堤には大柳が立っていて、翠の色に煙っている。

桂開客花名鄭袖
入洛聞香鼎門口
先將芍藥獻粧台
後解黄金大如斗

桂《かつら》開きし客花《かくか》　名は鄭袖
洛に入り　香を聞く　鼎門《ていもん》の口《こう》
先《ま》ず芍薬《しゃくやく》をもって粧台に献じ
後に解く　黄金の大なること斗《ます》の如し

方扶南はこの四句に対しても疑いをもっていて、「桂開客花名鄭袖」の句などには、「稚《ち》にして晦《かい》」などと非難している。たしかにそういわれると、李賀の鋭い透明感や拡がりゆく情致の巧なるところがすくなすぎるように思えてこなくもない。一句の中に、桂という花の名と、客花と花の字を含めるなどということは、どう考えても彼にふさわしくないように思えるのである。李賀は故意にそのような重複をあえて犯すことがあり、その場合は、よりその句が緊迫した効果をあげてくるのだが、ここではなんとなくもたもたしているように思えるのである。「桂開きし客花　鄭袖と名づく」「洛に入りて香を開く　鼎門の口」。桂の花をぱっと開いたような旅の美人、その名は鄭袖と呼び、洛陽へやってくるものは、かならず洛陽の東南にある鼎門の入口のあたりで、その香を聞くだろう。「先ず芍薬を将《も》って粧台に献じ」「後に解く　黄金の大なること斗のごとし」、ここで、鄭袖なる美人にプロポーズする公子が、はじめて登場する。公子は、芍薬の花を、彼女の化粧台に献上し、そのあと斗ほども大きな黄金を贈るのである。

方扶南の辛口な偽作の声をいったんきくと、すべてが怪しみの目をもってみないわけにはいかなくなってしまっていて、この句なども、なにか李賀らしさを欠く、凡庸な詩句に思えてくる。方扶南は「万《すべから》く長吉の理なし」と切り棄てているのだが、この長吉の理というのは、長吉の詩作における心発のメカニズムということであり、彼の詩を熟読したものにのみ伝ってくるかに思えるメカニズムなのである。人の物のとらえかた、物の見方、物の並べかたというものは、長い間、観察をつづけていると、一定の道順があることが、なんとなく感取できるのであり、それは、最終的には肉体の呼吸といってよいものである。李賀の呼吸がわかってくるのである。

しかし一口に「理」といっても、ぴっちりはじきだせるものではなく、その呼吸の理は受けとめるその人のみが「なんとなく」わかっていることであって、それは他者にとってなんの説得の証拠にならない。「稚にして晦」であって長吉らしくないといっても、それはあくまでも方扶南の愛情をもちすぎたいいかたにすぎないかもしれず、このような批判は、あたかも李賀が「稚にして晦」な詩は、作りだせないようないいかたになってしまっている。

莫愁簾中許合歡　　莫愁《ばくしゅう》は簾中《れんちゅう》に合歓《ごうかん》を許し
清絃五十爲君彈　　清絃《せんげん》五十　君がために弾く
彈聲咽春弄君骨　　弾く声は春に咽《むせ》んで君骨《くんこつ》を弄《もてあそ》び
骨興牽人馬上鞍　　骨は興《おこ》って人を牽《ひ》く　馬上の鞍

莫愁とは、歌謡を善くしたという六朝期の女性の名である。これはもちろん鄭袖で鄭姫を飾るために古代の女性の名前を用いて更に換言したのである。これを翻訳などに移してしまうと、莫愁のような彼女はということになって、まどろっこしくなってしまうのである。果敢な男にむかって、「ナポレオン」というのと、「ナポレオンのような人」というのでは、おなじようでいて違う。「のような」がはいれば、あくまでも「のような」であって類似にすぎないが、すっぱりと「ナポレオン」といってしまえば、同一でないにもかかわらず同一なのである。この「莫愁」も、莫愁のような彼女なのではなく、莫愁なのである。鄭袖が莫愁なのである。その莫愁（鄭袖）が、公子を簾中に招きいれ、歓びをいっしょにしようというのである。その簾の中では、五十絃の瑟《しつ》が、許公子のために弾ぜられるのである。その弾声は、春色の気配の中で咽び、許公子の骨の髄までを痺《しび》れさせ弄ぶのである。骨は興奮しておきあがり、人をば牽きつけ、それは馬上の鞍にのっているようである。

　この四句は冴えているように思うのだが、方扶南は厳しいのであって、三句目の「…弄君骨」の骨と四句目の頭にある「骨興…」の骨とが、「…骨骨…」とくっつきあっているのが気にいらないらしく、「長吉にかかる接頭なし」と断じている。

　私流の呼吸観法からしても、やはり李長吉ならもっと品格が、同じことを詩にしたとしてもあるはずと、方扶南に賛意を表したいのだが、この四行そのものは悪いものではない。エロチックである。淫蕩である。一応、詩の表面は、鄭姫によって弾じられる瑟の響きとその響きを肉体に受けとめる許公子の音感の世界なのだが、実際は、鄭姫の性技にむかいあった許公子の肉体の歓びであるかのようにも、感じようと思えば感じられるのである。だが李賀が、詩の裏にそのようなセックスの情景を隠そうとするなら、そういう詩もかなり彼にあるのだが、その際けっして淫に堕さないだろう。とはいっても、李賀が、淫蕩にけっして堕さないということはいえないし、李賀の二百余篇の詩のほとんどが稀有なほどに精巧であるとはいえ、棒にも箸にもかからぬものが中に混じっても、奇妙ではないはずだ。

兩馬八蹄踏蘭苑
情如合竹誰能見
夜光玉枕棲鳳凰
袷羅當門刺純綫

両馬の八蹄《はってい》 蘭苑《らんえん》を踏み
情の合竹《ごうちく》の如きを誰か能《よ》く見ん
夜光の玉枕《ぎょくちん》に鳳凰棲《す》み
袷羅《こうら》 門に当りて 純綫《じゅんせん》を刺す

セックス本位にみていくなら、この四句でなお簾中の二人は性交を続けているようである。両馬合せて八つの蹄が、蘭の咲く庭を踏みしだき、その両馬のからみあう情の濃きことは、竹符を合せるようにぴっしゃりで、どちらがどちらか見分けがつかないほどだ。夜も光る玉の枕には鳳凰が棲み、部屋の入口にぶつかるように羅幕がもつれあうようにかかって、それには絹糸で刺繍がしてある。

「両人の双宿双棲と両人の情の纏綿《てんめん》」を暗に指すと葉葱奇の疏解はいう。その性交のさまを馬にたとえるのは露骨でエロチックではあるが、李賀にしては下品なという気がしないでもないのだが、精液と淫水のまじりあった匂いを放ち、蘭苑という褥の上でくりひろげられている両馬のからみあうさまは、凄恨凄惨といえないこともない。この四句には、方扶南の苦々しい評言は欠けているのだが、これらの詩行も、私にしてみれば、うさんくさいのであり、それは句に曲ったところがなく、あまりにも素直すぎることである。素直というより説明くさいことである。詩は、説明ではない。韓愈や白楽天は、その詩風は対極的であるにしても、ともに説明がすぎて、自らの肉体を切断していない。長吉が辺将の李氏にむかって、「中胡子觱篥歌を撰し五字を以て句を断ぜん」といったように、詩句は、「断」ぜられるものだ。「断」ということは、肉体を断ずることなのであって、痛烈なものである。肉体とは、心体でもあり、それらは混濁の海であって、凪いだ海ではない。説明であっては、肉を断ったことにはならない。李賀の詩の難解なる透明さというものは、肉体を断じているからであって、彼の肉体が詩よりさきに難解なのである。たとえば、「両馬八蹄蘭苑を踏む」は、説明にすぎる。二頭の馬がいれば、八つの蹄があるのにきまっているのだし、その八蹄が蘭苑を踏むのであっても、蹄だから踏むという語句がすんなり出るなどというのは、安直すぎるのである。たしかにその説明には、ぶよぶよした附贅《ふぜい》はないのだが、そんなていどでは、断じれば痛烈となって抵抗するにきまっているわが肉を、なお断じた、という徴斂《ちょうれん》した悍驕《かんきょう》さが発しないのである。詩の志とはそういうものである。

長翻蜀紙巻明君　長く蜀紙《しょくし》を翻し　明君《めいくん》を巻く
轉角含商破碧雲　角《かく》を転じ商を含み　碧雲《へきうん》を破る
自従小靨來東道　小靨《しょうよう》の東道に来りしより
曲裏長眉少見人　曲裏《きょくり》の長眉《ちょうび》 人を見ること少《まれ》なり

「長く蜀紙を翻し明君を巻く」の明君とは匈奴の王に嫁した漢の美女王昭君のことである。晋の文帝の名の司馬昭の諱を忌避し、明君とそのころからよばれるようになった。この詩行は、歌曲のことをいっているから、明君を巻くとは、楽府相和歌《そうわか》の吟嘆《ぎんたん》四曲のうち「王昭君之曲」のことをいっているのである。その曲を記してある長い巻紙の蜀紙をくるくる翻すのである。翻す人は、歌謡を善くする鄭袖、つまり鄭姫である。五音を、中国では「宮商角徴《ち》羽」という名でよぶ。「角を転じ　商を含み　碧雲を破る」の角や商は、だから音である。彼女の歌いっぷりは、天に上って碧の空に浮ぶ雲をも揺し破るというのである。小靨は、作りえくぼ。つくりえくぼの彼女は、東道を通って洛陽にやってきて以来、妓楼の街で、人の人たるともいうべき男性に出逢うことはなかったが、いまついにこの鄭袖は、皇族の任公子にめぐり逢うことができたというのだ。

相如塚上生秋柏　相如《しょうじょ》が塚上《ちょうじょう》　秋柏《しゅうはく》生ず
三秦誰是言情客　三秦《さんしん》　誰かこれ情を言う客ぞ
蛾鬟醉眼拜諸宗　蛾鬟《がかん》　酔眼　諸宗《しょそう》を拝し
爲謁皇孫請曹植　ために皇孫に謁《えっ》し　曹植を請う

司馬相如の墓の上には、秋柏が生えていて彼をひっぱりだすことはできない。三秦（長安を含む関中）には、この二人の情を詩にいうものはいないか。美しい鬟《まげ》に、酔眼の鄭姫は、諸公にだれかいないか、いれば紹介してほしいと頼んだ。そこで彼等が紹介したのが李長吉であり、そのため彼女はこの皇孫である私に謁し、詩人曹植の役割をはたしてほしいと請うた。それで作ったのが、この詩だというわけだ。もっとも方扶南は、「為謁皇孫請曹植」の皇孫を、かならずしも李長吉をささないとし、「まさに別の李王孫の一人であるだろう」といってる。そうだとすると、彼は、この詩を贋作とみなしているのではなく、詩集を編したものが、まちがって、ざん入させたのだといっていることになる。

　李賀が、彼らしからぬ詩をつくりえるという説をのこしつつ、私自身も、この詩にはうさんくささを感じているのだ。画家のアンリー・ルッソーには、贋作が多いといわれる。その真贋の判定は、筆の線の検討によってではなく、かかれた樹木の枝と枝のすきまのかたちなどによるのだときいたことがある。そこまでは贋作者の情熱は届かないからである。方扶南のようにざん入説をとらないので、もし李賀の凡作でないとするなら、贋作であろう。

もし贋作だとすれば、傲骨な李賀の気性、皇族の末席になおあるという矜恃、詩にたいする自信、そういった李賀の感情の習性をよくつかんでいるといわなくてはならない。皇孫であることに必要以上に傍点をふって生きているその影をよく見透したところから、一応この詩をつくっているのである。また、皇室の宴席には、のこのこでていく李賀の矜恃のみじめな屈曲を、よくとらえているのである。贋作であったとしても、それは彼の生きかたが招いたものだともいえるのである。

李賀の詩集は、一般に四巻外集一巻となっている。「許公子鄭姫歌」は、巻三にあるものであるが、これからとりあげる「聴穎師弾琴歌〔穎師《えいし》の琴《きん》を弾ずるを聴く歌〕」は外集にあるもので、この巻にある大半は、偽作の匂いの濃いものが多い。「衙《が》より回《かえ》り　自ら閉門」といっておきながら、あちこちに出没し、特に歌曲の宴にはかなり勤勉に顔をだしている李賀のすがたをこれまでみたのだが、この「聴穎師弾琴歌」もそういった李賀の足まめさをみることのできる詩だ。方扶南は、「真本疑いなし」といっている詩である。また「韓愈といずれが先か後か。その格調ほぼ同じ」ともいっているが、それは韓愈にも「聴穎師弾琴〔穎師の琴を弾ずるを聴く〕」の作があるからである。

別浦雲歸桂花渚　　別浦《べっぽ》　雲帰る　桂花の渚
蜀國絃中雙鳳語　　蜀国の絃中《げんちゅう》　双鳳《そうほう》の語り
芙蓉葉落秋鸞離　　芙蓉　葉落ちて　秋鸞《しゅうらん》離る
越王夜起遊天姥　　越王　夜起きて　天姥《てんぼ》に遊ぶ

穎師《えいし》という名人の琴を聴いて作った歌である。のっけから、穎師の琴の音から、そのまま浮んだ幻像を語におきかえていく。

天の川に沸きのぼった雲は、桂花の咲く月の渚へ帰っていく。そういう夜、穎師の琴を聴く会が開かれたのである。蜀国産の桐の琴絃からころと音が転りだす。二匹の鳳が鳴きだす。芙蓉の葉が落ちて、秋鸞がぱっと飛び立ち、それで越王が、夜中に目醒めて、天姥山に遊びに行く。天姥山は、この山に登ると天の姥《うば》が歌をうたっているのがきこえるという伝説がある。

暗珮清臣敲氷玉　暗珮《あんぱい》の清臣《せいしん》　氷玉《ひょうぎょく》を敲《たた》き
渡海蛾眉牽白鹿　渡海の蛾眉《がび》　白鹿《はくろく》を牽《ひ》く
誰看挾劍赴長橋　誰か看《み》る　剣を挟みて長橋《ちょうきょう》に赴くを
誰看浸髪題春竹　誰か看《み》る　髪を浸して春竹《しゅんちく》に題するを

暗く珮玉を隠した清廉な家臣は、氷玉をこちこち敲いている。

海を渡る蛾眉の美女、白い鹿をひっぱって、蛾眉の美女が、海を渡っていく。剣を挟んで、男が長橋に向う、この場合、晋の周処《しゅうしょ》が山中の虎豹《こひょう》を刺し、水中の蛟龍を殺した故事を、想いうかべる知識を読者は当然もっているとあてこんでつくられているのである。頭髪を墨に濡して春竹に字をかきつける。この場合も、読者は、張旭《ちょうきょく》の、一日酣酔《かんすい》し、叫呼《きょうこ》狂走して、髪を墨に濡らして大きな字を書いたという故事を、想い浮べる知識を当然もっているとあてこんでつくられているのである。この二句は、ともに「誰か看ん」とついているが、二人の志は人の目にみえなく、だれにもわからないということであるとともに、琴の音を聴いての幻像などというものは、他人には見えるはずはないのであって、この二句にのみ「誰か看ん」などという感想を幻像にくわえていることは、幻像から醒めかかっている李賀がそのままあるということである。こういうのは、まさに李賀の呼吸であり、肉体であって、こういう破れをそのまま詩として断じているところに、方扶南は、長吉の理をみているのではないかと思われる。

竺僧前立當吾門　竺僧《ちくそう》　前に立って吾が門に当る
梵宮眞相眉稜尊　梵宮《ぼんきゅう》の真相　眉稜《びりょう》尊《たか》し
古琴大軫長八尺　古琴《こきん》　大軫《だいしん》　長さ八尺
嶧陽老樹非桐孫　嶧陽《えきよう》の老樹　桐孫《とうそん》に非ず

天竺の僧が、吾が門前にたった。ということは、穎師は、李賀の家へわざわざ琴を弾きにやってきたのだろうか。そういうことになる。彼の風貌は梵宮（寺）の仏像さながらで、眉の稜は、尊厳である。彼のたずさえている古琴は大きく、長さは八尺もある。嶧陽の老樹でつくったのであり、若い桐でつくったのではない。

この四句は、前の八句に先だつものであり、この李賀邸を穎師が訪れたところから、琴の弾奏は始まるからである。

涼館聞絃驚病客
薬嚢暫別龍鬚席
請歌直請卿相歌
奉禮官卑復何益

涼館《りょうかん》に絃を聞きて　病客《びょうかく》驚く
薬嚢《やくのう》　しばらく別る　龍鬚《りゅうしゅ》の席
歌を請はば直《ただ》ちに卿相《けいしょう》の歌を請《こ》へ
奉礼は官卑《ひく》し　復《また》　何の益ぞ

この終聯四句では、すでに弾奏は終っているのである。とすると、この詩の構成は、弾奏前、弾奏前、弾奏、弾奏後の三つにわかれ、その順列は弾奏、弾奏前、弾奏後となっていることがわかる。のっけから弾奏中の音を幻像化し、その後李賀邸の門前に立った穎師の尊厳を、まるで記念撮影でもするように捉え、つづいて、また演奏後に戻るという、三つの状況をたくみに仕組んでいる。

この詩は、春なのか秋なのか。涼館といってるからには、秋の宵のような気もする。涼涼たる館の庭で、琴の名手穎師の弾ずるのをきき、病客、つまり李賀は一驚したというのである。薬に親しむわが身をしばしば忘れて龍鬚草であんだ席で、その琴の音に聞きほれていたというのだ。おそらく穎師は、賛辞を告げる李賀にむかって、琴の歌を欲しいといったのであろう。しかし李賀は、「歌を請はば、直ちに卿相の歌を請え」とすげないのである。歌が欲しいなら、私などでなく直ちに、卿相たちに歌を所望しなさいといっている。李賀の矜《ほこ》りの強さの屈折した臓内をみるようである。

ふつうならば、歌を請われることは嬉しくもてれくさくもあるものであろう。李賀の場合、いわば頽落の境遇にあり、その場合、人が彼の存在を忘れていないことは嬉しいことであり、歌詩に自信があればなおさらのことであろう。李賀は、しかしまったく逆にでるのである。その断りの理由は、「奉礼は官卑し　復　何の益かあらん」であった。奉礼郎の官は低い、そのような出世の見込みのない人間の歌を貰ってもなんになろう。というのである。詩人として認められることは、秀れた官僚であり有為な政治家として立つことであるという思いこみ、だから歌を請われた時、李賀はすぐに逆反応するのである。歌に絶大な自信もあり、他人もその才を絶大に認めていることが、わかっている故に、李賀は傷つくのである。官の卑いことが、突然想起され彼を打ちのめすのである。

結局は、李賀は、「聴穎師弾琴歌」をつくっているのである。琴の歌は、作らなかったにしても、詩は作っているのである。この詩を穎師にみせたかもしれないのである。

たしかに、この詩は、李賀の詩である、かのようだ。構成にしても絶妙であるし、特に演奏中の琴の音を幻像化する句を、どんと前半に八行もってきて、後半を、弾奏以前と以後に四行づつにふりわけるというのも巧である。姚文燮の註によると、八句みな琴声を擬した辞句であり、首句はその幽忽《ゆうこつ》、次句はその和鳴《わめい》、三句はその激楚《げきそ》であり、四句はその飄渺《ひょうびょう》、五句はその清粛、六句はその仙、七句はその猛烈、八句はその縦横を辞句化したのだという。このような詩法の細緻さが、まさしく李賀であるというばかりでなく、「奉礼は官卑し、復　何の益かあらん」などという句は、彼の感情の習性をよくつかんでいるといえる。だが、私は疑っているのである。方扶南はこの詩を「真」として容認しているのだが、エピソードとして「宮卑し、復　何の益かあらん」と断った記事がのこっているのなら、まさしく長吉らしいとして認めるのであるが、自分の詩の中で、こうも露骨に言って卑下しているなどとは、李賀の心と詩の対応のしかたに、ある習性を感取している私には、異である。李賀の詩でないという絶対の根拠はないにしても、よっぽど心理状態が緊張になかった時だといわなくてはならない。奉礼郎に過ぎず、などと寂然というのならわかるが、「奉礼は官卑《ひく》し」といいきるのは、李賀を愛している私には、納得しがたいのである。

まあ、よい。それにしても、この穎師の行迹は不明であり、どのような人物であったかわからないのだが、彼は、著名人の家を、琴を弾じて歩いていたのだろうか。わが家の龍鬚の席で李賀が穎師の弾奏に耳を傾けた時、たった一人できいていたのだろうか。なぜこのような疑問を発するかといえば、琴の名手をもって鳴る穎師がたった一人で李賀を尋ねてくることに、ありうることにしても、不可解を覚えるからである。それとも歌曲の才人として名高い李賀に歌を作ってもらおうと、はじめから計算にいれて、穎師はやってきて、その心映えが李賀の勘にさわったのであろうか。

穎師は、韓愈の前でも琴を弾じているのである。「韓昌黎詩繫年集釈《しょうれいけいねん》」の銭仲聯《せんちゅうれん》は元和十一年の作として「聴穎師弾琴」をあげている。どうして元和十一年と断定したかというと、李賀の「聴穎師弾琴」を、元和十一年と決めこんでいるからである。李賀が「病客」などと自らを言っているところから、死の前年とし、韓愈の作もついでに元和十一年としてしまったのである。李賀が奉礼郎であったのは三年余であったことを銭仲聯は、確認していないのである。ともかく、古来、韓愈の「聴穎師弾琴」は評判高く、清の朱竹垞《しゅちくた》などは「琴声の妙を写して髄に入る……古今絶唱というべし」といっているほどなので、見ておこう。

昵昵《じつじつ》として児女の語り
恩怨　相爾汝《あいじじょ》す
劃然《かくぜん》として軒昂《けんこう》に変じ
勇士は敵場に赴く

琴声を「景物故実の状」に写すということ、いわゆる想起した映像におきかえることを、韓愈もやっている。泉鏡花の「歌行燈」や石原慎太郎の「ファンキージャンプ」などに音楽を詩語に置換した例があるが、中国詩にはしばしばみられることなのである。

昵昵とむつまじそうに児女が語りあっている。あんたわたしと呼びあって、恩や怨みをくしゃくしゃ語りあっている。そういう調子で琴弾は皮切られたのだが、まもなく、ぼそぼそしゃべくった調子は急転し、劃然と、軒昂たる琴声に変化し、勇士が敵場に赴かんとしているように激しく変わる。

浮雲　柳絮《りゅうじょ》　根蔕《こんたい》無く
天地　闊遠《かつえん》　飛揚に随《したが》う

こんどは、ふわふわした悠然たる音調に移っていて、根なし草のように雲が浮んで漂い、その下を柳の絮《わた》が乱れ飛んでいる、天地は闊遠として、その中を雲や柳絮が飛揚している風景が浮ぶ。

喧啾《けんしゅう》たる百鳥の羣《むれ》
忽《たち》ち見る　孤の鳳凰

と、またがらり転調し、百鳥の群が空を喧啾と鳴き騒いでいると思うと、たちまち孤立した一羽の鳳凰が、鳴いているのをみる。

躋攀《せいはん》　分寸《ぶんすん》　上るべからず
勢を失い　一落千丈の強

音はのぼりにのぼりつめて高くなり、あとすこしで最高潮というところで、勢を失って、どっと千丈ばかりも下に落ちるように音は弱まる。

嗟《ああ》　余《われ》に両耳有るも
いまだ糸篁《しこう》を聴くを省みず

穎師の弾を聞きしより
起坐して一旁《いちぼう》に在り
手を推して遽《にわ》かにこれを止《お》む
衣を湿《うるお》し　涙　滂滂《ぼうぼう》

私には二つの耳があるというのに、これまで糸竹の楽を聴こうともしなかった。穎師の琴弾をききはじめたとたん釘づけになってそのそばから一時も離れることはできなかった。とつぜんその琴弾を手で中止させようとしたほど感きわまり、滂滂と流れる涙で衣をぬらしてしまったほどだ。琴声を状景に転置することは、ここからはなくなっていて、その琴弾に対する韓愈の感想にかわっている。

穎《えい》や　爾《なんじ》は誠に能《よ》くす
氷炭《ひょうたん》を以て我が腸に置くことなかれ

穎師よ、あなたは、誠に琴が巧みだ。それは、私の腸の中へ氷炭を投げこまれたように、ただただびっくりするだけだ。

李賀におとらず韓愈も穎師の弾奏を絶賛している。李賀の詩は、すべて七言詩であったが、韓愈は、五句と七句を入り乱れさせることによって、創意をみせ、琴の音の曲折転変をみせようとしている。だが行順上からいうならば、韓愈の詩は、琴の演奏と終ったあとでの彼への賛辞とで、真二つに割っているだけだ。

「許彦周《きょげんしゅう》詩話」に「浮雲柳絮無根蔕。天地闊遠随飛揚。これ低声なり、軽きは糸に非ず、重きは木に非ざるをいうなり。喧啾百鳥羣。忽見孤鳳凰。低声中、寄指の声なり。躋攀分寸不可上。吟繹の声なり。失勢一落千丈強。順下の声なり」と、それは琴を善くするものが、韓愈の詩をみて言ったことをあげている。韓愈と李賀では、琴音に対する接近の方法がちがっていて、陳本礼にいわせるなら、「昌黎（韓愈）の詩は、その一曲で止るに、長吉（李賀）は、各曲の音を総括した」といっている。すなわち、韓愈は一曲に絞って言語化し、長吉は、聴いた曲全体から言語化しているということである。韓愈の細部、長吉は総体的に把捉しているという違いがあるということである。私流にいえば、韓愈は、細部は細部で止まり、李賀は、細部が全体になるということである。

ふと思うのだが、韓愈もこの穎師の琴をただ一人で聴いたのだろうか。韓門の弟子たちもずらりと並んでいたのか。この中に李賀もいて、歌を請われた時、彼等の存在に腹を立ててあのようなすげない言葉を吐いたのか。

或いは、韓門の弟子で、李賀の友人でもあるだれかが、欠席の李賀にも聴かせてやってくれ、彼は楽府がたくみだから詩を作ってもらったらいいとでもいったのか。そういう小説的な空想が沸いてくるのだが、このころ韓愈と李賀は絶交の状態にあるとみなしている私としては、李賀の「聴穎師弾琴歌」は存在しなかったのかもしれぬとも考えてもみるのだ。韓愈の詩だけがあり、その詩をみた者が、李賀も穎師の琴を聞いたかもしれぬという可能性をひきだし、偽作したのかもしれないのだ。

四

奉礼郎として、無気力に官界のすみで、李賀が、くすぶりをつづけていた元和七年の国内情勢は、どういうものであったか。

元和の中興などと、この憲宗の時代はいわれているが、やはり藩鎮の横暴、異民族の侵略、宦官の政治介入、朋党の抗争は、小休みなくつづいていた。そもそも、あの遼遠にして広大な大唐帝国の中にあって、なにごともなく穏穏のうちに月日を消去していく年がある、ということのほうが、妙なのである。全国を席捲する叛乱や、大飢饉さえなければ、つねに平和であると言ういいかたは、さしてまちがっているとは思えないのだ。

とくに長安の都に息しているものたちにとって、噂にきく外蕃との激突や天災の情報はすべて、遠雷にもにて、彼らを脅かすまでにはいたらなかっただろう。人々は、都に乱入する敵軍をみて、はじめて、おそれおののくのである。元和七年の春、振武《しんぶ》の河が氾濫した。そのためその地に守備する東受降城は、崩壊した。しかしこのような情報が都に伝達されても、人々は身に沁みて、その災厄を受けとめることはできなかったであろう。目に見えないのだから。

この年の三月、憲宗は、延英殿《えんえいでん》にて、宰相たちと謁見していた。李吉甫《りきっぽ》は言った。「天下はすでに太平なり。陛下よろしく楽しみをなすべし」。このような言葉が、宰相の口から自信をもって、うやうやしく吐きだされることも、またなんの不思議ではない。それは李吉甫の予見力のない無能さからきているというより、むしろ現実的見識であり、政治的判断であったといえるかもしれないのだ。

だが李吉甫とことあるごとに対立する、同じく宰相の李絳《りこう》は、この言をさえぎった。「漢の文帝の時、兵刃もなく、家は安全、人は満ちたりておりましたが、賈誼《かぎ》はなおひきしめて、今日の情勢は、積みあげた薪の下に火をおいているようなものです、火がみえないからといって、けっして安泰であるとはいえません、と進言した」という故事を前置きに、李絳は「今、法令をもって制することのできないところ、河南河北に五十余州もあります。犬戎腥羶《けんじゅうせいせん》の蛮夷は、涇隴《けいろう》近くまで接近し、その烽火にしばしば驚かされ、これにくわえて水旱《すいかん》が、時にして襲いかかり、わが倉廩《そうひん》は空虚であります。いまこそ正に、陛下の宵衣旰食《しょういかんしょく》の時、これを太平といい、にわかに楽しみをなすことは、もってのほかであります」とまくしたてた。

憲宗は、目の色をかえていう李絳の諫めの言葉をきき、欣然として「卿《けい》の言、正に朕《ちん》の意に合《かな》ふ」と答えた。そして二人が退いたあと、「李吉甫は専ら媚びてばかりいる。李絳のごときは、真に宰相なり」と側近の者に言った。李絳への帝の寵愛は、元和二年、翰林学士に抜擢されて以来のものだといえる。そしてその時宰相であった李吉甫との争いも、それ以来だといえる。李絳も李吉甫も、趙郡李氏の出身である。だからたがいが結託しあってもよさそうであるが、まったくうまがあわなかったようだ。李絳は、貞元八年、陸贄《りくし》の下で進士となった。同年の合格者に韓愈がおり、李絳は二十三人中十五番、韓愈は一つ上の十四番であったが、韓愈と彼の関係はそれほど密ではなく、むしろ翰林学士時代に肩をならべた白楽天と親《しん》であった。一方、李吉甫は、恩蔭によって官界入りし、現在の地位を築いていた。同じ貴族出身でも、吉甫は進士の新勢力をうさんくさく思っているのであり、李絳は、自ら進士の道をくぐってさらに一歩泥をかぶった現実認識をしていたのだといえる。

そして憲宗の李絳への愛は、元和五年の十二月、宦官吐突承璀《とつしょうさい》の専横にたいし語を極めて詰《なじ》った時、きまったといえる。直言好きの憲宗も、寵臣の一人である吐突承璀をけなされて、さすがにむっとして顔色をかえ、「卿の言、はなはだ過ぎたり」といった。李絳は泣きながら「陛下とは臣を自らの腹心耳目として用いるものです。もしその臣が、左右に畏避し、わが身を愛するあまり、いいたいことをいわないならば、その臣は陛下に背《そむ》くことになり、またそれをいう臣を陛下が悪《にく》んだりすれば、陛下、あなたこそ臣に負《そむ》いたことになります」と続けた。ようやく憲宗は怒りをといて、「卿のいうところ、みな人の言うあたはざるところにして、朕の聞かざるところを聞かしむ。真に忠臣なり」と感じいった。

李絳はこれを機に、あわせて中書舎人となり、宰相となる最短距離についた。翰林学士になったものは、必死になって直言するものだが、それを受けとめる皇帝にも好きずきがあるのであり、また憲宗はその直言の微妙な味わいを鑑賞する才にたけていたようだ。皇帝といえば、まさに世間知らずであり、宮人や宦官の媚言に慣れているのであり、その反動として直言されることに快感を覚えるのだが、しかし媚びられることに慣れている憲宗は、直言の中にも媚びを発見する力をもつにいたっており、白楽天のような地主階級の出世主義につながる直言は、不純粗暴として、好まなかったようだ。おそらく李絳が、名臣といわれた恩師陸贄ばりの、こちこちな純朴さをもって直言を放ったのが、憲宗の心に、かなったのであろう。

だが、そういう性格の人間は、周囲のものにとって、うさんくさいのであり、宦官の悪むところとなり、元和六年、戸部侍郎に遷せられ、そのいれかわりに、しばし遠ざけられていた李吉甫が、ふたたび宰相に返り咲いた。

このころの憲宗は、政治に熱心であったというより、人間の心理を動力学的に支配することに興味があったように思える。李吉甫が宰相に返りざくや、彼は旧怨を修める行動にでた。元和三年に牛僧孺《ぎゅうそうじゅ》らが、時政を譏《そし》ったことにたいして吉甫は、彼等の直言を憎んだ。この事件は、政界人事大移動を生み、後年の牛李《ぎゅうり》の内訌《ないこう》は、ここに端を発するといわれている。吉甫の旧怨とは、おそらくそのことをさしているのである。憲宗は、吉甫のかかる動きをいちはやく見抜き、元和六年の冬、李絳を宰相として、吉甫に対置させるのである。憲宗は、李絳を愛したといっても、吉甫の政治力を否定していたのではない。だからふたたび宰相にしているのであり、彼が帝にへつらいながら、無難で老獪な政治力を発揮することも知っている。ある意味では、信用しているのである。だがそれだけでは面白くないのであり、なにごとにも「鯁《こう》直《ちょく》」なる李絳を吉甫に対置させるのである。その結果、両者はしばしば争論し、多くの場合、憲宗は、絳の言を「直」として従い、二人の間には隙《げき》がおこった。この隙は、てきとうにおこるかぎり、その政治にとって健全なものとなる。だからどちらかだけを馘首することはしない。対立させるのである。また絳の直言を採るといっても、たとえば宦官で帝の寵をいいことに軍事にまで口嘴《くちばし》をいれるようになっていた吐突承璀への絳の直言を、よしとして認めても、承璀を追放することはしないのである。いまだ恩顧をあたえつづけ、憲宗は、その弊を飼育しているのである。

政治的人間たちのぶつかりあいを、上座から眺めたのしんでいるところが、憲宗にはあるのだ。元和七年の春、京兆の尹《いん》、元義方《げんぎほう》が、鄜坊《ふぼう》観察使に左遷される人事移動がおこった。元義方は、吐突承璀になお勢力ありとして、媚事していた。宦官の悪弊を断つといっても、皇帝の生活とは、宮女や宦官にとりかこまれていることなのであり、その肌の慣れあいを一朝に断つことはできない。この親しんだ肌合いは、政治の論理くらいでは、どうかなるというものではないのだ。憲宗にとって彼等は、肉親兄弟のようなものであり、どうにもならない横暴を彼等が働いたとしても、もし皇帝が孤独を味う時、慰さめ相手となるのは彼等しかいないのである。成長してみれば、皇帝になる運命づけをされていた憲宗は、いざ帝位についてみればなに一つ自分の思うままにならず、ひたすら国家の頂点に立って名君ぶりをふるまわねばならない。宰相たちなしに、彼は行動することはできない。宰相たちと友だちになることもできず、彼等の思うがままにさせれば、自分はロボットになるしかない。ただ彼にできることは、官職の任免の最終権限は、自らにあるということである。自分のまわりに群り、権力を握ろうとするものたちの欲望を、コマのように動かすことができる。憲宗は、そういう人間の欲望を操作することに面白さを感じていたかのように思えてならない。

李吉甫は、にが手の李絳の登場をみて、吐突承璀と請託しようとし、そのきっかけをつかむために、すでに承璀に媚事している元義方を、京兆の尹に抜擢したのである。だが、李絳はこれをいちはやく看破し、鄜坊観察使として都から放出し、それに代って、同年の進士、許季《きょき》同《どう》を京兆の少尹《しょういん》とした。追放された元義方は、これにたいし、それは政治を私しているといって非難した。そして「専ら威福をなし、聡明を欺罔《ぎもう》す」と李絳を攻撃した。聡明を売りものに威礼を張っていく巧妙なる出世主義だとののしった。

翌朝、憲宗は、李絳をよび、なじっていった。「人、同年に於て、固《まこと》に情有るか」と。彼は答えた。「同年はすなわち九州四海の人、たまたま科第を同じくし、あるいは科に登り、しかる後、相識《し》る。情なににおいてか有らん。かつ陛下、臣の愚なるを以てせず、位に宰相を備う。宰相の職は、才を量《はか》り任を授くるにあり。もしその人はたして才ならば、兄弟子姪《してつ》のらちにありといえども、なおまさにこれを用いんとす。いわんや同年をや」

李絳は、まさしく聡明すぎるといえる。彼の弁舌にはなんの非のうちどころがない。論理をもって相手を屈服させるのである。もともと政治は、情実の世界である。李絳にも情があるだろう。たとえ、彼のいう通り同年（同じ年の進士抜擢）のよしみから人をひきあげたのではなく、才能を認めたからにしても、そのみきわめかたに情の曇りが、かからなかったとはいえない。李絳の生涯をみる時、剛直な一木の線がはいっていることは認めるが、情さえも論理の犠牲にしたというより、情を論理そのものに化けさせたところがないでもない。

憲宗は、李絳の聡明なる直言を理解できるということに、快感を覚えはじめている。だから久しく彼が諫言することなく沈黙していなければ、淋しさをおぼえ、「朕には、お前の言を容受するだけの能力がないというのか。諫むべきことがわしになにもないというのか」とかえって心配する始末であった。古つわものの李吉甫などにとっては、帝の心を思うがままにしている李絳の存在はまったく鼻もちならないものであっただろう。へたなことを言おうものなら「人心を失わせることを朕にしろというのか」と逆ねじを喰い、吉甫は色を失って、数日言笑を忘れるまでに追いこまれる始末であり、憲宗に、李絳の生霊がのりうつってしまっているのだ。

だからといって、李吉甫をそのままにしておいたのであり、李絳の独壇場にしたわけではないのは、さきにいった通りだ。李吉甫に李絳を激烈に対立させておくことに、憲宗は政治の妙味を覚えていたのである。それらをみていることが、楽しかったのである。倦むことを忘れたのである。

吉甫は、藩鎮の跋扈に対して用兵論者であった。吐突承璀らの一派とそれは呼応していた。李絳はことごとく用兵強硬策に反対した。前年、承璀を将とし二十万の兵を動員したが、ついに成功することなく、天下の笑われものとなった。そのことをしつこくいい、その時の瘡痍《そうい》はいまだ復せず、人々は戦いを憚っている、というのが李絳の反対理由である。そして「もしまた勅命を以てこれを駆らば、臣恐る、直ちに功なきのみにあらず、あるいは他の変を生ぜんことを」と不吉な予想をし、「願はくは陛下、疑うなかれ」と念をおす。憲宗は、李絳の強弁をきいていると、つい身ぶるいするような興奮が襲ってくるのであって、案《つくえ》をどんとうち「朕、兵を用ひざること決せり」と答える。李絳はなおもしつこく「陛下、この言ありといえども、恐らくは退朝の後、また聖聴を熒惑《えいわく》する者あらん」と吉甫や承璀のまきかえしを予測し、攻めたてる。ここまでいわれれば、朕を信用しないのかと怒りそうなものだが、李絳の直言は、帝に魔術的な力となっていて、すべて受け身ごなしであるから、自らをはげますように、「朕の志、すでに決せり、誰かよくこれを惑はさん」と答える。それをきいてようやく絳は拝賀して「これは社稷《しゃしょく》〈国家〉の福《さいわい》なり」といって退廷するのである。事実、憲宗には弱気なところがあるのであり、いったん決断しても、宦官の思うがままにひっくりかえることが多かったのである。

ともかく、長安の都は、一応の太平のうちに、ぬらぬらと滑っていた。李賀は、そのような政治の舞台裏にまきこまれることもないという不幸を背負いながら、ぐずついていた。

李賀につぎのような長い題の詩がある。「謝《しゃ》秀才に縞《こう》練《れん》という妾があった。謝秀才を袖にして他の男の妾となった。秀才は彼女をひきとめることができなかった。のちになって彼女は彼のことを懐しく思った。一座のものたちは詩を作って彼女のことを嘲笑した。李賀もまた四首を継いだ」

あとでむかしの男のほうがよかったと後悔したからといって、なぜ一座の男たちは、女を嘲笑することがあるのだろう。ここに集っている男たちは、李賀も謝秀才をもふくめ、うだつのあがらぬ不平満々のものたちばかりであったかもしれない。このような不平の子は、いつの時代でも女たちに慰さめを求めるものである。たよりにするものである。だがそういう時、新しい女はみつかるかもしれないが、それまでの女はそれを汐に彼への魅力を失い、棄てさるかもしれない。うだつのあがらぬ者に、いつまでも操を守る女はすくない。それは気の弱くなっている男にとって、くわうる屈辱ともなって返ってくる。

中国には、貞節の観念がある。それは、女を家庭に縛りつけるという政治的方法論であるとともに、気の弱い男たちの念願の呪文でもあったわけだ。唐代小説には、女の貞操の物語が多い。それは、そのころすでに貞節の観念が女を縛りあげるところまでいっていたというより、やはりそうはいっていなかったことから発する、世に落伍した文士たちの、せめて女だけでもという、嘆きをこめた願いなのである。

柳宗元に「河間伝《かかんでん》」という雑記小説がある。河間は賢操きわまれりといった女性であった。嫁にきてからも、夫に尽し、夫の賓友を大事に扱った。あまりにも貞婦なので、なんとか堕落させてやろうと、まわりの男たちは悪だくみをはじめた。その中に夫もくわわっていた。こういうのをみると、男の女への貞操観というものは、いかに曖昧なものかがわかる。貞節でなければ腹が立つし、貞節でありすぎればまたそれで不満なのである。何度かの試みはすべて失敗に帰したが、男たちはなおあきらめず、ついに成功することになる。壁の中に、美貌で陰根の大なる男を選んで、隠しおき、ある部屋にだまされた彼女が入ってくるとそいつがでてきてキュッと抱きしめる。彼女は、はじめはいやだと泣きわめいたが、ふと自分を抱いている男をみた時、あまりにもハンサムであり、いつのまにやら同じ部屋で他の男たちが女をつかまえ鼻息を荒々しくしているので、つい河間も妙な気分になり、その男のなすがままになった。そして、こんなよかったことは生れて始めてだったと呟いた。そして自宅にはもう帰らないといいはるのだ。その男のそばにずっといたいというのだ。

それをなんとかすかして家へつれ帰ってきたのだが、それからというもの夫と口もきかず、あげくに夫が役人に笞《むち》打たれて殺されるようにしむけるような悪女となる。夫は将《まさ》に死のうとする時にも「妻に悪いことをした」といいつづける。まさにこの夫の最後の言葉は、女は貞節ではありえないという男の不信があって、貞節の鏡のような女性がいざあらわれるとまた面白くなく、わが不信をぜがひでも確かめないではおかない男のエゴイズムへの悔悟がよくでている。

河間は、喪にも服さず、例の男を部屋にくわえこむありさま。のちに長安へ行って無頼の男子たちと荒淫のかぎりをつくし、精尽きて死んだ。河間が肉体的には、性に開眼したといえるが、精神的には、男の貞操観念にたいする復讐をしたのであるともいえる。

柳宗元はこれに対しつぎのような評をくだしている。

「天下の士でわが修潔《しゅうけつ》を誇っているものでも、河間が妻となった始めのように修潔なものはいるか」といい、「およそ情愛相恋を以て結ばれた場合、どうしても邪悪なものをその中に含まないではいられないのでないか」といい、人間の情念のおそろしさをいい、知恩などというものがいかに恃《たの》みがたいかはこれで十分わかるといっている。つまり情ではじまったものは、はじめは異常に貞節であっても、不貞という異常な情にかわることがありえる。つまり不安定なものだといっているのである。ということは、貞操も観念のようでいて、実は情念によって黒々と彩られているものだといっているのである。

このような柳宗元の発想は、唐代小説の中でも異色である。そしてこのような情念による結合とその離脱は、朋友関係においても君臣の間においてもおなじであり、「畏《おそ》るべきかな」と彼は詠嘆しているが、このような感懐は、ある政変に対応して、その敗れた結果流謫の地で没しなければならなかった彼の苦い感懐でもあった。

さて話はもとに戻して李賀は、友人謝秀才の恋人の心変りを、どのようにみていたのだろうか。やはり座の人々と唱和し、その変節をなじり、嘲笑したのか。四首あるが、順にみていこう。すべて五言で八行詩である。

誰知泥憶雲
望斷梨花春
荷絲製機練
竹葉剪花裾

誰か知る　泥の雲を憶《おも》うを
望断《ぼうだん》　梨花の春
荷糸《かし》は　機練《きれん》を製《つく》り
竹葉は花裾《かきょ》を剪《き》る

泥の雲を憶うというのは、奇抜ないいまわしだが、いわゆる「雲泥」という成句を想いだせばよい。泥（地）は、彼女自身のことであり、雲（天）は謝秀才のこと。李賀は、彼女になりかわって歌っていることがわかる。天と地ほど遠い間柄になってしまったが、私がいまなおあなたを憶っているなどとは、だれもしらないでしょう。梨の花を眺めながら、いま春は終ろうとしている。荷《はす》の糸で絹を織って衣裳を作り、竹の葉を模様どりした花裾《スカート》をはいて、なんの不自由もないようですが、泥の私は、遠い雲のあなたを憶っているのです。

月明啼阿姉
燈暗會良人
也識君夫壻
金魚掛在身

月明るし　阿姉《あし》　啼く
燈《ともしび》　暗く　良人に会う
また識《し》る　君が夫壻《ふせい》
金魚　掛けて身に在り

月の明るい夜、母にすがって啼き、燈の暗がりで、新しい夫にまみえなければならない。この二句は諸説乱れている。ここでいう良人を、謝秀才のことだとする説もあるが、句解定本の楊妍《ようけん》の説を私はとり、彼女の新しい男だとする。楊妍はいささか逞しい連想をして、「三夜燭休《や》まず、すなわち燈暗しという。かくして会い、則ち淫奔知るべし」といっているのは、いいすぎではあるが。最後の二句は李賀自身の彼女にたいする批評である。あんたのこんどの旦那は、金魚袋をおびるほどのたいした人だというではないか。つまりむかしの男の謝秀才に未練をもつなんていまさらだよと皮肉っているのだ。李賀の高位高宮への嫉妬、嫌悪をあからさまにしていて、やはり彼女の心変りをざまあみろと責めていることになる。つづいて其二をみる。

銅鏡立青鸞
燕脂拂紫綿
腮花弄暗粉
眼尾涙侵寒

銅鏡　青鸞《せいらん》に立て
燕脂《えんじ》　紫綿《しめん》もて払う
腮花《さいか》　暗粉《あんぷん》を弄《もてあそ》び
眼尾《がんび》　涙侵して寒し

これも彼女縞練の新しい男との生活の寸描である。青鸞にかたちどられた鏡架に銅鏡を立て、彼女は化粧する。燕脂《べに》を紫の綿で払うように塗り、花の腮《あご》を白粉が陰をつくって弄んでいる。眼尻には、涙が侵していて、寒々しい。という風に詩意をとって、この四句を読みとるのが馬鹿馬鹿しくなるほど、語句を断片のようにぶつけあわせていて、銅鏡・青鸞・燕脂・紫綿・開花・暗粉・眼尾・涙と一人の女の動きを中心に、ぶつけあわせて、それらがごたまぜになったところからでてくる色彩のかたちとそのうごめきを、むしろみたい、感じたいという気がする。つまり李賀の詩は、まず「見る」詩だということである。見せる詩である。読ませることからはじまる詩ではない。「読み」は「見る」ことに解放されてからのちに、ようやくはじまるのである。李賀は、詩にうつしとる時、感覚の醒めるのをもっともおそれていた。だから李賀の詩に「見る」ことをもって対面しないならば、ただちに難解な気むずかしげな表情をもってその人を拒否してくるだろう。しかしだからといって感覚一方の詩なのではない。李賀の内部に隠れている呻吟が、感覚に化身して、浮びあがってくるのである。私たちは、その唐突に浮上する断片をやはり、「読み」とらねばならないのである。

碧玉破不復　　碧玉《へきぎょく》　破れて復せず
瑤琴重撥絃　　瑤琴《ようきん》　重ねて絃を撥《はね》る
今日非昔日　　今日は昔日《せきじつ》に非ず
何人敢正看　　何人ぞ敢《あえ》て正看せん

碧玉も破裂すれば、もとに戻らない。玉の琴の絃をピンピンと重ねてはじいてみる。これは彼女の後悔をいっているのだが、碧玉がパキンと折れて割れる映像と、女人が小琴の絃を物憂く沈みがちに、ややいらだちげに、ポロンポロンとはじく映像が、横ぎり交叉する。

最後の二句は、「其二」とおなじように、李賀の彼女への批評である。皮肉っぽい、下品な下卑たいいかたになっている。いがみっぽい、そんないいかたになっている。それは「其二」以上に卑猥ないいかたになっている。今日のあなたは、むかしのあなたじゃない。だれだってもうあなたをぶしつけにみたりすることのできないのだから。つまり彼女がたいそうな身分になった。たいそうというのは、彼女の新しい男が、金魚袋をぶらさげる高官だということである。金魚袋は、五品以上の官位のものが身につけるしるしなのである。

この下品さは、最初の男を、つまり李賀の友人をふったことを非難し、いまごろ昔の彼がよかったと思っても遅すぎるとなじったことのほかに、李賀の嫉妬がまじっているのを見逃すことはできない、つまり彼女などはどうでもよいのである。彼女の新しい男への嫉妬である。

途中くじけることなく、すんなり高位高官へのぼりつめ、李賀の友人の女を奪って、妾にして、のうのうと暮している男への羨望がその底にあって、この二句を下品なものとしているのだ。もっといえば、友人への同情などどうでもよかったのである。彼女がむかしの彼がよかったと後悔し、そうら言わないことではないということも、どうでもよかったのかもしれない。ともかく李賀は彼女を非難することによって、すっかり自分が傷ついてしまっているのである。彼女を傷つけることが、自分を傷つけることになって、それが下卑た臭気を発することになってしまっているのである。

だが、彼女の後悔する姿態を想いうかべる力と、喩の幻想によって語ろうとする影像の直撃性は、絢爛さと色彩の飛散と物憂げさとなって、下卑た自らの臭気をからめとり、その臭気を蔵しこんでしまっているのである。李賀は、詩志を分裂させてしまうのだ。ともかく「其三」をみつづけよう。

洞房思不禁　洞房《どうぼう》に　思ひは禁《た》えず
蜂子作花心　蜂子《ほうし》は　花心《かしん》と作《な》る
灰暖殘香炷　灰は暖《だん》　残香の炷《しゅ》
髮冷青虫簪　髪は冷《れい》　青虫の簪《しん》

洞房の中で、彼女は想いを断とうと思うが、かえって想いだされて、ずたずたになってしまう。もちろん先に棄てた謝秀才のことをである。蜂が花びらの中に深くもぐりこんでいるうちに、花心そのものになってしまう。というのは、蕩々と自失して思いの溶けんばかりのことをいっている。(清)王琦は、「蜂子の営営と静まらず」さまと注している。だいたいこの「蜂子花心を作る」にたいして注釈者は自由な解を放っていて、(明)董懋策《とうぼうさく》は「春心の動くを謂う」とし、(清)丘象随《きゅうしょうずい》は、「即ち狼子《ろうし》の野心なり」と、(清)董伯音は、「蜂は花を慕い、花は蜂を慕わず、今、縞練の春心は禁じがたく、反《かえ》って花心に似て、蜂子の慕を作《な》す」、(清)姚文燮は「みなその心の蕩佚《とういつ》により以てここに至る」と二句を総括していい、(民国)葉葱奇は「蜜蜂の花前に在って営営一般たる如し」としている。

洞房の中に、彼女を一人置かず、李賀はその新しい男をも想念し、にもかかわらず彼女を悶々とさせているのかもしれない。香炉に焚いた、のこりのとうしんの灰が香りをまいて、暖くくずれる。彼女の髪は冷えびえとし、青虫の簪《かんざし》が光る。こういうエロチシズムの発条は、李賀の独壇場である。

夜遙燈焰短　夜は遥かに　燈焰《とうえん》は短く
睡熟小屛深　睡りは熟し　小屛《しょうへい》深し
好作鴛鴦夢　好《よ》し　鴛鴦《えんおう》の夢を作《な》さん
南城罷擣碪　南城に　碪《きぬた》を擣《う》つを罷《や》む

夜は遥かに長いが、燈明の焰は短く、まもなく消えてしまい、睡りは熟して、小さな屛風の中の深い寝所で眠りにはいる。彼女は、前の愛人を思いながらも新しい男に抱かれ、疲れて、睡りに落ちたのかもしれない。そこまでは詩にしていないが、どうもこの洞房の中には、人の気配がし、その気配が艶である。

最後の二句も、これまでとおなじように李賀の批評である。まあ、勝手に、鴛鴦の夢でもみるんだ、ほら南のほうで砧を打つ音がやんだようだ、おあつらいな時さ。いささか、やけんぱちにいうのである。他の男に抱かれながら、前の男とのむつまじくしている夢をみる。いい気なもんさ。どうぞ御随意にというわけだ。

だが、最後の二句では、いつもつっ放すのであるが、つっ放す以前の彼女の姿態を叙すありかたは、まるで李賀自身がのめりこんでしまっていて、いわば彼女の傷む心は、李賀そのものであるかのような趣きがないでもないのだ。李賀は彼女の不貞を非難する建前で出発しながら、いつしか彼女自身にもなってしまって、あとであわてて彼女をつっ放す、いわば自分自身をつっ放す混乱をもみせているようなのである。傷つくものにたいしてはすべて同化してしまう喝食性を李賀はもってしまっている。

尋常輕宋玉　尋常　宋玉《そうぎょく》を軽んじ
今日嫁文鴦　今日　文鴦《ぶんおう》に嫁す
戟幹橫龍簴　戟幹《げきかん》　龍簴《りゅうきょ》に横たえ
刀環倚桂窻　刀環《とうかん》　桂窻《けいそう》に倚《よ》る

宋玉というのは、戦国楚《そ》の文学者。この場合、謝秀才をいうのに、宋玉をもって飾っているのである。平々凡々でつまらぬ男だと文士の彼を軽くみ、今では、勇猛果敢な文鴦（魏の武人）に寝ぐらをかえて嫁ぎ、すなわち文士をたよりなく思い、武人にかえました。ですが彼ときたら、さす股のある戟《ほこ》の柄《え》を、龍を彫った槍架《そうか》に横たえ、刀のつばの輪のあたりを握って、桂の生えている窓辺によりかかったりする。といい、それは新しい彼のふるまいに男らしさを感じとってうっとりしているのではなく、武骨で女の気持は解さぬものとして嘆いているのである。

邀人裁半袖　　人を邀《むか》えるに　半袖《はんしゅう》を裁《た》ち
端坐據胡牀　　端坐して　胡牀《こしょう》に拠《よ》る
涙濕紅輪重　　涙は湿《うるお》って　紅輪《こうりん》重く
栖烏上井梁　　栖烏《せいう》　井梁《せいりょう》に上る

「其四」は、最後まで彼女に語らせることによって、断罪している。彼ときたら人と応対するにも、半分にきれた袖の衣でも平気。床几の上にどっかと端座していても平気。彼女は、この粗放な武人らしい彼の神経と所作にいらいらと耐えられないのである。耐えられないと思うにつけ、想いだされるのは、繊細でいくじがないとして棄てた、かつての謝秀才のことだというわけだ。その後悔の涙で、彼女の紅輪［紅輪］は、つまり紅いハンカチ、それをにぎっている手の中が涙で湿って重くなってしまうほどだ。紅い涙に紅いハンカチをだぶらせていて、赤の効果が鮮烈である。その時、栖烏がバサバサと井桁《いげた》に飛びあがってとまった。この最後の一句は効いていて、彼女の感傷している心胆をふるえあがらせる力をもっている。この一句が李賀の批評である。

李賀は、この四首で、謝秀才を本気になって慰さめようとしたのか。女にふられた謝秀才を通じて、自分をも慰さめようとしたのか。本気で女の不貞をそしったのか。しがない境遇におかれた文人としてのひけ目が彼女の夫である武官の攻撃にでたのか。これらのすべてがそうであろうけど、それらのすべては自己慰撫にすぎなく、「栖烏　井梁に上る」の最後の一句は、彼女を断罪すると同時に、自らの慰撫に陥ってただただ正当化に尽しているわが心理の傾斜に、ざわざわと嫌悪の寒気に襲れ、それを断つように、一羽の鴉を家屋の井梁へ、不吉にかけのぼらせたのではないだろうか。女の不貞をまじめに論ずることなどは、弱気になっている彼にいささかあったにしても、一羽、の鴉の放った時は、傷身ながら、居直った李賀に立ちかえっていて、どうでもよくなっていたにちがいない。

朋友たち

一

李賀が孤高であり、傲忽《ごうこつ》な性癖をもっていたことを認めないわけではない。認めればこそ、「李賀の傲慢さを憎んでいた従兄が、李賀の死後その遺稿を便所に投げこんだと書かれ、また当時の人がしばしば彼を排斥し中傷したとも書かれているように、彼の偏僻孤独の性格によるものであろうが、自己の宇宙にとじこもり、その内部で異様にとぎすまされた感覚によって詩を作り出すという態度は、どこまでも社会に眼を据えた屈原などの態度とは、はっきり異質のものであるといわねばならない」

（李賀小論・横山伊勢雄）といった共鳴的截断のしかたには不満を覚える。

彼が「自己の宇宙にとじこもった」のは、そうせざるをえない破目に陥った背景があるはずだし、凡詩人であっても、だれでも「自己の宇宙にとじこもった」ところから詩を吐きだすものであろう。屈原にしたところで「どこまでも社会に眼を据えた」のではなく、自己の宇宙から社会を熟視したのであるし、李賀にしたところで、そのことはおなじである。社会の中に生きている人間が、どうして自己の宇宙のみをみることができるか。その宇宙は、彼をとりまく現実の環境がそのままひっくりがえっていることなしには存在しえない。だから人間には「自己の宇宙に閉じこもる」などという芸当は不可能だといってもよいのである。社会に眼を据えるとか自己に閉じこもるのどちらかに李賀を押しつけることは乱暴な考えかたなのだ。

偏僻孤独という李賀への断定は、その通りなのにしても、それは彼が、俗間にいっさい出入しなかったことにはならない。彼の意志はむしろその俗間にまみえようとしたのであり、しかしその俗間にまみえながら偏僻孤独は歪めることなく丸抱きしていたということが、俗間にはじきだされることになるのだ。

俗間への執着が、李賀にはいじましいほどにあるのであって、その執着が、彼を自他ともに俗間から退却させるのである。人間嫌いであったといえば、鬼才李賀の煙れる像を祭るのに都合がよいかもしれないが、人間嫌いなどとみえるものに、人間嫌いはいたためしがないのだ。人間嫌いは、人間への執着にほかならない。人間好きなのだ。人間好きにみえるものよりも人間好きなのだといってもよい。偏僻孤独であることと、そのことは相容れるものなのである。

李賀の欝欝たる孤憤は、俗間、つまり政治の世界に容れられなかったからで、実際は自ら希望した場所なのである。現代人が、李賀にむかう時、このことをけっして見逃してはならないだろう。はじめから、人間にも社会にも背をむけていたわけではないのだ。むしろ俗間の背に死ぬまですがりついているのである。

だから斎藤晌のいうように「賀が自己の内に閉じこもった孤独な人間とばかりいえない」のである。奉礼郎になって以来、その低い役職をおもしろく思わぬ李賀は、「衙《が》より回《かえ》り　自ら門を閉ず」といって、偏僻孤独を意固地に守るごとき口吻をみせていながら、実際は、ひんぱんにあちこちへとよばれ、それを断ることもなかったさまをすでにみてきた。そういう交際の中でなにごとかが、とつぜんひらかれるかもしれないという魂胆が、どこかにひそんでいなかったとはいいきれない。それが、李賀の対社会への執着ぶりをむごたらしくも曝すのだが、その執着の中にやはり偏僻孤独はつらぬかれている。そしてその執着の中でわが性癖を強情にも発することは、執着の自分にいとわしさを感じている李賀にとって、最大の気休めになっただろうが、その気休めこそが、彼の進路を閉すことになっていたのだ。

李賀は、偏僻孤独とはいえ、多くの友人に恵まれていたといってもよいだろう。そして近寄るものを彼は拒まなかった。彼の勘にふれるもの、彼を敬遠するものには、狂わんばかりの拒絶さで対したが、そうしないですむものたちも、かなりいたのだ。なによりも李賀は、人にひきたてられる才能を身に備えていたと思うのだ。韓愈、皇甫湜、戴叔倫《たいしゅくりん》、張碧《ちょうへき》、李藩《りはん》といった目上の知己をえた。韓愈の知己をえることは、李賀の不幸につながるのだが、彼をひきたてようとしたことにはかわりはない。韓愈が李賀をひきたてる気持にたとえ野心があったとしても、ひきたてるということは、野心と野心の黙契がかわされていることではないか。相手の野心に自分の野心をかさねあわせる機会をもてる人間はすくないのである。

彼の詩にあらわれている友人の名をあげてみても、権《けん》璩《きょ》、韋仁実《いじんじつ》、張徹《ちょうてつ》、楊敬之《ようけいし》、李漢《りかん》、陳商《ちんしょう》、張又新《ちょうゆうしん》、沈亜之《しんあし》、謝《しゃ》秀才《しゅうさい》、杜雲卿《とうんけい》とあり、新唐書があげているものの中に王《おう》恭元《きょうげん》（参元）がおり、李商隠の「李長吉小伝」には崔《さい》植《しょく》の名がみえる。

これらはその友人群の一角にすぎないだろう。李賀の詩集を最初に編んだ沈子明《しんしめい》は、彼の詩の中にでてこない人であり、集賢学士であった以外にその伝記も知られていないが、杜牧にその序文を依頼した人である。ひょっとしたら沈亜之と親戚関係にあり、彼を通じて知己を結んだのかもしれない。その「李長吉歌詩敍」を読むと、沈子明が杜牧に告げた言葉が記されている。

「我が亡友李賀とは、元和年間において義愛はなはだ厚い間柄であった。日に夕に起居飲食をともにしたものだ。李賀は死ぬ前に、平生著した歌詩を私に手渡した。四編にわかれていて、およそ二百三十三首あった。だがここ数年来私はあちこち東西南北と転々とし、それらの詩はそれにまぎれてすべて散失してしまったと思いこんでいた。ところが今夕、酔っぱらったのだが、忽ちさめてしまって、なかなか寝つくことができなかった。そこで篋《きょう》帙《ちつ》をひっぱりだして、あれこれしらべていたのだが、ひょんなことからむかし私に授けた李賀の詩がでてきた。むかしのことをあれこれ想っていると、李賀としゃべったこと、遊んだこととか、その場所、その季節、昼なのか夜なのか、一杯の酒、一杯の飯、すべて顕顕然として、ひとつのこらず甦えってきて、思わず涙がこぼれでた」

沈子明のような歴史に名をのこさぬ友人も李賀にはもっともっといたように思われるのだ。この彼の言葉から浮んでくる李賀の像は、けっして捐介《けんかい》なものではない。「義愛」を結ぶようなところさえあったのである。沈子明の一方的なみかたであったかもしれないが、すくなくとも相手に「義愛」と思わせるようなところはあったのだ。「覚えず涕《なみだ》を出《いだ》す」と沈子明はいうが、この涕は、むかしをただなつかしがってのことではないだろう。おそらく、李賀の不遇を、その「話言嬉遊」の記憶の中にみて、感きわまったのであろう。それがこの詩集を編む動機となり、夜半にもかかわらず杜牧へ緘書《かんしょ》を届け、序文を依頼することにつながるのである。

だが他の友人たちが、生前の李賀にたいしてどのように思っていたのか、私たちはなんら資料をもたない。清代に編された「全唐詩」には、楊敬之、沈亜之、張又新をふくみ、張徹にも一首（会合聯句の中に韓愈・張籍・孟郊とともに参加した詩がそれだ。）の詩をふくむけれど、李賀についてのべた詩はない。韓愈、皇甫湜にもなく、彼等の心情を察する手がかりをもたない。

ただ戴叔倫に「冬日有懐李賀長吉［冬日李賀長吉を懐う有り］」という五言詩があるだけだ。彼は貞元十六年の進士で、白楽天と同年であり、その及第は李賀の十才の時である。「歴代人物年里碑伝綜表」によると、貞元五年（七八九）に死去したことになっているが、その典拠となっている権徳輿《けんとくよ》の戴公墓誌銘の読みちがえであり、それでは貞元十六年に進士になったのは別の戴叔倫ということになってしまうし、李賀は生れていないことになる。しかし権徳輿の墓誌銘をみると、たしかに貞元五年に五十八才で薨じたとあり、読みちがえではないのだが、貞元五年というのは後世の書写の誤記なのかもしれない。しかし全唐文の略伝も「貞元五年卒」とあるが、これを信じるならば、「冬日有懐李賀長吉」は、他者の詩がざん入したものとみなさなければならないし、孟郊や張籍への詩も彼にはあるから、それも疑わしいとしなければならない。私は白楽天と同年の進士であるという説をとるから、この詩を戴叔倫のものとし、李賀の在世中と彼の存在はかさなるものと考える。

彼は潤州《じゅん》金壇《きんだん》の人で唐才詩伝には、「清談をよくし、無賢不肖の人であっても心を尽して相接し」、温雅な人柄であり、「詩興は悠遠、つねに作っては人を驚かした」とある。撫《ぶ》州刺史の時、民政に尽し、郡男に封ぜられ金紫を加えられた。当然、名士であったわけで、権徳輿との知己も、孟郊、張籍との交友もそういうところから結ばれたのであり、孟郊、張籍は韓愈の門であり、李賀の友人権璩の父は権徳輿であるから、李賀と知りあっていて、なんら不思議ではないのである。ともかくその詩をみる。

歳晩《さいばん》の斎居《さいきょ》は寂《せき》とし
情人は我が思いを動かす
毎《つね》に一樽の酒に因《よ》って
重ねて百篇の詩を和す
月　冷たく　猨《さる》は惨と啼き
天　高く　雁の去ること遅し
夜郎《やろう》　流落《りゅうらく》久しく
何日《いっ》　これ帰る期《とき》ぞ

この詩のつくられた時点は、李賀の挫折以前ではないとしてよい。元和五年以後の、諱《いみな》の事件にからみつかれ、惨然としていた李賀を知っていて、その上でつくっていることが、その詩からは匂ってくる。冬日、寂として書斎にいる戴叔倫が、李賀のことを懐いだすのである。それは「寂」としたものを戴叔倫が感じた時、李賀の人となりが彼の胸中に浮上してくるのである。李賀は、周囲の人間の「寂」とした感情の時に、浮んでこないわけにはいかぬ、そんな受けとられかたをしていたのかもしれない。

「情人」と彼は李賀のことをいっていて、それは、恋人というより、友情をもって交るにたる人の意味あいでいっているのだが、「寂」とした時に懐う人としては、まさしく李賀は彼にとって「情人」であったかもしれない。だから戴叔倫の思いは動くのである。動くとは、心が乱れざわめくのであり、それは李賀に襲いかかった不幸を思ってそうなるのかもしれない。動くのは戴叔倫の詩思であるかもしれないが、李賀の存在そのものが詩思を誘発するのである。彼にとって李賀は、もはや「自然」としてそこにあったといってよい。また彼は、李賀が、酒をたよりに生きていることも知っている。その酒は、苦い酒だとはいっていないが、そのことも知っているかのごときであり、その酒が、怪麗な詩を生みだしていくのに力をかしていることを知っているかのごときだ。「月冷たく　猨は惨と啼き　天　高く　雁の去ること遅し」は李賀にたいする形容なのだろうか。それとも情人李賀を懐っている時の夜の叙景なのだろうか。夜の叙景の中に李賀のすがたをみたのだろうか。そうだとすると、そこにはむごたらしく孤絶して踏み迷っている李賀のすがたが、周囲のもの、すくなくても戴叔倫には見抜かれていることになる。

「夜郎　流落久しく　何日《いつ》　これ帰る期《とき》ぞ」の夜郎は、だれのことか。この夜郎が、夜郎国の夜郎であり、「夜郎自大」という成句とかかわりのある夜郎だとすれば、うのぼれの強い男の意味である。戴叔倫はそういう目で、李賀をみていたのだろうか。夜郎国は、漢のころ、その域外に勢威をふるっていた国だが、広大な漢の強大さを知らずに小国間での絶大なるわが力を誇っていた。それをみて漢民族は、夜郎自大といって笑い、井の中の蛙のうのぼれ屋をからかうための成句とした。戴叔倫は、李賀の偏僻孤独と不幸を、夜郎自大とみなしていたのかもしれない。傲岸なる誇り高き青年は、どこまで流落し、流落の久しい惨然たる旅から帰ってくる日はいつかと、心を痛めて見守っていたのかもしれない。

戴叔倫は、李賀にとって年上の先輩である。李賀の偏僻孤独を、夜郎自大の魂とみなしながらも、心を動かさないではいられない情人として、戴叔倫はみまもっているのである。

この戴叔倫の感情は、李賀に近よる友人たちにとっても、さしてたがわぬものであっただろう。多くの友人たちの李賀への感情をしめす資料を私たちはもたないが、たまたま彼の詩の中にのこされた友人たちを、これからみつめていき、李賀にとって彼等はなんであったか、ひいては彼等にとって李賀とはなんであったかをみることができるかもしれない。そして、友人たちとの交際の中で、李賀のうつろう心のかたちをつかみ、長安での奉礼郎としての生活が、どのようなものであったかをみることもできるだろう。

すでに女にふられた謝秀才を慰さめようとしている詩をみた。謝秀才の秀才は、たぶん、郷貢の進士の呼称であって、李賀とおなじく長安の進士を突破できないでいた仲間であるだろう。この詩では、謝秀才の女であった縞練《こうれん》の心がわりを「座人、詩を製《つく》って嘲誚《ちょうしょう》」したとあるが、「座人」とあるからには、謝秀才と李賀のほかに数人の友人たちが同座していたとみてもかまわない。その中に進士となってすでに官位をえているものもくわわっていたかもしれないが、そうでないものもいただろう。李賀には進士抜擢されんとしてなおはたさず、不平のうちに長安に流連しているものたちが、同病相憐むように近づいていたにちがいなく、李賀もそれを拒まなかったであろう。厳密には、李賀は科試不第の分子ではなく、不第にさえなれなかった男なのであるが、その激烈な不幸にたいしては、不幸な人間も、そうでない人間もかえってそばへ同情と好奇心をもって近寄ってくるものなのである。

李賀の詩に、謝秀才はもういちどでてくる。「五粒小松歌〔五粒《ごりゅう》小松の歌〕」である。これには、序がある。

「前々から謝秀才と杜雲卿の二人が、五粒小松の歌をつくってくれ、と私に言っていた。私は書きものに忙しく、曲辞にかまっているひまはなかった。だが十日ほど経って、いささかながら八句の曲辞をものし、彼等の命意にむくいた」

杜牧が序を依頼された時、「世に李賀の才は絶出しているといわれている」、そういう人の序はこわくて書けないといって尻込みしたように、李賀の地位は奉礼郎にすぎなかったが、その詩名は文人の間で響きわたっていたことだけはまちがいなく、政界には排斥されたが、その詩は容れられていた、といってよい。死後ようやく認められるという詩人としての不幸（あるいは光栄）をもたなかった。それは、韓愈を筆頭として孟郊、劉叉《りゅうさ》、盧仝《ろどう》といった怪険の詩が、このころ風靡していたことが、死後ようやく評価されるという不運を免れさせたのかもしれない。

「李長吉小伝」の中で、李商隠は、「王参元や楊敬之らの輩が、時々やってきては彼の詩をさがしだして写しとっていった」という。友人たちが、いかに詩人としての李賀を神のようにあつかっていたかがわかるが、「五粒小松歌」の謝秀才、杜雲卿らの李賀にたいする行動はなんとかして彼の尻を叩いて、詩篇をつくらせようとしている風合がある。もっとも李賀は、「予、選書多事なるを以て、曲辞を治めず。十日を経て聊《いささ》か八句を道《い》ひ、以て命意に当《あ》つ」と威張りちらしているのだが。そこで、その詩はいかにといえば、

蛇子蛇孫鱗蜿蜿　　蛇子《だし》　蛇孫《だそん》　鱗蜿蜿《りんえんえん》
新香幾粒洪崖飯　　新香の幾粒か洪崖《こうがい》の飯《はん》
綠波浸葉滿濃光　　緑波《りょくは》　葉を浸し　濃光《のうこう》に満つ
細束龍髯鉸刀剪　　龍髯《りゅうぜん》を細束《さいそく》　鉸刀《こうとう》の剪《せん》

「蛇子　蛇孫　鱗　蜿蜒」。呉正子《ごせいし》は、「皆、語ならず」と批評する。彼は非難気味に言っているのだ。たしかにその通りであり、ただ語句を並べただけで、意味をなしていないのである。蛇の子。蛇の孫。鱗。蜿蜒。と語を断絶音のように投げつけられるだけで、いわゆる一句の内容をなしていないのである。蛇子といわれれば蛇の子が浮ぶ。つづいて蛇孫といわれれば、私たちは機械的に蛇の孫を思い浮べる。鱗《りん》と指定されれば、蛇の子や孫の鱗《うろこ》に目を見開く。蜿蜿といわれれば、それらがうねうねとのたうつさまがみえてくる。

だが、五粒小松を歌にしているのだと思いつけば、それらが五粒小松の幹を直喩しているのだと合点するだろう。松はしばしば龍にたとえられる。松の樹幹をみると、たしかに龍の肌に似ている。あのカサカサに割れた樹皮はまさしく龍の鱗である。龍は空想上の動物だが、松をみてつくられた動物なのかもしれない。

ところが李賀は、さらに逆ひねりのわざをきかしていて、「小松」であるところから、龍から蛇にきりかえているのである。蛇は龍の小型版というわけだ。謝秀才と杜雲卿が「予に命じて五粒小松の歌を作らしむ」ことの返礼として、このような奇趣に富んだ接近をもってしたのである。もっとも、言葉をポンポンと放銃していく即物的手法は、もともと李賀の十八番中の得意であって、珍らしいことではないが、五粒の小松を蛇の子、蛇の孫に直喩する詩法は、あたかもその小松が蛇の子と蛇の孫のモザイクでできあがって、それがうねうねしているさま（樹幹の屈曲）が、グロテスクな生動をもって伝ってくる、その機略に富んだ想像の弾みをこの詩にみるべきである。

李賀のさあどうだという得意顔がみえてくるようである。句解定本の陳愫《ちんそ》は、このグロテスクな機略を解さないから、「雅を欠く」と評せざるをえないのである。呉正子の「皆、語と成らず」もそうであるが、これらの評はみな非難の気味合でいっているのだが、その直覚の正しさは否定ではなく、みな賞賛の言葉として評されるべき筋合いのものなのである。

「新香の幾粒ぞ　洪崖の飯」。ここでも李賀の機略に富んだ五粒小松への料理ぶりは、奔放に鋭利である。五粒小松は、いわゆる五葉の松で、一つの葉に、五針のある松である。おそらく当時、この五粒小松は縁起のよいものとされていたのだと思う。それで謝秀才らは、これを歌った詩を李賀になんとかつくらせようとしたのであろう。この二句目では、一句目のように五粒小松の幹ではなく、五粒の葉そのものにたいして機略を発揮してみせる。新しい香りをぷんぷんと匂わせる五粒の葉で洪崖が食事をしているさまを想起してみせるのである。洪崖は、列仙伝中の人で、古代の堯《ぎよう》帝の時代には三千才であったと伝えられている。この五粒小松は、長命の薬であったともいえ、そこで伝説中の仙人を登場させ、五粒小松の香りのぷんぷんと放つ若葉をもって彼が食事しているさまをえがいてみせるのである。ここでも、さあ、どうだという李賀の得意げな顔が浮んでくる。

「緑波　葉を浸して　濃光　満つ」。この句の、若々しい五粒小松をみる目はどうだ。李賀の光の意識の中でみる目が鮮烈である。それらの葉の繁みの全体から受ける感じをとらえているのだが、緑が波うっているようにとらえているのである。「ように」というより、もうその小松に波がさざなみをたてているのである。緑の葉の光の中に燃えるさまが、緑に波立ってみえるわけで、葉をその波が浸しているとみえ、さらにそこには、濃密な光が満ちみなぎっているのである。

「龍鬚を細束し　鉸刀の翦」。これは、葉のかたちに対する形容である。五粒小松の葉の全体から局部へ一挙に移動していて、こういう視点の順ぐりは、李賀の詩法のきまりである。その刺すような五粒の葉ぶりは、龍の髥《ひげ》を細く束ね、それを鋏《はさみ》で、スパンと切り落したように鋭利だというのだ。

ここにも、さあ、どうだどうだという李賀の顔がちらつく。いわば、李賀は、見立ての才を発して、謝秀才たちを驚かしてやろうという魂胆がありありとしているのである。

しかし思うのだが、二人の友人をただ喜ばしてやろうという魂胆以外のものを私は感じてしかたがないのである。たしかに謝秀才たちは、なまけもののこの鬼才の尻を叩いて、詩をつくらせようという好意をもっていたとは思うのだが、そのほかになんとか李賀の詩を自分たちで貰いたい、それをもって自慢したい、わが宝物としたいという根性が、かくれひそんでいたのではないかと思われるのだ。当時には、雑誌などという発表機関はない。つくられた詩は篋底にしまいこまれるか、詩集が刊行されぬかぎり、人々の口伝あるいは写しによって伝播されるしかない。だから詩を個人的にもらうという風習は、今日では考えられぬくらいに確固とあった。才名のひびきわたっている李賀の詩をもっていることは、それだけでもたいへんな値打ちをもつものであった。李賀に接近してくるものたちの中にそういう人たちもたくさんいたはずであり、後世にこの鬼才の詩を散逸しないように保存しようとする純粋の志で近づくものばかりだったとはいえないであろう。李賀は、それをいささかなりと腹立しく、うるさく感じていなかったとはいえないのだ。

序では、一応二人が「賀に命じて」ということになっているが、実際は二人の懇願であったのではないだろうか。李賀はもともと自分の中で詩が湧いてくるのを待つタイプに属する。それをアイデアの提供、詩題の提供めかしに押しつけられることは耐えられないはずなのだが、この二人は、おそらく叱りとばすに耐えない相手であり、憎めない李賀びいきであり、うんうんと渋く相づちをうって、ひきうけてしまったのではないか、と推量される。いわば注文を受けての詩作であったわけで、どうだどうだという気味が感じられるのは、そういった李賀の稚気たっぷりな奉仕のこころの他に、腹立しさをふくんでいなかったとはいいきれないのである。催促もかなりされて、うるさく思っていたのかもしれない。

それゆえか、つぎの四句では、五粒小松を歌うことを放棄し、その鋭鋒は、二人の友人の魂胆に向けられているのだ。

主人壁上舗州圖　　主人　壁上に州図を舗《し》き
主人堂前多俗儒　　主人　堂前に俗儒多し
月明白露秋涙滴　　月明るし　白露　秋涙《しゅうるい》の滴《したた》り
石筍溪雲肯寄書　　石筍《せきじゅん》　渓雲　肯《あ》えて書を寄せん

最初の二行は、どういう意味か。ここでいう「主人」は、李賀に詩を懇望した謝秀才と杜雲卿の二人にほかならない。主人よ、あなたの家の壁には、州の地図がかかっているではないか、とまずいう。この「州図」には各説があってまちまちだが、姚文燮《ようぶんしょう》の説をきくとこうなる。州図は「すなわち豫州《よ》の華山《かざん》である。五粒松は華山に産す。これまさに図画にかかれた松を讃したというべきである」というのだ。これは、いささか考えすぎである。詩は、そこまで想像することを指示していない。陳本礼《ちんほんれい》などは、その州図を、「まさに小松の来る路の遠きを知るべし」などといっていて、五粒小松は手にはいりがたいので、産地の地図をかけているのだといわんばかりの解をあたえている。図画の松であるとはしていないが、これまた考えすぎである。そもそも主人を李賀自身と考えている。地図は地図でいいのではないだろうか。「五粒小松歌」をつくれなどと風流なことを命じるお前さんがたは、いったいどうなんだ。州県地図などを座敷に平気でかけているじゃないか。それでいい。だいたい地図を画幅の代用としてかけるならいはむかしからあったと思う。

さらに次の行は五粒小松などと仙気たっぷりなことをいうくせに、お前さんがたの堂前には俗儒がうろうろしているではないか。葉葱奇《しょうそうき》は「小松の所有者は俗悪を厭うべき人である……その人（二人のことか）の意思を厭悪することはなはだ顕露である」と評しているが、これが近い。つまり二人は、五粒小松を自らの園中に、他国からとりよせて植えていたのである。俗物のお前さんたちが、平気で五粒小松を庭に植え、その上、この俺にその歌をつくってみろというのか、というあてこすりでいっぱいの詩なのである。

最後の二句。「月明　白露　秋涙の滴り」「石筍　渓雲　肯て書を寄すや」。二人の庭の五粒小松の風景である。月が明るい。五粒小松の葉には白露がおりて、それは秋の涙の滴りである。五粒小松は、俗物たちの風流心に弄《もてあそば》れていることに涙しているのである。そこで仙境の山にあったころの友だちである筍に似た「峻挺痩立《しゅんていそうりつ》」の石や渓谷に浮んでいた雲たちに、五粒小松は涙ながらにその口惜しさをかいた手紙を書きおくるだろうか。そうだろうよと李賀はいうのである。ここでは五粒小松が人格化し、その人格化に李賀自身がのりこんでいっている。

このような解釈が妥当だとすれば、李賀はたいへんなあてこすりをもって、彼等の歌をつくれという懇望に答えたことになる。謝秀才と杜雲卿の二人は、この歌詩をもらってどんな顔をしただろうか。案外怒りもせずに、喜んだかもしれない。しかし李賀は怒る能力もない連中だと、みくびっているようなところがある。なにをいわれても怒らないのだとみくびっているところがある。「賀に命じて……作らしむ」「以て命意に当つ」などと、彼等の懇望に応じた詩にもかかわらず、命令されて、それに応じたかのような気やすげなしかも、相手をたてたいいかたをしている、だから二人はこの辛らつで皮肉っぽいが気負いと才気たっぷりな詩をみて、にやにやしてすませるような、そういう構成でもって、彼等に報いているのである。

この詩を方扶南《ほうふなん》は、「細束龍髯鉸刀剪の句でもって松を詠ずること、ここに止め、以下の句はまったく照応させていず、それらはまた一格をもっている」と評している。ということは、五言八句の詩を四句づつに真二つに割り、その真二つをいっさい照応させるようなつくりにせず、その片割れだけでも、一格を生ずるような構成にしているということをいっているのである。たしかにその通りなのだが、いっさいが照応していないというわけではないのだ。二人にたいする毒というものは、松をもっぱらに詠じた四句にもみなぎっているし、後半の四句も、なるほど五粒小松を介入させることなしに読みとることはできるが、やはり五粒小松を念頭においたほうがよく響きあうのである。

だが、一格を生じていることはたしかであって、李賀のこの分断させる詩法は、分断させることによって、かえって詩は響きあうのだということを発見しているからなのである。

それはともかくとして、この詩は、元和七、八年の奉礼郎時代、つまり長安においてつくられたと思うのだが、序をみると「賀、選書多事なるを以て曲辞を治めず。十日を経て……」とあり、かなりいそがしがっているようである。「選書多事」とはどういうことなのか。「書を選す」、すなわち文章を書くことなのだが、いったいなにを書いていたのだろうか。私たちは李賀の詩二百余篇しかしらない。文章はのこされていない。いったいどういうことを彼は書いていたのだろうか、役所に文章の仕事がどっさりあったのだろうか。それともたんなる二人への言訳であったのか。そのことはきめがたいことにしても、なにかしらさかんに忙しがっている李賀にいぶかしい感懐を抱かずにはいられない。

「主人　堂前　俗儒多し」の「主人」を李賀自身だとしたのは、「協律鉤玄《きょうりつこうげん》」の陳本礼である。「まさにすみやかに歌を作るべきなのになんのため十日遅れたのか」といい、それは彼自身が俗儒にかかわっていたためだと、「長吉自ら解嘲の詞を謂う」たのだとしている。陳本礼は、十日たって詩をつくったことにこだわっているが、なにもこの日限に彼は束縛されることもないのだし、「命ずる」といっても、李賀が二人をたてたいいかたをしたために、そうなったのであって、なにも命じられたわけではないのである、そのことを陳本礼は解していないから、主人を長吉とし、自嘲と受けとることになったのだ。しかし陳本礼の嗅覚になんらみるべきところがないということはない。

長吉は、二人にむかって俗儒（友）とまじわってばかりいるくせにちゃんちゃらおかしいとからかったのだが、それは自分にも返ってくる言葉の刃ではあったのだ。李賀自身、俗儒とかかわって毎日を費消し、忙しがっていたはずなのである。そもそも風刺し非難した相手の謝秀才や杜雲卿と交際していたのは、どこのだれなのかといえば、それは自分自身にほかならないのである。

長安における李賀は、けっして五粒小松のごとく仙人のごとく市隠となって閉じこもっていないのである。宴席にはのこのこでかけ、友だちも多すぎるのである。陳本礼が、自嘲ととったことになんのいわれもないことはないのである。

二

「沈駙馬《しんふば》が御溝《ぎょこう》の水を賦し得たるに同ず」という詩がある。駙馬は、駙馬都尉、つまり官称で、「歴代職官表」によると、漢の武帝の時、はじめて置かれたもので、皇帝の乗車を陪奉する近臣であった。駙は副の意で、輔佐の官である。だが魏晋以後になると、この官職は、公主、すなわち皇帝の娘婿にあたえられるようになり、ついには官職というより、公主の夫婿にあたえられる称号となった。

沈駙馬がだれであるかはわからない。原田憲雄は、李賀の詩「馮小憐」を分析した論文の中で、この沈駙馬を究明しているが、沈の一族は、第八代皇帝代宗のもとへ秘書監沈易直《しんえきちょく》の娘が嫁して以来、しばしば皇族と婚姻を結ぶ名族であった。李賀の親友、沈亜之、沈子明は、みなこの沈家につながる一門であり、この詩にあらわれている沈駙馬も、同族であったとみている。代宗の第八女長林《ちょうりん》公主が沈羽《しんう》に、順宗の第四女西河《せいか》公主は沈翬《しんき》に、憲宗の第五女宣城《せんじょう》公主は沈䉝《しんぎ》に、第九女南康《なんこう》公主が沈《しん》汾《ふん》にとそれぞれ降嫁しているが、「賀の友は、年齢的に考えて、沈羽でも沈䉝でも沈汾でもなく、沈翬であろう」としている。沈羽では年をとりすぎ、沈䉝、沈汾では若すぎると考えたのか。姚文燮は沈䉝とし、斎藤晌は、「沈䉝か沈汾かのどちらかだろう」としている。

この際、私はだれでもよいという気がしている。李賀の知友の中に、公主の夫婿となるものがいたということがここでは肝要であり、それだけでよい。原田憲雄は、「皇室の李氏は、呉興《ごこう》の沈氏と、なん重にも婚姻の関係を結んでいる。それだけではなく、亜之の『故太平令李寰《りかん》墓誌』によれば、唐の皇族の子孫ではあるが、かなり間柄の遠い、官もひくく経済的にもゆたかでない一士人が、沈氏の婦人と結婚している。つまり、李・沈両氏の男女は、一般的に結ばれやすい条件のうちにあり、ことに賀は、三人の沈氏を友とする特殊な条件をあわせもつ、沈氏の婦人と相識り相愛することがあったとしても極めて自然であって、奇異とする理由はない」と魅惑の発言をしているが、このことにもこだわるまい。その沈駙馬と、どのような交友にあったかをみるほうが、ここでは急務である。

入苑白泱泱　　苑に入りて　白く泱泱《おうおう》
宮人正靨黄　　宮人は靨黄《おうこう》を正す
遶堤龍骨冷　　堤を遶《めぐ》れば　龍骨は冷とし
拂岸鴨頭香　　岸を払って　鴨頭《おうとう》は香なり

まず、宮中を流れる御溝のさまを詠った詩が、沈駙馬にあることがこの詩の前提となる。その詩にたいして、李賀もつづけて和したわけである。そうだとすると、一介の下級官吏である李賀は、ふかぶかと禁苑の中にまではいっていたとみなすことはできるだろう。李賀は、官職では低位にあるとはいえ、皇族の末孫であることが、このようにも楽々と、公主の女婿と親交を結ぶことを可能にしたのだろうか。さてその詩。

御溝の水は、皇居の庭園にはいりこんでいる。関中八水がみな上林苑《じょうりんえん》の中に、白く、深く広く、流れこんでいるのである。宮女たちは、その水際で、靨黄、つまり黄色の顔料でかきえくぼをなおすのである。そのえくぼのつくりかたは、月のかたち、銭のかたちといろいろあったらしく、水の苑入する「白く泱泱」たるさまが、いわば彼女たちの鏡面のかわりをしているのである。

土堤ぞいにめぐっていくと、龍骨をならべたような堀割の砌《みぎ》りの石が、冷であり、その岸辺を洗う鴨の首のような緑水が、香りやかである。

別館驚残夢　　別館の残夢を驚かし
停盃泛小觴　　盃を停《とど》め　小觴《しょうしょう》を泛《うか》ぶ
幸因流浪處　　幸《さいわい》に流浪の処に因って
暫得見何郎　　暫《しばら》く何郎《かろう》を見るを得たり

その水音の響きは激切で、離宮の別館で残夢をむさぼっている人の目を醒まさせるだろう。遊客は、盃をくみかわすことをやめ、小さなさかずきをその波流にうかばせる。いわゆる曲水の宴である。李賀は、この暁の宴に、でていたのだろうか。その波間に浮び漂い走るさかずきを追う。そして、流浪の逆巻くところにさしかかった時、李賀は、ばったりと何郎にであったというのだ。何郎とは、魏の何晏《かあん》のことである。何晏は曹操の娘金《きん》郷《きょう》公主の女婿であり、やはり駙馬都尉であったわけで、色白の美男をもって歴史にのこっている男である。沈駙馬に逢ったなどとそのまま詩にしてしまっては、詩にはならないわけで、同じ女婿の境遇にあった何晏にたとえたわけである。

この詩からこの沈駙馬にたいする李賀の態度をみようとするなら、同族の沈亜之にたいするそれとはあきらかにちがっている。沈駙馬はまさに皇帝の女婿であり、沈亜之は、科挙にも滑り落ちている境遇にあったわけで、李賀の対しかたも異っていて不思議でない。

それ故にこの沈駙馬とは朋友関係にあったとはいいきれないのではなかろうか。沈の一族と李賀は交友があったことから、沈駙馬との接近も可能となったのだろうが、それは友という間柄ではない。この詩でみるかぎり李賀は、まったくへりくだっていて、まるで沈駙馬におちゃらかしを言っているように思えてならない。いつもの傲慢さを失っているのである。

李賀の知人をふたたび点検してみる時、皇族、名門の子弟が多いのに驚く。陳商は、陳の宣帝の五世の孫である。権璩は、宰相権徳輿の子である。李漢は、唐の宗室淮陽《わいよう》王李道明《りどうめい》の後裔である。崔植は、宰相崔祐甫《さいゆうほ》につながる家系であり、自らものちに宰相となっている。これは、いったいどういうことなのか。彼等は、みな李賀の朋友であったといってよいのであろうか。沈駙馬との交情の具合をみていると対等ではなく、李賀は、どこかいじけている。

彼が、皇族や名門の子弟とつきあったのは自らが皇族の出身であるという自恃があったためだが、いざ彼等と交った時、はたして、その自恃を、けたたましく保持することができたかどうか。その自恃はむしろ破れ、いよいよ卑屈になっているように思われるのだ。それは、自恃のためにのみ、彼が近づいたのではなく、あの科挙事件の不平を解除する手段として近づいたのだ、そういう魂胆がなかったとはいえないからである。さらに自分が下級官僚にすぎなく、また皇族とはいっても、没落した皇族の末孫だというひけ目も、かえって露頭しないわけにはいかなかった。それは、かえって、悪い鏡をみるようなものであった。

また彼等が、李賀を殊遇するのは、名門の末孫であるからではない。彼の詩才と彼の不幸のためなのであることを、自分自身知らないわけはなかったはずだ。だから悪い鏡をみる惨酷に耐えながら、災厄を払う策をなにがなんでも彼等を通じて講じたはずだ。たとえば、知友の中に元和五年から元和八年まで、いうならばあの事件の発端から、奉礼郎としての長安時代までの間、宰相の一人であった権徳輿の息子権璩と交友を結んでいるわけだが、その権璩を通じてなんらかの画策がなされなかったとはいいきれない。

だが、その画策は功を奏したか。一代の文人宰相でもあった権徳輿は「送陳秀才応挙序〔陳秀才の応挙を送るの序〕」で、「文章の道、士を取るは旧《もと》より矣《なり》。或いは材の行を兼ねざるにこれを得る、亦已《またすで》に大半」などと時局批判の口舌をなし、「送従兄南仲登科帰汝州旧居序〔従兄南仲登の科して汝州の旧居に帰るを送るの序〕」で「古《いにし》えは詩を採って、以て志を弁じ、歌を升《たてまつ》り以て徳を発し、時風に繫《つなが》る。播《ひもと》きて楽章を為《な》し、類せざる有れば、君子これを羞《は》じる」などといっていて、かなりの見識を発しているはずなのだが、その弁論にも反する李賀の科試拒否の事件がおこっても、韓愈以上に強力な位置にいたはずの権徳輿は、結局はなんの有効な処置をなすこともしなかったのである。韓愈自身、河南令の時、李賀をも含む郷貢の進士たちを前にして、いまは権公が宰相となっている時代だから「文人はその職を得て、文道まさに大いに行なわるべし」と壮語したことがあって、権徳輿に期待するところ大であったはずなのだ。

そうだとすると、権徳輿の無力こそが、李賀の悲惨を完膚なきものに仕上げたのだといえないこともないのだ。というより、権徳輿の敵こそが、李賀を犠牲にしたのだともいえるのである。権徳輿——韓愈の政治的なつながりがあったとすれば、それにつながっていたばかりに李賀の前途は阻《はば》まれたといえるのかもしれない。もし敵がいたとすれば、進士出身の官僚と真向から対立していた李《り》吉甫《きっぽ》や宦官の吐《と》突承璀《とつしょうさい》の一党であったろうか。李賀をおとしめる奸策はこのあたりからめぐらされたのかもしれない。李賀への悪い噂のおこった元和五年といえば、李吉甫が失脚していた時であり、権徳輿が新しく登場していた時である。権徳輿は進士出身ではないが、数年前に息子の権璩を恩蔭によって任官させず、進士にさせているくらいであるから、李吉甫のように科挙出身者を目の敵にしていないことはたしかで、韓愈などの新興の階級と結んでいたともいえるのだ。

とはいえ、権徳輿が、政治家として敢然たる直言の士であったとは思えない。性格は「温藉風流《うんしゃふうりゅう》」であったといわれるが、どうも意見のはっきりしたところがなかったようで、「資治通鑑」の司馬光は、権徳輿を好意的にみていない。宰相をやめた元和八年の正月の記載で「李吉甫、李絳、数《しばしば》、上の前に争論す。礼部尚書同平章事権徳輿、中に居り、可否する所なし。上、これを鄙《いや》しむ」としている。

権璩は、その息子であるが、あの事件以前に二人は昵懇であったのか、事件後に李賀のほうから、または李賀の知己を通して近づいていったのか。それとも父の無力を知って息子のほうから責任を感じ、気の毒に思って近づいていったのか。ともかく権徳輿は、政界では宰相の位置にありながら、やたらなことを陳言して失敗すまいと保身にあくせくしていたことは確実で、いったん事件となってしまっていた李賀の災殃《さいおう》を、とりはらうだけの気力も勢力も持っていなかったといえよう。

いったいそもそも李賀には、友人ともいうべきものがいたのだろうか。知己ともいうべきものは、挫折後にかえって激増しているといっていいほどなのだが、それらをすべて友人とみなしていいのか。

孟子は、「敢《し》いて友のことを問わん」の言葉にたいして、次のように答える。「長《とこしえ》なることを挟《たの》まず、貴きことを挟まず、兄弟なることを挟まずして、友となるべし。友なるものはその徳を友とするなり。挟むところあるべからず」。これは孟子の友情論である。

しかしながら、挟《たの》むところのない皆無の友情関係は、この世にはたしてありうるのか。人間の呼吸するところが、社会であり、階級社会である以上、そんなことがありうるのか。「友なるものはその徳を友とするなり」などと孟子がいうように、社会の中に生きることをやめずして、そんなことはありうるのか。孟子の伝でいけば、李賀の知己はみな友でなかったといえる。不純であったといえる。

孟子は、その好例としてつぎのようなことをいう。「孟献子《もうけんし》は百乗の家なり。友五人あり。楽正裘《がくせいきゅう》と牧仲《ぼくちゅう》、その三人則ち予はこれを忘れたり。献子の、この五人の者と友となりしは、献子の家を無しとするなり。この五人の者、また献子の家ありとすれば、これと友とならざりしなり」

こんな馬鹿なことはありえないのではないか。孟献子の家柄が高いことは、もうどうにもならないことであって、その家柄を無視してつきあうことは不可能でないにしても、家柄というつまり社会的な関係はすくなくとも無視するという意識をどうしてものこさざるをえない。つまり家柄は、本人にも他人にも「見える」ことだけは、どうしようもないということである。だから無視して、徳だけでつきあうという言草は、どうしても臭味がつきまとわざるをえない。それは「見える」ということ、このどうしようもない事実を、ないがしろにしようとする歪みがあるからである。

　すでに朽ちていたともいえる李賀は、その朽ちるを防ごうとする時、それは社会的な存在としての回復しかないのであるから、どうしたって、相手のもつ社会的背景を無視してつきあうわけにはいかないだろう。李賀の野望が、立身出世にあり、その立身出世を阻んだのが、社会構造であるからには、彼が立身出世の思いを断たないかぎり、徳を第一義とした朋友関係はなりたたないのである。

　徳をいうことが、迷妄であるならば、その知友関係も迷妄であらざるをえないところに、李賀は立っていたのだといえる。後世、「焚書」の李贄《りし》がいうように、「今天下に友朋の義を嗜《たしな》む」ものはないのである。義を嗜む朋友もないわけだから、朋《とも》というものはありえないのである。それは国家社会があるかぎりいつの時代だってそうであろう。つまり、立身出世の李賀に義はないのだから、彼が困憊したからといって、義の友はあらわれるわけはない。もしあらわれたとしても、それは義の友というわけにはいかないだろう。それは、立身出世の李賀を救ったことにしかならないからである。「義を嗜めば死を視ることなお生のごとく、況《いわ》んや幼孤の託、身家の寄、利を嗜めば生といえどもなお死のごとく、うでまくりしてその食を奪い、石をぶつけてその口を減らすことだけが能事なのである。今天下の友朋というものはみな生てなお死んだもののようなのは他でもない。利を嗜むもので友朋を嗜むのでないからだ」ということにならざるをえないのである。

　李賀が、利の中に生きているからには、もはや、孟子や李贄のいう意味での、徳の友も義の友も不可能だということになる。孟子は友とは信だともいうが、あの事件があってから李賀は、信なるものにいっさい身を託すことはできなくなっていたであろう。傷心の李賀のまわりにあつまってくる知友は、彼の利からみれば「長なること」を恃み、「貴きこと」を恃み、「兄弟なること」を恃む価値のあるものばかりであって、そこには無私というものが、存在する余地はなかったであろう。しかも李賀がいくら彼等に深く恃むところがあったとしても、はや手遅れになっていたのであり、なんら恃みの褒賞は返ってこなかったはずであり、その場合、まわりの朋友たちは、勢い同情の団体にならざるをえず、李賀はますます孤に落ちていくのである。

「代崔家送客〔崔家《さいか》の客を送るに代りて〕」という詩がある。これは代作である。崔家に客があって、その賓客を送るにあたって、詩を贈ることはその儀礼になるわけだが、崔家ではその詩を李賀に代作させたのである。代作は、当時の風習であって、なんの不名誉となるものではなく、代作させられるだけ、李賀の詩名は高かった、というわけでもあり、また彼が崔家のような名門に近づいていたことの明証ともなる。

崔家は、李氏、盧氏、鄭氏とならぶ山東の著姓貴族である。唐代を通じて、二十五人の宰相をだした。崔氏には、鄭州崔氏、清河《せいか》崔氏、博陵《はくりょう》崔氏とあるのだが、李賀が邸にではいりした崔氏はそのどれであったろうか。李商隠の「李長吉小伝」によると、彼の友人に崔植があったとある。彼は、博陵の崔氏である。憲宗の時代に宰相であったものの中に韓愈と同年の崔群がいるが、彼は清河の崔氏である。李賀の友人崔植はのちに宰相になっているが、李賀の死後である。

だがいずれにしても、名門にはかわりないのであって、李賀のではいりしたのはどちらであるかはきめがたい。韓愈との関係があるため崔群でなかったともあっさりいいがたい。崔群、崔植ともに進士出身であったから、詩を嗜んでいたにしろ、「全唐文」にいくつかの文をともにのこしていても、「全唐詩」に篇什はなく、名詩人としてのきこえもないから、代作を依頼する可能性は、ともにあるのだが、恣意的には、友人崔植の系譜につながる崔家であったとみたいところである。「旧唐書」は、崔植を評し、「太和三年正月。卒年五十八。植は器量謹厚なりと雖《いえど》も、開物成務の才なく、師を喪うに及んで異方、天下、その失策を尤《とが》とする」とあるが、李賀とうまがあったとすれば、植の「器量謹厚」の面においてであり、とはいえ「開物成務の才」をもって李賀の災厄をはらってやることはできなかったのかもしれない。

行蓋柳煙下　行蓋《こうがい》　柳煙《りゅうえん》の下《もと》
馬蹄白翩翩　馬蹄　白く翩翩《へんぺん》
恐随行處盡　行処《こうしょ》に随《したが》いて尽きんを恐る
何忍重揚鞭　何をか忍びて重ねて鞭を揚ぐるか

柳の煙る下を、賓客の車は行く。白く翩翩と馬蹄は、砂塵をあげて行く。それをみて李賀は恐ろしいというのだ。車が行くままに遠ざかり消えていってしまうのが恐ろしいと。どうして、ああもぴしぴし鞭をふるって、そそくさと眼界から消えていってしまうのかと。

この代作は、一応は、旅立つ客を名残り惜しんでいるとうけとることができるだろう。まさに代作の役割をはたしているとみることができるであろう。とはいえ、この詩をさらに翫味するならば、李賀個人の時間への恐怖をあらわしているといってよいのだ。崔家によばれ、詩をつくり、いくばくかの金を渡されたかもしれないが、その代作の中で、自らの「見る」ことへの恐怖をあからさまにしてしまっている。

「見る」ことの恐怖とは、なにか。去りゆく旅人の馬車を「見る」ことの恐怖である。それは、時間とともに、「見る」ことが「見えなくなる」ことへの恐怖である。その時間は、スピードといいかえてもよい。ゆっくりゆっくりその旅人の馬車が遠ざかっていくのならば、見送るものはまだ目睹の圏内にぬくまっていることができる。だが、それも馬車が行くことをやめないのならば、いつしか「見る」ことの不可能がやってくる。そのことが恐いのである。

まして、無情にも、その旅人は、見送るものの気もくまずに、重ねて馬の尻に鞭をあてて速度をあげようとするのである。速度を増すことは、見送るものの視界から馬車がそれだけ早く消えてしまうことなのである。

去りゆくものを「見る」ことは、即「見えなくなる」ことであると、この対立するものの中に時間の橋を渡して冷汗に恐怖しているのである。見ることから見えなくなることへの空間移動には、どうしても時間が介在してこないわけにはいかない。

時間の移動、つまり時間の推移が、「見えなくなる」ことへ、手を貸す元兇となるのである。自分自身は動いていないのに、相手がどんどん動いていくことによって、見えることが、見えなくなっていくのである。

李賀は、死のおとずれというより、生命の去りゆくを、代作に参与した偶然の機会の中で、おののいているのである。目睹しているものが、酷薄にもとまってくれず行ってしまい、ついには視界の奥に吸いこまれてしまうことの確実感覚に戦慄しているのである。李賀は、それが消えてしまうこと確実であるとしりながらも、その遅延をばたつきながら願うのだが、そのことは相手には通じるはずもないのであって、むしろ速度を倍増して消えていこうとするのである。「見る」ことが、すなわち生命であり、それはかならず「見えなくなる」という死をその延長上にもつということを、李賀は知りはじめているのだ。

崔家では、詩の代作においてこのような恐慌が李賀を犯しつつあるのだとは思いもよらなかったであろうし、「行処に随いて尽きんを恐る」の「恐る」を、生命が消えていくことの恐怖としては受けとるはずもなかったし、彼の肉体、つまり眼球が意識よりさきにおびえていたはずであり、彼自身気づいていたかどうかはあやうい。社会生活上の憤懣と不平に、右往左往し、未練のうちに自らの回復を計ろうと卑屈に努力しているさまを横目に生命の消えゆくトロッコが轟き走っていて、李賀を脅嚇していたのだ。

その脅恐とした肉体をもちはこび、李賀は崔家ばかりでなく、杜豳《とひん》公の邸にまで出入りしている。屈服感によって閉じこもりがちに思われる李賀の行動範囲は案に広く驚くばかりである。「唐児歌〔唐児《とうじ》の歌〕」という詩があって、それには「杜豳公之子」という原注があるところからそこに出入りしていたことが知られるのである。

杜豳公とは、杜黄裳《とこうしょう》（七三九―八〇八）のことである。彼は永貞《えいてい》元年（八〇五）から元和二年（八〇七）において宰相であり、元和二年に豳《ひん》国公に任ぜられてぃる。豳は邠《ひん》であり、邠県のいわば公爵に封ぜられた。

もっともこの杜黄裳は、元和三年に七十才で死去しているわけだから、元和五年の事件当時にはもうこの世にいなかったことになるが、生前にたがいが知りあっていて、この詩もその地点での作であるという可能性もないわけではない。そうだとすると、この詩は、挫折以前の元和二年か三年、十八、九才の時の作ということになるだろう。そうでないとすれば杜黄裳のいない、何年かあとの遺族の邸を訪れたことになるだろう。

頭玉磽磽眉刷翠　　頭玉《とうぎょく》磽磽《こうこう》　眉は翠《みどり》を刷《は》く
杜郎生得眞男子　　杜郎《とろう》生み得たり　真の男子を
骨重神寒天廟器　　骨重く神《しん》寒く　天廟《てんびょう》の器なり
一雙瞳人剪秋水　　一双の瞳人《どうじん》　秋水を剪《き》る

杜黄裳には、載と勝の二人の息子がいたことが「唐書」には記されているが、この詩の材となった唐児は、そのうちのどちらであったか。弟の勝は、宝暦のころ（八二五―八二六）、進士に及第している。

頭のかっこうは磽磽として、石のようにがっしりしている。いかにも脳みそがいっぱいつまっているような感じである。その眉は、黒緑を一刷《ひとはけ》したように烈輝としている。

「杜黄裳さんは、よくも生んだもんだ、正真正銘の男児だよ。骨相は重厚、精神は凛寒と澄んでいる。一双の瞳は一刀で剪断した秋水のようだ」と李賀はその唐児を形容してみせるのだ。

竹馬梢梢搖緑尾　竹馬　梢梢《しょうしょう》　緑尾《りょくび》を揺がし
銀鸞睒光踏半臂　銀鸞《ぎんらん》　睒光《せんこう》して　半臂《はんぴ》を踏む
東家嬌娘求對値　東家の嬌娘《きょうじょう》　対値《たいち》を求め
濃笑畫空作唐字　濃笑《のうしょう》して　空《くう》に画《か》く　作《な》して唐字と

竹馬は、児童の遊戯具だが、日本のそれを連想しないほうがよいらしい。斎藤晌の句解によると「竹を切って胯にはさみ馬に乗ったかたちにする六、七才の小児の遊び。緑尾とは先に笹の葉がついているもの。馬の尾になぞらえる」。この杜黄裳の息子は、そんな竹馬にまたがり梢梢と音をたてながら笹の緑尾を揺がして、駈けまわっている。そのたびに半袖の銀鸞の模様が、ぎらっと音閃する。

東隣に住んでいる嬌《あだ》な娘は、この息子がお気にいりで、コケティシュな笑いを浮べて、宙に「唐」の字をかいてみせる。「嬌娘」とか「濃笑」とあるので、十四、五才の女の子だろうという説もあるか、「対値」とあるからには、この少年に見合う年頃の女の子とみるべきで、五つ六つであっても嬌で濃密な笑いを浮べる少女の子というものはいるものである。空に「唐」の字をかいて、恋の意を伝えようとするこの少女の像は、艶冶でさえある。

眼大心雄知所以　眼は大にして心は雄　所以《ゆえん》を知れり
莫忘作歌人姓李　忘るる莫《なか》れ　歌を作《な》す人　姓は李

この少年の眼大心雄ぶりは、見届けた、きっと大器となるだろう。ただどうか忘れないでほしい、君のことを歌に作った男の姓は、李だったということをねというわけだ。ほかならぬ李賀という詩人が作ったといいたいと同時に、唐の皇室の李一族につながっているこの俺だ、という意味あいもこめているのである。

この詩は、李賀の詩群にあって、妙に明るい気分をもっている。この明るさはなんであろう。この詩が、挫折以前のものであるとすれば、そのころすでに不安に犯されつつあったとはいえ、まったく頽朽しきってはいないわけであって、この杜黄裳の息子の才稟《さいひん》を称揚することは自分を激賛することにもなっているとみられるわけで、「高軒過」にみられるような意気軒昂たる詩と考えることもできる。

一転して、この詩を、挫折後だとすれば、どうなるか。この明るさは、偽りの明るさ、おべんちゃらをいっている明るさであり、その明るさの背後にある暗さを思わないわけにはいかないし、それなら明るくふるまっている李賀の卑屈さをみなければならないような気もし、哀れに思えてくるのである。挫折以前だとするならば、「忘る莫れ　歌を作す人　姓は李」の句に、李賀の意気をみることもできるが、挫折後であるとするならば、この言葉はにわかに屈曲してみえてきて、「忘る莫れ」の命令調がぐっと湿りを帯びてきて、哀願しているようにもとれ、精神が退行しているようにとれ、その退行の中で、かろうじて誇りにたよって、その頽朽を押しとどめているようにもみえ、詩全体が明るい故に、かえって読んでいて、つらくなってくる。挫折以前であるならば、少年の天稟を語ることは、まさに自分自身を語る手前味噌の気味ともとれるのに、そうでないとすれば、はや自分を朽ちたるものとして捨て、他の人間の中に、自分の再来を見るような老生ぶりにおちいっていることにもなるのである。あるいは、名門の子に、しゃあしゃあとお世辞を言って平気な李賀の頽廃とそのつらさがみえてくるようだといってもよい。「忘る莫れ　歌を作す人　姓は李」は、きげんのよさをせいいっぱいふるまう、たいこもちの冗談ぶりともとれるのである。

　さて李賀に、「天廟の器」といわれた杜黄裳の息子は、その後どうなったかというと、兄の載は、長慶中に太僕《たいぼく》少卿《しょうけい》、御史中丞《ぎょしちゅうじょう》にまでのぼった。だがこれでは父の杜黄裳をしのいだというわけにはいくまい。弟の勝は、進士抜擢で、給事中《きゅうじちゅう》から、礼部尚書、天平節度使にもなって、兄にまさったが、宰相の機会は、不運にも蔣伸《しょうしん》に奪われ、「唐書」の評によれば、「意を得ずして卒」したという。李賀の予言した「天廟の器」は、弟の杜勝であったかもしれない。

　いづれにしても、李賀が名門の友人をもち、名門に出入りし、そこでも詩才が役立ち、その交流を通じて、挫折した李賀が、はかない夢を託し、夢を託するあまり、卑屈にもなっていて、また詩才があだになって、ほうかんの役割を演ぜさせられている李賀の姿をここまでみてきた。

　そして、そういう中で、李賀の心性は疲労しているのをみないわけにはいかなかった。「代崔家送客」の詩にみられるように、時間の恐怖に追いこまれていたのである。そこには、時間がもつスピードへの恐怖があったわけだが、そもそもスピードへの恐怖とはなんであろうか。

　それは肉体の衰弱にほかならない。速度への志向は、肉体の衰弱への補足の役割をするのである。それは、肉体強健の鉄証であるかのようであるが、そうではなく、逆であって、肉体の衰弱を気力でカヴァリングする時、気合の速度をもって物を把捉しなければ、追いつかないので、スピードを志向するのである。強健であれば、ものをじっくりとらえる余力があるので、一刀両断したりはしないであろう。瞬速にものをとらえなくても、相手に追いつく自信を肉体はもっているはずなのだ。

殺意もおうおうにして、俊なる速度を秘める。殺意は鋭なる速度をもつが、それは肉体の危機感から生まれるのであり、鋭なる速度をもってしなければ、物を失するのである。健康なるものは、危機感がないから、およそ緩慢であることが多い。ここで「春坊正字剣子歌［春坊正字の剣子の歌］」をみておこう。

先輩匣中三尺水
曾入呉潭斬龍子
隙月斜明刮露寒
練帯平舗吹不起
蛟胎皮老蒺藜刺
鸊鵜淬花白鷴尾
直是荊軻一片心
莫教照見春坊字
挼絲團金懸麗粟

先輩の匣中《こうちゅう》に三尺の水
曽《かつ》て呉潭《ごたん》に入りて龍子《りゅうし》を斬る
隙月《げきげつ》は斜めに明るく露を刮《けず》って寒し
練帯《れんたい》の平舗《へいほ》は吹けども起《た》たず
蛟胎《こうたい》　皮老いて蒺藜《しつれい》の刺《とげ》
鸊鵜《へきてい》　花を淬《そ》めし白鷴《はっかん》の尾
直ちに是れ荊軻《けいか》一片の心
春坊の字を照し見せしめること莫《なか》れ
挼糸団金《だしだんきん》　懸って麗粟《ろくそく》

神光欲截藍田玉
提出西方白帝驚
嗷嗷鬼母秋郊哭

神光截《き》らんと欲す　藍田《らんでん》の玉《ぎょく》
西方に提出すれば白帝驚き
嗷嗷《ごうごう》　鬼母秋郊《しゅうこう》に哭《な》く

先輩の匣中に三尺の秋水の剣あり。かつて呉の潭淵に躍りいって龍を斬殺した。斜めに明耀《めいよう》と隙間に流れこむ月光にも似た長剣は、露を刮《けず》るごとく、寒々と光り、平らかな白絹の帯が風に吹かれてもびくともせぬに似る。老いた鮫皮の鞘は、蒺藜《はまひし》の三角のとげ。鸊鵜《におどり》のあぶらを染めた刀身は白鷴《きじ》の尾。まさしく、この剣は荊軻の気魄そのもの。春坊などという所でこの剣をゆめ抜いて照すなかれ。ふさわしくないのだ。

飾られた組み紐と黄金の玉が剣にたれさがり、その刃の神光は、藍田の宝玉をも截ち斬る。この剣をひっさげ、西方に向えば、白帝も驚怖し、鬼母は、嗷嗷としわがれた悲鳴をあげ、秋郊の野に哭泣す。

＊

李賀のこの詩にみられる殺殺たる刀気は、その裏に彼の肉体の衰う呼吸の音をしのばせているのをみないわけにはいかない。

三

李賀の友人に陳商がいる。「陳商に贈る」という詩をみると、元和七年・八年とつづいた奉礼郎の官吏生活への一つの決着を報告していて、惨然としている。「春坊正字剣子歌」でみせ殺伐たる刀気の背後にある李賀の深痛が、丸裸となって曝されているのである。その曝された深痛は淫曀《いんえい》にして淫驕である。奉礼郎となってからも、李賀は勤勉努力して、高位に立つための画策を有力者たちに働きかけていたことはこれまでもみてきたのだが、その効果のなさに彼は絶望を感じはじめている。その絶望を、さらに持病の進行が、拍車をかけているのだ。

長安有男兒　　長安に男児あり
二十心已朽　　二十にして心已《すで》に朽《く》つ
楞伽堆案前　　楞《りょう》伽《が》　案前《あんぜん》に堆《うずたか》く
楚辭繫肘後　　楚《そ》辞《じ》　肘後《ちゅうご》に繫《つな》げり
人生有窮拙　　人生　窮拙《きゅうせつ》あり
日暮聊飲酒　　日暮《にちぼ》　聊《いささ》か飲酒
祇今道已塞　　祇今《ただいま》　道已《すで》に塞《ふさが》り
何必須白首　　何ぞ必ずしも白首を須《ま》たん

この詩は、二十才の元和五年の時のものではなく、奉礼郎になってからの作であるのだが、それも任官直後のものではなく、いろいろとあがいてみたあとの作であり、奉礼郎時代も晩期のものであろうと思われる。

なぜなら「長安に男児あり」と自分を他人視してみるいいまわしに、時間の経過を感じるからである。「二十にして心已に朽つ」の詩句にも、二十才で事件に遭遇した直後の感慨というよりも、それをふりかえってみているという時の空隙を感じるからである。

だから鈴木虎雄の「長安に一人の男がおる、この男は二十歳で心はもはや朽ちている」という訳は、その時間の経過をとらえていないと思うし、斎藤晌の「長安に一人の男がいるが、まだ二十なのに、もう心は朽ちはてている」という訳も、二十才の時点にぴっしり寄りそいすぎている。荒井健の「長安に男児がおりまして、二十で心はもはや朽ちはてて」という訳が、李賀の棄て鉢な心性をもっともよくとらえているように思われる。このように断言するのは、この詩の後半で奉礼郎の現在を自嘲気味にいっているからである。その自嘲もある時間の流れにむかって吐きだしていて、奉礼郎になった当座の感想とは思われないからである。そのような微妙を受けとめないから、鈴木虎雄は、この詩を元和五年とし、斎藤晌は元和六年としてしまっている。これらの年号は、二人の注釈者が、奉礼郎となった年と推定しているのと符合しているのだから、そういう時間の経過を彼等はしんしゃくしていないのがわかるのだ。荒井健は元和七年とし、昌谷へ帰る前年を推定している。

そもそも「長安に男児あり」とわざわざ「男児」という言葉を選んでいることを荒井健以外は見逃している。「男児」を「男」と訳してしまったなら身もふたもないのではないか。この「男児」という語の選択には、朽ちてはならぬものとしての意味がこめられているのであり、朽ちるべきでないものが、朽ちたという怨念がこめられているのである。長安に「男児」として堂々とあるべきなのに、その「男児」があたら朽ちらされてしまったという、言葉による復讐の意気を捕球すべきであり、「男児」という勇躍とした語に、自嘲と絶望を託している言語の二重性による襲撃もみないならば、この詩句をわが肉体から削りだしてみせた李賀の志意に反するものとなるだろう。そして、このすでに朽ちた男児を、わが遠くの分身をみつめるようにみている李賀のやりきれなさをどうしてもみなければならぬのだ。また、「二十にして心已に朽つ」と、威張り散らすように宣言する精力の輝きと、その精力に満つるゆえの衰弱の激しさを、みなければならないのである。「二十にして心已に朽つ」などということが、だれがなんで威張って言いたいものか。

まさしく李賀は二十にして心は朽ちたのではあるが、それはふりかえりみて言ったのであり、そして朽ちたりとは思いたくないからこそ、あれこれ運動工作したのであり、しかしその成果は芳しからず、やはり朽ちたりと思わないわけにはいかなかったのである。このようなやるせない心理の屈曲があってはじめて、「長安に男児あり　二十にして心已に朽つ」という音をたてんばかりの意気高らかな挫折宣言となったのである。

この朽ちた男児は、入楞《にゅうりょう》伽経《がきょう》の経典を机上に積みあげ、楚辞の詩集をわが肘のあたりのすぐ手のとどくあたりに転しておくという生活をつづけているよりしかたがないのである。仏典を読むということは、自分の頑固なまでの執着心との戦いであり、楚辞を読むことは、瑰麗《かいれい》なる世界へ我を忘れるというよりも、自らの怨みを楚辞の轟くばかり怨嗟に重ねあわせることでもあったのかもしれない。

しかしそのような読書生活は、そもそも、朽ちた人間のすることか。朽ちたるものは、朽ちたるを言わぬだろう。李賀が朽ちたるをいうのは、結局は朽ちたるは不本意なのであり、その予覚にとどまっているのであり、なお朽ちたるを阻もうとさえしているのである。だが阻めないわけであり、「人生　窮拙あり」、とほざくよりすべがなくなるのだ。人生ってやつには、困窮きわまることってあるもんさと、またまた自分を他人ごとのようにつっぱなしたいいかたをするのである。日暮れになると、いささかなりと酒を飲んで、そのやりきれなさをむかえうつのである。この「聊か酒を飲む」の「聊か」は、実際はいささかではないのであって、浴びて飲むことにほかならない。莫大に飲み浴びて、自分を麻痺させようとしている苦々しい行為を、「聊か」といったところに、切り裂かれた李賀の姿があるのだ。言葉は、口から吐きだされ時をもって、確実に人を切り裂く。

「人生　窮拙あり」と重っくるしく酒を浴びながら、李賀がふたたびほざくことはといえば、「祇今　道已に塞がる」ということであった。ただいま、お先まっくら闇ですということであった。自分の志す道は、はや完全に塞ってしまったのだから、お先まっくらの死を待つばかりの老人になるまで生きることもないのであって、また若くして老人とおなじところへやってきているのだから、「何ぞ必ずしも白首をまたん」なのである。二十にして心の朽ちたと認識を強いられた彼は、その時から老人とおなじだというのである。

いったい、こんな書きだしではじまった詩を贈られた陳商は、どういう気持であったか。ふつう、贈詩は、もっぱら相手をたてたつくりかたをするものである。贈詩といっても、作者が人から贈ることを索《もと》められることが多いもので、卒先してつくることは稀である。相手を誉めたたえることを、なんで人は卒先してつくろうか。よほどの熱情に動かされるか、なんらかの魂胆がないかぎり、義理攻めのうちに贈詩するのである。乞われて、しぶしぶのうちに詩の技術をふるうのである。だから贈詩には陳腐なものが多いようにみうけるのだが、李賀は、たとえ贈詩の段階では渋々であっても、いったん手に染めはじめたが最後、贈詩の常識をうち破っていく。

この詩の揚合もそうであって、「陳商に贈る」といっていながら、陳商について謳いあげる部分がきわめてすくない。出し惜しみをしているというより、詩をつくっているうちに、自然、自分のことを語りだしてしまっていて、途中で気づき、あわてて相手のことを語るという風合がある。そこでしばらく語りだすが、そのうちにまた忘れて、自分のことを語りだしてしまっている。

それほどに李賀の欝悶は、怨恨とともに血まみれになっていて深かったのだともいえるのだが、そもそも怨恨とか欝悶などというものは、自己執着の深さからきているのである。このような醜態とも天晴れともいえる振舞いは、贈詩のもつ儀礼性を打破っているのだが、儀礼性を中心にしてみるならば、態をなしていないのである。

このようなことは、「送沈亜之歌」でもおこっていたことはすでにみてきたはずだ。送別の詩も、一種の儀礼詩であり贈詩なのだが、李賀の場合、かならずその社交性を破って、自分の恨みつらみをこめた心境の報告に急である。「出城寄権璩楊敬之「出城するに権璩・楊敬之に寄す」」「酒罷張大徹索贈詩時張初効潞幕「酒罷《や》み張大徹贈詩を索《もと》む。時に張初めて潞幕《ろばく》を効《さず》く」」「送韋仁実兄弟入関「韋仁実兄弟の関に入るを送る」」「出城別張又新酬李漢「出城するに張又新に別れ李漢に酬ゆ」」の詩でも、同じ結果になっている。

これはどういうことなのか。それは、李賀が送別の詩や贈詩をつくる時というのは、よっぽどのことであり、もしつくる時は、そこにいっさいの儀礼性をいれなかったからではあるまいか。気のおける友人たちにしか、けっして贈詩の行為をしなかったからではないか。李賀によって詩を贈られたものたちは、権璩、楊敬之、張徹、韋《い》仁実《じんじつ》、李漢、沈亜之、そして陳商といるわけだが、彼等はみな名門の出身だとはいえ、大官ではないし、李賀とさほどの齢のひらきのないものたちだったと推定されるし、友人関係が結ばれたのは、対等であったというよりは、彼等からむしろ慕い寄って集っていたということはこれまでみてきたことだが、このようにこれらの友人関係は、李賀の詩才と事件への同情によって結ばれているのだから、そういう彼等への贈詩も、なんら儀礼の常識にのっとってつくる必要もなかったのではあるまいか。つまり、李賀が贈詩をするとすれば、そういう友人たちにむかってしか、しなかったということであり、真情をのべる意味での贈詩しかしなかったということなのだ。それでよいような関係のあるものにしか、詩を贈らなかったということは、わずかに遺されたそれらの詩篇のみを証拠としてみるかぎりではいえるのである。

もちろん、李賀も詩才をみこまれ、貴顕のために代作をしたりしたが、多くの詩人たちのように、贈詩だけを乱発したりはしなかった。贈詩は、友人に限られたのである。そこで、「二十にして已に心朽つ」などという告白をされるような知友関係にあった陳商とは、どういう男だったのか。つづく詩行によってこの詩を贈られた時はどういう状況に陳商は身をおいていたのかを考えてみよう。

凄凄陳述聖
披褐鉏俎豆
學爲堯舜文
時人責衰偶
柴門車轍凍
日下楡影瘦
黄昏訪我來
苦節青陽皺

凄凄《せいせい》たり　陳述聖《じゅつせい》
褐《かつ》を披《き》て　俎豆《そとう》を鉏《す》く
為《つく》るを学ぶ　堯舜の文
時人　衰偶《すいぐう》を責めり
柴門《さいもん》の車轍《しゃてつ》凍り
日下《お》ちて楡影《ゆえい》は痩せたり
黄昏に我を訪《と》い来る
苦節に青陽《せいよう》を皺《しわ》めて

この八句は、陳商についてのべているのである。「凄凄たり　陳述聖」という陳商への李賀の印象からはじまる。述聖は、陳商の字《あざな》である。「凄凄」という形容は、日本語に置きがたいもので、まさしく「凄凄」たる風貌をこの時の陳商がしていると、李賀は受けとったのだ。「褐を披て　俎豆を鉏く」は、陳商が、粗末な褐衣に身をやつし、礼楽ごとをみにつけることに懸命であること。「俎豆を鉏く」の句は、古来解きがたしとされているのだが、俎豆が、礼楽の器具であるとし、それを耕すというのは、たしかにおかしいのであるが、この耕す意味の、「鉏く」は、「褐衣」とさきにいってしまっているところから連想として「鉏く」の動詞がつらなってでてきたのであり、実際のいいたいところは、陳商が、まだ進士の試験にも及第せず、そのためみすぼらしい姿のままに、理想の政治を執る日を夢みて、勉強しているさまをいっているのである。そういう姿の陳商が、「凄凄」だといっているのである。この「凄凄」の句にこめたるものは、李賀自身の鏡像を陳商に押しつけたともいえ、あるいは、すでに朽ちたりと呟いてしまった地点で李賀は、いまなおあくせくしている陳商のあがきを、あわれなるものとしてみていたのかもしれない。さらに「為るを学ぶ　堯舜の文」と、陳商のいまやっていることをいう。ただの「学ぶ」ではなく「為るを学ぶ」といっていることに注意しよう。陳商は、堯舜時代にまで溯る古代の文章を理想として、まさに「為るを学ぶ」真最中だったのである。ところが、時の人は、彼に、衰弱にして美麗なる排偶文を作るようにと、責めたてるのである。それが「時人衰偶を責めり」である。このごろ、韓愈や柳宗元などによって、古文復興の運動がおこなわれていたのだが、まだまだ空疎化した駢文《べんぶん》がもてはやされていた時代であったのだ。この陳商は、この融通のきかぬ古文をもって身をたてようとしていたのであって、そのためいよいよ「凄凄」たるところに追いこめられていたのである。

ここで見落せぬのは陳商と韓愈との関係があかるみにでていることだ。李賀は、韓愈を通して、陳商と昵懇になっていたことがわかるのだ。陳商もまた古文を通じての韓愈の弟子だったのである。そういう古文へ志をもって、科挙に挑んだ陳商もまた、李賀のように阻まれていたのである。もちろん、試験の資格を奪われるようなことはないのだが、合格しないでいたのである。

そういう彼が、李賀を訪ねてきたのだ。「柴門の車轍凍り　日下ちて楡影は痩せたり」。李賀の住んでいる邸の柴門のあたりについた車の轍は、凍りついている。この詩は、秋も末か冬であるだろう。日が落ちたころ、楡の木影もなにかしら痩せてみえる。しかし「凍」も「痩せ」も、その季節の現象であるというより、李賀の心象が殴りこみをかけているのだといえる。「二十にして心已に朽つ」と言い切った李賀は、風景の中に、「凍」と「痩せ」の自分をも感じていたのである。そういう風に李賀の頽朽した目には映る柴門をくぐって、陳商はある日の「黄昏に我を訪い来たる」のである。顔には、「苦節に青陽を皺」めたままで。いま不遇にある陳商は、やたら青春を苦節で皺めているのである。その苦節により朗朗と太陽の如き紅顔であるべき顔が、皺立っているのだ。「青陽を皺む」という詩語は、異様である。皺む太陽なのである。この李賀の人相見も、陳商がそういう状態であったというより、李賀自らも自らに感じている「青陽の皺」なのであるまいか。この八句でも、訪れた陳商の凄凄たる姿について、専らにのべているかのごとくだが、そうではなくやはり自分をもぐりこませていて、自らに破れているのである。

ここで、残る十四句をみる前に、陳商について語っておこう。「唐書」、「旧唐書」には、伝は立てられていないが、「唐書」の宰相世系表をみると、陳宣帝《ちん》五世の孫であることがわかる。この陳氏から叔達《しゅくたつ》、希烈《きれつ》、夷行《いこう》と三人の宰相がでている。名門の出である。曾祖父の叔彪《しゅくひょう》は、淮南王《わいなん》。祖父の瓊《けい》は、丹州録事参軍。父の彝《い》は、散騎《さんき》常侍《じょうじ》であるから、恩蔭をたよって官界にはいることも陳商にはできたはずである。李賀などよりはるかによい条件の下で生れ育っていたことがわかるのだ。だが、陳商も、この時代の風潮に従い、進士への科挙の道を進むのである。そして、いくたびかの失敗を重ねて蒼ざめていたのだ。その陳商へ、韓愈も一つの文章をのこしている（答陳商書）。韓愈のもとへ陳商が出入りするようになったのは、さきに陳家とのかかわりが韓愈にあったからではないか。韓愈は、自分の出世のためには勇気のあった人であるから、高官に運動をすることをいとわなかったのだが、過ぐるむかしに、その当時給事中の職にあった陳京《ちんけい》にあさましいまでの書を送っていることからの推定である。そのころ韓愈は、四門博士から監察御史に転任し、出世コースをつかみかけるのだが、そのことになんらかの力の預かるところのあったと思われる陳京は、実に陳商と同族である。韓愈文には、他にも陳彤《ちんとう》、陳密《ちんみつ》、陳《ちん》羽《う》と同姓のものがでてくるが、世系表にその名を欠くといっても、やはり陳京につながる人々であったかもしれない。陳京との関係から、韓愈のもとへ同族の子弟たちがたよっていくようになっていたのではないか。文学のことなら韓愈をたずねろ、ということになっていたのではないか。

さて、その韓愈の「陳商に答ふる書」だが、陳商の手紙にたいする彼の返事である。「愈白《もう》す。恵書を辱《かたじ》けなくす、語高くして旨《し》深し。三四読《さんしどく》して尚お通暁する能《あた》はず、茫然として愧赧《きたん》を増せり。又其《そ》の浅弊《せんぺい》にして人に過ぐる知識無きを以てせず、且《しばら》く諭《さと》すに守る所を以てす。幸甚なり。愈敢《あえ》て情実を吐露せざらんや。然《しか》れども自ら其の吾子の須《もと》むる所を補ふに足らざるを識《し》れり」

たいへんな皮肉を言っている。陳商の勉強しているという「堯舜の文」は、その語も高く内容も深すぎて、三四回読んでも理解することができないといい、それなのにこんな頭の悪い自分をたよっていただき、それでは自分の真情をのべないわけにはいかないといったインギン無礼とも、また同時に相手をたてているともいえる韓愈独特のいいまわしをもったかきだしである。そこで、つぎにどのようなことをいうかというと、

「斉王竽《う》を好む。仕を斉に求むる者あり、瑟《しつ》を操《と》りて往き、王の門に立つこと三年、入るを得ず。叱して曰く、吾が瑟、これを鼓《こ》すれば、能《よ》く鬼神をして上下せしめん。吾れ瑟を鼓すれば、軒轅《けんえん》氏の律呂《りつりょ》に合《がっ》せんと。客これを罵《ののし》って曰く、王は竽を好むに、子は瑟を鼓す。瑟に工《たく》みなりと雖《いえど》も、王の好まざるを如何《いかん》せんと。是《こ》れ所謂《いわゆる》瑟に工みにして、而《しか》も斉に求むるに工みならざるなり」

陳商にたいし斉王の故事を韓愈はもちだす。斉王は、竽という笙《しょう》に似た楽器を好んだ。ところが斉の国へ仕えたいものだと思っていた男が、瑟をもって王の門前に立ったが、とうとう三年間、入れてもらえず、俺の演奏は、軒轅氏の音律にかない鬼神をも空から引きずりおろすことができるほどだと呼ばわったが、むなしかった。それは当然でいくら瑟が巧みであっても、王が竽を好きだというのだからどうしようもないのだという教訓をひきだそうと韓愈はしているのである。

いったい韓愈は、この話によって、陳商になにをいいたかったのか。李賀が、堯舜の文を学んでいると陳商のことをいっているが、このことを戒めているのかとも思

われるのだ。韓愈が、「語高くして旨深し。三四読して尚お通暁する能わず」といったことと響きあっているようにも思えるのだ。いまは、なお排偶文の好まれる時代であって、ぎこちない古文をギシギシかいていても、世に受けいれられることはないのだと忠告しているように思われるのだ。

しかし、それはおかしいではないかという気もする。なぜなら古文運動の推進者は、韓愈にほかならなく、それを慕って陳商は、彼のもとへ馳せ参じているはずだからである。にもかかわらず韓愈の言っていることは、そのように固くなに自分を主張せずに、時代の風潮にあわせろといっているのである。もっと大人になれといっているようだ。たとえ、古文を主張するのはよしとして、それは私のように官界にはいってからにすべきである。それまでは馬鹿にしている駢文をもなんとかものして、まず官界に入ることに精励すべきだと大人の要領を説いているかのようである。どうもそのようであり、つづけていう次の言葉ともそれは一致する。

「今《いま》進士に此の世に挙げられ、禄制《ろくせい》を求め、道を此の世に行はんとし、而《しか》も文を為《つく》るや必ず一世の人をして好まざらしめば、瑟《しつ》を操りて斉の門に立つ者と比する無きを得んや。文は誠に上なれども、求むるに利あらず。求めて得ずんば、則ち怒りかつ怨む。知らず、君子必ずしかなすやいなや。まことに区区の心、来訪する者あるごとに、皆不肖に意ある者なり。略《ほ》ぼ辞譲せず、遂に言を尽せり。これ君子、諒察《りょうさつ》せよ」

この部分は、陳商の韓愈へ寄せた愚痴の内容がどういうものであったかを、想像させるにたりる。古文では、いくら上《たく》みであっても、官職をうる手段にはならないというのである。自分の文章が認められず、進士に及第しないとぶすぶすいうのは、すこしおかしいではないかというのである。進士となることは、俸禄を求めることである。そうであるならば、進士の門をあけやすい文章をもって、その扉をひらくべきであって、俸禄をもとめつつ、自分の理想を固守し、それが通らなければ、たちまち不平の士となるのは、おかしいではないかと陳商に言っているのである。

この韓愈の世故にたけたともいうべき説得の文を、陳商はその通りですと、唯唯諾諾と受けとったのであろうか。陳商が、李賀を訪ねた時は、この韓愈の手紙を受けとったあとであったのか、さきであったのか。いづれにしろ、陳商は、「凄凄」とした風態で、のそりと李賀を訪ね来ったのである。

ここで、韓愈の文章と李賀の詩を考えあわせる時、二人の態度も明確にでる。韓愈が、進士に受かるためにも、時人のわからぬような文章をかくべきでないと説諭して、時人の陳商への対しかたを道理であるとして否定していず、それは古文の価値と、進士に合格するための方便としての文章とは、同次元で考えるべきでないと分別くさい世智をいうのにたいし、李賀のほうは「時人　衰偶を責む」といって、陳商のかたくなな生きかたに同情し、時人をこそ非難して、対照的なのだ。どちらの意見により彼は傾いたか。陳商は、韓愈の世智に富む忠告をきいて、むしろ大いなる落胆を抱いたように思えてならない。韓愈は多くの弟子たちを傘下に集めながら、つぎつぎと彼のもとを去っていくのは、韓愈の世智ある生きかたに、不満を感じたからであるようなところがないでもないのである。李賀が、「時人　衰偶を責む」という時、それは、陳商を受けいれようとしない時人への憤怒かとも思われるのだが、同時に、その時人であってはならないはずの韓愈の「時人ぶり」にたいしても憤怒していたともいえるだろう。

　この詩は、元和七年ないし元和八年の作と思われるのであるが、それからの陳商はどうなったかといえば、李賀が故郷へ去った元和九年にようやく進士に抜擢されている。陳商は、韓愈の世智を学ぶことによって、ついに登第となったのだろうか。

　その後、陳商は、比較的に穏健な出世街道を着実に歩んでいく。秘書監で終ったとされているが、彼の文を四つその中にふくむ「全唐文」の略歴の記載をみると、戸部員外郎、司封刑部郎中、史館修撰を歴官し、礼部侍郎になり、二州の刺史となったり、工部尚書に抜擢されたりしたとある。この記載は、唐書の宰相世素表にある秘書監を無視していて、その根拠を審らかにはしないが、着実なる官歴を辿ったことは、確かであろう。のこされている四つの文章を読む時、韓愈のいう三四も読みかえさなければならぬようなゴツゴツしたものではないし、李賀が自分を映す鏡とすることのできたような「凄凄」たるさまを、なお文にも持続し、裂帛たる気魄をみせているとは思えない。だが、そのことを彼の成長だとも堕落だとも一概にいうことはできないであろう。

　この欝々としていたころの陳商にたいして賈島も、詩を贈っているのだが、李賀の場合と比較する意味でもあげておこうと思う。「送陳商「陳商を送る」」である。賈島とは、やはり韓愈を通して知りあったにちがいないのだ。

古《いにしえ》の道は　長《つね》に荊棘《けいきょく》

新しき岐《みち》は　路　横に交えり
君の荒榛《こうしん》の中におけるは
古き轍《わだち》の行《たび》に尋ね得たり
足は聖人の路を踏み
貌《かお》は　禅士の形を端《あらわ》す
我　かつて　夜談《やだん》に接し
一経を講ずるを聴くに似たり
翩聯《へんれん》として　かつて数挙《すうきょ》
昨《すなわ》ち登る　高第《こうだい》の名
釜底《ふてい》に煙火は絶え
暁に行く　皇帝の京
上客は遠府《えんぷ》に遊び
主人は月明を須《ま》つ
青雲は　青山に別れるも
何《い》つの日か　復升《またのぼ》るべし

この詩の陳商は、すでに合格している。「昨ち登る高第の名」ともいっているのだから。釜の底には、煙火は絶えていて、暁に皇帝の京へむかうのだから。賈島は、李賀のごとくその心のうちに悲哀を蓄えていない。陳商にむかって語りかける詩は、贈詩の礼を守っていて、自分を噴出させていないのである。もっぱらに陳商を讃え、飾っているのである。李賀もほぼ詩の中央では、陳商を語っているのだが、それはつづく八句とあわせて十六句だけであって、ふたたび自分のことにかまけはじめるのである。詩の前後は、自分の苦衷をのべることで、固められているのだ。

太華五千仞　太華《たいか》　五千仞《じん》
劈地抽森秀　地を劈《つんざ》ぎ　森秀《しんしゅう》たるを抽《ぬき》んじたり
旁古無寸尋　旁《かたわ》らに古より寸尋《すんじん》なく
一上戞牛斗　一たび上れば　牛斗《ぎゅうと》を戞《かっ》す
公卿縦不憐　公卿　縦《たと》え憐《あわれ》まずも
寧能鎖吾口　寧《むし》ろ能《よ》く吾が口を鎖《とざ》さん

中華五嶽の一つ太華山に、陳商をたとえる。李賀の性はいったん相手をもちあげたとなると、音も劇《はげ》しくたとえるのである。

太華山、高きこと五千仞。大地をつんざくように森厳秀麗な姿をあらわして地上に抽んでている。古より一寸一尋たりと変らず、一たびその山をきわめれば、牽牛《けんぎゅう》南斗《なんと》の星に、カッとぶつかるほどだ。

陳商は、凄凄たる風貌から、一挙に森秀たる大山に変容している。さらに口をきわめてこういう。公卿たち、つまり官僚知識階級のものたちが、たとえこの太華山のぬきんでた森秀ぶりをほめたたえなくとも、彼等はけっして私のほめたたえる口までは鎖すことはできないと。この俺がお前をいいというのだから折紙つきだと自分の人を見る目を誇るとともに陳商を励ましているのだ。

青陽に皺だつ陳商にたいして、たいへんな激賞であり、皺も伸びてしまうような光のあてかたをしているのだが、李賀は、韓愈のように社会の道理の側にたたず、官僚たちの目のなさに真向から目をむき、牙をだして、陳商を庇護しているのだ。韓愈のように忠告などをあたえないのである。「なんぞ能く吾が口を鎖さんや」の語気は、まさに当時の官僚社会そのものを一人で敵にまわしているかのようである。「二十にして心朽つ」といった時、李賀はそれこそ暗い釜の底から、もっとも瞳らんらんと睨みかえしている時なのだ。この詩を貰った陳商は、自分を賛えている部分を読んでいてさえも、李賀のぎらぎらした精力の輝きが、のりうつってくるのを感じたであろう。

李生師太華　　李生《りせい》は太華を師とし
大坐看白晝　　大坐《たいざ》して白昼に看《み》る
逢霜作樸樕　　霜に逢えば樸樕《ぼくそ》と作《な》り
得氣爲春柳　　気を得ては春柳《しゅんりゅう》と為《な》る

李賀は、「なんぞ能く吾が口を鎖さんや」と興奮したあと、それを鎮静するようにまた自分に戻って語りだす。自分の乗り移った陳商から、自分をひきもどし、たんたんと語りだすのである。

私こと李生は、堂々たる太華山の森秀を師としていると。つまり陳商を師としていると。そして太華山の容姿を、どっかと大坐して、白昼に仰ぎみると。しかし、いじけてしまった私の精神は、霜に打たれれば、小さなろくでなしの木のようになって凋み、すこしでも明るい陽光がさしこむと、春柳となって勇躍としてしまう、そんな節操のなさだと、自嘲しているのである。「二十にして心已に朽つ」と高らかに宣言した言葉も、ここではまたぐらつきはじめているのである。というより、心を朽つといえたものこそが、なお希望に燃えているからいえるのだ、ともいえないことはない。

禮節乃相去　　礼節　すなわち相い去り
顦顇如芻狗　　顦顇《しょうすい》　芻狗《すうく》の如し
風雪直齋壇　　風雪　斎壇《さいだん》に直《ちょく》し
墨組貫銅綬　　墨組《ぼくそ》　銅綬《どうじゅ》を貫く

臣妾氣態間　臣妾《しんしょう》　気態《きたい》の間
唯欲承箕箒　唯《ただ》欲す　箕箒《きそう》を承らんと
天眼何時開　天眼　何時《いつ》か開かん
古劍庸一吼　古剣　庸《も》って一吼《いっこう》せん

いま進士を目指して、不遇に苦しんでいる陳商をみながら、すでにその科挙当落運不運にさえ見離されている李賀は、自分の日常の勤務を思いだすのだ。いま李賀は、奉礼郎という低位の儀式官である。その日常は、礼節などというものからかえって離れていくばかりであり、藁で作った犬ころのようなもので、みじめたらしい存在だと、その自嘲の呟きは深まっていくのである。風雪の日も、斎壇を守るために宿直し、墨色のくすぶった紐で銅綬をぶらさげている下っ葉役人のこの俺は、ただただだらけ糞気味に、無気力に、掃除をやってのける、奴隷のような態度で、日常はすぎていくのである。

陳商にむかって、お前のいうような古代の理想としての礼節などは、ひとつもありはしないのだといっているようであり、同時にこんな風にならないでほしいとでもいっているようだが、しかし、ふと進士拒否の事件が頭をかすめるや、心は激騰して、こんな臣妾のような生活をだれが送りたくて送っているものかと、怒りがこみあげてくるのである。

天眼　何時か開かん
古剣　庸って一吼せん

この殺気は、「二十にして心已に朽つ」という言葉と、どのように結びつきあっているのか。

四

「天眼　何時か開かん　古剣　庸《も》って　一吼せん」の詩句にみられる李賀の殺気のからくりは、つぎの「開愁歌」、「愁を開くの歌」をみることによって、さらに確認、追認できるような気がするのだ。あの殺気には、不可思議なる自己慰撫の響きを感じてならないのである。慰めが殺気でありうるのか。しかも「二十にして心已に朽ちたり」という可能性への断絶語句にさえも、私は慰さめを感じる。ここにはどのような李賀の内部でおこっている心理の機略があるのか。李賀に、奉礼郎の職を断念させ、長安を退去させるためにも、追認して、捺印を附しておかねばならない。

秋風吹地百草乾
華容碧影生晩寒
我当二十不得意
一心愁謝如枯蘭

秋風　地を吹けば　百草乾けり
華容《かよう》の碧影《へきえい》　晩寒《ばんかん》を生ず
我　二十に当りて　得意ならず
一心愁謝《しゅうしゃ》して　枯蘭《こらん》のごとし

「字義通りとれば、元和五年（八一〇）ということになる」という風に、この詩の年代は推定されているが、わかったものではない。むしろ「贈陳商」などと同じく、奉礼郎の在職中の作であるとさえ思っている。奉礼郎も晩期の心境に通うものがあるのではないかとさえ思えるのである。ただ、この詩題には「華下作」または「花下作」という附記があるのだが、「花下作」とあるのは詩意にそわずとして却下するならば華山の麓での詩作ということになり、これは長安—洛陽の間にある名山であり、そこまで足を伸した時の作ということになる。しかし詩作の時期の確定は、この詩の内容からでは不可能であり、長安に在職中、華山まで旅した時の作か。あるいは、奉礼郎を退任し、いったん郷里へ帰り、またみたび就職運動のために洛陽と長安の間を旅していた時の作かとむしろ推量できるのだが、「二十に当って」といっているからといって、進士の受験を断念させられ、故郷へ帰る途中の作とはいいきれないのである。

この詩から、挫折の悶絶に一種の熟せる経過を感じるからであり、この詩から感じとれる殺気にも、トウカイし、慣れあった殺気・いわば熟した殺気を覚えるからである。このような手練、悶絶や殺気までも手練化することは、とつぜん可能性を遮断された時には、その余裕をもたないのである。人間の生命力のしつこさというものは、可能への道に土砂を落された時でさえも、その精神のどこかに無傷の地帯を作っておくものであり、この無傷地帯がある故に、じたばたするものであり、この呪うべきゾーンは、土砂を瞬間かぶった時は、決してありうるとは思えないのであり、むしろ白痴の状態におかれると思うのだが、しばらくして無傷の地帯を発見した時、その地帯こそが、苦痛の循環へ旅をはじめる契機となるのである。この苦痛に耐えるには、苦痛の手練化しかないのである。

「秋風　地を吹けば　百草乾けり」「華容の碧影　晩寒を生ず」の句には、病者特有の生理感覚を詩句化しているのをみないわけにはいかないのだ。

華山のそびえる平原に、秋風が吹き荒れている。秋風といえば、熱風を想定することはできない。だがその寒冷の風と想われる秋風が、平原を一吹きすれば、その風の吹きわたる一帯に生えている草木が、たちまちその水分を吸いあげられ、ことごとく乾きあがってしまうという暴力的な想念は、いったいどこから生まれるのか。

それは、どう考えても李賀の肉体の状態に求めなければ、どうにも処置のできないものなのだ。私は、病理学的に李賀の詩を考察する野望はないし、私の手にあまることだ。ただ彼の詩を肉体に帰さなければ、どうにもならぬ詩があるのである。

熱風ではなく、むしろ寒風であるはずの秋風が、物象を乾燥させてしまうような力があるとすれば、物象の側で乾燥するだけの状態が用意されていなければならないはずだ。この場合、平原によこたわる草木の群が、熱して勃々と濡れた生気をもっていなければならない。いや熱することが飽和に達するような状態に置かれていなければならない。熱病の状態でなければならない。秋風が、熱風という変体をとらずに、秋風の正体でなおありえて、しかも百草を乾かすには、百草のほうで変体になっていなければならないのである。そして百草も変体でありえないとしたら、百草を変体に置きかえる等値の存在を、どこかにさがし求めなければならない。

そうだとすると、草木と同じ位置に立って秋風を受けることのできる存在は、李賀しかいないわけである。草木の群の状態を自分の肉体の状態と同一視できるのは、李賀しかいないのだ。ただ一人の個有の肉体しかないのである。万象は、その人その人の視覚によって、その見る人の数だけ変りうるのだとすれば、つまり暴力を受けうるのだとすれば、この場合、草木の姿は、なにも一般性のマントを身にかぶせることもないわけであり、熱した李賀の肉体から発する眼の働きの結果だとすれば、草木も熱している存在でありうるのである。

おそらくこの詩の位置にあった李賀の生理は、熱の攻撃を受けていて、秋風によって、一思いにからからになってしまうことを欲していたのだと思う。ただ、この暴力的な欲望の目は、節度というものを知らない。秋風によって熱がほどよく中和するようにもっていく制御の体勢を忘れてしまっているのであって、かえって熱を体にもつ不快を、秋風によって沸騰、頂上化してしまうのであって、熱からは脱せれても、熱のなれの果ての状態に自分を置いてしまうのである。

そして「秋風　地を吹けば　百草乾く」という猛速効性にこそ、これまでもみてきたように、李賀の生命の衰弱の足音をきくのである。李賀の風景への暴力的な殴りこみは、生命への危機感から生じているのだ。彼の天才が、そうさせているというより、彼の肉体の細胞が、そのような想念の活動を命じているのである。

次の句の「華容の碧影　晩寒を生ず」の句も、前の句と同じように、病いの生理からの感覚の声とみなすことができるだろう。熱が極点に近づけば、寒気と混在しあってくる。これは対立の位置におかれるものの掟であり、生理現象も例外ではないというより、生理現象こそが、その掟を発見させてくれる出発になったのだと思うのだが、この句では、乾く生理の目の正体が、「晩寒」たる生理の想念につながるものであったことが、あきらかになっている。李賀の追いつめられた生理によって、百草は一瞬にして乾かされてしまったのだが、華山の碧影に包まれた風姿も、寒々とした気分の欝を宿すものに変体化されている。華山の碧影が晩寒なのではない。李賀の肉体が晩寒なのである。この二句に、私は李賀の肉体の衰えの足どりを聴くというのはまさにそのことにほかならないのだ。

　だが、このような肉体の衰亡を風景への眼差しの中に曝けだした李賀は、慌てるように生命の回復を図ろうとする。この時の李賀のとる形式は、一定の路順をたどるようになっていて、それはつづく二句が、よくその路順を示してくれる。つまり、その生命力の回復法とは、人間ごとに戻すことである。すなわち対社会的な憤懣の自分に戻すことである。

「我れ二十に当りて得意ならず」と言うセリフがそれである。挫折を意丈高に承認することが、肉体の衰えを、精神の力で対症する際の最大の方法として選ばれるのである。肉体の挫折が、社会の挫折とぶつかりあわせることによって、なんとか自分を地に立たせようとするのである。これをさして、私は殺伐たる自己慰撫ともみるのだし、手練の綱渡りとも考えるのである。

　二十にしてだめになったという対社会意識は、いったん開始されると、いよいよ泥まみれ糞まみれになって、一種の余裕さえもって、転りこんでいくのである。「衣は飛鶉の如く　馬は狗の如し」になるのだ。

　衣は飛ぶ鶉《うずら》、馬は狗とはなんという比喩であろう。もちろんこのような比喩のありかたは、李賀の独壇場にみえてそうでもない。荀子《じゅんし》の大略篇に「衣は懸けたる鶉のごとし」というのがあり、後漢書には諺にあるとして、「車は雞棲《けいせい》の如く、馬は狗《いぬ》の如し」とあるのだが、これらをみても、比喩のもつ恣意的暴力性を感じず、むしろ整然たるものを感じるのだが、李賀が詩句の中に、これらを拾いあげる時、もはやなにかやけ糞な感じが、凄絶なまでに浮びあがってくるのである。この句では、自分を比喩することを避けている。自分の持物を他のなにかみじめたらしいものにふりかえている。自分の衣裳を、不細工で醜い飛んでいる鶉の鳥に、自分の持馬を小さな汚い犬ころにたとえている。動物が動物にたとえられるのだが、そのことによって自分を他にふりかえないことによって、ますますみじめな自分をさらすにいたるのである。

　このような自分そのものを比喩の対象からさえとりのぞいて、その附髄する所有物へ比喩を押しつけてしまうというような頑迷な自己嫌悪が極点化する前に、「一心愁謝枯蘭の如し」といい、自分の全精神は、愁いに犯されて、枯れしぼんだ蘭の花のようだなどとかっこのよいことを言っていた経過をもつのであって、そういう自己を飾った崩壊感覚は「衣は飛鶉の如く　馬は狗の如し」と一瞬のうちに、腐臭の塵芥の穴底へ、自ら蹴落してしまう。この移り気な変節のスピードにもまた李賀の衰弱による爆破的精力をみなければならないだろう。そうだ。自分を物以下におとしめた李賀は、さらに次にはどのような行動をとるかを見なければならない。

衣如飛鶉馬如狗　　衣は飛鶉《ひじゅん》の如く馬は狗《いぬ》の如し
臨岐撃剣生銅吼　　岐《き》に臨みて剣を撃てば　銅吼《どうこう》生ず
旗亭下馬解秋衣　　旗亭《きてい》に下馬し秋衣《しゅうい》を解き
請貰宜陽一壺酒　　請貰《せいせい》す　宜陽《ぎよう》の一壺の酒

馬にのっていても狗にのっているような気分になり、着ているものも、鶉のような貧弱なものにみえ、比喩の逆攻撃を受けて自分を見すぼらしいまでに沈没させていた李賀の荒残たる姿は、なにもかもどうでもいいようになって、意志を発動することを放棄しはじめている。

　狗同然の馬にのって、岐路にさしかかる。どちらの路を行くかに迷うというより、もうどちらでもよくなっている。どちらでもよいというのも困ったもので、それではめんどうだから動かないというのも、めんどうになっているので、剣を地面にどんと叩きつける。すると銅が吼えるような唸りをあげる。

　しかしこの銅吼をきくということは、ある地上的な感覚を呼び戻すはじめになるともいえるのだ。「吼える」を認識した時、感覚への耽溺への筋道へ案内されかかるのである。酒亭の前で、ためらいもなく、馬をおりるのである。自分の馬を狗とののしったばかりの、その馬をここではきちっと馬とのべなおしている。酒を飲むことは、彼の肉体を危くするものであり、それに溺れることは、それだけで頽廃につながるようだが、この頽廃は、李賀にとってむしろ健全なる道への復帰を意味するものなのである。頽廃の行為ほど、人間ったらしいものはないからだ。

彼は着ているものを脱いで、質にする。金がないので、質代りにして、酒を飲もうというのである。このような自堕落ぶりは、きわめて健全なのであり、「秋風　地を吹いて　百草乾く」という死の予感からむしろ自分を鈍くすることにつながる。それは、地上的人間ごとの口惜しさに自分を導いていくのである。口惜しければ口惜しいだけ、死の予感に煙幕がはられていくのであり、酒は、李賀の健全たることの従僕になるのである。

酒を飲むのはよし、それならどの酒をか。どんな酒でもよさそうなものだが、李賀はここで選択という判断をつい働かせてしまうのであって、「宜陽の一壺の酒」と注文する。

宜陽とは、李賀の生誕の地である。故郷の酒を所望してしまうわけであり、ますます李賀は、世間事をとりもどしてしまうのだ。故郷の名こそ李賀の口惜しさとつながるものだからである。故郷がなければ、これほどまでに苦しむこともなかったとさえいえるものだからだ。それはいらだちを呼び戻すものではあるが、「秋風　地を吹けば　百草乾く」などという生理感覚を働かせるよりは、はるかに李賀を死から生にひきもどすのである。

壺中喚天雲不開
白晝萬里閑凄迷
主人勸我養心骨
莫受俗物相塡豗

壺中《こちゅう》　天を喚《よ》ぶも雲開かず
白昼　万里　閑《かん》として凄迷《せいめい》たり
主人　我に勧む　心骨を養え
俗物の相塡豗《あいてんかい》するを受くる莫《なか》れ

宜陽の酒壺が、李賀の前へだされる。酔っぱらった李賀は、壺の中にむかって、天をよびつけるが、天からはなんの返答もかえってこない。壺の中の天の雲は、叫ぶ前と同じままである。壺を中国では一つの天と見立てることがあるが、壺にむかって叫ぶなどというこの狂気じみてみえる所作も、典故を踏んでいるとみてもかまうまい。

故郷の酒が、彼の不遇感を喚起し、その尻のもって行き場を、天にさしむけるのだが、ここでは、天は、李賀を受けいれないものとして、登場している。天は、つねに天への不信として、李賀の場合はあらわれる。そこで「贈陳商」の終聯の二句、「天眼　何時か開かん　古剣庸って一吼せん」を想いだしてみる必要がある。

「天眼　何時か開かん」と「壺中　天を喚ぶも　雲開かず」は、どうちがっているのかということだ。この二つは、一つの連続の中にある。「雲開かず」とは、「天眼」が開かないことである。「天眼何時か開かん」は、かなり殺気にみちていて、天をも圧殺しようとするかの気迫があるが、この気迫はなんの期待もしていない上にたっての気迫なのである。そうだとすると無駄玉の殺気であることがわかる。一方、「壺中　天を喚ぶも　雲開かず」は、無駄骨だと知りながら、無駄骨を折ってみて、しかも天眼を不信に思う殺気の延長上にたって、無駄骨を折り、そして無駄骨の報酬をうるのである。ということは、この二つの怒号と行為は、くるくるまわる不信の輪にすぎないことであり、このしようのなさをなんで殺気などをもってやるのかという問題がおこってくるのである。

それは、李賀の精神の運動は、負へつねに働く反復性に特長があるからであり、この反復性が彼の生命の維持につながるならば、反復の輪を永遠にまわしつづけねばならず、そのためには、しばしば天眼への不信を叩きつけて、死の予想への前傾姿勢を、世間ごとへの痛恨に逆流させなければならないのである。殺気などという体力の消耗をなんで体弱の李賀が発しなければならないか、殺気をもって輪をまわしつづけねばならぬ彼の生きるかたちがあるのである。だから李賀のしばしば発する殺気は、つねに正に働くことのない殺気であり、かろうじて生命を持続させることにしか役に立たぬ殺気なのである。まさに真剣なる八百長ともいうべき殺気なのである。そして、その無効なる殺気を発して逆流を開始したところで、すぐ背中合せに、「白昼　万里　閑として淒迷たり」といった衰弱した肉体の目がみた虚無がはりあわせになって、世間事の痛恨に逆流していくのだから、死の影と生の影との間になんの距離の開きも生じないのである。

だが、つい死の影をみてしまうと、李賀の精神の機能は、すぐに警鐘を鳴らすようにできていて、ただちに俗事へつれもどし、その痛恨をふり払うか、痛恨に浸るかの身ぶりを選択させる。選択といっても、結局はどちらでもおなじことなのだが、この詩の場合は、愁いを開かんという無駄骨を架すのであって、酒亭の親爺に、奇妙にして陳腐な慰さめかたをさせるのである。「心骨を養え」などといわせる。「俗物どもにいいようにされるな」などと忠告させたりするのである。これはなんという無駄骨の忠告であり、翻って自分へのいいきかせであろうか。

「二十にして心已に朽つ」という認識をもったばかりに、李賀は、死の影にいさぎよく抱かれてしまうこともできず、この言葉でさえも、天眼の欠如を叱責する自己慰撫性と、とどのつまりは同じことになってしまうのである。認識がそのまま八百長となり、八百長を悪循環させせなければ、生きることができなくなるのである。こうなってくると、李賀を追いつめる死の影は、まさしく死の影なのにもかかわらず、その死の影さえも八百長くさくなっていくのである。

　しかしながら、死の影さえ八百長化しながらも、やはり死の影は、李賀の肉体上に着々と蝕んでくるのであり、怨恨の奉礼郎の官位をさえ返上しなければならない時がやってくる。官位を棄てるということは、世間ごととしての怨恨の拠り所を一つ失うことである。怨恨の種は尽きないにしても、なにか一片の魂魄が剝げ落ちたような、そのことによってその肉体を薄くしてしまった李賀を感じるのである。

　元和九年の春、李賀は、長安をでた。この時の作と思われるものが二作ある。「出城寄権璩楊敬之」「出城別張又新酬李漢」である。李賀が、長安に別れをつげた時、友人たちと、どのような送別をかわしたかはしらない。のこされた詩から判断すれば、権璩、楊敬之、張又新、李漢の四人は、確実に送別していることになる。しかし、一人の人間がある土地を去るにあたって、その知友たちにはそれぞれによって、その人との別れかたがとりどりであるように、この場合も、一所に友人たちが集合して、さよならを言ったわけでもあるまい。

　また「出城寄権璩楊敬之」は四行であり、「出城別張又新酬李漢」は五十行に及ぶ長詩であり、詩作もその場でなされたものかどうかは怪しい。詩の社交性から推断すれば、一つの約束のもとになされたものに思えるのだ。たとえば、即興の約束でなされる場合もあるだろうし、約束だけで後送される場合もあるだろう。送別の臨場感が、どれだけその詩にあらわれているかは疑ってかからねばなるまい。ただそれらの詩は、どのような過程をえようとも、李賀の呟きがそこにあるなら、その呟きそのものが、李賀の長安を去るにあたっての感慨をなんらかの意味で告白するものであるだろうし、その呟きのありかたが、李賀との交友の度合をはかる尺度に、いささかなりともならぬとはかぎらない。まず「出城寄権璩楊敬之」からみていこう。

草暖雲昏萬里春　　草暖く　雲昏《くら》く　万里は春
宮花拂面送行人　　宮花　面を払い　行人を送る
自言漢劍當飛去　　自ら言う　漢剣　当《まさ》に飛び去るべし
何事還車載病身　　何事ぞ　還車《かんしゃ》に病身を載す

　李賀はつねに病者であったと思うのだが、この旅立ちの日もあきらかに病者であったと思われるのだ。それはこの詩の終句に「何事ぞ還車に病身を載す」といっているから、そういうのではない。「草暖く　雲昏く　万里は春」という句は、あきらかに病者李賀の感覚だと思うからだ。

その出発の日は、天候の悪い日ではなかった。「万里は春」であった。春も春らしい日であった。だから「草暖かに」は、「万里は春」に対応している句である。だが「草暖かに」は、病者個有の体温感覚の研ぎすましから、生まれている詩句である。おそらく草に触っているはずはないのだが、わざわざ手を伸して触っているはずはないのだが、李賀の肉体は「暖」ということに敏活になっている状態にあったのだと思う。体温が「暖」に敏活であるなら、李賀の物象への目も、「暖」に敏活でなければなるまい。そういう風景の中へわが肉体の状態をもちこむのが、李賀のやりかたである。また「雲昏く」にも、病者の肉体の反応を感じる。べつにその日は、雲だけが、暗雲であったとは思えないのだが、雲が白雲であっても、暗い重いものとして彼の肉体は感じとるようになっていたのだと思う。もちろん、この「雲昏く」に、李賀が、象徴を賭けていたのかもしれない。天候が、李賀の心身の結ばれない憂の状態に反して「万里の春」であったのだが、その心身の欝を託すものとして「雲昏く」であったかもしれない。この一行はよくできた名句であり、草は暖く「万里は春」と感じとれる状態へ歯向うように、同時にかぶさるように感じる肉体の暗さをそのままあらわしたもののようにもとれるのである。肉体と心の欝が、物を見る目を忠実に支配しているのである。

万里が春の外気は、李賀の心の欝を対比的に快に切りかえさせないのだが、そのようなことはおかまいなしに、宮城の、というより長安の花が、面を払うように、目の前に散ってきて、それが長安を去り故郷へ帰る旅人へのはなむけである。

この時、突如、吹きだしあげてくるようないたたまれない激情に駆られる。こういう激憤がつきあげてくる時、人はふつういったいその激情の源はなんであるのか、言葉をなかなか見つけあぐむのであるが、李賀がその激情の奔りに対して納得を見いだした言葉は、俺はこのような欝とした状態はたまらぬことだということであり、「漢剣、まさに飛び去るべし」の自分であったはずだということである。典故に、武庫が炎上した時、一本の名剣だけが、屋根をつき破って飛びさったというのがあるが、それほどに長安にでてきた自分は意気軒高としていなければならなかったのだという思いに胸がかきむしられてくるのである。

だから、病身を横たえて、故郷へのこのこと引きさがることは、「何事ぞ」の怒りにかられるのである。李賀の生涯を予備知識としてもっている読者は、この怒りのこみあげが、どこにその鉾先を向けていいかわからぬ、それゆえ切迫した怒りのこみあげであると、詩句をふくらませてみることができるのだ。

「漢剣まさに飛び去るべし」とか「何事ぞ還車に病身を載す」という李賀のほざきは、「万里は春」の風景の中へ酷薄に溶けこんでいくのである。

五

李賀を見送った権璩、楊敬之は、ともに元和二年進士科に及第している。李商隠は、「ともに游《あそ》ぶ所の者、王参元、楊敬之、権璩、崔植の輩と密に為《な》し、毎日、日出づれば諸公ともに游《あそ》ぶ」といっている。四人のうち崔植をのぞいては、みな元和二年の進士であり、同年の結合がなされ、友人関係にあったことがわかる。李賀は、そういう元和二年の進士たちとまるごとつきあっていて、うまがあっていたことがわかる。しかも、李賀の姉は、王氏に嫁いでいたのであり、その王氏が、王参元もしくはその血縁につながるものであったとするなら、李賀と王参元の関係はそのような血縁の中から生まれたのかもしれない。楊敬之や権璩とのつながりも、そういうところから芋づるのように結びついていったのかもしれない。しかしなぜか、王参元への詩が李賀には一首もなく、一応この送別にもくわわっているように思われないのは、たまたま彼が長安を離れていたためというより、血縁の関係にあるので省かれていたのかもしれない。

「何事ぞ　還車に病身を載す」という李賀の苦しい言葉に身を傾けねばならない位置にあった権璩や楊敬之たちは、その後どのように生きていったであろうと、ふと思うのだが、二人はともに、李賀の死後、「牛李《ぎゅうり》の朋党」にまきこまれていった。彼等は、名門の子として、順調な道をたどっていくのだが、まもなく李逢吉《りほうきつ》・李宗閔《りそうびん》・牛僧孺《ぎゅうそうじゅ》らの党と李徳裕《りとくゆう》・李紳《りしん》・元稹《げんじん》の党が相対立して政争を繰りかえしていた時、そのどちらかにつくかをきめることが、彼等の官界での運命を決定したともいえた。

権璩、楊敬之は、李宗閔の庇護を受ける。璩の父権徳輿は、その門生七十人といわれた。彼が礼部侍郎の時、貢挙に合格したものが門生というわけであるが、唐書の楊嗣復《ようしふく》伝によると、「嗣復と牛僧孺、李宗閔皆《みな》、権徳輿の貢挙門生、情誼相得《じょうぎあいえ》て、取舎《しゅしゃ》進退、多く之《これ》に同じくす」とあり、彼等が権力を振いだしたころ、座主の権徳輿は宰相の位置をとうに降っていたが、李宗閔は、座主への恩義から子の権璩を監察御史から中書舎人にひきあげたのである。楊敬之もまたのちに宰相ともなる楊嗣復の一族であり、当然、李宗閔につながった。

権璩は、中書舎人の時、「時に李訓《りくん》、寵を挟《たの》み、周易《しゅうえき》博士を以て翰林《かんりん》にあり。舎人の高元裕《こうげんゆう》、給事中の鄭粛《ていしゅく》、韓佽《かんし》等とともに章を連ねて訓を劾《がい》す。傾覆陰巧《けいふくいんこう》、且つ国を乱し、禁中に出入すること宜しからずと。聴かず。乃《すなわ》ち宗閔、璩を貶《へん》すること屡《しばし》ば、弁解するも、閬《ろう》州刺史に貶さる」（唐書）。太和八年（八三四）のことである。李賀が死んでから十七年はたっている。文宗は権璩の母が病であることから同情したが、結局自らが璩たちの弾劾を却下したわけであり、訴えられた李訓は、容赦なく誅した。唐書は璩をつぎのように評す。「禍福を明かにするも、大体、能《よ》くその家を継ぐ」と。李宗閔は、この時、弁護したわけだが、これはちょうど李賀と韓愈との関係にも似ていて、まさに事が起ってしまってはどうにもならなかったわけであり、党領李宗閔の政争の犠牲になったのだともいえた。

楊敬之もまたこの政争にまきこまれている。宰相世系表によると、敬之は、凌《りょう》の子である。凌は、李宗閔らと結託附利した楊嗣復の父於陵《おりょう》とは兄弟の関係にあるから、従弟同志ということになる。特に同門の楊虞卿は、李宗閔とは、「骨肉の如く」であり、選挙には不正を働き、一門はことごとく登第した。楊敬之は宗閔の勢力を握りはじめる以前の進士だから、不正によって合格したとは思えないが、楊一族の羽振りが、彼の出世になんら関係がなかったとはいえない。おそらく太和九年、李宗閔が、御史の獄に下った楊虞卿を救おうとして文宗の怒りを買い、明州の刺史に貶された時、敬之も連坐したのかもしれない。しかし、楊敬之は、韓愈に「草山賦」を激賞されたりなどして詩名があったためか、文宗の好みが儒術に向った時、国子祭酒にひきあげられ、ついには工部尚書の地位にまで昇っている。権璩よりは幸運の生涯を終えた。

王参元はどうしたか。事蹟がのこっていないのでわからないが、その血縁にある王茂元《おうもげん》は、李宗閔に相対立する李徳裕側であったから、王参元は、かつての同年の仲間たちと袂をわかっていたとも考えられるが、そうだったと一概に断定することはできない。同年の結合は、血縁よりも濃いことがある。

さらに故郷へ帰る李賀を送った友人たちの中に、「出城別張又新酬李漢」の張又新、李漢の二人がいるわけだが、彼等もまた等しく、牛李の朋党の争いにまきこまれていった。

別れにあたって、詩を応酬しあった李漢は韓愈の女婿であり、李賀が長安に戻って、しぶしぶ奉礼郎の官位に即いた元和七年の春、彼は進士に及第しているという因縁浅からぬの状況の中で二人は結びついていた。送別のさい、李賀に贈った彼の詩はのこされていないが、因縁浅からぬ故にどのような内容の詩を贈ったのか興味がもたれるほどだ。彼はのちに吏部侍郎にまでのぼったが、太和九年、楊虞卿の獄のさい、坐して汾《ふん》州の刺史に貶されている。「楊虞卿・李漢・蕭澣《しょうかん》、朋党の首たり。虞卿を虔《けん》州の司戸《しこ》に、漢を汾州の司馬に、澣を遂《すい》州の司馬に貶す」（資治通鑑）という詔が下っているところをみると、李漢は李宗閔の党にあって、かなりの位置にあったとみてよい。

張又新もまた李宗閔の党に加担していた。元和九年の進士である。李賀が、奉礼郎を辞し、長安を去ろうとしている時、韋貫之《いかんし》の下で状元及第している。第一位で進士に抜擢されているのである。この送別の時、彼は合格の喜びの中にいたかもしれない。李漢、張又新ともに李賀にとっては、恨めしい存在であったと思われもするのだが、彼等はともに李賀に近づいていた。張又新は、李賀の親友張徹《ちょうてつ》とつながっていたかもしれない。張徹は、韓愈の姪を妻としていたし、李漢は、愈の女婿であるから、そうなると李漢と張徹は親戚関係になるのであり、二人が連れ立って李賀を送っているのも不思議ではない。

李賀の友人たちの中で、この張又新の性格が一番きわだっているように思える。彼は李宗閔より李逢吉に接近した。諂《へつら》って逢吉の「鷹犬《ようけん》」となり、「八関十六子《はっかんじゅうろくし》」の一と目され、憎まれていた。逢吉の貶謫とともに左遷されるのだが、こんどは、敵の党たる李訓に寵愛され、寝返って刑部郎中になるが、李訓の死とともにふたたび貶され、左司郎中に終った。歴史書にあって、張又新の評判は悪く、「事を諂《へつら》う」とか「性は邪に傾く」とか言われ、「善く詩を為すも、才を恃みて多く轔藉《りんしゃ》」とも、その行動は「淫蕩」とも、いわれた。詩は十七篇残されているが、彼の一筋縄ならぬ性格は、それらからもうかがうことができる。

李賀は、これらの友人に送られて、ともかく長安を退去するのだが、もし李賀が、みじめなあの運命の待伏せを喰わなかったとしたなら、やはり牛李の朋党にまきこまれていたかもしれない。

一般に牛李朋党の発端は、元和三年の制科策試に、皇《こう》甫湜《ほしょく》、牛僧孺、李宗閔が、時政の失を陳述し、李吉甫《りきっぽ》を地団駄踏ませて口惜しがらせたところからはじまるといわれている。李吉甫の息子が李徳裕であるから親子二代にわたってその宿怨は続いたわけである。皇甫湜は、李賀とすでに知己にあったし、彼の友人たちの多くが、この李宗閔の党にくみしたように、彼もまたこの党にはいって惨胆たる政争にまきこまれることになったかもしれない。

ともかく「出城別張又新酬李漢」をみてみる。ここにまた、別れるにあたっての李賀の心情の動きをみることができるだろう。

李子別上國　　李子　上国に別る
南山崆峒春　　南山　崆峒《こうどう》の春
不聞今夕鼓　　聞かず　今夕の鼓《つづみ》
差慰煎情人　　差《や》や慰さむ　煎情《せんじょう》の人

李子は、李賀のこと。この私が都を去る時、終南山の巌洞の奥にまでも、春がいきわたっていた。夕べの官鼓の音をもう聞かないですむと思うと、この情を煎り焦しているこの私は、やや心を慰さめるのだ。

「崆峒」という辞句が気にかかる。「南山　崆峒の春」の崆峒はどう解くべきか。「出城寄権璩楊敬之」でもそうであったが、その出城の日は、「万里は春」であった。李賀の無念の心情にそぐわぬほどに、外気は春めいていたのである。去るにあたって李賀は、南山を見る。長安の都から、南山の姿は、大陸の澄明な空気をつらぬいて、素通しに見えたのだと思うが、その日はきわめて快天であったと思われるから、南山はもっと手近かに見えたであろう。しかし、その山の中にある崆峒までは、見えなかったはずである。

しかし李賀には、見えるのである。崆峒が見えるのである。見ないではいられないのである。崆峒は、空洞でもある。それは暗い穴であり、峰嶺の厳しい岩肌の中に抜けた洞窟である。それをこれまで李賀は、山を登ってみたことがあったのかもしれない。遠くを見晴かす眼が突然、望遠レンズを接眼したように、記憶の幻を交錯させて山中の崆峒の部分を索るのである。その際、春の明るさへの嫉妬から、どうしても自分の心にふさわしい暗い崆峒でなければならなかったのだが、記憶の幻は彼を裏切ってそこさえも春の日射しを浴びていたのである。だが、都を去る李賀の心の空洞は、たとえ明るい空洞であっても、空洞は空洞として残る。残さないではおかないのだろうか。

「聞かず　今夕の鼓」は、どう解くべきか。この鼓は、都で朝夕を人々に報知する太鼓の音である。この太鼓の音は、いつも人間の寿命を切りきざむもののように李賀には思えたのであり、生命の衰えを予覚していた李賀にとって、この太鼓の音は、身を切るような、つらい、恐怖の音であった。しかし、長安をでてしまうのだからこれで、太鼓の音を聞くこともなく、身が縮こまることもあるまいとほっとするのである。そう思うと、情を焼きたてているような、いらだっている自分を、すこしは慰さめるというのである。

ほんとうか、という気もする。負け惜しみをいっているのではないかという気もする。それは、煎情の人でない颯颯たる人として、長安の官界で活躍していたかったのだという大前提が、李賀の心情にあることを知っているからであり、結局そうはいかず、これまで煎情の人として長安に生きていたわけであり、たとえ情を煎ることが、長安を去ることによって、軽くなったとしても、煎情そのものは全廃するはずはないのだし、病気も軽くなるわけはないと思え、むしろ煎情が軽減したと思うことにより、より煎情の音は激しくなるのではないかと危ぶまれるほどなのである。

趙壹賦命薄　　趙壹《ちょういつ》　賦命《ふめい》薄く
馬卿家業貧　　馬卿《ばけい》　家業貧し
郷書何所報　　郷書《きょうしょ》　何の報ずる所ぞ
紫蕨生石雲　　紫蕨《しけつ》　石雲《せきうん》に生ずと

つづいて、李賀は、漢の趙壹と司馬相如にわが身をたとえてみる。趙壹には賦命の薄きを、相如には、家の貧しきを。

後漢書文苑伝では趙壹は、「才を恃んで倨傲《きょごう》、郷党の擯《ひん》する所と為《な》る」と評されている。李賀は、趙壹の中に自分の鏡をみているわけだが、それでは自らを「才を恃んで倨傲」と承認していたのか。趙壹に対する彼の知識は、「後漢書」などにも負うところあったはずだが、それとも「仕えて郡吏に過ぎず」というところにのみ類を求めたのだろうか。「河清恃むべからず　人命延ぶべからず　文籍満腹と雖《いえど》も　一嚢《いちのう》の銭にしかず　此の賦命薄きなり」という趙壹の感慨に共鳴したのであろうか、彼の詩賦は怨憤をふくみがちなのだが、そこに自分を重ねたのであろうか。司馬相如には才能を抱きながら家の貧しきことに類を李賀は求めている。

かくして賦命にして、貧困を覆うこともできずに、すごすごと病身をかかえて、故郷へ李賀は帰るのだが、ちょうど故郷から手紙がきていて、それには雲のたなびいている山中の石のあたりに紫の蕨が生えたという報せである。「故郷へ帰る」という彼の手紙に対する家のものの返事がそのようなものであったのか、それとも帰ることを知らずによこした手紙であったのか。いづれにしても、つらい手紙の内容なのである。激しいなまの言葉よりも、言葉によるなにげない日常的な映像の提出が、人を傷つけることがある。李賀は、昌谷の石ころの転る山中の、手に触れんばかりに湧き流れている雲のあたりに、紫の蕨が生えているさまを、まざまざと想い浮べることができたであろうし、その切りとったような風景は、確実に帰ろうとする李賀を傷つけるのである。喜びを伝えるようなこの風景は、故郷の家族たちの息づかいそのものであったからである。

長安玉桂國　　長安　玉桂《ぎょっけい》の国
戟帶披侯門　　戟帯《げきたい》　侯門《こうもん》を披《ひら》き
慘陰地自光　　惨陰《さんいん》　地　自《おのずか》ら光り
寶馬踏曉昏　　宝馬《ほうば》　暁昏《ぎょうこん》を踏む

「玉桂の国」というのは、故事を踏んでいる。「楚国の食は、玉よりも貴く、薪は、桂よりも貴し」という「戦国策」にある蘇秦《そしん》の言葉を踏まえていて、生活の物価が高いことを言っている。「長安　玉桂の国」と、華やかないいかたをしているが、実際はその逆である。漢語の面白さといわねばならない。生馬の肝を抜くような酷悪な土地だといっているのであり、諸侯の門前には階級をあらわす衣幡の戟が乱立している。いつなにが起るかわからない、そんな気配がたちこめている。長安の街路は、惨陰と地光りしており、宝玉を飾った馬が、朝な夕なにその地光りする荷道を踏み断くのである。

臘春戲草苑　　臘春《ろうしゅん》　草苑に戯れ
玉輓鳴𨏴轔　　玉　輓《ぎょくばん》　鳴って𨏴轔《いんりん》
綠網縋金鈴　　緑　網《りょくもう》　金鈴《きんれい》を縋《つる》し
霞卷淸池漘　　霞巻《かかん》　清池の漘《ほとり》

十二月からすでに春めいて、人々は草苑に戯れている。玉飾りの車馬が、いんいん、りんりんと駈けている。金鈴をつるした緑の網を、清池のほとりにかけて、ごそっと雲の湧くように魚を捕獲する。そんな長安の風景を旅立つにあたって想いだす。今は春なのに、十二月がでてくることは、長安はもう過去としてみなそうとしているのだ。

開貫瀉蚨母　　貫を開きて　蚨母《ふぼ》を瀉《うつ》し
買氷防夏蠅　　氷を買って　夏蠅《かよう》を防ぐ

時宜裂大披　時宜　大披《たいひ》を裂き
剣客車盤茵　剣客　車に茵《しとね》を盤《わだかま》らす

銭ざしをざらざらとほどいて、蚨母のたかってくるように、金の取引がおこなわれている。蚨母というのは、南方産の蟬のような虫で、その子をおとりにつかえば、母虫がよってくる習性があり、金が金を生むたとえである。大きな商取引が、長安の都で行われているというのだ。そういう都だから、夏に氷を買って、蠅を追い払うというような大尽もでてくる。公子は賓客を宿泊させるため布を裂いて大きな蒲団をつくったりし、泊りきれないほどに賢士の遊学が多い。剣客の車馬の中には、柔かいしとねがひかれている。当時の長安の賑いと風景がつらねられているのだが、李賀がこれらの賑いにたいしどのような反応をもってみていたかが次の四句である。

小人如死灰　小人　死灰の如く
心切生秋榛　心切《せつ》に秋榛《しゅうしん》を生ず
皇圖跨四海　皇図《こうと》は四海に跨《またが》り
百姓拖長紳　百姓《ひゃくせい》　長紳《ちょうしん》を拖《ひ》く

もちろん、李賀はやりきれないのだ。高位高官や、ふんぞりかえった剣客の豪勢な羽振りをみるたびに、李賀は、小人の如く身は縮まり死の灰のようにみすぼらしい気持ちになってしまう。心は切々と、秋の榛《はり》につき刺されたような気持ちになる。いままさに唐帝国は四海を一跨ぎせんとの雄図を描き、並みいる百官は、長い帯をひきずって参画しようとしており、唐の実態は、もはや混乱をきたしていたのだが、それでも、彼等から距離のあるところにいる李賀には、なにか華麗にみえるのであり、心は痛むのである。

光明靄不發　光明　靄《あい》として発せず
腰龜徒甃銀　腰亀《ようき》　いたずらに甃銀《しゅうぎん》
吾將譟禮樂　吾まさに礼楽を譟《そう》にし
聲調摩清新　声調　清新に摩《ま》せんとす
欲使十千歳　十千歳をして
帝道如飛神　帝道　飛神《ひしん》の如く
華實自蒼老　華実《かじつ》　自《おのずか》ら蒼老《そうろう》
流來長傾盆　流れ来ってつねに盆を傾けしめんと欲す

それらの派手なありさまをみて、小人の死灰の如く縮こまり、やたら心傷《きずつ》いていた李賀も、ここではむっくりとおきあがっている。彼等がいかに長紳をひいて皇図の四海に跨るに列せんとしても、光明は藹藹とかすんで発せず、腰につるした亀の印綬もいたずらに銀を結んでいるにすぎないと。伊達もいいところだと痛撃する。

そして李賀はこう考えたというのである。いま必要なのは、礼楽なのだと。礼楽をさかんに主張し、よどんだ声調を清新にしようと。千年も万年も、帝道を飛神のごとくし、名実ともに蒼老不朽なものとし、とどまることなく流れるように盆を傾け続けさせようと考えるのであるが、

没没暗齰舌　　没没《ぼつぼつ》　暗に舌を齰《か》む
涕血不敢論　　涕血《ていけつ》　敢《あえ》て論ぜず

こんな理想を抱いたとて、なんにもならないのだ、とまた落胆するのである。そういうことを言うだけの地位に自分はないというのである。没没と縮こまり、暗に舌を噛んで、口惜しさをおさえているより他はない。血の涙を流しながらも、決して口を開くことはできないでいるのだという。王琦《おうき》は、「言、すでにすでに人の擠《しりぞ》くところとなり、もし再び口を開いて論説せば、さらに忌と嫉に遭い、故に計りてただ一たび去るあるのみ」と解釈しているが、考えすぎだろう。李賀は、すでに論説するだけの位置になく、いくら自論をもっていてもただ血の涙を流して、押し黙っているよりほかはないということであろう。かくして、李賀は、情を煎りながらこの長安を去るというのである。

今將下東道　　今　将《まさ》に東道に下らんとす
祭酒而別秦　　酒を祭りて秦に別る
六郡無勦兒　　六郡《りくぐん》　勦児《そうじ》なし
長刀誰拭塵　　長刀　誰か塵を拭《ぬぐ》はむ
地埋陽無正　　地は埋《うず》む　陽　無正《ぶせい》
快馬逐服轅　　快馬　服轅《ふくえん》を逐《お》う

「没役　暗に　舌を齰む」「涕血　敢て　論ぜず」の語調は、激しいが、鈍い。「自ら言う　漢剣　まさに飛び去るべし」「何事ぞ　還車に病身を載す」と「出城権璩楊敬之」で悲鳴をあげた、そういう殺気というものはなく、舌を齰むというように、李漢と張又新の前では、暗欝に自制している。

東道に下るというのは、長安から洛陽への路をとるということであり、故郷の昌谷は洛陽を通過するのだから、郷里へ帰ろうとすることである。「酒を祭りて秦に別る」、の「祭酒」は、道祖神を祭って、道中の安全を祈ること

である。「古者の出行《たびだち》、必ず祖道の祭りあり、土を封じ山を為《つく》り、象《かたど》るに菩《ぼ》芻棘柏《すうきょくはく》を以て神主となし、酒脯《しゅほ》して祈り告ぐ。既に祭り、車を以てこれを轢《ひ》いて去る」と王琦の注は「毛詩正義」をひいているが、旅行安全のおまじないである。「秦に別る」の秦は、長安のことである。だがいよいよ都を出立するにあたって、いささか李賀は、愚痴っぽくなっているようだ。かなり、これまでも愚痴っぽく、長安をののしり、治政をそしり、風俗を指弾し、自らの不遇を言ったはずなのに、なおも追加するのだ。「六郡に勦児《そうじ》なし」。この六郡とは、隴西《ろうせい》、天水《てんすい》、安定、北地、上郡、西河《せいか》で、漢代にはこの六郡の良家の勇捷なる健児を集めて軍団をつくったというが、そんなものは当世にはいない。長刀の塵払いをしてくれるものも、だからいない。この長刀は、だれの長刀か。李賀のか。旅立つ李賀の護衛としての健児たちが、彼の長刀を拭うのか。そうではなく、健児自身になりたいのが、李賀なのである。長刀の塵を拭いたいのが、李賀なのである。ここでは健児そのものを志願しているというより、そういう人材登用の機会としての健児であり、そういうこともなくなった今の世を嘆いていることになるのだ。長安では鬱々として志をえなかったことを言っている。

「地理陽無正」。呉汝綸《ごじょりん》は、地理の理を「埋」としている。「陽無正」は、周の孫陽《そんよう》と郵無正《ゆうぶせい》のことであり、ともに馬を相する名人であり、とすると、孫陽や郵無正のような人を見る目のある人間が地に埋められてしまって、いまの世には、見る目のないものばかりだ、という李賀の愚痴につながる言葉だということがわかる。それゆえ、せっかくの快馬も、柁棒《かじぼう》をひっぱった駄馬になりさがっているというのが、「快馬逐服轅」である。現代の私たちには、李賀の愚痴がトウカイにすぎて、解りにくいところもある。もっとも、故事の使用は、最初からトウカイの目的をもっていることもあるのであり、愚痴を隠しこむ絶好の詩法でもあった。だが、詩はこれで愚痴を終える。

二子美年少　　二子《じし》　美なる年少
調道講清渾　　道を調するに清渾《せいこん》を講ず
譏笑斷冬夜　　譏笑《きしょう》　冬夜に断ち
家庭疎篠穿　　家庭　疎篠《そしょうが》穿つ

ようやく李漢と張又新にむかいあったいいかたをする。李賀の詩は、饒舌からふと気がついたような唐突な転換をする。

にわかに二人は、立派な青年だとほめそやす。道のなんたるかを講究し、物の清濁を弁別しようとしているとおだてあげたりする。私たちはこれまで夜っぴいて、譏《そし》りあい笑いあったものだ、こんなことも、今で終りになるだろうというのである。冬夜とあるのは、おかしいだろうという説もあるが、おかしいとは思えない。なぜなら、王琦がいうように、「首聯に已《すで》に春字を用い、ここに至りて又冬夜を用い、下聯に又秋月を用い、雑乱ここに至る。ことさらに解くべからず」だからである。夏という字も「夏蝿」として用いられているのであり、雑乱してしまったというより、李賀は意識的なつかいかたをしていると想われるのであり、これまでの長安生活をはや過去とみなし、いろいろと語ってきたのだから、そこに春夏秋冬が存在していてもおかしくないのであり、徐《じょ》渭《い》［文長］のいうように、「春夏秋冬四時の感を備う」のである。李漢たちと譏笑しあったのは、冬夜とはかぎらないのだが、全体の構成として、冬夜としたのである。そして不意に、友人たちとの別れの連鎖反応から、故郷の庭が想いだされる。庭の地面から篠竹がにょきりと生えているさまを想いだすのである。

曙風起四方　　曙風《しょふう》　四方に起り
秋月當東懸　　秋月　東に当りて懸る
賦詩面投擲　　詩を賦して　面《まのあたり》に投擲《とうてき》す
悲哉不遇人　　悲しき哉《かな》　不遇の人
此別定沾臆　　この別れ　定めて臆《むね》を沾《うるお》さん
越布先裁巾　　越布《えつふ》　まず巾《きん》を裁《た》つ

ここでまたすぐこの日までの長安生活を思いだす。曙の風が、四方から起り、空をみれば、秋の月が、東にかちっと当るように懸っている。李賀は、こういう風景をみて、感慨を催し詩をつくり、しかしそのつくった詩を、まのあたりに投擲したりした。

投擲とはなにごとかと思うのだが、愁の心をもって詩を作るしかない自分が哀れにも腹だたしくもなってくるからであり、投擲するより他はなかったのだ。「面に投擲す」という表現には、日ごろ李賀の中にわだかまっていた感情がこもっている。しかし投擲されても、いっさいがそんなことで解消されるわけではなく、かえって、もやもやしていたわだかまりの細部が分析されてきて、つらくなるというものであり、「悲しき哉　不遇の人」と自ら呟くという、そんな恥さらしをあえてしなければならなくなるのである。「悲しき哉　不遇の人」などと、他人が言ってくれるならいざしらず、自ら言ってしまったことに、やはり李賀は羞恥を覚えるのであり、ふたたび二子にむきなおる。この別れは、きっと胸のおくまでも涙で、びしょびしょにしてしまうだろうと。「悲しき哉　不遇の人」というめくような声のもらしに、その臆面のなさに、いくぶん李賀は含羞の気味があり、二人と別れるのがつらいという方向に、あわてて話を運んでいく。

「越布　まず巾《きん》を裁つ」という言葉は、含羞のあらわれであり、いささかの冗談めかしに転化されている。二子との別れにあたって、そのつらさで涙がでると思ったので、前もって越布を裁って作ったハンカチを用意していたのだと。このラストの一行が、冗談で飾られているのをみるのは、私にはつらい。冗談といっても冗談ではなく、自らの臆面のなさへの含羞とそれをあわて隠すしぐさとして出てきたものであり、この冗談によって、李賀の「悲しき哉　不遇の人」という断腸の叫びは、いよいよ露頭したのだともいえるのである。

李賀は、なぜ李漢、張又新の前では、含羞してしまったのであろうか。権璩、楊敬之の前では、あのように臆面もなく、長安を去るにあたって、悲鳴をあげることができたのに、李漢たちの前では、いったん「悲しき哉　不遇の人」と言っておきながら、その言葉にてれて、急に冗談にまぎれこませようとしている。二人との別れはつらく、わが胸は涙でくしゃくしゃだといっておきながら、でもね、ハンカチ用意してきたから平気の平左というのは、あまりにも自分を茶化しすぎてはいないか。あるいは、李漢、張又新が、権璩、楊敬之ほどには肝胆相照らす仲ではなかったことに気づき、「悲しき哉　不遇の人」などと言ってしまっては相手が戸惑うのではないかと、あわてて相手の心を思んばかって、本音に冗談の粉をかけなおしたのであろうか。

もともと李賀は、自分の悲愁にたいし、臆面のない人なのだ。悲愁を内に蔵《しま》いこんでいられない人なのだ。たとえ内に蔵いこんでもそれをつき破ってしまうような悲愁の痛みをもっていたともいえ、もともといつまでも隠しこんではおけないのであり、抑えれば抑えるほど、いつかは爆発することの予感を他人にあたえるような抑えかたしかできない人だったのだ。李漢、張又新は、李賀に、本音を冗談めかさせるそんなていどの交友であったのかもしれない。李漢は、元和七年の進士、張又新は元和九年の進士。李賀が事件に足をすくわれたのは、元和五年。「二子は美年少」とも言っているように、二人の年齢は李賀にくらべて、いくばくのちがいもなかったと推定されるが、李賀の気持としては、後輩たちという思いこみが、心の底のどこかにひそんでいたであろうと思う。彼等の間でとりかわされた「譏笑」は、同等の笑いというより、李賀の後輩意識の中で、彼等の先輩の意識の中でのとりかわしであったような気がする。

その後輩たちという意識が、「没没　暗に舌を齰む」「涕血　敢て論ぜず」まではよかったにしても、「悲しき哉不遇の人」と堂々と言ってしまったことには、なんらかの撤回すべき処置を命じたのではあるまいか。そこで、ハンカチとなったのではあるまいか。

いづれにしても、李賀は、長安を去り、上国に別れを告げ、紫蕨の石雲の生じ、庭には疎篠の穿たれているという像の浮んだ、昌谷へ帰っていくことになるのだ。だが、故郷へ帰っても、家業の貧しさが待っているだけである。それはもうわかりきっている。病身を昌谷の野にさまよわせるしかないはずだ。「詩を賦して　面《まのあたり》に投擲す」というやりきれない長安での衝動を、昌谷ではじっとおさえることができるというのか。ともかく李賀は、奉礼郎の官を辞し、不遇の人、煎情の人としての自己確認を胸に抱きこんで、春めきたつ、「万里は春」の、陽光にまばゆい長安の都を去っていくのである。同情して集ってきた友人たちも、李賀にたいしてはなにもしてやれなかった。彼に「不遇の人」と自己承認されることは、あてつけとも思われるほどに友人たちにとってつらいことであったかもしれない。

別れにあたって、にくにくしいほど李賀はいっさいの諦念にとりつかれていない。そのことは、李賀の衰えた生命になお余勢をのこすものとして、見守ることができる。情はなお、煎り焦げているのだから。「不遇の人」と自ら音たてて言っているかぎり、まだ李賀は余喘をのこしている。

霧に蔵るる豹

一

友人たちに見送られながら、元和九年の春、病身を車馬に横たえ、長安の都を李賀は去ったのだが、その旅中の心境は、「春帰昌谷［春昌谷に帰る］」に見ることができる。

束髪方讀書　　束髪　方《まさ》に読書
謀身苦不早　　身を謀ること早からざるを苦しむ

この詩は、五十二行にわたる長い詩であるが、読みかたとしては、最初の二行を寸断して、そこに籠められた感慨を、後に長蛇する詩行へかぶせ読みしていったほうがよいような気がする。

「束髪して大学に就く」という言葉があるが、成童にしてようやく読書をはじめたというのは、なにかしら不思議な李賀の告白をきくような気がする。それは、幼にして李賀はすでにしたたかの才能を発揮したという先入の観念があるからである。「唐書」の「七才にして辞章を能《よ》くす」というのをそのまま信じないにしても、かなりの早熟を割引きしつつも想定しないわけにはいかないだろう。だからこの「束髪まさに読書」という言葉はにわかに信じがたい。

この言葉は、早熟なる慧敏をもって誇った李賀の口惜しさからでた言葉に思えてならないのである。そういう慧敏さが、なんにもならなかった、むしろ裏目にでたことの腹だたしさが、このように言わせたのではないか。読書を開始したのが、つまり、受験勉強としての四書の読書が、髪を束ねあげるころであること、いわば普通であること、そういう読書によって身を謀ることが遅すぎた、そのためにこのような苦しみを味っているのだといっているようだ。

それとも幼にして慧悟の才を示し人を驚かせていたの

は、まさに詩才であって、受験勉強としての四書の学問は、まさに束髪の年頃になってからであり、この勉強をもっと早くし、通俗な人間になることの修業をし、世を処す術にたけていたならば、進士の試にもたやすく合格し、だれの嫉妬も受けることなく、官吏の道をまっしぐらに進むことができたとでも言おうとしているのか。いづれにしても、病身を車馬に揺らせながら、故郷へ向う途中の口惜しさを伴った感慨であることにはかわりないのだが。李賀は帰郷の途次において、ひたすら自分の生きかたの出発を悔んでいるのである。

終軍未乗傳　終軍《しゅうぐん》　いまだ伝に乗らず
顔子鬢先老　顔子《がんし》　鬢《びん》　まず老ゆ
天網信崇大　天網　信《まこと》に崇大《すうだい》なるも
矯士常慅慅　矯士《きょうし》　常に慅慅《そうそう》

その悔みは、身を謀りきれなかったことへの悔みは、若くして名をあげた終軍と顔子を後に想いださせた。終軍は、十八才の時、長安にでて、漢の武帝に上書を呈出した。武帝は、その文を異として、彼を抜擢し、謁者《えっしゃ》給事中《きゅうじちゅう》とし、彼は郡国への使者として活躍する。「いまだ伝に乗らず」の伝は、使者の乗る車のことで、李賀は終軍のように伝車を走らせる身分になっていないというのである。顔子は、孔子の高弟である顔回《がんかい》のことで、二十九才で白髪、三十一才で夭死したとされている。つまり李賀は終軍のように出世することはなかったが、顔子のように髪からまず老いはじめたというのだ。終軍や顔回に自分を比べていることに、李賀の自負をみるのだが、彼等と等しい部分は、終軍の出世ではなく、顔回の白髪であり、早死することへの不吉なおびえにおいてであったのである。

「天網　信に崇大」、つまり人材をひろいあげる天の網は、終軍を受けいれたように実に崇大なはずだが、自分のような処世を知らぬ矯矯たる強直の士は、その網目からも洩れつねに慅慅、労労としていなければならない。この句も、なにかいつもの李賀らしくない。いつもなら、天の網を、崇大などとはいうはずはないのだ。天の不公平を言い、その節穴の目を攻撃するであろう。ここで、自らを「矯士」と言っているが、これは自己批評であり、天の網にすくいとられないのは、この矯士たるゆえんなのだと思いこもうとしていて、なにかけなげな心境になっている。自分の不運は、自らの性格のうちにありと思いこむような気配をみせている。

逸目駢甘華　逸目《いつもく》　甘華《かんか》を駢《なら》ぶも
羈心如荼蓼　羈心《きしん》　荼蓼《とりょう》のごとし
旱雲二三月　旱雲《かんうん》　二三月
岑崟相顛倒　岑崟《しんしゅう》　相《あ》い顛倒《てんとう》す

旅中の食事などで、自分の放逸した目には、どのように甘華なる美味を並べられても駄目でうつろであり、この旅の心では、なにを食べても、にがなやたでのように苦々しいものであった。いま、旅の空には二三月の旱雲《ひでりぐも》がでていて、それらにとりかこまれた山嶽のさまは、ひっくりがえったようであった。この状景の写象の中にも、「興」があるのであって、なにをみても苦々しい彼の羈心と旱雲の中に顛倒してみえる山の姿はよく映っているのである。

誰掲赬玉盤　誰か赬玉《ていぎょく》の盤を掲げるや
東方發紅照　東方に紅照《こうしょう》を発せり
春熱張鶴蓋　春熱《しゅんねつ》に鶴蓋《かくがい》を張れば
兎目官槐小　兎目《ともく》の官槐《かんかい》は小なり

李賀の詩を、「鉄網珊瑚《さんご》のごとく、初めて碧《みど》りの海を離れ、日に映えて澄鮮《ちょうせん》たり」のスタイルだといったのは方世挙《ほうせいきょ》［扶南］だが、その彼はこの詩を、「この篇の章法の大端は、杜《と》の北征における法を窃《ぬす》むに似る」とも評している。私にはどうして杜甫《とほ》の「北征」に似ているかわからない。かえって黎二樵《れいじしょう》の「此の篇の章法甚《はなは》だ老」という評に同意するものだ。呉正子《ごせいし》の注に、宋の「雪浪斎《せつろうさい》日記」からの引用として、「旱雲二三月以下甚だ奇麗、少陵《しょうりょう》未だ必ずしもこれを喜ばざらん、退之《たいし》の如きは、必ずこれを嗜《この》むなり」とあり、評判は悪いのだが、杜甫なら絶対、このような「奇麗」さに落ちないというのである。韓愈ならこの詩を喜ぶだろうと、いささかあてつけがましい。そもそも杜甫と比較するほうがまちがっているのだが、また別口からいうなら、杜甫をもちださないではいられないものが、李賀の詩にはあったということであろう。

もし杜甫の「北征」に似ているところがあったとしても、この「奇麗」さは、杜甫の荘重さを破るものとして、こんどはその似ないことが否定されてしまうのである。「雪浪斎日記」の著者が、なぜこの詩に杜甫を想いだしたのかわからないが、すくなくともこの詩の章法に杜甫を感じたからであろう。たしかに杜甫の北征は、「鴟鳥《しちょう》黄桑《こうそう》に鳴く　野鼠《やそ》乱穴《らんけつ》に拱《きょう》す　夜深くして戦場を経れば　寒月　白骨を照らす」といった陰欝重厚な筆調で全篇が貫ぬかれている。李賀の詩のように、にわかに色彩の焰光をあげて狂騰することはない。

だが、この奇麗なる狂騰こそ、李賀の詩に一貫するリズムなのであり、この奇麗にこそ李賀の傷痕が塗りこめられているのである。

「だれだ、赤い玉の盆を空にささげあげたのは！」と李賀は叫ぶ。旅の車の中から、東の空の彼方に、紅色に照り輝く太陽が発しているのをみたからである。李賀の叫びは、自然の驚異をみてのそれではない。その紅い太陽は、それをみている李賀そのものであったのである。

街道は、春熱に煮えくりかえっており、李賀は、鶴の飛ぶような白の蓋《きぬがさ》を車に張った。槐《えんじゅ》の樹の芽が、兎のような目を吹きだしている官道を、長吉を載せた馬車は、走るのである。

思焦面如病　思《おもい》は焦《こ》げ　面《おもて》は病めるが如し
嘗膽腸似絞　胆《きも》を嘗《な》めて　腸《はらわた》　絞るに似る
京國心爛漫　京国《けいこく》の心　爛漫として
夜夢歸家少　夜夢《やむ》　家に帰ること少《まれ》なり

この四句で、長安の生活をふりかえっているのである。思いはじりじりと焦げ、その顔といったら病めるごとくであったという。心は胆《きも》をなめるように苦々しく、腸を絞るような毎日であったという。

だが、「面は病める如し」というのは、どういうものだろう。李賀は、はじめから病者であったはずであり、まるで長安時代は病者でなかったようないいかたをしているので、私は面喰ってしまっているのだ。あるいは、李賀は最初さして病気ではなかったのかもしれない。病いは侵行していても、肉体の上に症状として表面化していなく、本人にもしばらく自覚さえなかったのかもしれない。李賀の詩はことごとくといってよいほどに病いに屈し、病者の感覚を物象へむかいあわせているのだが、彼にはまるで自覚症状がなかったとも考えられないこともない。

それ故に、「面は病めるが如く」といったのかとも思えるのだが、この詩が、病によって官を辞し、昌谷へ帰った時点の作であることを否定してみないかぎり、すでに「何事ぞ　還車　病身を載す」などといっているのだから、この詩と近接しているはずであり、あまりにも空々しいということになる。鈴木虎雄は、「李長吉歌詩集」の註で、「何れの年かわからぬが」としているが、こういう空々しい比喩があるので、奉礼郎を辞したあと昌谷に帰った時の作としなかったのであろうか、とも思われるが、そもそも鈴木虎雄は、死ぬまで奉礼郎の地位にいたという説なのだから、「面は病めるが如く」の比喩のありかたに疑問をもったからとは思えない。

　ただこの奇なる比喩は、李賀の屈曲した心理を反射しているのではあるまいか。そう思えないこともないのだ。なにがなんでも奇なる比喩を用いたかったのではないか。李賀が病者であるという先入観があるから、奇なる比喩と首をかしげるのであって、そういう思いこみのないものにとっては、「思は焦げて、面は病めるが如く」の句はそのままはいってくるものだが、私には、反射的に自分を病人と思いたくない李賀が、ことさらに「病めるが如く」と自らの姿を比喩の姿にすりかえてしまったように推量したくなる、そんな欲望にとらえられるのである。この詩句は、きわめて自得の気味の濃いものであり、「面は病めるが如く」というからには、そこに鏡がなければならない言葉なのだ。焦げた思いを抱いて、鏡に向っていなければならないのである。実際に鏡をみた、みないはべつとして、鏡に向った自己判断の言葉なのである。そこにまさしく焦げた思念とつれそうように病んだ顔があっても、彼の口惜しさは「病める如く」と言いそらしてしまったように思えてならないのだ。その焦げた思いは、「胆を嘗む」という辛酸に耐えることから生じているのであり、それは腸を絞るような屈辱への耐えであったというのだが、これは大仰な言葉というより、李賀にとってはまだ言いたりないというじりじりした感じさえある。

　このような思いに焦げる長安の生活で、心は、爛《ただ》れきってしまったというのが、「京国の心　爛漫たり」である。この爛れた惨惨たる生活では「夜夢　家へ帰ること少なり」ということになってしまったと李賀はつぶやく。この「少なり」はどのていどをさしているか知らないが、「題帰夢」なる詩もあり、その他にも故郷を夢みる詩があり、むしろ多くみたといえるのである。ここにも彼のそうした心をみる。詩のはずみでそうなったといえるかもしれないが、この「少なり」にも、「病めるが如く」と通じる匙加減を覚え、一層、彼のつらさが伝導してくるのだ。

發軔東門外　　軔《じん》を発す　東門の外
天地皆浩浩　　天地　皆《み》な浩浩《こうこう》たり
青樹驪山頭　　青樹　驪山《りざん》の頭《とう》
花風滿秦道　　花風　秦道《しんどう》に満ちたり

　ともあれ、京国の心、爛漫たりと、いったん告白し、胸中のわだかまりを吐きだしたかにみえる、そのあとの旅の心は、急に靖々と開かれたようになっている。槐《えんじゅ》並木の官道を抜けて、長安城の東門を出発すると、目には天地がことごとく浩浩と拡ってみえる。驪山のあたりまでやってくると、その山頭には青樹が茂り、花を吹きちらす風が、長安から洛陽につながる街道に満ち満ちている。

宮臺光錯落　宮台《きゅうだい》に　光《ひか》り錯落《さくらく》し
装畫遍峯嶠　装画　峯嶠《ほうきょう》に遍《あまね》し
細綠及團紅　細緑《さいりょく》及び団紅《だんこう》は
當路雜啼笑　当路に啼笑《ていしょう》を雑《まじ》える

驪山には、華清宮がある。その宮殿や集霊《しゅうれい》台、按歌《あんか》台、舞馬《ぶば》台の建築群に、光が錯落とふり落ちている。嶮《けわ》しい山峯にも遍ねく光は斑爛《はんらん》していて、それは一幅の装画のようである。路には、細い緑の葉葉の群《むらが》りとひとかたまりになって咲く紅の花とが雑りあっていて、そのさまは啼笑しているようだ。啼《な》き笑いしているようだという。

光を通して、李賀は風景をみているのではない。光そのものをみているのである。これでは火傷してしまうのではあるまいか。光そのものをみることは、火傷することではないか。李賀の風景への目は、光を素手《すで》摑《づか》みしようとしているのである。「光錯落」の風景は、李賀の生命を、つまり剥きだしの心臓を、もろに握りしめているような危さを予覚させるのである。李賀は、長安の東門に靫を発し、浩浩たる天地を吸いこんで、自らの欝を解き放ったのだが、この開かれた目は、たまたま明るい故に、より李賀を本源的に追いつめているのだともいえ、それは「啼笑を雑える」世界へ、かえって自らが曝されたという始末にもなっていたのである。

香氣下高廣　香気　高広《こうこう》より下り
鞍馬正華耀　鞍馬　正に華耀《かよう》
獨乗鷄棲車　独り鶏棲車《けいせいしゃ》に乗り
自覺少風調　自《おのずか》ら風調《ふうちょう》の少なきを覚ゆ

事実、その啼笑の確認が、路傍の草花にみたというその感興にとどまらず、自らへの啼笑ともなってさっそくに逆戻りしてきているのだ。

郊原の高く広い台地から、香気が吹きおりてくるのを感じたのである。見ると、そこには鞍を置いた馬が、華耀として群れをなしていたのである。もちろん、その馬には人が乗っていたのであり、李賀の浩浩とした気分は、たちまちに破れてしまうのである。姚文燮《ようぶんしょう》は、その昭耀たる鞍馬の主たちは「志を得るの輩」だといいきる。丘《きゅう》象升《しょうしょう》は「愁苦の中に人の艶致《えんち》たるを見て、その愁いを益《ま》す」と李賀の心の動きを道破する。

その通りなのであって、比較するものをみつけてしまった李賀は、「独り　鶏棲車に乗り　自ら風調の少なきを覚ゆ」のである。彼等の昭耀たる馬をみて、自分の病身をのせた車馬は鶏小屋のように貧弱で、まるで風流なところがないと自嘲気味にいうのである。比較すべきものをみつけることに、李賀の肉体は鋭敏になっていて、しばしの平穏も、一瞬のうちに崩れ去る。見るということは、針の山を登りつめることのようになっている。しかし見ることこそが、見て見まくることこそが李賀の生甲斐になっているからには、目隠ししてすむわけにはいかないのであり、心も肉体も血みどろになってしまっているのだ。比喩は、まさに彼にとって地獄を見ることになっていたのだ。

心曲語形影　　心曲《しんきょく》　形影《けいえい》に語る
祇身焉足樂　　ただ、身　焉《いず》くんぞ楽しむに足らん
豈能脱負擔　　豈《あ》に能《よ》く負担を脱せん
刻鵠曾無兆　　刻鵠《こくこく》　かつて兆《きざし》なし

心曲は、心中の委曲。わが身にむかって心曲のかぎりを語りかけるのだが、ただわが身ひとつでは苦しみを受けとめるのが精一杯で、どうして楽しみを享受する余裕があろうか。苦しさを増すばかりだ。どうして肩にのしかかる重荷をおろすことができようかと、愁嘆を転じて悲鳴となり、李賀の隠れた本音にその語調は近くなってきている。「刻鵠」は後漢書の馬援《ばえん》の故事をひいていて、つまり「鵠を刻して成らざるも、尚、鶩《ぼく》に類す」の「鵠を刻す」からきていて、人に効《なら》うことを覚えれば鵠を彫刻しそこなっても、鶩《あひる》くらいにはなる、かなりの成果をあげることができることを言っているのだが、その兆しさえ自分にはないと李賀はいよいよ沈んでいくのである。努力ではどうにもならぬところにいたというのだ。

幽幽太華側　　幽幽たり　太華《たいか》の側《かたわら》
老柏如建纛　　老柏《ろうはく》　建纛《けんどう》の如し
龍皮相排戛　　龍皮《りゅうひ》　相《あ》い排戛《はいかつ》し
翠羽更蕩掉　　翠羽《すいう》　更に蕩掉《とうとう》

そうこうしているうちに、帰郷の旅は、ひっそり黒ずんでいる太華山のあたりまで進んでいる。老樹の柏が、軍中の旌旗《せいき》のごとく直立して並んでいるが、その龍鱗の

樹皮がぶつかりあうように風でカッカッと鳴り、その翠羽の緑葉が、トウトウと揺れ動いている。

駆趨委憔悴　駆趨《くすう》　憔悴に委《まか》せ
眺覧強笑貌　眺覧《ちょうらん》　笑貌《しょうぼう》を強いる
花蔓閡行輈　花蔓《かまん》　行輈《こうしゅう》を閡《さまた》げ
穀煙暝深徼　穀煙《こくえん》　深徼《しんきょう》に暝《くら》し

その柏並木の街道を、李賀は、憔悴した身を横たえたまま、貧弱な車馬を疾駆させるのである。だが「眺覧笑貌を強いる」は、どう解釈すべきであるか。斎藤晌は、「いそがしい旅路をあせって、やつれしおたれていても、こういう景色を眺めていると、無理にでも笑顔になってくる」と解き、鈴木虎雄は「わたしは憔悴（やつれる）した姿のまま車をはやく駆けさせ、あたりの景色をみるにつれ無理にも容貌をひきたたせる」と解く。葉葱奇《しょうそうき》は「行路はもともと辛苦を伴い、歓びのすくないものであるが、しかし優美な風景を眺望すると、顔に笑顔を浮ばせないわけにはいかない」であり、王琦《おうき》もやや同じであって「駆馳趨走、実に憔悴に委ね、眺覧の中、好景に忽《たちま》ち遇えば、心目開爽となって、ついに笑貌をなすを強いる」となる。曽益《そうえき》の注は「駆趨は車を駆って趨《おもむ》くこと。憔悴に委ねては、不遇。昌谷に帰りて眺覧し、即ち前《さき》に山川を歴す。笑貌を強いるは、強いて懼《おそ》れ、以て自解す」となる。

私が、これらの訳解に不満なのは、李賀のひきつる心を見抜いていないことにある。旅次の風景が、憔悴している李賀の心目を、たちまちに開爽とさせ、心を晴々とさせ、思わず笑顔をつくらざるをえないという解釈には、とくについていけない。ただ曽益は、「強」の語句に注目し、その中に「懼れ」を見ているのはよい。姚文燮は「景色、真に賞悦に堪え、ついに強いて愁容を変じ笑貌となす」と言っているが、風景が、愁容をあらためさせたなどと考えることはできない。この笑貌は、ケイレンしているのである。むしろ旅の風景は、李賀を脅かしているのである。姚文燮の他の個所での言葉に代えるなら、「撃目驚心」なのである。風景は、彼の目を撃ち、心を驚懼させてくるものなのである。「眺覧　笑貌を強いる」の詩行は、風景をみるたびに、かえって自らを脅かされることになる、そのことに李賀は苦々しいひきつった笑いを浮べるのであって、そのひきつりをまた彼は感じとるのであり、だから愁容を変ずるどころかむごたらしいさまをかえってみせているというべきなのである。

たしかに李賀は、憂さの解放を風景の中に求めはした。

だがこれまでいちどだって、風景に自分を忘れさせてもらったことはなかった。かならず、したたかに鞭をもって追い返されて、彼の傷はかえって深まったのだが、それにもかかわらずなお李賀は風景に向ったのであり、ここでは、その眺覧が、またまた自分の傷口を襲ってくることに、そんなことはわかっているはずなのに、やはりそうなってしまったことに歪んだ哄笑の顔を意識的に作ってみせたのである。花の草むらにさえ、「啼笑」をみてしまう男ではないか。やすやすと開目爽快になるような男ではない。もちろんこれは私の自解にすぎないが、多くの註には素直に受けいれることはできないのである。

　当時の街道はどのていどに整備されていたのかわからないが、蔓草《つるくさ》が、花のある蔓が、旅を駆る車の轅《ながえ》にからみついてきて、進むのを妨げたりする。前方の路には、うす絹をひろげたような白い霧煙りが、遠く深くかかっていて、瞑瞑として、もののみわけがつかなくなっている。この中を、憔悴の李賀をのせた馬車は、行きなやみつつ進んでいくのである。行きなやむたびに、李賀は、自分の行きなやんだ人生をかぶせて、笑貌をつくってひとり歪んでみたかもしれない。

少健無所就　　少健　就《な》る所なし
入門愧家老　　入門　家老に愧《は》ず
聴講依大樹　　講を聴きて大樹に依り
観書臨曲沼　　書を観《よ》みて曲沼《きょくしょう》に臨む

　この句から以下では、すでに旅は終り、昌谷の家にいる。「少健　就る所なし　入門　家老に愧ず」。ここでは、殊勝にかしこまっている李賀をみる。少健であるべき自分は、なにひとつ成就することもなく、わが家の門をくぐって帰ってきて、ひたすらに年老いた母に愧じいるばかりだというのである。

　帰ってきてからは、大樹によりかかって、お経の講を聴いたり、曲がりくねった沼のほとりで、書を読んだりの、ひっそりした生活を送っているのである。

知非出柙虎　　柙《おり》を出《い》ずる虎に非ざるを知り
甘作藏霧豹　　霧に蔵《かく》るる豹と作《な》るに甘んず
韓鳥處繒繳　　韓鳥《かんちょう》　繒繳《そうしゃく》に処《お》り
湘鯈在籠罩　　湘鯈《しょうゆう》　籠罩《ろうとう》に在り

　自分はもう柙《おり》から跳びだした虎ではない、という。束縛から解かれ、虎のように天地に奮飛する条件はすでに絶たれてしまったというのである。そういうことがいやというほどわかったというのである。霧の中にかくれた豹であることに甘んじようとする決心を告げているのである。

虎ではないといっても豹ではあるわけで、李賀の鼻っ柱の強さをいぜんと見るのだが、この「霧に蔵るる豹」も、故事を踏んでいるのである。南山の玄豹《げんぴょう》が、霧の中に七日隠れて山を下りることはなかった。それはなぜかというと、「以てその毛を沢《つややかに》し、文章《あや》を成さんと欲し」たからである。これは「列女伝」にあるのだが、ここで李賀の言おうとしていることは、虎になって官界で活躍する道がふさがれた以上、故郷に引きこもり、文章の道のみを強く志すしかなくなった、そのことに甘んずるより他はなくなったということを、なお傲慢さを残しつつ言懐しているのである。

「韓鳥　繒繳に処り」「湘鯈　籠罩に在り」の二句は、長安時代の自分の姿をのべている。繒繳は、射ぐるみのこと。矢に縄を結んだ捕鳥器である。理不尽にも射ぐるみに捕えられ、飛ぶことのできなくなった自分を鳥にたとえているのである。籠罩は、魚とりの、細竹で編んだ籠である。その落し穴の網にかかって身動きのとれなくなった自分を、鯈（はやばえ）の魚にたとえているのである。つまり、べつな強いいいかたをすれば、柙にいれられた虎であったということである。

狭行無廓路　　狭行《きょうこう》　廓路《かくろ》なく
壮士徒輕躁　　壮士　徒《いたずら》に軽躁《けいそう》たり

李賀が、「霧に蔵るる豹たるに甘んず」と、故郷へ居つくことを決心したことの理由がこの二行である。羽を折られ、ちぎられて、飛ぶことのできなかった長安での狭い行動範囲の中では、どのようにそこでもがいてみたところで、そこには廓落とした広い路はひらけていないのだ、そういうところでは、どのように壮志を抱く士であっても、広い路はないのだから、いたずらに軽燥し、心を騒ぎたたせるしかないのだ。彼は、そのような自己納得をみつけて、昌谷の山野で、霧に隠れる豹となろうと決心する。しかしその決心が、いやいやであることは見えすいているのであり、その昌谷の野が、李賀をやはり霧に隠れる豹とはさせず、そこにもやはり廓路はなく、軽躁と彼の心中が波荒れることも見えすいている。この最終二行の句の心を、これまでの詩行にかぶせ戻らせることもできるだろう。

黎二樵が、「この篇の章法、甚だ老」と評したように、李賀は、自らの憂愁と混乱のさまさえも、一篇の中に、老熟した構成力をもってまとめている。各々の詩行には、混乱する李賀の心性が暴威をふるっているが、詩一篇はびくともしていず、長安での感情、旅中の感情、昌谷での感情が、「春、昌谷に帰る」という事件を通して、整序されていて、それらのおのおのの地点での感情が、たがいの地点を刺しあい、ささくれこんで、その結果、微妙な膨脹した詩的空間をつくりだしている。感情を弄したあとに続く風景は、李賀の感情の荷を負った目で見られた風景であるゆえに、それは新たな李賀の感情を触発する端緒となり、その堂々めぐりのうちに、長安の生活——帰郷の里の生活——昌谷の生活へと転っていってしまうのである。詩をつくろうとする李賀の志が、そのように転させるのである。

ふと私は最初の二句と、終尾の二句とを、一緒に合せてみたい誘惑に駆られる。

束髪方讀書　　束髪　方《まさ》に読書
謀身苦不早　　身を謀ること早からざるを苦しむ
狭行無廓路　　狭行　廓路なく
壯士徒輕躁　　壮士　徒に軽躁

このようにつないでみると、李賀にある反省を与えているというより、ある自分の中の陥穽《かんせい》に気づかせたといえるだろう。その悟りはこの四句をつないでみると鮮明になってくる。読書することがつまり文学を志すことが、そのまま自分の生きかたになると信じてやまなかったことの誤謬である。読書そのものが、なんら身を謀ることにつながらず、彼を破滅にさえ追いたてたことへの悔いである。あきらめといってもよい。身を謀るということは、まったくべつのことであったという自覚、そのことを早くから知らなかったことが、今日を招いたのである。そのように李賀は、考えるようになっている。そのような狭い世界では、どうあがいてもだめであり、そんな中でいくら壮志を抱いてもだめなのだ、軽躁に陥いるだけなのだということを、官を辞し、故郷へ帰るという事件の中で悟るにいたるのである。「身を謀る」ことへの不用意が、自分をかくも苦しめたのであり、いまごろ気がついても、すでに遅いのだということを、知ってしまっているのである。かくして一応、ともかく、霧に蔵れる豹たらんと決意するのだが、そうはうまくいくものか。「身を謀ること早からざる」という自覚に立ってしまった以上、いよいよ劇《はげ》しく昌谷の李賀へ、「身を謀ること」の自己要請が、吹きずさむであろう。

二

昌谷には、李賀を迎える家族というものがあった。血が脳をめがけて逆上昇して、熱湯をなしてわきかえっている時は、故郷を、負の立場から、桃源化する。それ故に、霧に蔵るる豹などという隠遁的な発想が、彼の全身を清め、しばしの充溢感さえあたえるのだが、いざ昌谷が眼前に見えてきて、家の門をくぐった時、そして家族の顔をみた時、霧に蔵るる豹という隠者志向は、たちまち薄曇りにならざるをえない。

おそらくそうであっただろうと思う。久しぶりに対面する李賀を囲んでの談笑、しばしはその居心地のよさに李賀はつかり、口先から言葉も軽く滑りだしていたかもしれない。家族たちのいたわりとなつかしさの感情が、李賀を包みこんでくる。

だがそのような、優しさという八百長は、そうは長く持続するものではない。そのような暖かい空気というものは、それを意識した時かえって冷やかな現実を打返してくるのである。もし李賀に家族がいなかったならば、あるいは昌谷ではなく、家族のいないどこかの山中に隠居したのならば、霧に蔵るる豹たる決意は、どのように崩れようとも、まさに李賀の意志の問題であるのだが、それが故郷の昌谷であった以上、いかに長安などという人のうごめく大都会ではない一地方とはいっても、そこには現実生活を営む人間がいるのである。李賀は、現実にむせかえらなければならないのである。

たとえ家族が、なんら李賀を責めたてなかったにしろ、目の前に彼等がいるというそれだけのことで、彼の意志は濁りはじめたであろう。しかも、霧に蔵るる豹の意志は、もともと確固たる意志というより、ひんぱんに発作をくりかえす、自慰であり、いつもだしたりひっこめたりのできる恣意的な意志でもあったから、家族の笑顔ひとつで、やすやすとその意志は、崩れてしまうものであったし、なによりもまた、奉礼郎を辞した表向きの絶対要因として、病気の悪化ということがあったのだから、どのように霧に蔵るる豹などと、口ではいっても、それは体裁なのであって、山中にひとり隠れひそむに耐えるだけの肉体をもちあわせていなかったのだ。病気を看護してくれるものは、家族しかいなかったのである。

すでに父を失っている李賀と母との関係が、いかに密であったかということは、李商隠の「李長吉小伝」や「太平広記」の記載でも明らかである。ここには、長男と母との近親相姦ともいえる血深い関係がよこたわっているのを見る。「太平広記」の記録は、李商隠の「李長吉小伝」中の臨終記の部分をもとにして発想したかにみえ、李賀の死後、その死をいたく悲しんだ母がある日みた夢の話である。実際に母がみたとしてもこの夢が、どのようにして伝ったのか、あるいは誰かが小説としてでっちあげたのかは知らないが、いづれにしても李賀と母との関係が、浮びあがっていて、妙に説得力をもつにいたっている。

「……。その母である夫人の鄭氏は、その子を念《おも》うこと深かった。李賀が卒するに及んで、夫人の哀しみは強く、いつまでも続いていた。ある夜、夢に李賀がでてきたが、生きていたころと同じ姿で、夫人にむかってこんなことを言うのだった。〈私は幸せなことにもお母さんの子として生まれ、いつも私のことを深くお母さんは念ってくださいました。ですから、小さなころより、なんでも命令に従い、詩書をよくし文章を作るようにしました。このようにしましたのは、一つの官位を求めて自らを飾るためばかりではありません。一家を大門族にしたいと欲したからです。そうすればお母さんの恩に報いられるからです。しかしながら期せずして死んでしまい、朝夕の孝養を奉ずることができなくなってしまい、なんという天の運命でしょうか。でも私は死んだとは言っても、死んではいないのです、上帝の命令なのです〉……」

夢の中での母への李賀の答えに、生前、彼の生きかたの土台になっていたものが、すべて曝けだされている。この夢の話が、どのていど信憑性があるかは、どうでもよいことであり、この話そのものが、詩にみられる李賀のあれほどまでの苦衷のエネルギーの源にふれているのである。李賀への人間批評にまでなっている。

「束髪　方に読書　身を謀ること早からざるを苦しむ」と「春昌谷に帰る」の詩でいっているが、この幼少よりの読書は、母の李賀への教育でもあったのである。母がいかに李賀へ期待をかけていたか、その期待にいかに李賀が応えようとしていたかを、この夢の話は暴露させているのである。

この「太平広記」の逸話は、虚構であるかもしれないが、そうであっても、李賀の詩をよく知悉し、李賀の生きかたに深く関心をもったものの所業《しわざ》であるとはいえる。李賀の狂わんばかりの官界への拘泥を、母にありとみなしているのである。没落した一門の復活を、父の死後、幼少より才を示した息子にいよいよ託している母の気持を、李賀が察知し、それに努めていたこと、だから進士の試験を受けられなくなった事件が、いかに彼を傷つけたかということがわかってくるのである。おそらく母は、破れはてた荒惨の李賀の気持を察し、責めることはしなかったであろう。息子の破綻には自分も一端を担っていたからであるが、そのことが余計、彼を苦しめたであろう。李賀の怒りと焦燥は、母親の期待を気にするところから、より、一層揺れていたのである。

李賀には、母へむかって語っている詩は、一作もない。あったのかもしれないが、のこされていない。多分、作らなかったのではないかと思う。李賀は、母に征服されていたのだ。つねに母の思いを忖度するところからしか、自分の行動をおこすことはできなかったはずなのだ。李賀の悶えは、いつも母の影がおおいかぶさっていたのであり、あらゆる彼の詩篇は、母に向って語っていたのだといえないこともない。「李長吉小伝」には、李賀が山野にでかけ、帰ってくると、母は婢に命じて、その詩嚢をてもとにとりよせ、いちいち点検している。「この子ったら、心をすべて嘔《は》きだしてしまわなければ気がすまないのだよ」と母は呟いたともあるが、これでは母に詩を寄せるわけにはいくまいし、その必要もない。李賀の生涯が、すべて母を中心に廻っていたとはいえ、母からすればまたその生涯は、李賀を中心に廻っていたのであり、そのことをいやというほど知っている李賀は母にたいして尻をまくることはついぞなかったように思われる。

いかに霧に蔵るる豹などといったところで、どうしたって李賀は、母親のいる昌谷へ戻ってこなければならなかったのである。母の期待に答えられない自分のみじめさを、どうしたって母に見てもらわなければならなかったのである。李賀と母との関係は、たんに母子の愛情といったものではなく、むしろ暗黙の盟約に近い絆でむすばれていたようにさえ思うのだ。傷心と病身をかかえて帰郷した李賀にたいし、母は、優しく舌で舐めまわしてくれたであろうが、またそのことを願って彼も帰ってきたところがあるのだが、たとえ一時的に気が休まったとしても、母や兄弟たちと毎日、顔を合せているうちに、深い絆で結ばれてしまっているだけに、李賀はうめき声をあげないわけにはいかないのだ。つらくなってしまうのだ。かくして母への詩はないが弟への詩がある。「示弟」である。「弟に示す」という詩である。兄として弟に語りかけている詩である。

別弟三年後　弟に別れて三年の後
還家十日餘　家に還りて十日の余
醁醽今夕酒　醁醽《ろくれい》　今夕《こんせき》の酒
緗帙去時書　緗帙《しょうちつ》　去時《きょじ》の書

お前と別れてから三年も経った、と語りかけるところからはじまる。奉礼郎の官位につくために長安へ上ってから、三年の月日が流れたということであろう。この言葉には、懐しさというものが漂っている。苦々しい懐しさでもある。

この詩は、昌谷へ帰ってから十日ばかりしてつくったものであるらしい。「家に還りて十日の余」の句が、それを示しているのだが、十日位までは、まだ懐かしさの中に、自分を泳がせておくことができたらしい。彼の病気と酒の関係はどうなっていたのか、酒の字句が詩に多くそんなに飲んでいては肉体に触りはしないかと思うのだが、家庭においてもだされていて、それは、醁醽の酒である。醁醽は衡陽《こうよう》県（湖南省）でとれる名酒で、昌谷からはかなりの距離であり、酒好きの李賀のためにわざわざ病気に障ることもいとわずとりよせたとは考えられないが、つまり名酒という意味で、名酒でなくても、旨い酒という意味で、醁醽と言っているのだろう。それが、帰って十日余りたった夜にもだされているのである。

書斎には、故郷を出奔した時と同じままの浅黄の帙が置かれている。おそらく、彼の書斎は居た時のままに、母の配慮でなされていたのであろう。書物を眺めながら、なつかしさにひたっている。そのなつかしさはさびしげではあるが。酒も、李賀の愛していたのと同じものであったかもしれない。自分の古巣を眺めまわすような李賀のねばい目の移動を感じるのだが、つぎの四行では、がらりとその懐しがっている目を放棄している。己れの懐しさの目をざくりと殺害するように、荒敗の声をあげている。

病骨猶能在
人間底事無
何須問牛馬
抛擲任梟盧

病骨　猶《なお》能《よ》く在り
人間《じんかん》　底事《なにごと》か無からん
何《なん》ぞ須《もち》いん　牛馬を問うを
抛擲《ほうてき》して　梟盧《きょうろ》に任《まか》さん

この機嫌の一転直下の変化は、人を面喰わす風速をもっている。懐しく感じてぬくまっていた自分への嫌悪であったかもしれない。懐しいということは、人間世事への懐しさであり、それは自分のていたらくを鏡に見るようなものであった。懐しさは、つねに、つらさによって背を狙われていたのである。だから昌谷へ帰ること、家族と対面することは、長安に不遇のまま日月を消していた時より以上に、つらいことになるはずであった。そういうつらさというものは、元和六年に帰郷した時、すでに身をもって味《あじわ》っていたはずであり、李賀には予測のついていたことであったはずであるが、かといって帰るところは故郷しかないわけであり、帰ればやはりしばしの懐抱の心が生じるのであり、その気持のよさは、かえって李賀に逆上をあたえるもとになるのである。

この弟へむかっての逆上ぶりは、なんとも大袈裟であり、甘えているともいえ、その滑稽さに自ら含羞もしていて、いよいよ悪態を呈することになっていく。「病骨、猶能く在り」。この句はなんとも荘重である。荘重であるから、一瞬、読む側も、息をつめてしまうのだが、一呼吸、余裕をえると、なんとなく滑稽な感じがしてくる。この俺の病骨は、まだなんとか存在していやがる、といういいかたは、自分を他人視したところからくる李賀の実感ではある。それは激烈な実感であるともいえ、そうであるだけに、その実感の言葉をむかいあわされているものにとっては、その息のつまりを解放するためにも、笑わないではいられないのだ。一本では、「猶」は「独」になっていて、「猶」では、自分の生命力のしぶとさに、呆れているという感じになるが、「独」では、病骨の李賀が、他を排して孤絶している印象をあたえ、かなりちがってくる。

そのどちらにしても、李賀は、その痛烈な自己認識にさえ、弁護の自分をみたのか、かえってずるずる泥に埋っていく。「人間　底事か無からん」と口走ったりする。この世の中、なにがおこるかわかったものではないと、ありきたりの感慨をのべたりする。さらにその言葉にも、てれてしまっていて、ますますやけ気味な言葉を吐くことに自分を追いこんでいく。「人間　底事か無からん」ともいうのは、予想さえしなかった科挙を拒否された事件をさしているのだが、そんなことをいまさら弟にむかって言ったところでなにになるということが、李賀にはわかっていて、自嘲の姿勢は、いよいよ前へつんのめっていくのである。ただその自嘲は、一つの確実性をもっているから、それに対するものに重く圧迫して、のしかかってくることにはかわりない。

つづいて、こんなこともいう。「何ぞ牛馬を問うを須いん」「抛擲して　梟盧に任さん」とも。牛と呼ばれようが馬と呼ばれようが、もうなんでもいい、と居直ってみせるのである。居直りというのは、巨大な爆破力をもっていて、それを見るものは、白けて開いた口がしまらず、呆然自失してしまうものなのだが、もっともその居直りを見るものが冷静にさえなれば、相手がこれまでなににこだわっていたかということが、その一発の居直りによって明るみにでてしまったと考える余地ができてしまうものなのである。李賀が、苦しんでいたことの一つに、世間態というものがあったことが、この言葉から推測されるという風にである。しかし、「抛擲して　梟盧に任さん」というのは、なにに居直っているのか、わからない。ただやたらと、李賀は、不貞腐《ふてくさ》っているようにしかみえない。梟盧は、賭博の賽の目の名である。賽は、白と玄《くろ》の面からなっており、五度、賽を投げて、すべてが玄だと盧といい、白二玄三を梟というらしい。つまり李賀にとってはもう頭であれこれ考えてもどうにもならないので、賽の目のでたままに人生を任せるさと投げやりになっているのである。「開愁歌」で「岐に臨んで剣を撃てば銅吼を生ず」という句があり、行動の決定を偶然性に賭けているところがあるが、この場合は、えい憂さばらしだ、酒を飲もうか飲むまいか、酒店のある道にいくべきか否《い》なかという選択の対象をもっていたのだが、昌谷の家に落着いてしまった李賀には、賽の目のでかた次第に任すべきことなどは、もうとうになくなってしまっているはずなのである。このような方向を失った捨てせりふを、弟にむかって喚きちらすことは、そのつらさはわかるにしても、やはり甘えといわなくてはならないのである。

　もちろん、この甘えは、詩の上でのことだともいえるのだが、しかしこの「示弟」にあらわれた感情の突然の変移は、詩ばかりでなく、実生活においても、あらわれたのではないかと思え、そのたびに李賀の家族は、ただただうろうろ狼狽したのではないかと想像されるのである。おそらく帰郷した李賀は、家族にとって、はれものにさわるような存在になっていたのではないか。そして、李賀の母は、兄弟は、はれものとしての存在をそのまま許していたのではないか。そのことがさらに李賀の傷に、苦い炎を送ったような気がしてならない。

　昌谷へ帰ってきてしまった李賀は、いったいなにをして日を消していくのか。病気の療養ということもあったであろうが、寝てばかりもいられまい。いったい、なにを考えて過していたろうか。「詠懐二首」の詩があるが、おそらく、この故郷での詠懐だと思われ、それをみてみよう。

長卿懐茂陵　　長卿《ちょうけい》　茂陵《もりょう》を懐う
緑草垂石井　　緑草　石井《せきせい》に垂る
弾琴看文君　　弾琴　文君《ぶんくん》を看れば
春風吹鬢影　　春風　鬢影《びんえい》を吹く
梁王與武帝　　梁《りょう》王と武帝と
棄之如斷梗　　これを棄《す》つること断梗《だんこう》の如し
惟留一簡書　　惟《ただ》　一簡の書を留《とど》む

金泥泰山頂　金泥　泰山《たいざん》の頂《いただき》

李賀はここで漢の司馬相如を憶《おも》いだしている。司馬相如をこれまでひきあいにだすことはなかったではない。「南園十三首」中の一首や「許公子鄭姫歌」などにもすでにあった。だが、ここでは、比喩としてではなく、司馬相如を主人公にしたてて、それに自分自身をかぶせている。

武帝に愛された相如は、晩年、収賄の容疑で官職を失ったもののまもなく復命したが、しかし彼はふたたび官職に就こうとせず、病といつわって、茂陵の地に引っこんでしまった。という事蹟から、李賀は、相如を詩の上でひきよせている。もともと相如は、不遇の一時期があったとはいえ、富豪の娘卓文君《たくぶんくん》を妻にしてからは、とんとん拍子にいった人である。李賀とは似ても似つかぬ生涯を送った人なのだが、文人の晩年の隠居ということで、同類項を求め自分を投影していくのである。

相如は茂陵のことをふと懐うと、石井戸のある風景が浮んできて、緑の草がその石井戸に垂れさがっていた。相如は隠退しようと思った。

女房の文君が琴を弾いているのを、じっと看まもっている。春風が彼女の鬢のほつれを吹いて、なよなよ揺しているのを、じっと彼は看ている。

最初に仕えた梁の孝王も、のちに仕えた漢の武帝も、相如を棄てさること、断《ち ぎ》れた梗《そうもく》をどこかそこらへ投げちらすように、乱暴な仕打ちをした。

唯、一簡の書だけを留るだけでなにものにものこさず相如は死んだ。のちにそれは金泥で封印され、武帝によって泰山の頂上におさめられることになった。

史書によれば、武帝は、相如が病気だときいて、彼の書いた文書が、死んで失なわれないうちに取っておくよう命じた。このあたりが、文学好きであった漢の武帝の面目躍如たるところである。だが、使者が到着した時は、すでに相如は死んでいた。家には、書というものがいっさいなかった。妻の文君に、どうしたのかとたずねると、「長卿、固《もと》より未《いま》だ嘗《かつ》て、書はあらざるなり。時時に、書を著《あらわ》せば、人又取りて去る。即ち空しく居《あ》り」（史記）と答えたあと、しかし「長卿、未だ死せざる時、一巻の書なる。曰く、使者来りて書を求むるあらば、これを奏せよ、他の書なし」という遺言をのべる。

それは封禅《ほうぜん》の書であった。泰山の上に天を祭り、その山下に地をはらい、天地の功を報いる儀式をとりおこなうことを進言したものである。武帝は、これをみていぶかしく思ったが、五年後に地をまつり、八年後には天をまつっている。この史実を李賀はもとにして、相如の晩年と死後に思いを馳せて、自分を投影している。

唐代の詩人たちは、李賀にかぎらず、みな過去の歴史に通暁していて、その知識を詩の中へ投入している。これは、おそらく科挙が史書を試験科目にしたところから、詩人たちにとって単に文人官人の教養として身につけていたばかりでなく、試験突破のためにそれらを熱読したわけであり、これらの歴史上の知識の詩語化は、現代人にとっては難物だが、当時の彼等にとっては、奇をてらうというより、常識であったわけである。

いったい李賀は、司馬相如になにを見ようとしたのか。隠居したことに、しかも自分を受けいれられなかったことに、李賀は相似を見出したのだろうが、司馬相如のように李賀はいったんさえ治政者に受けいれられたことはないのだ。その意味では、李賀は、司馬相如の不遇のかたちに憧れていたのだとさえいえる。相如は、晩年にいたって武帝の不興を買ったのだが、李賀はいったい誰の不興を買ったというのか。不興以前に拒否され、奉礼郎の低位についていても無視されっぱなしであったではないか。武帝と相如のようなねばねばしたやりとりは、李賀の官界における人間関係にはいっさいなかったといえる。

李賀は、おそらくまだ夢みているのである。霧に蔵る豹たることを、やはり昌谷へ帰ってからも持続させているのである。だが、とは、いえないかもしれない。李賀が相如にみたのは、霧に蔵る豹としてではなく、怨みをみたのではないか。相如は、妻を相手にひそかに隠居した。隠居といっても、彼の場合、財産家であり、悠々自適していたのである。ただ武帝の彼への疑いは、自尊心を傷つけ、一見未練もなく政界から引退してしまうのだが、すべて世事から引退したのではなく、封禅書を武帝のためにのこすほどに執着し、武帝の心変りを怨んでいたことがわかるのだが、李賀はこの怨みに憧れたのである。夢みたのである。

さらには、たとえ自分が皇帝の三顧の礼によってひきたてられる日の来るのを望まなくても、すくなくとも、死後の自分の切々たる気持が世に伝えられることを切望しているのである。「惟　一簡書を留める」「金泥　泰山の頂」の語は、その宣言だともいえる。詩に、怨みを託すことを決意しているような気がしてならない。しかし、李賀には、相如の文君に位置する女性はいたのだろうか。琴を弾く女性の風にゆれる鬢のもつれをじっと眺めていることのできるような人がいたのだろうか。李賀の詩には、艶詞も多く、妻がいたという説もだされているほどだが、私はいなかったという説をとっている。女性との交遊はあったにちがいないが、李賀はあまりにも母を愛しすぎていた。母も李賀を愛しすぎていた。李賀は、ある意味で、母によって女性は完結していたともいえるのだ。

「詠懐」の詩は、二首あるのだが、「其の二」では、そのまま自分の感懐を述べている。

日夕著書罷　　日夕《にっせき》　著書　罷《や》む
驚霜落素絲　　驚霜《けいそう》　素糸《そし》　落つ
鏡中聊自笑　　鏡中　聊《いささ》か自《みずか》ら笑う
詎是南山期　　詎《なん》ぞ是《こ》れ南山の期《とき》ならん
頭上無幅巾　　頭上に幅巾《ふくきん》なく
苦蘗已染衣　　苦蘗《くばく》　已《すで》に衣を染む
不見清溪魚　　見ずや　清渓《せいけい》の魚の
飲水得自宜　　水を飲んで自《みずか》ら宜《よろ》しきを得るを

この詩からは、昌谷での日常生活がどのようなものであったかを伺うことができる。

「日夕　著書　罷む」。読書の生活、著述の生活が、昌谷へ帰ってきていた彼のつとめになっていた。この著書は、詩ではなく文なのだろうか。文に秀れていたということは、きかないし、またのこされていない。司馬相如よろしく文も書いていたのか。李賀の周辺には、韓愈、皇甫湜など古文派の大家がいた。もっとも注釈者の王琦は、詩の添削をしているのだと解いている。それは、夕方になって、彼は著述の手を止める。夕方になって暗くなったから罷めたのか、それとも、つぎの句と関連して罷めたのか。

「驚霜　素糸　落つ」。とつぜん、霜が白い糸となって落ちてきたというのだ。机の上に白髪が、ぱらぱらと霜のように落ちてきたというのだ。たしかに霜は、よくみると、断面からみると、糸の束のようになっている。その不意の霜降りに、李賀は慌てているのである。夕方になって、そろそろ文筆をやめようかと思った時、白髪がぱらぱらと降ってきたのか。それとも、白髪が抜け落ちたので、あわてて文筆の手を止めたのか。どちらでもよしとしても、李賀は狼狽しているのである。自分の頭に、若白髪が密生していたことはすでに知っていたはずだが、いざ抜け落ちてきたのをみて、李賀はうろたえるのである。

「鏡中　聊か自ら笑う」。この句は凄絶でもある。李賀は、うろたえたあと、そのうろたえをねじりふせるようにして、鏡のあるところへ、すばやく赴くのである。鏡の中に、自分を見にいくのである。鏡の中に、白髪の多少をあらために行ったというより、驚きあわてた自分の顔を見にいったのにちがいないのだ。その顔はひきつっていたにちがいなく、かくして聊か自らを笑うのである。おや、この俺はびくびくしてるぞというわけである。しかしなぜ、白髪が落ちてきたぐらいで、李賀の神経はひきつったのか。

「詎《なん》ぞ是れ南山の期ならんや」。南山は、「詩経」の小雅に、「南山の寿　騫《か》けず崩れざるごとし」とあるように、不死の山として寓意をもつ山である。不老長寿の山である。どうやらこの俺は長生きしないようだぞと、自嘲しているのである。この句から、李賀が、あわてたのは、まさしく自分の命の短きことへの恐怖であったことがわかってくる。生命の縮みゆき、終焉のほど近いことの予告として、その白髪の落下を受けとめているのである。もうほとんど絶対的に死を予期していたといってよく、だから、鏡の前に、自分の歪んだ顔をみにいったのである。このころ李賀は死に恐怖していたといってよく、その恐怖をふりはらうには、その恐怖の表情を見るよりほかはなかったのである。だが死の恐怖の中にあっても、やはり瞞着と甘えはつづけなければならない。虚心坦懐になることはできない。死は、恐いからこそ、いよいよ李賀は、俗界に未練をもたなければ、生きてはいられないのである。

「頭上　幅巾なし」。当時、文人たちは、雅なるものとして、一幅の布で頭をつつんだ。そういう雅なる気どりというものを、いまやすべて棄ててしまっているというのだ。もし彼の頭上に幅巾の帽子がのっていたなら、白髪は、著書中に落下して、李賀を驚かすことはなかったかもしれない。しかしそのようないいかたはむだであって、白髪が抜け落ちてくるのをみて、李賀が驚いたというのが、そのすべてなのである。

「苦蘗　已に衣を染む」。幅巾をほうりだし、頭に若白髪がまじり、毛の薄くなっているのも気にせず、むきだしにし、その生きかたに合せるように、なんの気取りもなく、苦い蘗《きはだ》の染料で、衣を黄色に染めたのを着ているというのだ。蘗で染めた衣裳は、当時の田野の人が好んで着たものであり、曽益は、「幅巾の未だ頭に上らず、而《しか》して黄衣に已に染むは、思い官を棄てて以て隠に就くなり」と注解している。この隠者宣言は、なにかそらぞらしくきこえないでもない。というのは、あれだけ、生命の短き予感にうろたえていながら、急に隠者宣言をして、自分の気を慰さめようとしているからである。むしろこの隠者としての自己確認は、うろたえを隠すための方便のようにさえ思われるのである。この隠しこみは、さらに度を加えていく。

「見ずや清渓の魚を」「水を飲んで自らの宜しきを得たる」。こういう野人の姿こそがよいのだ。清冽な谷の魚を見るがよい。その水を飲んで、なんの束縛も受けずに気ままに生きて泳いでいるではないか。というわけで、自分の昌谷での生活を、清渓の魚にたとえているのだが、李賀がなんら自ら宜しきを得たる生活の中にいないことは、痛ましいほどにこちらには判っているのであるから、隠しこみに懸命だなと思わないわけにはいかない。屈辱や怨み以上の死の恐怖が、李賀に襲いかかっていることにたいしても、清渓の魚たることを自認することによって、隠しこもうとしているのである。

　方世挙《ほうせいきょ》は、この二作を「前者は奉礼を去るを言い、後者は昌谷に在るを言う」と詠懐の場所の異動をいうが、そうではなく、ともに昌谷での詠懐なのである。

　前者で、司馬相如に自分を託した時、隠居することに怨みと期待をなお未練がましくも託したのであった。つまり李賀は体裁をつくろっていたのであった。霧に蔵るる豹たらんとする決意は、はや昌谷という新しい現実を前に、体裁を保たねばならなくなっていて、破れ目を生じさせていた。

　だが、このような体裁は、生命の危機感の前には、もろくも破砕されてしまうのであり、あわてた李賀は、鏡の前でうろうろしたり、ふたたび隠者の生きかたをしゃにむに是認して、こんどは、そういう恐怖感を鎮圧することにやっ気となってみせるのである。死後に、李賀の詩才を認めて人々がうろたえる図を想像していたいい気さは、白髪がぱらりと落ちただけで、いともたやすく蒼白となり、しゃにむに野人たることに自己説得の網をかけはじめるのである。

「この首の詩の表面は自己寛解であるが、実際は牢騒《ろうそう》の意味で充満しているのだ」と葉葱奇は批評しているが、自己納得などはひとつもしていないのであって、むしろ自己納得させることにあせっていたのだといえる。むらむらと不安定に動揺する自分をさかんにだましつけることにあせっていたのである。

　そしてついに自己の寛解に成功したとは思えない。いらだつ心を欺し終えないとわかれば、こんどは弟にむかって、喚くように、理不尽な棄てばちの言葉を吐くという甘えに陥ったのにちがいないのだ。

病骨　猶　能く在り

人間　底事か無からん
何ぞ牛馬を問うを須いん
抛擲して　梟盧に任さん

（示弟）

これでは闇雲である。李賀のそばにいるものたちにとっては、まさに荒婬の雨を降らされたとしかいいようがない。慰さめる言葉さえ失ってしまって、鼻白んでしまったであろう。もっとも、家族たちこそが、家族たちの優しさこそが、かえって李賀をこのような荒婬に追いやるのだともいえ、長安にいて欝々としていた時より遥かに、苛酷な苦悶を、昌谷の地はあたえることになるのである。

三

昌谷へ帰ってきた李賀のすがたを、簡潔に、もっともよくとらえているのは、やはり李商隠の「李長吉小伝」である。

「いつも李賀は、奴僕の少年を従え、小躍りする驢馬にまたがり、背には古びた破れ目のある錦《にしき》の嚢《ふくろ》を負っていた。たまたま詩想をえたりすると、すぐに書きつけて、それを嚢の中へ投げこむのだ。夕暮れがせまったころ、長吉は家へ帰ってくる。母は、女中に嚢を受けとらせ、中を開いてみる。書かれた詩片が多い日は、母はいうのだ。〈この子ったらまあ、心をすっかり吐きだしてしまうまで、詩はやめない気だよ〉。灯明をともして、いっしょに食事する。夕食が終ると、長吉は女中に命じて、その日の詩片をもってこさせ、墨をすらせ、紙をたたませる。そして詩を推敲し完成させるのだ。それが終ると、ぽいと他の嚢の中へ投げこむ。大酔の日とか弔喪の日でなければ、おおむね長吉の生活は、このようなものであった」

この話の中で、もっとも生彩を放っているのは、奴僕の少年の姿である。小躍りする驢馬に乗って昌谷の山野をさまよっている李賀を、孜孜《しし》と遅れまじと徒歩で追いかけていく奴僕の少年の姿が浮んでくる。李賀の詩片を、破れ錦嚢からとりだすことを女中に命じる母よりも、夜になって李賀のために墨をすり紙を用意する女中よりも、ともに二人はこの李賀のためにその生涯を全回転させているような忠僕ぶりをしめしているとは思うのだが、この奚《けい》という異国生れの奴僕である少年のほうが、強い刻印をもって昌谷の山野の中に、はまりこんでいるのである。李賀は、いつも連れてまわったこの少年を巴童《はどう》とよび、彼への感謝の詩をのこしている。「昌谷読書示二巴童一〔昌谷にて読書し巴童に示す〕」である。

蟲響燈光薄　虫響きて灯光薄く
宵寒藥氣濃　宵《よる》寒くして薬気濃《こまやか》なり
君憐垂翅客　君は憐む　垂翅《すいし》の客を
辛苦尙相從　辛苦　尚《なお》　相従《あいしたが》う

窓の外では、虫が響きあうように鳴きざわめいている。その激しい響きは、李賀の肉体をせめたてるようであり、そのためかえって書斎の中の灯の光りが、薄く感じられるのである。自分の生命が薄くなっていくような感覚を灯光に覚えているのである。

宵は寒い。昌谷の夜は、実際に冷えこんで寒いというより、灯の光を薄く感じる李賀の精神が寒いのだろう。書斎の中に、薬の気配がたちこめている。それは、たまたま薬を服用したために、書斎にたちこめたというよりも、せんじ薬を常用しているため、薬気が部屋の空気となって、こもってしまったのである。その空気を、李賀は、「濃」と感じるのだ。この濃《こまや》かさに、彼はうそ寒いものを感じるのである。李賀の神経が、ささいなことにも俊敏になっているというより、病に浸蝕された肉体が、ささいな空気の動きにも、神経にさきだって、びくついて、おののいているのを見るのである。

読書の手を休め、李賀は、奴僕の巴童にむかっていう。書斎までも巴童がつきしたがっていたとは思えないが、ともかく巴童にむかって、「君は憐む　垂翅の客を」「辛苦　尚　相従う」というのである。実際にそう言ったかどうか。李賀がふといつも自分に従ってきてくれる巴童を想いだした時、彼は従僕用の部屋で寝ていたかもしれないが、いづれにしても自分の顔前に巴童の像をすえおいて、感謝の念を表するのだ。

巴童は、少年ながら、李賀が、なぜ昌谷へ帰ってきたか、傷心をかかえて帰ってきたか、そういうことを同情をもってみつめる目を、もっていて、暗黙のうちにも李賀とこの少年の間には、主人と奴僕の主従をこえたちぎりができていたにちがいない。破れ錦嚢を背負い、低い驢馬に痩せた肉体を騎せて、黙々と昌谷の山野を、自棄とも惰勢ともつかず、さまよっている長吉を、小走りに追って従っている奴僕の少年のすがたには、李賀の心情を読みとって、忠実に尽すことのみが、主人のためとわかっているようなところがある。戦いに敗れ、翅《はね》をたれて、うちしおれているこの私を、巴童は、憐んでいて、それで、つらさもいとわずに、いつもついてきてくれるのだな、すまないと、李賀は感謝しているのだ。このように素直な李賀は彼の全詩の中でも稀である。

かくして日課のように、昌谷の山野を、奴僕の少年を従わせながら、驢馬を駈けさせていた李賀は、そこでなにをみ、なにを考えていたか。このように日常の生活を、すべて、詩をつくることにふりかえてしまっていた李賀は、どのような詩を生みおとしていったか。ここに九十八行に及ぶ長編、「昌谷《しょうこく》の詩《うた》」がある。五月二十七日という自注があるが、帰ってきた年の夏の詩か、それとも死ぬまで（元和十二年）の間につくられた作なのかは断定しがたい。いづれにしても、ここで昌谷の風景を、この詩においてこれまでになく詳しく見せてもらうことはできるだろう。

昌谷五月稲　　昌谷　五月の稲
細青満平水　　細青《さいせい》　平水《へいすい》に満《み》つ

昌谷は、五月を迎えていて、稲が盛りである。昌谷の五月は、見はるかすに稲で、あたり一面うずまっているという感じである。それは細く青い若稲で、無数の矢を水につきたてたように育っている。平らな水をたたえた田圃の中にぎっしり青々と満ちている。目が涼しくなるような稲の風景のとらえかたである。

遙巒相壓疊　　遥巒《ようらん》　相圧畳《あいあつじょう》して
頽緑愁墮地　　頽緑《たいりょく》　地に堕《お》ちんを愁う

だがこの二行では、にわかに油彩のようなこってりした風景にかわる。パレットに塗りつけられた絵具が、暑熱にどろっと溶けて流れだしたかと驚くほどだ。はるか視界の彼方に、円みの帯びた遠山が、ひしめいて重畳しているのが、李賀にみえる。稲が水平にみずをたたえた田圃の中に青々と透明に、細く燃えるように栄えているのをみたあと、遠くに李賀は目をやる。すると、たがいにおおいかぶさる山々が、獣のからみあうように動いているのをみたのである。その山をかたちどる緑は、頽廃的な色のかたまりで、いまにも地上にその緑がずるっと頽れ落ちそうな気が李賀にはしたのである。緑に燃える遠山を、「頽」とみてしまった自分の中にも、すでに頽《くず》れていくなにかを覚えていたのだろうか。だから山の緑も、頽れてみえたのか。

光潔無秋思　　光潔《こうけつ》　秋思《しゅうし》なく
涼曠吹浮媚　　涼曠《りょうこう》　浮媚《ふび》を吹く

山の緑を、どろっと溶けてくずれ落ちるように見た李賀ではあるが、本来はすがすがしい風景なのだという認識がやはりどこかで働いているのである。その風景にみちわたっている日の光を、潔《きよ》しとはみているのである。その五月の光の中には、秋の思いを誘いこむような光はないとみているのである。その光には「愁」を、人間の没落をふくまないというのである。そして曠然とした昌谷の野づらを涼風がふきわたると、樹木のたたずまいをなまめかしくみせるというのだ。潔く、涼しげだと五月の野を確認しているのだが、むしっとした部厚い風景のつかみかたが、やはり色濃くでているのであり、この二行のとらえかたは、どうもしゃっきりしない。なにかいいわけがましいものを感じるのである。それは、五月の昌谷に、頽廃の色をみてしまったことへの、周章狼狽であるようにさえ思える。だから、涼であり潔であるという一般の感覚に、あわてて置きかえたのではないだろうか。

竹香満凄寂　竹香《ちくこう》　凄寂《せいせき》に満ち
粉節塗生翠　粉節《ふんせつ》　生翠《せいすい》を塗る

ここまでの李賀の視線の運動は、最初の二行で中間の位置、つぎの二行で、望遠、さらにつぎの二行で、それらの視角をひっくるめた総括の視点であったが、ここでは、一挙に近視的になっている。もしこの詩も、いい伝えられているように、驢馬に騎って、つくられたのだとしたら、李賀の視線は、驢馬に揺られた視線なのだが、しかしその視線は、望遠にしろ、接眼にしろ、物象をきっしりと捕捉していて、揺いだところはない。

もし驢馬で、昌谷の竹林にさしかかり、その中をくぐり抜けていたとする。衰えている李賀は、視覚ばかりでなく嗅覚も鋭角になっていて、竹が放つ芳香を、左右四方、全身で吸いこむように受けとめ、自分への凄寂なる浸潤として受けとめるのである。香る竹林の海に入っていくような感じであり、その香りを肌で聴き耳をたてて味っているような風合さえある。あるいはこの凄寂な竹香のひたひたした押しよせに、李賀を害するものとしての敵意をさえ覚えているところがある。李賀は、馬上で、この竹香の包囲に気押されながらも、目はしぶとくも、竹の生態にむかって、一瞥の鞭をくわえているのであり、それは微視にむかっていて、竹の節目に注がれ、白く粉をふいているのを目で撃砕し、その白いふきあげた粉の中に、翠《みどり》の青竹の色が、生々しく塗りつけたように浮んでいるのを見るのである。李賀の目は、だまされないぞといっているようだ。「光潔　秋思なし」といい、いったんは夏の通念にたちもどった李賀であったが、やはりそういう通念を穿過してしまう目をもってしまっているのであり、これはどうしようもないことであり、夏の昌谷の風景は、李賀を毒かびのように襲ってくるのである。

草髪垂恨鬢　草の髪　恨みの鬢《びん》を垂れ
光露泣幽涙　光りの露　幽涙《ゆうるい》を泣けり

目撃した草木の中に、生きものの襲いかかるような力をみた李賀は、そういう目をうわのせしていくうちに、自分自身さえも草木そのものに身を移しかえていく。草に髪をみ、その髪の草が、垂れているのをみて、そこに鬢の毛をみ、そのさまが恨みをこめているとするのである。ここでは、もはや目の前に、恨みをこめた草をみているのではなく、李賀自身は、草の側にたっていて、草の目となって、恨みを発しているのである。草の葉の上に光る露も、その露を目の前においてみているのではなく、李賀は露の目となって、露そのものになってしまって、幽《さび》しい涙を泣いているのである。草や露に、自分の姿をみているのではなく、草や露となって、人間界へ働きかけているのだといってよい。

層圍爛洞曲　層囲《そうい》　爛《らん》たる洞曲《どうきょく》
芳徑老紅醉　芳径《ほうけい》　老紅《ろうこう》は酔う

草や露になってしまった李賀は、ここではもう脱けでていて、驢馬の鞍上に戻って、また周囲を貪婪《どんらん》に見晴るかしている。この五月の昌谷は、やはり、潔であり涼であるというより、爛であり老なのである。昌谷をとりかこんでいる山々は層をなしていて、その中を、曲りくねった山道や洞穴を、通っていくと、それは爛々とした世界であり、芳香をまきちらしている小径に驢馬をすすめると、老熟した紅い花が咲き乱れていて、それは酔っ払っているみたいだ。もとより紅い花の咲くその小径をいく李賀も酔っているのである。紅い花びらの咲き誇りの中に、「老」をかぎつけた以上、その「老」の漂わせる芳香に、酔い乱れないわけにはいくまい。老紅は、萎れている花というより老熟した花である。

攅蟲鎪古柳　攅虫《さんちゅう》　古柳を鎪《きざ》み
蟬子鳴高邃　蟬子《せんし》　高邃《こうすい》に鳴く

さらに進むと、柳の小径にでる。柳は季節を失って古しなびれていて、群《むらが》った虫に蝕まれている。物によく接眼する瞳をもつ李賀は、柳に群る虫を、吸いつくようにしてみている。木肌をぼろぼろにしている柳のさまをだ。その時、蟬が、高くか奥深いところで、鳴きざわめいているのを、攢虫の古柳のさまをみている頭上で、感じとっている。

大帯委黄葛　大帯《だいたい》　黄葛《こうかつ》　委《た》れ
紫蒲交狭涘　紫蒲《しほ》　狭涘《きょうし》に交《まじ》る

李賀は、水辺のあるあたりまで進んでいる。黄色い葛《くず》の葉が、大きな帯のようにだらりとたれていて、狭いみぎわのあたりで、紫色の蒲《がま》の穂といり乱れている。

石錢差復籍　石銭《せきせん》　差《さ》また籍《しゃ》
厚葉皆蟠膩　厚葉《こうよう》　みな蟠膩《はんじ》

水辺の岩には、青銅貨のような苔蘚が、たがいちがいに、あるいは重なりあうようにむしており、岩の上にずるりと垂れ落ちる樹木の葉は、ぶ厚く、みな肉太に肥えている。李賀は、しばらくこの泉の水際に足をとめていたのか、以下の六行も、すべてそのあたりの情景である。

汰沙好平白　汰沙《たさ》　好《はなは》だ平白《へいはく》
立馬印青字　立馬《りつば》　青字《せいじ》を印《いん》す

水の流れに淘汰されて、砂浜は、真白で真っ平である。馬がその砂浜のそばに立つと、青い字のような影を白い砂の上に印刻する。この馬は、李賀の乗っている驢馬であろうか。それとも放牧の馬か。

晩鱗自遨遊　晩鱗《ばんりん》　自《おのずか》ら遨遊《ごうゆう》し
瘦鵠瞑單峙　瘦鵠《そうこく》　瞑《くら》く単峙《たんじ》す

日暮れになると、その川の中を、魚が鱗をひるがえして遊び戯れている。遨遊の遨は、遊と同じである。また瘦せた鶴が、瞑い夕暮れの中にひとり立ち構えるようにしている。李賀は、この泉に真昼時から夕暮れ時まで、驢馬を樹につなぎ、じっと遊んでいたのだろうか。奴僕の少年も、川辺に腰をおろして、李賀とともにあかず眺めていたのだろうか。このようなことは、恣意的な想像にすぎず、詩として、そのままに見るべきなのだろうが、ここにいたって私にはどうしてもそのようなことはできない。驢馬に乗る李賀と、そのあとに従う奴僕の影を詩句にまとわせてみないわけにはいかなくなっている。

瞭瞭濕蛄聲　瞭瞭《りょうりょう》　湿蛄《しつこ》の声
咽源驚濺起　咽源《えつげん》　驚いて濺起《せんき》す

「詩人李賀」の周閬風《しゅうろうふう》は、「昌谷詩」をさし、「内容の上で、一点たりと架空虚構のところがなく、そのため実在感があって、人に百誦を厭わせないのだ」といっている。こういう読みかたは、正しくない。架空虚構の見地から、李賀の詩を点検することは、危険である。架空虚構に見えようとも、昌谷の風景がそうなのだから架空虚構ではないというい いかたである。そして百誦を厭わぬような実在感があるのは、李賀の故郷の情景を写す「芸術手腕」に帰してしまうのは、実在感をとりちがえているからである。彼がいうような意味での架空虚構も実在感も、李賀には無縁なのである。ここにある昌谷は、まさに李賀の昌谷であって、架空虚構された昌谷でもなければ、昌谷を正確に写象しようと努めたのでもないのだ。だから、「李長吉評伝」の王礼錫《おうれいしゃく》が、「昌谷詩の中で、昌谷の風俗景物の一切合財を看ることができる。この詩の字句は非常に精練されていて、たとえば、〈細青満平水〉〈頽緑愁墜地〉〈草髪重恨鬢　光露泣幽涙〉〈攅蟲鏤古柳〉のように警句にみちた詩句は数えきれないが、ただし章法に錯乱がある恨みがあり、これらの零章断句がいっしょになって一篇を成立させている。はたして彼の詩人生活がどのようなものであったか明白ではないが、はっきりいって彼がどうしてこのような章法の錯乱した詩をつくってしまうのか理解できない」というい いかたも、一つの誤解である。王礼錫は、唯物史観によって李賀に挑戦したはずなのに、困惑してしまっているのである。錯乱を錯乱のままに受けとめれば、よいのに、彼の詩における恨みとしてしまっている。李賀は、つねに風景に全身を預けて見たのであって、彼の肉体の自然がそういう錯乱をふくむのであって、王礼錫が窮していうように、「霊気一触」などといったものではないのだ。

　瞭瞭《りょうりょう》とおけらが、水辺のあたりで鳴いている。その声は、湿っているという。この湿蛄の声などという詩句は、まさに李賀の体感なのであって、昌谷へ行ったとしても、たとえおけらが鳴いているのにめぐりあったとしても、だれもがそのように聴えるとはかぎらないし、たとえそう聴えたとしても、それはまさに李賀によって、体感を開発されたのだといってよい。「咽源驚いて濺起す」。夕暮れの中で、咽《むせ》び泣くようにしんしんと湧いていた泉が、とつぜん驚いたようにどぼっどぼっとそそぎ溢れたというのだ。この表現なども、李賀の感覚の錯乱といえば錯乱なのであるが、実際に泉の水口に、そのような現象がおこったともいえるが、そうだとすれば、自然の錯乱ともいえるが、やはりそうではなく、李賀の肉体が、そのように対応し、その対応の彼方に、そのような世界の傷口を創《ひら》いたのだとみなすべきで、なんら錯乱ではないのだ。錯乱の目の一刻も、李賀の肉片にすぎないのなら、もはや錯乱ではないのである。

紆緩玉眞路　紆緩《うかん》たり　玉真《ぎょくしん》の路《みち》
神娥蕙花裏　神娥《しんが》　蕙花《けいか》の裏《うち》

この「昌谷詩」は、一日の時間のうちにおさまっていない。昌谷には、泉があって、その水辺で、夕暮れちかくまで李賀は遊んでしまったのだから、なおも時間を連続させていくなら、夜中も、朝も、昌谷の野をさまよわなければならなくなるのである。そんな阿呆なことはしないのであり、夕暮れになると、家へ帰ってきたのだから、詩の帳尻をあわせるために、わざわざ時間を連続させるようなことはしない。だからこの二行以後は、異った時空の下での昌谷である。蘭香神女の廟へむかう途次の詩体験となる。「蘭香神女廟」という独立した詩をかつて見たが、ここでまた新たな角度で体験されているのである。李賀の自註によると、この玉真の路、つまり蘭香神女の廟への路は、則天武后が巡幸のさい通った路に近いとある。ゆるやかに曲りくねった路であり、その道の果に、神女の廟は、蘭の花のふんぷんと香る中にたっていた。

苔絮縈澗礫　苔絮《たいじょ》　澗礫《かんれき》に縈《まと》い
山實垂赬紫　山実《さんじつ》　赬紫《ていし》を垂る

蘭香神女廟のあたりには、谷川が流れているらしい。李賀は、そのあたりまで接近している。渓澗の小石に、長い水藻がまつわりついていて、その背後からおおいかぶさるように、山の果実が赤紫色にたれさがっている。

小柏儼重扇　小柏《しょうはく》　儼《げん》たる重扇《ちょうせん》
肥松突丹髓　肥松《ひしょう》　突《とつ》たる丹髄《たんずい》

谷川におおいかぶさるのは、赤紫色の山の実ばかりでなく、柏や松の樹木もかぶさっているのである。柏は小さいが、儼然としていて、扇を重ねたような葉なみをみせており、松は、柏の樹群の中に雑って、肥えた容姿を見せていて、赤いやにを樹幹から突出させている。柏を扇に見立てる視線は、そば近くまでの距離をとることはないのだが、赤い松脂《やに》の溢れは、手で触るほどの距離をとらなければみえないはずだ。このような距離の非等質をみて錯乱とも人は見るのだが、このようなことがなんで錯乱であろうか。人間の心理的視線は、そのように窮屈なものであるはずはない。

鳴流走響韻　鳴流《めいりゅう》　響韻《きょういん》を走らせ
壠秋拖光穟　壠秋《ろうしゅう》　光穟《こうすい》を拖《ひ》く

川の中の小石に水藻がまつわりついているのが透けてみえる、そんな谷の流れは、韻を踏んでいるような快活な一定した音を響かせて、走っている。壠秋の「秋」は楸《ひさぎ》である。畑が谷川のちかくにあって、その畑の中、もしくは近くに、高樹の楸が立っていて、光る稲穂のようなさやをひきづっている。李賀は、ここでは谷川のそばを離れていて、この楸の樹《た》つ畑のあたりにいて、谷の鳴流の響韻の走るをきいていたような気がする。

鶯唱閔女歌　鶯《うぐいす》は唱《うた》う　閔女《びんじょ》の歌
瀑懸楚練帔　瀑《ばく》は懸《か》く　楚練の帔《ひ》

さらに谷川ぞいの丘の上を、李賀は移動しているように思える。鶯が、このあたりで鳴いている。それは、閔の女が歌っているようだという。王琦の注によると、閔は閩《びん》の誤りであり、閩の人の言語は、鳥の音に似ていて、その国の女性が歌を唱うと鶯の囀《さえず》りに甚だ似ているのだという。鶯の声をきいていて、李賀は、閩の女性の歌を聴いたことがあったかどうかはしらないが、あるいはその知識があったにすぎないにしても、人の声と重《かさな》るものを感じたのであり、つづいて閩の女性の声と鶯は似ているという知識が衝突したのかもしれない。李賀にとって、知識も、物なのであり、感覚の対象と化すのである。そうこうしているうちに、瀑布のそばへやってくる。この谷川には、瀑布があるのである。そのさまは楚の名産の白いねりぎぬの布を、ひらき落したようである。鶯の声をきいて、閔女の歌を想起し、瀑布に楚の白いねり絹を憶起したのは、単に比喩としてや対句づくりの苦労の結果でなく、物を見れば、他の物が湧きおこってくるということなのである。李賀の目は、そのような習性になっているのだ。

風露満笑眼　風露《ふうろ》　笑眼《しょうがん》に満ち
駢巖雑舒墜　駢巖《べんがん》　舒墜《じょつい》を雑《まじ》ゆ

瀑布の規模はわからないが、さほど壮大なものとは思えないのだが、李賀は、ここでもまたそばちかくまで寄っている。瀑布といえば、巌石のごつごつした崖に水が墜ちているわけだが、そのあたりには花が咲き乱れていて、その花びらには、水しぶきを浴びたのか、露の水滴が浮んでいて、それは笑っている眼で、そういう笑っている眼があちこちに、李賀めがけて殺到するのである。巌石がごろごろならんだところに、そんな笑眼をのせた花が開いているのもあれば、滝しぶきにうたれて墜ちているのもあり、いろいろ雑りあっているのを李賀は、じっと観察している。驢馬からおりて、瀑布のそばまで李賀は来ていると思うのだが、奴僕の少年は、驢馬の番でもどこかでしているのだろうか。驢馬も少年も、この詩には関係はないのだが、私の決心としては、この昌谷への李賀の視線の歩みに、ずっと一貫して、驢馬と少年の影をつきまとらせようと思っている。

亂條迸石嶺　乱条《らんじょう》　石嶺《せきれい》に迸《ほとばし》り
細頸喧島毖　細頸《さいけい》　島毖《とうひ》に喧《かまびす》し

これも瀑布の周辺の観察。乱れた小枝が、岩の嶺に、迸るようにつきだしている。このあたりには、小さな中州があるらしく、そこに細い頸の鳥が集ってきて、喧々と鳴いている。

日脚掃昏翳　日脚《にっきゃく》　昏翳《こんえい》を掃《はら》い
新雲啓華閟　新雲《しんうん》　華閟《かひ》を啓《ひら》く

光りの日脚《ひあし》が、瀑布にさしこんで、樹木などによってできた暗い翳りを掃蕩してしまう。いつしか新しい雲が、瀑布の上にさしかかって、それが瀑布のすみずみまで深く華かな感じを開いている。李賀はこの瀑布の前では、やや比喩を殺到させることを押えていて、じっと黙念して、情景をただ観察することに専らかまけている。内なる声さえも失っていて、不気味なほどである。

謐謐厭夏光　謐謐《ひつひつ》　夏の光を厭《いと》い
商風道清氣　商風　清気を道《みちび》く

謐謐《ひつひつ》と、静かだが、せまってくるような夏の光に、息苦しさを覚えていたころ、西風がさっと渡ってきて、一瞬、清気をあたりにいきわたらせる。だれもが、夏の光の下では、清風の肌に渡ってくるのを喜ぶものだが、とりわけ病者であった李賀は、こういう温度感覚には敏活であり、そういう皮膚感覚的なものが、詩として掬いあげられることによって、詩法の技巧とさえなっているところがある。

高明展玉容　　高明　玉容《ぎょくよう》を展《ひら》き
焼桂祀天几　　桂を焼いて　天几《てんき》を祀《まつ》る

蘭香神女の廟にようやくまた戻っている。李賀の自註によると、昌谷は、女几山の裾の陵と地続きになっていて、この山は、蘭香神女の昇天するところとされていて、廟には、このような名所の地によくあるように、もっともらしく遺物があって、神女が、用いたという脇息がある。つまり遺几がある。この廟の楼台には、神女の玉容の像が開陳されているが、同時に、桂の香を焚いてその神女の遺几をまつっているのだ。

霧衣夜披拂　　霧衣《むい》　夜に払《ふつ》を披《ひら》き
眠壇夢眞粹　　眠壇《みんだん》　真粋《しんすい》を夢む

夜になると、霧を衣とした神女がさらさらと音をたてて、この廟に降りてきて、道士が壇に眠っていると、真一精粋たる神女と夢の中で逢うことができるという。李賀は、昌谷の風景の中にこの蘭香神女の廟をはさむことにより、全篇の一部に、ぽっかり道教臭の幻想を浮かばせている。その伝説部分は、すなわち廟の周囲の風物は、しつこく描いても、わずかな空間であり、わずかである故に、他の風物も、たとえば瀑布なども、道臭を帯びた、なまめかしいものになっている。

待駕棲鸞老　　駕《が》を待って　棲鸞《せいらん》　老い
故宮椒壁圮　　故宮の椒壁《しょうへき》は圮《くず》る

ここでまた李賀は、蘭香神女廟の夜を叙したのを合図に、揚所を移動している。福昌宮《ふくしょうきゅう》に足をのばしているのである。これは、昌谷の東にあって、隋《ずい》の煬帝《ようだい》の離宮のあったところである。唐の顕慶《けんけい》二年（六五七）に復興したといわれるが、李賀のころは、ふたたび廃墟と化していたと思われる。昌谷は、勝に富んだ風光の地であるばかりでなく、蘭香神女の廟などという幻想の社殿があったり、煬帝の栄華と没落をしのばせる福昌宮の殿閣があったりして、この李賀が育った昌谷は、たしかに「李賀」なる存在を生みだすにふさわしい背景をもち、傷心の李賀がさまように足りる舞台を用意していたのだと思わないわけにはいかない。

この離宮跡には、銅製の鸞鳥《らんちょう》が、棲みついていて、飾られていて皇帝の来駕を待ちつづけている。皇帝は死して、二度とこの宮殿にくることはないのだから、鸞鳥は待つがままに老いさらばえていくのである。悪気を取りのぞかんと、山椒を泥にまぜあわせて塗りこめた壁も、いまではぼろぼろに崩れかけている。

鴻瓏數鈴響　鴻瓏《こうろう》として数鈴響《すうれい》き
羈臣發涼思　羈臣《きしん》　涼思《りょうし》を発す

故宮には、鈴がのこっていて、李賀が近よった時、風にふかれてか、鴻瓏とした音を、数度、あたりに響きわたらせた。その鈴の音に羈臣である、流浪の家臣である私は、涼然とした感懐にさそわれたという。ここで自らのことを羈臣と呼んでいるのは、注目に値する。敗残して故郷へ帰ってきた李賀が、なんら故郷に落着いていないことをしめしているからである。昌谷にあってさえ、なお都を離れ流浪しているというかたちに自分を置いていて、やはり未練をのこしているのを見るからである。霧に蔵るる豹たるはずの李賀は、この福昌宮の廃殿で鈴の音を聴いただけで、たちまち俗界を棄てきれぬ本心をあばかれてしまって、不遇の感傷に陥らされているのである。

陰藤束朱鍵　陰藤《いんとう》　朱鍵《しゅけん》を束《つか》ね
龍帳着魈魅　龍帳　魈魅《しょうみ》を着《つ》く

藤のつるが、廃殿の扉の朱塗りの鍵へ陰欝にまきついている。龍の刺繍のある戸帳は、魈魅の妖怪の棲み家となってしまっている。

碧錦帖花檉　碧錦《へききん》　花檉《かてい》を帖《ちょう》し
香衾事殘貴　香衾《こうきん》　残貴《ざんき》に事《つか》う

魈魅の居ついた戸帳の奥には、碧《みどり》の錦の上へ紅の花をつけた河柳を刺繍した香わしい寝具がのこっていて、まるでまだ高貴の人がここにいるかのように、しつらえてある。この廃殿を前にして、李賀の想像力の蠢《うごめ》きが妖艶に輝きだしているのを感じないわけにはいかない。

歌塵蠹木在　歌塵《かじん》　蠹木《とぼく》　在《あ》り
舞綵長雲似　舞綵《ぶさい》　長雲に似たり

歌声がつねに響き、ためにその塵を動かした梁《はり》も、ただ虫喰いの木となって、さらされていて、舞女の彩色豊麗な衣裳も、着る人を失ってか、ただ長い雲のようにだらりと陳列されているだけである。李賀は、福昌宮を通して、没落したものにむかって、からみつくような恋着をしめしているのである。ようやく「昌谷詩」を五十六行までみてきた。まだ四十二行のこっている。

四

これまで李賀は、昌谷の風景の中を泳ぎまわるようにしてさまよい、蘭香神女の祭殿や福昌宮の廃墟では、時間の、いわば歴史の腐朽の匂いと交感し、そこに魑魅の巣づくっているのをみた。だが、つぎの詩行からは、にわかに故郷自慢をはじめている。

珍壌割繡段　　珍《ちん》壌《じょう》　繡《しゅう》段《だん》を割《さ》き
里俗祖風義　　里《り》俗《ぞく》　風《ふう》義《ぎ》を祖《そ》とす

この福昌宮をふくめた昌谷は、珍壌であると歌いあげる。昌谷は、珍秀なる土地であると自賛するのである。この景勝の地は、見せ場がふんだんにあって、それは刺繡模様のある敷物を割《さ》いてひいたようであるともちあげている。他の詩人が故郷をもちあげるならば、なにも不自然ではなく、その故郷賛美をそのまま受けいれるのだが、李賀は故郷をなにも偲《しの》んでいるのではなく、故郷なるものに重荷を背負ったまま、故郷を賛美しなければならない心の沈みが見えているのでぎこちないのである。もちろん、李賀は、昌谷の風光を、心底から媚麗なるものと思っていたであろう。だからそのことを口にしても不思議なことではないのだが、なにかの意志をもっていったん故郷を去って、なにかの理由をもってまた故郷へ帰還した人間の口から、故郷の賛美が吐かれることには、たとえどのような勢いをもってほざかれていようとも、そこに着実な沈澱のにごりというか、あるいは痛さというものが見えてしまう。「珍壌　繡段を割く」と李賀は、昌谷を形容するが、その時、彼自身も割《さ》かれているのである。そしてひとたびその風光をもちあげたならば、その風と光の下に息している人間たちをも、つづいてもちあげないわけにはいかないのであり、「里俗　風義を祖とす」と割いてみることにおちこむのである。昌谷の里人たちの心俗は、淳風高義であることを尊ぶというのだ。陶淵明の桃源境の里人ではあるまいし、昌谷の風景に似つかわしくその下に棲む人間が、ことごとく淳風高義であるとは思えないのだが、長安の都にはじきだされた李賀の歪んだ鉛の心に襲《おそわ》れて、里人たちは淳風高義でなければならないのである。なにがなんでも里人たちをおだてあげねばならないのである。そうでもしなければ、李賀は、昌谷で生きていけないのである。

隣凶不相杵　隣凶《りんきょう》　杵《しょ》を相《しょう》せず
疫病無邪祀　疫病《えきびょう》　邪祀《じゃし》なし

この二句は、里人が淳風高義であることの例としてのべている。隣家に凶事があれば、杵《きね》でうすつくときも、けっしてかけ声をかけあったりしないというのである。「相」はかけ声である。「礼記《らいき》」が「隣に喪あれば舂《うすつ》くに相せず」とあり、相は唱でもあり、漢の鄭玄《じょうげん》はそれに註して、「相、杵声を送るを謂う」と解し、「塩鉄論」の中で、「古《いにし》えは、鄰に喪あらば舂くに杵を相せず、巷に歌謡せず」ともあり、いかに里人が礼にかなっているかを、それらの記事を踏んで言っている。杵をもって舂つくことは、生産ごとである。その時、歌を唄うことも、生産ごとのいやがましの盛んをしめすものであり、近隣に喪があることは、死であり、生産の停頓であるから、そのような時にあって、きこえよがしに生産の声を唄うことは、不謹慎であり、礼の立場からいえば、人間が死の哀しみにあうことは、おたがいさまなわけであるから、隣家に喪あれば、自らも生産の時をおさえるのが、礼である。こういうことを述べるにいたっている李賀は、かなりの精神の困憊の中にあることをみないわけにはいかない。きわめて儒教的になっている。理想郷的というよりは儒教的である。そのため、この昌谷の里人たちは、疫病がはやっても、邪神を祭ることなどはしない。鬼神を信じないのである。これもまた儒教的である。しかし、この昌谷の里に、祈禱まじないの声がきこえないにしても、疫病の腐臭が蔓延しているということを考えると、かえって不気味な気さえする。里人をもちあげるために、邪祀を否定したにしても、その否定のさい疫病はのこってしまうからである。李賀は、これから住んでいかなければならない昌谷を飾るあまり、この地に疫病の存在をのこしてしまうのである。昌谷をもちあげるあまり、かえって昌谷を傷つけることになっていて、いかに李賀が、心の安定を欠いていたかが、しめされるのである。

鮐皮識仁惠　鮐皮《たいひ》　仁恵《じんけい》を識《し》り
丱角知靦恥　丱角《かんかく》　靦恥《てんち》を知る

鮐皮とは、老者のこと。人は老いて気が衰えてくると、背に鮐《ふぐ》の斑点のようなしみが生じてくる。そこで老人のことを鮐皮という。老人は、気の衰えとともに頑是ない幼児帰りをしていくものであるが、この昌谷では、儒教的な理想郷なのであるから、仁恵をわきまえた老人が棲んでいることになってしまう。その老人たちと対極にある、丱角、つまりあげまきの幼童たちは、その頑是ない性に反して、ものに恥じることを知っていることになる。いよいよ昌谷は、李賀によって、優等生の土地に飾られていく。

縣省司刑官　県は司刑《しけい》の官を省き
戸乏詬租吏　戸は詬租《こうそ》の吏《り》に乏し

福昌県には、司刑の官吏がいないとまで断言する。この史実はたしかめる資料をもたないが、信じがたいのである。犯罪がないというわけだが、いかに福昌県に犯罪がすくなかったとしても、司刑官を省いたとは思えず、李賀は、昌谷を愛するあまり、愛そうとこころみるあまり、里人たちは珍妙な模範の民となっていく。犯罪を犯す里人は、たえていないのは、みな風義を祖として、乱れることをしらないからであると。風義正しければ、租税を催促する役人も、戸口にあらわれることはない。それは、租税を滞納することは、この里人はしないわけであるからで、地が豊かであるからでもある。

「章和二年中」という詩で李賀は、「関東の吏人　詬訴に乏し」ともいっていて、その範囲を福昌県から河南一帯にひろげているが、いったいこれはどうしたことかと思わないわけにはいかないのである。このように民政のいきとどいた申し分のないところであるなら、李賀はなにも出門して、高級官僚たらんとし、わざわざ汚濁にまみれて苦労することもないわけであり、最初から昌谷にじっとしていればよいのではないかと思われるのである。李賀は、なぜこうも、昌谷を良いことづくめに飾るのか。やはり、しぶしぶ故郷へ帰還したものの自己納得としてみるべきなのか。昌谷のよさは、自分でも佳しと思っていたのは、進士たらんとする前からであり、しかもその佳さは李賀に進士への希望をあたえぬほどには、佳かったわけではなく、だから故郷を離れたのだが、その希望ならずして舞い戻ってきた時、その風光は李賀をしばしは慰めたとしても、慰さめれば慰さむほど、かえって身を切られる思いになったのだ。そもそもいくら風光明媚の地であったとしても、そこに住を構える人間にとっては、ただのそういうものなのであって、いったん他の地を知った李賀にして、はじめて昌谷はいとおしいような地になっているのだが、李賀の中にある屈辱と未練は、そのいとおしい気持をさらに凌駕しているのであり、だからいよいよ昌谷の佳さを自己納得させることによって、なんとか気の乱れを鎮撫しようとするのだが、そうはならず、ついには里人までを動員して、説得にかかっているのである。それ故に、この八句による昌谷への模範の里としての描写は、そらぞらしいところをふくまざるをえないのである。

竹藪添堕簡　竹藪《ちくそう》　堕簡《だかん》を添え
石磯引鉤餌　石磯《せきき》　鉤餌《こうじ》を引く

竹藪の風景が、昌谷に多いことは、他の詩でもみてきたが、そのため古ぼけて破れた竹簡を、その藪の中へはいって切り、修繕することもある。この行動の背後に、彼の読書生活がある。また石ころの転る磯べに、竿をおろし、餌のついた鉤《はり》を引くこともある。魚釣りをするということである。

溪灣轉水帶　渓湾《けいわん》　水帯《すいたい》を転じ
芭蕉傾蜀紙　芭蕉　蜀紙《しょくし》を傾く

渓谷の入江は、上からみると水の帯を流したようである。このあたりには芭蕉が葉を斜めに傾けて、生い繁っていて、それを剪《き》ってもってくると、蜀地産の箋紙《せんし》のように、字を書くことができる。

岑光晃縠襟　岑光《しんこう》　縠襟《こっきん》を晃《かがや》かし
孤景拂繁事　孤景《こけい》　繁事《はんじ》を払う

風景を遂一みていくという作業を、李賀は前二行あたりからはやめており、もっと総体的に眺め、思い浮ぶがままに感想をのべていくという風になっている。遠くの岑《みね》は太陽に光っていて、ちりめんの襟が晃《ひか》っているようだ。そのひっそりした光景をみていると、わずらわしいこの世のことは忘れてしまう。「孤景　繁事を払う」。このようないいまわしは、つねに強引な思いこみに裏づけられていて、危険を感じる。こういういい気さというものは、いつも悲鳴と背中合せになっていて、信用できないのである。繁事を払ったという気分に一時的になっただけのことであり、それは、繁事を忘れた自分への観察にすぎないのであるから、その言った矢先からふたたび繁事の意識に帰っていくことになるのがおちなのである。

泉樽陶宰酒　泉樽《せんそん》は陶宰《とうさい》の酒
月眉謝郎妓　月眉《げつび》は謝郎《しゃろう》の妓《ぎ》

昌谷での読書三昧、釣三昧をこれまでにのべてきたが、ここでは、酒三昧、女三昧を景勝の地にもちこんで、隠遁気分、仙人気分にひたるという欺瞞を開始している。酒樽には泉のように酒がつまっていて、晋《しん》の陶淵明《とうえんめい》のように美酒を味うという生活。そしてその酒酌には、月眉の妓がつれそっていて、それは晋の謝安《しゃあん》が、山中で遊賞のさいにも妓女を従えたが、李賀もそうだという。はたして、李賀のそばに妓女がいたかはわからない。妓女にあらずも、若い女が彼のそばにいたかもしれない。あるいは、若い女さえもいたかは怪しい。ただ、李賀は、陶淵明や謝安の故事にあやかり、昌谷の地になんとか落着こうと必死になっているのを見てやらなければならないだろう。

丁丁幽鐘遠　丁丁《とうとう》として幽鐘《ゆうしょう》遠く
矯矯單飛至　矯矯《きょうきょう》として単飛《たんぴ》至る

丁丁と、幽《かす》かな鐘が遠くに鳴っているのが聞こえる。と、矯矯たる高空をつき抜けて、鳥が単飛してくる。

霞巘殷嵯峨　霞巘《かけん》　殷《あん》として嵯峨《さが》
危溜聲争次　危溜《きりゅう》　声　次《じ》を争う

夕焼けを浴びて霞んだ峯は、赤黒色に峻《けわ》しい姿を浮きたたせている。「危溜　声　次を争う」は、王琦の註によれば、「危溜、泉の高さより直下し、流れ平かならずして、たまたま石に邀うるあれば、則ち声起り、石に層次あり、水声もまた層次ありて、鳴るを争うが如きあり」とある。李賀は、夕べに赤黒色の峻峰を遠望しているのだが、その位置は、泉の落下して鳴るあたりにあるのであって、その音は争うように激しいのである。

淡蛾流平碧　淡蛾《たんが》　平碧《へいへき》に流れ
薄月眇陰悴　薄月《ぼげつ》　陰悴《いんすい》に眇《びょう》たり

淡蛾は、蛍である。平らに流れる碧の水面の上に影を写して飛んでいる。その頭上には薄い月があって、陰々愁悴《しゅうすい》たる雲の群に浸されて、わずかにその影をのぞかせている。

涼光入澗岸　涼光《りょうこう》　澗岸《かんがん》に入り
廓盡山中意　廓尽《かくじん》す　山中の意

しばらくすると、涼々たる光が、さっと谷間にさしこんできて、ひろびろとした山中に心が包まれつくしてしまった気持になる。ここまで、十六行の李賀というものは、きわめて平衡感覚に保たれていて、かえって、危険なものを覚えるのである。つまり、彼が、つとめて山中の意につつまれようと努力しているからであって、李賀の心性に逆っているとみるからであって、もしそのみじめな努力の結果が、まがりなりにも定着したのならよしとしても、そうは認めがたいのであって、みせかけの平衡性は、むごたらしいものにみえてくるのである。しかし李賀は、そうなってはしまわないのであって、これらやや月並みの八句は、ただちにひっくりかえる。陶淵明を気取って、隠者的な自然への向いあいをした李賀であったが、たちまち暴力を振った自然観照の習いに戻っていく。自然観照というより、むしろ自然破壊であり、斧を頭上にふりあげて、昌谷に殴りこんでいくのであり、この詩を全体で見た時、この八句の静的な堕落は、かえって一つの段落として生きかえってくるのだ。

漁童下宵網　漁童《ぎょどう》　宵網《しょうもう》を下《くだ》し
霜禽竦煙翅　霜禽《そうきん》　煙翅《えんし》を竦《そばだ》つ

だが、これ以下の句も、前八句に続いていて、実際は谷間の領域を離れているわけではない。それまでの静的な総体的視線は「廓尽す　山中の意」という言葉をもって終り、この二句からは、極微の想像的視覚が復活しはじめている。いい気にして、凡庸なる隠遁的視線は撤回されている。李賀が、もしこの隠遁的な視線でもって、自分を収束することにむかうことができるならば、それもよしとするのだが、そうありえないことはわかっている故に、そういった李賀の才能の濫費は、いたましいのであり、むしろ自分を収束しきれないまま、全肉体の混乱とその混乱の発光を生のまま浴びたいと欲するのである。これは李長吉を愛してしまったものの混乱した欲望であるともいえる。「漁童　宵網を下し」。谷間で漁をしている幼童が夜の網を水へむかって、ざぶと投げおろした時、「霜禽　煙翅を竦つ」のである。霜の降りたような白い羽毛をもった鳥が、煙るもやの中に翅をばさばさと竦てる。李賀は、感覚の喜びをとりもどしている。感覚というよりは、肉体の喜びをとりもどしている。「泉樽は陶宰の酒」などといって昌谷に隠棲しようと思った時は、ひとつの観念にはいっているのであって、観念も一種の感覚であるにしても、それは鈍い概念的な感覚であって、その観念から発せられた視覚は、「丁丁として幽鐘の遠く」「矯矯として単飛の至る」という風に、李賀の肉体の驚きをそこにみないのである。それらの詩句は、あきらかに、隠者の常套化した視線が射落す像であって、李賀の内発する視線というものが、すべてといわないまでも、堰止めを喰っているのである。彼自身を失っているのだといってもよく、李賀の口にする隠棲などという観念の生活が、いかに不向きであるかということが、暴露されているのだともいえるのである。

潭鏡滑蛟涎　潭鏡《たんきょう》　蛟《みずち》の涎《よだれ》を滑《なめら》かにし
浮珠噞魚戯　浮珠《ふしゅ》　噞魚《けんぎょ》　戯《たわむ》る

このような詩句が浮かんでこなければならない。李賀の瞳に、炎が燃えているのを感じるのだ。潭鏡は、鏡のような潭《ふち》である。李賀は谷間の深い淵まで、やってきている。この淵は、それじたいが、李賀の内に育ててみた浅い隠者的観念などを吹きとばしてしまうような妖気を放っていたと思うが、ここへやってくると彼の肉体も激して、視線に火が走り、視線が止まるところまで、火が走るのである。黒緑の鏡の水面があって、その上にとろっとした架空の動物である蛟の涎が流れている、と見たところまで火の視線は走るのである。そしてさらにその水面に、白い珠がふっふっと沸いているのをみるのである。白い珠は水の泡であるが、そんなことはわかっているのだが、あくまでも白い珠なのであり、その珠は、魚が水面に浮びでて呼吸する時に吐く珠なのである。魚がそんなふうに戯れているのである。そう見えるのである。ここには比喩の一呼吸はない。

風桐瑤匣瑟　風桐《ふうどう》　瑤匣《ようこう》の瑟《しつ》
螢雪錦城使　螢雪　錦城の使い

桐の樹林の中を吹き抜ける風は、瑤《たま》の匣《はこ》の中の瑟《しつ》をかき鳴らす如くである。李賀は、「風桐　瑤匣の瑟」と言ってのける。蛍の星群が、飛び交っている。それらの蛍は、錦城への使者なるか。錦城は古代の蜀の都成都《せいと》の異名。山川明麗にして、錦繡を織るが如き地であるところからきている。夜空の星のように密飛している蛍の群をみて李賀は、歴史上の故事を想いだしているのである。「後漢書」の李郃《りこう》伝につぎのような記事がある。「李郃が郡候の史であったころ、和帝は、二人の使者を蜀へ微行させ、途中、李部の侯舎に宿泊させた。李部は二人に問うた。君たちが発ったころ、二人の使者が出発したはずだが、それはいつだか知っているかねと。二人は怪しんで、どうしてそんなことを聞くかと問い返すと、李部は星を指さして、二使の星が益部に入ったのでと答えた」。益部は錦城である。李部は、天文にも通じていたのである。この故事を李賀は、夜空にちりばめられ、またたいている星をみて、錦城への二使を想起したのではなく、谷川沿いの桐林の中を群飛する蛍をみて、連想したのである。

柳綴長縹帯　柳は綴る　長縹《ちょうひょう》の帯
篁掉短笛吹　篁《たけ》は掉《ふる》う　短笛《たんてき》の吹《すい》

柳は風に揺れて、長い萌黄色の帯を綴りあわせたようであり、竹は風に揺れて動くと、短笛を吹いているような音をたてる。李賀は、昌谷の風物の中に音楽をききはじめているのである。

石根縁緑蘚　石根《せきこん》　緑蘚《りょくせん》を縁《まと》い
蘆筍抽丹漬　芦筍《ろじゅん》　丹漬《たんし》を抽《ぬき》んず

石の根もとに、緑の苔が、みっしりとまといついている。芦の若芽は、水に濡れて、真紅をきわだたせている。李賀は、聴覚を研ぎすまして物象を射落すことから、色感覚に移って、微視に集中しだしている。

漂旋弄天影　漂旋《ひょうせん》　天を弄する影
古檜拏雲臂　古檜《こかい》　雲を拏《つか》む臂《ひじ》

谷川が、渦巻いている。その渦巻きに天空の影が映っているのだが、あたかも天を翻弄しているようである。そのそばに古木の檜《ひのき》が、長大に天へ向って伸びているのだが、それは雲につかみかかる臂のようにみえる。李賀の比喩感覚は、天へむかって復讐の炎をかきたてているかのようにも受けとれる。

愁月薇帳紅　愁月《しゅうげつ》　薇帳《びちょう》紅たり
罥雲香蔓刺　罥雲《けんうん》　香蔓《こうまん》の刺《とげ》

夜の薔薇《ばら》の茂みを、李賀は見ている。その夜は、愁えげな月が、光りを地へ投げていて、茂みは、とばりのように、紅にぼうと浮んでいる。雲のように伸びひろがった薔薇の蔓は、香を放つ刺《とげ》だ。薔薇の茂みは、なにか一体の生物のようになって夜に蠢動《しゅんどう》している。

芒麥平百井　芒麦《ぼうばく》　百井《ひゃくせい》を平《たいらか》にし
間乗列千肆　間乗《かんじょう》　千肆《せんし》を列す

この二句は、夜のバラの風景から一転して昼である。大麦畑が展開している。一井は、一里四方。百井で十里。十里、見渡すかぎりの大麦畑がひらけている。乗は、井田である。間乗は、閑空不耕の空地である。そこに千軒の市がたつというのである。昌谷の繁盛を言おうとしている。ここで、ようやく、この五言古詩長篇は、終りを迎えようとする。またも「間乗　十肆を列す」といい、昌谷の盛んなさまを言ってしまえば、身もふたもなく、終らないわけにはいかない。やはり昌谷をもちあげることをもって、この長篇をしめくくらなければならない。そうなれば、つぎのような苦い覚悟も示さねばならない。

刺促成紀人　刺促《せきそく》たり　成紀《せいき》の人
好學鴟夷子　好んで学ぶ　鴟夷子《しいし》を

この成紀の人たる私は、これまであくせくと生きてきた。政治に生きて浮名をたてることなど、このさい、ぱっきり諦めて、鴟夷子のように生きようと思う。こう李賀はしめくくる。鴟夷子は、春秋時代の范蠡《はんれい》の変名である。越《えつ》を助け、呉を滅ぼした功臣であるが、その後、扁舟《へんしゅう》に乗って江湖に浮んで越を去り、「史記」によると、海畔《かいはん》に耕して、苦身戮力《りくりょく》し、父子二代で産をなしたという。李賀は、范蠡のように、国に仕えることを断念し、この昌谷において隠居し、農作漁業の日々を送ろうと一応決心してこの詩は終るのである。

しかし李賀がいかにそのような決心をしめしたとしても、范蠡と似ているところは、国に仕えることをやめたという点においてであって、彼のように功臣としての業績もなければ、また彼のようにいさぎよく官を辞したのでもない。自分を慰さめるため、古人の例をしばしばにひくのだが、李賀とあい似た境遇から彼等はことごとく滑っているのである。強引のたたりを受けて、李賀の苦衷がほとばしるばかりなのだ。李賀は、自らを成紀の人という。漢の李広《りこう》は、隴西《ろうせい》成紀の人であり、唐室はこの系譜の下にあり、李賀自身も、没落していたとはいえ、この皇室の出身であったから、成紀の人といったのだが、この誇りの言葉に、李賀は、無念をこめているのである。残念無念をこめて、「刺促たり　成紀の人」といった李賀の隠遁宣言を、どうしてそのまま受けいれることができるか。

呉正子は、この詩を評して、「妍蚩《けんし》雑陳《ざっちん》、爛斑《らんぱん》目に満つ。これいわゆる天呉《てんご》紫鳳《しほう》、顛倒《てんとう》短褐《たんかつ》にあるなり」と言った。醜と美とが雑然といりみだれていて、爛斑として一挙に目にはいりこんでくる。天呉（海神）紫鳳（霊鳥）の刺繍した着物を子供用に仕立て直したため、それら模様が顛倒してしまっているにも似るという。そういうところが、この昌谷詩を問わず李賀の詩に共通したところである。こういう美醜雑陳と顛倒は、李賀の謀《たくら》みであるとともに、李賀の生理でもあり、李賀の追いこまれた生きかたでもあったのである。

五

李賀が、病身を車に載せて、故郷へ帰ろうとする時、どのような生きかたをこれからすべきか、という結論が、ついていたとは思えない。李賀は、この帰郷の原因を自分のせいにしたくないという気持がどこかにこびりつくようにのこっていたはずだ。自律的に破れたと思いこめたなら、李賀は自分を始末する方法を発見できたかもしれないが、進士たることの拒否は、あまりにも他律的であるように思えすぎ、また思いこもうともしていた。受験前から、李賀は数々の不安を飼っていたが、この不安に自分が惑わされることは、それは一つの自己愛の証しなのでもあって、その惑いは他者の入りこむ余地のない鉄壁の城なのである。自分の不安が適中したとしても、自分で飼った不安であるなら、それはそれで自分の城を守ったことになるからだ。

しかも、自分の蒔いた不安の種からいっさいすり抜けたところで生じてしまった挫折というものは、自己愛の強い人間の生きかたを、しばしば狂わせてしまうものだ。彼を途方に暮れさせるばかりでなく、その心性は、逆上して、四裂八裂してしまうのである。自分で築いていた不安の城の尊厳が傷つけられたからには、李賀としては、なんとしてでも、この挫折を、自分のせいにしたくないという感情が、いくぶんか自分のせいかもしれぬと、疑いをもっていたにしろ、やはり強く支配するのである。その支配を甘やかしておくかぎり、李賀は裂けつづけなければならないのだ。

この自己の裂開は、李賀が飼いこんだものではない。裂開の痛みは、手でかこんで飼い養うことのできないものである。不本意にも襲いかかってくるものである。裂開の痛みに耐えかねて、李賀はいろいろ自分で手当てをしてみるのだが、それはいつも応急手当てとしかならない。

たとえば、隠遁宣言をして、自分をだましこみにかかったりする。だが一歩と足を踏みださぬ前に、その応急処置の繃帯は破れ、傷口は割れて、たちまち血がにじみ流れてしまうのである。だから彼の隠遁宣言をまともに受けとると、たちまち裏切られる。裏切られるのは、それを信じた他者ばかりでなく、李賀自身も裏切られるのである。その宣言の背後に横たわる心性が、自分の不幸意識を他動性においているかぎり、いつだって、いつまででも、裏切られつづけ、そのたびに裂けて泣かないわけにはいかないのである。

入水文光動　　水に入りて文光《ぶんこう》動き
抽空緑影春　　空に抽《ぬ》きんじて緑影は春たり
露華生筍徑　　露華《ろか》　筍径《じゅんけい》に生じ
苔色拂霜根　　苔色《たいしょく》　霜根《そうこん》を払う

「竹」という詩である。この詩の年代は不明だが、「昌谷北園新筍」という詩がしめすように、郷里の庭には、竹林があった。その竹を歌ったものである。

「入水　文光動く」という最初の句は、わかったようでわからない句だ。方世挙は、「竹の全神、起突をなして、妙」と感心しているが、どのように感心したらよいのかわからない。多くの註釈書は自明なこととしてか、説明を省いていて、いよいよわからない。斎藤晌は「水に入ると、水面が波だって光の輪が描かれる」と解しているが、たしかにそのとおりであろうが、「水に入ると」の意味がわからない。竹が水に入るということなのだろうが、どうして、どのようにして、水の中へ竹がはいっていくのかわからない。だれかが竹を水の中へいれたのだとしても、水辺の竹を折りまげていれたのか、截った竹を水の中へいれたのか、そのへんのこともはっきりしない。鈴木虎雄は「下つ方水にはいっては〈あや〉ある光が動き」としているが、これも斎藤晌の解とおなじようにわからない。竹が自動的に水の中へはいっていったのか、と考えるわけにもいかないし、水の中に生えている竹かとも思うが、それだと文光なる字句が解らない。

　私は、感覚的にこうとらえているのだ。李賀なりが、水辺の竹を折りまげるようにして倒すと、葉のともなったその竹が水の中へはいって、その運動で水が騒ぎ、波紋が光ってひろがる。その沈めた竹をこんどは、ぱっと放すと、空へむかって、ふわっと跳ね戻っていき、その緑の影がなまなましく、いまは春だという感じにあふれている。首二句は、そのようにでも自ら流に補捉しなければ、どうも落ちつかない。

「露華　筍径に生じ」「苔色　霜根を払う」。筍《たけ》の子が生えている径《こみち》は、露の玉があたりいっぱいに降っていて、しとっと濡れている。その竹のそばに苔が鮮かな色に生えていて、その色が竹の根っこを払っているようだという。このように李賀が、風景にむかって目の鬼になっていると、すなわち自分の目の中に没頭していればいるほど、いずれまもなく起るにちがいない裂けた悲鳴が彼におとずれることが丸見えだから、どぎまぎしてしまうのである。

織可承香汗　　織って香汗《こうかん》を承《さず》くるべく
裁堪釣錦鱗　　裁《た》ちて錦鱗《きんりん》を釣るに堪えり
三梁曾入用　　三梁《さんりょう》曽《かつ》て用に入り
一節奉王孫　　一節　王孫《おうそん》に奉《ほう》ぜん

竹を織って、むしろをつくれば、いづれそこに座る香りやかな女の汗を承けることができるであろう。裁断して釣竿にすれば、それをもって錦鱗の跳ねる魚を釣りあげることができようとまずいう。これは竹の用途をのべているというより、細工された竹の行方の情景を、李賀は想見しているのである。そういったふうに竹の行方を追っているうちに、三梁のことを想いだす。三梁とは漢唐の冠制である。梁は冠を固める横わくである。横わくに竹を用いるのである。五梁は天子の集賢冠、三梁は太子諸王の集賢冠である。

とすると李賀は、ここでまた自分が皇族の出身であることにふとこだわってしまっていることがわかるのである。三梁は太子諸王の冠だからである。竹の連想に身をまかせているうちに、またも李賀はきり裂かれてしまっているのである。追想や比喩は、つまり物に触れることは、李賀の心をいつだって、裏切りにやってくるのである。これを避けるには、李賀は、物を見ないことしかないのである。すなわち死ぬより他はないのである。いかに、隠者宣言をしてみたところで、物を見ることをよしてしまわないかぎり、李賀はきり裂かれ続けるだろう。皇族の末裔であるということを想いかえすということは、そのままのろわしい科挙における事件をぶりかえして傷つくことにほかならないからである。皇族の末孫たるこの俺が、なぜこのようなのろわしい破目に陥いるのか、ということにつながるからである。没落しているとはいえ皇族の誇りが、進士を目指すことそのことさえ屈辱なのに、あまつさえ拒否されるとは、許しがたくも耐えがたいことであった。

しかもその拒絶は、予測さえできなかった他動的なものであり、李賀の衝撃は、後を引いていよいよ癒しがたいものとなっていた。稀には自分の中にこそ禍がひそんでいたとも考えることもあったが、それは考えすぎだと思う気持のほうが、やはり優勢であっただろう。だから他律的な自分のあづかり知らぬところでなされた敗残であると考えなければ、もっともこれも耐えがたいことなのだが、そのつらさに耐えられなかったし、しかし他律的であると思いこんでいるかぎり、李賀はどのような宣言をしてみたところで、引き裂かれつづけなければならないのである。「三梁曽て用に入る」とふらりと事件を想起するようなことを竹をみているうちに言ってしまったからには、つづけて「一節王孫に奉ず」と居直りの言葉を吐かないわけにはいかなかった。周の成王に玄服《げんぷく》をあたえんとして周公は、文竹を採りに零陵《れいりょう》の地へ使者を赴かせたというが、李賀は、この竹の一節を斫《き》って、王孫の冠として奉じたいというのである。

李賀が、王孫に奉じるというのは、彼もまた王孫であるゆえにおかしいようであるが、ここに苦りきった李賀のトウカイがあるのをみないわけにはいかない。姚文《ようぶん》燮《しょう》は、「竹を借りて、以って己を喩《ゆ》したのだ」というが、李賀が積極的に竹へ自分の怨みを託したのだとは思えない。竹を見ているうちに、怨みが触発されたのだと考えるのが正しい。姚文燮は、「賀は独り大才、擯《ひん》に遭《あ》い、よくこの重感に対せざるや」と感傷しているが、このような意見にたいして、「李長吉歌詩校釈」の陳弘治《ちんこうち》は、「詩意を細玩《さいがん》するに、純として竹を詠ずるにあり、喩を托すとは見えず、姚の説は恐らく未だ然《しか》らざるなり」と否定しているが、李賀は、竹に事件のうらめしさを見、皇孫たる自分がひきたてられることを、未練にも望んでいることは動かせないところだろう。葉葱奇は、「自己の希望を抒写《じょしゃ》した」といい、「裏に国家の採用を蒙《こうむ》らんことを暗に含み、なお朝廷に登らんこと意志」すともいうが、最初からこの詩の出発にさいし意志したのではなかったにしろ、結局は意志したことになり、不本意にもみじめな未練をさらしてしまったのである。

昌谷の風景は、いつも李賀の目を娯《たのし》ませ、隠者宣言に踏みこませる契機に満ちている好風景の場所なのだが、しかしいつも、最後には彼をこの風景は裏切るのである。「渓晩涼［渓の晩涼］」という詩がある。「竹」が、春の詩であったのにたいし、これは秋である。

白狐向月號山風　白狐《びゃっこ》　月に向って山風に号《さけ》び
秋寒掃雲留碧空　秋寒《しゅうかん》　雲を掃きて碧空《へきくう》を留む
玉煙青濕白如幢　玉煙《ぎょくえん》　青湿《せいしつ》　白は幢《のぼり》の如く

銀灣曉轉流天東　　銀湾《ぎんわん》　暁転《ぎょうてん》し　天東《てんとう》に流る

秋の昌谷の谷へ、李賀はおりてきている。晩涼の谷間へおりてきている。夜も、李賀は、さまよっているのである。晩涼といっても、谷の夜は寒い。白狐が、月にむかって吠えていた。狐は白、黄、黒の毛をもったものがいるというが、白狐は珍らしいものとされている。山から風が吹きおろしてきているが、その風を貫き通すようにして白狐は号泣している。秋の寒気が、夜空から雲を一掃してしまっていて、そこには碧《みど》りの空があるだけだ。その寒々とした碧空の中を、煙りが青く湿ってたなびいている。その煙りは白くもみえ、あるいは白い煙りも、青湿の煙りの中にまじって、それは幢のようにたなびいている。李賀は、この小寒く肌にしみこんでくる秋夜の谿谷で、どんなことを考えるのか。

溪汀眠鷺夢征鴻　　溪汀《けいてい》に眠れる鷺《さぎ》は征鴻《せいこう》を夢み
輕漣不語細游溶　　軽漣《けいれん》は語らずして細かに游溶《ゆうよう》たり
層岫回岑複疊龍　　層岫《そうしゅう》と回岑《かいしん》は複《かさな》りて龍を畳《たた》み
苦篁對客吟歌筒　　苦篁《くこう》は客《たびびと》に対して歌筒《かとう》を吟ず

谷の水辺に足を向ける。鷺がそのみぎわに眠っている。どんな夢をみているのかと李賀は想ってみる。空を雄飛する鴻に変身した夢ではないかと想う。想うことは、鷺は想うわけはないのだから、李賀の想いにほかならぬ。李賀の心状こそが眠れる鷺のみる夢の中に暴力の侵入をはかったのだと考えざるをえない。それは夜空を征く鴻《おおとり》になった夢だと推量してみた。李賀は、ここでは、それほどにきり裂かれて悲鳴をあげているとはみえないが、眠れる鷺の夢を推量した行為そのもののなかで、すでに知らずして破れていたのだといえるのである。昌谷へ帰ってまでも、なおも征鴻たらんとする気持がどこか底のところで眠っていて、それがむっくり起きあがってしまったのである。ここでは、あからさまに悲鳴をあげていないだけに、余計それだけ痛ましいのである。

軽いさざなみは、音をたてずに静まっていて、こまかに游溶と動いている。その水のありさまは、眠れる鷺のかたわらにあるすがたとしてふさわしいのだが、最後の二句では、そのふさわしさを揺りかえすように荒々しい風景が、眠りをむさぼる鷺を背からむっすりと悪意をもって脅かしているようにあらわれている。層をなして重なった山々、めぐれる峰々が、見あげた夜の視界の中にどっと襲いかかってきているのに李賀は気づいたからである。それは重畳してとぐろをまいた龍のようにも見えたのである。この谷のあたりにも苦竹の林があり、その中を山風が駈け抜けていて、この旅人である私にむかって、笛や簫《しょう》や篁の楽器をかきならしていたからである。征鴻たらんとする自分を脅かすものとしてそれらをみているのだ。

李賀は、ここで自らを「客」と規定している。旅人だと言っている。流浪の人だと言っている。李賀は、やはりこの詩でも、きり裂かれているのである。ここではきり裂かれていることに気づいていないと思ったが、やはりそうではなかったのである。鴻の空を征くがごとくありたいと夢みているのは、汀に眠る鷺だったのではなく、自分だったのだということにはっきり気づいていたのである。そのむなしさにも気づいていたのである。そのようなむなしい夢は、不吉にとぐろをまく龍に睨みつけられていることにも気づいていたのである。気づいた以上李賀は、さらに悪路へとはまりこんで自分をきり裂くことを続けないではいられない。故郷にいるのに、彼はなお自分は流浪の旅人だときめつけ、きめつけるというより、なりすましてしまうのである。隠者たらんとしていたはずなのに、ここでは旅人だというのである。李賀の心性は、なおも昌谷にあって動揺しつづけ、敗残して故郷へ帰ってきたという動かしがたい事実にさえも背こうとしているのだ。

六

「還自会稽歌」という詩がある。「会稽《かいけい》より還《かえ》るの歌《うた》」である。これには、序がある。それをまずみてみよう。

庾肩吾《ゆけんご》は、梁《りょう》の時、宮体の歌曲をつくって皇子たちと応和していた。まもなく国勢が淪敗《りんぱい》するに及び、肩吾はまず難を会稽に潜《のが》れ、その後ようやくして故郷へ還った。私は、かならずこの時に記した遺文があったと思うのだが、いまはみることができない。ゆえに「会稽より還るの歌」を作り、よって肩吾の悲しみを補なわんとするものである。

この詩は、庾肩吾の悲しみを補うのだという志に立ってつくられているといっても、故郷へ帰ってきた李賀自身の悲しみを歌うことの犠牲になったのだとは、いえるのである。

「春　昌谷に帰る」で李賀は、あけすけに故郷の昌谷の地で自らの悲愁をはりさけんばかりに号泣してみせた。こういったあけすけな号泣というものは、すぐに場所を失うところがある。号泣する場所を失うのである。一度や二度は、おなじ場所で、おなじかたちで号泣することはできるが、その繰りかえしには、「号泣倦《あ》き」ともいうべき状態に陥ちこむのである。他人が、そのたびかさなる泣きをみて、いぎたなしと思い、めめしいと思う前に、本人こそが泣き疲れしてしまうのである。

しかし涙は涸れても、泣き疲れして、からからに涙腺は乾いてしまっても、その泣きの源泉は、そのままに沸いていて、なんら涙腺を閉じる解決の緒口すら、つかまえられてはいないのだから、やはり悲しみは根深くのこっているのであり、号泣する場所と方法を変えて移動しなければならないのである。

それが仮託である。葉葱奇の言葉をかりるなら「古に擬《ぎ》して自らの困頓《こんとん》の感を抒《じょ》す」のである。李賀はこれまで、しばしば自らの号泣衝動を風景の中に埋めこんだのであるが、古史の中にも、しばしば埋めこんだのである。古史の舞台をかけて、号泣したのである。古史もまた、李賀にとって風景であった。

その際の号泣が詩の中にみなぎらせる勢力は、昌谷の地でその悲しみを直截に喚《わめ》いたのと、たとえ同じ風速をもってなされたとしても、古史を借りた場合は、その号泣は典故の壁に当り、壁をつき破りにくい。つき抜けてもその時には勢力は弱まっている。大地に立って叫ぶのと、大地に掘られた穴の中で叫ぶほどのちがいが生じる。だが、どちらの揚合が、その悲愁を訴えてくるかといえば、いちがいには決められないのであって、口の中に布をおしこんで叫んだ声のほうが、はるかにその悲音を伝えることもあるのである。

李賀は、このかねあいをよく知っていた。悲しみかたを知っていた。直截の悲鳴と、直喩の悲鳴と、陰喩の悲鳴と、仮託の悲鳴をと自在につかいわけた。つかいわけたというより、そうしなければならないほど、李賀は、自分の心の底からつきあげてくる悲愁の嘔吐をいささかもてあましていたのだともいえる。さらにいえば、その号泣衝動の処理に、あくせくしていない時であっても、知らずにその悲愁が詩行からしみだしてしまっていたといえるのだ。

清《しん》の陳沆《ちんこう》は、「詩《し》比《ひ》興《きょう》箋《せん》」の中で、李賀の詩を二十首とりあげている。中国古典詩の伝統的方法ともいえる「比興《ひきょう》」に注目し、詩の中に作者が隠しこんだ「深遠なる寄託」にたいして箋注《せんちゅう》をこころみたのである。序によると、「古詩三百篇の法を箋し、漢魏唐の詩を箋し、読者をして比興の起ってくるゆえんを知らしめ、その志のおもむくとを知らしめるのだ」という。

陳沆が、選んだ李賀の詩二十首のうち、「還自会稽歌」を含めており、この詩にたいする箋註では、つぎのように述べている。「杜牧は、長吉の集に序をし、この篇および七言詩の金銅仙人辞漢歌を挙げている。これは、長吉の詩を深く知るからであり、故にこの二詩を以て、その隅反を明かにするものである。長吉の集中に古題を詠じ、かつ自序を有するものを考えてみると、ただこの二章と秦宮詩だけであり、けだし彼は、古を借りて意を寄せたのであり、かくしてこの二詩はすなわち自らを喩えたのである。その進士に挙げらるるも、受けいれることならずして、昌谷に帰った時の作であろうか。昌谷は、河南の福昌県にあり、故に西京より東に還ったのである。「秋衾《しゅうきん》 銅輦《どうれん》を夢む」「脈脈 金魚を辞す」の句はいずれも長吉の志、世に用うるなきを言っている。そういってないならば、庾肩吾の家に還ることなどをなんで詩にしたのか、なんのためにその帰還の悲しみを補わんとしたのか、わからなくなる」と。

まさしく陳沆のいう通りなのだが、そのようなことは、当然であるともいえ、それよりも、古を借りて自らの意を寄せんとした李賀のやり口そのものをなによりも見なければならないのだということである。たかが意を詩から嗅ぎとったところで、たいしたことはないのであって、それよりも、古題を詠ずることによって、どのように李賀は、自らの意を晦ましてているかということが重要なのであり、せっかく「晦ました意」から、意だけを抽出しても、「晦ました」部分を置いてきてはなにもならないのだといえる。

陳沆が指摘するように、杜牧はその序の中で、つぎのようにいう。「李賀はよく古史の事歴を深く尋ねて、そこから深い嘆きと恨みをさぐりあてることにおいて、古今、いまだかつてその道を経過するものはなかった。金銅仙人辞漢歌や梁の庾肩吾の宮体謡を補すごときは故事の中にその情状を求め取ったものである。その情状の離絶遠去のさまにたいして、筆墨の田んぼ道の間にしがみついていては、ついにその真実を知ることはできまい」と。

この杜牧の意見に賛同するとしたなら、けっして李賀は、仮託などをこころみなかったのだといえる。古の中に自らを託し自らの意を寄せようというさもしさはなかったのだといえる。昌谷の山野をさ迷《ま》よったように、古史の事歴の中を迷よったにすぎないである。さ迷よいさえすれば、李賀の身悶えする怨恨が、さ迷うのは必然で、そのまま古史の展開と雑《まじ》りあって浮んできたのである、と一層のこと解したほうがよいのかもしれない。李賀が立ちどまり、手で触れたところのものは、すべてことごとく、そういう雑りあいかたをして、悲しみをにじませ、浮ばせないではおかなかったのかもしれないのだ。だから雑りあったものは、雑りあったまま、私たちは見つめるより他はないのではないか。隠れたものは隠れたまま、そのままつかまえるより他はない。ということは、仮託などを李賀は手法として選ばなかったということになるのだが。ともかく李賀は、六朝時代の梁の典籍の中から、庾肩吾を見つけだした。庾肩吾の事蹟の前で、はたとたちどまったのだ。詩人庾信《ゆしん》は、その息子である。なぜ庾肩吾の前でたちどまったのであろう。

庾肩吾は、字は子慎《ししん》。南陽新野《なんようしんや》の人である。梁の武帝の時、晋安王《しんあん》の常侍《じょうじ》であった。晋安王は、のちの簡文帝である。皇太子時代からずっと、お守り役のような役職を歴任した。太子は、詞を好み、閨闈《けいい》の清詞を巧みに製《つく》って、とりまきの詩人たちに唱和させた。この詞は、宮体と呼び、内に外に朝野へ、紛紛とそのスタイルは流行した。庾肩吾は、太子に唱和する有力な宮廷詩人であったわけである。

ここまでにおいて、密偵のごとく嗅ぎつけようとしても、なんら李賀の境涯とのつながりを肩吾の中にみつけることはできない。かろうじてできるとすれば、李賀が、唐の朝廷になってそうありたいと思っていた姿の見本が、庾肩吾の政治生活の中にあったということであろう。

まもなく梁に（五四九）、李賀のいう「国勢淪敗」がおこった。侯景《こうけい》の叛乱がおこって都へその軍は侵入したのである。武帝を幽閉し、まもなく餓死させるにさえいたった。侯景に擁された太子は、簡文帝に即位し、肩吾も度《たく》支尚書《ししょうしょ》となったが、そのころ藩鎮の間では、侯景を拒む動きがあり、肩吾は、侯景誅滅を願って、江州の当陽公のもとへ使者として出発したのである。このころの情勢と李賀の生きた時代とは藩鎮の横暴などにおいて似ていないことはないが、やはり李賀個人の境遇そのものとの近似は発見されないのである。肩吾のような大任をいちどとしておびたことはなかったはずなのであり、これまた李賀の願望において、そうでありたいと願っていたことであったかもしれない、ということでしかない。

だが使者として、でむいてみたものの、かんじんの当陽公は、あっさり賊に降伏してしまったのである。ここに気負いこんで使者に立った庾肩吾の間の悪さが、おこる。李賀が、ひっかぶった間の悪さとの類似がある。しかし序の中ではそのことになんら触れていない。

当陽公の裏切りにより、かくして肩吾は、東は会稽へと逃げることになり、「南史」の「庾肩吾伝」によると、「賊の宋子仙は、会稽を陥し、肩吾に賞をかけて捕えた。子仙は言った。〈汝は詩を作るを能《よ》くするときいているが、いまここで、すぐさま作ってみるがよい。されば汝の命を救ってやろう〉。肩吾は筆を操ってたちまち一詩をなした。その辞采《じさい》は甚だ美しく、子仙はただちに釈放した上、建昌《けんしょう》令に命じたが、肩吾は間道づたいに逃れて江陵《こうりょう》へ奔《はし》った」ということになる。

ここで、「会稽より帰る」ということの出所があきらかになる。だが、史書には、李賀のいうようには、「先《ま》ず難を会稽に潜《のが》れ、後に始めて家に帰る」とはない。江陵に奔ったとあるが、南陽の新野に帰ったことはない。

のちに肩吾は、侯景の乱が平定されたあとの元帝の代には、江州の刺史、義陽《ぎよう》の太守などを経て、武康《ぶこう》県侯に封ぜられている。ということは会稽より江陵に奔り、元帝の梁朝の仕えるまでの二、三年間において、故郷の新野へ帰っていた可能性がひらかれている。とはいえるのだ。清の陳本礼は「協律鉤元」の中で、董伯音《とうはくいん》の「会稽より新野に還る。時に梁はすでに久しく陳となり、貞を守りて仕えず」とはっきり言ってしまっている言を引いているが、歴史と詩との符合に急すぎるところがあり、元帝に仕えたことさえ無視している。しかし、董伯音がそうしたように、李賀も、その空白の数年を新野へ帰っていたと想定したのだ。董は李賀にひきづられたのだともいえる。この空白の期間を、苦渋の時として想定で埋めたてて自分の境涯と結びつけ、また彼の遺文にも、その間の作が欠けていることにも注目し、自分の姿をさしこむことのできる余地としたのかもしれない。庾肩吾には、史書のいうように、その空白の数年間の消息を示す詩はないのだが、侯景の乱がおこり、使者として江州へ向った時の感慨をあらわしているだろう詩は、いくつかないわけではない。たとえば「古詩源」にも選ばれている「乱後行経呉御亭〔乱後に行きて呉御亭《ごぎょてい》を経《ふ》〕」の詩である。この呉御亭は、江州にある呉の孫権のつくった宿場であるからだ。

この宿場に立って、庾肩吾がひとたびふりかえって回望した時、「風塵　千里　昏《くら》し」の不安がたちこめていた。侯景の軍兵が城門のあたりにうろうろしてたちまわっていた。彼等は皆、青衣を着していた。「青袍《せいほう》　春草に似たり」と古詩にはいうが、彷徨する彼等の青衣をみていると、とうていそうは思えなかった。まさしく「青袍春草に異なり」であった。燃えあがる春草のごとき青衣ではなく、蒼ざめた不吉の青衣であった。

時は、不穏の空気に満ち満ちていたが、それでも、まだ庾肩吾は楽観していた。なぜなら国勢は淪敗していたとしても、梁の王朝はなお存続していたからである。侯景の下で、大臣の位にさえついていた。しかしそのような位よりも、気になることは、武帝が城に幽閉されていることであった。その王子たちは、「泣血《きゅうけつ》　東走を悲しみ」「才を横《よこた》へて　北奔《ほくほん》を念い」、侯景の迫討をはかっていたのであり、肩吾も梁のために一肌を脱ごうとしていたのである。

まさに七廟《しちびょう》の略に憑《よ》りて
誓って五陵の寃《えん》を雪《すす》がん
人事　今かくの如し
天道　誰を共にか論ぜん

父祖代々の軍略をもって、国の怨みを雪がないではおかないと、庾肩吾は、この呉御亭の地で憤激している。人の世は、乱れに乱れており、いまさら天の理非を論じている暇など、はない。なにがなんでも寃を雪がないではおかないと、彼は胸中をふるわせていたのである。使者の重責を庾肩吾は感じているのでもある。彼は、つねに宮廷にあって、王子たちと詩を和して遊んだ。そういうこれまでの生きかたの栄誉感が、いよいよ彼の身をふるわせるのである。

この詩をつくった時、おそらく彼は、これから使者として赴こうとしている当陽公が、賊敵の侯景の陣に降ってしまおうとは、思ってもいなかっただろう。恩に報いる時と、この使者の役を買ってで、寃を雪がんと猛志にはやっていただけに、当陽公の裏切りは、庾肩吾に青天のへきれきたる間の悪い思いをあたえたであろう。

この当陽公の裏切り以後、会稽へ逃れたりしながら、使者の役を果さぬまま、都へ戻ることもならずにいて、隠れひそんだり、賊に囚われたりしている間、いったい彼はなにを考えていいかをしめす詩は、一つものこされていないのである。

この空白が、李賀をたちどまらせたのである。想像力をかきたてたのである。李賀は、この空白を、悲哀と屈辱にみち、隠忍に耐えていたと想像したであろう。そう想像した時その空白の中へ庾肩吾の像を通して、いま自分自身の置かれている心境がそのままざくりとはいりこんでしまったであろう。「悲しみを補う」と、この詩の志を序でしめしたと、いうことは、庾肩吾も、この空白の間においてその情けない境遇に悲しんでいたと李賀が断定したということなのだ。

「悲しみを補う」と、同情と哀憐の情をまるだしにし、あたかも他人ごととしての冷静さを持して、この詩を作っているかのようであるが、実際は、その空白の中を埋めたてようとした時、すっぽり自分自身がはまりこんでしまったのである。これがなんで仮託であるか。はまりこみさえすれば、「悲しみを補う」ことができたのである。そのことは、本文たる詩を読めばよくわかるのである。

野粉椒壁黄　　野粉《やふん》　椒壁《しょうへき》の黄《こう》
濕螢滿梁殿　　湿蛍《しっけい》　梁殿《りょうでん》に満ちたり
臺城應教人　　台城《だいじょう》　応教《おうきょう》の人は
秋衾夢銅輦　　秋衾《しゅうきん》　銅輦《どうれん》を夢む

野に粉が点々と散っている。その粉は、黄色い。黄色いのは、城に塗りこめた山椒の壁が、崩れ落ちたからである。そういう情景からこの詩を開始している。湿った蛍が、その梁の御殿の中に、うざうざと満ちて、飛びまわっているとさらにつづける。「湿蛍」というのは、李賀独得の感覚語である。蛍が梁殿に満ちているということなのだが、その蛍が、「湿蛍」であることによって、廃墟となった梁殿の夜の空気感さえ、なまなましく伝えてくる。蛍は、陰湿の地に発生する故に「湿蛍」といい、蛍のもつ質感をさえこの語はだしているのだが、この質感までも指定されてしまうと、読者は、さらに人の住まぬその梁殿の湿ってよどんだ空気さえも、はっきり体に感じるのである。梁殿が湿っぽく、すえた空気が充ちているので、陰湿を好む蛍が、群飛するにいたったのだともいえ、そのしめった殿中を、さらに水っぽく湿った蛍が、光の尾を曳いて、群り満ちているのである。気味の悪い光景である。

　この二句の間には、昼夜の時間のずれがあるのだろうか。王玲《おうれい》は、この「二句に、台城の破れし後、宮殿の荒蕪の状を見る」と注するが、李賀によってその悲しみを補われた庾肩吾は、城の椒壁が頽れ落ちて地に散っているこの惨景を、昼の光の中に見たのだろうか。そして、湿蛍の群飛する梁殿に足をいれたのは、時間をおいての夜なのだろうか。それとも、野に散りし椒壁の粉を見た目で、そのまま荒廃した梁殿の中にはいり、そこは昼なお小暗き殿中を、蛍が乱飛しているのを見たのだろうか。蛍は、中国にあっては、「腐草の化して蛍となる」というようにじめじめした妖なる印象で受けとられ、李賀の詩にあっても、かそけき墓の穴ぐらに蛍の群居を見る例があるように、妖しい。

　つづく二句。「台城　応教の人」「秋衾　銅輦を夢む」では、その廃墟と化した梁殿を訪れた庾肩吾その人の身分や過去や心境に触れている。かつて城中で、王子たちの命のままに詩をつくったりしたころのことを庾肩吾は思いだしている。廃殿の中に、かつての城の繁栄のさまを呼び戻しているのである。自分がどのような城中の生活をしていたかを感傷をもって思いだしている。

「応教の人」とは、諸王の命により詩歌を応じてつくることをいう。天子の場合は、応詔。太子の場合は、応令。諸王の場合が、応教である。庾肩吾の詩をみると「侍宴応令」「山地応令」というように、応令の詩が多いが、「応和」の詩も、「奉和泛舟漢水往万山応教」というふうに、ないわけではない。陳弘治は「皇子ははじめ晋安王であったので、応教とした」と按じている。

　そういう皇太子のお守り役ともいうべき位にあったこの庾肩吾が、夢をみたというのだ。悲しみを補う李賀の想像力は、庾肩吾の夢に入り、夢をささえつくっていくのである。それはどんな夢かといえば、銅輦の夢である。

　いま、秋の衾《しとね》にさびしく臥す庾肩吾は、太子の車のお伴をした華かなありし日の一駒を夢にみるのである。銅輦とは、太子の車飾りのことである。夢の中に、この銅輦のクローズアップのみがどんとあらわれたのではない。車飾りが夢の中心にゆれて焼きついていたにしても、車そのものから、車の進行するさま、車に乗っているさま、車からみえる風景、すべてが夢の中に侵入してくるのを見ているのである。銅輦といっただけで、それだけの広い状景をあらわしてしまうのが、中国の詩のもつ独特の機能であるが、しかし、李賀は、あくまで銅輦を中心に揺めくその状景をきりとっているのを見逃がしてはならないのであって、ただ車馬の状景をあらわすために銅輦といったのではないとはいえるのだ。さらにのこりの四句。

呉霜點歸鬢　　呉霜《ごそう》　帰鬢《きびん》に点じ
身與塘蒲晩　　身は　塘蒲《とうほ》と晩《く》れる
脈脈辭金魚　　脈脈として金魚を辞し
羈臣守迍邅　　羈臣《きしん》　迍邅《ちゅんせん》を守る

　この四句にはいると、肩吾にかわって、「その悲しみを補う」という初志は、李賀自身の悲しみにとだぶっていくのを感じないわけにはいかない。この詩は、梁殿の描写ではじまっているから、いちど肩吾は荒廃の都へ帰ってきたのだということがわかる。そしてそのまま都へとどこおらずに、郷里の新野へ帰ったのだという想像上の追跡のしかたをしている。

　家へ帰ってきた肩吾の鬢には、白い霜がまじりはじめ、わが身は、土堤の蒲《がま》のように、晩《おとろ》えていくのを感じている。病弱の李賀がここでもだぶっている。かつてどこかで蒲をみた視覚的記憶が、肩吾の衰弱の意識とかさなりあうのである。肩吾の意識は、もはや李賀の意識となってかさなりあっていて、このあまりもの自然さは、李賀が肩吾に化けてみせて、その化けの皮があらわれたのではないことを示しているように思えるのだ。

そして肩吾は脈々とわが思いにひきずられながら、金魚袋を帯びた官位を辞すというのである。旅にさすらう臣として、賤しく身を落した境涯を守っていくつもりである、とさびしい覚悟の言葉をもって、終っている。

李賀は、この詩をつくることによって、自らの悲哀と覚悟をのべようとしたのであろうか。やはり仮託を、企てたのであろうか。読み終えてみて、どうもそう思えないのだ。古史の中を歩いていて、李賀は、庾肩吾の人生に空白のあるのをみた。彼の生きかたを見ようという気にそそられた。調べていくうちに、その空白の個所を埋める遺文のないのを知った。遺文はなかったが、そのまま肩吾の気持はよくわかるような気がした。それは、自分の置かれている心境に近いのではないかと合点したからである。その想像される心を、自分が代って詩にし、その悲しみをこの世にのこそうとした。そうしなければ、だれも後世の人間が庾肩吾の気持を知ることなく終るのではないかという歴史的な脅迫感にとらえられた。それは詩をのこさなければ李賀自身も歴史にのこされることはないという恐怖ともつながっている。しかしともあれ、肩吾への好奇心は、きわめて素直なところから出発したように思うのだ。仮託しようと、はじめから心して、古典籍の山を渉猟したのではないように思うのである。

だが、肩吾の悲しみを補わんとする心やさしくも利己に満ちたこの傲慢な行為は、所詮、李賀の袋のうちにあるのであり、仮託という傲慢をとったのではないにしても、庾肩吾は李賀自身にならざるをえない宿命にあった。もし仮託であるなら、結局は自分自身の形影を附焼刃することになり、読む者の手もとにその強引な体臭さえ匂ってきて、やりきれないものだが、すくなくともこの私にはそうなっていない。つまり庾肩吾を語ることは、語るのは悲しみに自分をもてあました李賀にほかならないのだから、ただ語るだけでも、李賀自身そのものが沈んでいくということでもある。いったん静かに肩吾の中へ沈んでいった李賀の肉体は、詩ができあがった時、ひとりでにまた浮かびあがってきて、自分のこしらえた庾肩吾の像に、まとわりついているのである。

このありかたこそ、李賀の「比興」のありかたである。意図した比興などというものは、その深さはたかがしれたものだ。「比興」とは、とどのつまりは、自分の身を詩の中にそのままそっくり預けるにしくはないのだし、至高の比興とは、そういうことなのではないか。曽益は、「この詩、悲しみを言わずして、悲しみ自《おのずか》ら無限、故に序に曰く、以てその悲しみを補う」と、そう彼は言うのだが、この指摘は正しい。李賀が、この古題の手法によってとった態度は、転嫁というべきものである。転嫁は、仮託とちがって、いったん自分が消えるのである。消えることによって、ふたたび影をあらわすのである。悲しみを補うからには、悲しみを押しつけるのでは、下品の策であり、悲しみの意図があるなら、悲しみを消せばよいのだ。消せば、悲しみが、川に沈めた板きれのように浮んでくる。その時はもちろんはじめの乾いた板きれは濡れた板きれとなって浮んでくるのだが。同じ悲しみでも悲しみかたがちがっている。

　とはいえ、この詩に描きだされた梁殿は、なにとはなしに昌谷の福昌宮の廃殿と似てはいないだろうか。「昌谷詩」の中に、つぎのごとき句がはさまれている。ここでは、はるかに明るさをもってあらわれているのだが。

駕《が》を待って　棲鸞《せいらん》は老い
古宮の椒壁《しょうへき》は　圮《くず》る
鴻瓏《こうろう》として　数鈴《すうれい》は響き
羈臣《きしん》　涼思《りょうし》　発す

　李賀は、昌谷の自宅で、夜、書斎の典籍にかこまれながら、南史や庾肩吾の詩文集をひもどき、薬気のこもる燈明の下で、ひっそりと読書しながら梁殿の廃墟を想像の空に浮べ、その中に庾肩吾を立たせ、この頭に描きだした肩吾の像に思いを発しさせながら、詩に鋳込んでいくという孤独に耐えていただろう。

　肩吾の「賦得嵆叔夜〔嵆叔夜《けいしゅくや》を賦し得たり〕」などを読み、その中の「俗倹《ぞくけん》の寧《いずく》んぞ妨げ患わさんや　才多ければ反《かえ》って身に累《およ》ぶ」などという詩行の上にも、李賀の鈍いが熱い魚目は、過ぎ去った可能性はある。だが、この書斎の中で、二百数十年前のむかしにさかのぼって、その時間をみようとする時、どうしたって、これまでに目睹し、李賀の肉体の中に蔵《しま》いこまれた像へ、その生みだしたはずの光景は、侵蝕されないわけにはいかないだろう。

　これまでもすでになんどか、昌谷へ帰ってきてまでも、李賀がかたくなに旅人であろうとしているのを見たが、この詩でも、庾肩吾を詠じながら、しかも彼に故郷へ帰らせた上で「羇臣、迍賤を守る」などと言わせて、あくまでもさすらいの臣たることに留めおいた。

家へ帰ることが、なぜ李賀にとって、さすらうことになるのか。家へ帰還することによって、旅人であることがやむはずではないか。

客《たびびと》とは、生きかたになんらの結着のつかない時に、自らへあたえる称号のようなものである。長安の都にあっても、宙ずりの状況に追いこまれていた李賀は、自らを旅人であると言った。だが、長安で、自らを「客」と呼ぶ時、故郷の昌谷という前提があってのことであった。昌谷というおもりの石がどっしり心に座っていたからこそ、旅人であると自己規定することができたのである。とどまることなく、あちこちとさすらっている時は、もちろん客といおうと、羈臣と言おうが、かまわないであろう。だが、故郷へ帰った時ぐらい、旅の意識を解きほどいてもよいと思われるのだが、李賀は、かえって客の意識を強化しようとさえしているのだ。

この心意は、どのように理解したらよいのか。故郷の昌谷が、旅の仮ずまいとなったというのなら、それも勝手だが、それではこんどは、どこが彼の心におりている重石となるのか。

呪わしき長安こそが、新たな故郷がわりにでもなるというのか。はじかれながらも、長安にはどしがたい未練をもって対していたのだから、たしかに長安は心のよりどころなのでもあろう。もう一つの心のよりどころであった故郷へ帰ってきたいま、故郷感覚は消滅するのだともいえないことはない。故郷というものは、生れた土地を離れることによってはじめて成立する感覚であり、戻ってしまえば、もう故郷でもなんでもないのである。そうなると、長安の都が、いれかわりにいまわしいながらも、故郷のような存在となって彼にのしかかり、この生地の昌谷をも、旅の地とみなさないではいられなかったのだろうか。いや、そうではなく、李賀は、昌谷へ帰ることによって、ついに故郷を失ってしまったのかもしれない。もう、どこにいようと、李賀は、旅人であるより他はなくなっていたのだ。心の落着ける場所が、この広い天地のどこにも、見だすことはできなくなってしまったのである。どの場所にあっても、よそ者のそらぞらしさの隙間風が、胴の中を吹きすぎるようになってしまったのである。あの進士拒否の事件への思いが、溶けてしまわないかぎり、李賀はいるべき場所を失った。帰ってきた昌谷は、すわりごごちのよい場所であるはずなのに、どこかしっくりしない気まずい異和の場所となってしまったのである。それ故昌谷の地にいればいるほど、その長安への未練は燃えさかり、なまじ抑えようとするから、かえって風を送ることになり、炎を燃えあがらせるのである。かくして昌谷はいよいよ座り心地の悪い場所となって、「垂翅の客」と呟かないではいられなかったのである。

七

昌谷の里に、霧に蔵《かく》るる豹たらんとして、病身と傷心をひきづって、帰ってきたものの、ほどなくして、そのあだな決意も崩れ溶けた。昌谷は、霧にはならなかった。李賀はその霧の中に身を沈める豹たりえなかった。豹でありうるどころか、浮き足だって、さすらいの旅人であると呟かないではおれなかった。

そもそも不遇の観念にとらわれた唐代の詩人たちは、信じられないほど律儀に、きまりきった繃帯のかけかたをした。自己慰撫のありかたが、月並みなのである。隠棲のほのめかしをやってみせるか、流浪の客たるふりをして、その現実からの拒否によって生じたどす黒い不平を、ほどよい悲愁感に薄めてみせる。このことに関してなら、李賀もなんら例外ではなかった。

月並みを、きっちり墨守してみせているのである。だが、李賀の場合、二つの月並み意識が、べつべつに立ち現われるのではなく一どきにかちあって、いよいよ身の置き所のないものに自らを追いこんでいた。月並みの観念は、意志というより感情のほうが先走るため、墨守するといっても、墨守できないものだ。弱気が、月並みの気休めを演じさせ、苦しみの転嫁の欲が、応急処置として、月並みにすがらせるからである。

そういう負の感情から奔出したものにすぎないのであるなら、もはやなにがなんでも守ろうとする意志とは、無縁である。李賀は、だから、この月並みの、かりそめの決意が、いかに転覆しようと、消滅しようと、けっしてその違反に悩むことはないのである。違反したあとでも、苦しく、耐えがたくなったなら、またまたその月並みの慰さめを、節操もなく繰りかえすだけなのである。

月並みの効用とは、こういうことなのだ。もちろん、この月並みには、原型がある。本来は、月並みではなかったのだ。流浪することも、隠遁することも、それを猛志をもって貫いた者がいたはずで、そこには苛烈な生の選択があったはずである。だが、それを鑑《かが》みとしようとするものは、その行動よりもまず意識からはいっていかねばならない。

鑑みとされる人間は、けっして意識からはいっていかなかった。その生の足跡が、他者によって、「かたち」

としてまとめあげられたのであって、けっして自分から、そのかたちを演じてみせたわけではない。それに反して、この祖型者に倣わんとするものは、最初からかたちとして見ていかねばならないのである。つまりその生きかたを見る目と、それを受けとめて自らに導く意識から入っていくのである。

意識とは、模倣である。しかも、行動の模倣よりも、まず意識としての模倣が先行するのだから、行動の模倣へなかなか推移しにくい。意識としての模倣で、腹いっぱいになってしまって、ただそれで終ってしまうのである。気休めで終ってしまうのである。口の乾かぬうちに忘れてしまうのである。

行動の模倣にまで突入していくには、祖型者以上の猛志ともいうべきものが必要なのだが、その意識の機縁というものが、そのほとんどが、現実の悲哀から発しているのだから、もしその悲哀がなんらかのかたちで充塡されたり、さらに新たな社会生活意識が生じて、その意気消沈にふたたび活気を帯びさせたりすれば、たちまち自らの中に構えた流浪意識や隠遁意識が、消え失せてしまうような根の浅さなのである。意識の安売りが、悲哀の疼痛を防ぐ手段として、しばしば用いられるのだ。

月並みなのは、意識だからである。意識だから月並みを乱発できるのである。いざ行動ともなれば月並みの及ぶしわざではない。祖型は、月並みではないからだ。李賀は、この月並みを、昌谷において、二つも重ねもった。気休めの叫びを、二つも交差させた。昌谷へ帰ってきたのは、陶淵明のように、宦情のわずらわしさを否定し、田園に没するためではなかったはずだ。官を辞し、帰ってきたのは、同じだとしても、李賀は、未練の滴りのうちに帰ってきたのだ。未練と憤懣の傷を隠しこみ、自分になんらかの決着をつけようとする時、手近かの観念としては、霧に蔵るる豹たらんと口走って、月並みを踏襲するより他はなかったのだが、それはあくまでも見せかけの決意であって、その決意に対する信じこみは、いっさい上の空なのであって、自ら隠しこんだ俗情の傷が開いて、血が流れれば、即刻に放擲される筋合いのものであった。

だからその流れた血の痛みにたいして、また耐えられなくなったら、繰り返して霧に蔵るる豹を唱えてみることもあるが、あくまでもこの口走りは、本音ではないから、その月並みとは、なんら並行線をたどらぬ、むしろ裏腹である客意識という新たな月並みにたいし、自己慰撫のすがりつく根を見出すこともありえるのである。

李賀にとって、この口走りの混線は、なんら矛盾ではない。「霧に蔵るる豹」が、一所にとどまるものであり、「客」は、流れいくものだとし、それらは互に正逆をなした月並みの意識だとしても、ともに本音ではない以上、李賀はなんらその矛盾にたいして責任をとらないであろう。

痛みは、人に混乱をあたえる。あらぬことを口走らせる。混乱した口走りなのではなく、口走りとは、もともと混乱そのものなのであって、混和でもあってその矛盾を責めることは、愚なのである。しかし口走りは、いかに混乱し、責任のとりようのないものであり、意志として実現にかき進むことのありえないものであるにしても、李賀の気持ちの中に浮んでいる雲の群の一片ではありえるであろう。

かりそめの意識でとどまるにしても、故郷にあってさえ、旅人の意識にとらわれ、その逆に霧に蔵るる豹たらんとしているこだわりがあることだけは、厳然とのこるのである。月並みは、月並みだけに、かえって己れをさらけだしてしまうのである。特に旅人の意識は、座るべきところをこの天地に失った李賀のすがたをしめすものであり、息たえだえに影の薄くなっていく李賀をみるようなものであるが、そのような消えいらんばかりの影の中に、輝くばかりの生命の炎のゆらめきをみないわけにはいかないのだ。それは、人間社会への執着である。

「秋涼詩寄正字十二兄〔秋涼の詩 正字十二兄に寄す〕」という詩がある。李賀の一族の官界での勢力は、どのようなものであったか、審かではない。彼の逼迫を加護するだけの有力者がその一族にいたとは思えない。詩を通じてみるかぎり、「奉和二兄罷使遣馬帰延州〔二兄使を罷《や》めて馬を遣り延州に帰らしむというに和し奉る〕」「潞州張大宅病酒遇江使寄上十四兄〔潞州《ろしゅう》の張大の宅にて酒に病む 江使に遇い十四兄に寄上す〕」の詩題などから、三人の従兄弟の存在があがってくる。一族の中で、上から二番目の従兄、十二番目の従兄、十四番目の従兄である。これによってすくなくとも李賀は、十四番目以下であることはわかるのだが、さらに十四兄と彼との間に何人の従兄弟がはさまれていたのかわからない。

いづれにしても高位高官はいないわけで、なお没落しているとはいえ、その皇孫は、かなりの数をしめして根をはっていたことだけは推定できる。その一族のいくらかは、昌谷に居を構えていたのか、どうかは不明であるが、親戚同志がまるで没交渉でなかったことが、この三つの詩の存在からも、わかるのである。

李賀の進士拒否の事件は、李一族の話題とはなっていたであろう。李賀の故郷への引退はやかましい噂にもなっていただろう。「秋涼詩寄正字十二兄」の従兄は、李賀とは、いくつ位の齢の開きがあったかはわからないが、「春坊正字剣子歌」も、この従兄にたいする詩であったとするなら、比較的親しい仲であったかもしれぬ。

従兄同士というものは、元来、血はつながっているとは言え、血のつながらぬ友人より昵懇とはならず、血の濃い兄弟との仲ともまたべつな、疎遠でそらぞらしい仲であることが多いが、冠婚葬祭ごとには、まっさきに近寄ってくる、そういったうさんくさい間柄なのが、親戚というものであり、従兄同士である。従兄とは、こそばゆい存在である。唐代の社会における家族制度の中で、従兄同士は、心意的にどのような関係を結びあうものなのか。唐代の詩にあらわれたその関係をみると、なべて儀礼的であるように思える。しかし、李賀と正字十二兄との間柄は、やや密なものであったように詩からは受けとられる。

秋涼しくなって、長安にいる正字十二兄にむかって一詩を李賀は、寄せたのである。春、昌谷へ帰ってきたその年の秋であるとみなしてよい。正字とは官位であり、この従兄が春坊正字の官であったことが、わかる。皇太子に属す東宮官であり、左《さ》春坊《しゅんぼう》の司経《しけい》局勤務であり、経書を校刊する役職であった。定員は二名であり、官位は、李賀の奉礼郎と同じく従九品上であり、低位である。この従兄の名は、わからない。この官位も、李賀と同様、科挙を経ずに、恩陰によったのかもしれない。二人の親密さは、そういうところから生まれていたのかもしれない。その従兄とは、奉礼郎時代も、長安にあって往来していたにちがいなく、「春坊正字剣子歌」はその時のものであり、この「秋涼詩寄正字十二兄」の詩は、なお長安にいる十二兄にむかって発せられたものであるだろう。

閉門感秋風
幽姿任契闊
大野生素空
天地曠粛殺

閉門　秋風を感じ
幽姿《ゆうし》　契闊《けいかつ》に任す
大野《たいや》　素空《そくう》を生じ
天地　曠《こう》として粛殺《しゅくさつ》

門を閉じて、門を閉じるといっても、開いているわけであって、昌谷に帰って、官界から離れ、ひっそりと家に閉じこもっていることを閉門といっているのであり、そういう生活の中で、秋風が身にしむ季節となった、と李賀は、挨拶する。時間の移ろいを告げているのである。この「閉門　秋風を感ず」の巻頭の一行だけでも、李賀の凄惨なわびしさというものが伝ってくる。

「幽姿　契闊に任す」。これも挨拶の詩行であるが、この「幽姿」は、だれなのか。王琦は、「十二兄」のことだという。多くの注も、これに従い、鈴木虎雄のみが、「私のわび姿は」として、李賀自らのことだとしている。幽姿の幽を幽雅ととるならば、どうしても相手のことであろう。わび姿ととくならば、李賀自身ということになる。私としては、幽姿を李賀のことと考えたいのだが、わび姿と言うのは、どうも和習の感受性に思えて、なおひっかかるのである。ひさしくごぶさたしているというわけだが、幽雅なあなたにひさしく相見えていないと解くか、幽暗孤独の私は、あなたにひさしくお目にかかっていないと解くか。「閉門　秋風を感ず」に続くものとしてなら後者のほうがふさわしく、挨拶を強調した見方でなら、相手をたてた物言いとして、前者がふさわしい。

「大野　素空を生ず」。つづく二句も時候の挨拶なのだが、風景は、李賀の視線にとらえられて、外観を言葉に置き換えられるにとどまらず、李賀の胸の中まで吸いあげられてしまっている。昌谷の大野には、白い空間が生じて、白染めにされてしまっている。白い空と秋の枯野が、白々と茫々と一体になっていたのだろうが、そういう眼差しというものは、李賀の胸のうちまでを素空に満たしていることになるのである。王琦は素空を「秋気清明の貌」と解釈しているが、これでは言い足りない。「天地　曠として粛殺」、前句へさらに大きな輪をかけるように、外界を殺殺たるものとして観じてみせる。白い茫たる幕のおりた大野の空間は、天地の視野まで拡大され、粛殺の気にみなぎっているというのだ。

李賀は、昌谷の秋の大野を前にして、そこに白い空虚というものを見て、自分の胸の中までを染めていることはあきらかなのに、彼はけっして空虚に捕殺されていないものを覚え、私はためらう。自分の見たものに眩惑されていないのだ。あきらかに、大野の素空の中に、李賀自身が溶けてしまったはずなのに、その素空の魔をつっぱりはねかえすような、ぎらぎらした李賀の痩手がみせる精気というものを、感じるのである。それは見てしまったものへの反撥力のようなものであり、死への必死の足蹴りだといってもよく、「大野　素空生ず」などの句は、この世のからくりを見てしまったような凄句なのだが、そういう虚白に墜ちてしまった時、いつも李賀は威張り返っているような激しさをみせ、けっして中空にさまようことはない。このような報告というものを、十二兄は、ただの時候の挨拶と受けとったであろうか。

露光泣残蕙　　露光は　残蕙《ざんけい》に泣き
蟲響連夜發　　虫　響《ちゅうきょう》は　連夜発す

房寒寸輝薄　房《ぼう》は寒く　寸輝《すんき》は薄く
迎風絳紗折　風を迎えて　絳紗《こうしゃ》は折れる

李賀は、秋の大野に、粛殺された万物の残骸としての白を見たのであるが、李賀は次の句では、その漂《さら》したような虚白の世界を微視へと戻していることに注目しないわけにはいかない。虚白感とは、いわば全体感である。天地を一身で受けとめるような体感である。この体感は、あきらかに李賀に死を垣間見させ生と死の中有《ちゅうう》の間に運び去っているのだが、このことに李賀は、あたかも危険を感じているかのように、その囚われた身をひきちぎり、逃れるようにして、微視に向かうのである。

「露光　残蕙に泣く」。秋枯れした蕙草に露が光って泣いているのをみる。大野を見やった時、李賀は、そこにただ素空を見るだけであって、その素空に残蕙もふくまれていたはずなのに、けっして李賀の視覚に触れてくるものではなかった。自分の目が、白目になったように、なにも見えなかったのである。このような時、この詩とかぎらず李賀は、ただちに、慌てふためくように、微視の活動にはいる。巨視は、物の具体性を奪うが、微視は、その奪われたものを回復してくれる。足もとには蕙草が残り枯れして、その葉に露の玉が光って泣いているのを李賀は見た。この光りの涙は、李賀の生還の涙であり、自らがやはり生きていることを確かめえた涙である。不意に目が見えなくなったと思ったものが、必死にあがいて、そうでなかったことを確かめえた時の喜びにも似ている。

そうなると、周囲の物事の動きが、すべて慕わしげに見えてくるのであり、「虫響　連夜発す」るのも、身は、聴きとどけるようになる。大野に素空の生じた粛殺した風景の中に、きらっと露の玉が光るのを見、虫が騒がしく鳴いているというのも、索漠とした状景であるが、それよりも、李賀が、巨視、というより全体で受けとめた感覚の残酷さから、逃れて、物象の蠢動を見とがめることによって、生命の水を呼び戻そうとしているあせりをこれらの句に感じたほうがよいように思える。だから、この際、「連夜発す」の「連夜」の反覆性の語句を選んでいることも見逃がすわけにはいかず、李賀の心臓が鼓動していることの確認の語に思えるのである。

だが、その鼓動は、身を澄ませることによって、ようやく聴きとどけられるといった薄い生命であったともいえるのである。「房は寒く　寸輝　薄し」。書斎の中は寒い。それは、秋のしのび寄りにより、寒いせいもあるが、李賀の肉体が寒いと感じるよりも、李賀の生命が、寒々しく感じているのだと考えたほうがよいのである。そういう寒々しい生命は、書斎を照らす灯明の光りを、薄いと感じるのだ。灯火が薄いのではなく、李賀の生命が薄いのである。そういう書斎の中へ、とつぜん秋風が闖入してくる。「風を迎えて　絳紗　折る」。真紅の紗の帷帳が、風を迎えるように受けて、折れたたむようにして崩れ転るのである。李賀は、ここでも物象の動きにさかんに驚こうとしている。薄くなった生命の恐怖から逃れるには、物の動きに感じる自分へと仕向けなければならないのである。

披書古芸馥　　書を披《ひら》けば　古芸《こうん》　馥《かんば》しく
恨唱華容歇　　恨み唱《うた》えば　華容《かよう》　歇《おとろ》える
百日不相知　　百日　相知《あいし》らずして
花光變涼節　　花光《かこう》　涼節《りょうせつ》に変じたり

風に折れ倒れた帷帳を、李賀は、立ちあがって、たて直したであろうか。書斎の中で、本を李賀はひもといていた。ぷんと古雅な香り草の匂いが、開かれた書物から発して馥郁と包みかかってくる。その書とは、六朝の詩文集であろうか。李賀の愛した楚辞でもあるか。開かれた頁に目を落し、読唱する。読唱しているうちに恨みの心がわきあがってくる。李賀は乗じるように恨みをこめて、唱読する。しかし恨み唱じているうちに、自分の容貌が、みるみる衰えていくのを感じる、というのである。

ここでは、物象の蠢きを身に浴びることが、かえって生命の薄くなっていくことに追いこんでいて、これまでと逆である。逆でもありうるということは、着実に、李賀の生命が間歇状態におちこみ、しずしずと生の稀薄と生の終結の予覚に迫られているということなのでもある。

この十二兄にたいして、李賀はのっけから自分の陥ちこんでいる身心の境地を語っているのである。そういう間柄であったからともいえるのだが、ふっと思いかえしたように心境報告から、時候の挨拶にまたも切りかえる。「百日　相知らず」「花光　涼節に変ぜり」と。李賀が、昌谷に帰ってきたのは、春の終りであった。今は、秋であるから、その間にはさまれた、夏は三ヶ月として百日である。その百日の月日がたったのに気づかぬうちに、花の春景は、秋の涼しい季節になっていたという。これは言葉の綾なのだろうか。夏の存在を知らずに終ってしまったのだろうか。

この「百日　相知らず」「花光　涼節に変ず」は、おそらく「閉門　秋風に感ず」と呼応しあっているはずだ。もちろん、夏の昌谷をも、李賀はさまよったのであるが、閉門と言ったからには、この言葉にここでは支配されるのである。夏は、門の中に身を閉じこめていたので、見えなかったことにされてしまうのである。そういうことにして、一貫させているのである。だとすると、二句目の「幽姿　契闊に任す」が、気にかかってくる。

　この「幽姿」も、やはり閉門と呼応していたように思えてくるのである。閉門の主、李賀こそが、やはりその幽姿であるのではないかと。門を閉じていたため、契闊に任していたのであり、春の光が、秋の光に変じていたのに気づかなかったのではないかと。

　しかし曽益は、この「閉門　秋風を感ず」「幽姿　契闊に任す」の句にたいして、変った注釈をほどこしている。「秋至りて感深く、故に門を閉じて、契闊し猶、遠くに隔たる。野は、即ち地。空は、即ち天。野は大きく空しく素《しろ》くして、天地は、曠然たり。秋気は粛殺として、粛殺たる故に、蕙は残り、残る故に露を含みて泣き、ここに幽姿を上述した。幽姿は、秋姿である」。この註解を受けいれるとするならば、「幽姿」は、李賀のことでもなければ、十二兄のことでもなく、秋の姿であることになる。門を閉じて蟄居していたために、秋の幽たる景にまみえることがなかったのだということになる。曽益も、この「幽姿」の語句の所在にひっかかったとみえて、通釈にあたって、この幽姿をすぐに訳さずひとまず省略して試み、途中で総括するようにして、「大野　素空を生じ」「天地　曠として粛殺」「光露（露光）　残蕙に泣き」「虫響　連夜発す」をふくむ景全体が幽姿だと解明するのである。幽姿は、だれのことか、李賀にしては手前味噌であり、十二兄にしては、飾りすぎであり、とはいえこれらの手前味噌も、飾りすぎも、李賀の詩集のうちにある用法であって、異とするに足りないのであるが、思いきってその主を、「秋姿」のことだとすれば、すっきりするかもしれない。

弟兄誰念慮
牋翰既通達
青袍度白馬
草簡奏東闕

弟兄　誰か　念慮《ねんりょ》
牋翰《せんかん》　既に　通達せり
青袍《せいほう》　白馬に度《の》り
草簡《そうかん》　東闕《とうけつ》に奏す

　李賀は、その生命の間歇状態の平から突起して泣き叫ぶ。「弟兄誰か念慮」と。兄弟以外、私のことを心から念慮してくれるものはいないと。この兄弟は、当然従兄弟たちもふくまれているのであって、あてこすって言ったのではない。だが、そこに親身の心遣いがあったとしても、結局は、親身にとどまるのであって、親身であるだけに、李賀を余計に傷つけるのである。

「霧に蔵る豹」たらんという月並みの決意も、たちまち転覆し、水泡《あぶ》くとともに池の面から消えていってしまうのは、兄弟縁者の顔をみただけで欝とおしくなってしまうからであったかもしれない。地上未練、現世未練を惹起するのは、生の稀薄感からの脱出であるとともに、親類縁者の存在こそも手を貸していたはずだ。

「賤翰　既に通達」。十二兄から届いた手紙には、李賀を同情し、憐む言葉が書かれていたにちがいない。だが、その手紙は、彼自身の近況をも書きしるしているはずであり、十二兄に、それを省くだけの配慮があったかどうか。おそらく次の二句、「青袍　白馬に度《の》り」「草簡　東闕に奏す」は、その書信の内容を示し、李賀がその内容から十二兄のふるまいを想いえがいたものであるだろう。それは、従九品下の官位をしめす青色の袍衣を着た十二兄が、白馬に騎乗して、参内する光景であり、つづいて草稿を奉持して、東闕において、奏上するさまである。春坊正字の官の十二兄が、奏上する権を、平常にもっていたとは思えないが、手紙の内容からすれば、そういう機会にめぐまれたことが記されていたとみてよい。李賀は、詩を寄せて、その奏上のさまを飾り、祝福するのである。李賀は、この祝福を、心をこめてしたであろう。だが心をこめて嫉妬していたともいえるのだ。

かつて「春坊正字剣子歌」で、李賀は十二兄にたいして激烈な殺気を見せて迫ったことがあった。この詩の中で、十二兄に対して「先輩」と呼んでいるところを見ると、彼は、李賀のように恩蔭によって、官職をえたのではなく、科挙をすり抜けることによってであったかもしれない。この二人の従兄弟同士は、長安にあっては、ともに従九品上という青袍の低位に甘んじていたにしても、十二兄は、李賀が蒙ったような事件を浴びてはいず、おちぶれた皇族の末裔でともにあっても、十二兄は、科挙を突破していた。なお可能性のうちにあった。

このいとこ同士の交友は、過去において不平の応酬という共通項はあったにしても、十二兄の李賀への同情というものが、その交友の前提となっていたにちがいない。その十二兄にたいして、李賀は、時には意の奔るがままに、情を吐きちらした。つまり当りちらしたであろう。その当りちらしを、絶交に走らぬ範囲内で十二兄は受けとめたであろう。

「春坊正字剣子歌」は、剣を詠じたものだが、十二兄は、先祖伝来の名剣を真実もっていたのかもしれない。名剣を詩にし、名剣を生きもののように扱ってみせたのは、たんに彼の想念のことであって、十二兄の所蔵とは、無関係のことであるとみなしてもかまわないのであるが、伝記的な欲の目からすれば、詩の見方も変ってきて、ただそこに展《ひろ》げられた想念の所産として見るべきだという姿勢にも、いささかの歪みがおこるのである。伝記的興味に立った猟犬の嗅覚からすれば、それは歪みともいえず、実際、李賀の詩のありかたは、想念の暴力に純粋に屈し、幻想に奔馳しているということはないのであって、名剣を詩にすれば、そこにはかならず李賀の眼前に名剣があったとみなしてよいのである。李賀の想念は、けっして空の中に想念を充溢をもって埋めるということはないのであって、物に即したところから想念が奔馳するのである。だから、十二兄は、先祖伝来の名剣を所蔵し、それを日頃自慢にしていたかもしれないという恣意の想像に駆られるのも、伝記的視点からすれば、やむをえないところがあるのだ。

　李賀の中に頑なまでによる皇孫意識は、おそらくこの同族である十二兄の中にも脈打っていたであろう。その意識は、自分の中にも煮えくりかえっているにもかかわらず、十二兄の中にもそれを見る時、李賀はいらだったにちがいない。なお可能性の中にあるこの男が、皇孫意識にすがりつくとはと、そのいらだちが、この「春坊正字剣子歌」の暴力的な冴えわたりの一助となったにちがいないのである。

先輩の匣中《こうちゅう》　三尺の水
曽《かつ》て呉潭《ごたん》に入りて龍子を斬れり
隙月《げきげつ》　斜明《しゃめい》　露を刮《みが》いて寒く
練帯《れんたい》　平かに鋪《し》いて　吹けども起たず
蛟胎《こうたい》　皮老いて　蒺藜《しつれい》の刺《し》
鸊鵜《へきてい》　花を淬《そ》む　白鷴《はっかん》の尾
直ちに　是《こ》れ荊軻《けいか》　一片の心
春坊の字を照見《しょうけん》せしむるなかれ

これは、十二兄に対する攻撃だと言ってもよい。彼の所蔵の剣は、唐建国に功をたてた先祖から伝わった武勲の由緒をもつ剣であり、日頃そのことを見せびらかしていたかもしれない。李賀も、この名剣の冴えを否定するものではないが、その剣がなんら用いられることなく匣中に蔵《しま》われていることの無意味さ、それを珍宝化する十二兄の精神の衰弱に、いらだたしくなっていたにちがいなく、「春坊の字を照見せしむることなかれ」と一喝するのである。

　そのような名剣の持主が、なにすることもなく不平不満を垂れて、左春坊の司経局に閉じこもって、経史の校正にたずさわっていることを非難するのである。宝の持ち腐れを言うのである。それでは、そう非難する李賀よ、お前はどうかといえば、悲惨な事件に遭遇したかしないかの差はあれ、この十二兄と同じく、なにすることなく唐代社会の中に浮いているのであって、だからこそ面前にある十二兄の無気力を攻撃するのであって、それは彼を斬るばかりでなく、いらだつ自分をも胴切りにしているのであって、一人でよい子になっているわけではなく、だからこそ李賀の十二兄を斬る剣は、鋭利なのである。そしてこの剣は、十二兄の持主であることを離れて、李賀自身にもなっていて、奉礼郎などに甘んじていたくないという意志を乗せて、この三尺の水を寒々と光らせるのであり、甘んじていたくないといっても、剣をふるう機会の訪れることのないという負の観念にまでに屈している上でのことであるから、いよいよその剣には殺意が宿っていくのである。

　十二兄は、この李賀の叱責をどう受けとったであろうか。十二兄は、たとえ不遇であっても李賀の不幸と才能をもっていなかったであろう。李賀が、奉礼郎を辞した時も、もちろんのこととして、十二兄は春坊正字の官にとどまりいた。帰郷する李賀を、縁者として殊勝なさびしささえ面に曇らせて、送別したであろう。自分もこの低位をほうりだして引退したいほどであるが、そういかないので、なんとかやってみるとも言ったかもしれない。

　そしてこの十二兄が、しばらくして晴れがましい舞台に立つ機会にありついた時、そのことをさっそく李賀に報告した。ここには、ともに喜びをわかちあうというより復讐心さえあったように思える。李賀の病状を尋ねると同時に、自分の近況をもひかえめな誇らしさで記したであろう。そのひかえめな誇らしさには、仲の良い従弟意識とともに、いささかの復讐心、それは意地悪といったものにすぎないのだが、やはりあり、李賀を、一層、苦しめることになったであろう。その書信から受けた李賀の苦しみとは、嫉妬の変形であったともいえ、十二兄の控え目で素直な喜びぶりは、李賀をじわじわと傷つけたであろう。それは李賀へ夢にまで見させた。十二兄の晴れがましさ、それはたかがしれた晴れがましさにすぎなかったであろうけど、その晴れがましさの報告が、李賀をしたたかに傷つけていたのであることを、自らの夢の中で暴露されるのである。

夢中相聚笑　　夢中　相《あ》い聚《あつま》りて笑えり
覺見半牀月　　覚めて見る　半牀《はんしょう》の月
長思劇循環　　長思《ちょうし》　劇《はげ》しく循環し

亂憂抵覃葛　　乱憂《らんゆう》　覃葛《たんかつ》に抵《あた》る

その夢は、十二兄とともに、あるいは十二兄をふくめた他の知り人たちと談笑している内容のものであった。その相い笑う李賀の笑いとは、快笑であったろうか。空笑であったろうか。そのどちらであっても、夢から醒めた李賀は、傷ついたであろう。醒めてしまえば、どのような笑いもむなしい。李賀は、夢の内容を、「相い聚りて笑う」というところまでしか、しめしていないが、十二兄、「青袍　白馬に度《の》って」「草簡　東闕に奏す」さままでも、手紙を受けとってからのある夜の夢の中で見てしまったのかもしれない。十二兄の晴れがましさを、飾り、祝福する意味で、その二行を具体的に想像してみたのではなく、夢に見た姿を、そのまま詩語化したのかもしれないという気もするのだ。

　李賀は、その夢中にあっては、その晴れがましさにどのような反応をしめしていたのだろう。寝台の半分に落ちている月の明るさの中で、李賀は、目が醒める。醒めてからは長いはてしない思いが、ぐるぐると激しく堂々めぐりする。見た夢が、機縁となって、李賀を傷つけているのである。なおもいえば十二兄の手紙が、李賀をたしかに傷つけているのである。その長い思いは、はてしなく続くといっても、その思いは堂々めぐりしているのであって、その堂々めぐりが、劇しくはてしないのである。その憂いのさまは這いのぼる葛のように乱れているのである。

　李賀は、なにをそんなに傷ついて憂えたのか。それは、あの事件であり、その屈辱をそらそうと努力したあれこれの反復であるのはいうまでもない。この詩を受けとった十二兄は「長思　劇しく循環」「乱憂　覃葛に抵る」の句をよく解くことができたであろうか。李賀の傲慢が、生前にある従兄を傷つけて、死後詩を便所に投じ棄てられたという伝説があるように、もしこの十二兄がその伝説の従兄でなかったにしても、しばしばこれまでに傷つくところがあって、李賀に送った書信は、そのかえしをこめて傷つくようにたくらんだものであり、そうであるならただちにこの詩を解読し、傷つきを確認し、ほくそえんだのかもしれない。

八

　長安にいる十二兄との間には、なんらかの葛藤とわだかまりが、横たわっていたことを見たのであるが、それでは二兄との間柄は、どういうものであったか。「奉レ和三二兄罷レ使遣レ馬帰二延州一［二兄使を罷《や》めて馬を遣り延州に帰らしむというに和し奉る］」よって、そのことは伺えるかもしれない。この二兄の名も不明である。十二兄との間には、李賀とさほどの年齢の開きはなかったと思えるが、この二兄とは、かなりの開きがあったとも考えられる。

　十二兄が、長安の政治舞台での晴れがましい近況を報告することによって、李賀の胸中をずたずたに引き裂いたのであるが、この二兄は、いわば失意の人であったのであり、陳弘治が、その「詩意は蓋《けだ》しその兄を慰勉《いべん》するに在り」と言うように、一応は、李賀が慰め役にまわっている。

　失意だというのは、使者の役職が、罷免になって、二兄が、故郷の延州へ帰ろうとしていることを、詩題は示しているからである。「馬を遣る」とは、辺境への使者として給付された官馬を帰すことであり、いったんは長安へ二兄が戻ったことを意味している。その時、ついでに昌谷の李賀の家を訪ねてきたのかもしれない。あるいは、李賀が長安にいる時であったかもしれない。いづれにしても年代は不明であるが、春の季節のことであり、延州は、今の陝西省膚施《ふし》県のあたりであり、都から東北へ六百里の彼方に、二兄の故郷があり、いざ帰るにあたって李賀に逢ったのであろう。別れにあたって、二兄は詩を作り、李賀はそれに奉和した。

空留三尺劍　空しく三尺の剣を留め
不用一丸泥　用いざり　一丸の泥
馬向沙場去　馬は沙場《さじょう》に向いて去り
人歸故國來　人は故国に帰り来る

失意の人に対する詩は、李賀には、あまりない。友人たちに贈った詩は、かなりあるが、それらはすべて、希望の権利の中にぬくぬくしているものたちに対してのものばかりであり、李賀のほうが、かえっていつも傷ついたのであった。二兄は、李賀と同じように失意の人とみなすことのできる境遇にあった。李賀の態度は、十二兄とも友人たちとも、はっきり異ったものを二兄にはしめしている。

　この四句は、二兄のことを述べたものである。「空しく留む　三尺の剣」は、使者を罷めることによって、腰にさげた剣が、無用の長物になったことを言っている。続いて「用いざり　一丸の泥」も、使者を罷めることによって、国を守ろうとする威気も空振りに終ってしまったことを言っている。「一丸の泥」は、前漢の末に、天下乱れて、群雄割拠した時、その群雄の一人隗囂《かいごう》の武将王元《おうげん》が叫んだ言葉である。「請う　一丸の泥を以て大王が為に東のかた函谷関を封ぜん」を典拠としている。一丸の泥とは、まるめた泥を武器とすることか。たとえ武器がなくなっても、泥をまるめてでもそれ武器とし、函谷関を死守してみせるということか。いづれにしても、二兄は、剣も意気も、用のない身分にひきおろされたのである。

だが、「空しく三尺の剣を留め」「用いず　一丸の泥」と言った慨嘆は、しばしばこれまでに李賀自身が、用いてきたものであった。ただ李賀の場合は、いつも不能の心意気としてであった。たとえば「雁門太守行」では「君が黄金台上の意に報い」「玉龍を提攜《ていけい》して君が為に死せん」と叫んだりしたのだが、この叫びは、李賀の悲鳴にも似ていて、辺地に任務を帯びることもない可能性の中から、かえって、その心意気を披歴したものであり、この単純直明な叫びには、実は身をよじり、ねじるような曲節があったのだ。

そのため当然、二兄にむけて、二兄の心になりかわって、その意気の不発を語る時にも、自らの曲節のある意気が、重《かさな》っていかざるをえなかった。二兄は「空しく三尺の剣を留め」「用いず　一丸の泥」の境遇にあったともいえるし、あるいは官職の失ったことを悲観するのみであり、そのような心意気とは、無縁の人であり、そこで李賀が二兄の落胆を意気ある装いに飾ってやり、彼を喜ばせたのだともいえるのだが、いずれにして李賀の屈折した心意気が、二兄へ襲いかかっているのである。

「馬は沙場に向って去り」「人は故国に帰り来たる」の二句も、表面的には、二兄の行動を叙述し、これからの彼の行動を予想しているように受けとることもできるが、やはり李賀自身がだぶっているように思える。ともかく任官を解かれた二兄は、貸与された馬を役所に帰しにきた。馬が沙場に向って去るのは、曽益が言うように、唐制では、官馬は沙苑で養育されていたからである。「人は故国に帰り来たる」の人とは、もとより二兄のことであり、かつては、人馬もろとも一緒に出発したのに、一転して解職によって京師へ帰ってくることになった二兄は、こんどはひとり故郷の延州に帰ることになり、馬は、京師にある官営の養馬場の沙苑へ帰っていくことになる。この対句は、一つのものが二つに割れて、別れていく姿を鮮かに示している。

しかしここで気をつけなければならないことは、二兄は、まだ故国に帰っていないということである。李賀とは、昌谷もしくは長安で逢っているはずであり、だからこそこの詩の存在もありえたのであるが、詩の動きをみると、なぜか二兄はもう故国の延州へ帰ってきてしまっていることになっている。

　こういうことは、唐詩にあって、正常である。これは、けっして歪曲ではない。李賀は、まだ予定であるはずの故郷の延州へ二兄が帰ってしまったことを前提にして、その行動を、自らの想像力でもって展開しているのである。こういう僭越こそが、この場合、慰めをもって詩を和すものの儀礼なのでもある。まだ見たことのない地や経験したこともない戦場が臨場感たっぷりにでてくるのも、中国の詩にあっては、正常なことであり、しかもそれは、想像力をもって白紙に絵を書いてみせたといったものではなく、現実に根ざした詩の行動なのである。中国の詩にみられる想像力のありかたの特質は、すべて現実より出発しているのであって、幻視の李賀も例外ではない。李賀が、二兄の行動を先取したところから詩をつくるのも、やはり現実の踏まえかたのあるかたちなのである。想像力を決して現実から切り離さないから、逆に現実に縛られることもないのであり、見たことはなくても、見たことのない戦場を、けっして詩にすることはないという筋道が成立する。そういう想像力の乱費をしない。行ったつもり見たつもりになって戦場を詩にするのである。想像力は、そういうつかわれかたをするのであって、これは現実事にほかならないのである。

笛愁翻隴水　　笛は隴水《ろうすい》を翻《ひるが》えすを愁い
酒喜瀝春灰　　酒は春灰《しゅんかい》に瀝《したた》すを喜び
錦帯休驚雁　　錦帯《きんたい》　雁を驚かすを休《や》むも
羅衣尚闘鶏　　羅衣《らい》　尚　鶏を闘わしむ

　ここでも李賀は、故郷に帰った二兄の心象と行動を先取していく。「隴頭流水」の古歌を吹く笛が吹いてくることもあるだろう。それは、二兄を愁いにひきずりこむだろう。さてその歌はどんな内容を含んだものであるか。「古詩源」は「隴頭歌」として二首を選んでいる。

隴頭の流水
流離して四《よ》もに下る
我が行役《こうえき》を念《おも》いて
曠野《こうや》に飄然《ひょうぜん》たり
高きに登り遠きを望み
涕零《ていれい》　双《なら》び堕《お》つ

隴頭の流水
鳴声《めいせい》　幽咽《ゆうえつ》たり

遥に秦川《しんせん》を望み
心腸《しんちょう》　断絶す

隴山に登って、遠望する時、涙が双の頬を伝って落ち、哀しい思いに駆られるというわけであるが、この二兄の故郷は、この古歌の生まれた土地なのである。隴山も秦川も陝西にある。李賀は、このことを知っていて「笛は隴水を翻すを愁う」と言っているのである。任を解かれて帰ってきた二兄にとって、この笛の曲をきくことは、断腸のつらいものとなるだろうと先取するのである。まさに情景を先取することが、二兄への慰めとなっている。しかもなお叮寧なことに、哀しみを先取するという慰めかたをしたあとに、喜ぶ情景も先取して、その哀しみを解放するのである。哀しみを共感すること事体が、大いなる慰めであるのにである。それが「酒は　春灰に遷すを喜ぶ」である。酒が熟した時、石灰水を小量まぜると、その酒は澄み易くなるといわれ、それを灰酒というが、時節は春であるので、李賀は春灰と言った。その灰酒を飲めば、愁いも消え去るというのである。まだ、故郷へも帰っていないわけであるから、笛も聞かず、酒も飲まぬ前に、さっさと情景と行動を先取し、二兄の身をすこしでも軽くしようと李賀は、はかっているのである。

「錦帯　雁を驚かすを休めよ」「羅衣　鶏を闘わしむ」の二句も、行動の先取である。錦帯羅衣は、王琦による と「皆、燕遊の服。猶《なお》言わば緩帯軽裘《かんたいけいきゅう》の意」と注されている。使者の役を去ったのだから、故郷では官衣をまとわずに、平常着にくつろいでいるはずだと、李賀は二兄の衣服までを、先取するのである。「雁を驚かす」は、故事を踏んでいて、戦国時代の魏の更羸《こうるい》のことを想いだしているのである。彼は、弓を引いた虚発の音だけで、鳥を落してみせると王に高言するが、しばらくして東より雁が飛んできたので、更羸は、それをみるや矢をつがえずに弓だけを虚発すると、果して落下してきた。王が「弓の技術もここまで来たか」と感心していると、彼はそういうのは傷ついた雁で、悲しく鳴きながら、群から遅れて飛んでいるものだと答える。そういう雁は、烈しい絃音をきくだけで、びっくりした調子に勢力をつかいはたして、落ちてくるのだと、種明しする。この故事を李賀が用いるということは、もう二兄は、戦場の人ではないのだから、そのような殺伐な知恵を、故郷では発揮することはやめて、のんびりすべきだと忠告するためである。二兄は、そんなことをまだしていないし、戦場の延長気分が脱けずにまたするとも言っていないのに、やはり先取した言い方をするのである。しかし、闘鶏ぐらいならよいだろうと、さらに二兄の行動を優しく先取する。

還呉已渺渺　呉に還《かえ》る　已《すで》に渺《びょう》渺《びょう》
入郢莫凄凄　郢《えい》に入る　凄凄《せいせい》たる莫《なか》れ
自是桃李樹　自《おのずか》ら是《こ》れ　桃李の樹
何畏不成蹊　何ぞ畏れむ　蹊《けい》を成さざるを

はるばる遠く旅して故郷へ帰ってきたのだが、また都へ呼び戻される時がやってくる、凄凄と気をあまりめいらせないでほしいと李賀はなおもしつこく慰める。慰めには、しつこすぎることはない。この四句でも李賀は、二兄の故郷での生活を先取しているのだが、まだ帰途についていない目の前の二兄に向っても、同時に慰めている風合もあり、詩として裂けている。裂けたのはつい「莫」と忠告語句をいれてしまったからである。鈴木虎雄は、「呉に還る　已に渺渺」「郢に入る　凄凄たる莫れ」の二句を「呉に還ろうとしたところではるばるかなたのことである。郢に入ろうとしても悲しい気持になりなさるな」と訳し、斎藤晌は「すでに、はるばる故郷へ帰ってきたが、再び新しい仕途につくので、あまり悲観したもうな」と訳している。鈴木虎雄の訳には、無理がある。しかし斎藤晌の訳であっても、李賀と二兄の故郷は、同じ呉だということになってしまう。李賀の立っている位置は、あくまでも長安か昌谷と考え、二兄の故郷は、そこから遥か遠くにあると私は考えるので、納得しがたい。斎藤晌は、「恐らく二兄李某は任地が延州にあり」としているが、やはり延州こそが二兄の故郷だと考えたほうがすっきりする。イギリスのJ.D.Frodshamの全訳「李賀詩集」では「奉和二兄罷使遣馬帰延州」の詩題を「使者を罷め、馬を返し、延州に帰郷する二兄へ贈る詩」と訳しているが、私はこれに同意する。しかし「呉に還る已に渺渺」を、彼は「呉に還ってから、長い月日が経過した」と訳しているのは、採ることができない。

つづく二句「自ら是れ　桃李の樹」「何ぞ蹊を成さざるを患へん」は、「凄凄たる莫れ」と激励した言葉をさらに説明し、それが気休めの慰撫ではなく、なんらかの根拠のあるものとしての責任をもつものであることを示すかのような内容をもっている。桃李の樹の故事は、「漢書」にあるものであり、「桃李言わざれども、下に自《おのずか》ら蹊を成す」から来ている。桃李は、花が咲き実がなるというそれだけで、なんの宣伝をしなくても、人は争って、その樹の下へ集ってくるので、そのため自然そこに路ができる、という意味である。あなたは、秀れた才能の持主であるから、すぐに路がひらけてくる。一度の罷免ぐらいで、くよくよするな、と詩を結んでいるのだ。

この詩を読み終って、考えてみたいことは、まず十二兄と二兄に対する李賀の態度の相違である。十二兄に対しては、いらだつ己れというものをついに曝けだしてしまっていた。だがこの不遇の憂き目に遭った遥か年上であろう二兄にたいしては、儀を越えて、優しい李賀の面貌を曝している。なぜ彼がかくも優しいかと言えば、二兄が不遇にあるからである。自分の不遇感覚と合致するからである。だから優しく慰めることができたのである。

だとすると、ここにも李賀の利己心が露れていて、二兄への優しい慰めは、自分を慰めることにつながるからではないかと、考えることもできるだろう。二兄を慰めることは、そのまま自分を慰めることではないか。たまたまの二兄の不遇は、結局、李賀が自らの不遇を慰めるための方便と機会をあたえたことになったのではないか。たしかに、李賀にあっては、そのようなことは、しばしばであり、この世の万物は、ことごとく彼の哀しみの犠牲となった。

この詩の場合も、二兄を慰めながら、自分を慰めることに、やはりなっているのだが、しかし、いつもとはすこしちがうところがある。不遇にあるものが、他の不遇者を慰めるとすれば、当然、自分の影が、かぶさっていかざるをえないのであるが、その同じ関係にありながら、自分を慰めることの道具としないためには、自分の不遇に対してなんらか諦めをもっていて距離を置いていなければならない。そうでなければ、不遇者同志が慰めあうという淫靡な関係になってしまうし、或いは自分の不遇を棚にあげた傲慢なものになってしまう。だからもっとも良い慰めというかたちがあるとすれば、慰められる位置にないものがするのがよいのである。

いつになく優しい李賀は、二兄の罷免に接した時、慰められなくてもよい自分を作りあげてしまっていたのではないのか。それは、ほんの一時期のもので、元の木阿弥に戻るあやうい精神状態の中にあったにしても、とにかく二兄を前にした時は、俺だってという気持がひっこんでしまっていたのではないか。

最後の二句は、そのことを証明しているような気がするのだ。「自ら是れ　桃李の樹」「何ぞ蹊を成さざるを患えん」の二句である。才能があれば、かならず道が開けるという慰めの言葉は、自分自身に言いきかしているとは思えない。李賀の不遇は、このような楽観が生じえないものであることを、いやというほどに知っているはずだからである。吏道というものを自分の生きることの目的からはずさない限り、絶対といってよい閉塞状況に李賀は追いこめられていたのである。それ故に、かえって李賀は、「凄凄」として悶えたのである。

そういう彼が、二兄に向って、「凄凄たる莫かれ」と言ったのである。それは、自分にも言いきかしたのだというより、あなたには、まだ可能性がある、そう悲観してじたばたするものではないと優しく言ったのである。もし相手が、李賀の口吻の中に、俺にくらべればお前などはという傲慢さを嗅ぎとるのなら、どうしようもないことであるが、李賀本位に考えるならば、自分を棄て諦めたところからひとりでにでた優しみの言葉であったように思えるのである。この詩全体を見渡す時、自分の不遇を棚にあげた傲慢さよりも、優しさというものが、にじみでている。またもや他人に自分をかぶせている、自分にいいきかせている、とみようと思えば思えるのであるが、この詩にかぎっては、二兄を自分の悲痛感の犠牲にしているようには思えず、真底から相手をいたわっているように受けとれるのだ。故郷での生きかたまでをつぎつぎ先取しての慰めは、その感を一層深める。姚文燮は終聯二句を、「職を罷免になったのを以て幸いとすべきであって、打ち枯れた気持になることはない。兄の令望があればこそ貶斥に遭遇したのである。桃李の如く物言わずして下に自ら路が開けるにきまっている」と解釈し、「故に慰めを言わずして、かえって祝福を述べたのだ」という評言は鋭い。彼の不幸をもって彼を祝福したのだというのである。これも慰めの一つの方法であり、やたら慰めの言葉を繰り返すよりも効果をもつ。二兄にとっては、李賀の蒙った事件を知っていただろうから、余計、自分の不満にのみ浸っていられなくなり、李賀の優しさが、身にしみて痛かったであろう。そして、二兄は、気を好くして、気を軽くして帰っていったであろう。おそらく二兄は、李賀自身の不遇への諦感というものが、きわめて、不安定なものであり、いつくつがえるかわからぬものであることを知らなかったであろうからだ。この詩の奥から見えてくる二兄の性格とは、十二兄のようにけっして李賀をいらだたせないものであったように推測できる。

さて友人たちの中には、昌谷まで李賀を訪ねてくることもあったらしく思われる。韋仁実《いじんじつ》の兄弟もそれであった。この韋仁実という人物については、あまり知られていない。旧唐書の王播《おうばん》伝に、わずかにその名が見える。「長慶四年、補闕《ほけつ》の韋仁実は、延英殿《えんえいでん》に伏して、上奏文をもって抗議し、王播が、厚く貴要の人物に賄賂を用いて、監鉄使になるよう運動していることを論じたてた」とある。

王播は、のちに宰相の位を極めるのだから、その上奏は失敗に終ったのだろう。またこの弾劾によって、韋仁実の運命がどのように変ったかを示す記録はない。この事件の時には、李賀はすでに物故しているのだが、昌谷を訪ねた時は、まだ韋仁実は、進士にもなっていなかったかもしれない。「送二韋仁実兄弟入一レ関［韋仁実兄弟の関に入るを送る］」という詩がある。これも、別れにあたって作った詩であるが、二兄の場合とは、はっきり違っている。血のつながっているものよりも、あからさまに自分をさらけだしている。二兄にたいしても十二兄にたいしても、血のつながっている故のそらぞらしさと図々しいまでの無遠慮な踏みこみがあったのだが、友人にたいしては、いつも他人としての礼を保ちながらも、いつも自らを破裂させるように相手の懐へなだれこんでいるようなところがある。

送客飲別酒　客を送りて　別れの酒を飲む
千觴無赭顔　千觴《せんしょう》　赭顔《しゃがん》無し
何物最傷心　何物ぞ最も心を傷ましむ
馬首鳴金環　馬首　金環　鳴る

のっけから李賀は、別れを嫌がっている。韋仁実兄弟が帰るというので、別れの酒を飲む。これから兄弟は、長安へ出て科挙に臨むために出発するのであるらしい。別れの酒を何杯と飲みほしたのに、顔は赤くならないとぐちっている。つまり酔わないというのである。酔わないのは、その別れを喜ばないためである。それは、別れを惜しむといったものではなく、傷ついているからである。心よく別れたいという気持のある李賀にとっては不本意なことであった。いったい、なにを李賀は、そんなに傷ついているのか。韋仁実兄弟が去ってしまって、ひとりに戻ることが、さびしいからか。それとも、二人が、これから科挙に赴くことが、自分の事件の記憶と結びつき、自分には受験の自由さえ奪われたのだということが、思いだされて、酔うことができないのか。

　それがなぜであるかを、李賀は告げていない。いづれにしても、彼の心が傷ついているから、酔うことはできないのであり、その傷つきは、韋仁実兄弟の存在とかかわっていることがわかる。韋仁実兄弟の存在のよしあしではなく、彼等が目の前に現れたこと事体が李賀を傷つけている。そして彼等が、いま別れていくということがさらに傷つけている。彼等の言動になんの怨みもあるわけではないのにだ。そしてもっとも李賀の心を傷つけるのは、別れを催促するかのように、馬首の金環の鳴る音である。この別れの酒は、出発の馬が用意されているすぐそばで、くみ交わされていたのかもしれない。彼等の存在は、その傷心とかかわっているが、その傷心の根源は、彼等への好意とは、無関係なところで、不本意にも傷ついているのである。その彼等の存在が、自分の目の前から去っていくということが、人恋しさとか、彼等ともっと席を暖めていたいという人情とは無関係なところで、李賀をひりひりに傷つけ、その別れの酒を苦いものにしているのだ。馬首の金環の空気に響く音は、彼等の去ることを決定づけることであり、李賀は耐えられなくなるのである。

姚文燮は、「惜別に神惨として、たとえ飲むも酔わず、馬行の鐶響《かんきょう》は、悽悽《せいせい》たるを禁じえず」と言っているが、惜別の情からのみではないように思える。また方扶南は、「何物か最も心を傷ましむ」の句にたいして、「喚《わめ》き下して、語を滑らすは、極めて厭うべし」と批判を加えているが、それは妥当であろうか。この喚きは、身をふるわせるような、自ら耳をふさがないではいられないような喚きであり、李賀の意志とはまるで乖離したところから噴上げてくる肉を食い破った叫びのように思え、この破調は詩をかえって緊張させている。

野色浩無主
秋明空曠間
坐來壯膽破
斷目不能看

野色《やしょく》　浩《こう》として主なく
秋　明《しゅうめい》　空曠《くうこう》の間
坐来《ざらい》　壮胆《そうたん》は破れ
断目《だんもく》　看る能《あた》わず

李賀は、その傷んだ心のまま、目を野のほうへ向ける。そこにはひろびろとして野は展《ひろが》っているだけで、とりわけ目にとまる色彩も欠落している。ただ野の秋は、やたら明るく、天地の間にあるだけである。しかも、知らずいつしか、自分の壮なる意気も、破れてしまっていて、秋の野に目を凝していても、凝しているだけで、なにもみえなくなっている。

この四句を見ると、韋仁実との別れによって触発された李賀の傷心は、もはや傷心でさえなくなっている。傷心は、まだなまなましい人間ごとである。傷心ほど、なまぐさいものはない。そういう傷心がこの四句では、消えてしまっている。消えるというより、傷心をつき抜けた向う側へ行ってしまっている。傷心はふっと消失して、目だけがなにもない虚無の空間へ落ちてしまっている。

色彩の剝落した秋の風景の曠漠《こうばく》とした、しかし明るい光が、李賀をまずはじめに包みとってきたのであるが、それを感じたのは、李賀なのであって、だれもが感じるとはかぎらないのだから、この風景の、曠漠たる虚しさというものは、李賀の心そのものであるともいえるのである。秋の風景は、現実の風景であることをやめて、李賀の心のかたちそのものになってしまっているのである。

だが、李賀は、「壮胆は破れ」と言っている。とすると破れるだけの壮胆を、別れの盃を交すまでの韋仁実兄弟とのむかいあいの間に、李賀はもっていたのだろうか。その壮胆とは、なんであったのか。科挙へ赴く韋仁実の抱負をきいているうちに、自らのうちにもやる気というものが、身のほどを、自分の置かれている、もう幕の閉じてしまった身のほどを忘れて、勃々と沸きあがっていたのであろうか。

つい上調子に滑った、そういう空しい壮胆の心良い気分の流れは、韋仁実との別れの段にあたって、醒めるように破れていくのである。韋仁実の抱負と、その抱負につられて自らの中に醸しだされた抱負とは、実と虚ほどの違いがあったのである。そのことが、別れにあたって、みるみる興醒め、蒼褪めていくのが、李賀にはわかっていたのであった。酒を何杯あおろうとも、別れるということは、韋仁実の世界と自分とは、いまやまるで違うところにあるということを思いしらされることがわかっているのだから、酔ってくるはずはないのであった。

かえって醒めていくばかりの李賀は、秋の風景の中に、実際にいま在る自分の姿というものをはっきり見ることになるのである。韋仁実兄弟と李賀とが、まったく世界を異にしているのだということは、おなじ秋の風景を前にして、「野色　浩として主なく」「秋明　空曠の間」と感じれるかどうかにかかっている。それは、もはや感覚の差の問題ではなかった。生きることに屈しているものと屈してないものの差であった。李賀は、精神より先にまず肉体が屈していた。「断目　看る能わず」の句は、肉体の破れを示している。肉体が破れれば、精神の破れは、もはや目に見えているのであり、のこされた精神は、もがくより他はない。もがき疲れ、もがくことの虚しさを知れば、いよいよずるずると、生きることにもはや屈しつつある肉体の中へとひきづりこまれていくだけなのである。

行槐引西道
青梢長攢攢
韋郎好兄弟
疊玉生文翰

行槐《こうかい》　西道に引《みちび》き
青梢《せいしょう》　長く攢攢《さんさん》
韋郎《いろう》　好兄弟
畳玉《じょうぎょく》　文翰《ぶんかん》に生ず

いま韋仁実の兄弟は、洛陽から西行して函谷関を越えて長安に入ろうとしている。この別れは昌谷であったのか、それとも李賀は、洛陽まで送ってきたのかは、わからない。J.D.Frodsham はエスコートしたと言うが、おそらく送っていかなかったであろう。「行槐　西道を引き」の行槐は、官道の両側に行をなして植えられた槐《えんじゅ》の樹のことであり、それは洛陽から函谷関まで、並木になって続いていて、西道の奥へと導いていくようである。その槐の梢は、青々としていて、どこまでも限りなく群り集っている感じである。この風景は、いま別れようとしている地点から見えているのではあるまい。李賀は、この洛陽から長安への街道を何度も往来しているので、たとえ昌谷で別れをつげようとしているのであっても、彼等がその街道を通って長安へ赴くのだということを知っているから、容易に眼裏へ浮ぶ風景であったはずである。

しかし「文苑英華《ぶんえんえいか》」収載の李長吉の詩集では、この二句のあとに、「君子　秦水《しんすい》に送り」「小人　洛に巣くう」という句がはいっている。これだと李賀は、韋仁実兄弟を洛陽まで送ってきたことになるのだが、この二行が後人の付加として疑わしく思えるのは、李賀は、けっして、自分のことを「小人」と謙遜するようなメカニズムをもっていないはずだからである。彼等がこれから赴くはずの街道の風景を、季節に合せて、想いうかべたあと、「韋郎　好き兄弟」「畳玉　文翰に生ず」と続くのが、李賀の詩の構造として無理がない。この二句は、もはや「坐来壮胆破れ」「断目　看る能わず」になっている李賀が、韋仁実兄弟のことはおろか、自分自身さえも抜け落ちてしまった空胴の肉体から、世俗の心をしぼりだすようにして、なにかを彼等に向って言わねばならぬと、もがいているようにも見えるのだ。そのため、韋君たちは、好い兄弟だ、文を作ると、玉をかさねたようなすばらしさだという世辞も、なにか優しさがこもっているように聞える。これから死にいくものが、懸命に世辞を言っているような優雅な緊迫感がある。

我在山上舎　　我は　山上の舎に在り
一畝蒿磽田　　一畝《いっぽ》　蒿磽《こうぎょう》の田
夜雨叫租吏　　夜雨に　租吏《そり》叫び
春聲暗交關　　春声《しょうせい》　暗に　交関《こもごもまじ》る

自分の心を傷つけ、その傷ついた心さえ虚白に染めさせることの存在でありえた韋仁実兄弟へ向って、自らの意識をなんとかかきたてて、世辞を言うことによって現実へと這いあがった李賀は、この四句では、いよいよ自分を現実の色彩の中に染めあげていく。それは、怨みをこめた黒い精力の吹きあげにも思える。「我は　山上の舎に在り」「一畝　蒿磽の田」の詩句の音声には、聞く者の心臓を殴りつけてくる響きがある。蒿磽の田とは、よもぎが生え放題の痩せた土地のことである。

　優しく相手を賛めたたえ、現実に這いあがったとしても、そこに待っている現実は、自分自身の境遇をいやでもふりかえさせるものであり、そのことに李賀は耐えられなくなったのであろうか。それは、やりきれなさというより、怒りである。なにに対して怒っているというより、この世のすべて四方八方に怒っているともいえる。その怒りは、油ぎった力をふりまいているが、その背後に息せききった痩身のよろめいた李賀を感じないではおれない。

　しかも、李賀は、霧に蔵るる豹たらんとしたことが、そもそも綺麗事の言草であったことを白状したが、その原因の一つである昌谷での惨たる生活をのべたて、懸命に、なおも現実へ這いあがろうとしている。それが「夜雨　租吏は叫び」「春声　暗に交に関る」の句である。夜、雨の中を、租税とりたての役人が叫んでいる。その闇の中で春をつく音と役人のがなり立てる声が、交りあってきこえる。そういう貧窮の生活を送っているのだと一気に体裁を忘れて、彼等にぶちまけるのである。そういう無残な生活を送らなければならぬことの怒りは、国家の悪政への怒りというより、自分がみじめな生活を送らされていることのそもそもの原因への怒りであり、そこに社会諷刺を盛りこんだり、現実暴露をはかったのではない。それほど李賀は立派ではない。税吏が、夜、襲ってくるような生活をしなければならぬことの怒りである。

　李賀は、この詩において、なぜ酒を飲んでも顔が赤くならないのか、なぜ別れによって心が傷ついているのか、自分にも解けなかったものを、句を追うごとに謎ときしていったようにさえ思える。しかし、このような謎ときそのものは、李賀にとってなんら重要でなくなっていたにちがいない。重要でないところまで、実は追いこまれていたはずなのである。それは、自分がこの世の風景を風景として見ることができなくなっていることである。つまり死の影を見ているのであり、李賀の恐怖は、まさにそこにあり、それから脱れるためにも、現実ごとの不快の感覚にありついてでも、本来の自分の肉体感覚を取り戻そうとしているようにも思えるのである。いうならば、李賀は、まだ死にたくないのだ。

誰解念勞勞　　誰か解《よ》く　労労たるを念《おも》わんや
蒼突唯南山　　蒼突《そうとつ》　唯《ただ》　南山《なんざん》

死の影を追い払わんとして、ようやく這いずりあがったところは、もとより不快なる現実である。不快なる現実であっても、死の影を追い払うためには、なんとしても這いずりあがらねばならぬのである。この暗闘による労労たる衰弱を、誰がいったい解ってくれようと李賀は言う。誰もいないわけである。彼の「労労」は、王琦の言うように、租税に苦しめられる「労労」ではない。死と生の応酬によって生ずる「労労」である。そして、その衰弱した身心を立ち起して見上げると、蒼然として南山が、突起する如く立ちはだかっているのが、李賀の目にはいってくる。それは、李賀をシャットアウトするような冷酷さで、突立っているのである。

九

霧に蔵《かく》るる豹たらんとして、自分をそのようになだめすかして、李賀は故郷へ帰ってきたのだが、彼の本音には、そのような隠者志向はもとよりなかったのだから、かかる口さきの決意が、たちまち転覆するのも、不思議なことではなかったことはすでに述べた。

彼の本音とは、怨みの持越しであった。長安の都から、官を辞して、故郷の昌谷に舞い戻った時、霧に蔵るる豹たらんとしたのは、いわばてれかくしのようなものであった。てれかくしというより、そうでも、かりそめなりともそう思わなければ、おめおめと帰ってくることはできなかったのである。

帰郷の決意は、なによりも病気ということであったろう。だが病気ぐらいでは、いかに官務を執ることのできない重態であったとしても、李賀は故郷へ帰りがたかったであろう。この重態による見極めには、進士にもなれずに奉礼郎に任官していたとしても、将来になんの希望もないという職務への見極めとも、重合していたはずである。

見極めるとは、昌谷に帰るということなのであるが、そこには、母および兄弟の期待が痛いほど待っており、霧に蔵るる豹たらんと自分にいいきかせたぐらいでは、彼等の期待をいやっというほど知っているつもりの自分の残念の思いを静めることはできなかったし、帰ったところで病気もまた、快癒するというものではなかった。手遅れの自覚があった。

昌谷へ帰っての李賀にのしかかるのは、死の足音と、家族のものの生活をどうすることもできないという焦慮であり、そういうことであるなら、昌谷の山居も、長安の市中も、同断であったということになる。ただ、場所を移動したにすぎないのである。

そうなってくると、李賀の心の手もとにのこるのは、怨みの気持だけということになる。昌谷へ帰還した李賀は、巴童と呼ぶ奴僕の少年をいつも従へ山野を駈け、さまよったというが、この散策は、怨みの散策であったとも言える。怨みをちらすどころか、怨みをたしかめるための散策であった。

虫響きて灯光薄く
宵《よる》寒くして薬気濃《こまや》かなり
君は憐む　垂翅の客を
辛苦　尚　相従う

これは、すでにさきに引いた「昌谷読書示二巴童一」の詩である。李賀は、自らを「垂翅の客」と規定した。規定しないではいられなかった。翅《つばさ》を垂《た》れた旅人であるというこの自己規定には、妙な光沢の輝きさえある。けっして、うちしおれていない。宣言して胸をはっているような響きがある。李賀には、うちしおれることそれじたいに胸をはり、そのうちしおれる自分を見据えることにしか、もう生きようがなかったのである。この「垂翅の客」という、故郷にありながら旅人の意識をもつということは、彼が生きることを続けるかぎり、いずれまもなく昌谷を去るであろうことを予想させるばかりでなく、しかしそれは、人生を旅なりと考えた果ての流れる意識としてではなく、むしろ故郷への執着のはねかえりとして客意識なのであり「垂翅の客」と胸をはって言うわりには、しゃにむりにそう自分に言いきかせているところがあるのである。にもかかわらず、「垂翅の客」という意識が、光沢を帯びるのは、けっして自己慰撫のいいきさにおちいっていないからである。

翅を垂れるということは、そこに生気の失調をみるのは道理なのだが、李賀がいう場合、かえって生気が宿るのは、まさしく意識の中でとらえなおしているからなのだが、たとえそうしたところで、なお、翅を垂れつづけているのなら、意識はやはり負性に働いているはずであり、みすぼらしいものにならざるをえないのに、そうはならないのは、この生気失調を支える金針のごときものが、翅を垂れるという意識に打ちこまれているからと見なければならないだろう。その金の針とは、怨みであろう。彼の衰弱した挫折感を、黄金に輝かせているのは、そこに怨みの心が槍となって突き通されているからである。

「昌谷読書示巴童」の詩は、奴僕の巴童に感謝をこめて一詩を贈ったという体裁になっている。

この場合、巴童へこの詩を書いてあたえたと考えることは不要であろうか。友人や知人にあてた詩は、多くは社交詩であり、手づからあたえられ、また送られたりするものであるが、この場合は、どうであったろう。「巴童に示す」とあるから、示すだけは示したのかもしれない。この巴童が、昌谷に帰ってきた李賀によく従ったことは、一幅の画題であるかのように伝説化されているのだが、この奴僕は字が読め、詩もよく解したのかはわからない。ただ、詩作というものが、傷心と病身をたずさえて帰還した主人にとって、抜きさしがたいものになっていたことは、彼にもよくわかっていたであろう。だから、李賀が、お前のために作ったと、その紙片のみを示したことはありうる。巴童への感謝を示すに、心の中にしまいおくか、あるいは詩にして自分の手もとにのこすだけにとどめるのと、たとえ、相手が読めなくても、「示す」行為にでるのとでは大きな相違だと言わなくてはならない。

その時、巴童は、なにか答えたのかもしれない。「巴童答う」の詩が、対《つい》になってのこっている。もちろん、「昌谷読書示巴童」と「巴童答」は、李賀の自問自答詩である。「君は憐む　垂翅の客を」「辛苦　尚　相従う」などと李賀が巴童にむかって言うはずもない。「辛苦　尚　相従う」に似た言葉は発せられたかもしれないが、巴童に向って言うには、「垂翅の客」という言葉は、なんとも大仰である。なんらかの感謝の応答が、李賀と巴童の間でかわされ、それが詩として再構成されたとみるべきであろう。その再構成において、巴童はどのように答えているか。

巨鼻宜山褐
龐眉入苦吟
非君唱樂府
誰識怨秋深

巨鼻《きょび》　山褐《さんかつ》に宜しく
龐眉《ほうび》　苦吟に入る
君が《が》楽府《ふ》を唱《とな》うるに非ずんば
誰か識《し》らむ　怨秋《えんしゅう》の深きを

「巨鼻　山褐に宜しく」は、李賀よりの感謝の言葉を受けた巴童の返事である。それは謙遜と恥じらいと恐縮のこもった返答になっている。この鼻のでっかい不細工なこの私には、山歩きの粗衣がぴったりですと、巴童は答えている。はたして、このように答えたか、これに似たようにも、答えたか。のっけから、「巨鼻　山褐に宜しく」と言われて、面喰うのだが、この唐突は、前提となるべき会話が省略されているからだ。それは、李賀が感謝にあたって、俺がしっかりしていたら、お前にもきちんとした生活をあたえることができるのに、今の俺にはそれもできない、という内容をもった詫びごとが一言あったと見るべきだろう。そのように補うのなら、「巨鼻　山褐に宜しく」の唐突さも、楽にはいってくることができる。私の身分にふさわしいのであって、それ以上のことは、とんでもないと、手を左右にふって、その感謝と詫びを過分のものとして辞退する、そんな巴童の姿が浮んでくる。

「龐眉　苦吟に入る」。これ以下も、巴童の答えであるが、「巨鼻山褐に宜しく」とは、答えは同じ答えでも、答えの性質を異にしている。むしろ無言のうちの巴童の答えを、答えというより思いを、あつかましくも李賀が勝手に奪いとってしまっている気味がある。曽益は、「巴童が為に代りて己れへ答う」とこの詩の意図を解した。しかしこの解は、あまりにも、その通りでありすぎる。正確には、巴童の心意を察して、その答えを代りに作り、自分への答えとすることを装いつつ、その実は自問自答してみたということなのである。巴童の存在そのものが、悲しい李賀の、心のまぎらしの犠牲になり、餌食となっているのである。

龐眉は、濃く太く大きい眉である。漢の顔駟《がんし》は若くして皓髪《こうはつ》であり、かつ龐眉であったというが、長吉もまたそうであり、そのことを衰弱のしるしとしておびえながらも、誇りともしていた。そういう李賀にむかって、巴童は、太く濃い眉の主人よ、いま苦吟にはいったところですねと言うのである。こんなことを、面とむかって言うはずもないから、巴童の心のうちのつぶやきであり、李賀の詩をつくる時にみる顔の表情をみとめた巴童の視線であるといえるのだが、しかしこのつぶやきは、実は、巴童の目線ともつぶやきとも、かかわりがないはずである。李賀の目線であり、独語なのであるからだ。すなわち、李賀は、自らを二つに分身させて活動しているのである。本体は、まっぷたつに割れ、そのかたわれは、するすると巴童の中にしのびこんでいくのである。そして巴童の目を心を、自在に運転するのである。好みのままに認識し、好みのままに確認するのである。これは、自分を客観視するというものではない。自分を客観視するということは、二重像であり、自分という本体のうしろにもう一人の自分を立たせて、みつめさせる行動であるが、この詩の場合は、主観視というべきものであって、自分のうしろに立って、過熱するわが本体を制動するのではなく、むしろ過熱する本体をさらに過熱させるために、うしろに立つのではなく、真向いに立つのである。

過熱する自分に対し真向いにもう一人の自分を立たせ、彼に見つめさせるのである。それは鏡の効用にも似ている。かくして巴童は、鏡の代用になるのである。が鏡であると言っても、他人の中にいったん自分をもぐりこませるという工程をえているのであり、同じ自惚れ鏡でも、他人の言にすりかえるという距離が置かれている。鏡をみていないような工夫がこらされている。李賀は、面前に自分の分身を見ているのであり、その分身がなにごとかを囁きかけているのであるが、一応は、その囁きかける分身の顔は、他人なのである。巴童なのである。自分でありながらも、巴童が自分を思って言っているようなかたちになっているのである。これを私は、主観視というのである。主観は、その視線が物と一体となるのだが、主観視は、主観の自分をさらに分身させて見ることである。この分身術は、主観の自分を主観でもって再確認するためにとられる。主観を冷やすためではなく、むしろ主観を熱すための手続きである。

かくして、巴童という李賀は、あくまでも巴童という顔をして、李賀に囁きかける。おや、苦吟をはじめましたねと言わせたあと、「君が楽府を唱うに非ずば」「誰か識らん　怨秋の深きを」ともいわせる。「苦吟」という言葉そのものも、自らの口で言うのは妙なものだが、巴童の肉体を借りた分身が、自分自身の動きにたいして、視線を投げつけ、独語するのであるから、一応、異議のないかたちに整えられていて、李賀は、思いきって、自分を煽ぎたてることができる。「昌谷読書示巴童」では、いかにも分身した己れのひそむ巴童を目の前に置いているとはいえ、自分の口から語るのであるから、「君は憐む　垂翅の客」という語も、どこか落ちぶれたことを自慢するという傲慢さをのこしていたのだが、「巴童答」の一語一句は、他人の口から語るというかたちをとっているので、「君が楽府を唱うに非ずんば」「誰か識らむ怨秋の深きを」という誇らかな言葉の責任も、すべて他人である巴童にひっかぶせることができる。巴童が言ったのだから、どうしようもないのだと言うことになる。あなた様が、楽府をお作りにならなければ、怨みの秋の深さを、誰も知ることなしに終ってしまいます。そのためにもこうしてあなた様におつきしているのですと答えるのは、巴童が李長吉の支持者なのだから、てれくさいことだが、相手の口には蓋ができず、どうしようもないのだと言うことになる。巴童が口ずからそう言ったのであり、それをてれくさいことながらそのまま記録したのだということになる。

そうだろうか。てれくさいことなどは、李賀はとうに棄ててしまっていたはずである。「垂翅の客」と自らの口から言えた李賀は、「君が楽府を唱うに非ずんば」「誰か識らむ　怨秋の深きを」という他人の言葉にも動じるはずはない。含羞などは、李賀には、自らを恃む性ゆえに、もともとあまりなかったのかもしれないが、たとえあったとしても、もうそういう含羞の峠は、とうに越えてしまっていた。

李賀の生命が、この世になお立っていられるのは、「垂翅の客」という意識だけであり、つまり俗なる挫折感だけであったのである。この自己承認の言葉が、打萎むどころか油ぎってみえるのは、怨みをこめていたからである。怨みの念がさっさと死のむこうがわへ行ってしまいたい自分を、かろうじてつなぎとめていたのである。そのつなぎとめている李賀を、従順に見守っているのが、巴童であったのであり、その巴童を詩中にひきずりこみ、李賀は、誇らしく自分にいいきかせるように宣言するのである。詩の中に、怨みをこめて、その深さをのちの世にのこさないではおかないと。

もっとも怨みを、ただ怨みと言っているのではなく、李賀は、「怨秋」と表現している。秋は、万物の没落の時として、選ばれている。秋を怨むというより、怨みの秋と、考えたいほどである。秋とは、怨みの深い時だというのである。その秋の怨みは、通り一遍のものではなく、底深いものなのに、もし李賀の詩才がなくば、その底深さは通り一遍なものと化してしまう。そういう李賀の詩作を待つ故に、「辛苦　尚　相従う」のだと、言っている。

これは、さらに言えば、秋にかこつけているが、秋の怨恨の深さを詩にするということは、そのまま李賀の怨恨を詩にすることになるという当然の自信のうちに語られているのである。なおも言えば、李賀は、生命ののこり火を、詩にむかって生きることを宣言したのだと受けとることができる。

中国の伝統にあっては、文学に生きるとか政治に生きるとかの二者択一はない。文学者であることと政治家であることは、表裏一体になっているからである。攻治を志さない文学者はいないし、文学を志さない政治家はいない。もちろん、文学と政治という相矛盾したものが、たやすく一致するわけはなかったのであり、後世の判断によって、文学者として名をのこすもの、政治家として名をのこすものといったわけであり、そのどちらにも名をのこすことなく世を去ったものは、これまた莫大なわけであったのだが、しかし生きている間は、文学者であることは政治家であり、政治家であることは文学者であるという立て前が貫ぬかれていたのである。

李賀も、当然、そうであったわけである。李賀が「垂翅の客」と言わざるをえなかったのは、高級官僚への道を拒絶されたからである。挫折感を抱くにいたった表面上、または出発点は、そのことに尽きる。唐は、官僚国家であった。政治を志すものは、宮僚にならなければならなかった。その資格をうるために科挙はあったのである。もちろん表裏一体と言っても、生活の保障は、文学においてうることはできない。碑文を書いたり、代筆によって金銭をうることはできたが、それはきわめて副次的な収入であり、官僚たることによって収入の大半は決定された。だから収入源によって、文学者と政治家が、表裏一体だと言っているのではない。文学者が、職業となるのは後代における小説家の登場を待たなければならないし、その小説家にしても、多くは本名を詐称していたのである。恥であった。それ故、中国にあっては、文学者が職業名でもありうるまでには、近代を待たねばならない。こういう時代にあっては、文学に生きるということはありえないことであったのである。政治家たらんとすることからはずされた李賀が、いまや文学のみに生きようとすることは片輪の生を生きるということであり、怨みでないはずはなく、と言ってもその怨みの深さを受けとめてくれるのは、詩しかなかったのである。詩に、その怨みの深さを塗りつけなければ、詩にしか生きる道のなくなったことの怨みも、また伝えることができないというところにまで、李賀は追いこまれていた。追いこまれた故に、詩に生きるというぎらついた怨恨が、その宣言の詩にみなぎるのである。

だが、垂翅の客と自己規定した李賀が、怨みの秋の深さを詩に刻印せんがために、ひたすら生きるのだと決心したにしても、はたしてそうはいくものか。詩にのみ生きることはできるものか。唐代にあっては、文学は実体ではありえなかったのである。政治家と一体となってはじめて、実体でありえたのである。もしくは政治を志す心があって、文学は実体でありえた。

李賀は、官僚政治家たることを断念し、怨みの秋の深さを伝えんと詩に生きることを決心したのはよいとしても、またそれは痛ましいことだとしても、その決心をいつまでも持続させることができたか。官僚たることを断念することは、政治への高邁な志を遂行することを止すことになるばかりでなく、生活の道を断つことにもつながったはずである。李賀の高邁な政治への志の薄皮一枚の下には、生活の手段としての志も横敷きにされていたはずである。没落した皇族の末裔として名誉の回復と、目前の一家の生活の安定を、李賀の科挙への挑戦は、担っていたはずなのである。屈辱をしのびながらも奉礼郎の官を受けたのも、生活を優先させたからではなかったか。病状の悪化が、この屈辱の官位を退かすことに手を貸し、昌谷への帰還とはなった。一家の生活には、なんの寄与することのない身となってしまった。

　霧にかくるる豹たらんともしたが、かえって怨みの心を深くするだけであり、かくしてその怨みを詩にのこすことにのみ生きようとするのだが、やはりそのような生きかたは、不可能だったのではあるまいか。故郷を出奔した時とかわらぬままの一家の貧しい経済と母や兄弟のやさしさとが、自分の運命の激動となんら関係なく、帰還した昌谷にはなおありつづけているのを、彼は目撃しないわけにはいかなかったからである。すでに科挙をへての官職への道は絶対に途絶えたと覚悟してしまった李賀にとって、「垂翅の客」と自己承認することは、命がけの必死ともいうべき怨みのふんばりであったが、そのようなふんばりも、家族の光景を見る時所詮ひとり芝居のもがきであったことを突きつけられるのである。

　事実、元和九年の春、昌谷へ帰ってきて、まもなくして末の弟を盧山《ろざん》に送らねばならぬ破目に陥いっている。朱自清の李賀年譜は、弟を盧山へ送ったのは「謀食」のためだと、はっきり言っている。

十

　盧山は、別に匡盧《きょうろ》ともいい、江西省の九江《きゅうこう》の南、潯陽《じんよう》郡にある名山である。周のむかし、匡俗《きょうぞく》なるものが、王の招きに応ぜず、この山に隠れ、使者が訪ねた時には、すでに登仙していて、盧《いおり》は空虚であったところから、盧山と名づけられるようになった。

　李賀の弟は、家の経済を救うために、この盧山に向うのであるが、この山で、なにができるというのか。高さ二千三百六十丈、周囲二百五十里。畳嶂《じょうしょう》九層、川流九派と言われ、虎渓三笑の恵遠《えおん》和尚のいた東林寺をはじめとする寺院の数々が、この山中にあり、白楽天の詩で有名な香炉峰があり、絶頂には、秦の始皇帝の石室があり、李白が「飛流直下三千尺」と詠ったごとく、十数以上の瀑布の景勝をもち、崖や洞や巌《いわお》や澗《たにがわ》は、それぞれ名をもって、風光を助けていた。截然と立つ盧山を前に流れる長江には、白い帆船が浮び、絶好の避暑地でもあったが、しばしば盗賊の根城ともなった。この盧山へ、弟は、なんの目的をもって赴こうとするのか。寺にでもはいろうというのか。

「勉愛行二首送小季之盧山［勉愛行二首 小季の盧山に之《ゆ》くを送る］」という詩がある。盧山へ行かんとする弟を洛陽の郊外まで送り、そこで「勉愛行二首」を作ったのである。勉愛行の勉愛は、どういう意味か。鈴木虎雄は、「勉愛の二字、語簡にして作者の意を知るに苦しむ。呉注は、勉《メ》レ旃《これヲ》自《ラ》愛《セシム》の義とし旧注多く之に依る。果して然《しか》るか。予は勉とは励ますこと、愛は愛するもので、小季即ち幼い末弟をさし、〈吾が愛するものを勉め励ます〉義と考える」としている。私は、呉正子の解で、ほぼよいように思われる。勉愛は、「勉《つと》めて愛《いと》しめよ」と私は解するからである。葉葱奇は「勉力自愛」としているが、もっとも私に理解しやすいのは、英国のJ.D.Frodshamの"Be Sure to Take Care of yourself"という訳である。これを邦訳するなら、「くれぐれも気をつけてな」ということになるだろう。

　李賀が送ったのは、「小季」である。この「小季」は、「示弟」の詩に見られる弟と同一人物なのであろうか。「病《びょう》骨《こつ》 猶《なお》 能《よ》く在《あ》り」と言い、「抛擲《ほうてき》して梟盧《きょうろ》に任《まか》さん」と棄鉢に甘えることができた弟が、いましも盧山へ行くのだろうか。「小季」というからには、李賀には、もっと他にも弟がいたように思われる。盧山へ行くのは、一番下の弟であり、「示弟」の弟は、李賀とさほどの齢の差はなかったような気もするのだが、ともかく勉愛行二首を見ていこう。まず最初の一首。

洛郊無俎豆　洛郊《らくこう》 俎豆《そとう》なし
弊廏慚老馬　弊廐《へいきゅう》 老馬に慚《は》ず

昌谷へ帰ってきたばかりのころ、李賀は、自分のことのみにかまけて、「示弟」の詩に見えるように、さんざん自らの虚無を吐きだして、その痛ましさに家族のものを脅かしたのであったが、しかし李賀の虚無感は、けっして安定したものではなかった。李賀の虚無感こそが、かえってわが家の生活状態を見るに及んで、たちまち脅かされたのである。まもなく小季である弟を、おそらく「示弟」の弟でない末弟を、おそらく謀食のため送りださねばならなかったのである。それは、兄として、慚愧に耐えない心苦しき痛みであった。李賀が、自ら苦しむことの果てにえた、やけ気味の虚無などというものは、たちまち、わが家の経済を見るやあざ笑われたに等しかった。

　だから、この送別の詩は、その弟への申訳ないという李賀の恥じらいの気持で溢れている。

「洛郊　俎豆無し」。昌谷の家居から、ずっと洛陽まで見送りについて来たことがわかる。そして洛陽の郊外で、別れを告げることになる。旅立つものの無事息災を祈り、礼器（俎豆）に食物を盛って、道祖神を祭る風習があるのだが、貧窮のため、それをとりおこなうこともできないと、弟にむかって、恥じらいながら別れの挨拶をするのである。

もっとも、この詩を、方世挙のように、李賀はこの時、東都洛陽で奉礼郎であったとし、祭儀の官なのに、祀事することもできないという意をこめているのだ、という説もあるが、これは採らない。奉礼郎の職にあったのは、あくまでも長安である、と見なすからであり、弟の盧山行は、李賀が奉礼郎を辞して故郷へ帰って、まもなくの事件と見なすからである。したがって、それを継いだと思われる葉葱奇の「太常寺奉礼郎時所作」も採らない。俎豆の礼器を奉礼郎の職と結びつけすぎているからで、むしろ素直にこの礼器を旅の風習と結びつけるのであってよい。だから、李賀の恥じらいとは、奉礼郎なのに、このささやかな旅の祭礼をもおこなえない、ということではない。奉礼郎であったなら、わずかばかりにして、収入の道を所有していたはずであり、粗末であっても、俎豆の礼器を調える余裕ぐらいは、あったであろう。

だが、正確には李賀が、弟に対して慚愧に耐えないのは、俎豆の席を設けて、出立の旅を送ることができないということではあるまい。俎豆の席の心配は、慚愧の契機にしかならない。つぎの句の「弊廐　老馬に慚ず」にしてもそうである。弟の旅のために用意した馬は、荒れ小屋からひきだした老馬で、申し訳ない、慚ずかしいと言っているのだが、この老馬も、俎豆と同様に、申し訳ない気持の契機にしかすぎないのであって、もっとも彼にとって申し訳ないことは、この弟を盧山へ出立させなければならないことのはずである。

小雁過鑪峰　　小雁《しょうがん》　鑪峰《ろほう》を過《よ》ぎり
影落楚水下　　影は落つ　楚水《そすい》の下
長船倚雲泊　　長船　雲に倚《よ》りて泊し
石鏡秋涼夜　　石鏡《せききょう》　秋涼《しゅうりょう》の夜

李賀は、これまでに盧山のあたりまで旅したことがあるのかどうかは、不明であるが、洛陽の郊外で、いざ旅立とうとする弟にむかって、盧山のあたりの風景を詠ってみせる。その地への旅の経験がなくても、知識と想像力を駆って、いま旅立つ相手がその地でうるであろう風景体験の予想をしてみせるのが、送別の詩のきまりである。

その情景は、どういうのかと言うと、小さな雁が、香炉峰を過ぎるさまである。香炉峰は、九江府城の西南五十里、盧山の東南にある。円形の峰で、いつも雲烟もうもうとして、香炉を焚いているようなので、その名があるのだが、その峰の上を、李賀は小さな雁に飛行させるのである。そういう情景を、弟に描いてみせた、ともいえるのだが、実は、弟を小さな雁に変身させたのだともいえ、その結果、弟は、雁になったわが身を、楚水（揚子江）に、影を落しつつ飛ぶことになる。さらに雁は、飛行を続け、盧山の東南、南康《なんこう》府の城西二十三里にある石鏡峰まで、羽翼をのばす。楚水には、長い船が浮んでいる。白雲がその船にぴたりと寄り添うように泊っている。その光景は、小雁の弟が、空から鳥瞰しているのである。兄の長吉の想像力によって、まだ見ぬ盧山の鳥瞰風景を、餞《はなむ》けとして贈られているのである。石鏡峰は、懸崖に円い鏡石を有し、それに人影が映るとして名高いが、秋の涼しい夜、小雁の弟は、そのそばを餞けに飛ばさせてもらうのである。

　詩は、まさに最大の弟への餞けになっている。慚じいる兄の長吉にとって、まさに詩をもってしか、弟へ謝すてだては、なかったのである。

豈解有郷情　　豈《あ》に解《よ》く郷情《きょうじょう》有らば
弄月聊嗚啞　　月を弄《ろう》して聊《いささ》か嗚啞《おあ》せん

まだ李賀の心は、小雁の弟の中に深く侵入している。そのような盧山の風景をみて、なお、お前の中に故郷を思う情というものがあったなら、月にむかって、心をいっぱいにして、お前は、いささかでも泣かないわけにはいくまい。そう言うのである。

　このいいかたは、錯雑している。李賀自身のひとりでに滲んでしまう感情と、弟の予定された感情とが、いりみだれているからである。たとえば、「嗚啞」は、小雁に弟を変身させたことを、なお続行させたところからでた言葉である。鳥でなければ、「嗚啞」することはないのである。だが、この「嗚啞」は、兄の長吉によって、強請されたというわけではない。一応、文意は、お前に郷情があったらと、限定留保したいいかたなので、もし郷情を弟がもたなかったとしたら、「嗚啞」は成立しない。それ故、郷情を弟にもて、もつのが、人の情というものだ、と脅迫しているとも見れるのだが、とはいえ慚じいっている李賀が、弟に故郷を思いだせと、脅迫するはずもないともいえる。だとすると、どういうことか。

　むしろ、嘆願しているのである。郷情をもってほしいと。そうでなければ、李賀は浮ばれないからである。郷情をもつことによって、このような盧山の地へ遠く離れてこざるをえない自分の境涯を嘆いて、聊かなりとも「嗚咽」してほしいのである。極端にいえば、兄を恨んでほしいのである。それ故に、李賀が、もっともおそれることは、むしろその弟が、盧山の地で、故郷を思う心を失ってしまうことなのである。故郷を忘れてくれれば、兄として、これほど肩の荷のおりることはないはずであるが、実はそうではなく、怨んで嘆いて、月を弄して嗚咽してくれて、はじめて李賀の兄として恥しい気持は、落着くのである。これは李賀のエゴイスティックな嘆願であるとともに、弟へのせいいっぱいの優しさでもあったのだ。つづいて、勉愛行の第二首目を見てみよう。

別柳當馬頭　別れの柳　馬頭を当《う》つ
官槐如兎目　官槐《かんかい》は　兎の目の如し
欲將千里別　千里の別れを将《も》って
持此易斗粟　此《こ》れを持し斗粟《とぞく》に易《か》えんと欲す

洛陽の郊外で、兄弟が別れを告げあったと言っても、やはり街道の上である。さしでた柳の枝が、弟の乗っている馬の頭にぶつかる。ということは、別れが、街道のど真ん中ではなく、脇の道だからであろう。またここは、官道であって、槐《えんじゅ》並木が両側に立っている。その吹きだす若い芽は、兎の目のようだと、李賀はいう。兎の目という比喩は、べつに李賀の独創ではない。季春に入って五日目の槐を「兎目」というからである。十日目は、「鼠耳」という。芽が、完全に葉となるには、三旬を要するという。兎の目が、見渡すかぎり、あり、兎の目だらけの光景というのは、想像する時、グロテスクであるけれど、李賀独自の感覚の冴えというのではない。

ともかく、弟の送行は、春だったのである。昌谷に春帰ってきた李賀は、いれかわりに、弟を昌谷から追いださなければならなかったのである。「千里の別れを将って」「此れを持して斗粟に易えんと欲す」。劉辰翁《りゅうしんおう》は、「此の語　その弟と別れるに甚だ悲し」と評す。この二句は悲哀を超えて、自嘲の気味であり、「欲す」という語は、やけ糞の感情をあらわすに足りる。弟との千里を距てた離別の代償に、一斗の粟《もみ》にかえるのだ、ともみくちゃに悪ぶっている。この弟が、昌谷を去ることによって、金がえられて、わずかの粟が買えるということではなく、粟代が一人減っただけ、すくなくてすむというそのむごたらしさに、李賀は、やけ糞になっているのである。

はじめは五字の詩句であったが、つぎの句からは、イレギュラーして、七字句に変っていく。このイレギュラーは、李賀の荒散した感情と無縁ではあるまい。息をかえないでいられなかっただろう。

南雲北雲空脈斷　南雲　北雲　空しく脈断《みゃくだん》
靈臺經絡懸春綫　霊台《れいだい》の経絡《けいらく》　春綫《しゅんせん》を懸《か》けり
青軒樹轉月滿牀　青軒《せいけん》　樹《じゅ》転じ　月　牀《しょう》に満つ
下國飢兒夢中見　下国の飢児《きじ》　夢中に見ん

一つの雲が、二つにちぎれて南と北に別れてしまえば、「空しく脈断」してしまう。肉体は、このように脈を断たれて、相望むことが、空しくなってしまうのだが、ただ、心の糸筋だけは、なおひっかかって、のこって、そのため、いよいよ怨みをのこす。かえって、長吉の心は、つらくなるというのだ。

「青軒　樹転じ　月　牀に満つ」「下国の飢児　夢中に見ん」。この二句の中に、母親の存在を見ようとする説がある。これは、葉葱奇の説である。「青軒」を老母の居る所とみなすからである。その部屋の中へ、月光がはいってき、樹影が転倒するにつれ、ベッドは月の光で満ちてしまう。その月光を浴びた光の中で眠る老いた母は、地方の盧山へ下っていった飢えたる子であるお前を、夢の中で見て、きっと悲しむだろうという意味にとれないことはない。だが、陳本礼の解釈は、夢を見るのは、この弟なのである。青軒の寝牀は、弟の旅の地であり、弟こそが、旅の空で、家に残した幼子が飢えて啼いている夢をみることになるだろうと、李賀が想像した言いかたをしたことになっている。この解釈だと、盧山に向う弟は、末弟ではなく、まだ下に弟がいることになるし、なによりも、なぜこんなことを李賀が弟に向って言わなければならないのか、その必然性が薄い。

かと言って、葉葱奇の言うが如く、母がこの弟の夢を見るというのも、「青軒」という語に、母の所居という限定した意味があるのでないかぎり、やはり納得しがたい。李賀の、この末弟にたいする脅迫観念からすれば、李賀こそが、お前の夢を見るだろうと告げたのではないか。「下国の飢児」は、盧山へ旅立つ弟のことではないか。李賀こそが月光を浴びた寝褥《しんじょく》の中で、下国の飢児であるお前の夢を見るだろうと告げたのではないか。肉体は、たとえ離れ離れになっても、魂魄だけは、なお二人の間にはからみあっていることを告げているからには、その結果として、李賀が弟の夢を見るのは、筋である。下国の飢児と言っても、盧山へ行った弟が、そこで飢えるとはかぎらないのであるが、李賀の慚じいる感情からすれば、弟が、旅の地で飢えているという自己脅迫の夢を見るのが、筋である。

維爾之昆二十餘　　維《こ》れ爾《なんじ》の昆《あに》　二十の余
年來持鏡頗有鬚　　年来　鏡を持するに頗《すこぶ》る鬚《ひげ》あり
辭家三載今如此　　家を辞して三載《さんさい》　今　かくの如し
索米王門一事無　　米を王門に索《もと》めて一事無し

この四句こそが、弟の出奔は、李賀が東都奉礼郎の時と推定させる説のもとをなしている。「家を辞して三載　今　かくの如し」という句が、李賀が洛陽の任地にいたとさせ、「米を王門に索めて一事無し」が、官に就いていることの証拠だとしている。そうだろうか。

　弟へ語りかける四句であるには、かわりがない。まず、「維れ爾の昆　二十余」と言う。しみじみとした物の言い様である。このお前の兄たる俺は、二十才は、とうにこえた。ここでも、李賀はさかんに年齢を意識しているのだが、次の句はどうもわかりにくい。「年来　鏡を持するに頗る鬚有り」である。これまでの李賀の物の言い様であると、白髪の増えることを言うか、髪の薄きを言うか、髪の抜け落ちるを言うか、している。それら言い癖は、彼の年齢意識とも、密接にからみあっていたし、鏡を見るという行動とも、深くかかわっていた。

　だが、ここでは、鏡はでてくるが、髪のことを言っていない。髪のことは、飛ばしてしまっている。あっさり抜かしてしまっていて、頬ひげの話をしている、頬ひげは「頗る」あるというのである。鏡の中に頬ひげの「頗る」あるを確認しているのである。これは、どういうことなのだろう。頬ひげのたっぷりある大人になっているのにもかかわらず、ごらんの通り、自分は甲斐性がないとでも、言おうとしているだろうか。頬ひげの生える齢ごろのわりには、お前一人を養うこともできない、だらしのない兄だとでも、言おうとしているのだろうか。

　おそらく、そうだろうと思うのであるが、問題なのは、髪のことを言わなかったことなのである。髪は薄くても、頬ひげだけは濃いという例は、ままみかける。李賀の場合は、そうだったのではあるまいか。だとすると、ことさらにも李賀が、頬ひげのことのみを弟へ向って言うことに対して、彼の屈折した心の反射を見ても良いのではあるまいか。

　兄として、髪の薄いこと、白髪の混じっていることを言うことに、じくじたるものを感じたのではないか。「示弟」の弟には、やけくそになってみせたが、生計を助けるため、盧山へ落ちていく末弟にたいしては、自分の不幸感にかまけて、やけくそになってしまうことに、制動を自らかけたのではないか。「年来　鏡を持して」まで口にした時、李賀の意識にあったのは、髪の「頽る」薄くなりつつあるということであったのに、その意識を、にわかにひっこめたのではないだろうか。髪に反して濃いひげのほうへ、一挙に転化したのではないか。とすると、弟の盧山行そのものは、李賀の頽廃意識に水をざぶりとかけるほどのつらい体験であり、いよいよ恥辱感を煽るものであったと、想見しないわけにはいかない。

「頽る鬚有り」の屈折した意識に対応するものとして、「家を辞して三載　今　此くの如し」「米を王門に索めて一事無し」の両句がある。鬚があるという意識は、髪の薄きを言うのを負の意識とすれば、正である。強がっている時の意識である。強がるということは、結局は、負の裏返しにすぎないのであるが、表面は正のそれであり、自らの健康を誇示し、にもかかわらず不遇であることを言おうとしている。だが、実際は、李賀の肉体の衰弱は、髪の薄きにこそ、もっともあらわれていたのであり、頬ひげの濃さは、一種の皮肉のようなものであったが、いまや弟にたいしてすまないという意識に覆《おおわ》れてしまっている李賀としては、頬ひげのことをことさらに誇張して、自分の不遇のみを強調しないではいられなかったのである。だから「頽る鬚有り」の語句には、李賀の心理のダイナミックスがあるのを見なければならないだろう。

　それ故、つづく二句は、「頽る鬚有り」なのにもかかわらず、現実の惨状を語ることになる。いかに強がろうとも、李賀の肉体自体は、すでに滅びに入っており、そのことは充分、李賀も知っており、どのような官務にも、はや耐えがたくなっていることを知っていたのに、そのことは言わず、ひたすら自分の甲斐性のなさに集中した語りかけをするのである。故郷を出奔して、三年。すなわち奉礼郎の低位について三年、しかしその結果はといえば、ごらんの通り、職を辞して、故郷へすごすご帰ってくる破目になった。官に就いて、俸給をえ、それをもって家門の安泰を計ろうとしたのだが、その結果は、惨澹たるもので、いっさいの成功もおぼつかなかった。そういうすまないという気持を現わしているのが、二句なのである。「頽る鬚有り」なのにもかかわらずという意識に、その二句の言訳は対応しているのであり、その旅立つ弟としても、その濃い鬚ひげは、兄にとってなんらきめ手になるものではないことを知っているはずであるから、つらい言葉となったであろう。

　この弟への言が、東都奉礼郎の時のもの、つまり在職中のものとこだわることもないのは、「家を辞して三年

今　此くの如し」のうち「今　此くの如し」の解きかたにかかわってくる。東都で奉礼郎に在職中、弟が盧山へ行くことになり、その弟が洛陽の兄を訪れたと考える場合、この句は、私は故郷を出てから三年になるが、三年たってもこのようなていたらくで、お前になにもしてやれない、盧山へお前をみすみす送らねばならないということになる。しかし、李賀は、三年後に奉礼郎を辞したのであるから、それからすれば妙である。李賀が、故郷へ三年の後の春、戻ってきて、まもなくその春の末には、家計を助けるため、弟が盧山へ行くことになり、洛陽まで李賀が病身をかかえて送ってでたという風にとるとするなら、この句は、故郷を辞すること三年であったが、今はごらんの通り、尾羽打ち枯して故郷へ舞い戻ることになってしまった、という義にとることができるのであって、奉礼郎の職は、長安時代のことだのに、無理して、実は東都洛陽で奉礼郎であったのだ、と解釈することもないであろう。そういう解釈も不可能ではないが、李賀の屈折する心理の光を、単純にしてしまうおそれがある。

荒溝古水光如刀　　荒溝《こうこう》の古水《こすい》　光りて刀の如し
庭南拱柳生蟦螬　　庭南《ていなん》の拱柳《こうりゅう》　蟦螬《せいそう》を生ず
江干幼客眞可念　　江干《こうかん》の幼客《ようきゃく》　真に念《おも》うべし
郊原晩吹悲號號　　郊原《こうげん》の晩吹《ばんすい》　悲しんで号号《ごうごう》

荒れた溝の中にたまった古水は、刀の刃のように光っている。庭の南にある一抱えの柳には、ねきり虫が、巣喰っている。最初の二句の意味である。この二句を兄弟の喩と解く説もあり、また句解定本の陳開光の評の如く、「二句は洛の景を写すに過ぎざる也」とする説もある。だが「洛の景」を考えるのは、どうかと思われる。

たしかに李賀は、いま洛陽の郊外にあるが、この時は、昌谷の自庭の光景を思い浮べていたのである。王琦は「家庭冷落の状を見る」とするが、私もこれをとる。だが、昌谷を想いかえした叙景であっても、李賀にあっては、すべての視線に、感情の殴り込みがあるとはいえるのであり、そこに李賀の感情の反射を確実に感受すべきであるが、かと言って、陳本礼のように、古水の光が刀のようだというのを、「別れる弟の心は刀刺の如し」の喩だと見るのは、見すぎなのである。

ともかく李賀は、弟を盧山へ送別するにあたって、自分の不甲斐なさを言うとともに、昌谷のわが家の荒れた姿を想いださないわけにはいかなかった。その庭の惨景の記憶は、一層、この弟の旅立ちを、いとおしく思わせるのである。「江干の幼客　真に念ふべし」は、それである。

江干は揚子江のほとりである。いづれそのほとりに立つであろう幼き弟の身の上のことが、心から案じられてならないというのだ。そして、いま別れようとしている洛陽の郊外の原野には、夕暮れの風が吹きだし、その吹く音は、悲しげに号《さけ》んでいるようだという。晩春であるはずであり、その吹く風は、さほど強いとは思われないのだが、この地にあっては強いのかもしれず、或いは李賀の研がれた感覚がそう受けとったのかもしれず、「悲しんで号号」と、別れにあたって、夕風は吹いているのである。

この弟を、盧山へ送らねばならぬ始末は、李賀が、奉礼郎を辞して春、昌谷に、病身を抱いて帰ってきて、まもなくにおこったということは、やはり念起しておく必要がある。その帰ってきてからの生活と心のかたちは、これまでしつこいほどに見てきた。李賀が、昌谷の生活で、ついに「垂翅の客」を誇らかに承認したとしても、弟の盧山行を見て、したたかに慚愧の念に襲《おそわ》れた体験や、その後もつづく家庭のどうにもならぬ光景に対していっさい平気でいられるまでに、自分を処理しきっていたとは言えなかったのである。

李賀の「垂翅の客」の意識は、たんに翅をたれた旅人であると思いきめることばかりではなく、もうなにがなんでも翅を拡げて、空を翔けまいぞという、怨みにも満ちた覚悟であったのだが、家族の光景は、なおその覚悟をあざ笑うのである。李賀に翅を拡げ、音をたて、空へ舞いあがることを要求するのである。李賀にとって「垂翅」とは、「折翅」でもあった。自らを「折翅の雁」とも言っていた。あきらかに李賀の翅は、折れてしまっていたのである。その折れた翅を、家庭の光景は、なお羽搏くことを残酷に求めているのである。

「感諷五首」の詩篇がある。これは時に感じて諷詠したもので、いつどこでの詩であるか定めがたい。長安時代の作とも思えるが、昌谷での作も混じっているようでもある。しかし、この五首のうち「其四」は、折れた翅をもって、なお舞いあがらねばならぬ慘澹たる覚悟を、物語っているようにとれないでもない。

春、昌谷へ帰ってきた李賀は、そのままじっとしていることはできず、秋には、またしてもわが家を去ることになるのである。その時の覚悟が、この詩そのものだというわけではないが、李賀は、折れた翅をひきづって、それは永遠に折れたものだと知りながら、なお羽搏くことの空しいわざをこころみることの原核を、ここに見ることは、できるであろう。

星盡四方高　　星は尽き　四方は高し
萬物知天曙　　万物　天の曙《あ》くるを知る
已生須己養　　已《すで》に生ずる　須《すべか》らく己を養うべし
荷擔出門去　　荷担　門を出《いで》て去る
君平久不反　　君平《くんぺい》　久しく反《かえ》らず
康伯遁國路　　康伯《こうはく》　国路《こくろ》に遁《のが》る
曉思何譊譊　　暁思《ぎょうし》　何ぞ譊譊《どうどう》たる
闤闠千人語　　闤闠《かんき》　千人の語

李賀にあっても、朝は、気持の転換の時として選ばれている。星が尽きる。つまり夜の闇が白んで、星が溶けて見えなくなる時である。星が消えたので、夜空の頭にかぶさるような天井の意識が、すっと軽くなって、四囲四方が高くなったように感じる。この闇からの解放は、地上の万物が、夜の明けたことを知る時である。

朝は、天地を感じさせ、宇宙を感じさせ、その中に立つ自分の存在を感じさせる時かもしれないが、李賀もそう受けとめているわけで、その朝の清気の中で、ある決心をする。

「已に生ずる　須く己れを養うべし」と。生れてきてしまった、だからこのことはどのように不平を言っても、いまやしかたがないことだ。自分のことはすべて自分で始末をつけなければならぬ。そのように決心した李賀は「荷担　門を出でて去る」のである。荷物を背にしょい、わが家の門を出て行くのである。自分で自分の始末をするために。

曽益は、「有生の労」とこの詩をとらえる。生れたくて生れてきたのではない生あるものたちが、やはり生きていくよりほかはないという御苦労、御苦労でもやはり生きていくよりしかたがないというつらさの詩だというのだろう。陳本礼は、「有生の労を傷む」とさらに展開する。この世に人と生れてきてしまったからには、生きるより他はないという御苦労を傷んでいるというのだ。この決意の背後には、世人のように、すみやかに生計を治めて仕事に精を出すこともできずに、なまじ文字を知ったばかりに深い悔誤にとらわれていて、読書では、生を謀《たくら》むことは遂にあたわぬことの意がこめられていると陳本礼は見ている。読書人として身を立てることには、李賀はあきらかに破産した。しかし、破産したからと言って、生れてきたからには、生きるよりしかたがないのであって、かくして李賀は、なおも生を謀《はか》らんと、荷物を背に、家門から足を踏みださねばならないのである。

李賀のこの決意は、わびしい決意であったのだ。朝、天の白く曙けるのを見て、生きねばならぬとしたのだが、それは晴れわたった決意ではなかった。わびしいというよりは、いじましくも、哀れである。それは、李賀の心理的な背景、肉体上の背景を知ったところから、この決意を私は見ている故に、彼の自らに言いきかせるような覚悟に、またその行動からは、荷物の肩に喰いこむ重さをさえ私も共有して、寂寥を感取しないわけにはいかない。

ついに秋になって、そのまま故郷にくすぶっていることができず、そのできないのは、結局どのように李賀が自分の生命を追いつめようとも、生を謀《たくら》み、生を治めたことにはならぬという現実、つまり家庭の悲惨を目の前にせざるをえないからだとしたであろう昌谷を出る時の李賀の感情を、この二句に見られる決意と行動に、そっくり重ねあわせることはできるのではないか。

たとえ昌谷を出たとしても、李賀はまだ若輩とはいえ、科挙の道は断たれている。あまつさえ病いは李賀の肉体を蝕んでいる。それでも、出門しなければならない。そのまま家に退居していては、自分を始末したことにはならない。始末するためには、とにもかくにも、昌谷をでなければならない。「荷担　門を出で去る」は、希望に満ちた足どりというよりも、うつ向いた物憂げな足どりの鈍さを感じるのである。おそらく李賀は、このような決意を、これまで何度も繰返していたのではないか。いつもその決意は潰え、ために彼は怨みの底に沈み、しかし沈みきったと思うや、沈みきらずに、いつもむっくり底から這いあがって、しかし起きあがったところで、どうにでもなるものではないことを知りながら、現実は、彼に門を出ることを促したはずである。

「君平　久しく反らず」「康伯　国路に遁る」。荷を背負って門を出た李賀は、まもなく古の人のことを思いだした。思いだしながら歩いていく。まず前漢の厳遵《げんじゅん》、すなわち字《あざな》は君平のこと。彼は、成都の市場で卜筮《ぼくぜい》をして、生きていた。百銭を得ると、これだけあれば自分で食べるに充分と、さっさと店を閉め、そのあとは、弟子を集めて学問の講義をした。朝廷に仕えることは、けっしてしなかった。李賀は、官吏たることに、くよくよしないで、市井の中で気ままに生きた君平を羨んでいるのである。またつづいて思いだした康伯とは、後漢の韓康《かんこう》のこと。彼は名門の出身であったが、長安の市で、薬売りをして暮していた。有名になるのを嫌い、ついには山中に隠れ、皇帝から召しだされたが、使者を途中でまいて逃げだしてしまった。

この二人の生きかたを思いだすというのは、どういうことか。名利に頓着せず、市中に生きた彼等への羨望は、あるだろう。とすると、李賀は、二人の故事にならって、市中の人となる決意でもしたのか。大道易者として、薬売りの商人としてでも生きていくことが、李賀にできるとでもいうのか。李賀はなお自分に甘えている。

まだ、李賀には、文人たることを棄て去るだけの決意ができていないのである。自分を可愛がっていすぎる。それは、君平にしろ韓康にしろ、市中に身を投じたとはいえ、なお文人であるからである。いっそうのこと、一挙にただの市中の人までに、わが身をひきさげることはできないのか。この二人を想いだすことそのものが、まだ、文人としての自分にこだわり、韓康のように、皇帝のお召しをえて、それをなお振切るというかっこうのよさをまどろんでいる。

そもそもこの二人は、文人意識はあったとはいえ「已に生ずる　須く己を養うべし」の覚悟を実行していた。天地の間にひとりでありえた。だが、李賀の決意は、落魄した皇族の誇りをもつ家族の存在を、無視しているのではない。むしろそこから、やむをえずにでた決意であったのではないか。

いずれにしても、わびしい決意を胸に、荷を背負った李賀は、市中にはいっていく。だが、文人否定の裏返しとして自分に期待していた、普通に生きることの憧れは、たちまち、市中の騒音を浴びてくつがえっている。

朝だというのに、市場に群るものたちは、やかましく騒ぎたてていた。彼等は、朝から生きるための闘争をしている。その活気に、李賀は、満足を感じてもよいのに、「何ぞ譊譊たる」と身じろぎし、後ずさりしなければならなかった。市場では、「千人の語」が沸騰しているさまに、いささか圧倒されないわけにはいかなかった。彼等の生きかたに羨望する気持をもちながらも、嫌悪がどこかで走り、自分を裏切っているのである。

李賀は、ともかくも、昌谷をでた。「已に生ずる　須く己を養うべし」「荷担　門を出で去る」として、家をでたが、はたして、彼は己れを養うことができるかは、早くも危ういのである。商人はおろか、君平、伯林［韓康の字］にもなれるか。いったい李賀の背負った荷の中には、なにがつめこまれているのか。

独騎の旅

一

「昌谷より洛の後門に至る」の詩を見よう。

九月大野白　　九月　大野《たいや》　白し
蒼岑竦秋門　　蒼《あお》き岑《みね》は　竦《そばだ》つ秋の門
寒涼十月末　　寒涼《かんりょう》たり　十月の末
雪霰濛暁昏　　雪霰《ゆきみぞれ》は　暁昏《ぎょうこん》に濛《もう》たり

不安と混迷の李賀は、それでもついに「已《すで》に生ずれば須《すべから》く已れを養うべし」として、故郷の昌谷を出奔した。

そう決心をして、旅立ちの心仕度をしたのは、昌谷の大野が、白く染った、元和九年も、深秋の九月であった。

そういう白く晒《さら》した秋の光景の中に、蒼然とした山の岑が、けわしく門を構えていた。李賀は、この門をくぐって昌谷を去るための茨の門と考えたかもしれない。決意はしても、門をくぐることは李賀には、断腸であったろう。門の彼方に、李賀はもうなにも夢みていない。

洛陽へはいったのは、寒涼たる十月の末であったろう。だろうというのは、この四句の中には、「九月」と「十月末」の二語が含まれているからである。昌谷から洛陽まで、一ヶ月以上もの旅の時間を要するとは、思えないからである。九月の末に昌谷をでたとしても、十月の末に到着したというのは、遅すぎる。

それとも、心の重い李賀は、道草を喰っていたのだろうか。これは、諸家を迷わせたと見え、注釈者たちの見解もまちまちである。姚文燮は、出発を深秋とする。曽益は、呉正子に倣って、洛陽に千秋門、宜秋《ぎしゅう》門のある例を挙げているから、九月のうちには、東都に着いたとみなしているのだろう。秋門を洛都の翠雲《すいうん》山だとするのは姚辱庵《ようじょくあん》である。これらの説であると、大野の白いのは、洛陽であり、はじめからこの詩は、洛陽での作であり、「十月の末」というのは、この詩を作る時点であり、その間にはさまれた時の経過があったとみなしていることになる。

しかし、この詩の中盤に、「強行　東舎に到る」の句があり、十月の末、雪や霰が、朝から夕べまで降る中を強行して、たどりついたかに見せる句があるので、到着したのは、十月の末であり、「九月　大野　白し」「蒼き岑は　竦つ秋の門」の光景は、昌谷であるとみなす説もでるのである。

王琦は、この「九月」と「十月末」の二つの期間に当然ながらの疑問をもった。「昌谷より洛陽までの路程は、わずか、百五十里である。どうして九月に出発したものが、十月の末になって到着する理があろう。この聯は、昌谷にいる時のことを皆言っているのであって、九月中には、事なくして家にあったのであり、かくの如く、秋高く気爽かであったのであり、十月の末になって、事あって、暁昏蒙昧の雪霰の雑《まじ》る中を洛陽へ赴いたのである」と言う。

一百五十里の旅と言っても、日本の里程に直せば、この数分の一の距離に短縮するのであり、いくら交通不便、難路だったとしても、九月に出発、十月末に到着ということはありえないのであり、ほぼ王琦の注に従うものであるけれど、問題なのは、このような時間合せを、詩篇の中に手をいれて、牽強附会することではなく、李賀が、この最初の四句までの間において「九月」と「十月末」という二種の時間句をいれたということなのである。最低一ヶ月、長くてやや二ヶ月の時間の空白が、想定できるのである。それは洛陽の地のみの空白であろうと、昌谷から洛陽に至るまでの空白の時間であろうと、昌谷にずっといて、十月末近くに旅立ち、しばらくして洛陽に着いたにしても、その二種の時間句を提出したということは、先の両者の間に生まれる空白、それは時の経過というよりも、むしろ沈黙であり、心騒がしき李賀の沈黙が狭まっているはずなのである。

澹色結晝天　　澹色《たんしょく》　昼天《ちゅうてん》に結ぶは
心事塡空雲　　心事　空雲《くううん》に塡《うず》めるか
道上千里風　　道上は千里の風
野竹蛇涎痕　　野竹《やちく》に蛇の涎《よだ》れ痕《あと》

おそらく、時間合せして言えば、十月の末ちかく、雪霰の蒙昧なる中を衝いて、李賀は洛陽への旅程をとったのである。それは、途中で、天候が一転したのかもしれないが、李賀は、ことさらにこの悪天を選んだようにも思える。出立の時節の選択は、李賀の思うがままというより、急の要件が生じたのかもしれないが、この悪天を、李賀は自らにふさわしいものとして受けとめている風もある。

　生れてきてしまったからには、自分の始末をつけねばならぬという意志の如きものは、九月の白い大野の中に、見出していたであろうし、その耐えがたい予想は、蒼黒の対峙する山嶺に、「門」を見た時に、はや受けとめていたのだろうが、決行したのは、あるいは決行せざるをえなかった時は、九月の暗いというより、暗いことさえ抜け落ちた白い我が心象に見合う悪天の日であったのである。李賀が、なぜ十月だけを言わず、「九月」の心象をもちだしたのかは、それでなくては解けない。王琦のように、「九月中、在家無事、秋高気爽」と言った呑気なものではなかったはずなのである。

　旅は、昼にあっても、雪霰蒙昧として、惨澹、とした鈍色が天を覆っていた。李賀は、わが旅立ちへの天の惨澹たる挨拶にたいして、「心事　空雲に填めるか」と睨み返している。

　この言葉は、天の惨澹よりも惨澹である。天の惨澹・李賀に加える惨澹に対して、もう許せなくなっている。天の中に不吉を見ることを拒んでいる。被害者であることを拒んでいる。外界に、自分の不吉な暗号を見つづけてきた李賀は、やけ気味に自分の始末をつける決心をつけてしまったいま、惨澹を加える権利さえ、天から奪ってしまう兇暴さを発揮し、天空が惨澹なのは、自分の心事を、填塞《てんそく》したからだ、と言うまでに至っている。弱き李賀は、天までも支配してかかろうとしている。

　九月から十月末までの、空隙の見えない時間に流れていたものは、当然、李賀の澹然たる色をなした「心事」であったはずである。李賀の心事を填塞した暗雲の下を、彼の乗った馬は、駈けるのである。その道上には、千里の彼方から吹きつける風が、降りかかる雪や霰とともに舞い、路上の傍に生える野竹には、雪や霰が附着し、凍結して、それは蛇の涎を垂らした痕のようにこびりついているのを感じながら、よくは進まぬ馬に鞭くれるのである。

石澗凍波聲　　石澗《せきかん》　波の声　凍る
鶏叫清寒晨　　鶏は叫ぶ　清寒《せいかん》の晨《あさ》
强行到東舍　　強行して東舎《とうしゃ》に到り
解馬投舊隣　　馬を解いて旧隣《きゅうりん》に投ず

昌谷からの惨澹たる道中は、一週間を要したか、三日間であったかは、知らない。だが李賀の詩を通じて、言うなら、いかなる冒を犯しても、闇雲につっこんだ一種の自殺行のおもむきがないでもない。李賀の荒れすさんだ自己始末の出発が、この悪道中を突き切るのである。

　洛陽の市中に入ったのは、晨であった。途中、岩間の水の流れるそばを通過する時、波立つ音が、氷結しているため、きこえない。「波声　凍る」といういいかたは、そのような解では、なお不足なのであり、波の声がしていたのに、とつぜん、凍って、音をはたと途絶えた瞬間に、李賀は立会っていると見なければならないだろう。ずっと波声のひびかない古澗に沿って、朝の厳寒の中を一騎、駈け抜けたのではないのである。

　鶏が、清寒の空気を裂いて、朝の明けるを告げる中に、李賀は洛陽入りする。そして、予定の東舎にたどりつき、馬を解いたのである。それは、強行だったと自ら言う。東舎は、知人の宅であろうか。それとも、洛陽での李賀の旧居なのであろうか。葉葱奇は、「東舎、旧隣の両句は、一意互説で、これを換言したのであり、即ち鞍を解き宿に投じた東隣の旁にある旧寓」であるとしている。李商隠の李長吉小伝に「長吉、往往、独騎、京雒《けいらく》を往還す」とあるところからしても、洛陽に仮寓があったのかもしれない。或いは、親戚がいたかもしれず、いづれにしても、朝はらから戸を叩くことの許される住いがあったはずである。

東家名廖者　東家《とうか》に名は廖《りょう》なる者
郷曲傳姓辛　郷曲《きょうきょく》に姓は辛《しん》と伝うる
杖頭非飲酒　杖頭《じょうとう》　飲酒するに非ず
吾請造其人　吾《わ》れ其の人に造《いた》らんと請うため

李賀は、この四句よりは、すでに洛陽に落着いている。落着くことは、迷いの獄にはいることなのである。李賀は、闇雲に、悪天の中を、わが決心にそって、強行して、洛中に入った。だが、自分の始末をつけると決心しても、いったいなにを決心するかは、きまっていない。どう始末するかは、きまっていない。だからこそ、李賀の決心は、白い心象に塗られていたのだが、それ故に荒れていたのだが、その荒れが、ともかく昌谷から出立するを促したのであったが、いざ腰をおろし、落着くということは、どう始末するかを決めることを促されるということでもあり、それはあいもかわらぬ迷いの開始ともなる。

　李賀は死による始末をつけることをしていないことだけは、たしかである。洛都の東の方角に、姓は辛、名は廖という易者がいるということを李賀は、近所の人から伝えきいていた。杖のさきに銭をぶらさげて、占って貰おうかと、考えだすに至っている。酒を飲むための金ではない、占って貰うためだと、自分に言いきかせている。酒による一時的始末も、とらぬと殊勝になっている。この殊勝な迷いは、新たなる危険を用意するともいえるのだ。

始欲南去楚　始め　南　楚《そ》に去らんと欲す
又将西適秦　又　将《まさ》に西　秦《しん》に適《ゆ》かんとす
襄王與武帝　襄王《じょうおう》と武帝と
各自留青春　各自　青春を留《とど》む

どう始末するかよりも、そこまでは、李賀にはまだおよびもつかないことなのであって、なによりも、どの方向に自分は足を向けるべきかに、思い思っている。そのために、市中の占者がでてきているのである。

しかし、これも危険だなという気がする。なぜなら、占者に決めてもらうなどという迷いなどというものは、娑婆っ気がありすぎるからである。かつて李賀は、路の方角を決めるに、岐れ道で、剣を倒したことがあった。剣の倒れる位置で、方向を決めたのである。そして、酒店の前で、馬から降り、衣を質にして、酒を喰って、意気軒高となっている。それは、苦々しい意気軒高であったが、一時的には、爽快に気を晴らしている。それは頽廃の明るさであり、まもなく酔いの醒めたあと、李賀を一層、つらく追いこんだものではあるけれども、いわば頽廃することの安定感というものを、詩からは、感じられたのに、占い者などをもちだすとは、あの雨雪を衝いての強行の旅の果てとも思えない迷いである。「杖頭酒を飲むに非ず」といっているところを見ると、これまで、迷蒙を払うための手段として、しばしば常套としてきたのであり、その自戒であることは、察せられるのであるが、この殊勝さは、どうもみじめったらしい気がするのである。

それにしても、迷いの南への道と西への道とはその路にどういう意味があるのか。南は、楚をあて、西は秦をあてている。「襄王と武帝と」と言っているから、これを南の楚と西の秦にあてると、襄王は、戦国時代の楚の王であり、武帝は、漢の皇帝であり、都は長安である。

とすると、李賀は、怨嗟の長安へ行こうか、それとも一挙に地方へ落ちていこうかと、思い悩んでいることが、わかる。王琦は、つぎのように解いている。襄王と漢武帝を「皆、古来の文を好む王である」と。だから、どちらへ行ったらよいかと迷うわけだと。「青春を留む」は、「猶《なお》、その名は今日にも尚《なお》存するを云う」としている。

文を好み、文の人を自分の膝下に集めた人として名は不朽であるというわけである。だが王琦は、「そういう人は、今日ではどこにもいない」という反意を李賀はこの迷いの果てにもっていることを、つきとめている。都のある長安では、すでに李賀は、痛い目にあった絶望の地であるからである。楚の地には、おそらく幕下を求める藩鎮をさしているのであり、李賀はまだそこでは痛い目にはあっていないにしても、襄王に匹敵する人物がいるとは、思えない。

李賀の迷いは、だとすると、暗い期待の迷いである。どちらにしようかと思い悩むまでもないようなあてしか、気持ちの上でも、西に対しても南に対しても、もっていないことを承知で、悩んでいることになる。李賀にあっては、やはり、「已に生ず、須らく己れを養うべし」の自己始末の決心は、官をどうにか得ることにしか、やはりつながっていかないのである。

聞道蘭臺上　　聞くならく　蘭台《らんだい》の上
宋玉無歸魂　　宋玉《そうぎょく》　帰魂《きこん》なし
緗縹兩行字　　緗縹《しょうひょう》　両行《りょうぎょう》の字
蟄蟲蠹秋芸　　蟄虫《ちっちゅう》　秋芸《しゅううん》に蠹《と》す

楚の襄王の地を、つまり地方の藩鎮の動向を李賀は、まず打診してみる。当てにしていない自己打診を。当てにしていないのだから、悲しい答だけが、こだまとなって帰ってくる。噂では、文運の栄えた襄王のいた蘭台は、荒廃して宋玉の魂も帰ってこないという。宋玉は、「魂や帰り来れ」と師の屈原を招魂したのだが、その宋玉も寄りつかないのでは、地方へおりて、官に仕えることも望みはないと結論を下す。浅黄色の書帙《しょちつ》も、淡青の書嚢《しょのう》も、虫に食われるままになっていて、秋芸の防虫剤も、もはやききめがなくなっている。そういう地には、つてを求めて、いくこともできないとする。李賀としては、地方の幕客としていくことを、たとえ文人を優待する藩鎮がいたとしても、李賀には、はじめから気が薄いのだから、理由が見つかって、どこか安堵している風合いさえある。

だとすると、李賀の願う長安が、絶望であり、地方も絶望であり、それでもなお、どちらかを選択することを余儀なくされているとするなら、もっとも期待していた絶望の長安に、李賀は、またもや甲斐のない呼びかけをしなければならない。それが、この詩の最後を飾る二句である。

爲探秦臺意　為《ため》に秦台《しんだい》の意を探《さぐ》れ
豈命余負薪　豈《あ》に余《よ》に薪《たきぎ》を負うを命ずるや

占い師に期待するのは、西か南かではなく、二者択一の迷いを払うことではなく、はじめから西の秦、長安になお執着してみることであり、その可能性の是非である。それは、不可能である、入る余地のないことをもっともよく知っている李賀の執着である。つまり李賀の自己始末とは、絶望の長安に執着することしかないと思い決めたかに見える。

二

長安に執着するしか、生きるすべはないとした李賀は、洛陽の仮寓、仁和里にあったと思われる住いに、ひとまず腰をおろしたのち、おそらく先輩の皇甫湜《こうほしょく》を訪ねたであろう。長安への執着は、絶望を前提においた執着であり、この執着は、未練や期待を内に含むものであったが、内実は、未練も期待の余地もいったん否定をもって検討され終っていた。かくして執着すべき標的は、虚像の長安での栄光であった。

皇甫湜は、事件がふりかかった時、李賀が安心して、頭を垂れて、涙を落すことのできた唯一の先輩であった。その彼は、東都洛陽での官職にあった。朱自清のいうように東都分司の監察御史であったかもしれない。李賀にとって、皇甫湜は、科挙を試みた時の韓愈とならんでの推挙人でもあったが、結局は科場拒絶という間の悪い苦渋を舐めたのちも、なお親密に交際をすることのできた人であった。同じ推挙者でも韓愈とは、多分、顔を合わしたくないという気持が働いたであろうことは推察できるが、なぜか皇甫湜には、兄のような気持を抱きつづけていたように思われる。

それは、一種の甘えのようなものであったかもしれない。「仁和里雑叙皇甫湜」の詩からもそのことは、充分に覗《うかが》うことができる。

朝夕に酒をくらっている皇甫湜は、醒めている時は、官界の風気に不満があってか自適せず、自ら洛陽へ転職を求めた。その新地での生活も、同じ官界であるかぎり、褊直《へんちょく》であると評された性格からして、馴じめたとは、思えない。他の官職に遷ろうともせず、そのため、省俸も微少であり、生活は、甚だ困悴《こんすい》していたらしい。雪が積っても、門前に轍の迹もなく、家から煙りも出なかったというが、このことは、生活の逼迫を示すばかりでなく、雪が降ったら役所にでないということであったかもしれない。

　このような皇甫湜であってみれば、李賀が「枉《ま》げて知と称するを辱《かたじけな》くし君が眼を犯す」と、素直に頭をさげて、自らの心を裸にすることができたにしても、「我をして清声　人後に落さしむ」頼りない先輩でもあったのだ。皇甫湜の権力によって、李賀を官界にひきたてる力はなかった。

　つぎのような詩がある。「官来らず　皇甫湜先輩の庁に題す」である。まず最初の二行、

官不來　　官　来《きた》らず
官庭秋　　官庭は　秋

　この詩をもって、皇甫湜が陸渾《りくこん》の尉であった時の作だとする説がある。元和元年の進士であるから、この詩が、事件以後の作だとするならば、私はそう推量しているのだが、陸渾の尉の官職であったとは思えない。洛陽が任地であるということなら、陸渾は、河南省の嵩《すう》県の東北にあたる。姚文燮は、あっさりと、「官庭、即ち陸渾尉の庁なり」としているし、葉葱奇も、「この首、まさしく皇甫湜、陸渾の尉に任ぜられし時に作れるものである」と言い、本邦の注釈者の斎藤晌は、「これは、皇甫湜が陸渾の尉をしていたころ、その役所を尋ねて逢えなかったことをテーマとして詠じたもの」としており、鈴木虎雄も、詩題にある「庁」をさして、「これは陸渾の官衙《かんが》であろう」としているが、実際には、なんの証拠もない。荒井健も「恐らく陸渾県の県庁をさす」としているが、他の註釈者は、沈黙している。

　李賀との最初の出会いは、陸渾の尉の初任官の時であったかもしれないが、この詩は、事件後であるように、証拠がないながらも、その伝ってくる内容からして、私には思える。「官、来らず」の「官」が、正九品下の職である陸渾の尉を特別にさす理由がないかぎり、私には、事件後に思われるのだ。

　この詩は、いずれにしても、李賀が、皇甫湜の勤務している役所を訪ねた時のもので、いくら待っても当人があらわれず、しびれをきらしたのか、帰るにあたって、どこか壁にこの詩を書きしるしたのである。「官不来」というのが、この詩題であり、下に続く「題皇甫湜先輩庁」は、葉葱奇のいう通り、「題下における註」であり、つまり自注であり、のちに自ら詩を推敲する時に、添書したものであろう。

　気まぐれに、即興に壁に記したにしても、いったんできあがった詩を、自分のものとしてあらためて写しとっ

ておくこともあるだろうし、そのまま棄ておいて、他人が書写する場合もあるし、まったく棄ておかれることもある。これが、詩の運命である。李賀は、即興の心と腕をもっていたが、自分の作という執着の強い人であり、もはやつくられて、自らの手を離れた「もの」として、詩の所有感を放棄する人であったとは、言えない。

そもそも、私の展開からすれば、この詩は、故郷を出奔したのが、冬であるからにして、洛陽にいる皇甫湜を訪ねたのも、時制合せをするならば、やはり冬の作であるべきである。ところが、せっかく役所まで訪ねたのに、いっこうにあらわれない皇甫湜に、「官不来」といらだっているかに見える李賀は、続く詩句では、「官庭秋」と言っているのである。

時制にこだわりすぎたところから伝記の再構成をこころみようとすると、詩はしばしば、都合よく運ばず、裏切ってくる。この詩は、「昌谷到洛後門」直後の詩でないにしても、挫折後、洛陽—昌谷間を往復している間のものであると見てもよいであろう。

この詩をまず引いたのは、役所を留守して待たされぱなしの皇甫湜にたいして、李賀がどのような心理を持していているであろうかを、観察したいからでもある。荒れはてた垣根と庭には鼠の走る仁和里の仮宅のある一帯は、「両京記」によれば、住居も稀であり、「唯《た》だ園林が滋茂《じも》してるのみ」であったというが、洛陽へ入った李賀は、まっさきにこの住いに腰を落ち着けたであろうが、つづいて行く先は、皇甫湜との相会であっただろう。

前もって面会の約束をしておいたのか、それとも、なんの連絡もせずに、李賀が皇甫湜の役所を尋ねたのか、わからない。だが、「官不来」と言っている李賀には、妙な余裕のようなものを感じられてならないのだ。

李賀は、皇甫湜がでてこないことに、いらだってはいなかったのではないか。こういう一つの仮定のもとに、この詩を私は見ていきたいのである。

皇甫湜は、それにしても、なぜ李賀に待ぼうけを喰わしたのであろう。すぐに想起することは、方扶南が、「官吏皇甫湜の冷たきを感ずるなり」と評した意見に代表される物の考えかたである。猟官運動の盛んなこの時代にあっては、いちいち伝手をたよりに尋ねてこられることは、受ける立場からすれば、繁雑なことであったであろう。だから、居留守をつかったり、多忙をことに、面会を拒否したりすることも、後輩のめんどうを見ることが、自分の官界での布石になるにしても、やはりあったとみなければならない。方扶南の意見は、そういうところからきている。拒否されたものにしてみれば、きわめて淋しくも、自己嫌悪にも、怒りにも駆られるものであろう。

だが、皇甫湜が、李賀に対して、そのような冷たい仕打ちをしたとは、思えない。残されている四つの詩を読みくらべてみても、皇甫湜が、そのような仕打ちをもって李賀を追いかえそうとしたなどとは、考えられない。もし、ありうるとすれば、あの予想もしていなかった「諱」をめぐる進士拒絶事件が、推挙者の一人であった皇甫湜にとって、うしろめたい故に、逢うことを嫌ったのだともいえるのだが、彼の性格からしても、そうしたとは思えない。韓愈は、李賀を避けたかもしれないが、自らも官界に疑いをもち、自らの性分と容れないものを感じていた皇甫湜が、逃げまわったとは思えない。韓愈が、李賀がつきまとうことに冷淡な処置をしたのなら、皇甫湜はむしろかばう態度にでたのではないかと、二人の関係を示す詩からも、むしろそう考えたいのである。

陳本礼も、方扶南の「冷なり」の説を踏襲しているし、葉葱奇も言外に「皇甫官の卑職の冷なるを慨嘆している」と見ているのだが、私には、そうは思えない。「冷なり」の説をとるものは、おそらくこの詩にさびしさを見、李賀の境涯に同情する目が重るからでもあるが、このさびしさは、また別のものではないのか。

思い切って、皇甫湜が、どこかにでかけて不在であり、予定の時間になっても役所に戻ってきず、ついつい李賀は、待ちぼうけを喰ってしまったと、素直に見たほうがよいのではないか。だとすれば、皇甫湜の「冷」なることには、ならないし、たとえ二人の間に、約束の時間がとりきめられていたにしても、なにかの事情があって遅れたのであろうから、これまた「冷」にはならない。

或いは、ひょっとすると、荒井健が「サボって来ていなかった時であろう」と言うように、皇甫湜は、その日の気まぐれで、役所を休んでいたのかもしれない。役所では、そのことを告げるわけにはいかずに、李賀をただただ待たせるという惨忍な、「お役所仕事」をしてしまったのかもしれない。皇甫湜の性格と役所の性質を考える時、考えられることだが、もちろん私の想像の域をでないにしても、李賀は、待たされていることに対して、いらだち悲しむどころか、どこか余裕がある。さびしい余裕ではあるにしても、焦燥はしていず、むしろ駘蕩として白っぽくなっている。

この詩を「嘲」の作とみなしたのは、姚文燮ではあるけれど、さびしい余裕からなされたものであるなら、単に諷刺の作ではないであろう。それを見るためにも、さらに詩を見ていく必要がある。「さびしい余裕」のさびしさとは、「官不来」と言ったあと、「官庭秋」と三字句を二つ続けて、官庁の庭が、秋であることを告げたことによってもいるのだが、さらにあとへ七言句が三つ連続している。

老桐錯幹青龍愁　　老桐《ろうとう》　錯幹《さっかん》として　青龍愁う
書司曹佐走如牛　　書司《しょし》　曹佐《そうさ》　走って牛の如し
疊聲問佐官來否　　畳声《じょうせい》　佐《さ》に問う　官来たるや否や

李賀は、待たされている間に、官庭を眺めている。通された部屋の窓から眺めていたのか、外で待たされっぱなしであったのかは、わからないが、秋の気配の満ちた庭にある老木に目がとまる。

老いた桐の樹である。その幹は、錯節としている、その錯節としたさまに、李賀は、青い龍のわだかまっているのを見る。それは、愁いているように見える。葉葱奇は、院中に挺立している老桐の中に見た龍は、若い龍だとしている。青龍の青に、若い龍を連想したのかもしれないが、そこまで解釈する必要はないにしても、老桐の老にしろ青龍の青にしろ、李賀の心の影を見るのは、かまわないであろう。李賀の心理のメカニズムは、老いの意識と若いはずの自分とを、連動交錯させるようになっていたのだから。

そして老いた桐の中に封じこめられた青い龍の中に、李賀は、愁いを見ているのだが、この愁いには、いらだちがあるようには、思えない。怨みがましさがあるとは、思えない。さびしさはあるにしても、むしろ、うつろである。

そのうつろな愁いの心が、目の前を右往左往する官庁の人物風景に転じられるのである。

書記とか補佐の官吏が、駆けずりまわっているが、牛のように、のろのろとしている。下っ葉役人を見る李賀の目は、うつろであるためか、スローモーションに動作をとらえている。コマを遅らせて、そのせわしげな官吏たちの立居振舞いを見ている感じである。うつろであるために、情景を見る目が、焦点がひとつ平常の現実感覚から後退してずれて、「走って牛の如し」に見えるのである。

つづく「畳声　佐に問う　官来るや否や」の句は、畳みかけるように、忙しげに立ち働いている皇甫湜の配下の属僚へ向ってまだ帰らないのか、いったい帰ってくるのかと、李賀は催促するのであるから、まさにいらだっているかのように見えるのであるが、しかしここにも余裕がある。

皇甫湜をあてにしないで、官吏をからかっているところがあるからである。李賀にしてみれば、わざわざ尋ねてきたのだから、皇甫湜と逢っておきたいという気持があったにしても、「官来否」としきりと催促するのは、いらだちを示すものではなく、来たからには、待ってみようと余裕からきている擬態なのではないか。皇甫湜に対する怒りではなく、むしろあの人らしいという許諾の心意のうちに、李賀は待ってみているのである。そういう気持でいることをも、当然、計りかねて、配下の下級官僚が、忙しげに邪魔扱いしたり、うさんげに扱ったり、ごまかしの言葉を弄したりしているのを見て、ことさらに、「官来否?」と揶揄したのではないか。

　皇甫湜を尋ねたのは、官職への期待があってのことかもしれないにしても、あてにしない期待しか彼には抱いてなかったであろうし、彼との交情を暖め、なんらかの愚痴をきいて貰いたいといった程度のことであり、特別の忙《いそ》ぎの用もない李賀は、待つ気になったのであろう。

　だから、この宮庁で味っている愁いは、直接的に彼を包んでくるものではなく、遠い愁いというものである。原因があるとすれば、この官庁を訪れる日までに積った愁いである。それは、半ば自らを諦めている愁いであり、心理のすさまじい暗闘を経てきた愁いであり、官職を求めて短兵急になっている焦燥を含んでいない。

　朱自清は、李賀に数少ない「詼諧《かいかい》の作」とし、荒井健も「皮肉なユーモアのあふれた作品」としているが、役所を痛烈に嘲笑したのではない。焦燥しないところにこそ、李賀の愁いの重さがあるのである。最後は、発端のように、三字句が二つ続いて、終っている。

官不來　　官　来らず
門幽幽　　門　幽幽《ゆうゆう》

どれ位、待ったのか、わからないが、とうとう皇甫湜は、役所に戻ってこなかった。ついに諦め、詩を壁に題記して、立去るのである。焦燥して待たなかったとは言え、門を立去る時は、李賀の愁いは、いよいよ遠く深まったであろう。しめくくりの「門　幽幽」の語が、そのことを示してあまりある。門のあたりは「幽幽」としづかな音にならない音さえたてている。

　この詩は、けっして皇甫湜への攻撃ではなく、その揶揄の底には、彼に会うことのできなかった残念をふくむにしろ、むしろ役所をほっぽりだしている彼への親愛なる挨拶というものでもあった。

　ふつう詩は、行分けされていない。「官不來」に即して言えば、「官不來官庭秋老桐錯幹青龍愁書司曹佐走如牛疊聲問佐官來否官不來門幽幽」となっている。呉正子の注釈本である官板に即して見れば、十八字詰なので「走」のところで段切りになっている。唐詩の行分けは、きわめて近代の所産なのである。その習慣にしたがって、あらためてこの詩を行分けしてみると、つぎのようになる。

官不來
官庭秋
老桐錯幹青龍愁
書司曹佐走如牛
疊聲問佐官來否
官不來
門幽幽

視覚としてこの詩の字面を見る時、七行に行分けすることができる。３３７７７３３のリズムになっていていいる。最初は短く切れ、中央の胴の部分が七字句が三つと深くなっており、終りが頭部と同じく浅く三字句二行で締めくくられている。それは、ちょうど深浅の面から言えば、池の構造になっている。浅瀬から、突如中央へ来て底が深く沈み、まもなくまた浅瀬になるというようにである。行分けを視覚的に見るならば、着物を竿に吊した時のかたちであり、左右の腕はシンメトリをなしており、凸の字をひっくり返したようなかたちであり、李賀の詩群の中でも、きわめてデザイン的に整備されている。

音韻上のデザインについては、ここでは述べないが、きっちり頭韻、脚韻が踏まれていて選韻審音は慎重であり、わずか七行の中で「官不來」を二度繰り返す効果や、息は同じでも音のリズムをそらす用法は、適確に仕組まれている。

後日、詩は添削されたにしろ、その原形は保たれていたであろうし、この想起される原型そのものに、「愁」の秘匿があるのである。言いかえれば、李賀をうつろに支配している「愁」こそが、鋭い余裕をあたえ、詩の造形に手を貸していたのであり、まだ、皇甫湜にすっぽかされたことに頭を熱しさせるような、なまぐささの中にいたなら、このような造型を、詩の上に成就させることは、できなかったであろう。もっとも、李賀は、そういう、なまぐさい怒りを超えていたのではない。すくなくとも、なまぐささを擬態として自分の「愁」に包まれた空洞の心に、注ぎこんではいたのであり、それが李賀の生命の持続にもつながり、生命の消耗にもつながったのであるが、この詩の場合は、なまぐささを発揮してはいないのである。空洞の心が、騒ぐ心を抑えてしまっている。

李賀は、出世を願った。たとえば、李白のように、「春日酔起言志［春日酔いより起きて志を言う］」の詩にみられるように、「世に処《あ》るは大夢の如し」「なんすれぞその生を労すや」と老荘風な悟りの弁をもって自分を納得させることは、できなかった。

その李白にしたところで、人生は大夢の如しと言って澄していられなかったことは、彼の他の詩をみれば歴然としていることであり、やはり猟官運動に身をやつしたのであるが、李賀にとって、あのどうにもならぬほどに晴天のへきれきであった間の悪い事件の遭遇は、天の悪意であるとしか思えないものであり、李白のように酔ったついでに、もっともらしいことを言って、一時的に自己を解放することはできなかった。

それは悪鬼の執着といえば執着でもあったが、その執着も擬態であるとするならば、李賀は李白などよりも、はるかに出世などというものを諦めていたのかもしれない。出世というものに、拘泥して、びくびく生き、騒がしく生き、人をおとしめあう修羅は、李賀にとってもはや縁のないことであったかもしれない。「官不来」の詩の揶揄は、その意味で優しさに満ちている。そこには、出世に悪あがきする李賀の心があるというより、かえって放棄している心がある。放棄したからこそ、しぶしぶであれ、放棄したからこそ、出世に執着することができたのではないか。それ故にこそ、李賀の詩には、「官不来」の詩におけるように、空洞な、しかしよく見えすぎる眼差しが、時々抜け落ちるように、生じるのではあるまいか。

漢の王充《おうじゅう》の言いぐさで語るなら、人間の賢不肖は予知できても、めぐりあわせは、予想しがたいものである。その意味では、韓愈も皇甫湜も、李賀の才を予知できたのである。だが、このめぐりあわせは、李賀にとっては、不幸であった。おそらく韓愈の政敵におとしめられることになったであろうからだ。韓愈にしたところで、李賀をひきたてて官界に送りこみ、自らの陣営を強固なものにするという下心はあったにしても、若き才俊のための思いに、やはりひきずられていたのであり、自分と出会うことが、この青年の不幸になるとは、到底、予期できないことであったであろう。ここで、なお王充の「論《ろん》衡《こう》」を通して、彼の「めぐりあい」の論議に身を傾けておこう。それは「詮衡《せんこう》」の逢遇《ほうぐう》篇にある。

「世には、それぞれ自ら士を取る方法というものがある。士もまたおのおの自らの方法で出世していく。出世するのは、めぐりあうことにより、出世しないのは、めぐりあわないからである。身分が尊《たか》く地位が顕《たか》くとも、かならずしも賢であるとは、いえない。位が下にあって卑しい身分であっても、愚とはかぎらない。不遇であるからである。故に、めぐりあいさえすれば、濁《よご》れた行いをしても、桀《けつ》王の朝廷で身分を尊くすることができるし、いくら潔節を持していても、堯《ぎょう》の朝廷で卑《ひく》い地位に甘んじることもある。」

　王充に言わせれば、めぐりあうかどうかは、才の問題ではなく「時」なのだというのであるが、李賀の不遇は、まさに「時」によって決定されたということになる。皇甫湜がそうであったように、詩才文才があったとしても、官僚組織の中に生きていく才をも、李賀がもっていたとは、思えないのではあるが、「時」さえ得られるならばたとえ政治にたずさわる才能がなくとも、尊位をえられたであろうという論法になる。

　だが、李賀は、王充のような納得のしかたをしなかった。めぐりあいも、時をも、未練がましく口にすることはあっても、最後のところでは、信じていなかった。李賀の決意した「已《すで》に生ずれば須《すべか》らく己を養うべし」の言には、そのなにものをも信じないという覚悟をも含まれていると思わないわけにはいかないであろう。もちろん、この決意のあとも、不遇を言い、時を呪うが、それはどのように熱っぽくあろうとも、私にはそれすらも冷かに見ているもう一人の白茶けた李賀がいたような気がしてならない。

　まさしく王充の「その世に非ざるに生れ、その時に非ざるに生れ」たのにしても、李賀としては、そういう世や時に、自分を誕生させた「天」にこそ、自分の悲憤をもっていくよりほかはなかったのだ。天に噛みつくより他はなかった。しかし、噛みついたところで、見えない「天」であってみれば、空を噛んだことにしかならない。「已に生ずれば須く己を養うべし」の決心は、そのむなしさを知ったところから出発しているのである。

　めぐりあわせは、出世本位に考えれば、皇甫湜とて、悪い。だが、李賀は、韓愈をたよるくらいなら、やはり皇甫湜を選んだであろう。出世本位には、まさに彼は、李賀の「清声を人後に落さしむ」存在にすぎないのだが、人間本位に考えるならば、二人はよきめぐりあわせだったとも言えるのであり、皇甫湜とて王充流に言うならば、まちがった世に生れてしまっているのである。彼に、李賀に劣らず、奇嬌なところがあり、世の受けいれるところとならなかったにしても、それは一般論であり、王充流の論法によれば、いかにそのような性癖であっても、時と人と世にめぐりあえば、なにごとでもないはずであるからである。

その皇甫湜に「出世」という雑著がある。いったい彼は、この出世の問題をどう考えていたのだろう。

「生れたからには、まさに大丈夫たらんとして、いっさいの束縛を断ち、泥塗《どろみち》より脱出せねばならない。四方に号呶《さけび》をまきちらし、世を隅々まで大騒ぎさせてみせよう。深き淵から、飄然と浮上し、龍に騎って、青雲を披《ひら》き、あまねく天下を遊覧しないではおくものか。泰山を経由し、大海を渡り、一たび深呼吸する。西には月の鏡を撫でまわし、東には太陽の珠を弄び、さらに上は天の門を通り、天帝の在所まで至る。群仙は出迎えて天の衢《まち》を塞ぎ、鳳凰鸞鳥《らんちょう》は金の輿《みこし》に燦然と輝く。その時、音声は嘈《そう》嘈《そう》として太虚に満ちわたり、すばらしいごちそうが台所に照り輝いている。これは食しても飫きることはなく、飲んでも尽きることはない。口にすれば、卑しくなくなり愚かでもなくなる。朝には天帝狎《な》れ親しみ、夜には天界の美女を思うがままにする。夜とぎに当たる者、幾人ぞ。百千の美女がわが前に翻り、宛宛舒舒《えんえんじょじょ》と行列をなせば、わが心はうつろになり我を忘れてしまう。わが支体は化して露となって輝き、湛然として色はなく、茵席《いんせき》を濡らす。すると俄かに飛び散り、美しい虚無となった。翕然《きゅうぜん》としてまた摶《あつ》まり、摶まること久しくしてわれは蘇えった。精神は太陽の如く、霍然《かくぜん》として天帝の宮殿を照らした。四肢は玉石となり、五臓は美玉となった。顔は芙蓉の如く、頭の頂きは醍醐の気分となる。天地とともに相《あ》い終始し、浩漫《こうまん》として歓び娯しみをつくすのだ。下に地上を顧みると、それは溷糞蠅蛆《こんぷんようしょ》の世界であった」

この「出世」を読んでいて、最後には一つの逆転を喰う。途中、皇甫湜の抱いていた出世観は、きわめて通俗なありふれた大言壮語のように思われた。多分、この詩賦は、彼がまだ進士となって官職をえない前のものではないかとも、推量した。彼の壮志は、龍にまたがって八極を遊歴し、天宮を支配するのであるが、これもおそらく、中国を収めんとする喩であり、大言壮語であろうと考えながら読んでいた。

ところが、そうではなかった。この「出世」の歌の最後のくだりは、「下に人間を顧れば、溷糞蠅蛆なり」で締めくくられていたからである。皇甫湜の「出世」とは、「人間《じんかん》」におけるところのものに置いていないことが、歴然としたからである。それでは、なにが彼の「出世」なのか。「生れたからには、まさに大丈夫たらんとして、いっさいの束縛を断ち、泥塗より脱出せねばならない」と言っていることは、自らの現在の境遇を「泥塗」と見なし、現世出世することによって、そこから脱出することではなかった。

　皇甫湜は、脱出すべき「泥塗」こそ、「人間《じんかん》」であると、見なしていたのである。この泥塗から脱出することこそが、彼の「出世」であったのである。それはよい。そのようなことは、現実に可能なのか。天上界における歓楽を、皇甫湜は、どのようにして摑むつもりなのか。おそらく、この文章は、想像の世界に生きることの宣言なのである。想像世界においてしか、彼のいう「出世」は、不可能だからである。そして彼のいう「出世」は、人界から飛翔することを意味していたのであり、地位名声をえて、世にわが名を博《ひろ》めることにおいていないことがわかる。

　しかし皇甫湜とて、人界汚濁の存在にすぎない。山に隠れた気配もなく、一生、官吏の道を生きてしまったのである。彼の吏道における反骨の逸話は、いろいろ残されているにしても「溷糞蠅蛆」の中にうごめき生きたことに変りはない。吏道の上に生を横たえたまま、想像の世界に「出世」を夢みつづけたこと事体、彼の生きかたを猥雑にしている。生きづらくしている。お役所をサボタージュしたところで、それは完全な吏道における出世の否定にはならないのである。

現世での「出世」を夢みていた李賀は、諱の事件によって、想像の世界に追いこまれてしまったのであるが、このような時、中途半端と言え、皇甫湜の生きかたに、親愛の情を抱かないわけにはいかなかったであろう。

　はじめて皇甫湜に逢った時、早くも文名が謳われ、進士科に及第していた先輩として、「高軒過」の詩に見られるように「気は虹の如し」と見え、「二十八宿　心胸に羅《つら》なり」「九精《きゅうせい》　照耀《しょうよう》として当中《とうちゅう》を貫く」とも見える仰ぐ存在に、李賀には映じたのであった。

　自分は、いま翅を垂れているが、他日、龍となってごらんにいれようと、皇甫湜との出会いのさいに（韓愈にたいしても、そうであったのだが）誓ったこともあったのである。この最初の出会いにおける時の、皇甫湜の出世観というものは、どういうものであったろうか。「出世」の詩賦は、まだ書かれておらず、文字通り「出世」を志し、意気燃えていたのかもしれないが、官吏の道に進むにつれて、その汚濁の葛藤にしだいに耐えられなくなっていってしまっていたのかもしれない。だとすると、皇甫湜は、現実失格者に落ちていったことになる。宮界からは追放されることはなかったが、その世界を「溷糞蠅蛆」と見るようになっては、やはり現実失格者だと言わなくてはならない。

元和三年には、「賢良方正能直言極諫科」の上級試験に及第し、意欲を示した皇甫湜であった。それまでにしたところで、皇甫湜が醜いとして、うんざりするような政争と不正は、見ていたはずなのに、逆転回する出世観を抱くようになったのは、案外、李賀が受験資格を奪われた事件に、自らも参与していたことも関連があるのかもしれない。すくなくとも、一つの契機になっていたような気がするのである。李賀は、皇甫湜の中におこった心理の揺れを見抜いていたかもしれない。二人の接近と心の許しあいは、そういう相互理解が、暗黙のうちになされていたのかもしれない。

それ故に、李賀が、皇甫湜の役所を訪れて待ちぼうけを喰っていた時、むしろ共犯に似た諾意のもとに、悠然と待つことができたのではないだろうか。

三

皇甫湜の配下の、右往左往する官僚根性、お役所振舞いを、李賀は、「走ること牛の如し」と揶揄したのであったが、この揶揄は、彼等の仰ぐ上役である皇甫湜までを突きさすものではなかったことは、すでに見てきた。

その揶揄の眼差しは、李賀の目であるばかりでなく、皇甫湜の目でもあり、そうでありうるという確信のもとに、揶揄の眼差しを彼等の所作に向かって投げかけていたのである。

だが、同情の眼差し、つまり李賀の気持が「わかる」ということの眼差しには、おのずから限界がある。どのように深い同情であろうとも、どのように謙虚な同情であろうとも、究極にあっては、身も心も、李賀ではありえないからである。これが、同情の限界である。

李賀を覆い包んでいる「愁」の情にたいし、先輩皇甫湜は、ついぞ他者でしかありえない。もしその「愁」を共有しえたと思いこむことができたとしても、それは皇甫湜自らの「愁」でしかありえないのである。

故に、皇甫湜には、李賀の形姿に露れている「愁」を見、同情し、憐む目しか、せいぜいのところ持てなかっただろう、と言うことなのだ。そのようなことは、当然なのであるが、人間の弱き性は、その限界をのりこえて、歩み寄ろうとするのである。李賀は、皇甫湜に、甲斐のない慰さめを求め、皇甫湜もまた、李賀にむかって抱擁の翼を拡げるのである。

そのように翼を拡げる情思をもとうとも、役所をほうりだして、気ままに振舞い、貧困をものともせず、暇があれば白昼からでも酒を啖《くら》っている皇甫湜とでは、李賀との間に、大きな径庭がはさまってしまっていたであろう。

彼には、李賀のいう「官庭秋なり」の秋の意味するものを理解できなかったであろうし、健康なる拗ね者たる皇甫湜には、その「秋」の慄えを触知も覚知もできなかったであろう。気ままに生きることが、すっかり板についてしまっている皇甫湜には、庭に秋がきていることすら察知できたかどうかあやしい。「門　幽幽」のさみしさ、小暗くも明るいさみしさ、その門は、皇甫湜の役所の門でありえながら、李賀に奪われてしまっている。李賀の、この世と境界を異とする世界の中に、ひとり置きざりにされたような、孤立した幽暗感覚に、皇甫湜はたえて全身を包まれることもありえなかっただろう。人をたよっても、ついぞひとりであるしかない。しかしたよらないではいられないという李賀の認知が、この「官不来題皇甫湜先輩庁」の詩を、明るくも、詼諧にもしているのである。

この時、李賀が、仁和里の仮居に、どれほど滞在していたかは、わからない。一所に落着く心境をもちえなかった彼は、この洛陽の仮居に、これまでも、しばしば足を運んだろうことだけが、推察できるにすぎない。

洛陽は、いわば李賀にとって、故郷昌谷と唐の首都長安を結ぶ中継の地であった。東都である洛陽は、名実ともに長安の雛型であるとともに、彼にとって昌谷ともっとも近い大都会であった。昌谷や長安で、李賀の心中に吹きすさぶ混迷は、この洛陽を中継とすることによって、その砂嵐を鎮静させる場所ともなっていた。

昌谷で発した長安への熱した思いは、この洛陽の地において、ひとまず攪拌されるのであり、長安で発した昌谷への鬱屈した思いは、この洛陽の地にたどりついた時、冷却されるのである。洛陽は、攪拌と冷却の作用をもって、李賀を救っていたともいえるのだが、その救いは、一時的なものにすぎなかったことは、それは、中継地の宿命であり、緩衝の地の限界ある機能でもあった。

李賀に「洛姝《らくしゅ》真珠」という詩がある。洛陽に滞在中にできた詩と思われるが、この緩衝の地において、彼がどのようなことを想いめぐらすこともあったのかを見る一つの例とはなるであろう。「洛姝真珠」は「洛陽の美女、真珠」と言った意味である。真珠とは、女人の名である。

眞珠小娘下青廓　　真珠の小娘《しょうじょう》　青廓《あおぞら》を下《くだ》れば
洛苑香風飛綽綽　　洛苑に香風は綽綽《しゃくしゃく》と飛ぶ
寒鬢斜釵玉燕光　　寒鬢《かんびん》　斜釵《しゃさ》　玉燕《ぎょくえん》　光り
高樓唱月敲懸璫　　高楼　月に唱《うた》って　懸璫《けんとう》を敲《たた》く

呉正子は、「唐摭言《せきげん》」を引いて、牛奇章《ぎゅうきしょう》という人の妾に、真珠という名の女がいたことを告げている。斎藤晌が言うように「真珠という名は往々あった」のであろう。そういう名の女性が、実際、洛陽にいたかどうかはどうでもよいことであるが、ともかく李賀は、この洛陽の地に、真珠という名の美女をひとり際立たせるのである。それは、詩によって、生みだしたのだといってよい。

その「真珠」という美女は、「青廓を下」って洛陽の地に立っているのである。「青廓」は、青空のこと。王琦流に言えば、「青天を言い、青くして廖廓《りょうかく》たる処を謂う」となる。諸本によって「清廓」ともつくり、「青廓」ともあるが、意味は変らないが、語の印象としては、「青廓」がよい。

この真珠なる美女が、青空を舞いおりてきて、その時、洛陽の城中の苑には、香風が綽綽と飛んだというのである。洛陽には、平原苑、鹿子苑《ろくし》、桑梓苑《そうし》とあったと言われるが、李賀はそのどれをも詩句で指定しているわけではない。

しかし、洛陽の苑中で、李賀は、この真珠を見かけたのであろう。というより、苑中にこの真珠なる美女の面影を置いたのである。実在の人物であろうと空想の美女であろうと、李賀は、洛苑に、真珠なる美女を在らしめたのである。

それは、洛苑に、真珠が立っているのを見た、と思うところから出発していたのかもしれないが、その姿は、いましも青空をくだって、苑におりたったばかりに見えたのである。「仙姫神女のように天より降る」と王琦は註釈しているが、これだと李賀の時空に対するはかない感覚というものがでず、単に空想的幻想的に終る。

青空から舞い降りてきたのではなく、青空から舞い降りてきたような、はかなさを真珠のすがたに見たのであろう。はじめから真珠は、洛苑に立っているのだが、李賀の無私の目からすれば、いましがた降りてきたばかりのようにも、逆にはふっと舞い戻ってしまいそうな、はかない時空の中に、この真珠を見るのである。そのまわりには、香風が、綽綽と緩徐に飛びまわっている。李賀は、香りを視覚で受けとめてみせている。綽綽たる香風は、青空から舞い降りてきた時におこったかに見えるが、実際は、真珠が、綽綽と飛ぶ香風の中に立っていて、それが舞い降りてきたせいにも思わせるということなのである。この真珠は、徐文長《じょぶんちょう》の言うように、名ばかりでなく、彼女自身、そのからだに真珠を帯びていたと見てもよいだろう。

つぎの二句の視覚は、この真珠という美女の飾り衣裳の表現にまつわりついている。寒鬢。ひんやりした鬢《びん》。斜釵。斜めにさした釵《かんざし》。玉燕は、釵そのものの形容である。漢の武帝が趙婕妤《ちょうしょうよ》にあたえた釵の光が、甚だ異で、白い燕が、あたかも天にものぼらんとするかに見えたので、「玉燕釵」と呼んだという故事からきている。その白い玉のような釵が、斜めに光っているのである。

もともと装飾はこうるさいものであるが、その装飾の形容が詩の中にもちこまれる時、人体を埋めつくしてしまうところがある。この場合も、真珠という美女の全容は、かき消えてしまっている。寒鬢・斜釵・玉燕の光に目がつぶされて、全体を失ってしまうのだ。これは、李賀の詩の技術が、その責を負うべきなのだろうか。それとも、全体を失なわせることこそが、李賀の功なのだろうか。

考えるに、一つは、当時の女性の化粧法というものにかかわることであっただろうと思う。化粧、飾りの美しさこそが、その女性の美しさを示すものであったであろうからだ。装飾具が、地の美しさを、よりひきたてるというより、装飾具こそが、女性を美しくするという考えかたがあったからで、装飾の美しさを語ることは、そのまま女性の賛美につながったはずなのである。装飾こそが、その人そのものであったのである。

もう一つは、李賀の生きかたにかかわることであった。耽美ともいえる装飾描写への傾斜は、読むものの目をつぶしてしまうほどに眩曜としているのだが、目をつぶされたのは李賀自身もそうだったのだということである。李賀もまた目を失うことによって、自分の騒がしき心を、一時なりとも、凍結しているのである。絢爛たる装飾具への詩語化が、切ないまでの光脈を伴っているように感じられるのは、李賀の前のめりの意志に裏づけられているからかもしれない。

だが、李賀は、まもなく近視眼なまでに近づいた装飾への注視を解放させて、「真珠」を遠くに眺める。「高楼月に唱って　懸瑠を敲く」。近視から一挙に望遠の視覚に変っている。洛苑の上に拡がる青空の下にいた「真珠」は、月夜の高楼の上に場所を移している。その高楼の上で、彼女は、佩玉を敲きながら、つまり拍手をとりながら、月にむかって歌を唄っているのである。英国の翻訳者フロッシャムによれば、懸瑠は、ペンダントになる。

いったい李賀は、気まぐれに、洛陽の街に美女を発見し、その美しさを詩にしてみたいという気持をただおこしたにすぎないのであろうか。姚文燮という人は、総じて李賀の詩の中に、なにごとかの仮託を見つけたがろうとする人であるが、この詩にたいしても、「遇されるべきに、遇されていないことを明らかにすることによって蓋《けだ》し言を託している」としている。不遇の訴えを見ているのである。李賀は、だとすると、この「真珠」に自らの不幸感覚を託そうとしているのだろうか。

蘭風桂露洒幽翠　蘭風《らんぷう》　桂露《けいろ》　幽翠《ゆうすい》に洒《そそ》ぎ
紅絃裊雲咽深思　紅絃《こうげん》　裊雲《じょううん》　深思に咽《むせ》ぶ
花袍白馬不歸來　花袍《かほう》　白馬　帰り来らず
濃蛾疊柳香脣醉　濃蛾《のうが》　畳柳《じょうりゅう》　香脣《こうしん》は酔う

この四句へ進むと、「真珠」という名の美女は、もはや洛陽の宮殿の庭園で見かけた女性ではなくなっている。この美女の中に、李賀は入りこんでしまっているからである。入りこんでいるというより、すぐまじかまで近づいてしまって、心理までを伺おうとしているかに見える。李賀が、真珠の声色をつかうまでに至ってはいないが、自分の思うがままにこの真珠の情態を観察しようとしている。蘭の香りをのせた風が吹いている。桂の露の玉粒が、風に動いて、幽暗と翳を落した翠《みどり》の葉に、そそぎかかる。

真紅の絃。その真紅の絃から弾かれる琴の音は、高くのぼって雲にまつわりつく。「真珠」は深い思いに咽んでいる。

花やかな袍衣を身にまとい、白馬を駆って去っていった恋人は、あれっきり帰ってこない。

「真珠」の濃い眉は、愁いて、柳を畳むように顰《ひそ》めている。「真珠」の香りやかな唇は、酒に濡れて酔っている。

待ち人来らず、という孤閨の女人の悶えの題材は、中国の詩の常套であり、この孤閨の悶えが、常套化するということは、古代の中国人の牢固とした女性観を示すものであろう。どういうわけか、中国の文人たちは、自らの恋心を吐露するよりも、男に恋する女の中に、自らの心をまわしてしまうところがある。それは、女心の表白というには、狭い女心であり、というより、都合の良い男心というものになってしまっている。文人たちの描く女性の心は、男心にしかすぎないのである。

李賀の生みだした「真珠」という女性像も、またこの常套を踏むことをはずしていないのだが、多くの詩人とはっきり違っているのは、そこには、「女」という生身が在ることだろう。李賀の美辞の手でこねあげられながらも、「香脣酔う」と言った、なまめきがある。「思い人来らず」という常套が、もはや常套とはいえないほどに、くっきりと浮びあがってくる。それは、李賀の腕というには、熟した女性への眼差しというものが土台になっていて、真珠の美女を男性化していないからである。

「花袍　白馬　来らず」の句は、古歌の「緑衣　白馬来らず　双《ふた》つながら倚檻《きかん》を成して春心は酔う」の句と相い似ていると評されているように、男が白馬に騎って行ったまま、いつまでたっても戻ってきず、待ちかねて、いらだった眉をひそめ押し黙ったまま、真珠が酒盃に唇を濡らしている情怨の姿態は、常套ではあっても、いっさい観念化されていず、妖艶である。

それは常套が、一つの普遍に達しているからではないか。常套は、常套になるだけ、本来普遍の真実を内包しているからであって、そのことをよく把握しないで、この常套を用いると、上の空になって、普遍を失うのである。男を待ちつづける女の怨みは、一つの普遍であるのに、常套化されることによって、またかの平凡に堕すのである。李賀は、この常套を、普遍に戻したのだとも言える。

だが、いったい李賀は、男を待ちつづける女の怨みを、常套から普遍に戻す冴えをみせたと言ったところで、それは彼にとってなにごとのことがあるであろう。李賀が、真珠という美女の深思にもぐりこむだけの、なにごとかの謀みの有無を嗅ぎたくなるのは、詩だけをつきつけられた後世の人間の素直な欲望というものであるかもしれない。詩を詩として見ることは、詩と対《む》かいあうものの儀礼ではあるが、詩人個人の運命にまで、その詩を通して興味をもってしまったものは、しばしばこの儀礼を踏みにじらないではいられないというのも、言分として成り立つことは、認めてもらわないわけにはいかない。

「協律鉤玄」の注釈者陳本礼は、この「洛姝真珠」の詩にたいして、姚文燮も顔負けの裏さぐりをしている。この詩を諷刺とみているのである。

「この詩は、元（玄）宗の宮人で民間に流落せるものを刺している。天宝十五年・元宗は蜀に奔った。皇帝は、貴妃とその姉妹、皇子とその妃主、皇孫及び親近の宦官及び宮人とともに、黎明に延秋門を出た。妃主皇孫で宮廷外に在ったものには、ことごとく委せるままにして、退去した。この日、百官は猶《なお》朝門に入ったが、すでに宮人は四方に逃げ匿れてしまっていた。これら宮人は城外に流落し、そのうち貞潔なるものは、民人とつれあいとなり、身を死から守ろうとした。だがつれあいを見出すことのできなかったものは、いかんせん、烟花の巷に流れこまねばならなかった。いわゆる牽雲曳雪《けんうんえいせつ》して陸郎《りくろう》を留むる運命に落ちたのである。詩の最初の言葉、真珠が青廓を下るというのは、深宮の女が忽ち民間に下降したことを指し、それでも猶、その衣裾たたずまいは、御苑の香風を、綽綽と飛ばすに足りたのである。長吉は、其の詞中に意味を隠しこんでいるとはいえ、〈金鵝屏風〉の二語は、すでにそのことを明白に証明している」

陳本礼は、この詩のヒロイン真珠を、宮女とみなしているのである。たしかに、李賀には宮女を詩のヒロインとしたものが多いが、この詩の場合にあてはめるのは、いささか強引な気もする。安史の乱の時、宮女たちが、節を失って、遊女と化したことを風刺しているのだというのは、牽強にすぎる。彼の説に従えば、李賀が、真珠を詠ったのは、彼女を非難するためだということになってしまう。

李賀が諷刺を目論む時は、たいていは秦や漢にまで溯及し、現代そのものを暗喩する。玄宗時代というのは、あまりにも近すぎるし、諷諭の立場からいえば、遠すぎるとも言えるのだ。宮女の民間に流落するさまが、李賀の生きている元和の時代にもおこっていて、それを直接に非難するわけにもいかないので、玄宗の時代に舞台をしつらえたというのなら、まだ話がわかるのだが、別にこの詩は玄宗の時代を借りたことを明らさまにしているわけでもないから、余計に妙である。また玄宗の時代は過ぎ去っているとは言え、数十年前のことであり、あからさまに攻撃することはできなかったろうし、それ以上にそもそも、いまさら玄宗の時代を諷刺してもしかたがない話なのである。

陳本礼の伝でいけば、遊妓となった真珠が、行ったきり戻ってこない男を思うことじたいが、宮女の堕落ということになるであろう。詩の裏を見るという欲は、私は認めるものであるが、陳本礼のよみは、否定する。詩は、曖昧体であるから、よみ手によって、どのような解釈も可能であり、その解釈が説得力をもたなくても、自分で信じこんでいるならば、他人には不可侵の世界となる。しかし、私にとって重要な裏読みとは、陳本礼の如き穿《せん》さくに奔走することではない。なぜ、李賀が、真珠という美女の想いを、洛陽の街で、なぞってみなければならなかったのかということなのである。

金鵝屏風蜀山夢　　金鵝《きんが》の屏風　蜀山の夢
鸞裾鳳帶行煙重　　鸞裾《らんきょ》　鳳帯《ほうたい》　行煙《こうえん》重し
八牕籠晃瞼差移　　八牕《はっそう》　晃《ひかり》を籠《こ》めて　瞼差《まぶたや》や移る
日絲繁散曛羅洞　　日糸《にっし》　繁く散って　羅洞《らどう》に曛《くん》ず

白馬帰り来らず、欝々と酒に唇を赤く濡らしていた「真珠」の見た夢が、最初の二句である。はじめから夢に落ちたのかどうかは、わからない。回想から眠りに落ちていったのかもしれない。その境界は定かではなく、回想も一種の自己の失落であるからには、眠りであり、夢である。

どのような回想にはいったかと言うと、白馬の主との逢瀬である。蜀山の夢というのは、「巫山《ふざん》の夢」のことである。楚王が夢の中で神女と出逢い、契りを結んだといわれる巫山は、蜀にあるからである。自らの裏読みに破れてしまっている陳本礼は、この句も自説の証拠となって、遊楼の民間に落ちた宮女真珠が、皇帝との契りを想いだしているのだという風に合点してしまっている。「巫山の夢」は、男女の契り、つまりセックスを言う常套句であって、なにも楚王の体験だからと言って、皇帝に結びつけることはないのだろう。

金糸で鵜鳥を縁どりした屛風の中で、二人は、はかない契りを交わした。その時、真珠は、青鸞模様の裾の衣裳を着、鳳凰の刺繍のある帯をしめて、白馬の主に抱かれていた。その媾合の抱擁の時は、彼女にとって重くもつらい一刻であった。「行煙重し」は、そのセックスの状態をさしている。行煙は、媾合の過程を示し、曽益が言うように「夢中惚恍《こつこう》の境」である。恍惚の中に抱かれながら、別れねばならぬことの思いが、その恍惚を重くもするのである。李賀は、重いセックスというものを知っていた人だと言わなければならない。心のひきちぎられることによっておこるセックスの快楽のつらさを、李賀は若くして知っていたと見なさなければならないであろう。

「真珠」は、回想と眠りの混濁の夢から、目醒めた時、部屋の窓に、朝の光がさしこんでいるのに気づく。気がついたら朝の光がさしこんでいたというより、朝の光が、彼女を目醒めさせたのかもしれない。その光の矢をよけて、彼女は瞼を横にずらしていく。この姿態もエロチックである。太陽の光線が、暗い絹の帳のある寝室に、繁く散っていて、それはただ明るいというより、朝の光と闇とがまじりあって、黄昏れた明るさになっている。ここにも、李賀の鋭敏にすぎる光の感覚が発揮されている。

王琦は、「閨中を写し、夜中、寝《い》ねず、暁に至ってものうく起きているの意」としている。眠った眠らないではなく、夢とうつつの妙な時間の中に「真珠」は浮んでいたのだというべきであろう。だから董懋策《とうぼうさく》の「日高くして猶未だ起きず」というのも、現象にこだわりすぎた評言である。ただはっきり言えるのは、朝のさしこむ光に、「真珠」は、はっきり傷ついていることであろう。

ここまで読んでくると、「真珠」というまごうことなき一人の女性像が、ものうくも、くっきりと肉体を伴って浮んでいるのを受けとめないわけにはいかない。真珠は、民間に落ちた宮女であったかもしれず、或いは、洛陽の遊妓であったかもしれず、そのような出自はどうでもよく、そこにひとりの女の姿態が浮びあがっていることこそが、肝要になってくる。ということは、李賀が、ひとりの女を詩の上に創りだすということは、そのまま李賀がその女の内側にもぐりこんだということなのである。つまり男である李賀が、そのまま女の身の中に姿を隠しこんだのだと言うことである。朝の寝室での物だるい光の感覚は、女を描くということに関してなら、余計なことなのであって、女の内側にまわりこんだ李賀の発する感覚であり、光への恐怖であり、光への親愛である。

李賀は、女性を客体化して、眼前に像を築きあげたのではない。そのような傲慢を李賀はとらないし、逆に言えばもっと傲慢である。客体化するのではなく、女性になりきろうとするのであるから。そして女性になりきろうとするのは、女性が自分の傷を隠しこむ絶好の宿借りの場であるからである。女性の中に自分を沈めることによって、自らの露顕したなまなましい傷は、隠ぺいされる。李賀が、しばしば女性を歌うのは、まさに女体の中に逃げこむためだったのではなかったのか。

だが、それでも傷は、その女体から滲みでてしまう。「白馬　帰り来らず」、それはまさしく女性の情思というものであるが、女性になりきることによって、かえって、自分の傷ついた願望を表出することになってしまっているのだ。だがこの表出を見て、自らの不遇を言おうとしているのだという謎解きは退屈である。そのような目的をもって、李賀は、女体にもぐりこんだのではないからである。むしろ隠れこもうとしたからであり、それでもなお女体から滲みでてくる姿こそが、はからずもの李賀の本体なのである。なにものかを痛ましくも待っている心なのである。この心のかたちをみることが、私の言う裏付けなのでもある。白馬の騎士は、李賀の創りだした「真珠」ばかりでなく、真珠の中に身を隠した李賀こそが、いじらしく待っているものなのである。そういう理解の上にたって、真珠を皇帝に見棄てられた宮女だとし、ふたたび皇帝の呼びだしを待っているのだと附会し、そのことに科挙を拒否された李賀を二重写しするのなら認めないわけにはいかない。

市南曲陌無秋涼
楚腰衛鬢四時芳

市南の曲陌《きょくはく》　秋涼《しゅうりょう》無し
楚腰《そよう》　衛鬢《えいびん》　四時に芳し

玉喉篠篠排空光
牽雲曳雪留陸郎
玉喉《ぎょくこう》篠篠《しょうしょう》として空光《くうこう》を排し
雲を牽《ひ》き雪を曳《ひ》きて陸郎《りくろう》を留む

鈴木虎雄は、つぎのように言っている。「此の前の節までは真珠のことで、真珠が独りねの思いで情人を待つことをのべ、此の最後の四句は別の娼家で他の娼女がやっていることをのべた。四句真珠胸中の想像とみてしかるべきだろう」。身も蓋もない言いかたである。葉葱奇の「四時繁華に反して、真珠の専一虎静《こせい》、寂莫無聊」という言いかたもまた、味も素っ気もない。一見、そうではあるが、これほど詩人の真意をそらした見方もないのであって、鈴木虎雄のように、この四句を「自分はこんなにやるせない思いをしておるのに、他の方面ではどうだ」といった反意解釈は、あまりにも解釈でありすぎるのである。

曲陌は、まがりくねった街並のことだから、遊楽街のある場所であろう。洛陽の市南にその一角はある。真珠もまたこの一角の妓楼のどこかにいるのである。そこには、秋涼というものは、いっさいないと評断する。真珠の心の側に立って評断するのである。

季節は、秋であったかもしれない。だが、この歓楽街には、秋のさびしさはない。秋であっても、秋が消してしまっているのである。これは、真珠の側から言えば、春でも夏でも、彼女にとっては、秋であるということである。徐文長流に言えば、「悉《ことごと》く春なり」なのである。

真珠は、秋のさびしさを知らないで年中浮かれいるこの花街をうとましく思っているのだろうか。その自分の心と対照的な賑かさに、いよいよ無聊寂寞となっていくのであろうか。そうではないと思う。むしろ羨望し、愁う自分をこそ、うとましく思っているのではないか。

李賀が、「已に生ずれば須く己れを養うべし」と覚悟を決め、荷をかついで市中の雑踏に入っていった時、その喧《かまびす》しさに驚きながらも、羨望の情を禁じえなかったことがある。だが、李賀は羨望したからと言って、その雑踏の人とはなりえないのであって、その羨望しただけ、いよいよ孤立する自分を感じないではいられなかった。

そのことと同じ径路の事情が、「真珠」の感情を通して、思わず李賀自らを露出させてしまっているのではないか。だから決して、遊楼の巷のいい気さへの非難ではありえないのである。

この色街には、細腰の美女、美しい鬢髪の遊女が、季節知らずに浮かれて、芳香をまきちらしている。季節の変移に、自らの生命の時間を見て、たえずおびえていた李賀にとって、ここは、時間が停止しているのである。たとえば、この遊楼の巷が、季節にたとえれば、華かな春だとすれば、いつも春なのである。季節への敏感を誇るどころか、そのように時間の克服された街に羨望を覚えたにちがいない。その中に自分は、はいっていけないという誇りとひけめが、一層孤立に追いこむのである。それ故「真珠」になりきることによって、一層、心おきなく自らを暴露してしまっているとも言えるのだ。

妓女たちは、玉を転すような声の流れる喉を開いて、歌声を空に向けて響かせている。そこには、やけくそなまでに居直った明るさというものがある。その歌声は、空の光をさえ押しのけてしまう張力をもっている。「空光を排す」。妓女たちの声が、空の中に散っている光をもはねかえすのを見てしまう目というものは、「真珠」の中に隠れこんだ李賀の衰弱した肉体の発光にほかならない。妓女たちは、なにごともなく恬淡と、雲の裾、雪の衣をひきづって、踊り舞い、蕩児たちを留めおこうと必死になっている。「真珠」は、その歓楽のまっただ中にいて、未練にも、白馬の騎士が帰ってくるのを、寂寞として待っているのである。酒を飲んでも、いよいよ醒めてくるだけである。

ついに「真珠」は、李賀に宿借りされることによって、女でも男でもない肉体を詩中にあって息づくことになる。私は、ここで、しばらく、この「洛姝真珠」の詩を見たことを契機にして、李賀にとって女性とは、なんであったかを、洛陽から長安に向けて彼を出発させる前に、徹底的な検討をしておく必要があると、思い決めるに至っている。

いずれにしても洛陽の地は、李賀にとって叫ばない土地であった。叫ぶ心が陰にはいって、韜晦《とうかい》のうちに自らを表白させる場所であった。陰にはいることは、なにも洛陽とはかぎらないのであるが、洛陽では、陰に入って自らを疎外することが多かったのではあるまいか、ということである。昌谷と長安の中間にあって、洛陽は、そういう場所の効験を李賀にあたえたのである。凝結した悲哀を一時的にも薄める場所、逆に言えば、いよいよ深化させる場所でもあった。自己を他人視し、自己を晦《くら》ます場所ではあったが、なにかをしつこく待っていることをいじましいまでに報知してしまう場所でもあった。

婦人の哭声

一

　李賀は、その数少い詩篇の中に、しばしば女性の姿態を浮ばせた。李賀の生活史にあって、精神史にあって、つまり李賀の生涯にとって、女という存在は、どういうものであったのだろう。文献は、李賀が、蕩児であったことも、女性をめぐるなんらかの事件があったことも、告げてはいない。にもかかわらず、女性は、李賀の詩群の中に、妖冶《ようや》な「もの」として蠢いている。伝記に身をもたれかけた視線からすれば、その蠢く量は、等閑に附すことのできない量的事実である。

　これまで李賀の悶えを、縷縷として、ほぼ年代記風にそって追跡してきたが、女たちの蠢きの量は、いま私に、なんらかの裁量を要求してきている。李賀の中の女性というものが、彼の七転八倒の一生にあって、どのような位置にあり、どのような深みにあったかを測定し測量することができるならば、これ以後の李賀の伝記を追う私の記述のありかたは、彼の背に、その蠢く量のなんらかの正体を、括りつけて、流浪させ、臨終の場までも、伴なわせないわけにはいかないであろう。

　漢の楽府《がふ》の一つに、「上邪」がある。これを恋愛詩と見るならば、激烈な詩である。作者は不明である。

上邪《きみよ》
我《わ》れ　君と相《あ》い知り
長命　絶え衰うこと無きを欲せり
山に陵《おか》無く
江水　為《た》めに竭《つ》きる
冬雷《とうらい》　震震とし
夏に雪雨《ふ》り
天地合《がっ》すれば
乃《すなわ》ち敢《あえ》て君と絶たん

李賀は、このような恋をしたであろうか。恋は、願いの世界である。願いは、つねに不安に曝されている。その意味では、恋が成就した時は、恋の消滅である。だとすれば、恋には成就はない。不安に曝され、慄いているのが、恋である。それ故、願いという限りなく空に橋架けた欲望が、奔出する。怨みすらも伴い、悲願の想像力が奔駆する。

「上邪」の主人公は、男であるか女であるか、わからない。わからないというより、恋そのものには性別はないからである。男女どちらとしても、見ることができる。ここでは、ひとまず女の怨みとして見ていくとするなら、「長命無絶衰」の願いは、永遠の恋を女は願っていることになる。

いつまでも長らえて、恋の持続せんことを願っているのを見ると、この女性の恋は、詩の地点では、いわば恍惚のうちにあるといえ、そのため、恍惚の昂《たか》ぶりだけ、男の醒めるのをおびえている。

「無絶衰」を欲するとは、相手の男の心変りを封じていることにほかならない。生命は、有限であることをこの女性も知っていて長命の願いにとどまっているが、心のほうは「無絶衰」を欲しているのである。

その願いは呪咀にまで上昇するのが、「山に陵無く」以下の句であり、世界の終りまでくっついて、離れないことを、宣言していて、まさしく鬼と化している。夏に雪が降り、冬に雷が鳴るという陰陽の乱れがおこり、山に丘陵を欠き、河の水が涸渇するという天変地異がおこり、「天地合す」という世界の終末が訪れるその時まで、しがみついて離さないという脅迫の呪縛をかけている。そういったすざまじい詩である。

李賀は古楽府を踏襲して、女人を詠うことが多かったけれど、このような壮絶な恋の情をさすがに擬すことは、なかった。もし、李賀に、世界の終末の日までという恋着に匹敵するものがあったとすれば、それは、うらめしい唐王朝に対してであったかもしれない。

だから、その大半の情詩は、六朝や唐の詩人たちが、そうであったように、例外は含むにしろ、自らの恋慕の情をあからさまに詠うことはしない。あるにはあってもどうも激切ではない。

おおよそ中国の詩人は女性の心のうちに廻りこむのを定石とする。女人になったつもりになって、その恋情を詠うというかたちを、李賀もまた踏んでいる。こと女性に対しては、たとえば政治に対してのように自らの情を衝突させる対象とはならない。すくなくとも、中唐までの詩人たちがとって来た姿勢というものは、そのようなものであった。

花や鳥と同じく、魅力の対象として、彼等の美意識によって女性が飾られることはあっても、詩の上で、彼等自らが恋の心を発することはなかった。女性の恋を自分がなりかわるに留まるのである。女性の詩人魚玄機《ぎょげんき》が、自らの恋情を語る時は、そのまま直叙したのであって、男になり変って男の恋心を語るというまわりくどいことは、するはずもなかったが、男性である詩人たちは、好んでこの迂遠をやってのけたのである。

それは、社会上の女性の位置、女性への儒教的観念ともからむ問題ではあるが、実際は、唐代の女性たちは、男の恋の対象とならぬほどに、軽蔑されていたわけではなく、そのことは、唐代の小説群を読めば、瞭然とする。男も、女を遊蕩の対象とするばかりでなく、恋をしているからである。

だが、詩の上では、なぜ自らの恋を詠じないのか。一つは、六朝以来の艶情詩のありかたを、なお踏んでいるからであり、もう一つは、戦場へ赴くこともなく、戦いを彼等が詠ったように、現実にかかわる「こと」への想像力への自負というものがあり、臨場に立たなくとも、我が身のことでなくとも、場に臨むことができ、他人の心にもなれるという挑戦の伝統があって、李賀もまたそれを拒否していないということであろう。女の心になれなかったら、詩人の資格を欠くのである。

いや、それ以上に、女性への恋が詠ぜられることすくないのは、詩というものが、「私ごと」であるようでいて、あくまでも「公」であったからではあるまいか。その「公」である詩において、李賀は、他の詩人には見られないような激情を発したのではあるが、それは、「公」を破ったというより、彼の「私憤」は、政治がからまっている故に、「公憤」と見なされるものであったとも言える。それは、屈原以来の容認されたところの詩人のとるべき態度であったとも、言える。

女性への恋語りは、その意味では、「公」ではない。恋は、狂でもあって、恋の鬼となることは、どうしても「公」とは、言えない。「公」を食い破るのが、恋だともいえる。それでもなお恋を「公」の中で詠ずるとすれば、恋を公化するより他はない。しかもその公化は、自らの恋に対してではなく、もっぱら恋の鬼は、「公」の立場に生きない女性の情念に一挙に転嫁されるのであり、詩人たちは、女になりかわって、恋を演じることになる。どう演じてみせるかにおいて、遊戯性さえもちはじめるに至る。これならば、恋を詠っても、「公」でありうるのである。

だが、詩人たちが女心に扮装するということは、逆に言えば、単に女性観を暴露するばかりでなく、女心をどこまで知っているかも露呈してしまうだろう。「玉台新《ぎょくだいしん》詠《えい》」に収められている六朝の情怨詩は、その綺靡《きび》なまでの詩語の絢爛さはあっても、女心どころか、ついぞ男心にとどまることが多い。

女心を詠うのは、おおよそは擬楽府《ぎがふ》の形式をとる時なのだが、この擬楽府の詩体は、他の律詩とちがって、もっとも自分の心情をのびのびと語れるという利点に立ち、前人の作を擬すという中国詩のありかたからすれば、この古楽府を擬すということは、大いなる隠れ簑であったはずなのに、女心に扮するというところで、やはりとどまるのだ。つまり、「公」にとどまるのである。民間の詩歌群の中には、男の恋もあるとはいえ、それですら節度があり、それを擬す詩は、また節度のある「公」の恋でしかない。

その女心は、「公」でとどまる故に、内容も閨怨と言ったものが、続出するに至る。もっとも、このような続出は、「公」の位置にあらざるをえない男の欝憤であったかもしれない。李賀にあっても、そのことは、他の詩人と変らないにしても、いったい、その変らない月並性の中で、どこがどう違っているのか。それは、生みだされた詩語やその排列のちがいだけではあるまい。

李賀の表出した女の情怨とは、どういうものであったか、これから見ていこうと思うのであるが、東都洛陽で開場された府試の詩作において、すでに女性が詠じられている。李賀十九才の作である。この時、「十二月楽詞」が、課題であった。一月二月と順を追って詩作し、閏月まで加えて十三首を作った。かつて第一部では、この詩篇を時間の意識を通して見たのだが、ここでは女性の存在を通して見ていこうと思う。

頭首の「正月」から女性がでてくる。

方世挙は「皆、宮中を言う」とこの連作を断じたが、斎藤晌も言うように「だいたいは宮中関係の題材をとりあげている」という説に、私は賛同する。それは、李賀が、試験にさいして宮中を意識したであろうからである。さらには、宮詞というものの存在を前提として意識したであろうからである。

正月の詩は、宮女の姿態へ、それは仮想の宮女にきまっているのだが、三つの視座から迫っているように思える。一つの視座は、最初の四句である。

上樓迎春新春歸　楼に上り　春を迎えれば　新しき
春は帰れり

暗黄著柳宮漏遅　暗黄《あんこう》　柳に着き　宮漏《きゅうろう》は遅し
薄薄淡靄弄野姿　薄薄《はくはく》と淡き靄《もや》は　野姿《やし》を弄《もてあそ》び
寒緑幽風生短絲　寒緑《かんりょく》　幽風《ゆうふう》　短糸《たんし》生ず

これは、楼に上った宮女の見た世界である。宮女の目を以って、春の風景を見ている。

もちろん、楼上からその風景を遂一見たのではなく、そういう場所合せの義務はないのであり、高い楼上から、「短糸生ず」というのは、視度的にもおかしいと異をとなえても、たいして意味はない。李賀の視覚は、物理的視覚と心理的視覚とが、時空を自在に微妙に、交雑してやまず、その交雑の中に一つの像を結ぶのである。

そのことは、人物の設定にも言えて、この場合で言えば、宮女の目で正視したり、宮女の目の上へ李賀の目が色濃く滲出《しんしゅつ》したり、宮女をよそに李賀の目だけになってしまったりしているのである。女性の心に詩人がまわりこむと言っても、そう簡単にいかない。しかしこのように交雑していても、李賀の一つしかない肉体からすれば、異存はないはずであり、けっして混乱ではないだろう。詩を詩として、そのまま受容するならば、いっさいその混乱はないはずなのであり、なまじ李賀の詩を解釈しようとしたり、その心の軌跡を追おうとする欲があると、混乱してくるのである。そんなことは、わかっているのだが、私としてはいまさらやむをえず、その火の粉をかぶるところまで自分を追いこんでしまうこともあるかもしれぬ。

最初の四句は仮想の宮女を楼台にあげて、新春を眺望させながらも、その光景の描出は、巨視微視をおりまぜて、扮装を忘れて、李賀自らの目が、宮女の目にささくれこんでいたが、次の二句では、正月は正月の中でも、時空を変えて、もう一つの視座を設けている。

錦牀曉臥玉肌冷　錦牀《きんしょう》　暁《あかつき》に臥《ふ》す　玉肌《ぎょくき》は冷《れい》
露臉未開對朝暝　露臉《ろけん》　未《いま》だ開かず　朝の暝《やみ》に対《むか》えり

それは、朝がたの寝室の宮女の姿態を眺め落しているからである。楼台に上って見た光景は、暁とは思えない。

いったい誰が、宮女の寝室にはいったか。李賀は、宮女と恋をして床をともにしているわけではないから、李賀の脳中の壁に映じた像であるはずだ。このことを夢想などとは言わずに現実化した言いかたをするならば、だれかが、宮女の眠っている暁の寝室に侵入していなければならず、その視点は、写真の盗み撮りに近い暴力なのだが、時空の統制に縛られるのも詩人であるなら、縛られない自由も、詩人はもっているのであり、李賀は縛られることはないから、宮女を想出した李賀自らが、神の力をもって、ひそかに寝床のそばに立つのである。

その触的な見下しの目は、「玉肌は冷なり」の如く十九才の青年とは思えぬ、熟した女体への視線を獲得している。陳本礼は、「春の寒さを畏るる」とこの二句に対して評したが、いったい誰が畏れるのか。眠っているはずの宮女がか。見下している詩人の李賀がか。そんなことはありえるはずもないのであって、玉の肌が冷であるからと言って、宮女は、寒さで目を醒ますことなく、瞼をしっかと閉じて眠りこけているのである。

「句解定本」の姚佺《ようせん》が、「錦牀　暁に臥す　玉肌は冷」の句に対して、「婉《えん》ならず」と評したのは、まったく逆様だと言わねばならぬ。「玉肌は冷」だから「婉」なのであって、春の暁の肌寒さという気象の常識に立って、「婉ならず」と言っても、エロチシズムへの未熟を告げるだけでどうにもならぬのである。

第三の視座は、最後の二句である。

官街柳帯不堪折　　官街の柳帯　折るに堪えず
早晩菖蒲勝綰結　　早晩　菖蒲　綰結《わんけつ》するに勝《た》えん

寝床の映像から、一挙に長安の官街へ宮女を外出させ、目よりも、目を通しての宮女の淡い呟きまでを傍受している。

この「正月」の詩は、三つのカットからなっているのであり、一つの筋でつなげないほうがよい。鈴木虎雄が「此《この》詩は楼上で宮女が寝ながら春を迎える容子」というのはそれ故に納得しがたい。三つの連続していない別々の場面をもって、一つの「正月」をつくりあげているのである。と同時に、着実に宮女の「正月」の世界を、姿態化したばかりか、その心象にもむっしりした肉質をあたえているのである。

倦怠と期待が、春の光景の中にあくまでも淡く、あくまでも冷く交錯して、宮女の姿態を、エロチックなものにしている。ここには、たしかにひとりの女がいる。だが、その女は、やはり女なのか。結局は、十九才の李賀が思いこんだ好みの女にすぎないのではないか。その意味では、まさに宮女は幻像なのであるが、幻像の側からすれば実像である。というより、この宮女は、李賀そのものではないか。

いや、できるだけそのような語るに落ちた見方をしないように努めねばならぬ。この詩句が、すべからく李賀の肉体によって作りだされている故、いくらでもそういえるのであり、そうでないという根拠もありえないといったものなのだ。それならば、できる限り、言うを避けるべきであり、それよりも、もっと考えてみなければならぬことは、李賀が宮女の肉体と心体との生態を通して浮上させたエロチシズムは、はたして彼の女なるものへのしたたかなる眼差しの爛熟が、そうさせたのだと言ってよいのか。ということだ。

つまり、私が、かりそめにも想定してみたい誘惑を覚えることは、このひんやりした宮女のまきちらすエロチシズムは、実は、いわゆる「女」なるものへ、異性として覚える感受性とは、無縁であったのではないだろうかということだ。

私は、最初の四句、続く二句、最後の二句をそれぞれ独立した小塊、すなわちマスと考え、それらの断片が、ぶつかりあい、重りあうことによって、「正月」の全景が成立するとみたのだが、原田憲雄は、その論文「十二月楽辞」の中で、魅惑のある展開をもって、この詩を捉えていて、真中にはさまれた五六句「錦牀暁臥玉肌冷」「露瞼未開対朝暝」は、前四句を承けて「作者の筆は、早春の野を描きながら、淡靄のあわいにほのめく野の姿に、うらわかい女性のイメージを重ねている」と見ている。つづく七、八句に対しては、「賀の詩中の青年の眼は、ふたたび、街路に帯のようにつらなる柳を見おろす、その樹のすがたと女体の幻像とは、なおわかちがたくもつれあって、かれの手はそこにむかってのばされる。だが、まだ欲望にめざめぬ少女に似た、幼い柳の枝は、さすがに折りとるにしのびない」と解している。

言うならば、五、六句の女性の姿態は、李賀ないし青年の「夢想の女性」と見ているのであり、正月の風景に触発された「女体の幻像」と見ているのであり、それを音韻上の分析から、第五句第七句で換韻しているのに着目し、「現実から夢想、夢想から現実へとうつりかわる境で、意を用いて韻を換え、読者がそれに気づいてくれることを、作者はさりげなく、求めているのである」としている。

あるいは、そうかもしれぬ。だが、私は、この詩の女性を宮女ととってしまっているので、まだ性にめざめぬ少女とは受けとれず、そのこだわりを棄てないかぎり、一つの連続体の筋の中で、詩中の青年の現実から夢想、夢想から現実と継起する意識の流れとして、摑むことはできないでいる。

さらに、私の感じている李賀とは、現実と幻想との間に閾《しきい》を置けない肉体もしくは感性の癖をもっている。彼の中にあって、現実と幻想が、混濁しているというより、現実は幻想であり、幻想は現実であるかのような生きかたになってしまっており、そのような生きかたから感じかつ見える世界が、李賀の詩の難解さにつながる。しかしその難解さは、まさに現実と幻想を異域とする分別の能力のあるものにとってそうなのであり、かかる分別を棄てて李賀の詩に対せれるものには、これほど楽な詩はない。

だが、社会は、分別界にほかならぬから、李賀は詩の上で難解を言われるにとどまらず、なまじ科挙などに挑めば、たちまち困窮するのである。詩は、その分域に生きぬことによって輝きはするが、社会にあっては、制肘を受けるのである。李賀は、詩の方法論として、分別を溶解したのではなく、生きかたそのものが、そうであったとも言えるから、進士になりたいなどという彼の世間的意志を、彼の肉体と感性は、とうに裏切っていたのだ。「十二月楽詞」は、科試の答案であるが、李賀の生きることのあやうさは、進士を拒否される事件の前に、この詩中に早くも包芽していたのである。

ともかくいま、私は、李賀にとって女性は詩を通してなんであったかを考えようとしている。この「正月」の女性は、宮女であろうとなかろうと、現実の女性であろうとなかろうと、どうでもよいという気がしてきている。李賀の女性像は、どんなものであったかは、きちんとあるにはあったにしても、詩中に描かれている女性は、はたして女性というべきものであったのか。そういう疑惑が、書き続ける間、しきりと去来してくるのを抑えきれないでいる。

たとえば、この「正月」の中に浮びあがってくる女性は、二十にもならぬ李賀によって、冷やかなまでの肉体を、ベッドに横たえている。だが、このエロチシズムの目は、李賀の女性への早熟性と受けとらないほうが、よいのではないかということである。

私たちは、人間と自然を、別もののようにみたがる。現実と幻を分別したがるように、差別してみたがる。李賀には、かかる障壁というものは、なかったはずである。いやあったかもしれないが、しばしば抜け落ちたはずである。李賀は、女性をも、自然の一象、一態として見ていたのではなかったか。だとすれば、この女性は、李賀の心を仮託された女でも、李賀によって女装された「公」の女でもないではないか。

もとより、李賀の浮彫った女性は、艶然としている。だが、李賀の奪取した自然もまた艶然としている。李賀は、女性をも、自然と同じようにみなしていたのではあるまいか。「錦牀暁に臥す　玉肌は冷」の句がなまめかしいと言えば、「薄薄と淡き靄は　野姿を弄び」「寒緑幽風　短糸を生ず」の句とて、なまめかしい。自然の春景だという分別があるから、そういうものとして受けとって、疑いも生じないという陥し穴にはまるのではないか。

エロチックだとはいえ李賀は、かならずしも、情欲の対象として女をみていない。たしかに李賀には、女体へそそぎかけるその目には、なめずりまわし、剝ぐようなところがある。だが、そうだとしても、その視線は、自然にたいしても同じようになされているのである、とすれば、自然へも情欲する目を李賀はもっていたことになる。

李賀の詩のエロチシズムには、情欲などという人間くさい言葉は、関与させないほうがよいのかもしれぬ。むしろ、自然と女と、ということではなく、物象として平等に視写し、詩語化するにあたって、想像の力が、必然加わる故に、エロチシズムを醸出するのではあるまいか。あくまでも、物を見る力である。その物を見る力が、対象を肉化する故にエロチックになるのであって、そのことはなにも女とはかぎらないのではないか。

これはもちろん仮定である。「十二月楽詞」は、まだ頭初の「正月」しか検討していないが、その他の楽詞も検討し、さらには、他の詩中の女性をも検討し、私の仮定と交合させながらみていくという作業を、しばらくは続けねばならぬ。「幽蘭の露　啼ける眼の如し」と言うように、あきらかに自然の物象を人称化する時も、李賀にはあったのであり、人も物も、同じ「物」であるにしても、それも一つの思想にすぎないのなら、かならずどこかで破れている時もあるはずであり、その時は自然と等値ならざる分別としての女性であるかもしれず、私の仮定は、はじめから不安に揺れたところから、出発するのである。

二

金の翹《かんざし》　峨《たか》き髻《まげ》　暮雲に愁えり
沓颯《とうさつ》　起《た》ち舞うは　真珠の裙《はかま》

「河南府試十二月楽詞」の「二月」の詩行にも、女性の匂いがする。およそ十年前、第一部挫折以前の章で、この詩行に立ち会った時、私は、女の影を見すぎてしまうことに躊躇していた。

李賀は、この詩において、「採桑津《さいそうしん》」という古代の地名を用いて、場を設定した。河東は屈《くつ》県の西南、黄河流域の渡し場で、春秋の時代、晋が北狄《ほくてき》の異民族に敗北を喫した土地だという。私は、この採桑津の河畔に、たたずむところの酒客ひとり、つまり李賀ひとりの姿しか、浮んでこなかった。たとえば姚文燮は、この詩をつぎのように言う。

「冶《あでや》かに麗しき仲春。花鳥は芳妍《ほうけん》として蕩子は、まさに遊冶《ゆうや》の思いの中にあったが、美しき恋人はすでに愁いを含んでいるではないか。その歌と舞いは、渡し場を離れつつあり、彼女の情愛いよいよ重く、酒客は、どうして酔い痴れることができようか。春はなお寒く、背は冷い。ただ、南昌《なんしょう》の千日も醒めぬという酒で、死んだように酔うしかない。この男女の別れのつらさを誰が知ろう」

このようには、どうしても理解できなかった。鈴木虎雄は、「採桑津で男女が送別することをのべた」と言い、黄陶庵《こうとうあん》は、「望夫の意」とする。

渡し場で、金翹《きんぎょう》高髻《こうけい》の胡装の美女が、真珠のスカートを翻えし、沓颯と起ち舞うのは、恋人との別れを惜しむためなのだ、というのは、まあよい。だが、この相手の恋人は、酒客なのだろうか。酒客に私は李賀の影を見ているのだが、沓颯と舞う女性の恋人とは、思えない。姚文燮のように、別れのつらさで、酔うこともできないとは、思えない。その女性の相手の男は、他にいるように思える。むしろ酒客は、一組みの男女の別れを見ているのだろう。

旅人は、たしかに、この詩の中にはいる。李賀は二月楽詞において、採桑の津という渡し場を虚構し、その中に酒客を置き、彼の目を流浪させた。この旅人は、採桑の津で飲酒するが、自分も舟が出れば、それに乗って去っていくのか、ただ渡し場で滞っているにすぎないのか、この詩は、そこまでは指定していないように思える。はっきりしているのは、旅人が、採桑の津にいて、酒を飲んだ眼で、仲春の光景を見ているということである。

わすれ草の生えているのを見る目。蘭が人を笑っているように見える目。蒲が剣を交えているように見える目。風が薫っているのを感じる嗅覚と触覚。緑の塵を浮ばせて煙るバラの一群《むらが》りを見る目。それら物を感じとる旅人の肉体は、酔ってはいるが、ひどく疲れていて、疲れるというよりは衰耗していて、「労労《ろうろう》たる胡燕《こえん》 酣《たけなわ》なる春を怨む」の句に見るように、渡し場の春景を過ぎる胡燕の絮絮《じょじょ》たる鳴き声にも、「労労」たるものを感じとり、怨みをさえ感じとっている。それは、旅人の「労労たる怨み」にほかならない。

この「労労たる怨み」を身に沁みこませた旅人が、女といま別れるのだろうか。この怨みは、女と別れねばならぬことへの遺憾の怨みだとは思えない。もっと白昼から酒に酔う旅人の生きかたに深くかかわったところの怨みにも思える。その労労として、怨みを心の底に浮べて、酔う旅人の遅速だが、遅速故に正確な目は「金の翹　峨き髻　暮雲に愁えり」「沓颯　起ち舞うは　真珠の裙」の女性を見たのである。

　それでよいではないか。旅人の情人と見なくてもよいではないか。私には、この詩の酒客は、たったひとりでいるように思える。この酒客は、かりに誰かの見送りを受けていたとしてもよい。逆《さかさ》まに誰かを見送っていたとしてもよい。だが、詩全体は、誰の姿をも映していず、酒客は、孤立の浮島となって、かったるく採桑津に拡がっている物象群に触りつづけているとしか、思えない。渡し場といえば、送別の詩のかっこうの場所ではあるがこの場合、李賀は、試験場にあるのである。送別詩は、贈答の儀礼よりなる詩で、激励、お世辞をふくめて、ドキュメントな即興性をもつのだが、たとえ採桑津での送別の思い出が過去にあったとしても、詩の内容は、誰にも送迎されている気配がなく、また酒客たる李賀の虚ろな気分によって、まわりの友人たちが抹殺されてしまったにしても、だからこそこの詩は、二月の採桑の津にいる酒客の見た光景の詩化が、その中核をなしている。言いたければ、心象風景などというものであり、試験場の黙想の中で移ろっていった心象風景である。

　ましてや、女人が酒客を送っているとは思えない。女人が目前にいるには、あまりにも酒客の視線は、ひとりでありすぎる。女人と別れを惜しむには、ひとりでありすぎる。気がなくなった相手なら、そういうこともありうるが、詩としては、語るに落ちる。それは、李賀の語り落ちではなく、読者の想像力の空転であろう。

　だが、真珠の裙をひるがえして舞う女性は、誰かと別れを惜しんでいたのだと言えるかもしれない。もっとも十年前、この詩と向いあった時、別れを惜しんで、「望夫の意」をこめて起ち舞ったのだと、受けとめはしなかった。それは、詩の流れとしては、踊りだす女性というものが、きわめて唐突に思え、この不意感が私を感動させていたからでもあった。それは、労労たる酔いの眼差しで春景を眺めやる酒客の心体に突きをいれるのが、すっくと起ちあがった女人の沓颯たる舞いの動きであるとも、思えたからである。

　李賀の茫漠たる眼は、「金翹の峨髻」をそれまでの光景と同じ労労たる眼で摑《つかま》えている。それまで摑えた物象を笑っているみたいだとか、剣を交えているみたいだとか、いちいちとらえなおしていたのだが、緩慢ながら、放たれている神経をそう反応することによって、わが心に引き戻してもいて、「金翹の峨髻」に対しても、胡燕に対して「酣なる春の怨み」を見たように、「暮雲の愁い」を見たりした。暮れなずむ春雲の中に浮ぶ金翹の峨髻に憂愁を見たりした。詩の姿としては、「愁」を見た時、女性の全身までを李賀は見ていない。「金翹の峨髻」に部分どりされている。トリミングしたというより、その部分からまっさきに彼の目に飛びこんだという風情に、詩はなっている。いかにこの酒客が、離情に心が晦《くら》んでいようとも、このような夫婦もしくは恋人同志は、とうの立った組み合せだといえ、そうとは思えないから、この舞いの女人は、酒客と深い仲だとは、考えられないのだ。だが、この女人の激しい舞いは、酒客をして愁いとか怨みとか、まだそう感じられているうちはよいという、たるんだ状態から、一挙に緊張させる役割を果している。それは、つぎの終聯に導かれるからである。

津頭《しんとう》　送別　流水を唱《うた》う
酒客の背寒し　南山《なんざん》は死す

渡し場は、送る人送られる人の愁嘆の空間である。金の翹をさした女人が、沓颯と舞ったのは、尽きない愁いを一思いにふり払うためであったかもしれない。だが、それは、どうでもよい。というのは、その女人の振舞いのスピードこそが、酒客の感傷による弛《ゆる》みを刺激するに功があるからで、単なる波止場の舞姫であっても構わないという気さえする。

その刺激は、しかしその酒客を死の想念へと高騰させるものであった。「津頭　送別　流水を唱う」「酒客の背寒し　南山は死す」へまで、蒼ざめた世界へまで、引き連れ去ってしまうのだから。女人の沓颯たる踊りは、やばい引金の用を足してしまっている。

舟が出るのか、送別の風景が、夕暮れの空の下にくりひろげられる。私は、この渡し場で、たくさんの送別の組み合せが、音もなく、別れを惜しんでいるような気がする。だから、くだんの女人だけが、情人と惜別しているという情景は、思い浮ばない。ましてや、この女人が、病客と別れを惜しんでいるとは思わない。あまりにも視線が、うつろすぎる。だが、女人の突然の舞いは、「送別」の愁嘆場を引きだすに足りる動きであった。

「流水を唱う」とある。別れのあわただしい愁嘆場の中から、「流水」の曲が流れてきたのであろうか。それとも、やはり踊った女人が情人に向って唱っているのか。それとも、あの女人は、別れの雰囲気作りを商いとする渡し場の踊子で、流水の曲も、歌ったのだろうか。どちらでもよいが、酒客こそが、「流水を唱う」のであるように、私には思われる。

たしかに、その愁嘆場から、「流水」の曲は湧きあがっていたかもしれないが、その曲に触発されて、酒客の心の声こそが、その曲声に重なるようにして、なまぐさい愁嘆場の光景そのものを根こそぎ、送別しているようにも思えるのである。いや、その光景をひとり隔絶して見ている酒客こそが、自らを「送別」に葬りさったときと言うべきであろうか。

リズムは、ともかくとして、その曲の歌詞は、どのような内容のものであっただろう。陳本礼は「前渓曲《ぜんけいきょく》」というのが、本題だといい、これを踏んでか、荒井健は、「〈前渓歌〉をさしているのかも知れない。前渓歌とは、四・五世紀頃に作られて貴族たちの間でそれを演奏させることが大いに流行した舞曲の歌詞で、別離の悲しみをのべる女のうた。去りゆく人を送る時に演じられる歌舞としてふさわしく、その中には〈流水〉という言葉も出てくる」と註している。一応、その詩を見ると、

憂思　門を出《い》でて倚《ま》つ
郎《ろう》に逢いしは　前渓の度《わた》し
流水の心を作《おこ》し
新《しん》を引き　都《すべ》て故《ふる》きを捨《す》つるなかれ

一時の別れに不安を抱く女心と言ったものだが、切ない普遍の女心であるにしても、酒客が、背を寒くしたわりには、どこか、なまなましすぎるような気もする。「流水の心を作し」は、そのまま水の流れのように行ってしまうということで、棄てられることのおそれだが、この酒客が、熱烈な恋の中にあったなら、そういう不安やおそれを抱く情人を愛しく思ったかもしれないが、そうではないのであり、そうであったとしても、その音曲に背寒くするのは、納得できないし、まして南山の容姿に死を感じる凄涼と、溶けあわない気もする。一方、原田憲雄は「楽府《がふ》詩集」より、「隴頭《ろうとう》流水歌辞」を「李賀小記・十二月楽辞」の中で引いているが、この歌辞は「横吹《おうすい》曲辞《きょくじ》」のうちにはいる。

隴頭に水は流るる
流れ離れて西に下る
吾《わ》れを念《おも》え　一身　曠野《こうや》に飄《ただよ》うを

他にも「西上隴阪。羊腸九回。山高谷深。不覚脚酸「西のかた隴阪《ろうはん》に上る。羊腸《ようちょう》すること九回。山は高く谷は深し。脚《きゃく》

酸《さん》を覚えず」」というのがあり、「手攀弱枝。足踰弱泥［手は弱枝を攀《ひ》く。足は弱泥を踰《こ》ゆ」」というのもある。「前渓歌」は、見送る女の歌に思えるが、「隴頭流水歌辞」は、旅立つ男の声のように思える。「吾れを念え　一身　曠野に飄うを」の悲痛こそ、酒客の、李賀の行手にふさわしいものでなかったろうか。第一部において、李賀が、進士の科試において絶対の拒絶にあうまえに、はやくも挫折の予覚に屈していたことを見たのであったが、「隴頭流水歌辞」であるなら、李賀が、その曲唱とともに背を寒くしたのは、理解できる。その曲唱とともに南山に死の容姿を見たのも、理解できる。

　葉葱奇は、この詩を「風日漸《よう》く暖かく、已《すで》に郊遊となすべし」としている。採桑の津へ郊遊にでた時の情景と見て、一貫して送別を関与させていないのには、賛成できないが、酒客が、送別のためにやってきたのではないことには、女との別れのためにこの津にやってきたのではないことには、賛成する。しかし、酒客の背を寒くするのは、「黄昏《たそが》れの後、酒客は野外の春寒に退却し、四散して去ってしまい、歌舞もすべて終って、南山はかくして死んだように静寂となったからだ」と見るのは、浅説である。

「流水」の曲とともに、酒客が、背寒くなったのは、李賀の暗い予覚とともにあるが、現実的には、おそらく彼の肉体の反応としても事実であっただろう。曽益は、そのことに気がついている如く、医書「黄帝内経《こうていないけい》」を引いている。「病の肺に在らば、いよいよ肩や背に在り。以て肺は背に附き、背は寒く、即ち皮毛《ひもう》は粟起《あわだ》つ」。おそらく、李賀は、肺肝を患っていたであろうことが、想定できる。

　この詩の痛ましさは、背の寒きを、死の予兆を、送別の愁嘆場である採桑の津での散策のうちに覚えたのではないということだ。試験場で、採桑の津を想念の中にしつらえ、想念の中で散策しながら、背の寒さに慄き、死の幕を引いたことにある。想念の中で、春日を浴び、夕暮れの光の中で、背に寒さの襲うのを感じたことにある。

　ではあるが、それでは、この「二月」の中に、「女」というものが、なんら支配していないと言えるのか。酒客たる李賀に、死の引導を渡したのは、女人の杳颯たる舞いであったにしても、それだけか。なにかしら、女の匂いが、この詩篇にのこっているような気がしてならないのだ。

「協津鉤元」の陳本礼は、この二月楽詞に対して、女の匂いを嗅ぐことの強い註釈者である。「この詩首は、三人の女子を分詠している。首詠は桃夭《とうよう》の女子（嫁入りどきの女の子)。次詠は思春期の女子。末詠はよこしまな性悪女である」と。この意見をきくと、あたかもこの詩は、女性の姿をかきわけることに、専ら精を尽したかにきこえる。

「酒を飲む　採桑の津」「宜男草《わすれぐさ》生え　蘭　人を笑う」「蒲は剣を交えるが如く　風は薫るが如し」。この最初の三行は、婚期の女性だという。陳本礼流に言えば、仲春二月は、男女が婚姻を結ぶ時節である。宜男草は、これを身につけると男の子が生まれるという。床入りにふさわしい季節で、婚期が過ぎるので急がねばならぬ。次の二行。「労労の胡燕《こえん》　酣《たけなわ》なる春を怨み」「薇帳《びちょう》　逗煙《とうえん》して生ずるは緑の塵」は、蕩児の帰らざるを怨まずに、酣なる春を怨む思春の女子の、怨み上手の生活技術を言い、薇帳に塵の生ずるのは、「空牀《くうしょう》の独り守り難き」の意だと、陳本礼は言う。最後の四行。「金の翹　峨き髻　暮雲に愁えり」「沓颯　起ち舞うは　真珠の裙」「津頭　送別流水を唱う」「酒客の背寒し　南山は死す」。陳本礼は、旅人を送るのに愁いを含んでいるのは、この女性が、狭邪な、嫉妬深い思いをもっているからであるという。彼は「流水」の曲を「前渓曲」と想定しているから、私を棄てないでくれという女の祈りととっているのだろう。こういう思いを、どうして狭邪と見なしてしまうのか。

「酒客の背寒し　南山は死す」には、もっと積極的に狭邪な女性の呪咀《じゅそ》を陳本礼は見ている。漢鐃歌《どうか》に云う。〈我《わ》れ　君と相《あ》い知り　長命　絶え衰うこと無きを欲せり。山に陵《おか》無く　江水　為《た》めに竭《つ》きる。冬雷《とうらい》　震震とし　夏に雪雨《ふ》る。乃《すなわ》ち敢《あ》えて君と絶たん〉。今、彼女は渡し場で送別の曲、流水を唱うが、心中すでに酒客になきこと久しく、旅人は暗然として酒が醒め、背筋が寒くなる。則ち金翹峨髻の女は、早くもすでに旅人へ背を向けて去っており、ここに至って始めて、それはなんであったかを悟る。それは、南山を指し、その誓いを実行しようとしていたのだ。ついに、山に陵なく、なってしまったのだ。すなわち南山は死んだのだ」

陳本礼の言う漢鐃歌とは、かつて引いた漢代の楽府「上邪《きみよ》」のことである。私は、これを壮絶な恋愛詩と見た。陳本礼は、この金翹峨髻の女性を、狭邪な性悪女と見ているのだから、むしろ悪い女にひっかかったと見ているのであり、この女の凄まじさに哀れをさえ感じていない。あの詩を、恋愛詩と見なすより、むしろ呪咀の詩と見ているのである。世界の終末まで、つきまとって離れてやるものか、という怨念の呪いを盟《ちか》われたと、酒客は「流水」の送別曲に直感し、背筋が氷ったと見るのである。

あの「上邪」の詩を、相手を死に至らしめる呪いの歌と見ていることは、あきらかである。「南山死す」の語から「山に陵なく」の呪歌を想起したと彼は見るわけである。

ある意味で、陳本礼流に従って見るならば、この「二月」の詩は、一つの女のたどる道である。結婚――夫の浮気と怨み――呪咀。呪咀に至るところが、陳本礼流解釈のおそろしさである。私は、李賀が、このような女の歩む道を、詩の底に秘めこめていたという解釈はとらないが、見ようと思えば見えてくるところに、詩のおそろしさがある。それは、李賀のおそろしさであると言いなおしてもよい。李賀の詩語の練金術は、人々を意味の洞窟に誘いこんでしまうのだ。もし、かりに、私も陳本礼流解釈に従って、さらに意をふくらませるとするならば、あの舞える女の狂おしき呪咀祈願を、李賀の世界終末への祈願とも、二重映しとして見ることになりかねない。事実、そういうところは、李賀にはあったのである。結婚を夢みる少女のような初心も、李賀にはあったのであり、愛するものから去られていく女の怨み、愛するものをひたすら待つ女の哀れのようなところも、李賀の生きかたにはあった。そして、その怨みのあまり一挙に世界の終りを期待するようなところも、李賀の衝動には、あった。

だが、それでは、この詩の場合、酒客の存在は、どうなる。李賀という女の怨みを受ける酒客の存在は、どうなる。酒客も李賀ではないのか。酒客が、李賀だとすれば、女も李賀ではないか。こういう疑惑に対しても、私はなんなく片附けてしまうだろう。共に李賀なのだと。女は、女であると同時に李賀である。酒客は、李賀であると同時に酒客である。女に呪われてある酒客は、国家に呪われてある李賀、天に呪われてある李賀とも見なすことができると同時に、李賀に呪われてある国家、李賀に呪われてある天だとも言える。「女と酒客」に、かりに「天と李賀」との組合せを対置させたとしても、自在にその位置を互換できるのだ。そうだ、李賀は、あらゆる万象に触発されて、一人芝居をしているのだ。女を通して李賀に呪われる酒客の半身は、天であり、半身は李賀である。つまり、李賀という一身は、加害者と被害者を同時経験することができるのだ。

けれども、この詩では、そういう目でもって見たくない。女の存在を、陳本礼のように、大きく浮ばせることを、私は拒否している。私は、彼のように詩から「興」を発掘しても、詮のないことだと思っている。詩の中に隠れこむ「興」とは、彼のような生な具体提示ではあるまい。本来、「興」は、詩人にとっても潜在的なものであり、だからこそ詩人は、「興」に賭けるのである。「興」は、説明されうるものになってしまったなら、詩の賭けに失敗したも同然なのである。

詩の解釈が、語るに落ちやすいのは、一つの限定の力学を附帯してしまうからである。各人その人の理解力を超ええないということよりも、限定の暴力を振ってしまう。だから、おのれの解釈を是とする者は、他の解釈にたいして、つねに非を鳴らすことになる。明《みん》の董挨仲《とうきちゅう》「懋策」は、「南山は死す」の語句に対して、つぎのように批註した。「人間の寿命を祝うことの象徴として南山がある。南山は、不死の象徴である。その南山が死んだのだから、況《いわ》んや酒客が死なないはずがあろうか。この詩句は、天の老いるの意味である」と批註した。

これに対して、葉葱奇は、「このような解釈はみな穿《せん》鑿牽強《さくけんきょう》」とした。夕暮れになり、人々は四散したので、南の山は、死んだように静かになったと考えている彼にとっては、「穿鑿牽強」とも見えるであろう。私にしてから、多くの註者に対して牽強附会の語をもって、これまでも対してきた。しかしそれは、自らの牽強附会を守るために、他を牽強附会と一蹴してきたのだとも言える。

私の解釈では、「南山は死す」は、こうなる。「南山」は、ただの南の山、南のほうにある山であると同時に、不死の象徴の山、固有名詞としての「南山」である。その死は、死んだように静寂に包まれているという比喩であると同時に、まさに南山は死んだのだ。不死の南山の死という民俗的想念が、そこにまとわりついていってもよい。しかし陳本礼のように、女の呪咀を見ないが、李賀の死への予覚は濃く見る。語というものは、同心円的な輪状の洞窟であって、限りない深さをもっている。作者の力倆によって意をこめただけ深くなり、作者の背後にある体験の質量に従って、意をこめなくとも語は勝手に深くなってくる。

この深さの中に手をつっこむのが、解釈である。その人の手の光りに応じた解釈が生まれるだろう。ということは、どちらに転んでも牽強附会の大会だと言うことであり、問題なのは、その牽強附会が、自らどれだけの深さの洞窟になって戻っているか、という賭けなのである。詩に向って穴を掘れば、穴の外に掘られた土がどれだけ盛りあがるかではなく、どれだけの穴が、その詩と向いあわせに掘られたかということなのだ。

李賀の精神史を辿ろうとする私の牽強附会の意志は、陳本礼のような、女の実体を掘る方向を期待していない。この二月楽詞の中にいる女は、隠れこんだ火床のようなほてりをもち、なまなましくも艶冶な影のような気がする。影と光といったほうが正しいかもしれぬ。原田憲雄の「李賀小記・十二月楽辞」の、「二月」における通解は、一貫して詩外にひそむ女の光と影を見ているかのごときところがある。私のいう詩篇に動く李賀の「女」とは、これであろうか。

初句の「飲酒採桑津」に対しては、「採桑はもとより地名ながら、春蚕《しゅんさん》のために桑の葉をつむ女たちの姿もおのずからそこに隠見するさまを、この詩では兼ねて描く風情である」と。「宜男草生蘭笑人」に対しては、「その詩に特に宜男草といい、他の草木の中からこの草を目ざとくとらえているのは、いま酒をくんで別れようとするひとたちの間に、子を求めるまでにつき進んだ恋情のあることを歌おうとしたからに違いない。蘭笑人には、笑いかける女性のまなざしが婀娜《あだ》っぽく、むしろ蘭の花をおしのけてその前面にこぼれ出ている感じである」と。

このように原田憲雄の鑑賞は、五字七字の短句から、詩語から反射される女の姿を自由に奪っていく。「蒲如交剣風如薫」からは、「その輝きとざわめきとが、実は、別れを前にして、憂いを忘れようとことさらに交したこいびとたちのたわむれだからであろう」という風である。「労労胡燕怨酣酒」には、「胡燕というからには、女は当時流行の胡風の化粧をしていたのだろうか。あるいは、化粧のみでなく、女が胡の人であったのかもしれぬ」となる。「薇帳逗煙生緑塵」は、野外の交合をも見ている風情で、「よろこびのおわったのちの茫とした青年の眼には、こいびとのすがたも、緑塵のおりた薇帳のあなたにかすんでみえる」。

この「二月」を、原田憲雄は、一貫して、若い男女の交歓とその別れの中に見ている。この詩を男女の別れとする解はこれまでもあり、陳本礼のように三つの女性のすがたを分詠したものだとしてしまう説もあるほどだが、原田憲雄の場合、陳本礼のように、理をもって解するのではなく、語句から反射してくる光景の中に、女の姿を見ていて、それを文章によって描写しているところがある。本来、鑑賞とは、こういうものだろうと思えるほどに、その文章力がまずもって説得してくる。

あきらかに、原田憲雄は、詩の中に、詩語そのものが指示していない女の姿を見採っている。まさに「語」そのものが放つ光と影が、彼の想念の中で、女の姿となって「かたち」を結び、そのかたちは動きだし、それを原田憲雄は文章として撃ち落していく。

私がいう「女」の匂いとは、しかし、もうすこし違うようなのだ。それは、この詩に、私が、男と女の別れと見なしていず、李賀が、採桑津のあたりを孤立して目を動かしているという解をとっているからではない。原田憲雄が、いわば「語」の放つ光と影の中に、「女」を見ていることには、同感なのだが、私の「女」は、あのように詩の世界と密着はしていない。光景として、あのように具体的な像を結ばない。もっと抽象的な像である。それは、ちょうど、女の絵を書いた紙の上へ、さらに詩をかぶせ書き、その詩を読んでいる時、その女がしばしば詩のイメージにはさまって浮上するというそういう印象だと言ってよい。それは、けっして現実的でも幻想的でもない「女」なのである。

この感じというものを、私はまだよくはつかんでいない。だからよく説明することはできない。私なりにその正体をつきとめることは、彼の女性観そのものと根抵において、つながっているというばかりでなく、彼の詩の官能的な質を決定しているものにさえ、感じられるからだ。それは、私個有の幻影にしても、彼の詩を通して、この幻影は発しているからには、これからつぎつぎと見ていくであろう女性の関与した詩の中で、たえずさぐる目を置こう。それは、なにも、女性のあらわれない詩にも、その「女」はいるのだとも言える。そのことも、はっきりわかっているのだが、女性の姿を見せる詩で、とりあえず考えていくということは、詩の女性と、私のいう、「女」とが、どう関っているのかを考える上でも、欠かすことのできない作業でもあるからだ。

三

東方風來滿眼春　東方より風来たる　満眼　春
花城柳暗愁殺人　花城《かじょう》の柳暗《りゅうあん》　人を愁殺《しゅうさつ》す

「正月」の詩は、春と言っても、まだ冷い硬質な空気の中に浮んでいたが、「二月」では、冷んやりした強《こわ》ばりは、溶けて、酣《たけなわ》なる春気が奪われている。これから見る「三月」の詩では、春は、その酣なるを開きに開いて、頽《くず》れんばかりになっている。

酣なろうと、頽れんばかりであろうと、冷寒たろうと、それらは、自然の運気であって、李賀は、吸いとるように肉体を開いて受けとめているのだが、そこに共通しているもう一つの気の流れがあって、それは、懶惰《らんだ》なまでのけだるさのようなものである。「玉肌　冷なり」の語の底にも懶惰があり、「蒲は剣を交えるが如し」の勢いの中にも懶惰がある。

この懶惰は、李賀の肉体の声である。それは衰弱しきった声であった。四季は、視象されうる世界であるにしても、むしろその移ろう変化は、目だけではなく官能全体によってよりよく捕獲されうるものである。健康なるものの肉体は、四季の移ろいには、敏活ではない。敏活でなくとも、充分に生きていけるからだ。

李賀の懶惰は、彼の心の懶惰にはじまるというよりも、彼のおそらく摧破《さいは》されていた肉体にはじまっている。その侵病の肉体が、四季の変化に、透明なまでの徹底さで、反応するのだ。それは衰弱が異常醱酵し、官能の冴えとなって、収獲物のように詩語化されるに至っている。ここでは精神も肉体もめざましく活性化しているが、それらと違背するように、うずくまるような朦朧とした心体が、同時に漂っているが、それは衰弱したエネルギーが力のかぎりを尽した残り灰のようなものである。それが、懶惰の気の正体ではないか。「三月」の詩は、つぎのような句から起されている。

東方より風来たる　満眼　春

「dong fang feng lái mǎn yǎn chun.　七つの文字のうち六つまでがn音をふくむ弾んだ音で、のこりの一つもlái とひるがえるように軽くあがり、東の方から来る風が、やわらかくたのしげにそよぐ風情が、そのままにあらわれ、満と眼とはmǎn yǎn とゆるくうねって、みわたすまなざしが及ぶかぎりのかなたまで春めくさまが、たくみに描き出される」と原田憲雄は、「李賀小記・十二月楽辞」で言う。

しばしば、意味にひきずられ、音を発して読むことを忘れるが、この出だしなどは、N音で活気づけられている。音の波動のように、しだいに近づいてきて、一挙にその全容が、いっぱいいっぱいに拡がるのを感じる。遠くから見えてくるのは、「風」だが、その風が眼の中いっぱいにはいりこんだ時は、「春」がその全容となって、いれかわっている。

すべてが、見開いた感じになっている。外界のすべてに、くっきりとめりはりがついて、いっぱいいっぱいまで見開いた春が曝されて、李賀の官能は、その見開いた春に、一分一寸のこらず対応していて、危険でさえある。

満眼は、見わたすかぎりとか、目にはいるものはみなといった日本語では、追いつかない感じである。「満眼」そのものである。英国のFrodsham はfilling our eyes with spring と訳しているが、やはりもどかしい。目のすみずみまで、きっしりと春の光景がはまっている感じである。「三月」の春景が、めりはりついているので、眼という器も、いっぱいいっぱいに受けとめているという感じで、李賀の意志なるものが、かろうじて眼の器からはみでるのを防いでいるという感じで、あやうい明晰の限界のうちにある。

いっぱいいっぱいに「物」を生きているのは、風とて同じで、吹き渡ってくる風も、めりはりついて、ぼけたところがない。その風は、東から吹き進んでくるのだが、物が動くので風の動きがわかるというよりは、風そのものも、東という方角すらも、はっきりと見開いている。そして、そのまま眼の中にとびこみ、拡がって「春」にすきまなく占拠されるのだ。眼というより、眼の器が、占拠される。眼が、春景を見るというより、眼の器が見ていて、つまり眼は、眼の器にまで、後退している。

花城の柳暗　人を愁殺す

ここにも、満眼の春がある。大唐の都、長安の城下は、春の花に埋っている。「花城」というのは、決して装飾語ではない。いわば一種の都市計画的なところから「花城」化していた。春は、とりどりの花で、埋ったのである。李賀の「眼の器」を春にするのは、これらの花でもあって、咲き誇る花々は、眼の器のすみずみまで、植えこまれていたはずだ。

その中で、柳が暗いというのは、満眼の春が、いささか、かき曇り濁ったかのようだが、そうではない。柳が全盛を迎える時、その盛り故に暗いのであり、触れれば切れるような鮮新な暗さなのである。それは、音のたてそうな暗さで、人を愁殺するのも、柳が限界のぎりぎりまで、いのちを生きているからである。「人を愁殺す」をFrodshamはBreaking our heartと訳している。「殺」は「愁」の強調の助辞にしても、やはりそこには、人の身を歪め、倒さんばかりの殺気がはらんでいるはずだ。

姚文燮という注釈者は、異常なまでの嗅覚をもった人で、この句に、はやくも女の怨みを見ている。「貞元の末、(権力者たちは)好んで狩猟を遊んだ。この詩に、「花城の柳暗」と言うは、それである。人々は春の別れを怨んでいるが、春宮の怨みまでは知らない。あきらかに春閨の怨みは、さらに甚しいものであることを知らない」と。この人の解には、しばしばへきえきするのだが、彼の説明はともかく、その説明以前にある彼の官能的反応そのものは、きわめて李賀の詩の正体を嗅ぎとっていると思うことがある。

複宮深殿竹風起
新翠舞衿浄如水

複宮《ふくきゅう》　深殿《しんでん》　竹風《ちくふう》起る
新翠《しんすい》の舞衿《ぶきん》　浄《きよ》きこと水に如《に》る

「満眼の春」をたずさえた李賀の肉体は、すこしく移動している。「花城」の中に在るといっても、むしろ城下を含んだ莫然たる場所の中で、愁殺せんばかりの柳の暗さのみが、めりはりついて熟視されていたのだが、三四句では、城の中へはいりこんでいる。

複宮　深殿　竹風起る

東方より来た風が、そのまま長安城にしのびこんだのであろうか。いったん感じた風をそのまま李賀は、追跡して、つい宮中にまで導かれたというよりは、満眼の春に誘われて入りこんだ夢想の宮城内で、あらためて、風の起るのを見たと言ったほうがよい。

ここでは、風は、もっと具体化されて「竹風」である。「東方風」は、方向を指示していたが、ここでは、狭少に場所化されて、竹の中から決起し、竹から竹へと渡っていく風となって、色がついた風である。

「複宮深殿」と言えば四字だが、きわめてパスペクチヴの生れる透視の語句、「複」と「深」を含んでいて、ひとたび起った竹風の、遠いところまで動いていくさまを、可視のものとしている。李賀の肉体が、複綜して重り続いた宮殿を、ひとつずつ、くぐり抜け、深殿の奥深くまで吹き抜けていく様を追っていったというより、李賀の想像力が、遂一見とどけているのである。想像力も物質であるといいうるならば、李賀の想像力には、物質としての肉体が、つねに伴っている。

宮殿の奥隅にまで植えこまれてある竹林を風が渡る時、その通過とともに、竹風となる。植えこまれたる樹は、竹とはかぎらず、また咲ききった草花の色彩も宮中の庭には舗きつめられていたであろうに、ここではいっさい捨象されていて、竹ばかりを吹き渡り、くねくねと深殿の奥処まで導き続いている。詩の読者は、風の渡る竹ばかりに、その想念は限定される。

竹を渡るから「竹風」なのではない。「竹風」そのものが、あたかも獣のように実体化して、あらためて竹の上を擦過していく風の束として見えてくる。

新翠の舞衿　浄きこと水に如る

この新翠の「新」も、「満眼春」の中に捕囚となった「新」だ。満眼が目いっぱいにとりこんだ「新」である。ここでは、風の渡った竹の葉に、李賀の目は、停滞している。竹の葉が、翠《みどり》であり、そのみどりが「新」なのである。

それは、めざましい新である。「竹風」にその新しきみどりは揺れて、舞姫の衿《えり》に似て、揺れている。舞姫の静止した衿に似ているのではなく、竹の葉は風に揺れているのだから、舞い踊る舞姫の衿に似て、ダブルイメージが湧出している。

奥殿まで風の束を追った運動体としての目の動きは、竹の葉の個別に釘づけになって運動は、停ったかに見えて、ただちに竹の葉は舞姫の舞踏となって、めくるめいているのだ。しかも、舞姫の上に、続いて、「浄きこと水に如《に》る」という風に、「水」がかぶり流れていく。

竹の葉は、「新翠」ではまだたりず、そこから発起してきた舞踏の女人の上に、「浄きこと水に如《に》る」を追加するのである。「新しき翠と浄き水にサンドイッチされた舞姫」そのものが、竹風に揺れる竹の葉そのものなのだ。このぶ厚い、しかし透明な強調によって、李賀の満眼はさらに満眼となっていく、なにか、やけくそな感じさえ受け、その限界を尽したためりはりぶりには、そのまなじりが決潰してしまうのではないかという不安さえ感じるのだ。

光風轉蕙百餘里　　光風　蕙《けい》を転じて　百余里
暖霧驅雲撲天地　　暖霧《だんむ》　雲を駆《か》って　天地《てんち》を撲《う》つ

春風の運動を見守る目、というよりは、春風をわが満眼に棲まわせてしまった目は、まだ続いている。この二句は、これまでの四句より、さらに進んで官能を深めていると思うのだが、姚文燮の解釈は、やはりいよいよ女人の実体を見る方向を露わにしている。彼にとって、舞姫と竹は、もはやダブルイメージではない。並列である。「複宮の竹の色は、沐《みず》のようだ。舞い衣をはじめて試しに着て、その鮮妍《せんけん》たる衿を、みづみづしい竹の葉とかわるがわるにくらべてみる」ということになるからだ。この舞い衣の女性は、飛びこんできたイメージではなく、実体そのもので、「深宮の少女」なのである。

光風　蕙を転じて　百余里

風は、竹から蕙蘭へと移動している。ここでも、風の運動は、一つに執着して連続体をなして伸びている。他の花もあったであろうに、蕙蘭の咲き続く百余里の彼方までも、春風は転《ころが》るように渡っていくからである。その伸び足は、竹風が殿閣の奥処でとまったが、ここでは、もっと伸び、竹風が、曲線的な動きであったのに、蘭風は、まっしぐらに直線であるような印象をあたえる。

風が竹林を渡る時、その揺れが、現象をこえて「風」を獣化《いきもの》したが、ここでは、光だ。風が、蕙蘭の咲く上を、転々と直線的に渡って、蘭風となって獣化するのは、光の波の移動が、めりはりづけられているからで、連続運動体として見えるのも、光波の軌跡をたどることができるからだ。李賀が、竹風に合せて蘭風としなかったのは、蘭は、光に征服されているからだ。「光風」としたのは、蕙蘭の葉が風にきらめくからというより、そのきらめきが、その風の主体と見たからだ。

この詩句の縦の感覚は、見ものであり、風が過ぎたあとにいったんかしげた首をおこした蘭からは、香りが迸《ほとばし》るのを感じる。風は、たてつづけに「百余里」もないでいくのだから、その香料も連続的に光る野の宙空に散ることになる。

この「光風」を、李賀は、楚辞《そじ》の招魂《しょうこん》の中にある句を踏んでいたと言える。「光風転蕙。汎崇蘭些」［光風は蕙を転じて崇蘭《すうらん》を汎《うか》ぶ］」の語があるからだ。語句が、なにを踏んでいるかの発見は、さらに詩に奥行をあたえることになる。「楚辞」の注釈者王逸《おういつ》は、ここにある「光風」を、気象学的に説明している。「雨やみて日出づれば、かくして風となる。草木は光る」。故に光風と言うのだと。詩を詩として読む時、この気象学的説明は、ほとんど不要であろう。光風は、光風として見ればよいのだ。だが、李賀という詩人の想像力の質というものは、きわめて自然と密着しているところがある。体験的な自然への洞察が、想像力と衝突して、捲き返ってくるところがある。だから、李賀の想像の暴力と思えたものが、気象学的に植物学的に実体を顕証していることが、ままあるのだ。だからといって、その顕証が、李賀の詩の価値ではないのであって、やはり捲き返った想像力そのものの中にあるのだ。

それ故、雨後の野を詩の読者は、ことさらに意識して、その「光風」の運動を見る必要もないのだが、蘭香散らして突き走る光風に、「楚辞」を見るものは、ずっとその詩味の奥処《おくが》にたどりつくとは、言えるのだ。中国の詩の注釈書というものが、おうおうにして、意味よりも、ある詩句が、誰のどの詩句を踏まえているかの発掘に終始するのは、それなりの理由がある。単に語句を借用したにとどまることも多いが、詩人によっては、詩意の深みを賭けていることがあるからだ。

それは、李賀にあっては、怨みをこめる深みである。世に受けいれられない怨みである。だとすれば、姚文燮の如く、この野の風景の中に、「皇帝の（遊猟の）御輿《みこし》がひとたび出立すれば、香薫は百里にわたる」さまを追視し、「かくして深宮の少女は、この遊幸の楽しみのおともができない」でいるさまを想い浮べるのも、自由ということになる。私は、ここまで実像化することは、詩への自由というよりは、非礼だと思うものだが、「光風蕙を転じて　百余里」の暴力的な語句の中に、怨みを見ておく必要があるような気がする。李賀の怨みはこの洛陽での府試の科場で、どこまで具体化して自覚できていたかは知らぬが、この時の彼の想像力の質には、すでに「怨質」は、内在していたとは、言えるのだ。

暖霧　雲を駆って　天地を撲つ

つづくこの句も、動力学的であるが、すこしく不吉である。霧が出ているからだ。暖霧というのは、不吉な思惑を呼ぶ。春の盛りの外気は、暖《あたたか》いにしても、霧が暖いのは、なまぐさい。

ここまでの春景は、目いっぱいの李賀のあやうき活性を注入されていた。光風が転じてほとばしる香りの暴力性にも、陰性なところはなかった。だが、その香薫のただようエロチシズムの野は、暖い霧とともに、にわかになまぐさい腐臭を帯びてくる。目いっぱいの光景の爛漫が、崩れ、頽落しはじめたようにも感じられるからだ。

しかも、その地から湧きのぼる暖霧は、空をつきあげ、ゆったり流れる雲をまで駆逐し、獣《いきもの》化された暖霧というよりは、死臭を発した鬼《しぶつ》と化している。それは、生きた鬼化である。そのなまぐさい霧は、香薫の春風をも追いはらったというより、むしろ混血して、いよいよ不吉な体質となっているはずで、まさしく天地の「間」にあって、撲りこんでいるのである。

明るすぎる光景から急転回したこの不吉のなまぐささは、そのうごめきをさらに転調して、最後の四行へ、寂寥として引きつがれる。

軍装宮妓掃蛾淺　　軍装の宮妓《きゅうぎ》　蛾《が》を掃《はら》いて浅し
搖搖錦旗夾城暖　　揺揺《ようよう》たる錦旗《きんき》　夾城《きょうじょう》は暖か
曲水飄香去不歸　　曲水《きょくすい》　香《こう》を飄《ひるがえ》し　去りて帰らず
梨花落盡成秋苑　　梨花　落尽《らくじん》して　秋苑《しゅうえん》と成る

最初の七八句は、転調したとみるより、なまぐささをなお継いでいると見るべきかもしれない。それは、「暖霧駆雲撲天地」の頭字の「暖」は、八行目の「揺揺錦旗夾城暖」の尾字の「暖」で、繰り返されているからである。同じ一詩中での繰り返しは、タブーのようなものだが、頭字と尾字で合せることによって、暖霧の不吉が継続されていることを示すばかりか、あえて二度用いていることを強調しているとも見えるからだ。

軍装の宮妓　蛾を掃いて浅し

ここで、はっきりと宮妓がでてくる。舞衿では、想念でとどまっていたが、はっきりと軍装の宮妓として登場している。宮女に軍装させるという行動は、女も軍中に出動させるというよりは、倒錯のエロチシズムに近く、「句解定本」の姚佺は、その典故をいくつもあげている。石虎《せきこ》皇后が五綵《ごさい》の靴をはかせた女騎《じょき》千人を率いていたというのは、やや男ぶりにしても、明皇とその貴妃が、軍装の宮妓百余人を庭に排して「風流陣」を張ったというのは、あきらかに逆倒したエロチシズムの翫味がある。その宮妓たちは、浅く眉をえがいていると李賀は、化粧する。

揺揺たる錦旗　夾城は暖か

夾城は、石だたみの高架道で大明宮《たいめいきゅう》にいる皇帝が、遊楽のため外へ出る時、誰にも見られぬように作られた通路である。それは、通化《つうか》門、安興《あんきょう》門、春明《しゅんめい》門、延喜《えんぎ》門を通過して、曲江《きょっこう》の芙蓉《ふよう》園まで続いていた。出御の供をする軍装の宮妓は、錦旗を揺らしながら、その夾道を行くのである。そこには、華かな行列の光景というには、その夾道は、「暖」だとすれば、そこに腐臭のエロチシズムを見ないわけにはいくまい。天地を撲っていた暖霧が、この夾城の「暖」と延長線上にあると見ないまでも、この「暖」もなまぐさいということでは、交合しあっているだろう。

曲水　香を飄し　去りて帰らず

曲水は、夾城の終点である曲江の水辺である。ここで軍装の宮妓たちは、天子と遊宴を張ったと思われるが、そのまきちらされた粉香は、風に飄り、去って戻ってこない。この風は暖霧の溶けた風というより、新たなる風のようである。なまぐさい暖を洗い落す風であり、曲江の水辺がその役を買うにふさわしい。

原田憲雄は、つぎのように言う。強く同意するものだ。

「なにげなく挿入された〈曲水飄香〉の四字が、前の八句をおし流し、つづく〈去不帰〉で舞台を一転する。この句は韻をふまぬ。無韻の句で前後をきっぱりと区切り、〈梨花〉の句を、前の諸句にむんむんと匂った春景から遠ざけておいて、一変した秋景に読者の目をみはらせた。句の末の苑の字で、〈軍装〉の句の浅、「揺揺」の句の曖と共鳴させ、無限の余韻をひびかせる。心にくいばかりである」と。

梨花　落尽して　秋苑と成る

李賀が、目いっぱいに見開き見た満眼の春の頽落の予覚は、ここに実現するといってよい。梨の花は、春に白く咲く。その白い花がなまぐさい香の不帰とともに、落尽するのである。その光景は、秋の苑だと、一挙に宣言する。それは、曲江の景として、つなげてもよい。「去不帰」と韻を踏まずに立ち切っているといっても、人を愁殺する春景の頽廃のドロドロした内意を打ち切っているにすぎないからだが、私は、綿々たる一場が、急激に場を転ずるように、梨花落尽の秋の苑を見たい。梨の花は春であるからさながら秋の苑という意味なのだが、ダイレクトに「秋苑と成る」を見るべきだろう。王琦は、「宮苑の中、梨花、落ち尽し、寂寞として人の縦跡のみ。まさに春盛の時といえど、かえって深秋の景に似る」と言うのは、正当ではあるが、李賀の心中には「似る」などという余裕のない切迫が働いていて、秋の景として落尽させてしまう暴力の衝動があるのだ。

この詩にも、もちろん女人がたゆたっている。それは、舞衿や軍装の宮妓がでてくるからではない。ましてや姚文燮の言うように、遊幸にもくわえてもらえぬ深宮の少女の閨怨を潜航させて叙したからではない。黎二樵は、この詩を「一結令人悽絶」と評していて、令人の存在を見ているのだが、この令人が、婦人であるにしても、そのような令人は、この詩にはいない。しかし、あきらかに「女」はいる。

四

四月五月六月は、夏である。

李賀が、洛陽の都で、河南府試に応じた季節は、冬であった。冬の試験場で、李賀は、課題の十二月楽詞に取り組んだ。李賀の肉体は、冬の中に在った。冬の中に在って、一月から十二月、そして閏月までを詩にしたのである。それは、一挙にしたのであった。試験場での課題であったから、その限られた一日の時間内で処置しなければならなかった。

人間の時間の観念は、もとはと言えば自らの肉体的反応、つまり生理感覚に負うところが大きい。一年を春夏秋冬にわけ、さらに十二ヶ月に細分するのは、時間の観念なのだが、四季ならともかく、各月の生理感覚などは、その日になってみなければ、記憶となって蘇生してこないものである。夏は暑く、冬は寒い程度の生理感覚の認識は、まあこれも感覚の観念化なのであって、肌の反応そのものではない。

四季であっても、秋は涼しく、春は暖かい程度の生理感覚の甦りしか人間にはないのだから、各月ともなると、いよいよ模糊としてくるというのが、自然であろう。人が、たとえば、春を待つ心というものは、うららかで暖いといった程度の曖昧な感覚的観念を、官能的に細く具体化してくれる時の来るのを期待しているからだ。暖いことそのものが待遠しいのではなく、暖いことの具体性、言葉にはなりにくい、じかに体験すれば、すぐに納得する具体性が待遠しいのである。

「詩暦」という本がある。民国の人、伍稼青《ごかせい》の編著になるものだが、彼のいうように、中国人が歳華に敏なのは、季節の変化に富んでいるからというより、重農の民族であったからだ、とは言えるだろう。各月各日ごとに、彼が詩篇を採集できたのも、そのせいである。歴代の詩人たちには、重農の意識はなかっただろうが、その時間の捉えかたが、きわめて細緻に自然と密着しているのは、そういう意識の尾っぽをひきずっているからである。

「二月五日　花は雪の如し。五十二人　頭は霜の如し」と白楽天は、自嘲まじりの諧謔で歌ったことがある。この「二月五日花下作」と題する詩は、雪となって降り咲く花の下で、老人ばかりが、死の近きを意識して、酒を飲み、笑いざわめいているというこの光景を歌っていて、不気味でさえあるが、もちろん重農意識からその光景を眺めているのではない。専ら、形而上の時間意識を、二月五日の花咲く日の中に感じているのだが、この形而下の光景から、形而上の観念に、すんなりと溶けていける習性とはなんであるか、中国は、季趣に富んでいるからでは、すまされないところの重農的気象感覚の尾から発しているのだ。それ故に、ご苦労ながら「詩暦」などという本を、後世の人間は編むこともできるのだ。

だが、それらの詩が、各月各日の出処が明確であると言っても、「十二月楽詞」のように一挙に作ったのではない。その日その月に、じかの体験を詩作しているのである。自らの肉体を、詩人たちは、時間の中にそっくり投ずることができたのだ。だから、その月はおろか、その日までも記録しえたのである。詩は、日録化されるばかりでなく、気象の記録ともなり、当人の生理の記録ともなりえた。中国の詩には、多分に記録性があるのだ。

とはいえ進士の試験の前哨戦である府試は、冬に開かれるのであって見れば、李賀は冬の科場の中にわが肉体を置いて、各月に思いを寄せねばならぬという難題を課せられていたわけだ。それは、受験生みな等しくそうであったが、李賀の作品だけが、どういうわけかこの世に残った。

どうして残りえたか。府試は、国家の機関によって挙行されるのであるから、唐王朝第二の都洛陽の公庫に埃をかぶって秘匿される筋合のものである。そのため、多くの詩人たちが、科挙において、課題として詩を呈出したはずなのに、残ること稀なのである。死後、李賀の伝説的名声が、公庁の秘庫からひきずりだすという特例をもって許可されたから日の目を見たとでも言うのだろうか。

それとも、自作の詩に執する強記の李賀が、自らの作品を、脳裏に刻んで、科場の外へ運び、あらためて記録したのか。メモの持ちだしが許されるのならば、さらに、そのことは一層容易になる。その場合は、自宅でゆっくりと添削し、料理の包丁をふるうこともできたであろう。

そうであったかもしれぬ。が、メモがもちだせるのなら、もっと受験生の詩はのこってもよかったはずだ。だからはじめてその死後、李賀の詩集を編集したものが、どのようにしてこの「河南府試十二月楽詞」を手にいれたかの事情が明るみにでないかぎり、この謎は、究明できないと言えるものの、またまた、こうも考えられうる。「十二月楽詞」というあたえられた課題で対応したことだけは、確実なのだから、あらためてのちに李賀が、想いだしつつ作りなおしてみたのではあるまいかと。これはありうることだが、これでは改作どころか新作同然なのだから、なぜ「十二月楽詞」の上に「河南府試」の語を加えたのであるか。李賀を無情にも振り捨てた科挙への怨念の深さが、そうさせたのか。

このように、私が疑問を重ねて執着するのも、この「十二月楽詞」の各月への応対が、あまりに鮮麗であるからにほかならぬ。宋の呉正子はその注釈において、「漢の章帝は、〈霊台十二月詩〉を作り、各その月を以ってこれを祀奏した。古楽府《こがふ》〈月節折楊柳歌《げっせつせつようりゅうか》〉は、正月より十二月及び閏月に至るまで毎月一首をあてている。故に長吉の作るところのものは、これらに倣ったのである」と述べている。

この「倣った」という表現は、あたかも府試の課題でなかったようにも響く。受験の時ではなく、平常の日々において「河南府試十二月楽詞」として、新作した際に、漢の章帝の詩や古楽府を擬したかの如き物の言いようではないか。科挙の課題であったなら、擬すも倣うもあったものではなく、もし言いえても、それは李賀の領分ではなく、問題を作った試験官が、題の発想において擬しかつ倣っていたということであろう。

いずれにしても、謎は謎であり、それはそれでよい。この「河南府試十二月楽詞」を、方世挙は、宮中を歌っているので「古房中楽」であると言っている。「楽府詩集」は、「近代曲辞」の中にこの詩を分類している。隋唐の世にでた雑曲を近代曲辞であると編者の郭茂倩《かくもせい》は、考えていた。呉正子の指摘する閏月までを順に歌う「月節折楊柳歌」は、体裁においてきわめて近似しているのだが、「楽府詩集」は、これを擬したと考えていない。「月節折楊柳歌」のもとになったと想定される「折楊柳」は落していないが、これは、「横吹曲辞」の類にいれている。横笛に合わせる曲なのである。

馬に上《の》って鞭を捉《と》らず
反《かえ》って楊柳の枝を折れり
座《くら》を蹀《ふ》みて長笛を吹かば
愁殺す　行《たび》客《ひと》の児を

もともと楽府の「折楊柳」は、胡人の歌であったらしい。彼等は、馬上の人となっても、鞭をつかわず、柳の枝を折って、それを鞭のかわりとしたらしく、その鞍の上に座って吹く彼等の長い横笛の音は、旅人や征旅の兵の心を悲しく引き裂いたという。遠征の兵が故郷の恋人への思いを歌うものとして、断章取義され、南北六朝時代には京洛でもてはやされた曲であるらしい。が、胡人がそんな気持で横笛を吹いていたかどうかはわからない。笛はもともと、漢人が、蛮族の羌《きょう》人の笛を真似たところからはじまる。右に引いた歌辞の中の「折楊柳」の句が、横吹曲辞「折楊柳」のはじまりであるらしいが、それらにあっては、柳を折ることは、もうそれだけで鞭としての役目をこえて別れの思い出のしるしとして折るのであり、折らなくても、それを口にするだけで故郷にのこした人を懐うことの意味ともなっている。

郭茂倩は、「月節折楊柳歌」は、「折楊柳」の曲辞とは別種であると言って「楽府詩集」の「横吹曲辞」から省いているが、「清商曲辞」にはいれていて、それを読んでみると、意味の寄せかたとしては、同じで、やはり、遠く離れている恋人への愁思を仮託するようすがとして、「楊柳を折る」という別れのしぐさは、択ばれている。

とは言え、このことが、「河南府試十二月楽詞」とどう関係があるのか。各月ごとに詞化することは、踏まれているにしても、またなんらかの意味で、別れの情怨が含まれているにしても、「折楊柳」の楽府題そのものまでは踏まれていない。踏まれているとすれば、「月節」ごとに詩化するという発想だけのようである。

むしろ「月節折楊柳歌」との比較の上で、私が見たいのは、ここで歌われている各月への対応が、あまりにも李賀の作にくらべて、粗大であることそのものなのだ。各月への肉体的対応は、大雑把な歳時の視覚的符号や行事上の関連ですまされていて、四月なら「芙蓉」、五月なら「菰」であったり、七月なら「織女」であったりするにとどまっていて、各月の気象的特性を翫味し、読むものにその月々の空気感を再体験させるだけの力を発揮しているとは思えない。

それは、当然といえば、当然なのだ。この作者不明の晋代に作られたとされている「月節折楊柳歌」は、各月を待って、ひとつひとつ作っていったわけではないのだ。正月歌、二月歌、三月歌という風に順を追っていくことのほうに、むしろ力点はあるのであり、内容は二の次になる。一応、四月なら四月の月らしさが出ているだけで、大出来であり成功なのである。それらが順を追って作られるのは、いちどきにでなければ、けっして拍手喝采にはならない。即ち、これらの詞曲には、作るにしろ、歌うにしろ、聴くにしろ、すべての月を遂一追うということそのものを娯む遊戯性が、濃厚であったのではなかろうか。

この月節歌には、かならず一定の位置に「折楊柳」の語がはいっているが、そういう条件の中で、なんとか詞の体裁を整えるということだけでも、人々は楽しんだのだし、詩人たちもまたその遊戯性に挑戦したのではないだろうか。月節の詩詞は、記録されて残りしもの、きわめてすくないが、そのような事情がよこたわっていたような気がする。中国の詩は、日録的でありながら、このような遊戯性もあったのだが、それも、日々に密着する詩の習慣の上にジャンプしてのことであり、洛陽の府試の試験官はこのジャンプを受験生に期待したわけだ。

李賀が、この「河南府試十二月楽詞」において示した月節への官能的な反応は、各月きめ細くに過ぎ、異常であったと言えなくもない。遊戯を超えている。試験だから遊戯というわけにはいかないにしても、受験生の才能を見るにはかっこうの問題でもあった。冬の科場において、ほぼ現存しているかたちに彼が楽詞化しえたのだとすれば、異常である。なまじの遊戯性どころか悠々と才能の問題さえ超えたところに、その各詩はあるからだ。

凡百の人間は、その場その場の感覚を反応させて生きてしまうのが、常なのであり、春夏秋冬の記憶も、どこか知識的理解の上に立っており、ましてや月々に分けての記憶は、おぼろであるから、たとえば「九月」に対して「甘菊は黄花を吐く」といった程度の消化能力でも、けっこう才ありと感嘆されるのであり、実際の各月への識別は、その時節に遭遇して、身をもって体験しなければ、わかるはずがないというのが、普通なのである。

農民は、この普通の感覚では、生きていけない。彼等も、一般論からすれば、異常である。気象に敏感でなければ、畑作はたちまち破産してしまうからである。農民は気象に対して、異常な病をもっていると言ってよい。しかし、李賀は、農民ではない。貧しい地主階級に属していたかもしれないが、農民そのものではない。この李賀が、農民たちの気象感覚さえ凌駕するものを、詩に具体化しえたということは、自然への強い愛とか、想像力の激烈さという、なまじの言いかたでは滑ってしまう、もっと他の病根が、彼の物へ向う身体の奥にひそんでいたと考えなくてはなるまい。

その病根によって、李賀の詩の自然は、自然以上に色づき、「河南府試十二月楽詞」のように、面前に目睹しない月節の光景さえも、ひとつひとつ具現化されえたのではあるまいか。これを考える時、詩の豊饒とは、詩人の肉体と観念の病とともにあるということに、思いあたらざるをえない。物の把握が宇宙そのものに近くなればなるほど、詩人はいよいよ肉体と観念の異常破産を両翼とした病を深めなければならぬという犠牲を強いられるということである。こういう考えには、心情的に組みしたくないのだが、李賀の収穫した詩という作物を見る時、どうしてもそう考えざるをえないのだ。時間という観念の病を抱きこんでいるばかりでなく、すでに衰え果てていく肉体をたずさえて生きていた十九か二十そこそこの李賀は、月節の課題に対しても、遊戯や気の利いた才能を超えたところで、それらへの痛い記憶を見開いて、その記憶の中に身を浸らせて応接せざるをえなかったのではなかろうか。

五

梨花　落尽《らくじん》して　秋苑と成る

の詩句は、「河南府試十二月楽詞」の「三月」の結句であった。晩春の三月に、李賀は、秋の景を見た。清の黎二樵をして「悽絶」と言わしめたところのものである。「三月」と言っても、試験場の中で、脳裏に照らしだした三月の姿であった。想念の中に記憶を呼びよせ、その呼びよせた光景をさらに想像力の蛮力で刺して虚構した三月であった。

　そのこと事体が、月節の場に立たないという肉体への大いなる裏切りである。だが、その裏切りが、試験場にあっては要求されているのであり、李賀は想像と記憶の喚起をはかって満腔を開き、満身これ胆にして各月節にむかって応じ終えながらも、さらにねじ切るように反逆している。

　つまり、春を秋に返す暴力を詩中にふるってしまう。李賀の衰耗しつつある肉体と意識こそが、晩春の姿態を、鋭く網のうちに掬いあげるのだが、ここで用いた精力の乱費は、その詩をいよいよ自然へと近づけるのだが、その収獲に自ら嫉妬するかのごとく、再反逆するのだ。

　梨の花の白く落ち尽した春景を、秋景に切りかえしてしまうこと、これである。黎二樵が、人をして悽絶ならしめると言ったのは、春景に秋を見る幻想力にたいしてではないだろう。これなら尋常である。李賀は、あきらかに春を秋に手術しようとしている。この不自然さこそが、人を悽絶感に追いこむのではないか。

　いったい、李賀は、夏には、なにを感じるか。「三月」の詞を終えれば、四月五月と進まなければならない。四月五月六月は、夏である。彼は、夏を夏として見ることができたか。そういう注目をかさねつつ、本題であるところの詩中の「女」の影を見る作業を続けねばならぬ。

まず四月。

暁涼暮涼樹如蓋　　暁涼《ぎょうりょう》　暮涼《ぼりょう》　樹《き》は蓋《かさ》の如し
千山濃緑生雲外　　千山の濃緑　雲外《うんがい》に生《あ》り

　初夏は、うだるような暑熱をまだもたない。だが、日中は、春とはちがった、むしっとした空気が人を包んでくる。この四月は、おそらく北方の四月である。洛陽、長安の附近の四月が、李賀の体験する四月であっただろう。南方の四月は、おそらくちがっている。北方の夏にあっては日中でも、その暑熱は、乾燥していただろう。

　朝は涼しく、夕暮は涼しいという風に李賀は、この「四月」をはじめた。これは、初夏の特徴を捉えたというより、北方の夏とは、そういうものであったからだろう。暑気は乾燥しているので、朝夕は涼しいのである。

　その気象が、北方の夏の特質であるとするならば、ことさら四月にそのことを言う必要もないのだが、李賀の生活空間が、北方を主体としているならば、「夏」に対して各月ごとに階梯を作る感覚がやはりあるはずだ。もしかりに南方の人が北方の盛夏を体験して、白昼にあっても涼しいと感じたとしても、北方の人には、やはり暑いのである。北方の人が、朝夕にとりわけ涼しさを感じるのは、「四月」であったと言えるだろう。いや、李賀は、そのような一般の物の言いようをしているのではない。

暁涼　暮涼　樹は蓋の如し

ことさらに、李賀は、暑さを避けているのではないか。初夏の暑さを言おうとするのに、白昼の暑さを省いて、暁がた夕暮れ時の涼しさを言うとは、まさしく詩の巧み、詩の技術とも言えるのだが、むしろ李賀の感性、李賀の肉体が、詩の巧みなる技をひきだしているのではないか。

李賀の肉体、当然それに連る感性は、暑さを厭うたのではないか。春の詩にあっても、「正月」では「寒緑幽風　短糸を生ず」とか「錦牀　暁に臥して　玉肌　冷」と歌うように、「二月」では、「酒客　背寒く　南山死す」の如く、また「三月」では「梨花　落尽して　秋苑と成る」のように、「寒さ」に敏感であった。これは、寒さが好きというよりも、むしろ死の予覚として寒さに敏活であったその撥ねかえりだともいえる。

この寒さをもっとも呼びよせるものが、季節では、夏ではなかったか。それ故に、李賀は、暑さを避けて、「涼」を求めるのではないか。清の陳本礼箋注《せんちゅう》の「協律鉤玄」は、しばしば董伯音の李賀詩集の注釈書「正謬《せいびゅう》」を引く。これは評注本として現存を見ないものだが、彼はこう言っている。

「春は皆、昼を詠じ、秋は皆、夜を詠ず。夏を詠んでは、寒涼霜雪を皆言い、冬を詠んでは、灯火を皆言う」

なるほど、こう言われてみると、李賀は、各月を歌うにとどまらず、四季ごとになんらかの共通点をあたえていることを知る。董伯音は、夏を、「寒涼霜雪」だと言う。なぜなのか。もし、夏の暑気を厭い、涼を求めたのだとしたなら、それは、李賀の生命力だと言える。春の暖かさの中にも、「寒」を感じるのは、李賀の死への怯えであるとするなら、夏は、怯えにたいして身をかばっているとも思える。

「暁涼暮涼」と「涼」の字をあえて二度繰り返す詩のデザインは、その巧みさ以上に、李賀の肉体の声を聴く気がする。北方の四月は、まさしくそうであったにちがいないが、あえて白昼を省いて言うところに、ある異常を感じないわけにはいかぬ。下へ続く「樹如蓋」の感覚にしても、やはり「涼」を言おうとしている。

「樹は蓋の如し」は、伸びた緑樹が、絹傘《きぬがさ》のようだと言うわけだが、これは、李賀にしては、平凡で、傘などというものは、そもそも樹木からヒントをえている。傘がなければ、人は樹陰を求める。俄雨には樹下へ駈けこみ、カンカン照りには樹下へ身を避ける。傘の誕生は、ここにこそあるのだから、「樹は蓋の如し」というのは、転倒である。だが、傘が生れて、人間の常用ともなれば、その出生はどうでもよいわけで、傘も樹木と同列の「物」であり、だから転倒もあったものではないのだし、なによりもこの比喩は、あきらかに涼を求めての、熱を避けての、そういう欲望からきている。

千山の濃緑　雲外に生り

この「千山」は、どのあたりの山々を、李賀は想定しただろうか。郷里の昌谷か。それとも科場の洛陽を囲《めぐ》る山々か。洛陽の形勢は、「河山共戴。四塞険固」と言われ、ひとたび戦いがおこり、敵が進攻してきても、容易に責め落せぬところとされていた。

北に邙山《ぼうざん》がある。峻ならずも連綿と続き、おのづから城壁をなしている。南には桜山がある。伊水《いすい》を挟んで龍門山、香山《こうざん》がある。西には絶険の帰山。東には、五獄の一つ、有名な嵩山《すうざん》がある。伏牛《ふくぎゅう》山脈の起点である熊耳《ゆうじ》山《ざん》もある。

洛陽の四囲は、千山というにふさわしいが、科場は冬であり、その枯れ山もしくは雪をいだいた山の群を「濃緑」に見立てたのだろうか。物を動かし時を動かしてしまう李賀の暴力的な想念の力にかかっては、さして困難とは思えない。その濃緑に染った千山は、雲外にあった。低くたなびく雲をつきぬけるように山々があり、その山々は濃緑に塗りこめられていた。雲海の如く雲の多い日なのである。そういう光景を、科場において、李賀は創りだした。

依微香雨青氛氳　　依微《いび》たる香雨《こうう》　青《せい》として氛氳《ふんうん》
膩葉蟠花照曲門　　膩葉《じよう》と蟠花《ばんか》　曲門《きょくもん》を照らす

前二句は、「涼」を強調することによって、かえって孟夏の暑さと、濃密になった自然の姿を示し、その見出された「涼」の中に李賀は退避していたが、ここでは「四月」という夏が、彼の官能によって色濃く実体化されている。

依微たる香雨　青として氛氳

依微は、かすかというには、ねばっこいかすかさである。そういう香をふくんだ雨が降りはじめ、あたりは青く煙っている。従来、注家は、この「香雨」に迷った。王琦の如く雨が花の中を墜ちて、そのため香を帯びたとか、鈴木虎雄の如く花の降り落ちることをいうとか、雨そのものに香りを求めようとはしない。

「細雨に湿って青葉がいっせいに匂うのである。初夏に雨中の林間を歩いたひとなら、この匂いに何の不思議も感じないだろう。そうして、その匂いを帯びた雨が青く見えることもまた普通のことである」と原田憲雄は言う。「奇とすべきは、むしろこの句に彷彿する女性の心象であろう。抜けるように色白く、ややしめりをおびて青くかげる邃《おくぶか》い肌膚が、依微としてほのめき匂うではないか」とも言う。

ここには、ほとんど正解がある。しかし私は、むしろ、この詩句にあたった時、葉葱奇のように「雨、青樹を過《よ》ぎり一陣の清香を発出する」といった具体性へその像は進んでいかずに、女体のうごめきをまっさきに感じた。おそらく、李賀は、この詩句に、「興」の網をはったにちがいないのだ。そのうごめきは、夏の女、夏の女体である。

単に、詩行の彼方に、女体が立つというより、句の姿は、その女体の内側にはいっていて、或いは女体と交合していて性夢のような働きをしている。朦朧たる半覚のセックスの中で感じた幻像が、「依微たる香雨、青として氛氳」なのではないか。しかも、この幻像には、むっとした夏があり、それ故、初夏の女があると言うのである。つぎの詩行には、私はじとと汗ばむ太りじしの女体が、交合を終えてよこたわるのを感じる。或いはその女性の性交後の半覚醒の幻像である。

膩葉と蟠花　曲門を照らす

「膩葉蟠花」の語に、初夏はみなぎる。曲門は、森の奥深き辺隅にある門。その門を夏のぶあつく油ぎった葉と、弁のみっしりとつみかさなった花が、照らしつけている。照らしつけているのは、盛んなる葉や花びらの色が光っているからか、香雨を亨《う》けて鏡面化しているからか。初夏の風景として具体化すれば、こうなるのだが、これもまたグロテスクな性の幻像と思えるのである。

李賀の詩中に、女性の影をしきりと見る手柄をたてたのは姚文燮だが、この「四月」では、なにも語っていない。しかし姚文燮以外の註家は隔靴掻痒だとした陳本礼は、私《ひそ》かなる弟子だけあって、この詩行にたいして穿った見方をしている。

「細かにあれこれさぐっているうちに、それがなにを意味しているか、わかった。すなわち、膩葉とは、恋に狂う女のいつも通う路にあるものであり、蟠花は、門の中に住む恋人の家に咲くものである」。これは、見過ぎであろう。詩の中に棲む比興とは、漠然と感じるものであって、もしその比興に具体性を求めようとすれば、しばしばその幻像から離脱してしまいがちなのである。陳本礼は、自らの幻像の力に斬られてしまっている。ここまで「女」を見ることはない。

金塘閒水搖碧漪
老景沈重無驚飛
墮紅殘蕚暗參差

金塘《きんとう》の間《しずか》なる水　碧漪《へきい》に揺れる
老景《ろうけい》　沈重《ちんじゅう》　驚飛《きょうひ》する無し
堕紅《だこう》　残蕚《ざんがく》　暗として参差《しんし》

最後の三行にも、私は、女体を感じる。それは昂《たかぶ》りを終え、揺れも静まり、さらに重く沈んで、腐蝕寸前に無残な華やぎを放つ女の裸体が、そこに臥しているのを感じる。ともあれ、詩を自然の光景として見ていこう。それが原則だ。

金塘の間なる水　碧漪に揺れる

石だたみの堤と「金塘」の語を解し見るより、やはり金色の色彩を留めておきたい。それは下の「碧漪」と色彩を対応させるからだ。

金色の池塘の水は、ひっそりと静まり返っているが、時折、けいれんするように、碧《みど》りの漪《さざなみ》をたてて揺れる。「金」と「碧」の衝突が、この詩句にあり、また「間」と「揺」という動と静のからみが、たった七字の語の中に重畳している。

老景　沈重　驚飛するなし

この「老景」の語は、なにごとなのか。四月は、夏のはじまりであるのに、はや、李賀は、老いを見ているのである。

閑寂の金塘は、それでも碧漪に揺れることはあったが、まもなく老いた光景となって、重く沈んで、もはや驚き飛ぶ勢いをもたない。

老景を、呉正子は、「春景すでに老ゆ」と解く。そうだろうか。そうだとすれば、「四月」の詩は春と夏の交錯を描き、春の頽落をもちこんでいることになる。もちろん、春は春ときっぱり四季を割ることはできない。春のはじめは冬を残し、冬の終りは春のきざしを含むものだからだ。だが、李賀は、そのような道理に従って、孟夏の四月に、晩春の絶命を見とどけようとしたのだろうか。

それにしては、あまりにも李賀は、「四月」の濃烈さを描ききりすぎている。むしろ「四月」の初夏に、「夏」の終りを見ようとしているのではないか。晩春に、夏の近きを見るより、秋苑を強引に見ようとした李賀は、初夏に、夏の終りを見ているのである。「驚飛」の語は、蘇った自然の春にふさわしいとは言えるが、それは、春景が老いたから、自然の沸きかえる情景が喪失したのではなく、それは夏の重さそのものを表わしていて、春との対比ではないような気がする。李賀の時間の病いの常道は、先へ先へと時を奪って、けっして後退することはなく、この場合も例外でないとすれば、老景は、夏の終りか、秋苑に近きまでを見ているか、それとも一挙に「時間」の終り、生命の終りを予想しているとみてよい。

堕紅　残蕚　暗として参差

春の花が、地に紅の花びらを落したのではあるまい。四月に頽落する花もあるだろうし、時とともに落ちるのではなく、風雨によって、ここでは香雨に叩かれて、落ちてしまう花もあるだろう。そして、無惨にも残った花ぐきとぺったり地に堕ちてへばりついた花びらとが、乱脈として離別し、そのさまは、暗恨としている。

この詩は、七言で統一されているが、七行であり、ブロックとしては223の三つであり、不揃いである。最後は、「老景沈重無驚飛」で終ってもよいのだが、あえて李賀は、「堕紅残蕚暗参差」の一行を加えている。それは、蛇足とも言えるが、この蛇足こそ李賀の狙いであり、余韻の情景を嫌って、ここでは、だめ押ししている。即ち、「四月」の老景は、蛇足の追加によって、無惨なまでの花やぎを吐いて、死にいたるのである。

この詩全体に、セックスの女体を感じると言ってきた。ここにある女体は、しかし固有の具体的なそれではない。李賀の「比興」は、そこまでは賭けていない。賭けているのは、抽象的な女体だ。

賭けているからには、あくまでも、「四月」という月節の光景を詩語化することが前提になる。女体の姿や動きを自然描写に代置しようという邪念は、李賀にはなかったはずだ。

苦吟と言えるほどに、嘔心と言われるほどに、李賀は、詩語を造出するたびに肉体を破損させた。言語はもともと肉体をもつ「人間という自然」への逆《さか》らいであるが、李賀は、極限までにその逆いに身を預けた詩人であり、詩語ひとつひとつが、彼の肉片であった。詩が生れるたびに、彼の肉体は、ちぎれ、その衰弱を代償とした。

風景を見るごとに、李賀の心は傷ついたが、文字通りに肉体も裂傷を負った。そういう心身の浪費の中で見る風景は、李賀にとって「女性」そのものであったのではないか。風景に、男女の性別があるとすれば、彼にとってそれは女性ではなかったか。

だとすれば、風景をよく見れば見るほど、女性の、女体のうごめきとなってくる。風景と戦い、風景とからめばからむほど、女体が浮きあがってくるということではなかったか。風景に心を嘔《は》くとは、視覚ばかりでなく全官能をもって見るということであり、李賀は、風景にたいして、つねに情欲していたということであり、けっして風景の中に女体を封じこめようと計ったのではない。ここが、李商隠《りしょういん》の詩とちがうところだ。

だから、李賀の詩への賭けは、限定されたなにものかが、詩語の背後から立ちあがってくることへの期待ではなく、「生きる」ということそのものの影の深さである。その影が、抽象的な女体のうねりにすぎなかったとしても、詩語として射ち落された風景そのものが、その抽象性をなまなましく具体化しているのである。

しかも、女体としての風景は、頽廃に化粧され、その老朽までも見ぬかれていた。美の醜、醜の美までを風景に嗅ぎとっていた。李賀は「三月」の中に、強姦するが如く「秋」を見たように、「四月」の中に、夏の腐敗を見た。「堕紅残蕚」の老景を見た。ここには、目に映じ、想念に点滅する風景との、荒惨、変態なまでの交合があり、痛ましいエロチシズムがある。だが、仲夏の五月の詩では、「四月」とちがって、はっきりと、女体を風景の中におき、詩語化しているように思われる。

雕玉押簾額　　雕玉《ちょうぎょく》　簾額《れんがく》を押え
輕縠籠虚門　　軽縠《けいこく》　虚門《きょもん》を籠《かく》す
井汲鉛華水　　井《せい》に汲《く》めり　鉛華《えんか》の水
扇織鴛鴦紋　　扇《せん》に織れり　鴛鴦《えんおう》の紋《あや》

ここには、仲夏の候の中での、四つの動作がある。この動作は、連続化しているというよりは、きわめてカット的で、動作の含む情景そのものが、きわめて即物化されて、静的である。

雕玉　簾額を押え

「雕玉」の語ではじまるから、装飾を施した玉を、私は、すぐに頭へ浮べる。「押」とあるが、なにを押すのか。つづいて「簾額」とあるから、簾を思い、額であるから、簾の上のほうに視線をやる。そしてその簾額を押すのだと合点する。なにをもって押すのか。雕玉をもってだと理解する。

それがどうしたというのか。そこで、全体に戻して句を眺めると、上端を雕玉で鎮《おも》りにした簾の姿が浮ぶ。だが、だれが雕玉で簾額を押すのか。押す人間の姿は浮んでこない。

軽縠　虚門を籠す

李賀の詩は、語を直截に「物」としてぶつけてくるばかりでなく、情景までも、まるごと「物」として、つぎつぎ速射してくることがあるので、互いを連絡づけて理解しにくいことがある。それにもかかわらず、詩行が進むにつれて、それらは、攪拌されて、一つの情景を結んでくる。

この句も同じで、「軽縠」とあるから軽くて薄い絹が浮ぶ。「籠」とあるが、なにを隠し覆うのか。つづいて「虚門」とあるから、明け離された入口であろう。即ち、この虚門を軽縠でおおうのである。虚門は、窓だという説もある。それなら、開いた窓に、ふわふわした薄絹をかけるのである。この詩句を全体化して見直すと、窓にかけられた薄絹のカーテンである。だが、だれが、軽縠で窓を覆ったのか。その覆う人間の姿が見えてこない。

井に汲めり　鉛華の水

ここへやってきて、ようやく、動作をなす人間が女らしいことがわかってくる。句の意味は、井戸から汲みあげた、化粧用の水であるからだ。「鉛華」とは、おしろいである。

女人が、井戸のところで、化粧のための水を汲んでいる情景が浮んでくると同時に、前二句にもその女人の姿が滲み通っていって、簾の上端に雕玉のおもりを結えている女人、窓に薄いカーテンをはっている女人の姿が見えてくる。

扇に織れり　鴛鴦の紋

これも「井に汲めり　鉛華の水」と同じく、即物的な物の言い様なのだが、「鉛華」につづいて「鴛鴦」の語によって、にわかになまめいてくる。扇に鴛鴦の紋様を織っている女人の情怨のごときものまでもたちのぼってくる。ようやくこの詩に、閨怨の詩らしきを感じるのである。

私は、他の月よりも、ただちにその月節らしさを感じなかったのだが、窓にカーテンをおくといっても、盛夏の暑ぐるしさを避けるためとは、すぐに感じなかったのだが、「扇」の語によって、そうだ、夏なのだと合点するや、これらの詩全体は、俄然夏めいてくる。

ここで示された暑ぐるしさは、女人の四つのふるまいが、すべて涼しさにむかいすぎているところからくる。簾をおき、窓に絹の薄ものをかけるのも、みな戸口や窓を開いて外の空気をいれて涼をとろうとしたからで、その涼しの行為によって、かえって暑さが強調される、という巧みを、ここで李賀は選んでいるのだ。

井戸から汲む鉛華の水も、涼に類縁する。扇もまた涼に類縁する。こららの所作は、涼を呼ぶが、純然な涼なのではなく、暑いから涼を呼ぼうとするのであり、扇をふる手をとめ、水から手を抜くと、たちまち暑熱が包んでくるだろう。

もっと暑苦しいことは、この女人が閨怨の心にとらわれているからで、化粧の水を汲むのも、相手がやってくるかもしれぬという心があるからで、夏には崩れやすい化粧を直すからだし、扇面に鴛鴦の紋を織るのも、相手とおしどりだからではなく、そうありたいという願いからなのだ。

おそらく宮女である。開いた窓にカーテンをはるのも、夏の簾の奥に居続けるのも、人に姿をさらしてはならぬからである。夏に涼をとるこの宮女のふるまいは、どこか閉され、解放されていず、そのことそのものが、鬱屈したエロチシズムとなっている。

回雪舞涼殿
甘露洗空綠
羅袖從徊翔
香汗沾寶粟

回雪《かいせつ》　涼殿《りょうでん》に舞えり
甘露　空緑《くうりょく》を洗えり
羅袖《らしゅう》は　徊翔《かいしょう》に従《まか》せ
香汗《こうかん》は　宝粟《ほうぞく》　沾《うるお》う

前四句が、五月の暑さの中に閉された世界であったとすれば、後四句は、一気に開かれている。この宮女は、宮妓で、踊り手であったかもしれぬ。閉されの部屋から、涼しい御殿の舞台へ彼女はでた。

回雪　涼殿に舞えり
甘露　空緑を洗えり

宮妓は、たまりにたまった閨怨を一挙に晴らさんばかりに、殿中の外舞台で踊った。晴れやかなのは、観客の中に、思い人がいたせいかもしれぬ。ここでまた、この宮妓を借りての李賀の時間への暴力を感じないわけにはいかぬ。「回雪　涼殿に舞えり」の「回雪」は、張衡《ちょうこう》の「舞賦」の「裾は飛燕の若《ごと》く、袖は雪を廻すが如し」の句が引かれ、舞袖の形容だという説がなされているが、宮妓も、李賀も、風に舞う雪吹雪を見たのである。
「自ら炎蒸《えんじょう》を忘るる」と姚文燮は注するが、なお盛夏は炎赫《えんかく》として燃えていたはずだ。ここに夏と冬という異時間同士の交合がある。御殿の舞台は、宮妓の舞いとともに冬になったのだ。それは回雪の寒い冬が、突然夏に訪来したというより、夏の酷暑と調和されて「涼」になっている。だから「涼殿」なのだ。扇ていどでは、涼になりえない暑い夏への不満、ひいては宮妓の恋の不満を晴らすには、踊る彼女の上に、雪が旋風に吹かれて舞わねばならなかったのである。「甘露　空緑を洗う」は、もう一つの彼女の気持への処置である、甘露の雨が、燃えた空の緑を洗い落してしまうのである。回雪の中の御殿で舞いつつ怨みを晴らした気持が、さながら「甘露空緑を洗う」が如きものであったと見ることもできるだろう。

羅袖は　徊翔に従せ
香汗は　宝粟と沾う

仲夏の詩は、ここに完結する。彼女の心は、踊りの運動によって、空無化し、夏を忘れ、閨怨を忘れ、回雪の中にあって、薄い肌の透き通る袖をまわして気が狂ったように飛翔を続けているのだが、彼女の肌はと見るに、夏の暑熱と舞いの激動によって、汗をふきだし、それは香水とまじってむせる匂いを発し、肌には、汗が玉の粟粒となって吹きだしている。
ここでは、李賀の時間への暴力は、半ば成功し半ば失敗している。彼女の怨念は、夏をも冬としたが、肉体は、依然と、香とまじった玉の汗とともにあるからだ。この詩のエロチシズムは、時間を変えようと図りながら、いよいよその時間の中に深く滞ることになるという力学の把持から生れる。季夏「六月」では、どうなるか。

裁生羅　　生羅《せいら》を裁《た》つ
伐湘竹　　湘竹《しょうちく》を伐《き》る
帔拂疎霜簟秋玉　　帔《ひ》は疎霜《そそう》を払い　簟《てん》は秋玉《しゅうぎょく》

ここでも、李賀は、晩夏を詠うに、その「夏」への抵抗を試みている。ここにも女性がいるとみてよい。生羅《うすぎぬ》を裁ち、湘竹《まだらだけ》を伐るという所作をなすのは、女人と見てよい。彼女は、なんのために、そのような作業をするのか。

帔は疎霜を払い　簟は秋玉

「裁生羅」は「帔払疎霜」に対応し「伐湘竹」は「簟秋玉」に対応している。つまり一行目は三行目の上四字に、二行目は三行目の下三字に対応している。即ち三行目の七字句は、初句次句のともどもに対応するものをもっているという構成である。憎いまでの構成で、その根拠は、女人のしぐさに即応している。生羅を裁つと湘竹を伐るとは、二つの作業だが、その成果は、一つのしぐさですむからである。湘竹を伐ったのは、簟《たかむしろ》をつくるためである。その竹編みの敷物に座る時、彼女は、生羅を断って作った帔を着ているからで、三三七の長短句の順列は、ただリズム上そうしただけでなく、そういう根拠を意味的にも持っている。

彼女がなぜそうしたかと言えば、残暑を避けるためである。生羅で作った帔《うちかけ》を着ると、あたかも蒸した肌に疎い霜が降りたような感覚がえられ、熱を吸わない簟は、冷んやりしていて、秋の玉の上に座った心地がするからだ。李賀は、徹底して、夏を嫌い続けたようだが、熱に対して冷をもってするという力学はつづけている。ただ時間への逆いは、秋もしくは晩秋初冬にまでしか飛躍せず、その跳ねはやや弱まっている。その弱っただけ、次の三行は、怨むかに残暑を燃して襲いかかってくる気味がある。

炎炎紅鏡東方開　炎炎たる紅鏡《こうきょう》は東方に開き
暈如車輪上徘徊　暈《うん》は車輪の如く上《のぼ》りて徘徊し
啾啾赤帝騎龍來　啾啾《しゅうしゅう》と赤帝《せきてい》は龍に騎《の》って来たれり

ここには、壮烈なセックスがある。季夏の残暑に備える彼女には、やはり恋の怨みがあった。それは、湘竹を伐っているからだ。湘竹とは斑竹のことで、その斑の文様は、舜帝の死を知って追ってきた二妃の妣皇《ひこう》と女英《じょえい》が、湘江《しょうこう》のほとりで流した涙痕だという伝説がある。その悲哀の中にある彼女を、踏みにじるように酷熱の太陽が襲うのである。太陽は、炎炎たる紅《くれな》いの鏡を東方に開き、燃える日暈は、車輪のように回転し、かつ駈けあがりかつ徘徊する。

啾啾と赤帝は龍に騎って来たれり

「呂氏《りょし》春秋《しゅんじゅう》十二紀」によれば、炎帝、すなわち赤帝は、季夏の主宰神である。人面獣身で、二匹の龍を騎りまわすとされる。啾啾と音をたてて襲いかかる赤帝は、彼女を蹂躙するとともに、もはや彼女自身が待ちに待っていたそのものであったかもしれない。この赤帝の到来に備えながらも、赤帝の暴威に屈することを待望していたのかもしれない。さながら、後三句は、赤帝を受けいれた彼女のセックスの嵐の詩語化にさえ思えるのである。

「夏」の季節に対して、李賀は各月、その時間へ反逆することによって、その各月を詩化するに成功しているが、最終の「六月」では、その反逆に敗れ、その敗れつくすことに被虐の快感を覚えているところがあって、不吉である。

六

「礼記《らいき》月令《がつりょう》」は言う。「涼風至り、白露降り、寒蟬《かんせん》鳴き、鷹すなわち小鳥を祭る」と。孟秋七月をかく言う。

この月は、刑戮《けいりく》の月である。「天地はじめて粛す」る時であるから、為政者は、怠りあってならず、「不義を征し、暴慢を詰誅《きっちゅう》し」て、ことの好悪を闡明《せんめい》にしなければならないとする。

月令とは、月々の政令である。この七月は、刑罰断行の時とも言え、神経過敏なまでの用心深さを、為政者に課している。法制を厳にするばかりでなく、諸侯を封じたり、大官を立てるという人のひきたても禁じている。農穀収穫の月でもあるが、その祝いにうかれるのではなく堤防を修理したり城郭を補繕したり、もっぱらに引きしめている。

それは、天地粛殺の月を迎えて、たるんだ夏の懈怠の気分を抑える意味もあるが、作物収穫の月をおろそかにしては、来る冬から夏までの生計が立たないという判断からだろう。悲じいまでの細心さである。こうもいう。

「孟秋に、冬令を行えば、陰気が大いに過ぎ、介虫類が穀物を害し、たちまち外国の兵団がつけこんで侵入してくる。また春令を行えば、国土は旱《ひでり》して雨降らず、陽気が戻って五穀が実りを逸する。また夏令を行えば、国中に火災が続発し、寒熱入り乱れて、民の間に悪病が多発する」

孟秋にあたっての月令に叛いた場合の害毒を警告しているのだが、これはなにも七月に限ったことではなく、たとえば、仲夏の五月に、冬令を行えば、「雹《ひょう》凍って穀を傷《やぶ》り、道路通せず、暴兵来り至る」のである。「礼記月令」は、各月節において、その違反のさいの天罰をおそろしげに予言している。

だが、李賀は、これまで見てきた「十二月楽詞」にあって、ことごとく月令に背いていた。三月の春に秋を李賀は見た。五月の夏には冬を見た。仲夏に冬を生きれば、「暴兵来り至る」と「礼記月令」なら言うであろう。季春に秋を生きれば、「天沈みて陰多く、淫雨はやく降り、兵革ならびて起る」と言うであろう。

あきらかに、李賀は、各月に対して叛乱を企ててきた。「礼記月令」の発想は、健《すこや》かたらんとする為政者のこころ配りからきている。「時に悖《もと》るなかれ」、「上《てん》の心を蕩《とろか》すことあるなかれ」という注意信号は、すでに肉体を病み、心も病んでいた李賀にとって、遅きに失していたばかりでなく、上帝たる天も、その命を受けたる国家をも信じられなくなっていた。

春を秋にする淫巧の作為を、あえて断行することによって、病める李賀は、かろうじて地上に立っていることができたのだとも言える。春と夏の季節に対しては、まさしくそうであった。しかし、七月八月九月の秋への反応は、どうであったか。そこには、淫巧の作為が、やや溶けているように思えてならない。まず「七月」を見る。

星依雲渚冷　星は　雲渚《うんしょ》に依《っ》いて　冷《れい》
露滴盤中圓　露は　盤中に滴りて　円《えん》

詩は、空からはじまる。雲渚は、銀河。天の川である。この天の川そのものも、星屑の凝集によって夜空を流れるものだが、その流れのそばに、はりつくような星があり、それは「冷」として光っている。銀河も、川であるから、涼やかな情景なのだが、李賀はむしろその渚辺にはりついた「星」を見ているのであって、その輝きに「冷」をくっきりと見ている。この星は、丘象随《きゅうしょうずい》の説のように一つではなく東に依く牽牛、西に依く織女と見ることもできる。

その夜空へ向った目は、こんどはそのまま直下に地へと視線を転ずるのであって、それは、承露盤である。例によって、中間の視線が李賀にはない。漢の孝武帝は、かつて宮殿の台上に、仙人の銅像をたてたことがある。そのかたちは、「高さ二十丈、大きさ七囲」の仙人が掌で盤と玉杯を捧げている像で、雲の上から落ちてくる露をその中に受けとめる。その露に玉屑をシェークして飲むと長生できると信じてのことであった。

後漢の張衡《ちょうこう》は「西京賦《せいけいのふ》」の中で、「修茎《しゅうけい》の仙掌《せんしょう》を立て、雲表《うんぴょう》の清露を承け、瓊蕊《けいずい》を屑《くだ》いて以て朝に飡《くら》い、性命の度《わた》るべきを必とす」とし、これほどまでに長生を信じているのなら、どうして慌てて陵墓を作ったのかと、皮肉を言っている。これは、武帝個人の問題にかぎって言えば、酷な皮肉で、長生を信じることと、長生を信じきれずに陵墓を営むことは、ほとんど矛盾しない。

李賀は、この武帝に深い興味を示しているが、それは、もっぱらにこの皇帝を嘲るためではなく、すくなくとも武帝が、人間の時間というものと戦っていたからで、むしろその矛盾のふるまいに、なんらかの共感を自嘲の中にも覚えていたと思われる。

この張衡の西京賦は、しかし李賀は読んでいたと思われる。「星は　雲渚に依いて　冷」という初句を受けた「露は　盤中に滴りて　円」の句は、「西京賦」を意の閾《しきい》の中に囲いこんでいると考えるからだ。「雲表の清露を承け」の句を踏んでいると見る。「三輔黄図《さんぽこうず》」にも「雲表の露を承け」の句があるが、「西京賦」からと見るのが、自然である。

彼が、「銀河」「天河」又は「雲漢」の句を嫌って、「雲の渚」としたのは、凡庸を忌んだばかりでなく、その「雲渚」の語が、「雲表」と重って、「露は　盤中に滴りて　円」の句を引きだし、承露盤の故事をだぶらせる道をみつけていると思えるからだ。もちろん、詩を読むものが、「星」に牽牛織女の伝説を見る必要がないと同じに、「露」に武帝の仙人掌の来歴を想う義務はない。むしろ、李賀は、そういう故事を句の姿から消してさえいるのだが、その消す前に過ぎった彼の想念はやはり詩の肉といわねばなるまい。中国の詩は、伝統的にそういう生成をしている以上、皮膚のうちなる肉も見なければならぬ時がある。

「露は　盤中に滴りて　円」は、「星は　雲渚に依いて　冷」とうって変って微視的であるが、「星」を「冷」とくっきりめりはりつけたように、「露」を「円」と、露を物体化して拡大している。承露盤、もしくはただの庭にある銅盤に落ちる露のさまを全体化して見るのではなく、露の粒そのものを見てしまうのだ。

かかる李賀の目の習性は、人をひきずりまわしがちだが、そこに彼の生きる苦しさもあると見なければならない。そういう目の習性は、自分の中に過ぎる想念を消すための自己防衛でもあるからで、消された想念への視線を彼の詩を読むものは掘らねばならない時もある。

この場合なら、夜空の星から盤中の露へ移動する間に省略された視線の痕跡をだ。雲渚の星が牽牛織女ならば、一年に一度しか相逢えぬ夫婦星の悲哀があり、この悲哀にたいしても李賀は、「冷」の言葉を贈って、相逢うことを祝していない。それはそれでよしとしても、雲渚から、雲表の露を連想してしまった李賀は、次句によって、せつない恋情、もしくは意にそわぬ引離しの無情への仮託へ一挙に死への恐怖、じたばたする生きることへの熱望をぶつけてしまうことにありついている。

好花生木末　　好花　木末《ぼくまつ》に生え
衰蕙愁空園　　衰蕙《すいけい》　空園《くうえん》に愁う

この二句では、微視から巨視へと逆になっている。詩の外表をもって句解するならば、綺美なる花が、木のはずれに咲いていて、また盛りを終えて衰えた蕙蘭が、だれもいない空園の中で、憂愁いているということだが、しかしこの二句は、前二句の視線から発展的に延長していると同時に、実際はもう一度捲き返っていて、「好花生木末」は「星依雲渚冷」の、「衰蕙愁空園」は「露滴盤中圓」の言いかえ、ないしは評釈になっている。押韻も符号し、共鳴して響きあっている。

「星依雲渚冷」＝「好花生木末」は、恋うる者たちの不本意なる距離の非情であり、「露滴盤中圓」＝「衰蕙愁空園」は、衰えし者の空虚なる無残である。この二つの衝突は、ともに李賀の心中にせめぎあっているものであった。

夜天如玉砌　　夜天《やてん》　玉砌《ぎょくぜい》の如く
池葉極青錢　　池葉《ちよう》　青銭《せいせん》を極む

夜天は、玉石の舗道だ、という。雲渚の銀河は、玉の石だたみの道に、喩の衣を着換えさせられている。ここでも、巨視から微視という中間項のない視線の運動は、せつないまでに繰り返されていて、夜の天から池の葉に転じている。「池葉　青銭を極む」。池葉とは、蓮の葉。青銭と言えば、蓮の葉をしめす常套のたとえである。この「青銭を極む」は、明《みん》の徐文長《じょぶんちょう》が「極の字、人のよく言を下すなし。荷葉は初め小なるも、七月に至りて則ちその小は極めて大に至る」と自慢げに植物学的観察を語って以来、幅を利かしているが、この「極む」は、むしろ強調と見るべきである。夜天を「玉砌の如く」と彼は言ったが、「極む」は、「如く」というに似て、この「如く」をさらに鮮明にしたのが、「極む」である。

「星は　雲渚に依いて　冷」の句の如く星の輝きを「冷」と強調したように、荷の葉が、青銭の如く見えることが、いよいよ七月を迎えて、めざましくくっきりとしたことを言おうとしているにすぎない。青銭は、常套の比喩だが、常套嫌いの李賀が用いるからには、なんらかの工夫があるはずで、なるほど青銭だという再認識の物の言いようであることをこえて、月光の下に「青銭」をあざやかに縁どりして、集中した視線でもって透徹化している。やはり、常套を喰い破っている。

なお原田憲雄は、「賀の詩の好花より青銭までは、あるいは盤中の露に映じたそれ、とも解しうる。賀の視線はしばしば微細処に凝集し、そこから奇異な超現実の風景心景を抽出することを好んだからである」と、ここまでの詩行に対して述べている。

そうかもしれない。なぜなら、李賀は、盤中の露を、円玉そのものとしてとりだした目配りをしているからで、その球円の露玉は、当然、鏡面作用をなして、夜の天地を吸いこんでいるはずだからだ。三四五六の詩行が、初二句の繰り返しであり、言いかえであり、言いかえの変化による感慨の深みは、露の玉鏡への反射によって興ってくるものだとも、思えるからだ。

僅厭舞衫薄　　僅かに厭《いと》う　舞衫《ぶさん》の薄《はく》
稍知花簟寒　　稍《わず》かに知る　花簟《かたん》の寒

この月節の詩も、李賀の心構えとしては、女人の情と目に語らせていたはずであったことを、この二句で、確かめさせせられる。天河も、牽牛星も、青銭の池葉も、木末の花も、盤中の露も、夏の舞衫では、やや薄すぎる肌あいを感じ、花簟に座っていると、涼しさより寒を感じる女性によって見られていたことに、気づかされるのだ。

さらに言えば、「舞衫」と「花簟」によって、「五月」「六月」の女性と同一人物であったのかと、合点させられる。「羅袖　徊翔に従せ」て舞った五月の女性、湘竹を伐って作った「簟」に座って「秋玉」を感じた女性が、そのまま「七月」にも、情怨を秋の夜に吐きつづけているのだとも見ることができる。

しかしながら、いつも彼の詩中に生きる女性は、李賀自身の肉声にすりかえられる。すりかえられるというより、李賀は、女そのものになったつもりにはなれないのだ。男であるからは、なりきれないに決っているが、それでも女になったつもりになるのが、詩中の女性に情怨を吐かせるさいの詩の作法である。六朝の詩人たちは、男であるから故のあらがねをその描く女性の上に浮ばせてしまったが、それは彼等の未熟からくるのであって、心づもりとしては、女の中にもぐりこんだつもりでいるのだ。

李賀の場合は、これとはちがう。宮妓なら宮妓になったつもりでいながら、そのつもりを忘れてしまうのだ。

また李賀は、結果はそうなっていたにしても、女性を自らの語りのだしにするつもりはない。にもかかわらず、途中で、変身を忘れて、自分の地声をだしてしまうところに、彼の生きることの残酷さが、かえって逆写されてくる。その残酷な生きかたの反照が、李賀の詩の難解でもあるのだ。

舞衫の薄きを厭い、花簟の寒きを知る官能そのものは、李賀の官能であるとともに、宮妓の官能でもありうる。「好花　木末に生え」の視覚とその像から発する観念のいらだちも、李賀の扮した女人に属するとともに、李賀そのものでありうるが、「衰蕙　空園に愁う」の句などからは、彼の声しかきこえてこない。衰えし蕙蘭に愁えても、「空園」を感じるには、李賀の扮した女人には荷がかちすぎるのだ。「空園」をさびしい閑散たる園というには、あまりにも「空」の空たる園だからだ。

曉風何拂拂　　曉風《ぎょうふう》　何ぞ払払《ふつふつ》
北斗光闌干　　北斗　光　闌干《らんかん》

夜は、白み、暁がたの風が、払払とざわめいている。李賀は、その風音を「何ぞ」と、問われもせぬに問いかえす。暁の空には、北斗七星が、斜めの光を発している。さむい詩の幕切れである。

「七月」の詩を読みえて感じることは、この孟秋において、冬令も春令も夏令も発布していないことであろう。淫巧の作為を企てず、「七月」の中へ柔順に生きていて、時に悖る暴力に出ていない。

これは、なぜか。この柔順こそ、李賀の「空」なるまでに病んだ心そのものだとも言える。なおも言えば、病めることをもって、秋によく生きることさえ失している。その失した心をもって、秋へ柔順に仕えているのである。秋の空気は、熱を抱く病身に適するということもあるが、「空」なる李賀の怨愁が、愁なるがままに、怨なるがままに、そのまま負の情魂を働かすことのできる季であった。衰えた李賀が、衰えた季節の中に、怨愁をそっくり預けることのできたのである。だとすれば、この柔順こそ哀烈であり、もっとも時の刑戮に服している時だともいえる。この柔順なる刑戮は、「七月」だけのことか。「八月」ではどうなっているか。

孀妾怨長夜　　孀妾《そうしょう》　長夜を怨む
獨客夢歸家　　独客《どっきゃく》　帰家を夢む

「礼記月令」によれば、「盲風《もうふう》至り、鴻鷹《こうよう》来り、玄鳥《げんちょう》は帰り、群鳥は羞《しゅう》（食糧）を養う」月である。仲秋は、「日夜分《ひと》しく、雷始めて声を収め、蟄虫《ちっちゅう》は戸《あな》を坏《ふさ》ぎ、殺気ようやく盛んなり。陽気日に衰え、水始めて涸る」の月である。つまり秋分のある月だ。

秋分の分は、日夜を分《ひと》しくすることだから、夜は長くなる。この詩も、夜であるが、夜長の夜である。

のっけから、女がでてくる。孀妾は、夫を失った女である。もしこの詩の女性が、一人の宮妾で貫ぬかれているると見てよいと考えられうるのならば、夫を失った女というよりは、恋する者の長き不在にある女と見るべきだろう。

女は、ひとり寝の長い夜に苦しんでる。それは、旅に出たっきりの男が、家に戻ってくるのを夢みたからである。すなわち、夢に驚いて目が醒めたからである。

すでに死んでいるのなら、帰って来るはずのない男が、夢では帰って来たわけだ。ひとり旅に出たっきり戻らぬ故にやもめの状態になった女なら、その突然たる夢の帰還に驚く。自分に倦きて男に去られた女なら、あろうことか、その男が自分のところへ戻ってくる夢に驚くのである。「独客」には、それだけの許容の範囲を認めてもよいだろう。彼女の想いつづける男は、独客に仕立てられているのである。

夢であるから、現実に目醒めれば、その不可能性はなく、夢中の感激は、糠喜《ぬか》びで、かえって悲愁は増し、閨怨は濃くなる。秋は、夜長であるから、怨みを抱いたまま起きつづけねばならぬ。夜、眠るを常態としている者には、いったん途中で目が醒めて、そのまま眠れぬ時は、悶絶に近く、秋分の月であるなら、その長き夜の滞在をいらだち迎えるだろう。

まして、この詩の女は、悪い冗談ともいうべき夢に驚いて、眠りを中断されたのだからだ。男への思いは、怨訴をともなって葛藤し、その甲斐なき悶えからの解放を願って、朝を待つが、いつまでたっても、夜の緞帳《どんちょう》はどっしりとおりたままなのである。長夜を怨まないわけにはいかないだろう。

初二句は、もちろん対句構成になっているわけで、そこから、孀妾と独客の二つの行動の姿をぶつけあわせていると見なす解も多いが、私はとらない。それだと独客が、家に帰る夢を見たことになるからである。この対句構成は、もう一つ工夫の巧みが施されている気がする。かたちは、二つの情況の対立だが、実際は一つで、長夜を女が怨むのは、独客が家に帰るというありそうもない夢に目醒めたからである。「家に帰るを夢む」のは、独客ではなく、女である。正確には「独客が家に帰るを孀妾は夢む」のだ。

　だから「孀妾怨長夜」↕「独客夢帰家」とするより「孀妾怨長夜（独客夢帰家）」と見るべきである。この詩中の女性の「怨」は、無情の長夜に向けられているばかりでなく、無情の夢にたいしても、無情の独客にたいしても、向けられているはずだ。長夜、夢、独客は、彼女にとって、等しき束としての怨みの的なのである。

傍簷蟲緝絲　簷《のき》に傍《そ》うて虫《くも》は糸を緝《つむ》ぎ
向壁燈垂花　壁に向って灯《あかり》は花を垂る

　丘象随は、「虫は糸を緝ぎ」は、蜘蛛の巣をかけるは、行人の帰る瑞兆だとしているが、どうだろう。虫を莎鶏《こおろぎ》と解き、「その鳴く声、糸を紡ぐが如し」という王琦の解もあるがこれもどうだろう。虫を「蜘蛛」とするものだが、そこに瑞兆まで見ては、女人の怨みにそぐわない。

　夢に家へ思い人が帰ってくるのであり、はたまた蜘蛛が軒べに巣をかけていたのだから、かさねての瑞兆のようだが、これでは、怨みの所在が途方に暮れる。長夜を怨むのは、帰ってくる男を待遠しいからか。それなら、朝かならず男が帰ってくるのが決定しているかの如くではないか。そのような確かなしらせは来ていないのである。

　ここは、むしろ、女人のわびしい怨景である。蜘蛛の巣をはる光景は、わびしい。壁に灯火の影を揺す情景も、わびしい。怨情は、そのわびしさにまとわりついて、一層わびしさに傍点を振る。

簾外月光吐　簾外《れんがい》に　月光は吐けり
簾内樹影斜　簾内《れんない》に　樹影は斜なり

　女人の怨情は、ここでもさらに煽られている。李賀は、しつこいまでにその閨怨を縁どりして、そのわびしさを寂寞にまで高めていく。透けた一枚の簾を通して、長夜の光景をその怨みに対面させる。

　簾の内には、眠れぬ彼女が座っている。寝床から身をおこして座っているのかもしれぬ。だが簾の外には、長夜の光景がある。簾ごしに、月光が見える。それは、吐く月光だ。月光もまた彼女にとって怨であり、戸外の夜の秋景は、なおも彼女にせまって、樹影が遠慮もなく、簾の中に斜めになって倒れこんでくる。長夜の秋は、光と影の両刃で、簾を通して攻めこんでくる。

悠悠飛露姿　悠悠たり　飛ぶ露の姿
點綴池中荷　点綴せり　池中《ちちゅう》の荷《はす》

彼女は、簾をくぐって、庭の見える所へ出たのだろうか。月光に、夜露の飛ぶさまが見える。寂寞の彼女の目は、物象をうつろなまでに微視拡大し、飛ぶ露のスピードさえも、緩徐に操作し、「悠悠たり」という憎げな、彼女の意を逆撫でする光景として自らへ招いている。池の荷葉へ、悠悠たる足どりで、飛ぶ露は、あちこちと綴るように着地するさまを眺めているのである。姚文燮は、この末二句にたいし「幽心離思、倶《とも》に極めて凄清《せいせい》」と評している。

李賀は、この詩にあって、終句に至るまで地肌の声を発さずに、女人の内側にまわりこんでいる。こういう憂悶は、この女人特有の怨態であるというよりは、その対象は違うとも、李賀個人にもあてはまることであったが、終始、彼は、女人になりおおせている。なり通すこと全体の中に李賀の肉声の反響があるのであって、いつものように途中から女人をほうりだして、自らの顔をだしてしまうことを免れている。

そしてこの仲秋の詩でも、孟秋に続いて、月令に違反していない。季秋の九月はどうか。「礼記月令」を三たび引けば、「鴻鴈来賓《こうがんらいひん》し、爵《すずめ》は大水に入りて蛤《はまぐり》となる。鞠《きく》に黄華あり、豺《やまいぬ》すなわち獣を祭り、禽《きん》を戮《りく》す」の月である。霜は降りはじめ、百工は休み、草木黄落し寒気八方より来たる月である。もし春令を発すれば、暖風がおこって、人民の心は解惰《かいだ》し、内外に軍団の派遣がしきりとおこるという。

離宮散螢天似水　　離宮　散蛍《さんけい》　天は水に似たり
竹黄池冷芙蓉死　　竹黄《ちくおう》　池冷《ちれい》　芙蓉は死す

これも夜だ。董伯音は「秋は皆、夜を詠ず」と言ったが、その通りである。宮中に場を閉じていることでも、秋は一串になっているが、九月では、離宮へ動いている。

夏の終りに腐った草は、蛍となると言われる。その蛍は、七月を盛りとするが、その月に詠じるを避けて、九月までも生き残った蛍の散発した情景を、離宮の夜にもちこむ。天も玉砌の銀河はなく、水のように白っぽい夜色になっている。その白い水の夜の中を、死滅を免れた蛍が、明りをつけて、散飛するのである。

竹の葉は、黄色に緑を褪色させている。池は冷落して、中に咲いていた蓮の花も死滅している。いよいよ李賀は、秋の終りを迎えて、月令に背こうとはしていない。死の秋の中に友の如く浸っている彼の姿を感じる。

離宮であるから、ここにも秋景を眺める女人の立つのを感じるのだが、ほとんどはじめから、その女人は、李賀そのものになっていて、死と向いあっている。女人を詠ずることへの関心も、女人のたゆたう心に自らを上のせしていく謀略も、「離宮散蛍天似水。竹黄池冷芙蓉死」の首二句をえた時から、脱白してしまっている。

月綴金鋪光脈脈
涼苑虚庭空澹白

月は金鋪《きんぽ》を綴り　光　脈脈
涼苑《りょうえん》　虚庭《きょてい》　空《くう》　澹白《たんぱく》

「金鋪は、金色の獣環すなわち、Knocker の座金で、それを綴るとは、月がまるで金のツカの座金のように空にとじつけられて、とほどの意であろう」と原田憲雄は句解している。そのさまは、「天、水に似たり」の夜空に照る月なのであり、脈脈と光の糸でとじつけられた月の、その光は、金の輝く色というよりも、消え消えの白光である。白地に白を塗るような効果は、つぎの「涼苑　虚庭　空　澹白」の句をえて、頂点に達している。空にして澹白な涼苑虚庭が、そこに脱色して夜に拡がっているからである。ここには、もはや死の光景が、澹白然としてあり、生命の色はない。

露花飛飛風草草
翠錦爛斑満層道

露花《ろか》　飛飛《ひひ》　風　草草《そうそう》
翠錦《すいきん》　爛斑《らんぱん》　層道《そうどう》に満ちる

白い水の夜は、終る。朝を迎えたからだ。秋の死の中から甦えったように、めざましい秋がこの二句で展開されている。白い朝がやってきたのだが、それは白い夜とはちがう。物界を、虚に、空に染めた白い夜と異り、物界を白い朝は、色づかせている。夜には、白く浮んだ紅葉の樹木も、爛斑と色彩を躍らせて、老いる秋に、老いをせいいっぱいに生きて、離宮の複道に満ち溢れている。凄壮の光景ではあるが、風が草草とくまなく樹林を渡り、花にたまった露が、飛飛として宙に点綴する。李賀は、死の秋から、一まず脱けだしている。

雞人罷唱曉瓏璁
鴉啼金井下疎桐

鶏人《けいじん》　唱《うた》を罷《や》め　暁　瓏璁《ろうそう》たり
鴉《からす》　啼き　金井《きんせい》に疎桐《そどう》は下る

朝の時を告げる役人の声が、きこえてくる。怨みをも呑みほしてしまう虚なる澹白の闇から解放されて、秋の清明な生きた白の世界を、役人の声が終るとともに確認する。

と同時に、この朝の明潔なる光の中で、鴉が啼いた。金の井戸に、疎なる数片の桐の葉が落ちていく音が聴える。

井戸のそばに疎桐が下るのではなく、私には、井戸の中を葉音をたてて、処々の暗い壁に触れあいながら落ちていくように思われてならない。耳を澄す李賀が見える。いや、李賀は没して、いつのまにか女人が姿をあらわし、耳を澄しているように思えてならぬ。月光の金鋪は、白染めの金であったが、鴉が近くで啼いた金の井戸は、金色の豪奢に照耀としているように思える。

李賀は、秋季の月節を、夜で通したが、その夜は、すべて朝まで目醒めている、そういうつらい夜を課していたことにも、ここに至って気がつく。余光《よこう》が、「二月の送別に折柳を言わず、八月に明月を賦せず、九月に登高を詠ぜず、皆、俗を避くるの法」と指摘し、孟昉《もうぼう》が「その意は新にして蹈襲せず」と評したのは、ともかくとしても、私はふたたびこの詩は、府試にさいしての詩作であるかということに対して、疑惑の念がおこるのを抑えることはできない。

この疑惑は、なにも私だけでないことを発見する。方扶南は、「正月」の詩の個所で十三首の総評に近い語を発し、「詩また深思、試帖のよろしくするところに非ざるも、唐人の試帖、世に行われる有りて、鑒《かんが》うるべし」と述べているからだ。「昌谷集句解定本」で丘象随は「十二月歌、府試に始まるに非ず」と言い、姚佺も「応試に作《な》さざる有り」と言っている。

七

秋の女性は、長夜を怨み、夜明け近くまで眠ることはできなかった。その不眠は、冬の十月の宮女にも、延長しているかに見える。

玉壺銀箭稍難傾　　玉壺《ぎょくこ》の銀箭《ぎんせん》　稍《や》や傾き難く
釭花夜笑凝幽明　　釭花《こうか》　夜笑《やしょう》せり　幽明を凝らして

夜と昼を分ち、季節を四つに割り、月節を十二に截った時から、人間は、時間の病いをもったと言ってよい。この時間の病いを、更に決定づけたものは、時計の発明であった。月を日に割り、日を時に割り、分秒まで刻むに到るのだが、この時間の細分は、その細分しただけ人間の神経も刻みこまれる数を増やしたと言ってよい。古代にあっては、分秒まで刻みこまれなかったにしろ、あきらかに人間は、時間の観念に侵蝕されていたのであり、恋の怨みも、時計を前に焦す情景を生みだしていった。

「玉壺銀箭」とは、漏刻計、つまり水時計の部分品を示している。姚佺はつぎのように注釈している。「古代の王は、一昼一夜の時間を十二時に分け、漏箭《ろうせん》を以て十二時に準《なぞら》え、百刻の刻みをあたえて昼夜の長短を定めた。冬には水が凍って、漏の水が流れないので、漏刻の役人の挈壺《けっこ》氏がつねに冬夜にあっては、火を燃して鼎《かなえ》の水を沸してあたためた。漢の漏刻法では、器に四十八本の箭を盛ったが、その箭にはそれぞれ刻みがあり、壺には水を盛って箭の上の変り目に懸け、これに水を流した。水が一つをいっぱいにすると、時刻は一刻である。四十八の箭が倍になると二十四気である。詩に言う〈稍や傾き難く〉とは夜が長いことで、〈玉壺銀箭〉は、この水時計を玉銀の細工で美《かざ》ったものである」。こういう説明は、わかったようで、よく考えると、わからないところがある。二十四気とは、陰暦で一年の気候を、十五日を一期として二十四分したものを言う。

漏刻法にもいろいろ種類があったようで、李蘭漏刻法という風に「初学記」には記されているが、どのようなかたちと仕組のものが、唐代の宮廷に置かれたものなのか、よくはわからない。玉壺の銀箭が、稍や傾き難いとは、姚佺の注は、あっさり夜が長くなることとしているが、それは、王琦の言うように玉壺の水が凍るからだろう。藪内清の「中国の科学文明」に採録されている漏刻図を見ると、机の左右に大きな壺が一つずつ置かれ、右のには何本もの箭がさしこまれ、左の壺には、一本の箭が浮いている。机の上には、高さの違う枡状の壺が階梯をなして、下の大きな壺へ水を注いでいる。水の漏れるごとに中に浮いた箭は揺らぐと思われるが、水が凍りはじめると、その揺れも鈍くなるだろう。

それを李賀は言うとしたにしても、ここで重要なのは、水時計の状態の描写そのものなのではない。「玉壺銀箭」の語句の痛さなのだ。壺は玉壺となり、箭は銀箭となることによって、彼の詩の発端から、華麗なる刑がはじまっているということなのだ。「稍難傾」というその動きのさまの、かんまんな動きも、それが冬の寒さを示すばかりではなく、その動きの鈍さの中に、凍てついた倦厭《けんえん》の刑があるのだ。

なんの刑か。時の刑にほかならぬ。李賀の語の綺美なまでの華麗は、いつも痛みをもっている。これまでの月節で見た時間への恐怖は、「正月」の「暗黄　柳に着いて　宮漏遅し」や「九月」の「雞人《けいじん》　唱《うた》を罷《や》めて　暁瓏璁《ろうそう》」のように、「漏刻」という器械を借りた「時間」に脅かされることもあったが、多くは、自然の時間に対してであった。自然の中に見る時間の意識も、一つの観念であり、闇の世界を夜と名づけることのなかった原始には、それは夜でさえなかったからである。そういう時間への観念を、もっとも痛々しく「かたち」として見せつけるものが、時計であった。漏刻の水時計であった。時間の意識に囚われているものには、それは、拷問の道具であった。彫金され装飾された時計は、その賛美を故に、時間に囚れたるものの心の肉をむしりとるのである。

　唐代の報時の役人は、秘書省の太史局に属し、挈壺正二人、司辰《ししん》十九人、その配下に漏刻博士九人、漏刻生三百六十人、典鐘《てんしょう》二百八十人、典鼓《てんこ》百六十人という大世帯だったと「大唐六典《りくてん》」はいう。声をはりあげて時刻を告げる鶏人とは、漏刻生のことである。五更の毎夜、夏ごとに鐘を撃つのが、典鐘である。「孔壺《こうこ》、漏をなし、箭を浮べて刻となす」漏刻は、一日を百刻とし、夜の長くなる冬至からは、昼漏四十刻夜漏六十刻となって、夜の明けるのが、水時計のゆるやかな動きとともにいよいよ遅じるという刑の働きをする。もちろん、その刑は、時間を必要以上に意識したもののみが受けるのである。

「釭花夜笑せり　幽明を凝らして」。釭花は、灯火である。それが、夜に笑うというのは、灯が揺らめくのであろう。董揆仲《とうきちゅう》［懋策］は、「凝幽明」を「即ち半ば明滅するなり」と注解するが、めらっと揺らぐたびに、灯りは幽暗の底に落ちんとするが、その消える寸前に明るさを取り戻し、消えんとしただけ明るさも対照的に倍増したような錯覚をあたえる。これは、今しも灯明の芯が燃えつきようとしているのかもしれない。それが、「夜笑」の正体でもある。

　だが、この「夜笑」は、灯火を開く花の表現と見る喩の力を遥かに凌駕している。それは、長夜にまんじりともせぬ焦慮のひとを、魔性のあざけりの如く笑っているものとも考えられるからだ。時刻を司る太史局の役人の配置は、どのようになされ、漏刻の水時計は、宮廷のどこそこに分置されたのか、よくは知らぬ。あるいは、宮漏は、一個所の特別室の中で監視され、運用されていたのかもしれない。

　この詩の主人公は、一応は宮女のようであるが、彼女の部屋に、漏刻が据え置かれていたとは思えぬ。彼女が、ことさらに、眠れぬ長夜の慰さめに、漏刻を見にでかけたとは、思えぬ。寒い夜、のろつく漏刻の銀箭にいらだち、それを照らす灯花の「夜笑」の攻撃を受けるのは、誰なのか。

碎霜斜舞上羅幕
燭龍兩行照飛閣

　碎霜《さいそう》　斜舞《しゃぶ》　羅幕《らばく》に上り
　燭龍《しょくりゅう》　両行《りょうぎょう》　飛閣《ひかく》を照らす

この光景も、見たのは誰か。初冬の凍った夜、おりた霜が音もなく砕け散り、散ったままシワーッと斜めに舞い跳ねあがって薄羅《うすぎぬ》の幕へ降り落ちる。この羅幕は、宮廷の閣殿と閣殿の間をつなぐ高い渡り廊下にかかっているのであり、「燭龍　両行　飛閣を照らす」の「飛閣」のところまで、霜は、砕けて舞いあがったと考えてよい。一種の互文で、宙に浮んで、羅幕の垂れた飛閣には、龍を飾り彫りした燭台が、両脇二列に光りを深寒として放っている。この光りは砕けた霜の白く舞っている羅幕のあたりをも照明しているのだ。

徐文長は、「燭龍」の語句に対して、誇らしげにかく解いている。「この燭龍、これ燭上の雕飾《ちょうしょく》、龍を以てするを言い、山海経《せんがいきょう》が志《しる》すところの燭龍に非ず」と。そうとは、思えない。

燭龍は、そもそも照明の機能を荷わされている神獣である。「山海経」の「大荒北経」に燭龍の記述がある。「西北の海の外、赤水《せきすい》の北に章尾《しょうび》山があって、神がいる。人面蛇身にして赤色、目が縦についているのが正統で、目をつむると晦暗《かいあん》の闇となり、目をひらくと明るい昼となる。食わず、寝れず、呼吸せず、風雨を呼び、九陰《きゅういん》の世界をも照らす、これを燭龍と言う」。

王逸《おういつ》の説によれば、この燭龍は、幽冥の日無き国に住み、燭を銜《くわ》えて四囲を照らしているとも言われている。

もとより、徐文長のいう通り、燭龍が宮廷の夜に舞いおりてきたわけではない。龍彫りの燭台の灯が、霜の降る夜の飛閣を照らしているのだが、李賀は、あきらかに「山海経」に書かれた怪誕の奇獣「燭龍」を想い浮べていたにちがいない。すくなくとも、「楚辞、天問」のつぎのくだりが脳裏に閃めいていたにちがいない。

日　安《いず》くにか到らざらん
燭龍　何ぞ照せる

太陽は隈なくその光明の到らざるところ無きはずなのに、燭龍はいったいどこを照らすところがあるというのか。それが、屈原の天への不信の問いであった。この十二月楽詞が、まさしく府試の答案であったにしても、決定的な挫折が彼に訪れていなかったにしても、時間への不安が着実に彼を支配していたのだから、いらだつ夜の長さに対して、日無き国の夜に対して、燭龍の怪獣を、怨みとともに、住まわせないわけにはいかなかっただろう。楚辞天問は、すぐあとに「何《いずれ》の所か冬暖《あたたか》なる　何の所か夏寒き」の語を発してもいて、天へ逆説的な反問を呈している。夏を冬にしようとしたのは、李賀であった。それは、彼の体弱とも響き合うものであったが、時間への慄きの対応であるとともに、天の理への怨みの一撃でもあった。燭龍の啣《くわ》える「燭」の明りは、楚辞と李賀のからまるところから発光されていると言ってよい。しかも、もっと酷薄なことには、その一撃で、即ち李賀流の天の改造で、彼の心が慰籍されるのではなく、「夜笑」の嘲りを自らに浴びせねばならなかった。怨みつくした屈原よりさらに歩が悪くなっている。

夜の明りは、人間の闇への恐怖にもとづいている。それは、夜を昼にしようという人間の工夫《たくらみ》である。だが、夜は、夜である。そのことを知っていながら、夜に焦心するものは、工夫の成果たる灯明のゆらぎに、夜の笑いを見ないわけにはいかぬ。夜と昼があるという自然の時間も、人間の時間の観念であるにしても、その観念をさらに進めて、見えざる時間を、「時計」というかたちあるものに置き変えもした人間は、時間に慄く時、その漏刻そのものに呪われねばならなかった。

その漏刻の在所を夜にも照らす「釭花」は、飛閣を照らす「燭龍」とともに、李賀をおびやかしている。怨むべき夜の時間にめりはりつけるのは、李賀の夜の夢想は、ほとんどおびえの同義であった。怨みに等しいおびえが、「玉壺の銀箭」を見、「砕霜の斜舞」を目撃させる。その目撃の視線は、痛い幻想の視線にほかならない。釭花の夜笑を見たのは、誰か。燭龍の飛閣を照らすのを見たのは、誰か。夜に彷徨する李賀の観念にほかならぬ。そう言い切ってよいか。

珠帷怨臥不成眠
金鳳刺衣著體寒
長眉對月闘彎環

珠帷《しゅい》の怨臥《えんが》　眠《ねむり》を成さず
金鳳《きんぽう》の刺衣《しい》　体《たい》に著《つ》きて寒し
長眉《ちょうび》　月に対《むか》って彎環《わんかん》を闘《たたか》わす

詩の読みかたは、自由であって、目に飛びこんだ行からも開始できるし、順序を追って読むのは、尋常である。だが、この尋常にしても、これまで私が読んできたような手数を踏むはずはない。一気に読む。私のこれまで四行についての展開では、誰がこの詩の主体をしめているのかわからないが、行を追って読むにしても、現実の詩の読みかたとしては、一気であるから、行ごとの印象は、行を追うごとに他の行に印象を加算させて、読み終った時は、詩の全体が収束されているというのが、尋常である。

私とてそういう読みかたをした上で、文章の展開の上では行を追っているのだから、そこに意識の齟齬ともいうべきもどかしさがある。この「十月」は、宮女が主体だという先入の観念があるからである。四行までの限りでは、宮女の視線であるとは言い切れないのに、私自身はうしろまで読み終えているから、四行までの視線も宮女であるかもしれぬという気持は拭いきれずに、もどかしいのである。

それならば、はじめから宮女の目として語っていけばよいのだが、あえてそうせずに、四行までの視線の主体は、誰かと、しきりと思わせぶりいっぱいに書いてきたのは、宮女の視線ではないかもしれぬという留保の心があったからである。

もちろん、宮女が、この詩の主体であったにしても、その宮女は、李賀の腕によって仕立てあげられたものにすぎない。宮女の視線が、李賀の視線でありえても、さほど不思議ではないし、むしろ平凡であり、それなら、なんらもどかしさを覚えることはない。宮女に心理を発動させないならば、もっぱら彼女を客体化し、自らの視線で詩化することもできる。そんなことを、李賀はしない。

李賀は、しばしば女に扮装し、詩中の正面に立てることがあった。その場合、女は女であるとともに李賀であった。この「女李賀」をさらに李賀は見て、それを詩中に動かしているという感じがあった。その「女李賀」という混血体の女は、凄艶なまでのエロチシズムをしばしば詩中に湧出させることがあった。

このエロチシズムは、この世にありえぬものである。詩の中にしかありえぬものである。それは、そこにある女体が、女ではありえぬからである。かといって、女でありえぬ男が見た独断的な女体がよこたわっているのではない。多くの宮詞がそうであるように、女が見たら笑ってしまうような扮装しそこなった男顔の女がいるわけでもない。まさに「女李賀」が詩中に在るのである。宮女ならば、「宮女李賀」である。

中国の詩は、現実に依ることを尊びながら、自分の目でみたことのない戦場に立ったつもりになって詩作したり、女になったつもりで詩を作ることも、詩人の必須であったことはすでに言ったことがある。詩人の肉体を重んじながらも、自分の肉体を他の肉体といれかえることも課せられていたといえる。代作の風習も、詩をなさざる者の見栄というよりは、肉体交換の願望にもとづいているとも言えないことはない。皇帝の詩などは、一応疑ってよいのは、そのためもあるが、それは、けっして彼の不名誉ではない。

李賀の詩集中、その外集には偽作の濃いものが含まれているが、その偽作者は、李賀になったつもりで作っているのである。はじめから杜甫なり李賀なりの詩を擬すと宣言して作る詩人も多い。これは、習作ではない。まさしく詩人の作なのであり、また変身の練習をしているのではない。変身をはかっているのだ。李賀の詩集で偽作の疑いのあるものは、詩人の名を逸した擬詩群のいくつかが、編者によってとりこまれた可能性がないでもない。

詩の中に、他者を泳がす時、それはかならずしも、自らの意を受けた仮りの他者であると断言することはできない。わが身はひとつである以上、そういうことになってしまうことが多いにしても、あくまでも他者を志すのである。女性像をこころみるのではない。そこには、自分を語る方便として以上の仮借の志向がある。女になることについて言うと、詩を遺している女性たちの作を点検する時、いかに男の詩人たちの女性とは違っているかに気がつく。そこにある「女」は女性がつくる以上、ことさらに女になる手続のいらない女の姿が出る。男になったつもりで作ることはない。女性の詩人もいたが、それは、ほとんど稀で、詩とは男のしわざであったから、稀な女性詩人たちは、男になったつもりで作ることはなかった。男っぽい詩を作る人もいたが、それはまたべつである。

桂葉《けいよう》の双眉《そうび》　久しく描かず
残粧《ざんしょう》　涙に和して紅綃《こうしょう》を汚す
長門《ちょうもん》　尽日《じんじつ》　梳《くしけず》り洗うことなし
何ぞ必ずしも珍珠《ちんしゅ》に寂寥を慰さめん

これは、江妃《こうひ》の作とされる「謝賜珍珠［珍珠を賜うに謝す］」である。玄宗皇帝の寵幸を受けたことがあるが、楊貴妃の登場で、失寵した。彼女は、この時、長門賦の故事に習って、賦を作って皇帝にわが心を訴えようと、代作者を探したが、宦官の高力士《こうりきし》に阻止される。玄宗に彼女を会わせたのは、高力士だったから、代作者を依頼したのだろうが、楊貴妃を畏れて、その願いを斥けた。長門賦の故事というのは、嫉妬深いのを嫌って武帝の寵を失った陳皇后が、司馬相如に賦を作らせて自らの愁悶悲思を解こうとし、その賦を読んだ皇帝は怒りを解いてふたたび親幸したことを指している。

代作の詩人を求めることは拒まれたので、自ら「登楼賦」を作ったりして遺懐を述べたとも言われるが、残っているのは、右の一詩である。これも江妃と言えるか怪しむが、すくなくとも、ここには、女になったつもりの詩人の詩にはないものがある。

女の心を歌う詩人たちは、閨怨を内容とすることが多い。江妃も、閨怨を詩にしているのだが、「唐代女詩人」の著者陸晶清《りくしょうせい》が、「満腔《まんこう》哀怨」と評するように、その哀怨は、哀怨にとどまらず、「満腔」になって、わがなりふりを棄ててしまっていて、呆然とするところがある。

男の詩人たちは、閨怨のあまり、なりふりかまわぬところまでいきつく女性を描くことはできないだろう。やはり綺麗ごとに作りあげて、いよいよ真実味を失う。皇帝に見かぎられてからは、化粧などはしなくなる。髪は洗うことも櫛で梳ることもしなくなる。ただ落涙にくれて、紅綃の衣も、ぐしょぐしょに汚れてしまう。皇帝は、気がとがめるのか、珍しい宝石を贈るのだが、こんなことで私の心が晴れると思ってかと、言い返す。こういう閨怨が、醜にも、鬼にもなっていく女の状態を詩にすることは、男の詩人たちにはないだろう。たとえ女の状態として知っていても、あえて避けるかもしれない。自分との間に距離がなさすぎて、ふんぷんとした臭味の迫力になってしまう。

李賀も、もとよりこういう女の切迫した鬼情を詩にはしない。だが、他の宮詞の詩人たちと李賀が一線を引くのは、彼はまず女になりきることに専念するとともに、それをさらに男たる詩人たる李賀が、離見していることにある。それは、女形の名優の演技に近い。他の詩人たちは、女そのものとならずに距離をとりすぎるか、女そのものになろうとして自分との距離を失ってしまうから、そこに「女」がいなくなるばかりか、自分をも発揮しえない。

しかしここまでなら、私はなにも李賀を尊びはしないだろう。李賀の鬼才たるは、「女李賀」の女を、にわかに押しのけて「李賀」そのものになってしまって、女になったつもりを放棄したり、それどころか、はじめは「李賀」自らが出動していたのに、途中からたちまち「女李賀」に変身したりする。それら「李賀」にも「女李賀」にも、それを見る詩人の李賀、その詩人の李賀を見る人間の李賀がいて、その豹変と混乱は見届けられていて、一詩全体は崩れずに、緊迫した空間を作っており、それらの脈絡をはずして詩行をとりだしても、それ自体は独立している。

つまり、そういう豹変と混乱こそが、李賀の肉体そのものになるからだろう。だからそういう詩体として向いあえないものに対しては、李賀の詩は、鉄甲のごとく近よるものを撥ねかえしてしまう。

この詩伝の作業にあたっては、振幅の激しい李賀の肉体、李賀という存在全体の内構造を見ないわけにはいかず、たとえば、この「十月」の詩では、彼の視線の出処のかたちを見ないわけにはいかず、「十月」は、宮女を具体的に詩中に登場させていると知りつつも、あえて「誰なのか」の問いを自らに発しながら読んできたのであった。

珠帷の怨臥　眠りを成さず
金鳳の刺衣　体に著きて寒し

この五六句を読む時、宮女の肢体が、ここに到ってはっきりとあらわれ、それは眠れないというのも寒いというのも宮女の声のようにも思われる。すなわち「宮女李賀」が自らの怨情と体感を語っているようにも思える。だとすれば、この宮女の眠れぬ怨みは、女の愁悶であるとともに、李賀の眠れぬ怨みであり愁悶であることが、ぴったり一致していることになる。

だとすれば、前四句の時への怖れといらだちも、眠れぬ身をもてあまし、宮漏のある部屋に出向くこともなければ、彼女の珠帷の寝室に玉壺銀箭の漏刻があると思うこともない。珠帷の怨臥の中で、漏刻の光景を想いうかべていたと見ることができるからだ。砕霜の斜めに舞う十月の夜景も、眠れぬ身をひきずって外へ出れば見れる。けれども、最後の一句は、決定的にその視線が、「宮女李賀」とは思えない。

長眉　月に対って彎環を闘わす

これは、「宮女李賀」が自らの振舞いを見る目ではない。宮女をこっそりと、どこかから注視している目である。「宮女李賀」を詩人の李賀が離見しているならば、まるごと「宮女李賀」は詩中にある。そういう自らの背にまわる内なる目の離見ではなく、宮女を物として見ている外なる目である。まるごとならば、「彎環を闘わす」などと言わない。月を睨みつけていても、自分の眉と三日月とが、そのえぐれる曲線が似ていて、その曲線を闘わせているなどという感懐をもたない。もちえたとしたら、それは自虐の諧謔としてである。だが、この終句は、自嘲にしては、あまりにも詩の全体を、悲愴なまでに決めてしまっている。

そうであるならば、この詩は、結句の視線でもって、それまでの六行をも統一して見ることはできないか。ということは、すべて李賀が、宮中の夜を想念の中で舞って歩いているわけで、宮漏の光景も、砕霜と燭籠の光景も、光景ということでは、珠帷に怨臥する女性も、同じ線上の物であり、その物に李賀が情的な反応をしているのだということになる。釭花を見て、「夜笑」を感じたように、珠衣の眠れぬ宮女に、怨みを見たのである。この詩では、内から自らを反応せず、外から反応している。結句の秀逸は、三日月に似た長眉の宮女が、長眉に似た三日月を眺めあげているところにあり、女性も月もそのことを意識しているのではなく、第三者によって粉飾描写されるのでなければならないだろう。

香港の人周 誠真《しゅうせいしん》の「李賀論」は、「李賀詩裏的女性」という一章を割いているが、その中で宮詞について語る項があり、そこでこの「十月」の詩について触れている。「前半の詩首は、宮景を写しているが、その中に一つの対比を隠し含めている。室内の漏水が漸く凝滞して流れなくなった、ゆえに〈稍難傾〉だ。室外の〈砕〉の霜は、〈斜舞〉するだけでなく、羅幕にまで〈上〉った。室内の灯光はすでに半明不滅だが、室外の燭籠は、〈両行〉の多さで輝いているだけでなく、〈照飛閣〉である」

周誠真は、前四句を宮景描写と見なし、室内と室外の対比を見ている。それだけでは、当然の認知だが、室内に動きの弱くなったものを、室外に動きのあるものを見ている。室内の紅花の光は「凝幽明」だが、室外の燭籠の光は、「照飛閣」だと。

やや疑問がある。彼の言う「燭籠」は、私は「燭龍」としたところのものである。版本によっては「燭籠」なのだが、この語句は、対句をなす初二字の「砕霜」の語に鈍重すぎ、また明るさということで対比をなす二行目の「釭花」の語に対しても鋭さが欠けて李賀が選びそうにない。それればかりでなく、「燭龍」であるならば、この詩に私は時間の闘いを見るから、その内包する意味と語の深さからしてふさわしい。

周誠真の言う「対比」の感覚は、李賀にあっては、本能をこえて神技を感じることがあるが、室内に衰微を見、室外に活撥を見るのは、正しいにしても、李賀はその対比に、特別の意味をあたえているわけではない。衰微の景も活撥の景にも、等しく時間への不安となにものかへの怨みを見ていて、凍てついたわびしげな情景として打ち落している。対比は、詩のデザインの犠牲ではなく、対比することによって、その彼方にあるものがより明確になるからである。

「後半首は、珠帷に睡ろうとする宮女の満懐の幽怨を語っている。睡ることができず、ゆえに夜深く寒さも重くなっているが、月に向って夜空を眺めるしかない。〈長眉対月闘彎環〉は、李白の〈玉階怨〉の〈却下す水晶簾　玲瓏《れいろう》秋月を望む〉の意を踏んでいるが、その用筆は更に曲あるものになっている。傍に人が見にやってきて、彼女の〈長眉〉は、月と「闘彎環」しているのに似ているとするのだから。しかしながらその傍観者は彼女の内心の痛苦を知っていただろうか。この句は、正しく第二句の意味と対応している。釭花を看て〈笑〉に似ているとしたが、その実、その灯花は半明不滅の状態にあった。どうして「笑」と言えたであろうか」

彼は、ここでは、宮女の幽怨を主体にした見方をしている。宮女の心を中心に見ている。結句に傍観者の存在を見ているのは、同意見だが、宮女に同情するあまり、傍観者をないがしろにしすぎている。この傍観者こそが、彼女の「内心的痛苦」を知っているのであり、もっとも傷心し幽怨しているのは、傍観者なのだ。彼の言う傍観者は、彼女のそばへのこのこ現れて冗談を飛ばしている風合いがあるが、そうではなく、彼女をひそかに観ているにすぎない。

周誠真は、作者の位置、つまり李賀の位置どりを見ていないので、このような意見になってしまうのだ。この「十月」において、あえて遠い位置どりをした李賀に、その幽怨の傷を見なければならぬはずだ。周誠真は、前半は宮景、後半は宮女の幽怨ときっぱり割っているにしては、たがいに相関させているが、それが結句に現れた傍観者の無神経に、前半の釭花の夜笑の「笑」を対応させているにすぎない。灯火が消えなんとしているのに笑うとはなにごとかの発想でとらえていて、その「夜笑」の語がもつ暗いおびえを見逃している。傍観的な視点を宮女に対してもったことにこそ、李賀の痛苦な計略があることを見逃しているのだから、そうなってもしかたがない。さらに言う。

「私たちは、かかる呼応関係によって、釭花の〈凝幽明〉や、さらに漏水の〈稍難傾〉が宮女の抑欝した心情と相似しているのを意識しないわけにはいかぬ。玉壺銀箭は美しいが、漏水の動きの緩慢をとめることはできない。珠帷と金鳳の刺衣は美しいが、どうして宮女の心情の抑欝をそれをもって消すことができよう。私たちは、前半首に隠された対比から更におしすすめて、彼女がなんのために眠れずに月に対したのかを推量することができる。彼女は主君を思い幸を望んだのではない。外界へ逃れることを渇望していたのだ。外界は寒冷といえど、なおはるかに多くの光明があり、活動のチャンスがある」

氏が詩中の語句間に対比と呼応を見るのは正しいが、李賀という視座を落しているために、もっぱら宮女の心情にこだわり、李賀と宮女の関係はと言えば、そういう脱出願望の宮女を描いた詩人としてでしかない。ここでは違うが、李賀に囚れたる宮女に脱出の意をあたえたことがないわけではない。だが、そういう場合でも李賀が同時代に生きていた宮女という社会的存在人間的存在への純粋な同情において描いていたと見るのは単純である。無関係ではないが、やはり仮借の関係が、宮女と李賀との間にあり、この仮借のありかたも、詩によって多様であったと見なければならない。

「砕霜斜舞上羅幕。燭龍両行照飛閣」の詩行に、光明と活動の自由への渇望を見るのは、とうてい賛意できないが、詩の読みかたは、それぞれと言うものだろう。

「十月」の詩では、つねにこれまで月令に背き、反逆するところのあった李賀が、いちおうは従順であるかに見える。冬に夏を見ようとしたりしてはいない。生理的には、冬は、どういう季節だったのだろう。怨みは続き、時間への不安は、あいかわらず露頭しているが、詩は、「十月」の中に滞留している。とはいえ、支配されて、意を凍らせ、かじかんで沈滞しているわけではない。結句が示すように、宮女の長眉を通して、時間と対決している。憎むべき時間をねじふせようという精力を漲らせてはいないが、「十月」に倒されまいとしてはいる。

　これこそが、李賀と宮女、宮女を通しての時間との関係なのであり、宮女の内側に身を預けずに、宮女をも他の物象と等しく外側から怨意をこめて身を寄せた理由でもあるだろう。すでに不安の虜囚たる李賀は、おそらくこの月節の「十月」に、府試を受け、詩賦の課題に向っていたはずである。詩の「十月」では、その月節と対等に戦うことだけで、精一杯であるかにか思われるが、それが府試への対応とどう反照しあっていたかはわからない。

八

宮城團廻凜嚴光　宮城　団廻《だんかい》　厳光《げんこう》を凜《さむ》くし
白天碎碎墮瓊芳　白天　砕砕《さいさい》　瓊芳《けいほう》を堕《おと》す

「十一月」の詞は、このようにはじまる。この首二句を倒装句と見ることもできる。葉葱奇はその観点に立ち、「白茫茫たる天空に雪花紛飛し、宮城は凜凜として寒光にとりかこまれている」と疏解する。斎藤晌も、倒装句と見るのか、「まっ白い空から白い花をもみくちゃにしたようなものや玉を砕いたようなものを降らして、堂々たる宮城いったいを一かたまりにとりかこんで、厳しいピリッと寒い白い光が照り映えている」と訳している。

　これだと、日照り雪の光景に思われる。雪中の天に太陽が輝いているのが、日照り雪と呼ばれることのある天然現象であり、艶麗な光景である。その雪の舞う中の光は、厳光というよりは、陽光で、なま暖く、かつなま寒い印象をもたらす。

　倒装句は、強勢の法で、句順を逆にするのだが、この場合は、そのように見ないほうがよい気もする。それは、

「凜厳光」の語にこだわるからでもある。日照り雪は、いわゆる風花《かざばな》であり、厳寒期にはない。詩人は、そのような天理に即《つ》かないといえるが、この想像の詩人は、人の日に恣意と見える時ほど、天に即している。日照り雪の光景は、棄てがたいが、ここは、順を追ったがよい。倒装句と見る二人の通釈者も、逆転させることによって、艶景を感じている気配もない。

　宮城の外景である。厳峻にしてむごいまでの光が、寒々しく宮城を、団《まる》く動きつつ囲繞している。その凜たる厳光は、あたかも宮城のみを集中的に浮彫りしている。宮城は冬のゆらめく厳光の中に浮んでいる。その酷寒の空から、まもなく砕砕として雪が落下しはじめる。瓊芳は、屈原の「九歌」にある「瓊芳を盍《あわ》せ将《も》ち把《と》る」のそれで、芳草のことであり、瓊は赤玉のことだが、瓊《たま》の芳《はな》で美称である。瓊は、赤玉だといっても、赤い雪が降りそそぐわけではない。宮城は、むごい厳光の中に凍結されていたが、さらに雪の砕片の中に浮きあがるのである。

　李賀は、なぜ雪を「瓊草」と見立てたか。雪を花と見るのは、なにも珍らしくないが、彼は、この喩によって、惨然たる冬景を救っている。耐えがたい冬景に、香も花も投げこみ、場を救助している。

　一本には、白天は「白日」であり、そうだとすれば、倒装を見なくても、日照り雪だが、やはり雪が、白天にしたのであり、宮城を息苦しく閉す厳光も、この雪の堕落とともに消えていると見てよいが、しかし厳光はそのまま残像の働きをしているだろう。

撾鍾高飲千日酒　　鍾《しょう》を撾《う》ち高飲《こういん》せよ　千日の酒
戰却凝寒作君壽　　凝寒《ぎょうかん》を戦却《せんきゃく》し　君が寿《じゅ》を作《いわ》う

千日酒には、故事がある。干宝《かんぽう》の「捜神記《そうじんき》」にある。

「狄希《てきき》は、中山《ちゅうざん》の人である。千日酒を造るのを能《よ》くした。これを飲めば、千日酔っているのである。ある時、姓は劉、名は玄石《げんせき》という同じ州に住む男がいて、たいそうな酒好きで、これを買いに出かけた」

「希は言った。〈わしの酒は仕込んだばかりで、まだできあがっておりませぬ。飲んでいただくわけには参りませぬ〉。石は言った。〈まだ熟しておらずとも、一杯ぐらい飲ませろ〉。希もこう言われては飲ませぬわけにいかなかったが、すぐにまた求め、〈うまいなあ、もう一杯飲ませろ〉。希は答えて言った。〈ともかくお帰りになって、別の日にいらしてください。この一杯だけで、千日は眠っていますよ〉」

「石は別れたが、不満げな表情をしていたが、家に着くと、酔ったまま死んでしまった。家人は疑いもせず、哭《な》いて葬った。

「三年ほどして、〈玄石めは、もう酒から醒めているころだ。どういう具合か行って見てやろう〉と希は呟き、石家を尋ねた。〈石は家にいるかね〉と聞くと、家人はみんな変な顔をして〈玄石はとうに死んで、喪もあけましたよ〉と答えたので、希はびっくりして、〈それは、うまい酒のせいですよ、酔っぱらうと千日は眠っているんです、そろそろ眼が醒めているころだ〉と告げた」

「すぐに家の人々に墓を掘りおこさせ、棺桶を破ってみるように命じた。墓のあたりは、天に徹《いた》らんばかりに汗くさい酒気がたちのぼっていた。さっそく墓を掘らせたところ、玄石は目を見開き、口をあけ、声を引いて言った。〈ああ、俺は気持よく酔ってたなあ〉」

「そして希に尋ねて言った。〈お前の作る酒はなんというのだ。一杯だけだと言うのに酔ってしまったぞ。今、ちょうど醒めたところだが、いったい何時ごろかね〉。墓のそばにいた人々はいっせいに笑った。だが石の酒気がみんなの鼻の中に入ったため、三カ月も酔っぱらって、ふせってしまった」

李賀は、「鍾を撾ち高飲せよ　千日の酒」と歌った時、この「捜神記」にある志怪小説を念頭に置いていたにちがいない。いったい、この千日酒を宮中にあって飲もうとするのは、だれか。やはり、ここに宮女の面影を見ないわけにはいかない。

「白天　砕砕　瓊芳を堕す」と歌った時、この「瓊芳」の詩句に、女の面影を走らせたのだとも言えるか、「凝寒を戦却」するために高飲する千日酒を飲むのは、誰かと言えば、やはり宮女ではあるまいか。平常、酒を飲むのは男であるにしても、ここでは、一挙に李賀のことりと解いてしまわないほうがよい。

この二句は、きわめて高揚し、たかぶった内容をもっている。初二句の厳寒の光に閉じこめられ、雪片に降りこめられた宮城の匹塞状景を宮中の内よりふり払うがごとき勢いをもっている。鍾は、壺状の酒器である。これを打ちたたきながら千日酒を飲み、その酔いぬくもりで、凝結の寒気を却けるのである。酒を寒気の襲撃への武器としている。J.D.Frodsham は、この部分を四つの「!」をいれて英訳しているほどだ。「鍾を叩け！　千日酒を飲みほせ！　凍る寒気を戦い却けよ！　主君の健康を祝って乾盃せよ！」

素通りの意味は、そんなていどであり、それでまた済みもするのだが、女人という存在を介入させて見ようとすると、その意味もにわかに複綜してくる。

千日酒は、「捜神記」に見るごとく、酔って眠る酒である。一種の睡眠薬である。ここで思いきたすことは、この十二月楽詞の宮女が、一貫して眠れずにいたことである。とりわけ秋の夜長にあって、閨怨とともに不眠をかこっていた。「十月」の冬にあっても、「怨臥　眠を成さず」であった。しかし、この厳冬の「十一月」では、千日酒の秘薬をもちだして、戦闘的に眠りにつこうとしているかに見える。

それは、閨怨に終止符を打とうとしているかに見える。凝寒をしのぐために酒を飲むにしても、この凝寒の中にも、怨みもふくんでいるのである。寒いからと言って、寒さに気をとられて、怨みを忘れるわけではない。その凝寒を戦却することは、そのまま閨怨をも戦却せんとすることを含んでいる。

このころ、千日酒なるものが、あったわけではない。数百年前の志怪譚の酒にすぎない。寒さを防ぎ、あまつさえ寝酒ともしようという心づもりであるなら、ふつうの酒でよい。それなのに、あえて、千日酒と言ったところに、深いたくらみがある。それは、千日という「時間」を醒めぬ眠りの中に、つらい怨みを閉じこめようとしているからで、不眠も解決するどころか、ひとたび酔って眠りにつけば、三年は自らの怨みから解放されるのである。

だが、そういう酒はあるはずもないから、千日酒という秘酒の例をあげざるをえないところに、宮女の怨みのしつこさがあるのだと言ってよい。

「鍾を擣けよ」「千日酒を高飲せよ」「凝寒を戦却せよ」、ほとんど、この自分への伝令は、棄て鉢に近い。物狂いに近い。おそらくこの宮女はわずかの酒さえ喉元に流しこみさえしないのだろうが、このような夢想と願望をいだくことそのものに、「十一月」という月節と対応した恨みのかたちがある。

物狂いに近い語を連発したあと、「君が寿を作う」と言った。この「君」は、彼女の怨意の的たる恋人であり、彼女を眠れなくさせている当の君王である。宮女と言っても、特定の実在の宮女ではなく、架空の抽象的な宮女である。その相手は、つねに君王であるが、その君王もまた架空かつ抽象的であり、その約束ごとを遵守することによって、「宮詞」は成立する。李賀が生きていた時代にも、君王はおり、城中には数多の宮女がいた。架空かつ抽象的宮女でありながら、不思議な現実性を帯びることがあるのは、厳然とした実体があったからであり、逆には、宮詞はいよいよ架空かつ抽象的であらねばならなかった。

それにしても、自分を見棄てた怨嗟の相手たる君王の寿をなぜ祈るのか。やはり君王は君王であるからか。この祈りも、また棄て鉢に近い。千日の酒を飲んで、思いのつらさを眠りの中に埋葬するにさいしての棄てぜりふにも似ているからである。惜別であり、殊勝な礼節であるというより、怨みはこの語を吐くことによりひとしお濃くなって、むしろ挑戦と嘲弄を含めるに至っている。

この宮女の深い眠りを願う心は、そのまま李賀の意でもあった。君王への怨みは、諱の事件の発生していないこの府試の地点でも、すでにあったと言える。その怨みの具体的内容はわからないが、それは先祖の怨みをそのままに継ぐなにかであったかもしれぬ。この「十一月」で示される「千日酒」を通しての抵抗の勢いは、強く激しいが、その質は、消極的であった。「十月」と同様に、月節の風気と闘うのでせいいっぱいであり、凝寒を戦却したと言っても、酒と眠りの力を借りていて、月令に背くだけの想念をもちえなかった。季節によって、個々の体調があるとするならば、冬こそ、李賀は生きることへ意志をかえってしめしたように思える。月令に背く他の季節では、死への想念に彩られているからである。

千日酒を高飲すると言っても、それはあくまでも願意であって、飲んだわけでないことは、最後の二句によってもわかる。

御溝冰合如環素
火井温泉在何処

御溝《ぎょこう》　冰合《ひょうごう》　環素《かんそ》の如し
火井《かせい》　温泉　何処《いずく》にか在る

御溝《おほり》の水は、寒波に凍結して、白い絹の帯になって、ぐるっと城を輪に巻いている。宮女もしくは李賀は千日の眠りにつくどころか、凝寒も戦却できずに、悲鳴をあげている。「火井　温泉　何処に在りや」と悲鳴をあげて、蔣《しょう》楚珍《そちん》流に言えばなお「冷を畏れ暖を思っている」のである。ここでは、もはや冬の寒さそのものが、怨みの対象となっている。火井は、不滅の火の水のでる井戸であり、温泉は、季節の別なく熱した泉であるが、酷寒のため、それらは冰凍してしまう。この「何処に在りや」には、怨むべき皇帝への不信というより、それをこえて天への不信があるといってよい。

この「十一月」は、宮女と李賀そのものが、あやうきながらも、巧みに重なりあっている。仔細に見れば、宮女の怨愁を通して、李賀の天への不信、天の命を受けたる皇帝への不信を詩中に塗りこめているのだが、「宮詞」は閨怨を語ってよい権利をえている詩体であるから、自らの怨吟の牙をその中に隠しこむことができるし、「凝寒を戦却し　君が寿を作う」の句は、不穏不貞の言にもかかわらず、一見は、主君の幸を祝っているかに見える。
張恂《ちょうじゅん》は、この「十二月楽詞」を総評して、「風雅頌《ふうがしょう》を備える」と言い、「撾鍾高飲」の句を「頌」の例とした。頌は、ほめ歌であり、詩の六義の一つであり、君主の徳をたたえる。詩経の頌には、酒を飲んで寿を祈る句はしきりとでてくる。

これが、府試の答案であることからして、郊廟《こうびょう》歌辞の天子万年を歌う寿和《じゅわ》の内容をもったものとしてふさわしいであろう。楽府《がふ》には、しばしばこの頌の要素がくわわることがある。「王子喬《おうしきょう》」という楽府の終二句の「聖主　万年を享《う》け、悲吟《ひぎん》す　皇帝は寿命を延さんことを」のようにである。この「十一月」は、そういう一通りのものではなく、内容は屈曲しているのだが、表面はそうとれるように作っているとも言えるだろう。試験に合格しなければならぬから、あえて聖主を寿したというより、李賀の屈曲は、聖主を心から寿したい気持を出発としていて、それがさえぎられたというところから生じている。いよいよ月節の詩は「十二月」にたどりつく。

日脚淡光紅灑灑　　日脚《にっきゃく》　淡光　紅《くれない》　灑灑《さいさい》たり
薄霜不銷桂枝下　　薄霜《はくそう》　銷《き》えず　桂枝《けいし》の下
依稀和氣排冬嚴　　依稀《いき》たる和気　冬厳《とうげん》を排す
已就長日辭長夜　　已《すで》に長日《ちょうじつ》に就き長夜を辞《さ》る

佳節にもぬくぬくとできず、酷寒の季節には闘うだけで、精いっぱいであった李賀は、この十二月にいたって、かろうじて愁眉を開いた気配を感じる。

日脚　淡光　紅　灑灑たり

ここには、いまだ冬とはいえ、春の予兆の音がある。冬の残滓をひきずる春よりも、李賀は、期待の中にある。それは、つらい冬の中を生きてきたからというより、彼が体験する河南の冬がそうであったというより、彼が「十二月楽詞」という詩体験、それも自作体験の中での冬は、すなわち自分のつくった冬は、あまりにも苛烈であった。そのトンネルをくぐり抜けて、彼はやや安堵し、息をつく光を求めているようなところがある。いや、冬の体験のみならず、一月からずっと自分の心身を苛《さいな》む緊張の旅を、宮女の影と連れだちながらつづけてきたのであった。

それは、月節の課題が終りに近づいたことの安堵でもあったが、冬が終り、春に循環していく、持続する生命の再確認のごときものが、確実に李賀の心を、期待の光輪の中に浮ばせている。「十二月」は姚文燮の言う「玉暦のまさに廻る」時であり、李賀は、ここでは、じたばたと抵抗していない。淡い日光が、日脚を地に伸ばして、紅の色にサイサイと注ぎこんでくるのを、小気味よく受けとめている。

薄霜　銷えず　桂枝の下

厚く重い冬の霜も、薄霜になり、紅灑灑《こうさいさい》とふりかかる淡光の中に、溶け消えることなく、桂の樹葉におりている。銷えざることは、冬の執拗というより、その銷えざることをもって、まさに「十二月」であり、春の近きを告げているのだ。

薄霜のおりているのは、桂枝であるが、この「桂枝」に、李賀は、科挙と進士の意を託しているだろう。この落葉喬木である桂は、月の異名とともにあるが、桂林一枝とか、桂を折るという語は、進士及第を意味している。晩冬にあって、桂樹の霜は、いまだ銷えずにあるが、薄霜であることによって、まもなく銷えることを期待することができるのである。この桂樹にふりそそぐ淡い光条が、紅灑灑なのは、つまり「紅」の淡光なのは、桂が、早春に紅色の花を開くからである。薄霜をつもらせていても、早咲きに紅のつぼみをその桂樹はいっぱいにめぐらしていたのかもしれぬ。

依稀たる和気　冬厳を排す

紅灑灑と降る淡光は、いまだ寒慄をふくむが、総じて、かそけき和気を開いていて、「火井温泉、何処に在りや」と言わせた凝寒は溶けて、冬厳を排《しりぞ》けている。千日酒を飲み、「凝寒を戦却」しようとしたのは、人間としての冬厳からの排斥であったが、ここでは、季節のほうから和気を流してきていて、李賀はそのことに柔順である。方世挙が、「詞気工せず」というのは、このことであろう。

已に長日に就き長夜を辞す

漆山又四郎は、「訳注李長吉詩集」で、長日は「春の日」、長夜は「冬の夜」と注解する。たしかに冬厳に和気がしのびより、日は長くなった。不眠に怨臥するものにとっては耐えがたい長夜とも別れを告げている。だが、この長日は、あくまでも季冬の長日であって、春の長日ではない。にしても、この長日の就航は、そのまま春の長日につながっていくものであった。

この「已就長日辞長夜」の句にたいして、黎二樵は、ほとほとに感心していて、「この一語、人千百に勝《すぐ》れ、苦吟したのでなくては、ここまでいくわけにいかぬ」と言っている。おそらく、この句のなにげなさに感服したのだろう。このなにげなさは苦吟の果てにのみ得られるのだという自分の詩作観念と一致したことによる感服なのだろうが、一句の中に「長」字を二度用いながら煩雑におちいっていず、むしろ効果を発していることにたいしても、降参しているむきがある。

この「十二月」には、はっきりと、宮女の姿態は見えていないが、ここにある視線と感慨を、彼女を通して見てもかまわないだろう。宮女も李賀も、ここでは鎬《しのぎ》を削りあって引っこんだり、出しゃばったりしているというより、平面化し融和している。

これまで、しばしば、府試のさいの詩ではないかもしれぬという思いにつき動かされることがあった。この「十二月楽詞」が、あまりにも、一年十二月という制限にたいして、用意周到であり、詩味詩語ともに成熟していることから半信半疑の念に駆られることがあったのだが、他にもこの宮詞体による怨の表出が、十八九の少年とは思えずその怨みの質が、国家、天へも届きすぎ、それはあまりにも彼の詩の総体の質に近似し、「挫折以前」の章で、彼が、諱の事件がおこる前から、暗い予兆に屈していたことは検算ずみであったにもかかわらず、私は不安になることがあった。

しかし、この「十二月」の詩を読みかえすことによって、やはりこの詩は、挫折以前の府試にさいしての作であることを疑わない。「薄霜　銷えず　桂枝の下」の句が、試験場における彼の心意を示し、「依稀たる和気　冬厳を排す」の句が、彼のこれまでの猜疑と怨恨と不安が、和気の中に溶けて、しっとりとした自信になっているのを見るからだ。ここには躁騒《そうそう》たる気負いはなく、ひとまず「已に長日に就き長夜を辞し」て、科挙に臨むことにしている彼を見るからだ。

府試の課題は、十二ヶ月の各月節を詞にすればことたりたのかどうかはわからない。「閏月」も強制されていたのかもしれぬし彼の才覚機智であったかもしれぬが、いずれにしろ李賀は「十二月」のあとに「閏月」をおいてしめくくった。したがって十三首を一気に作ったことになる。

帝重光
年重時
七十二候回環推
天官玉琯灰剰飛

帝　光を重ねる
年　時を重ねる
七十二候　回環《かいかん》して推し
天官《てんかん》　玉琯《ぎょくかん》　灰　飛ぶことを剰《あま》す

今歳何長來歳遲　今歳《こんさい》　何ぞ長く　来歳《らいさい》遅きぞ
王母移桃獻天子　王母《おうぼ》　桃を移し　天子に献じ
羲氏和氏迂龍轡　羲氏《ぎし》　和氏《かし》　龍の轡《たずな》を迂《めぐ》らすか

この「閏月」でも、「十一月」に続き、頌の体裁を擬していて、彼の府試における心理を知るに足りる。

帝　光を重ねる
年　時を重ねる

騒《そう》の苗裔たる李賀は、怨恨悲愁にすぎるところがあるが、いつもそのような鎧に身を固めていたわけではなく、しばしば諧謔にくつろぎ、衣をはだけるところがあり、それが彼の詩界を拡張しているが、この閏月では、ほとんどリラックスしてるかに見える。

「帝重光。年重時」は、三字句の反復だが、この初二句によって、単純にして複雑な機略を成功させている。斎藤晌は「年重時」を註解して「陰暦では閏のある年は月が一つふえる。それを〈時を重ねる〉という。重光が連想的に重時を引き起すことになる」というが、句順の上からはそうであっても、「年重時」が、むしろ「帝重光」の機略を引きだしている。「閏月」という府試題を前に彼がまっさきに思いをめぐらしたのは、「年重時」という意味そのものであっただろうからだ。

「帝重光」は、周の時代、文王武王も二代続いて名君が出た、ところから言う。堯舜の如き場合は「重華」と言うらしいが、いずれにしても二代続きは稀なることとして尊ばれ、また期待もされ、頌句の常套ともなる。「年重時」に「帝重光」が重って出てきた時、してやったりと李賀は満面微笑したであろう。この前二句は、後半の調子まで支配している。

詩順は、当然、逆になり、「帝重光」とはじまり、重厚になって、天子の直属官を選ぶ試験にふさわしい格調をもつが、「年重時」とさらにつづくと、なにか物はずけめいて、その重厚な調子に風穴があいて軽くなる。「帝にも徳光の重なることがある以上、一年に月が重って閏月があってもさしつかえはなかろう、と機智を重ねるのが、初二句である」と原田憲雄が言うような、軽妙な弾みをもちはじめ、それはこの詩の終りまでもちはこばれていく。

七十二候　回環して推し
天官　玉琯　灰　飛ぶことを剰す
今歳　何ぞ長く　来歳遅きぞ

「礼記正義」によれば、一年は二十四気、各気をさらに三分して、合計七十二候とした。一候は五日であるから三百六十日。太陽の運行からすれば、それでは足りないので、剰余分をまとめ、五年に二度の閏月を置いて補完したのである。この一年七十二候が、順々に円環を推移してめぐっていくので、「七十二候　回環して推す」と言ったのだが、「天官　玉琯　灰　飛ぶことを剰す」とはなにか。

李賀は、天文台の気象室の仕組みをそのまま詩化してみせる。唐代の天文方もこのようであったかはわからないが、後漢書の律暦志によれば、密封の室に、十二の木の机があり、その上へ一本ずつ玉琯（管）を置いた。葭《よし》の灰をその管の内端につめこみ、気が至ると、その灰が飛散する仕掛けになっていた。閏月だと、一ヶ月余分なわけだから、灰を飛ばすことのできない月ができる。葭の灰の入った玉管は、十二本しかないからだ。「天官　玉琯　灰　飛ぶことを剰す」とは、このことで、たしかに古代の天文室では各月ごとに灰が管から吹き飛んだのだが、ことさらに灰が飛ぶことを詩中にひきずりこむことによって滑稽な感じとなり、それをさらに「閏月」にかけて「灰　飛ぶことを剰す」と歌い、飛ばなかったときと句勢を落して見せる。そしてさらに引きつづいておごそかに「今歳　何ぞ長く　来歳遅きや」と首をひねる。

王母　桃を移して　天子に献じ
羲氏　和氏　龍の轡を迂らすか

「今歳　何ぞ長く　来歳遅きや」。今年はなんと月日のたつのがのろく、来年のやってくるのがのろのろ遅いことよという感慨への推測の答が、この終二句である。なぜだか知っていてこのように問うているのだから、とぼけた感じになるし、その答も、古代の神話にことよせて、諧謔なトーンで一貫することになる。

その推測の答の一つは、西王母《せいおうぼ》が桃を天子に献じたからか、ということである。呉正子は、これを注して言う。「漢武故事に云う。西王母は、天から地上に降りてきて、桃をさしだして帝に進物した。帝は種をのこして、これを植えようとしたが、王母は笑って、この桃は三千年に一度しか実にならないのだよ、土に植えてもむださと言ったと。いま長吉は、このことを言及しているのだが、ここでは仙家の日月の長きの意味を取っている」。王母が笑ったのは、お前さんは三千年も待つ気かえというところだろうか。これを食べれば長生きするというのに、お前さんは欲ばりだねというところだろうか。「漢武外伝」によれば、王母がもってきた仙桃は七個で、四個を帝に献じ、残りの三つは自ら食べたらしい。形は円で色は青だとも言う。西王母の桃は、寿桃だが、これらの故事を通してなにを言いたかったのか。王母の桃の故事そのものをもちだすことは、天子の寿を願うことにつながるのだが、こうもからかい気味の調子だと、不老長寿を願う天子そのものを揶揄している気味もある。しかし閏月ていどの時間の延長では、一時しのぎで、かえっていらだつともいえ、この時間の意識は、李賀そのもののあせりであり、天子に笑いを向けたのだとしても、同時に自分へも向けていたのだと見るべきだろう。

いつもの詩なら、このことを言おうとして苦渋に満ちるところだが、この「閏月」では、なんとも彼の身も心も軽くなっているのを感じてならぬ。推測の答のもう一つは、「義氏　和氏　龍の轡を迂らすか」である。義氏和氏は、舜の時代の天文官だが、神話にでてくる、六頭立ての龍車に乗って天空を駆ける日輪の御者義和《ぎか》にもかけていて、人間の時間を支配するこの義和が龍のたずなをゆるめたため、「今歳　何ぞ長く　来歳遅きや」になったのかとしている。時間の支配者たちの気まぐれと油断が、「閏月」のたるみをもたらしたのだと言いたげだ。

この「閏月」にも、宮女の姿は、はっきり現れていない。この詩のみを味うものには、宮女の視線を感じる必要もないが、「十二月楽詞」全体を通読しているものは、どの詩にも「宮女」をよこたわらせるのが、義務というより、礼である。李賀は、この「閏月」に至って、宮女とともに軽くなっている。時間から解放されたわけではないが、時間にひきずりまわされるのではなく、時間をからかう余裕をもちはじめている。それは、李賀にとって、やる気ということでもあった。ひとまず科挙に合格することを目指すことであった。天子を頌した詩をはさんだのも、そこにいくらかの不敬があったとはいえ、彼にやる気があったからだ。天子を怨む宮女とともに、彼は気をとりなおしていたのだ。

閏年は、五年に二度である。おそらく河南府試は、この閏年のある年にあったものと見てよいであろう。この受験が、二十才前の元和五年前後とすれば、この期の閏月のあった年が、府試の年であろうか。董作賓《とうさくひん》の編になる「中国年暦総譜」を見ると、元和元年から十年の間に、閏月のある年は、四回ある。元和元年、元和四年、元和六年、元和九年である。

おそらく元和四年か六年のどちらかということになる。朱自清の「李賀年譜」は、「賀、河南府試に応じ、十二月楽詞を作る」を元和五年（八一〇）のこととしている。この年に、閏月はない。翌年の長安での科試を計算にいれて作ったのだとすれば、元和六年が閏月のある年であるから、この年譜は不可ではないが、閏月のあった年と考えるのが自然だとすれば、元和四年が、河南府試の年と考えたいところだ。もっとも「閏月」の詩作が、課題の強制でなく、単なる李賀の機略にすぎないならば、閏月のある年であろうとなかろうと関係はなくなり、年代の割りだしは、たちまちに崩れる。いずれにしろ、李賀は、この「十二月楽詞」において、余分の一ヶ月をもつことによって、大いなる寛ぎの気分をえて、未来にたいしても偽りの楽観を抱くことができていた。

九

やや深追いした気味がないでもないが、「河南府試十二月楽詞」を、女性という座標軸によって再検討したのは、李賀の詩篇の中でも、もっとも初期に位置する作であり、言ってみれば、処女詩篇の名に、「高軒過」などよりもふさわしいものであり、李賀の詩の英華が、この連作の中になんらかの姿ではやことごとく包芽しているとも言え、こと彼と女性のかかわりを見る上でも、そのことが言えるという確信のごときものがあったからである。

では、この深追いの果てに、彼にとって女性という存在は、いかなるものであったかの明答を得られたかといえば、実は、充分に弾きだされたとは言えない。だが、手さぐりを続けるための布石は完了したとは、言える。

ただ、「河南府試十二月楽詞」の中に蠢動する女性は、宮女という限定はあった。王朝主催の科挙における答案であったから、李賀が、頌詩を兼ねて、中唐期の流行である宮詞体を選ぶのは自然でもあったが、彼の女性観を考える条件としては、宮女という限定は、あまりにも抽象的存在にすぎたといえるかもしれない。

宮女は、彼の生活と現実的に密着した関係にはないから、あまりにも対象的にすぎ、相手の中にのめりこんでも、なんらかの仮託になりがちであったが、彼の女性への官能の働きを見ることはできたし、なによりも仮託のありかたを知るよすがにはなったのであり、この布石を土台として、しばらく、李賀と宮女の関係を糸繰りしていこうと思い立っている。

「唯美文学は李賀に端を発し、李賀のその成功は、宮体に力を得ている」としたのは、民国の蘇雪林《そせつりん》であった。李賀を唯美文学の啓示者とみなす観点は、当時の輸入された西洋の文学思潮の援助にすぎるとも言え、安易にすぎるのだが、この宮体が彼の詩篇の全体に占める量が大きいのは、たしかであった。

李賀にたいして一章を割いた蘇雪林の「唐詩概論」にしたがうならば、梁《りょう》の簡文帝、陳の後主《こうしゅ》などの宮体文学が、六朝は斉梁の時代に発生した。「この派の文学は、宮体であると言っても、宮中生活をもっぱらに写すのではなく、凡《およ》そ女性にかかわる倚羅香沢《きらこうたく》の一切の描写をそのうちに包括していた。梁や陳の時代より、つづく初唐・四傑・沈佺期《しんせんき》・宋之問《そうしもん》・開元《かいげん》の時代には、その勢いは振わなくなったが、いぜんと潜流していて、断絶していたわけではなかったが、中唐に至って復活し、詩壇の勢力となった」と言い、白楽天の「長恨歌」、元稹《げんじん》の「連昌《れんしょう》宮《きゅう》」一千四百字からなる大作、鄭嵎《ていぐう》の「津陽門詩《しんようもんし》」が生れて、文人の興趣を刺激し、王建《おうけん》が七絶をもって宮中詞一百首を作り、王涯《おうがい》・張祜《ちょうこ》も宮詞を善くし、このような風潮の中で、「李賀、すなわちこの少年詩人は、驚才絶《ぜつ》艶《えん》、喜んでこのスタイルを試みた」と蘇雪林は説いている。

この復活は、時代の変化が文学を新しくしたからだと、文学史家らしい弁ですましているが、李賀の宮詞は、王建王涯の「写実的」で平易なのにくらべて「理想的」で深く難解だと区別もしている。三四十首の宮詞が李賀の詩篇中にはあるとし、宮殿と字をもってはっきり示したもの、古代の宮廷を扱ったもの、宮中の婦女生活を描いたもの、遊仙体に託したものとに分類し、それらは「深刻的句法」をもっているのが特点であるとしている。「六朝の宮体に従って、そこから香艶《こうえん》な感情と華麗な辞藻《じそう》を採取し、詩に〈美〉を恢復《かいふく》した」というのが、彼の主張であり、「李白の飄逸《ひょういつ》、韓愈の険怪《けんかい》、孟郊の刻削《こくさく》、それらをあわせて一鑪《いちろ》に融かした」ともちあげている。

「李賀は、もっともよく女性の感情を理解した詩人である」と言ったのは、「李賀論」の周誠真だったが、「唐人の女性の感情生活を描写する作品のほとんどが、閨情宮怨を描き、李賀も例外ではない。しかし李賀の宮詞はそれほど多くはない」として、数の計算では、蘇雪林と差が開いている。宮詞への見解の相違が、この差を生むのだろうか。いずれにしても、まず私が追わねばならぬのは、宮詞の定義ではなく、宮女である。

飛香走紅満天春　　飛香《ひこう》　走紅《そうこう》　満天は春
花龍盤盤上紫雲　　花龍《かりゅう》　盤盤《ばんばん》と紫雲《しうん》に上る
三千宮女列金屋　　三千の宮女　金屋《きんおく》に列し
五十絃瑟海上聞　　五十の絃瑟《げんしつ》　海上に聞ゆ

「上雲楽《じょううんがく》」の前四句である。ここでは、宮女は、「三千」

という数でしめされていて、特定の宮女は、指示されていない。動きも、三千という宮女のスペクタクルな動きであって、マス化され、ショー化されている。

「飛香　走紅　満天は春」。晩唐の張為《ちょうい》が、「詩人主客図」を作って、詩人を品類し、系列を試みた時、李賀は、「高古逸主」の孟雲卿《もううんけい》のもとに客として入室している。なぜ李賀が、孟雲卿を主人として客とならなければならないのか、理解に苦しむが、この際にあげられている詩句の一つが、「飛香　芝紅　満天は春」である。張為は、「走紅」を「芝紅」としているが、紅が走ることに、理智を介入させて、改語したとしか思われぬ。

　この句のみを受けとめる時、香の飛び、紅の走る、色と香の乱舞が、春天を埋めつくしていて、それはもはや、春景というには、あまりにもその一般性を凌駕していて、色彩という視覚的な刺激と、香という嗅覚的刺激とが、まぜかえしになって飛走している抽象の景にさえ思われる。詩の読者は、なぜ香は飛び、紅は走るのかの分別を求める前に、李賀の詩語の刺激をそのままそっくりに吾が身に浴びる必要があるだろう。

「花龍　盤盤と紫雲に上る」。飛香走紅して春に満ちわたる空の中を、花の龍が、盤盤《ばんばん》と旋舞し、紫雲を目指して、うねりのぼっていくのである。この動感に溢れる飛翔の光景はこんどは宮女の群と音楽の響きによって、ひきつがれる。

「三千の宮女　金屋に列し」「五十の絃瑟　海上に聞ゆ」。三千というのは、もちろん喩ではあるが、たくさんのという喩を超えているのであり、スペクタクルの大動員としての三千を想起すべきである。それぞれ黄金の館に住んでいるのだから、さらに三千の金屋の壮観を想うべきであって、喩として見すぎると一句の勢いに背くことになる。

　彼女たちのいっせいに弾く五十絃の瑟の音は、遠く海上まで響いてくる。この五十絃の瑟には、故事がある。黄帝が素女に五十絃の瑟を弾かせたが、その悲音にたえられず、半分に截って二十五絃にしたという伝説だ。しかし、李賀は、ここでは五十絃の瑟のままに、三千の宮女たちに合奏させているのである。その遠く海上までもひびき渡ってくるその曲奏の悲愁音もまた、壮大と言わねばなるまい。

　姚文燮は、この四句を次のように解釈している。「舞女雑沓《ざっとう》し春色は空に盈《み》ちている。花龍は釵《かんざし》である。大暦中、日林国より龍角の釵が献上されたことがある。上帝（代宗）はそれを独孤《どっこ》皇后に賜った。後に舟を泛《うか》べて二人が遊んだ時、その釵の上から紫雲が生じ、遂に二匹の龍となって、空を飛騰して彼方に消えた。又、玄宗は、月中の仙媛《せんえん》より紫雲曲を授かる夢を見たと伝えられる。これは舞う時、繊転宛麗《えんれい》たるものだと言われ、それはおそらく龍が盤盤として紫雲へ向って上昇せんとしてるかに見えるのではないか」。

　初句が、春色の空を背にした舞女雑踏の光景だという合点は、間違っていないだろう。「飛香　走紅　満天の春」の句にたいし、喩の観念をもって立ちどまる前に、まずざぶりとそのままに浴びたのち、さらにもう一度、飛香や走紅の語が、「舞女雑踏」の表現であることを念頭にいれて、打返すことによって、詩味は深まる。だが、次句への彼の解釈は、故事の探索に耽りすぎている嫌いがある。代宗や玄宗の故事は、あまりにも近すぎて李賀の習性にふさわしくないばかりか、「紫雲」や龍の利用は、そのような故事がなくても、常套なのであるからだ。

　むしろ、李賀は、梁の武帝の楽府七曲の「上雲楽《じょううんがく》」を踏んでいると見たほうがよいだろう。武帝は、熱心な仏教の信者であったが、ここでは、悠々と神仙の世界に遊んでいる。呉正子が、司馬相如の「大人賦」を引き、「世俗の迫隘《はくあい》を悲しんで」、雲気に乗って、詩の上で遠遊を図ったように、ここでは、李賀は、あきらかに天上に遊ぼうとしているのだ。「花龍　盤盤として紫雲に上る」の花龍は、代宗の皇后の故事ではなく、そのまま龍の飛翔を見ると同時に、舞女の小道具の龍が、空を上るかに見えるのだと二重投写して受けとめたほうがよい。姚文燮は、あまつさえこの詩に向って、諷刺をさえ見ようとしていて、三四句に対しては、つぎのように解釈を下している。

「憲宗は、神仙を好み、長生を求めた。また声色に耽り、美嬪《びひん》は宮中に充ち斥《はびこ》り、彼女たちの弾く絃は喧闐《けんてん》を索《もと》めて、声は海上にも通徹し、君王は天に上らんと欲した」と。桐城《とうじょう》の呉汝綸《ごじょりん》も、これを踏襲し、「李長吉評注」で、「これ、憲宗の女色を好みて仙を求むるを譏《そし》る」としているが、李賀の真意は、諷刺などというものにはなかったように思えてならない。

　憲宗であるならば、李賀の在世の皇帝である。李賀は、しばしば諷刺を放ったのは、事実であるが、姚文燮は、諷刺を乱費しすぎる傾向があり、そのことによって、李賀という詩人を小さくしているところがないでもない。たとえ、この「上雲楽」に諷刺を志していたにしても、詩作の過程の中で、自らの幻想と幻視に溺れ、かつその快感に屈して不発になっていたとしか言いようもない。そうではなく、李賀は、この詩において、自らを宮殿宮女を相伴して神仙の時空へ放っているのだ。

李賀の宮体詞を、蘇雪林は、四つに分類したが、これは、そのうちの遊仙体に属するものである。たしかに、「三千の宮女　金屋に列し」の詩句には、それ自体、つまり「三千」とか「金屋」の語に諷刺をはらむ対象がある。「五十の絃瑟　海上に聞ゆ」には、宮女の嘆きを聞くこともできよう。だが、遊仙のスタイルをとったこの詩の空間の充溢は、諷刺などという地上ごとを卑少化してしまっていて、なお諷刺を見ようとするものは、自らこの詩の喜びを逸することになるだろう。憲宗は、なるほど、好色によって三千の宮女を殿中に内閉し、長生術として神仙を求めたが、そのことと自らの欝屈を解放するものとしての遊仙詩のスタイルを踏むこととは別でなければならぬ。悲音を発する五十絃の瑟の合奏は、さながら、宮女の悲音の響きであるが、それが三千の宮女の手によって海上にまで響かす時、完全にスペクタクル化して、地上の毒を明快に抜きとってしまっている。

天江碎碎銀沙路　　天江《てんこう》　砕砕《さいさい》　銀沙《ぎんさ》の路
嬴女機中斷煙素　　嬴女《えいじょ》　機中に煙素《えんそ》を断ち
縫舞衣　　舞衣《ぶい》を縫う
八月一日君前舞　　八月一日《はちがついちじつ》　君前《くんぜん》に舞はん

この後四句にくらべ、前四句は、比喩に落してしまえば、地上的である。宮廷は、地上にあっても雲上的な見かたをされるのであるが、それも比喩であって地上ごとにすぎない。李賀は、その雲上的地上空間を、遊仙空間に換置した。それは、比喩を凍結したから、そう見えるのだが、その比喩を融かすならば、この遊仙空間は、やはり偽で、雲上的地上空間の出来事なのである。だが、後四句は、その偽りの遊仙空間の堕力でもって、そのまま真の遊仙空間へ運びこんでしまっている。

「天江　砕砕　銀沙の路」。夜の光景である。天江は、銀河であるから、春は終っている。こういう読解は、分別に過ぎ、李賀の詩のリズムに乗るためには、「五十の絃瑟　海上に聞ゆ」をそのまま、「天江　砕砕　銀河の路」の句と衝突させ、連動的光景として受けとめなければなるまい。「昌谷集句解定本」に引かれる呉正子注が、「五十の絃瑟　海上に聞ゆ」の句を「仙を成して海上に行く」としたのは、王琦などのように「遠く海上に至りても猶《なお》これを聞きうるとは、（宮中に）近き地では聞えないところはないということだ」と地上くさく解釈するよりはましだ。とはいえ呉正子はせっかく瑟の悲音を海上仙行させたにもかかわらず、故に「衆人聞くをえず」というなまぐさい結論をだしてしまっては、とうてい、そのまま次四句へ遊仙飛行することはできないのである。砕砕と細く割った銀の沙の路である天の河を、遊仙飛行の旅の中で踏み歩いていかねばならないのに、諷刺などという地上ごとにこだわる姚文燮は、この光景を宮女たちに見上げさせる始末である。

「宮娃《きゅうあい》の輩は、銀河を仰視して亦《また》、良きめぐりあいを思い願う。嬴女は、織女に比すもので、機中に素を織るのは、舞衣を截つためで、八月一日は、君王が仙人として合体する日である。この時、宮女たちは舞いを献じて寿を祝い、ねがわくば王の恩光を受けようとするのである」

これだと、この「上雲楽」は、ことごとく地上に終始していることになる。「嬴女　機中に煙素を断ち」の嬴女は、「秦王が嬴氏なので、秦女というに同じ。長安の女子をさす」と斎藤晌は句解し、葉葱奇は、「長安は古代の秦地であり、故に長安の女子を言うに流用す」という。このように都の長安にこだわると、この詩の天上性は失われいくばかりであり、銀河も地上から仰視しないわけにはいかなくなるだろう。天の河だから、織女だという言いかたを姚文燮などはするが、これは、妥当にしても、その織女は宮女だという図解に固執すると、どうしても地上的になる。機に絹を織るさまが、白い煙を断っているようだというのも、天上の光景として遊仙空間の中に、あくまでも見たい。機を断つのが、織女であり、ひいては宮女のことであるとしても、彼女を天空にとどめておきたい。この点では、陳本礼の説に賛成する。「通首、皆天上の景を言い、以て宮中を形容し、末一句に至って、すなわち点醒す」と言っているからだ。しかし厳密には、彼の説にすべて同じがたいのは、宮中を形容する目的で、天上の景を歌ったことになるからで、むしろ宮中がそのまま天上空間に昇格しているのであって、凡庸な喩体を馳っているわけではないのだ。

だが、この遊仙空間の運動は、陳本礼が「末一句に至って、すなわち点醒す」と指摘するように、ようやく「八月一日　君前に舞はん」がために、地上に帰還するのであって、それまでの通首は、雲上的地上空間たる宮中の装飾的詩句ではない。「当時の帝王の縦情声色、驕奢無度のふるまいを諷刺する」などと葉葱奇あたりも言うのだが、むしろ諷刺などというものから、一挙に解放されるために遊仙空間が、選ばれているのであり、そう考えるほうが、李賀のにがみにも、はるかに接近するのである。なぜなら、遊仙志向は、つねに現実からの解放が期されているからだ。

ここに描かれている宮女にしてもそうで、「上雲楽」の宮女は、完全にマス化されて、人格を失っているが、人格を失い、マス化することによって、彼女たちは、苦痛などという感情的な個人性から脱走して、遊仙空間に浮ぶことができたのである。舞衣を縫うため機を織るのも、地上で、天子の寿を祝って舞うためにしても、「織女」のもつ意味性に囚われて、君恩をえんがためと考えたりすると、李賀が、彼女たちを天上に拉致した意志が無にされることになる。「河南府試十二月楽詞」の「五月」でも、夏の酷暑に宮女は「回雪　涼殿に舞い」「甘露空緑を洗ふ」ことがあった。舞いは、一つの無の境地を招来する。君恩をうるために舞うのではなく、君恩を期待し、境涯を怨む心のつらさを一挙にふり棄てるために舞うのであり、その反照は裏返しに含んでいるにしろ、解放の旅にはやでているのであり、きわめてアナーキーの振舞いだと言える。「八月一日　君前に舞はん」の語は、舞いの快楽のみあって、君王の寿を祈ってのことであっても、そこには附加される人間くささはなく、虚無なまでの空洞が生じている。

　宮詞の詩人王建なら、こうはならない。蘇雪林は、王建の宮詞を写実的であり、李賀のは、理想的で深刻的句法であると規定したが、王建が写実的であるといっても、宮廷賛美の詩をもっぱらにしたのではなく、諷刺と諧謔をその中に織ることもあった。

鴛鴦《えんおう》の瓦上《がじょう》　忽然と声あり
昼寝の宮娥《きゅうが》　夢裏に驚く
元これ我が王の金弾子《きんだんし》
海棠《かいどう》の花下　流鶯《りゅうおう》を打つ

王建は、宮廷の現実の中に、深々とはいっている。後宮への出入は自由であるはずはないから、想定の現実であるが、あくまでも現実の宮中を意識しているのだ。そしてその諷刺は、痛烈ではなく、揶揄に近い。右の詩は、宮中詞一百詩のものだが、昼寝をしていた宮女が、おしどりの飾りのある瓦に物音がして、夢から目覚めるのだが、その音が、海棠の花に隠れて、王が戯れの中で鶯を黄金の弾丸の出る飛び道具で打ったせいだとわかったという詩であるが、ここには、白痴的な宮中生活が現実めかしてあって、宮女の怨みも否定もないが、そのことそのものが、揶揄の牙を隠しているとは言えるだろう。王建は「惜歓」なる詩で、「愁い尽きて天寛しを覚ゆ」という境地を示していた人だが、彼の快楽主義的な虚無は、けっして李賀のように地上を呪い、怨嗟することもなく、その反動として遊仙の空間に、わが身を棄却することもなかった。宮女たちは、あくまでも雲上的地上空間に生きている。

仙才と呼ばれる李白にも、「上雲楽」という楽府がある。遊仙の体はとっているが、その辞藻は、清《しん》の趙甌北《ちょうおうほく》が奇句警語として感心した「女媧《じょか》　黄土に戯れ　団して愚下の人と作《な》る」の如く、天上の詩句に富んでいるが、それはみせかけで、内容は、粛宗の盛徳をたたえるプロパガンダの詩で、説明と理屈で全首は貫かれて、地上をいっさい蹴りあげていない。

「天子九九八十一万歳　長く傾けよ万歳の杯」と詩を結ぶのだが、頌詩である以上、このことに是非はなく、李賀とても、「八月一日　君前に舞はん」としているのだが、ただ李賀と李白を大きく距てるのは、九九八十一万歳と大風呂敷を拡げても、あまりにも李白が地上的にすぎ、頌詩としても遊仙空間をなしていず、ましてや李賀のごとく、その遊仙空間に地上の反照と、それを打擲する虚無の明るさというものはなく、媚態的になまぐさいのである。王建のような地上的虚無さえもなく、なんのために雲に上らんとするのか、わからない。こういう詩を作った李白は、この時どのような境遇を生きていた時なのだろうか。

それはともかく、宮詞にあって、宮女の存在は欠かすことができない。写実的な宮詞の詩人たちにとって、宮女は、なんらかの仮託の素材となりがちであったが、なによりもエロチックな存在であっただろう。

長安の郊外に、宮女たちの墓がある。それを「宮人《きゅうじん》斜《しゃ》」と言った。丘陵の斜面に彼女たちが死ぬと埋葬されたので、「宮人斜」の名があった。中唐の詩人雍裕之《ようゆうし》は、同題で詠っている。

幾多の紅粉《こうふん》　黄泥《こうでい》に委ねる
野鳥　歌うが如く又啼くに似たり
応《まさ》に春魂《しゅんこん》の化して燕と為《な》る有るべし
年来　飛びて入る　未央《びおう》の栖《すみか》に

三千の美女を擁すると言われた後宮は、生きながら墓場であり、とりわけ中唐の詩人たちの想念を駆りたて、それらは、数多の宮怨詩となり、閨怨詩となった。まさに彼女たちが、その牢獄で死んで、黄泥の斜面に埋められても、なお詩人たちにエロチックな想念を結ばせた。雍裕之は、腐敗し白骨化した泥土の中の死体を想い、かつての紅粉の美貌を復元し、あたら後宮に凋落させていったその美貌の群を哀惜し、野鳥の声にその悲啼をきいている。宮女と言っても、死んだ時は、若くはあるまいに、春魂のまま詩人によってとどめられ、皇居に巣を作る燕をその変身の姿と見なし、かつての牢獄をなお執着するそのさまに哀切を見ている。李賀も、宮女にエロチシズムを見たが、その質は同じではなかった。

　蘇雪林は、李賀の宮詞は、写実的ではなく「理想的」であると言った。この「理想的」と言う規定は、よく理解できないのだが、彼がたとえば王建の如く、あたかも後宮へ自由に出入して、自ら目撃したかのように宮女たちを描かなかったことは、たしかである。すくなくとも、まず最初に見た「上雲楽」では、宮女たちは、曖昧な多数として情念をあたえられるのではなく、はっきりとマス化されて、人格を奪われたまま、天上に拉致されたのを見た。それは、天上へ、君王を祝う口実のもとに集団脱走しているとも言え、それが一つの宮女への救済であった。だが、いつも、このように宮女を対象化していたわけではない。

十

「三月過行宮［三月 行宮《あんぐう》を過《よ》ぎる］」という詩がある。行宮は、皇帝の仮宮であり、旅中に滞在する殿閣である。

　行宮の名は明記されていないが、方世挙などは、「東都洛陽の行宮なり。明皇（玄宗）はかつて年ごとに巡幸していたが、安史の乱後は行われなくなった」と言い切り、洛陽の行宮であるとしている。昌谷——洛陽——長安の間を往復していたころの詩であろうか。

渠水紅繁擁御牆
風嬌小葉學娥粧
垂簾幾度青春老
堪鎖千年白日長

渠水《きょすい》の紅繁《こうはん》　御牆《ぎょしょう》を擁し
風は小葉《しょうよう》に嬌《こ》び　娥粧《がしょう》を学《まね》る
垂簾《すいれん》　幾度《いくたび》ぞ青春の老《お》ゆ
鎖《とざ》すに堪える　千年白日の長き

三月に行宮のそばを李賀が過《よ》ぎったということは、つまり、記録性を内包して、一つの実体験の「興」をあからさまに詩にしているということで、朱自清の年譜は、その上にたって「三月過行宮」を元和八年の作としている。年譜作成の補助としているわけだ。彼が官を辞して、春に故郷へ帰った時、つまり春三月の作としている。

　ここにも、宮女がゆらめいているのだが、「河南府試十二月楽詞」や「上雲楽」の宮女とは、その対《むか》いかたが、はっきりとちがっている。これまで見てきた宮女は、現実の宮女というよりも、李賀の脳裡空間で、「宮女」として炉を通されていた。「河南府試」の宮女の姿は、実在感をもっているといっても、やはり炉細工であるし、「上雲楽」の彼女たちが、遊仙の空へ向って集団脱走できたのも、炉細工であるからだが、「三月過行宮」は、そういう細工の暇をもってはおらぬ。宮女をコマとして動かす余裕をもっていない。

行宮を過ぎった時、李賀は、その奥に宮女を想定したのだが、もちろん、その宮女の姿を実見したのではないのだが、その時、行宮の奥に確実に息をして生活している宮女の境遇を想ったのだが、あくまでも想いでとどまっていて、なまぐさい感想になっている。現実を撥ねた想像力ではなく、現実に即した想像力を示している。しかし「上雲楽」の天に拉致されて飛翔する宮女の解放は、「三月過行宮」に見る李賀の宮女観が土台になるのである。「上雲楽」では、宮女は詩中になまぐさくなく、躍っているが、「三月過行宮」には、宮女は見えぬ。行宮の奥に宮女が息していると想定したかたちでしか、宮女を見ることはできぬが、しかし、その見えぬ宮女は、なまぐさい。それは、宮女が現実に生きている人間としてなまぐさいからではなく、李賀そのものが、疲労をのせた足をとめ、腹の中にはその日の食べたものが残っているそういう肉体をもって行宮の前でたたずみ、宮女を想ったりしている李賀そのものが、なまぐさい位置にあるからである。李賀は、現実を蹴りあげていないということによって、宮女をかえって対象化できないでいる。

ふつうは、その逆である。晩唐の詩人司馬礼《しばれい》に、「宮怨」という詩がある。

柳の色　参差《しんし》と画楼《がろう》を掩《おお》えり
暁の鶯　啼いて送る　満宮《まんぐう》の愁いを
年年　花落つるも　人の見るなし
空しく春泉《しゅんせん》を逐《なが》れて　御溝《ぎょこう》を出《い》づ

司馬礼は、この詩において、宮女を対象化しえている。「柳の色　参差と画楼を掩えり」。司馬礼の見た宮殿の光景は、柳の季節で、彩色された楼閣に、その柳の緑がかぶさっている。「暁の鶯　啼いて送る　満宮の愁いを」。暁がたの朝であることがわかる。鶯が啼いている。その啼き声には、閉じこめられた宮女たちの愁いがのりうつっている。「柳色参差掩画楼」の初句は、宮殿の風景であるが、そのさまは、宮女たちの心象そのものであり、というより宮女の姿の風景化であるとも言え、その風景の中に、宮女の姿を象徴的に貼りこんだのだとも言え、こういう詩の手口を、唐詩は常習とする。「年年　花落つ　人の見るなし」。来る年も来る年も、花は咲き花は散るが、だれもそのことに気づかない。宮女たちも、それを眺め気づくこともなく、楼中に内閉されている。年年、宮女たちは齢を重ね、花の散る風景も同じように繰り返されていく。「空しく春泉を逐れて御溝を出づ」。散った花びらは、春の泉の流れに運ばれて、宮中の溝《おほり》から空しく消えていくが、齢は重ねても、宮女たちは落花の如く城中を脱けることもできず、閉じこめられたままである。落花が、年年、誰に見とられることもなく春泉を流れ去っていくのも空しいが、それよりも空しいのは、城中で頽齢していく宮女のほうだと言おうとしているかに思える。

宮女の姿そのものを見ないことでは、「三月過行宮」と同じであるけれど、司馬礼の「宮怨」では、きっちりと宮女を対象化し、外在化している。それは、司馬礼の現場を前にしての想像力が、宮女への憐みと同情にとどまっているからである。彼の立場は、だからはっきりしている。同情し憐むのは、あくまでも司馬礼であって、宮女は宮女のままであって、自らが宮女の中にのりこんでいこうとはしない。李賀の「三月過行宮」は、その足場を維持できずに、宮女の中へのめりこんでしまっている。現実の生身の宮女を想うことによって、その同情と憐みは、そのまま自分への同情と憐みに変化して、対象化を曇らせる結果になっている。

渠水の紅繁　御牆を擁し

渠水は、御溝の水である。紅繁は、「葒蘩」とも言われ、「おおけた」と「白よもぎ」で、葒は湿地に生え、赤白色らしいが、蘩も白であるから、御溝をめぐらした行宮の城壁をやさしく抱くようにして咲く葒蘩は、白紅の色飾りによってであり、それも白色のほうが優勢で、それに葉の緑も加わるから、その垣塀《えんぺい》の色のデザインは、緑と白に包まれ、その中に紅色が、鮮かに日立つという情景が予想される。いったい唐代の行宮のスケールというものは、よくわからない。J.D.Frodshamは、その詩注でこう言っている。「玄宗皇帝が、行宮に滞在した時、幾人かの女性が彼と夜をともにするため連れてこられた。皇帝は二度とここへ戻ってこないであろうにもかかわらず、自分が去った後も、宮女たちが、永遠にこの行宮へ幽居して、留まるよう命ぜられた」と注釈していて、玄宗の行宮と決めてかかっている。そうであったかもしれないが、このように行宮は、常居する宮殿とちがって、宮女たちの数は、莫大に用意されていたとは思えないから、李賀の想定した宮女は、数十人の彼女たちで、鶯の啼き声に司馬礼が「満城の愁」を聴いたような数の強勢は、「三月過行宮」の彼女たちの運命に荷わされてはいない。

司馬礼の詩は、作者が行宮のまわりにたたずんでいるかの如き装いがあるが、多くの宮詞がそうであるように、現実の擬態であるかもしれず、だが李賀の詩は、たまたま過ぎ去った行宮の前で、現実態としてしばし立ちどまっている気配がある。「擁す」という語に、行宮の前で立ちどまりながら、宮女の運命に思いを寄せる李賀のいとおしげな意が、託されていると見なければならず、数千の宮女を想定していては、「擁す」の腕の幅を、李賀は拡げるわけにはいかないだろう。

風　小葉に嬌びて　娥粧を学ねる

「擁す」の語を使った時から、李賀は、宮女を対象化できずに、前のめりしていく己れの主観と自己投射の予備運動を感じるのだが、ここでも積極化している。莊は、丈において長大の成長を見ると言われるが、「小葉」とあるのは、まだ春が浅いからである。春風が、その小葉に嬌びている。風はただ吹くだけで、嬌びるはずもないのだが、城のひめ垣を擁しているかに見える莊蘩の花と葉の茂りへの賛意は、李賀をさらに前のめらせるのであって、その微風に李賀も乗って、小葉に嬌びるのである。小葉が春風に揺れて、いよいよ可憐に見えるということなのだが、詩の感受性と機智は、意を逆行させて、小葉の可憐に風が嬌びると見るのである。だが「娥粧を学ねる」のは、風ではない。李賀の詩の造型にあたっての目さばきは、すぐに旋転するのであって、風に嬌びられた小葉が、こんどは行動をおこして、宮女の化粧を真似る、と見るのである。小葉が化粧を真似ることができたのは、春風のおかげなのだが、主動者は一転して、小葉になってしまっている。

これも、李賀が風景に対して強くのりだしているからで、「柳の色　参差と画楼を掩えり」と歌った司馬礼があくまでも、宮城の風景を対象化しきれたのと、対照をなしている。また司馬礼が、風景を対象化しつつも、宮女の姿の象徴（興）を賭けたように、李賀も、「擁」「嬌」「学」の語をもって、風景を人称化して、宮女のかげろうを立ちのぼらせてはいる。王琦は、このことを懇切に実証の材料を蒐めてきて、こう説明する。それらの草花は、「春風に揺動して、緑に媚びて、可憐となる。これは女子の眉のかきかたにも比せられる。古代の画眉は、黒であったが、隋唐に至ってからひさしく緑となった。韓非子には、〈粉白黛黒《ふんぱくたいこく》〉とあるが、韓昌黎《かんしょうれい》の文には、〈粉白黛緑《たいりょく》〉とある」。御牆を擁する「紅繁」は、これを色彩で還元すれば、白と紅と緑であることをすでに見たが、王琦は、それを唐代の女性の化粧と照合して見せるのである。李賀には、そのような謀みがあったとは思えぬが、そういう色を含んだ風景の中に、化粧をした宮女たちの顔を見ていたことにはちがいない。

この行宮に封じこまれた宮女たちが、みな娥粧の小葉のように可憐であったかどうかは知らぬが、李賀もその宮女の姿を目撃したわけでもあるまいが、御牆のあたりでたたずむ旅人の李賀は、その奥処《おくが》に住む宮女たちの姿を想定する李賀は、もっぱら可憐なるものとして見ようとしているから、その思いいれが反動化した時、その思いいれの深さだけ、きびしいものとなる。

垂簾　幾度ぞ　青春の老ゆ

宮女たちが、一種の幽閉軟禁されているさまをあらわすには、「垂簾」の語を用いるのが、常套であるが、その可憐の宮女たちが、みすみす年を重ね、粉白の化粧も、皺の溝の中に塗りこめることになり、黛緑の画眉も、けわしいものとなる。司馬礼が、「年々　花落つも　人の見るなし」「空しく春泉を遂れて　御溝を出ず」と言ったように、宮詞のパターンであり、その感慨のありかたの大筋は、李賀もはずしていないのだが、彼の前のめりの心を受けたパターンは、宮女の姿を、さびしい老醜として変貌させてしまう。

「垂簾　幾度ぞ」と言っているところからして、その行宮が、玄宗のそれに限ったことではないようにも思われるが、春風に揺れる小葉に可憐なる宮女を見た李賀は、唐詩人のパターンを踏んで、彼女たちの未来に頽齢を見る時、「青春老ゆ」の語をもって深く対応しないではいられなかった。

あたら若さを凋《しお》らせていくことを言おうにも、李賀は、「青春老ゆ」の語をもって迎えとった。この「青春老」は、季節は春だからその没落でもあり、紅繁とその小葉の没落を表わしていると同時に、宮女の頽齢が期されているのだが、あえて「青春老」の語句を選びとった李賀は、三つがさねに自分の姿をもその状態にむかって倒していかねばならなかった。

この行宮の前を過ぎった時、病のため宮を辞しての旅中にあったであろう李賀は、おそらく二十三四才の青春の中にあった。司馬礼が「宮怨」を作った時、何才であったかは、不明であるが、多くの宮詞が、青春哀惜のパターンを踏む時、すでに青春の中に自らを置いていない詩人たちによって作られたから、それらの詩は、つねに宮女を宮女として対象化しえた。若き李賀が、宮女の頽齢を予想する時、青春哀惜の余裕の位置になく、自らの慄《ふる》えとなって重って、とうてい対象化できない。宮女を通して、惨酷なまでに自らの慄えを投射してしまっている。宮女への同情がくるりと屈転して、自らが自らを同情し、いや同情をこえて、自らを痛めつけている。結句は、李賀の時間への恐怖を一層、露頭させ、同情を超えてしまった自らへの惨酷は、宮女への無残なる仕打ちとなって、詩は暴力化している。

鎖すに堪える　千年白日の長き

葉葱奇の疏解だと、こうなる。「宮女は、長日にわたって深く宮禁に鎖されて、幾度も春の尽きるのを眺めつつ、一生の長きを老いて終える、そういう彼女たちを同情し、そういう彼女たちを憐れんでいる」。むしろ、李賀によって棲みこまれた宮女たちは、同情と愛憐を受けるのではなく、刑罰を受けているに等しい。宮女を幽囚の位置においたのは、唐の皇帝を頂点におく政治機関なのだが、その幽囚を、自らの境遇にひきあわせて、同情をもって対するにとどまらず、かえってその幽囚にめりはりをあたえて、鎖をまきつけて縛りあげてしまっている。

ここにも、やはり対象に自らの顔を見てしまう李賀のねじれた屈曲の深さを見ないわけにはいかぬ。李賀の詩における老いへの恐怖の意識は、もともと一つのルートがあって、青春そのものの中に、「老」を見るのであり、死の観念と死の予想に自ら膝まづくことによっていた。それもまた自己刑罰なのだが、この「三月過行宮」の刑罰は、その老いることを青春の果てに延長させている。つまり、宮女の老いの予想は、青春、中年、老年という着実なる順序を踏んで、いくのである。この予想は、青春の中に老をみるのが習いの李賀の苦渋からくらべれば、なにごとでもないようだが、なぜなら、宮女への同情は、城中に鎖されて、その階段を歩まねばならぬことに対してであったからだ。李賀の時間への恐怖は、このような緩徐なる時間の老けていくことに対してではなく、いつも一挙に老いを若さの中に迎えていたはずなのに、ここでは宮女の側にはいりこむことによって、彼はむしろ人《じん》間《かん》平常の、この世の中一般の、時間の中に生きることになってしまっているのだ。

これは、どういうことなのか。「鎖すに堪える」と宮女の身になって言っているが、これでは、恐怖の克服ではないか。もちろん、宮女の老いは、鎖されるという条件に立ってのことであるから、いたましいのであるが、このことに自分を重ねたとするなら、短命におびえていた李賀にとって、順を追って齢をとるという好条件を摑んだようなものだが、やはりそれも鎖されているからには、惨酷なことなのか。鎖されていても、一生を人間通常の時間に立って完遂をとげるのであるから、堪えることなども、短命にくらべればよいという思いがあって、李賀は、あつかましくも宮女になりきっているのか。

そうではあるまい。李賀が、この詩で、宮女の境涯に思いを馳せたのは、彼女たちが、鎖されたまま美貌を枯らしていくことに対してであった。鎖されているということに対して、自分を投射させていたにちがいない。李賀は、宮女たちのように身をもって幽閉されていたわけではないが、科挙の事件によって、彼の心は、鎖されているという観念を増幅させていた。だが、この鎖されているという観念に、もう一つの短命におびえる時間の観念も、李賀の心中には併存していたのであり、それが、宮女というのりうつる対象を迎えることによって、矛盾を破裂させているのだ。

矛盾などというものは、人間にとって、さほどの苦痛ではない。人間は、平気で生きていける。東洋の哲学は、これを併存させて生きることの知恵を教えている。だが、なんらかの対象を迎えようとする時、その矛盾が、同化の対象と摩擦をおこすことがあり、その知恵をもってしても、李賀を救うことは、できなかった。それが、矛盾の破綻であり、矛盾そのものは、人間にとって破綻ではない。

李賀は、「三月過行宮」の詩で、はからずもその破綻に堪えてみることになったのだ。それこそが、李賀が自らに迎えた刑罰である。青春の中に老いを見ることに堪えるのではなく、青春を老いにまで連続させることに堪える始末記が、「三月過行宮」なのであり、ついに「千年白日の長き」に堪えることを課すにいたる。「千年」は、喩に過ぎぬにしても、この言葉は重い。青春の時点が、じょじょに老いを遂げるまで千年という長日の「時罰」をあたえるのであるからだ。李賀の生命への渇望が、「千年」と言わせたのではなく、宮女の中に自らを投じたばかりに、「千年」の忍辱に甘んずる破目を引き受けることになり、ひいては詩中の宮女にも、同情どころか苛酷の鞭を課すことにもなる。

その「千年」も、夜と昼の交代する平凡な時間の堆積である長日ではなく、「白日」という条件をくわえることになる。「白日」も「千年」と同様に、喩にすぎず、夜昼ふくんだ一日を言っているのかもしれないにしても、「白日」という語を選んでしまったことの重みは、重きに重い。内禁という鎖されの中で、夜のない白日を生きる千年は、長きに長く、それは堪えるに堪えがたく、それをあえて堪えようとしている。垂簾の中は、昼も暗いにしても、やはり昼と夜はあるはずなのに、「白日」一点ばりに宮女を心中させて、自らとともに閉じこめようとしている。

もっとも、この個所の解釈は、諸解まちまちである。邦人の解釈を例にとっても、鈴木虎雄は、「この春をよそに簾を垂れてひきこもっているが、その間にいくたびの青春が老いゆくことだろう。千年の日長をも其中《その》に鎖されているに十分だ（まことに気の毒のことだ）」とする。白日は、日長の意味としている。荒井健の訳解は、「おろされたみすの陰で、いくたび、春の季節が過ぎて行っただろうか。だが、これからもう千年間、長い昼間を日光をとじこめることにもなりそうだ」となり、斎藤晌は「たれこめた御簾《みす》のかげで、いくたびか青春が老いていったことか（あわれ彼女たち！）永い春の日、これから千年たっても、この宮殿はキット閉鎖したままになるだろう（二度と御幸を見ることもあるまいから）」となる。さきの葉葱奇の疏解とあわせてみても、諸人まちまちの受けとめかたをしていることがわかる。

早逝を予期していた李賀にとって、千年の生命の持続は、暗い予覚からの解放でもあるのだが、「千年」を考えることは、鎖されの意識の面からでは、いよいよ残忍なる仕置きとしてなんら矛盾していないにしても、短命の意識の面からでは、矛盾となって露呈したのだが、李賀の習性としては、こういう矛盾の破裂に対して、あわてて応急処置することがあり、その結果が、「千年」の罰に、「白日」を加えたのではないか。そして、千年の白日を脳裏で体験することによって、それは、短命以上に、堪えがたきものとして、自己をつくろったのではないか。

この詩の宮女は、行宮のそばを通った旅人としての経験によって対象化されえないため、ダブルイメージどころか、李賀に棲みこまれてしまったのだが、曽益の「青春は徒《いたずら》に老い、白日は空しく長くして、君王の已《すで》に逝き、昔日の如き日々の戻ってこぬ経過を言っている」とか、姚文燮の「御簾低く垂れ、久しく蹕駐《ひっちゅう》なし。千年日を永くし、何時ぞ再び駕幸《がこう》を邀《むか》えるを得ん。意は又、帝京の多士を謂い、たがいに陸沈《りくちん》に苦しみ、浮華に憧れて競わんと欲すれど、終《つい》に無用となる。幽欝窮年。芳時不遇にして、又安《いずく》んぞよく龍光を観るを得んや」にしても、手離しにその解に賛意をできないのは、李賀の時間への焦燥のつくろいぶりを見抜いているようには、思えぬからである。

十一

奉礼郎という低い、自ら卑《いやし》んでいた官位を棄て、病身をひきずって帰郷する途次の作であるため、さきにみた「三月過行宮」の詩での李賀は、いっそう宮女を対象化しえなかったとも言えるかもしれぬ。

宮詞を作ることは、時代の風であったにしても、李賀は、多くの詩人たちのように、宮女へ猥雑な同情の挨拶を送り、或いは時局への蚊の刺すがごとき諷の身ぶりでとどまること、つまり対象化することはできなかった。そのような対象化は、宮女への無礼だと心得ていたというより、そのような所作は、安き人情であると心得ていたというより、そんな暇は李賀の病んだ心身の中にはなかった。

主体化するのであれ客体化するのであれ、そんな手続きの暇はなく、燐寸《マッチ》の火が、紙に触れるや、すぐに燃えあがるように、物象にのりうつった。時には、紙が湿って燃えないことがあっても、かならず燃えあがらせないではおかなかった。その意味では、「宮女」という「物」は、李賀にとって自らをのりうつらせやすい対象であったともいえる。

だから、一応、ここで、思い切って、まさしく男である李賀が、男として、女である宮女たちへ向って対応していないのだ、と言いさだめてもよい気もしてくる。宮女は、皇帝の私物でもあり、李賀ばかりでなく、いかなる宮詞の詩人にとっても、手の届かぬ存在であり、存在どころか仮在に等しきものであった。しかし、多くの宮詞の作者は、彼女たちを、女として見ていた。

「過華清宮〔華清宮《かせい》を過ぎる〕」という詩は、「三月過行宮」と同じく、朱自清の説によれば、官を去って、「帰途所歴の間」の作とされている。

華清宮。都長安の東、驪山《りざん》のふもとにあった玄宗の離宮である。貞観《じょうがん》十八年（六四四）、太宗が建て、翠微《すいび》宮と言い、彼はここに滞在して、病を養うことがあった。温泉があったからである。次の高宗が、咸亨《かんこう》二年（六七一）、温泉宮と改名したのはそのためだが、太宗が建立してからおよそ百年後の天宝《てんぽう》六年（七四二）、玄宗は、この離宮を改築拡大して、華清宮と、三たび名を改めることになった。

春寒《しゅんかん》　浴を賜ふ　華清の池
温泉　水滑《なめら》かに　凝脂《ぎょうし》を洗ひ
侍児《じじ》　扶《たす》け起せば　嬌《きょう》として力無し

始めて是《こ》れ新《あらた》に恩沢を承《う》くるの時

白楽天が名にし負う「長恨歌」でこう詠ったのは、この華清宮にほかならない。楊貴妃が、はじめて玄宗の恩沢を承けたのは、この離宮においてであり、この温泉において寵愛の前の肉体を洗わせたのである。

この温泉の水質は、硫黄であったらしい。硫黄泉は、濁っていて、とろっとしていて、楊貴妃の入浴場面を歌って「水滑かにして凝脂を洗い」という白楽天の空想的エロチシズムの目は、説得力をもち、また長くつかっているると、かえって疲労し、ついにはのぼせてしまうのが、硫黄泉でもあるから、「扶け起せば　嬌として力無し」というのも納得がいくが、そんな符合をしなくても、それらの詩句は自立していて、エロチックであり、「扶け起せば」と言っているところをみると、楊貴妃は浴漕の中で、ぐたりとのぼせてしまったと、白楽天は空想しているわけだ。

つまり、白楽天にとっては、あくまでも、楊貴妃でさえも、なまなましい肉体をもった女である。「驪宮　高き処　青雲に入り」「仙楽《せんがく》　風に飄《ひるが》って処処《しょしょ》に聞ゆ」というところでの出来ごとであっても、観念の場所になりきることなく、だから玄宗の溺愛は、「遂に天下の父母の心をして」「男を生むを重んぜずして女を生むを重んぜしむ」対象として、すなわち一個の値のある女として歌いあげているわけであって、玄宗をさえも「人間」の位置においてはばからぬ。

こういう白楽天の態度は、宮女にたいしても同じであった。楊貴妃が、玄宗の寵を得てからというもの、とりわけ美貌の宮女は、上陽宮《じょうようきゅう》に別置され、帝の目に触れないように幽閉させられた。白楽天に「上陽白髪人愍怨曠也〔上陽白髪の人　怨曠《えんこう》を愍《あわれ》むなり〕」という詩があるが、それは、宮女にたいして、遠き対象としての境涯へ同情するのではなく、あくまでも息のする「人間」として扱う。宮女を対象化しても、なまぐさい宮女として扱うなまぐさい白楽天が、なまぐさい宮女と対《むか》いあうのである。現実には不可能でも、詩では、可能なわけだ。

「上陽の人　上陽の人」「紅顔暗に老いて白髪新たなり」と白楽天はその詩で呼びかけている。あたら美貌の衰えいくを言うのは、宮詞作者の常套だが、白楽天がそれらの作者たちにくらべて凡でないのは、その愍《あわれ》みの心が、けっして彼女たちを美化する道を歩まないからである。

彼等は、宮女の白き髪を言っても、かつての美貌を深く残映させるような言語技術を詩にはたらかせるのだが、彼は美貌と白髪を具体的に同等化して対照させる。「瞼《まぶた》は芙蓉に似、胷《むね》は玉に似たり」と言っても、「零落《れいらく》　年深うして此《この》身を残す」と、過去に鏡をあたえるだけでなく、現実にも同じ磨いた鏡をあたえるのである。生身の宮女たちにとって、曖昧に同情されるのと、白楽天のように暴露的に同情されるのと、どちらを好むかと言えば、やはり曖昧に美化する前者であるかもしれぬ。

　白楽天が生れたのは、大暦《たいれき》七年（七七二）。楊貴妃が、馬嵬《ばかい》の駅で縊死せしめられたのは天宝十五年（七五六）であるから、それから十五・六年後に彼は生れているわけだが、上陽宮の彼女たちは、「唯　深宮に向って明月を望む」「東西　四五百廻　円《まどか》なり」とそのしぐさについて詠っているところを見ると、天宝の末年よりこのかた四・五十年は経っているわけで、白楽天も、中年の坂にはいり、徳宗の貞元《ていげん》の御代も終りにはいり、李賀も十才やそこらになっているころまで、玄宗死後もなお幽閉されたままの彼女たちは、生きつづけていたと言ってよい。

　そういう彼女たちは、老醜の顔になお、青黛《せいたい》の眉を細長く引き、尖った靴をはき、狭窄《きょうさく》の衣裳を着ていて、つまりむかしのままの流行を身につけているから、今時の人が見たら笑いだしてしまうだろうと、彼は、彼女たちの現実を具体化する。

　そうすることによって、宮女たちは人間化されるのだが、李賀が彼女たちの老いいくことへ、自らの老いの意識を重ねてしまったと同じように、白楽天の現実志向という我意によって、宮女たちは喰われてしまっているとは、やはり言えるのだ。

　白楽天の宮女への人間化は、愍むという人間主義に立ってそうしたというより、その愍み自体に、政治がはいっている。彼の詩の、宮女を宮女として見るという現実性とは、そのまま政治志向につながるものであり、当の宮女たちにとっては、喜ぶべきようで、なんとなく面白くもない詩であったかもしれぬ。「上陽の人、苦《く》最も多し」「少にもまた苦《くるし》み　老いてもまた苦む」とまで、自分の口からならいざしらず、他人の口からしつこく言ってなどもらいたくはないだろうからだ。人間は、なによりも現実的なるものだが、現実ごとだけでは生きていけない。白楽天の諷諭詩は、世間の評判が高くとも、上陽の宮女たちはそのままとりのこされるだけで、救われやしないだろう。しかし宮詞は、彼女たちの耳へ届くように作るわけではないから、白楽天は気にするはずもないのだ。

　その後、華清宮は、粛宗、代宗、徳宗の代にわたって、そのままに放置され、皇帝の行幸はなかった。それは、安史の大乱を呼んだ楊貴妃のいまわしき思い出に対して政治的配慮がなされたからであろう。白楽天の新楽府《しんがふ》に、「驪宮高」という諷諭詩がある。その墻根《かきね》には衣《こけ》が生え、瓦には松が生えている様が歌われている。「天子の人の財力を重惜するを美《よし》とする也」と附題されているところを見ても、華清宮が朽ちたままになっているのを、白楽天は善政と考えて、よしとしているのである。

なぜなら、もしひとたび行幸すれば、「八十一車千万騎」の行列をつくり、六宮《りくきゅう》の妃嬪《ひひん》と百官をひきつれていくことになるからである。その費用は膨大であり、苦しむのは民であるという発想であり、その詩は、「君の来るは一身の為なり」「君の来たらざるは万人の為なり」で終っている。

ごもっともな詩であるが、この諷諭は、現皇帝へ、おそらく徳宗への追従にもなっているという側面をもっている。同時代人たる李賀は、この華清宮を前にして、どういう感慨を抱いたであろうか。

白楽天は、「驪宮は高し」という詩題にしたが、李賀は、「華清宮を過《よ》ぎる」という題を選んだ。おそらく白楽天は、政治への野望に燃えていたころの作であり、李賀のように政治の前から敗退して、「過ぎる」という位置にはいなかった。同時代人といっても、その時間は、二人が華清宮を目の前にした時とは、それぞれややずれていて、李賀は、あきらかに憲宗の御代になっている。

春月夜啼鴉　　春月　夜啼《やてい》の鴉
宮簾隔御花　　宮　簾《きゅうれん》　御花《ぎょか》を隔つ
雲生朱絡暗　　雲生じ　朱絡《しゅらく》は暗く
石斷紫錢斜　　石断《わ》れて　紫銭《しせん》は斜なり

宿殿が驪山をめぐりめぐって並び立ち、飛霜《ひそう》、九龍、長生、明珠《めいしゅ》などという名の殿閣があいつらなっていたと言われるが、李賀は、その遂一を見てまわったのかどうかはわからない。辞官の旅の途次だとすれば、都を去っていくばくもたっていないはずだが、詩の上では、夜中に過ぎったことになる。

春の夜である。「春月　夜啼の鴉」。春月と言えば、夜にきまっているが、李賀は、あえて「夜」の字を一行中に加えている。それは、春月では、言いたりないからというより、鴉を啼かせたからであり、「夜」の字がはいることにより、春月を縁どる夜の色の暗さも、その暗さの中に光る月によって照らされた鴉の黒い色彩も、鮮明に諧調をなし、その啼き声も「夜啼」というにふさわしい鋭いわびしさを帯びるにいたっている。

月光を浴びているといっても、暗く黒い夜に包まれている華清宮の庭には、花が咲き乱れていて、その花ごしに簾が見えている。初二句を、春月や花に惑わされてか「昔日の華清」と見なすのは、陳本礼だが、やはり李賀の目睹した華清であり、丘升象のように安禄山が長安を陥した後と見るのも当らない。どうして、李賀が、今、目の前で見た光景であってはいけないのか。

　春月に鴉はつきものにしても、李賀は、あきらかに、「夜啼の鴉」を見ることによって、華清宮の寂寞を見ているのであり、花は、人無くも咲くのである。花を言うことによって、宮簾は導かれ、にわかに女が匂ってくる。

　だから次二句は、陳本礼の言うように「乱後の華清」ではなく、「御花」ごしに視線が動きだして見えてきた光景であり、窓に垂れる珠玉を綴った朱糸も、宮殿のまわりにわきでた雲の暗さに色を失って、暗い。朱絡は、色を失っているが、失っていると知るだけ、その「朱」は李賀の中にある。石段も、ひび割れていて、苔の紫銭が斜めにへばりついている。人気のない、暗い夜の華清宮に、紫や朱が浮んでいるのである。

玉椀盛残露　　玉椀《ぎょくわん》　残露《ざんろ》を盛り
銀燈點舊紗　　銀灯《ぎんとう》　旧紗《きゅうさ》に点ず
蜀王無近信　　蜀王《しょくおう》　近信《きんしん》無し
泉上有芹芽　　泉上《せんじょう》に芹芽《きんが》有り

　この五六句のみを、陳本礼は、「今日の華清」としているが、それまでの状をふくめて、視線は、闇の中を移動しているのであって、ついには、玉椀を見いだしている。この玉椀は、おそらく仙を好んだ玄宗が、華清宮内に祭った堂中に李賀が見いだしたものか、落ちていた玉椀に露がたまっていたところから、長命の承露盤を連想したかである。

　行幸が、李賀が過ぎった時からさかのぼって六十年余も、たえてなかったとはいえ、無人というわけではなかったらしく、やはり管理されていたと見える。それは、銀灯のともる光を発見するからで、盛時のまま、とりかえられずに古びた紗のカーテンを通して、その光はにぶげに映っている。

「蜀王　近信無し」の蜀王は、誰か。玄宗皇帝のみではあるまい。白楽天の言うように、次代よりどの皇帝をもが、この離宮への行幸を政略的に見合せていたとしたなら、玄宗が蜀へ蒙塵して以来の皇帝は、みな「蜀王」だと言ってよい。姚文燮の言う太宗の第六子である李愔《りいん》であるという説をはじめ、各説あるが、ここでは、漠然と捉えておいたほうがよいようにも思われる。

それよりも、「近信」を待つのは、誰なのかということだ。この詩には、女の匂い、宮女のひっそり怨みのこもった匂いが流れてくるのだが、その女は、死んだ楊貴妃ではあるまい。それとも、上陽宮のように、玄宗以来の宮女が幽閉されたまま、なおいるのか。

　その注釈で徐文長は、妙なことを口走っていて、「山《さん》精《せい》、化して女子となる」としている。しかし「蜀王、その死を哀れみてこれを葬り、その隆を極める。以て明皇貴妃の事に比す」と言っているのは、よくわからない。董懋策《とうぼうさく》は、この解にたいして、「ひそかに明皇の蜀に幸《みゆき》するを意《しる》し、故に蜀王と称す。必ずしも山精の故事に入らず」と反撥しているが、いずれにしても、明皇玄宗を非難する感情が、強く李賀の心中に沸きおこったとは、思えない。

　李賀にとって、最も感慨深かったことは、この華清宮が、頽朽し、打ち棄てられていることそのものであったように思えるからで、他の詩人、たとえば、李約《りやく》のように、「一曲霓裳《げいしょう》　四海は兵」と、歴史の惨酷にうたた感じいったりなどするはずもなかったし、王建のように、「時有りて雲外に天楽《てんがく》を聞く」「知りぬ　これ　先皇の沐浴し来るを」などと、のんきな感旧にひたることもなかった。

　女の匂いがあるとすれば、それは個有の女などではなく、華清宮そのものが、女であって、さらにいえば、李賀の感覚体であったと言ってよい。

　白楽天のように、華清宮が頽朽しているのは、皇帝が行幸を停止しているからで、国民のためにめでたいことだ、という現実的な発想をしなかっただろうし、いまさら玄宗を暗喩的に否定するよりも、李賀は、自らの頽朽を、華清宮のうちに見たのだと言ってよい。

「宮女」に身を借りて、近信を待つ楽観の余力が、この時点の李賀にあったとするならば、現皇帝が、李賀の頽朽を救ってくれることだけであっただろう。その期待は、ほとんど潰えていてなく、旧紗に点る銀灯の心細さほどにもなく、むしろかつて沸いていた温泉の上に、芹《せり》が、芽を吹きだしているのを見つめるばかりである。

　芽が生えれば、希望のようだが、ここでは、温泉に芹の芽が生えることは、絶望の惨状を意味しているのだ。だとすれば華清宮を、華清宮として見ることにおいて、李賀ほど即物的な詩人はいなかったといえるし、逆には、その光景が李賀の内景そのものであることによって、唯我的な詩人もいなかった。

　李賀には、華清宮を詠った詩が、もう一つある。それには、方世挙が、「過華清宮」を評して、「清響森秀《せいきょうしんしゅう》」と言ったような構えはなく、楽府《がふ》体を選んでいて、やや軽脱の趣きがある。「堂堂」が、それである。

堂堂復堂堂　　堂堂　復《また》　堂堂
紅脱梅灰香　　紅《こう》　脱《ぬ》けて　梅灰《ばいかい》は香る

「堂堂」は、陳の後主の作ったものとされ、隋唐以来の角調の法曲であるとされている。中宮の僣擅《せんせん》をそしり、その不正と不安を言う内容を、唐の高宗の時代には、もっていたらしい。「楽府詩集」には、清商曲辞（巻四十七）として、やはり陳後主の「玉樹後庭花」をいれ、温庭筠《おんていいん》の「堂堂」は、その擬楽府として加えられているが、李賀の「堂堂」は、近代曲辞（巻七十九）として収められている。「玉樹後庭花」は、男女唱和の哀怨を極めた曲調らしく、陳後主の時代は、「宮女千数」が唱和したりしたものらしいが、やはり李賀の楽府は、唐の時代、法曲となったものと見るべきだろうか。姚文燮は、「玉樹後庭花」を踏んでいると見る。

堂堂とは、「堂」がつらなっているさまを言う。往時の華清宮は、飛霜、明珠と言った美名を冠せられた殿閣が排列され、驪山を巻くように囲繞していたわけだが李賀がその前を通過した時も、行幸はすでに絶えて、朽ちるままに放置されていたにしても、かつての盛大を忍ぶに足りるその殿閣の放列は、そのままに残されていた。

そのさまを「堂堂」と繰り返し言うのでとどまらず、「復堂堂」と再び繰り返している。日本人の用いる「堂々たるなになに」の「堂々」は、ここに発していると見るべきだが、重量感の意味あいばかり残って、複宮の堂宇が重畳して、めぐりめぐっている眩《げん》うんの感じは失っている。「堂堂　復　堂堂」の起句に対し、鈴木虎雄は「意味なし、単に此曲をいう」と注解し、「〈堂堂〉の曲をうたう」と訳解している。これに「私は同意できない。あきらかに宮殿の形容である」と英国の Frodsham は反ばくしているが、しばしば、楽府には鈴木虎雄の言うがごとく律調を重視して meaningless な事例はあるにしても、やはりこの場合、単に語調の快感ばかりでなく、そこに働く意味が、後続の詩語群と、大きな落差を作りつつ、牽引しあう役を果していて、むしろ李賀の巧みな謀略に近い起句なのである。

堂堂　復　堂堂
紅　脱けて　梅灰は香る

「過華清宮」では、夜景であって、その朽ちたる景に、我が身を淫淫としてまるまるに招じいれているところがあるが、ここでは、あたかもその淫を吹き払うがごとく、軽脱な陽面をあらわにしている。「堂堂」もいちどしか用いないのなら、その軽脱な感じ、明るい感じはでないのだが、「復堂堂」と言うことによって、華清宮のスケールをあらわすばかりでなく、歎息というより呆れた、あ然とした、底の抜けた光の中に、殿閣のつらなりは浮んでくる。「過華清宮」と「堂堂」の制作時が判然としないにしても、もしほとんど同時であったとするならば、李賀の反折する心理をこれほどに証するものはないが、ふたしかである。

　ふたしかではあるが、この詩が「過華清宮」の発展相というより、逆面相を備えていることは、たしかであって、「紅　脱けて　梅灰は香る」の次句は、そのあかしの開始である。「過華清宮」では、断《わ》れた石や、残露の玉椀や旧紗に映ずる銀燈に、その幽独と無聊、凄涼の惨とを写象したのだが、それらはさらに夜景の中に打ち沈んで、自ら心理の同化をなすとともに陰面を全体にかたどっていた。

　ここでは、離宮の荒廃は、陽面に転じ、殿閣を彩っていた紅色は剝落しているという荒廃を言っても、いっさいの湿りはない。「堂堂　復　堂堂」の句勢の恩を受けて、塗りかえられずに、紅の脱色した堂のさまは、寂寥というよりは、めくるめき、壮大の観をさえひきずりはじめ、香を塗りこめた壁からは、いまなお梅香が発し、やけくそなまでに華やいだ景に転じている。

　李賀は、廃墟への趣向が、ややある。それは、つねに自分の中にはいりこむに似ていた。家居が人間の内臓に似、その廃屋が朽ちた心体に似ているにしても、李賀の廃屋は、廃城となって、しばしばスケールと華麗な装飾をくわえた。

十年粉蠹生畫梁　　十年　粉蠹《ふんと》　画梁《がりょう》に生じ
饑蟲不食摧碎黄　　饑虫《きちゅう》は食わず　摧砕《さいさい》の黄《こう》

「堂堂　復　堂堂」と華清宮を俯瞰し一巡し総覧した遠い眼は、例によって、忽然と部分へ撫目《ぶもく》しはじめる。「紅　脱けて　梅灰香る」と壁面へまわった視線は、梁木へと移っていく。そして、そこに粉蠹の跳梁の跡を見た。木を蝕んで白い粉をふかせてしまう蠹虫は、この華清宮の彩画された梁木に巣喰い、摧砕《さいさい》なまでに朽ちらせて、飢えた虫さえも食わなくなっていると見た。それは、もう食うところがないからだ。

　壁からは、脱色した「紅」を見たが、ここでは、梁木に黄色の残骸を見ている。李賀が、物象を色の中に集約して見る時、いよいよ荒廃が際立ってくるのがつねだが、色の空虚を李賀ほど知っていた詩人はいない。梁木へ、虫にさん蝕《しょく》された「黄」を見、壁に脱色した「紅」を見る時、その見るという運動によって、かえってその盛時の原色はだぶるように甦えるのだが、現実は、かすれ、うすれた、かろうじてその面影を残す、逃げた色なのだ。この明るい荒廃は、李賀そのものの内景として、「過華清宮」の暗い荒廃と表裏をなしている。

蕙花已老桃葉長　　蕙花《けいか》は已《すで》に老い　桃葉《とうよう》は長し
禁院懸簾隔御光　　禁院《きんいん》　簾《すだれ》を懸けて　御光《ぎょこう》を隔つ

「過華清宮」は、春の夜であったが、「堂堂」は春の昼である。附会ながら、辞官し帰国の旅についた李賀は、都を出て、ほど遠からぬ驪山のふもとに足をとめ、一日中、滞り、たたずんでいたかも知れぬと思わせる。

　訪れるものを失った華清宮は、ただ草木のみ繁茂し、香れる蘭は、老いの期にはいったが、いれかわりに桃の葉が生きづき、長い葉を勢いづかせて、だが、離宮御所の庭を活気づかせている。しかし手入れされることなくそれらをなるがままに活気づかせている春昼の光に対して、ひっそり閑然とした院の内側から、簾を深くおろして、遮り拒んでいる。明るさが、佯《いつわ》りの明るさであることを証明しているが、「御光を隔つ」ことによって光が消えるよりも、やはりここでは「御光」はそのまま強く残って、明るさは一貫している。

　この「堂堂」の簾の中にも、やはり人の気配はあったのだろうか。「句解定本」の陳開光は、この両句に女の影を見ていて、「婦人の色、またまさに化して老醜となり、物の老いしは憎むべき矣《なり》」と言っているが、この解はやや滑っているようだ。「老」の感覚は、むしろ李賀自らの執着であって、それは憎むなどという情意には一方的に結びつかず、不安にひきつった自己愛憐とともにあり、いわんや「老」は、老醜として縁づいていることはない。

　上陽宮と同じように、この簾中には、玄宗以来の若き宮女が、いまは老女となって、息をひそめていたとしても、李賀であるなら、「三月過行宮」で示したように、自己同化をはかり、はかるというより常態化したところもあり「鎖すに堪える　千年白日の長き」という鞭をあたえはしても、「風は小葉に嬌び　娥粧を学る」という、そういった青春を彼女たちに復活させて、やさしくも冷たい手をさしのべることを忘れはしないだろう。

　彼のいう「御光」とはなにか。春光が、禁院の簾によって中へ射しこむのを遮断しているので、自然の光は、「御光」になったにしても、もはやこの光は、自然の光でも、権力の光でもなかった。李賀の苦しげで明るい光であった。自ら拒み、自らが期待する「光」であり、そしてその中に浮ぶことが、やはり自らを刺さずにはおかない光であった。

「過華清宮」で、「宮簾　御花を隔つ」と言っていることにも注目しないではいられぬ。この「堂堂」では、「禁院　簾を懸けて　御光を隔つ」となっている。この「隔つ」ものは、なにか。「御花」も「御光」も、ここでは一体であり、李賀の期待の中にあるもので、しかし拒絶されてあるもので、「簾」は、「華清宮」の実体であるにしても、それをだめ押しにおろしているのは、やはり李賀そのものにほかならぬ。

自然の光は、李賀という生命体を支配し、権力の光は、李賀という社会体を拒否している。その上に立つ「天光」も、彼を拒んでいるとするなら、彼が自由になる光は、自らつくらなければならぬ。それが、ここでは、「御光」であるのに、それを簾でもって遮閉し、また隔てたために、自ら放ってみるかりそめの光にしかならぬ。

昼光の中で、「堂堂　復　堂堂」と、偽りの明るさの中で、廃宮の景を乾き見た彼であったが、やはり、いつしか自らに敗れて、簾をおろし、自らに「隔」の罰を下さねばならなく、それは、夜の月光の中に、やはり「御花」を隔てなければならなかったのと、同断の道筋をたどってしまっている。

「堂堂」の詩は、「過華清宮」のしめやかなるのにくらべ、はずむような明るさをもっているが、結局は、夜昼ともに沈淪し、多くの注者が指摘するごとく現皇帝の奢侈を諷刺したり、玄宗の威容とその没落の中に、人生の空虚を見るような余裕の詩心を働かすことなく、この荒廃の離宮を前に悄として滞っていたように思われてならぬ。李賀の内部こそ、荒廃の離宮であった。「堂堂」は次の二行で終る。

華清源中礜石湯　　華清源中《げんちゅう》の礜石湯《よせきとう》
徘徊白鳳隨君王　　徘徊の白鳳《はくほう》　君王に随《したが》う

華清に湧く温泉の源《みなもと》は、礜石湯になっている。その湯の沸いた泉の下に沈んだ石をもってきて、ためしに甕《かめ》の中へいれると、その水は、けっして氷ることがないといわれるほど激しい熱性をもっているらしい。自らに「隔」をおいて、明るい光を拒んだ李賀は、それに気がついたかのごとく、驪山の温泉の源へと飛行しはじめる。その頭上を、君王に随う白鳳の群が、徘徊していた。

蔣玄扈《しょうげんこ》の言うごとく、この詩が曹唐《そうとう》の「遊仙詩」を踏むところがあるとすれば、それは、かつての栄華を再現しているというより、白鳳と君王を借りて、ふたたびだめな自らに救助の手をさしのべていると見るべきで、この君王が、玄宗であり、白鳳が、そのおつきの宮女たちであると、ことさらに絵解きすることもなく、まして王琦の言うがごとく、「此の地の寂寞」の反形として、空を征《ゆ》くのではない。李賀が遊仙空間を行こうとする時は、地上の引力から必死に脱出をはかっている時で、たとえ、華清の源中に、ゆったりと徘徊していようとも、それは脱走行なのだ。

ついぞ「過華清宮」にしても、「堂堂」にしても、李賀は、そこに玄宗と楊貴妃の影を見ることがなかったように思える。李賀は、もっぱらに自分にかかわって、華清宮の荒廃に反応した。

高官の道をたどっている白楽天のように、政治的に対応することもなかった。物との対応というより、物との同化に陥っている李賀の我意、我意を棄てることをふくめての我意は、ずたずたになった我意でもあったが、その彼の前に立ちはだかっていたのは、やはり政治であり、唐朝であったとは、言えるのだ。

十二

真正面から、宮女の様態を詩化したものが、李賀にないわけではない。「追賦画江潭苑〔画《え》の江潭苑《こうたんえん》を追賦《ついふ》す〕四首」がそれである。

「上雲楽」ですでに見た宮女は、「過華清宮」や、「三月過行宮」のように奥に隠れこむ哀怨のそれではなく、地上に姿をあらわし、それが天上まで運ばれて移動する幻想的かつ観念的で、しかもスペクタクルな宮女の群像であったが、「追賦画江潭苑四首」では、「上雲楽」の抽象的具体性ともいうべき詩の造語から逃れて、宮女の姿態は、李賀によって、舐められ触られているのを感じる。

そうなったことには、からくりがあった。からくりというより、詩作上の事情があった。それは、宮女を見ながら、或いは宮女を想像しながら、その姿を詩上に造出したというのではなく、宮女の描かれた画を前にして、李賀の詩魂は運動したという事情がある。

つまり詩題の通り、画の江潭苑を追賦しているのだ。江潭苑というのは南北朝は梁の武帝が、大同九年（五四三）金陵（南京）近くに造営した御苑である。王遊苑《おうゆう》とも呼んだが、この御苑が李賀の時代にも残っていたかどうかは、知らない。だが、その御苑の姿を描いた絵は、残っていたと思われ、それを見た李賀は、詩の情動を発しているのである。

江潭苑の絵には、別名王遊苑と言うように、梁の武帝が宮女を率いて行遊しているさまが描かれていたのかもしれぬ。追賦と言うからには、その絵に触発されて、四首も作ったのである。まず「其の一」を見る。

呉苑曉蒼蒼
宮衣水濺黄
小鬟紅粉薄
騎馬珮珠長

呉苑《ごえん》　暁　蒼蒼《そうそう》たり
宮衣《きゅうい》　水濺黄《すいせんこう》
小鬟《しょうかん》　紅粉薄く
騎馬　珮珠《はいしゅ》長し

呉苑は、もちろん江潭苑のことである。梁の都建康（金陵）は、さらにその昔は、呉の都城であったから、呉苑と言っている。当時の詩人たちにとっては、このような言い変えは、諒解ごとである。

画は、暁がたの光景であったかどうかは知らぬが、追賦の情景は、江潭苑の朝まだきを捉えていて、それを「蒼蒼」という寒い緑の景として、視覚的というより体感的に捉えている。その蒼蒼たる景の中に、宮女たちが、動いていて、その姿態に向って、李賀の目は、近視眼的に撫でていくのである。

「宮衣　水濺黄」。水濺黄というのは、色名で、今で言う鵝黄《がこう》色だが、黄色に水を濺《そそ》いだような色で、それが宮女の衣裳で、それはその衣裳の固有の色の説明というより、蒼蒼たる暁の御苑の風気と反映しあった色というべきで、そう見るのが、李賀の反射する官能にふさわしいようにも思える。

「小鬟　紅粉薄く」。宮女は小さな鬟《まげ》をつけ、紅や白粉も薄っすらとつけている。顔の描写にはいっているのだが、この「薄」も、事実、彼女たちがそうしていたという以上に、やはり蒼蒼たる暁の御苑のもつ気分と呼応しあっているように思える。つまり紅粉は、朝の肌によくのらないのである。絵に、そこまで描かれていたかどうかは知らぬが、「追賦」なのだから、李賀は、絵にはじまって、絵の中に入ってしまっているのである。

その水濺黄の衣をまとい小鬟をつけ、紅と白粉を薄くつけた宮女は、御苑を歩いているのではなく、馬にまたがっていることが四句目でわかる。「騎馬　珮珠長し」。騎乗の宮女は、それぞれに腰につけた珮玉の飾りを長く垂らしている。いったい、宮女たちは、馬に乗って、どこへ行くのか。

路指臺城廻
羅薫袴褶香
行雲霑翠輦
今日似襄王

路は台城《だいじょう》を指して廻《はるか》なり
羅薫《らくん》　袴褶《こしゅう》　香る
行雲《こううん》　翠輦《すいれん》を霑《うるお》し
今日　襄王《じょうおう》に似る

この四句で、はじめて梁王らしき存在が現れている。路のはるか向うに台城が見える。晋《しん》の成帝が築いた建康宮（三三二年）の跡に、武帝の梁の宮殿を修築したのだが、これからそこへ戻るというより、そこからこの御苑にやってきたと、「路は台城を指して廻なり」の句に見る。武帝は、馬乗の宮女たちをひきつれて、はるか江潭苑まで朝の出遊をこころみていると見える。

「羅薫　袴褶　香る」。絵には、香りまであるはずはないが、李賀は、絵の中にはいっているから自由に感じとれるのだというより、絵さえなくなっている。もはや江潭苑の中に在って、それは現前の江潭苑でもなければ、絵の江潭苑でもなく、李賀の脳裏に浮ぶ江潭苑であるから、彼の目は、自在に宮女のそばまで近づくことができ、彼女たちの騎乗用の羅《うすぎぬ》で作ったはかまから発する薫香を嗅ぐことができるほど、接近もできる。

「行雲　翠輦を霑す」。ここには、あきらかにセックスの喩がある。朝まだきながらも、セックスが暗喩されている。梁王は、騎馬でこの御苑にやってきたのではなく、翠羽で飾った輦車に乗って訪れているのだが、それに従う宮女たちは、騎馬の列をつくり、その薄地の馬のりばかまからは、薫香が流れているのである。その香りは、紅粉も肌につかず薄くなってしまう朝にふさわしい、こわばったそれのように思えるが、この朝のエロチシズムとは、べつに、梁王という存在から発するエロチシズムが、もう一つ交錯している。「行雲　翠輦を霑す」の行雲の語は、楚の襄王が夢中で巫山の神女と契りを結んだ故事を踏んでいて、行雲行雨は、そのままセックスの状態を示していて、翠輦が行きかう雲の下に濡れ霑っているのも、それに呼応しているのであって、露に濡れている朝の御苑の景は、李賀の官能を受けて、きわめてエロチックなものになっている。

「今日　襄王に似たり」の襄王とは、梁の武帝のことだが、この襄王は、行雲と対の縁語になっていて、そのセックスの期待は、彼に従う騎馬の宮女とはべつなところで、結ばれているのである。絵の江潭苑の光景は、李賀のうちにはいって、その朝は、エロチシズムの空気を漂わせている。

梁の武帝は、三日書を読まざれば口臭を覚ゆというほど文学を好んだ王として知られているが、八男七女の子を生み、その情豪《じょうごう》ぶりも謳われた。その子の昭明太子《しょうめいたいし》は「文選《もんぜん》」の選者として知られ、父に劣らず二十男三女をもうけた簡文帝も詩人として名高い。武帝は、後宮に位階を設け、貴妃・貴嬪《きひん》・貴姫《きき》の三夫人をその筆頭とし、淑媛《しゅくえん》・淑儀《しゅくぎ》・淑容《しゅくよう》・昭華《しょうか》・昭儀《しょうぎ》・昭容《しょうよう》・修華《しゅうか》・修儀《しゅうぎ》・修容《しゅうよう》の九嬪《きゅうひん》、つづいて婕妤《しょうよ》・容華《ようか》・充華《じゅうか》・承徽《しょうき》・列栄《れつえい》の五職、三職として美人・才人・良人を置き、美女を宮中に蓄えた。皇后の郄《げき》氏は、嫉妬深く、一度でも武帝に愛された宮女を、つぎつぎと殺害した。

出征するごとに、宮女たちに見送らせ、凱陣のごとに、宮女たちを出迎えさせるのが、梁王の流儀であったらしい。苗《びょう》妃を愛した時は、やはり郄氏の妬心を買い、出征の留守中、苗妃は、全裸にされて柱に縛られ、他の宮女たちが皇后の命によって一人ずつ射《う》たされた矢によって、無残な死を遂げたのを知ったのは、凱旋した際に出迎えの宮女たちの中に、彼女の姿が見えないことによってであった。帝が仏道に深く帰依するようになったのは、郄氏の凄まじい妬殺を知ってからだとも言われ、終身、その後は、后を娶らなかったとも言われる。

唐代の後宮は、皇后の他に四夫人、九嬪が置かれたばかりでなく、二十七世婦《せいふ》、八十一御妻《ぎょさい》とさらにスケールは大きくなっていた。これら妃嬪の他に庶務を扱う六《りく》尚《しょう》の女官、雑役の官婢《かんぴ》がいた。後宮三千と言われるが、開元天宝には宮女四万とも言われている。この宮女たちを掌握するのが、掖庭《えきてい》局をはじめとする五局で、内侍省の宦官が当った。李賀の生きた憲宗のころは、やはり色好みの帝であったが、皇后を置かなかった。妬心による弊害を生むのを避けたからである。

寶袜菊衣單
蕉花密露寒
水光蘭澤葉
帶重剪刀錢

宝袜《ほうまつ》　菊衣《きくい》　単《たん》なり
蕉花《しょうか》　密露《みつろ》　寒し
水は光る　蘭沢《らんたく》の葉
帯は重し　刀銭《とうせん》を剪《き》る

これは、「其の二」の前四句。「其の一」からは、ほとんど李賀の肉声をきかなかった。肉声というより、いつもの宮女へ託してしまう自らの声をきかなかった。姚文燮などは、やはりいつもの嗅覚で、そうは見ずに、唐の徳宗が、遊畋《ゆうでん》を好み、宮人を率いて苑中を猟したことを六朝時代の修靡《しび》に仮託したと見るのだが、そのような諷の色合いを感じなかった。「綺繡馥郁《きしゅうふくいく》」たる宮女たちの「艶粧馳馬《えんしょうちば》」の景として朝のエロチシズムを感じるだけである。だが、「其の二」では、どうなのか。

「宝袜　菊衣単なり」。袜は女人の脇衣で下着である。

菊衣は黄色の単衫《ひとえ》である。菊衣から宝袜が透けて見える。菊衣は「其の一」の「宮衣　水濺黄」と内応しているかもしれない。

「蕉花　密露　寒し」。その菊衣に透けて見える宝袜は、蕉花の如く紅艶の影を宿し、「密露　寒し」というのは、その上にはおる菊衣が、水濺黄の色で、深く露のおりたように見えるからである。それは、当然、暁がた露の景とかぶさっている捉えかたである。この二句まで読んで感じることは、李賀が、宮女の衣裳の細密描写にエロチックなまでの接近をしていくところから、「其の一」も「其の二」もはじまっていることである。

「水は光る　蘭沢の葉」。蘭沢は、蘭膏《らんこう》で、油にひたした蘭に香をくわえたもので、髪に塗るものであるから、李賀は、宮女の髪にむかっての表現であることがわかる。だが、「水は光る　蘭沢の葉」は前句の「蕉花　密露寒し」と同様に、たんに下着や髪の表現である以前に、朝の江潭苑のたたずまいと交合しあって生れていて、彼女たちの髪がそう見え、彼女たちの下着がそう見える以上に、光る水を見、密露のおりた蕉花の紅艶が閃光しているのであり、その交合交錯が、宮女をよりエロチックな気分の景によこたえるのだ。宮女が、エロチックなのは、李賀の捉えた景がエロチックなためだとさえ言える。

「帯は重し　刀銭を剪る」。帯が重いのは、帯そのものの重量感よりも、江潭苑の景の朝まだき重さを受けていて、清爽というよりは、むしろかったるく、その帯には、刀銭の模様が浮いている。

角暖盤弓易　　角《つの》は暖《あたたか》く　弓を盤《まげ》ること易《やす》し
靴長上馬難　　靴は長く　馬に上ること難《かた》く
涙痕霑寝帳　　涙痕　寝帳《しんちょう》を霑《うるお》し
匀粉照金鞍　　匀粉《いんぷん》　金鞍《きんあん》を照す

この終四句を読んで、「其の二」が、「其の一」の様態を、さらに一歩だけ深めて、宮女たちの早猟に従う心理にはいりこんでいることを諒解する。「其の一」の詩がもつエロチシズムは、王に従って騎馬する宮女たちのまきちらす色気の他に、「今日　襄王に似たり」の梁王の色気への志向、つまりつき従う宮女たちとは無縁のところで形而上的な情を発している王の色気が交錯していると見たのだが、むしろ、それは乖離していたと見るのが至当であることが、「其の二」の追賦でわかり、「其の一」「其の二」という詩の連弾は、この場合、漸叙法を李賀がとっていることがわかる。

「其の一」では李賀は近視眼的に宮女の衣裳にじっくり

と触っているのだが、「其の二」を詠む時、どこかまだそこには総観的なところがあるのを知るからである。「角は暖く　弓を盤ること易し」。遊猟に従う宮女は、弓矢をもたされていることを知る。軍装騎馬の宮女は、それ自体、男の目から見ればエロチックであり、李賀もしばしば描いたのは、彼の官能を刺激したからである。宮中の風俗を叙す結果がそうなったというより、やはり彼の官能を揺すぶるものがあったからであり、それは王たちの奢侈な官能の倒錯が、宮女を軍装騎馬させたのだとも言えるが、それを景として見る李賀にとっても、やはり刺激であった。

ただ、李賀は、王ではない。王ではないから、宮女の身になることもできた。宮女を対象化せずに、彼女たちの側につくこともできた。暁の景が、「其の二」ではやや進んだのか、暖気が苑中に渡りはじめ、宮女のもつ弓の飾り角が、こわばりを解いて柔くなり、曲げやすくなった。軍装の中の嬌弱の魅力が、暖気を受けた弓の弛緩とともにあるのを見る。だが、「靴は長く　馬に上ること難し」である。はき慣れぬ長い靴は、さばきかねて、馬に乗りづらそうと、李賀は見るのである。この乗りづらさも、嬌弱の魅力なのだが、同時に李賀は痛々しきものとして見ているのであり、終二句では、その二つの相反する感情の突出を、具体的に示してあまりある。

「涙痕　寝帳を霑し」「匀粉　金鞍を照らす」。長靴をはき、弓をもち、勇爽たりえない馬乗の宮女たちに、李賀は、その前夜の寝帳のさまを想起している。

それは、涙痕を、香粉をまきちらしつつも嬌弱な彼女たちの騎馬の姿を見ているからである。この涙痕は、閨怨にほかならず、姚文燮のいう「遊猟に従うと雖《いえど》も、仍《すなわ》ち復《また》、孤《ひと》り眠る。長夜に暗啼《あんてい》する」と見るのは正しいのであって、ここでは、宮女から見たセックスの不発というエロチシズムがくわわっている。

それも寝帳の中でかこつ閨怨、王が訪れることのない閨怨ではなく、遊猟にかりだされ、繊腕《せんわん》に弓もつ馬上姿の中に、前夜の閨怨の名残りである涙痕を見ているのだから、李賀の同情は、ひとしお綺靡《きび》を極めることになる。朝の狩りには、その怨みの的の王が、翠輦の中にいる。前夜の涙痕と言っても、特定の宮女を李賀は指名していないわけであるから、つき従う騎馬の宮女のほとんどは、その寵幸に浴しなかったわけであるから、その閨怨は、朝の御苑にいちどきに羅薫を放っているという、あやうい光景に転じているのも、見ないわけにはいくまい。

李賀がこの「其の二」において、「涙痕霑寝帳」と言った時、それは、ほとんど「其の一」の「行雲霑翠輦」と対応している。ともに、その両句は、終二行目の句であり、「霑」の字は、同様に三字目に置かれていることには、注目しないわけにはいかない。

それは、ともにセックスを暗示する句だが、自分の自由になる宮女をひきつれた王は、彼女たちとの交合は考えてもいず、もっぱら意向は、神女との交接にあり、巫山の夢を求めていて、その上に立つ「霑」なのだが、王につき従う宮女たちの「霑」は、昨夜の閨房の怨みを証す涙痕である。王の「霑」は、空想的に前へ向き、宮女の「霑」は、現実的に後へ向いている。

しかし場面は、同じ一つの景の中にあり、王の座す翠輦に従う宮女の騎馬群のある景の中で、背きあっている。王は、「今日　襄王に似たり」という空想の性夢に向っても、宮女は現実の性を求め、馬上にあってその姿を「匀粉　金鞍を照らす」のである。鏡のように光る金の鞍に、涙痕を隠して白粉を等しく整えた顔は、そのまま写しとられている。それは、華美なだけに凄絶だとも言える。

宮女の騎馬の景を、男ぶりの風俗として、ここで李賀は扱っていない。男ぶりの騎馬も、一つの性の屈折だが、李賀は、ここではそれをとっていない。遊宴はともかく、梁王に騎乗の宮女を率きつれる、そういう事蹟があったかどうかは未調査だが、ここに描かれる梁の御苑の光景は、当然、唐代の光景とも重っていたにちがいなく、だからと言って、軽々しく諷刺の意を見るべきではないが、ここでの李賀は、ほとんど宮女の怨みに、自分を前のめりさせて、宮女の中に自分をもぐりこませているようには見えない。はたして、そうか。

それには、「其の三」「其の四」を見なければならないが、このように幽閉に等しき位置に置かれる宮女に対して、唐朝はしばしば解放を政策的に試みることはあった。

それは、彼女たちを憐愍する場合のみとは限らず、経費節約などということもあったらしいが、李賀の時代で言えば、貞元二十一年（八〇五）三月に、宮女三百人を解放している。さらにその月のうちに後宮及び教坊の女妓六百人を解放した。「その知らせを聴いてその親戚のものたちは九僊門《きゅうせん》に彼女たちを出迎え、百姓《ひゃくせい》は、大喜を叫呼《きょうこ》しないものはなかった」と「唐会要《とうかいよう》」は記している。また憲宗の元和八年にも宮人二百人を解放、他に嫁へ行くことを許し、同十八年にも、宮人七十二人が、深宮を出されている。だが、李賀の宮詞を見る時、彼が単に彼女たちの境遇を愍んでいたとだけ言い切ることができない面をもっているように思える。

十三

「追賦画江潭苑」の「其の三」は、梁王の朝の狩猟が、はじまったことを示している。

剪翅小鷹斜　　剪翅《せんし》 小鷹《しょうよう》 斜《しゃ》
縚根玉鏇花　　縚根《とうこん》 玉鏇《ぎょくせん》 花《か》
鞦垂粧鈿粟　　鞦《しゅう》 垂《すい》 鈿粟《でんぞく》を粧《かざ》り
箭箙釘文牙　　箭箙《せんぷく》 文牙《ぶんが》を釘《は》る

小さな鷹が、シャッと斜めに、翅で空を鋭く剪って、飛びあがる。鷹の足をつないだ組紐の、根もとにつけられた玉の横軸がクワッと回転し、模様の花が躍る。

李賀は、これを朝空の中に見ている。鷹の飛びあがるさまを、空の中に截りとって、きわめて視覚的にそのスピードを捉えるところから、詩の発端を切っている。李賀の視度は異常なまでに良かったかもしれぬ、と思えるほどに、スピードをもった物の動きを把捉する。一瞬、その加速度のついた物象のさまを、ぴたっと停止させるかのように、微細に奪取する。

しかし、停止させて眺めまわす暇を、李賀の詩句はもっていないのであって、つまり物の動きは失速していないのであって、スピードを維持したまま、この場合で言えば、鷹の飛翔は、空を鋭く斜めに切り落す。この小鷹は、鷹狩用に宮廷で飼育された鷹であるから、手もとにたぐられているのであり、朝空を翅で剪っても、そのまま彼方に消えないのであるから、その飛翔と同時に、その足にゆわえられた組紐の糸をひきずっているのであり、糸の端につけられた鏇の回転する玉製の横軸は、その花模様の彫り物さえ、くっきり見せている。

鷹の動きは、飛びあがることにおいて、ひとつだが、李賀は、二度、その鋭く高い視度をもって、停止させている。つまり、鷹の「斜め」の飛行に対して一つ、鷹の足についた玉鏇の「花」に対して一つである。「斜」という捕捉も、スピードとともにあるが、「花」もまた回転するスピードとともにあり、とくに「花」は鷹の飛翔のスピードの他に、玉鏇の急回転の中にあるのだから、尋常の視度では、見えようもないのだが、李賀はスピードを減殺せずに、停止させているという離れ技をやってのけている。

もちろん、なにも視度が高いからと言って、詩人になれるわけではなく、想像の視度もあるわけで、想像の中に、小鷹の飛翔を見ることができるわけだが、これなら肉体の視度などは関係がない、と一応は、言えそうである。

とはいえ、想像の空の中に、鷹を見るのであっても、想像の働きも肉体のうちであるとするなら、当然、その肉体の視度が、想像の視度と響きあっていないはずはないのである。肉体の視度とて、ただ馬鹿目であれば、「剪翅　小鷹　斜」の感覚が誰でもえられるというものではなく、やはり想像の補助を受けるのである。だが、その想像と想念は、そこに物がからむ時、つまり見えるものが、からむ時、どのようにしても自らの肉体の特質がついてまわり、見えすぎる目のものと、にぶい近視のものとの間では、その物の捉えかたが、かわってくるのは、必然である。李賀が、もしかりに、その見えすぎる目をもっていたとするなら、実際に自然の中で目撃したにしろ、そうでないにしろ、スピードの様態を、スピードを殺すことなく、同時に停止させることができても、なんら不思議ではない。

不思議でないにしても、この詩の場合にかぎって言うなら、「追賦画江潭苑」は、画を見ながら、追賦したという事情がある。そうであるなら、その絵の中に、小鷹が斜飛している図がかかれているということはありうる。絵は、あたかも鋭く斜飛しているかにその技倆によって描きこめるし、羽音をさえきこえるかのようにも描けるが、あくまでも停止せざるをえない絵の宿命的限界をもっている。この限界は、また絵の力でもあって、鋭く斜飛する運動感を捉えながらも、その絵の中ではやはり停止しているわけであって、そうであるなら、鷹の足首につけられた回転する玉鏇の花も、停止しているわけで、ゆっくりとその絵の前に立っていられる李賀は、スピードの中に停止を見ることができるはずだ。

そうだろうか。なぜなら、李賀はなにも絵に縛られる理由はないからである。「追賦」しているのが、ここにおける彼の姿勢なのだから、なにも絵を、詩の上に代置するいわれはない。絵の家来である必要はない。たとえ、絵を前にしていたにしても、李賀はその絵に触発されながら、絵の中にはいっていき、ついには絵であるという先入観も溶けて、彼流の江潭苑の中に入ってしまっているはずだからである。彼流というのは、李賀なる詩人流ということでもあって、そこで働く感覚と観念は、詩そのものであるはずだからだ。が、このことは、もう一度、李賀の詩行為において、ひっくりがえるような気もするが、この立前に従って、見ていくとする。

三四句は、空から一転して、宮女の衣裳に、その目はまとわりついている。「鞦垂　鈿粟を粧り」「箭箙　文牙を釘る」。鞦垂の「鞦」は、馬のしりがいで、馬具の後尾に垂れる綱である。一種の化粧まわしだ。鈿粟は、馬具の装飾で、つぶつぶの粟模様に金細工されている。鞍であろうか。この鞍から、鞦垂も垂れているのだろうか。もとより、宮女の騎っている馬である。

彼女たちは、いわば軍装で、帝の朝の出猟にくわわっているわけだから、「箭箙」は、そのいでたちで、矢をさしこんだえびらを背負って、宮女は、馬乗の人となっている。そのえびらには、象牙細工が施されている。

ここでは、スピードに追いつく目から、しつこいまでの装飾の上に滞る目に変じている。李賀には、例によって、軽と重ほどの差もある視線の転移が、なにごともなく行われている。これは、李賀特有の詩作上のバランスであるとともに、生理上のバランスであり、精神上のバランスでもあった。徐文長は、鞦垂の「垂」を垂れると解かずに、一つの名詞ととった。それは鞦は垂れているのにきまっているからである。あえて鞦が垂れると解くよりも「鞦垂」という馬具用語としてとり、次句の「箭箙」との相対と見たのは、彼のバランス感覚からみて当をえているように思える。

初二句のスピードの視覚世界から、三四句の凝滞する視覚世界は、詩作上の謀みであるとともに、生理と精神の平衡感覚にもかかわっている。初二句中の「斜」の字句は、李賀の愛用というか癖といおうか、他詩中にも頻発されるものだが、「斜」は、平面を切る作用をもっている。肯定の世界ではなく、否定の感性とともにある。生理的には、涼しい。また、三四句の装飾を凝視し、執拗にまとわりつく眼差しは、厚ぐるしい。

この装飾への詩語化は、彼の装飾趣味の結果というより、装飾を創出するというより、むしろ装飾に見られているという感じであり、向うからやってくる装飾に身をまかせるという感じであって、かえって李賀の受け身を感じることがある。それも積極的な受け身、攻撃的な受け身であるから、能動的な凝視に見える。これは、否定の感性ではなく、肯定の世界である。

李賀は、この否定の感性と肯定の感性を一瞬のうちに交換することによって、自らをかろうじて立たせていたようなところがある。しかも、相反するどちらも過剰であることにおいて一致しており、そこに華々しいまでの消耗のきなくささがあり、それが李賀の詩のもつエロチシズムでもある。過剰な感性を働かせるから消耗するのではなく、李賀は、生理的にも精神的にも消耗しているので、過剰になるのだと言ったほうが、正しい。過剰という緊張力によって、倒れんばかりの消耗から自らを救っているのだと言ってよい。

罿罿啼深竹　罿罿《ひひ》深竹《しんちく》に啼き
鵁鶄老濕沙　鵁鶄《こうせい》湿沙《しっさ》に老ゆ
宮官焼蠟火　宮官《きゅうかん》蠟火《ろうか》を焼き
飛燼汚鉛華　飛燼《ひじん》鉛華《えんか》を汚《けが》す

李賀は、三たび、騎馬の宮女のそばを離れて、江潭苑の奥へと移動する。その奥の森に、異形の動物を見る。竹林の奥深いところで啼いている狒狒《ひひ》。湿った沙汀の上にうずくまって、老いていく鵁鶄。狒狒は、「山海経《せんがいきょう》」によれば、この生きものは、「状は人の如く、面は黒く、毛あり。則ち笑えば、上脣《じょうしん》、目を掩う」と。この毛ぶかき人身黒面の動物は、ひとたび笑うと、そのうわ唇は、べろりと上にめくれるとある。鵁鶄《こうせい》は、五位鷺《ごいさぎ》のことだが、「山海経」の古代にあっては、やはり珍物異形であっただろう。

この狒狒が深竹に啼き、鵁鶄が湿沙に老ゆというのは、どういうことか。これらグロテスクは、怨みを呑んで、朝の猟に従う宮女をおびやかす存在として、李賀は対置し、ことさらに森の奥まで異動したのだろうか。

違う。宮女の心を代言しに、森の奥へ向ったのだ。そこに、狒狒を見、鵁鶄を発見した。この詩は、画の中の宮女の姿を見るにはじまり、もっぱら宮女の様態を叙すかにみせかけて、やはり、彼女たちの境遇を憫《あわれ》んでいたことになるだろう。

だとすれば、この詩の宮女も、特殊な例ではなかったことになる。なぜなら、狒狒は、啼いていたからである。鵁鶄はいたずらに老いつつあったからである。二つの異形は、狩りの共をしても幽閉同然の老いいく宮女であり、悲啼をあげる宮女の心を示すものとしてある。身代りとしてあることになる。グロテスクな動物に身代りさせたところに、一層の焦迫がある。

この身代りとても、ただ深い森の中へ入って竹林に狒狒を見つけ、湿潤の沙汀に鵁鶄を見つけて完了するのではなく、同じ江潭苑の中に、位置を異らせただけで、騎馬の宮女がおり、異形の動物はいるという残酷な算術になっている。

いや、そうか。残酷な算術によって、出猟の宮女たちの境遇を憫んだところで、とどまっているか。この詩の場合は、いつもより、もう一段の階を増やして、やはり李賀自らにたどりついている。宮女の身代りとして、森の異形たちがあるとするなら、この異形は、李賀の身代りである。

なによりも、異形の動態を示す「啼」と「老」は、李賀のものだからである。宮女の心を身代るものが、異形のしぐさだとすれば、その異形の身代りは、李賀そのものの心にほかならず、過程をいつもより一つ増やしただけの話で、とどのつまりは、宮女も異形も、李賀の隠れ簑であったことが、わかる。一つ過程が増えたことによって、李賀は、自分とかかわりのない顔を、ふりとしてできただけのことで、むしろそのことによって、李賀の心労と悲哀は、深くなる始末をたどっている。この詩でも、やはり対象化できずに、同化し、知らぬ顔をしただけ、その同化は血まみれになっている。

　しかしながら、李賀は、なおも同化せぬ顔をつづけるのであり、それが、終二句の「宮官　蠟火を焼き」「飛燼　鉛華を汚す」である。出猟には、軍装した宮女の騎馬の列ばかりでなく、男の宮官も従ったと見え、朝まだき薄闇が残っているのか、蠟に火をともす。いっせいに、無数の蠟をともすのか、「焼」という語を李賀は選んでいる。この「焼」は、馬脚をあらわした自らの同化を忌うように、それまでのプロセスを「焼く」に似ている。そして、蠟燭を焼くことによって飛び散った煙《すす》が、朝化粧《おしろい》の鉛華に塗られた顔に襲いかかる。それを「汚《けが》す」の語をもってしている。

　この宮女への処置は、彼女たちの境遇をより哀れむことになるどころか、むしろ李賀の自己嫌悪であり、自らへの処罰にも似て、まさしく自らを汚している。「宮官」の頭二字は、終行において「飛燼」で対応されていて、人称の語で「相対」になることをはずしているが、それも成り行きであった。

十四

「追賦画江潭苑四首」の「其の四」である。「其の二」が、台城の宮殿から、江潭苑へ朝の御猟に向う軍装の宮女の様子を詩化した「其の一」を発展させたものであったように、「其の四」は、すでに御猟の開始された中での軍装の宮女の様子を詩化した「其の三」を深化したものである。李賀は、江潭苑を描いた絵に触発されて、四つの詩を作ったのであるが、四首を、詩の内容の運動としては、二首一組みとして、二組にわけ、それらが全体で一つになるように計略したことがわかる。

十騎簇芙蓉　　十騎《じっき》　芙蓉《ふよう》　簇《むらが》り
宮衣小隊紅　　宮衣《きゅうい》の小隊　紅《くれない》なり

軍装の宮女を、ここでは、花と色でとらえている。花とは、芙蓉《はす》であり、色とは、紅である。「十騎」とあるから、小軍団を組まされて、御猟に彼女たちは、ひっぱりだされていたのかもしれない。

李賀は、ここでは宮女をマス化して、遠望して、十騎の軍装の宮女が集うさまを、「芙蓉」と見たのである。芙蓉と言っても、いろいろの色のがあるわけだが、彼が、「紅」と見たのは、その宮衣が紅であったからである。紅が、目立つほどなのだから、その宮衣の上に着る軍装は軽備なものであっただろう。「小隊紅なり」とも言っているから、小隊ごとに宮衣の色をつかい分けたとも言える。

いずれにしても、李賀は、デザイン化して、つまり宮女たちを紅の芙蓉に見たてていて、十騎の群る一騎一騎は、花びらに見ていて、情念を組みこんでいない。二句の「宮衣の小隊　紅なり」は、「其の二」の二句「宮衣　水濺黄」と呼応しあっているはずで、「宮衣」を同じ位置に置いているからだが、その色は「紅」と「水濺黄」と異っている。小隊ごとに宮衣の色彩を固定したとしても、一種の軍団であるから自然である。

練香燻宋鵲　　練りし香《かおり》　宋鵲《そうじゃく》に燻じ
尋箭踏盧龍　　箭《や》を尋ねて　盧龍《ろりゅう》を踏む

どっと動きだしている。デザイン化していた冷たい目が、どっと開かれて、動感描写に転じている。しかし、この二句には、多くの解釈があって、一定しない。

宋鵲は、犬である。猟犬である。黒白ぶちの宋産の犬は、鵲と呼ぶ。御猟の図であるから、犬が現れても異はないが、李賀は、この「宋鵲」の猟犬に「練香燻」の語をあたえているのである。

ここでは猟犬に香をあたえているのである。これまで、朝の猟場にむせる香りは、宮女たちの衣裳から発するものであったが、ここでは、猟犬が、香をひきうけているのである。どのようなひきうけかたをしているのかは、「練香燻」というわけだが、この解が、まちまちである。「衣衫の香気が、狗の身体に薫染した」と葉葱奇は解釈している。斎藤晌は、そのように解かず、「香を練って焚き薫じた猟犬」とする。曽益は、「練りし香りを犬に燻じて、鼻にかがせれば、その嗅いを知って、犬はよく騰《はし》る」という風に、犬をよく使うための興奮剤のような見方をしている。董懋策《とうぼうさく》も「猟犬、薬燻を須《もち》いて、すなわち捷《はや》し」と、衣香の移りをとらず興奮剤説であるが、王琦は、姚文燮の「官娃《かんあ》雲集、猟犬また惹衣」の説を正しいとしている。

この二説に傾聴する時、そのどちらでもよいという気がしてくる。猟犬に香を燻ずるのも、この「追賦画江潭苑四首」の全体にふさわしい気もするからだ。なべて猟犬に興奮剤として香を嗅がせるのが習いであるならば、当り前で、とりたてて言うこともないようだが、その当り前の習慣にめりはりつけたのが、李賀だとも言えるからだ。興奮剤説をとっても、芳香を黒白ぶちの身から撒き散らしながら、吠えながら苑中の山沢を牙をむきだし、鼻から白い息を吐き、赤い舌をたわわに震るわせながら駈けているさまは、異様でさえあり、白粉の匂いのたちこめる朝の御猟の景にふさわしくないということはない。

だが、この李賀の詩の運動に従うならば、詩全体は、宮女の粉香が、朝の猟苑を流れつづけてきたのだから、この宋鵲の薫香も、軍装の宮女たちの粉香の移り香であると見たい気もしてくる。姚文燮流に言えば「惹衣」である。

詩の造型としては、初二句で、宮女たちを「紅」と「芙蓉」とに、装飾的比喩としてではなく、きわめて無表情にデザイン化していたのだが、三四句で、一挙にそのデザイン化された小軍団は、猟犬が走りだすことによって、崩れるのはよい。詩の造型としては、そのほうが鮮かである。群がる宮女の騎馬の中から、猟犬が走りだす視覚的破綻は、李賀の心的習性と合致しているようにも見えるのである。その時、宮女たちの粉香が、そのまま犬にひきつがれて香を発しながら疾走していると見ることも、ごく自然に思えてくる。思えるのではなく、思えてくるのである。

とはいえ、語法的には、どうなのか。「練香燻宋鵲」。「香を練りて宋鵲に燻ず」と訓ずれば、ことさらに、或いは当然の猟のならいで、宋鵲犬に香を燻じた強調の感じになる。移香と見るならば、「練香」を「練りし香」ぐらいに見なければ、宮衣にこめた香が犬に移るという自然さがでないし、「燻宋鵲」も、宋鵲「を」燻ずではなく、宋鵲「に」燻ず位に弱めなければなるまい。私は、一応、後者をとりたいのだが、つぎの四句目の「尋箭踏盧龍」も異説が多い。

この二句は、当然、対句をなしているからである。「尋箭」は、「練香」と対応しているから、「尋箭」を「箭を尋ねて」と訓《よ》むならば、「練香」も「香を練りて」と訓みたいところであり、つまり練香の練は動詞と見なければならなくなる。「練りし香」に固執するならその対は「尋ねし箭」となるが、「尋ねし箭　盧龍に踏む」は、どうにも意釈しかねるのであり、猟犬が獲物をめがけて放たれた矢の行方を求めて、香を撒きつつ駈ける景なのだから、「箭を尋ねて　盧龍を踏む」と見たいところである。動感がこのほうが溢れている。

この訓釈をとれば、前行は、「香を練りて宋鵲を燻じ」をとらねばならず、痛しかゆしに陥いる。どちらでもよいようだが、唐詩の世界に生きている李賀は、どちらでもよいように生きていないわけであって、その意味では、実直なまでにレギュラーを遵法しているのであって、それ故にイレギュラーも敢然となすのであって見れば、迷わないわけにはいかないのである。伝記は、その人の生きかたであるが、詩伝のスタイルを選んでいるので、詩法もまた彼の生きかたを映しているものとして見ていかねばならない。私は、ここでは、両行を自分の訓みたいように訓んだのだが、迷いはのこっているのである。

「盧龍を踏む」も異解が多い。盧龍は、梁の都のあった金陵（南京）から、西北二十里のところにあった「盧龍山」と見るのが、通常で、それでよいと思うのだが、盧龍を犬と見る説もある。諸説を検閲しながら箋注した句解定本の姚佺の弁をここでは、引いておくのがよいかもしれぬ。

「この句は諸本みな正解を得ていない。曽益はかく云っている。犬は善《よ》く騰《はし》る。故に龍と呼ばれることがある。又、韓盧（犬名）を引いて、天下の俊犬は盧であり、これを名づけて曰く龍と。呉正子は、かく云っている。唐代には、盧龍節度使が営檀《えいだん》の間に在った。北方（の水）は、黒い色であることが多いので、故に盧龍郡なる地方がある。北方の人は、水のことを龍と呼んでいる。盧龍は即ち黒水である。という理由をもって盧龍は犬であるとみなしている。つまり前句の宋鵲と対と見ている説と似ている。だが〈箭を尋ねる〉について、曽益は犬が騰っていってこれを拾うのだと言っているが、踏を騰踏の踏とみなしているのは、笑止である。盧龍宋鵲の句は、犬を以て犬で対するという対応をしていない。（呉正子の）黒水の盧龍に至っては、風馬牛、言及するに足りない。呉苑に箭を尋ねて、（犬が）直ちに営檀の境までつき走るというのか、まさしく大声をだして笑わないわけにはいかぬ。つまり、盧龍は山名なのである。金陵の西北の隅にあって、周廻五里、西は大江に臨んでいる。晋の元帝は、はじめて江を渡って山嶺の綿延《めんえん》たるを見た。遠くは石頭《せきとう》城に接していた。これをもってしても北地の盧龍山の故名である。即ち今の獅子山で、ここには（道寺の）盧龍観がある。このことを注者たちはどうして考えないのか、おかしなことだ」

このように異説が生まれるのは、個々の感受性の相違というよりも、人間が言語文字に囚れやすいところからきている。たとえば、呉正子が、唐代の盧龍郡までもちだしたのは、宋鵲に比すべき名犬韓盧にこだわったからで、黒水の弁証にやっきになったのも、この犬が真黒な毛なみをしていたからで、それでもなおたりずと、黒水のことを龍と呼ぶ例を引いたりして、「盧龍」をなんとか「韓盧」のことにしようと努めてしまうのである。なにごとにつけ、「龍」の名を吉兆のしるしとして名づけるのは、中国人の習いであって、水にも犬にも名づけることができるのであって、けっして固有ではない。

また詩の常識というものにも囚れる。末二字の「宋鵲」と「盧龍」が対と見るのは、当然の詩作法でもあり、むしろ生理反射に近い中国詩の伝統である。宋鵲が犬であり、盧龍が山であったら、その対に狂いが生じるのであり、注者たちは、曖昧にして欝然たる言語の山にわけいって迷路を歩まねばならぬ。句解定本の楊妍が「仮対」であると言うのは、妥当であると思われるが、おそらく李賀は、レギュラーに立ちながらイレギュラーを謀んでいると見るべきだろう。意味の上では、イレギュラーに犬と山であっても、音や視覚的字面においてはレギュラーさせていて、また山名として盧龍を用いた時も、宋鵲と並称される韓盧の存在を李賀は知っていたにちがいない。

旗濕金鈴重　旗湿《はたしめ》り　金鈴《きんれい》は重し

霜乾玉鐙空　霜乾《しもかわ》き　玉鐙《ぎょくとう》は空《かる》し

箭を尋ね、香紛をまきちらしながら盧龍山に踏みこむ猟犬のあとを、軍装の宮女たちも、騎馬して追うわけだから、彼女たちも盧龍を踏むわけだ。その時は、紅い芙蓉の陣列は崩れ、彼女たちの化粧の香を受けて先頭を走る犬よりも濃い軍妓の香が後を追って駆けこむのである。だが、彼女たち小隊がもつ軍旗は、朝露朝霜にびっしょり湿って重く、駈けながら鳴る金鈴もまた重い。ただ紅色の宮衣と甲冑を着た彼女たちをのせる玉の鐙《あぶみ》は、その肉体の熱を受けて火照り乾き、空しいまでに軽い。

李賀は、なにを言おうとしているのか。「旗湿り　金鈴は重し」も「霜乾き　玉鐙は空し」も、ともに騎乗して駆ける宮女たちの一つの様態である。霜の降る朝の猟場にあることでも、一つである。旗が湿り、金鈴が重いのも、一つの現象であり、同じ湿り重みを受けているはずの玉鐙が、空となるのも、その部分だけが、彼女たちの体温を受けて、乾きあがっているのだから一つの現象である。

現象と様態の向う側に重りあるものを李賀が期しているのは、あきらかであって、「旗湿」に「霜乾」を対比させたのは、異はないにしても、「金鈴重」に「玉鐙空」

を対比させたのには、李賀のなにげない謀略がある。「金鈴重し」に対しては、「玉鐙軽」とするのは、尋常だが、李賀はあえて「空」の字を置いているからである。意味的には、軽であってよいものを韻を合わせることによって「空」に導きこんでいる。

なぜ「空」か。「旗湿り　金鈴重し」は、朝の猟苑が、旗や金鈴に示す自然の現象だが、彼女たち軍装の宮女たちにとっては、「湿」も「重」も、彼女たちの心のものだからである。だが彼女たちのもつ肉体の自然は、その心意と現象の一体を裏切るのであって、騎乗の玉鐙部分は体温の熱を受けて、乾きあがってしまっているのである。彼女たちの心意の外に、肉体の自然があるのであって、玉鐙を乾してしまうのである。それは、軽というよりは、まさしく「空」にほかならぬ。この二行は、空虚なまでにエロチックな裏切りを示している。

今朝畫眉早　　今朝《こんちょう》　眉を画《えが》くこと早し
不待景陽鐘　　待たず　景陽《けいよう》の鐘《しょう》

南斉の武帝は、「しばしば苑囿《えんゆう》に遊幸し、後車に宮人を載せて行くをつねとしたが、宮殿の内部は深すぎて、端門で鼓を打つ時刻の報せが聞えぬため、景陽楼上に鐘を置き、五鼓三鼓の時にそれを叩き、宮人はその鐘声を聞き、早く起きて化粧をした」（南斉書）という故事を李賀は、踏んでいるのだが、「待たず　景陽鐘」であるから、梁の武帝の遊苑御猟の朝は、それより早いわけで、化粧も早く起きてしなければならぬ。

「今朝　眉を画くこと早く」「待たず　景陽鐘」の終二行は、楊妍《ようけん》の言うがごとく、彼女たちの私語にも近いが、それまでの六行の様態をすべて引き受けていると言ってよい。梁の武帝のエロチックな趣味にそって駆りだされた宮女たちの外の様態は、彼女たちの重い心意を交合させることによって、さらによじれるような揺れる振幅を鋭くして「空」なまでのエロチックな転位をなしている。劉辰翁《りゅうしんおう》は「流麗」としてこの詩を称揚しながら片附けているが、もっと深く屈曲している。

十五

画に触発されて、詩を作るということは、なにも、李賀の創意ではない。とりわけ、杜甫は、好んで画の世界を詩にひきずりこもうとした。

「画鷹《がよう》」を筆頭に、「天育驃《てんいくひょう》図歌」「画鶻行《がこつ》」「題壁上韋《い》偃《えん》画馬歌」「題王宰《おうさい》画山水図歌」「戯為韋偃双松図歌」

「厳公《げんこう》庁宴詠蜀道《しょくどう》画図」「姜楚公《きょうそこう》画角《がかく》鷹歌」「観薛少保《せつしょうほ》書画壁」「通泉県《つうせんけん》署薛少保画鶴」「韋録事《いろくじ》宅観画馬図」「厳鄭公岷山《げんていこうびんざん》沲江《だこう》図」「観李固《りこ》山水図三首」「八陣図」「楊《よう》監《かん》示張旭《ちょうきょく》草図」「楊監又出画鷹十二扇」「画馬讃」と十七首の多きに及ぶ。文章としても「為郭使君《かくしくん》滅残寇《ざんこう》図状」「柳公《りゅうこう》紫微《しび》仙閣《せんかく》画図文」とある。画家でもあった王維に一首もないのにくらべる時、この数は、杜甫がいかに絵を愛したという証跡ではあっても、なにも絵が好きだからと言って、詩にする義務はないのだから、異様にさえ見える。

しかし、好んで杜甫が、画の世界を詩にひきずりこもうとしたかどうかは、それらの詩を点検する時、留保しなければならぬのかもしれない、と思えてくる。それはあまりにも、絵そのものについて述べすぎているからである。たとえば、「題壁上韋偃画馬歌 [壁上の韋偃が画馬に題する歌]」である。

「韋侯《いこう》 我に別れて 適《ゆ》く所有り」「我が渠《かれ》の画の無敵を憐《あい》すを知り」「戯れに禿筆《とくひつ》を拈《ひね》り 驊騮《しゅんば》を掃《えが》く」。杜甫は、馬の絵を善くすることで有名な韋偃《いえん》のかいてくれた絵を壁にかけて見ながら、そのことを詩題としているのである。この馬の絵は、韋偃が旅に出る時、ファンの彼のために、筆をひねってくれたのである。彼の詩句は、その事情を説明していて、その結果、「欻《たちま》ち見る 麒麟の東壁を出ずるを」となるのだ、杜甫宅の東の壁にかけられたわけだが、そこにたちまち千里を駈ける駿馬が、壁上に現出したと彼は言う。

杜甫は、あくまでも絵を対象化していて、絵の中にはいっていない。のっけから韋偃の馬の画を貰った由来にかかわっているし、「麒麟の東壁に出づる」というなまなましい捉えかたをしているにしても、絵の意識が前提になっていて、あくまでも絵の中の馬が、なまなましく現実感をもって彼の官能に襲いかかっているにすぎなく、絵の存在は溶解していない。つづく行においても事情は変らない。

一匹 草を齕《か》み 一匹 嘶《いなな》く
坐《そぞろ》に看る 千里 霜蹄《そうてい》に当るを

これは、韋偃の描いた絵を説明している。ほとんど説明に終っている。「千里 霜蹄に当る」の語に、杜甫の想念が動いていると言えば言えるが、それさえも「坐に見る」というように観賞者の姿勢は崩れていないのである。そして、あげくのはてに、つぎのような寸感を洩らして、詩に幕をおろしている、「時は危《あやう》し 安《いずく》んぞ真に此れを致し」「人と生を同じくし亦《また》死を同じくするを得ん」。終二行は、まさしく散文調の評語になっている。

評語といっても、ここでは美術批評をしているのではなく、一種の警世家になっている。いまは時世混濁して危険に満ちている。だからこそ韋偃の描いた名馬をこの世へつれてきて、われわれ人間と同じように生き、同じように死ぬようにさせてみたい。それは、やはり不可能なことか、と慨嘆している。

これは、韋偃の描いてくれた馬の絵に対する礼と世辞であるが、そのお礼と世辞の内質には、心からの賛辞も含まれている。しかし、同時に、杜甫自らの不平不満も戴車させている。表面は、時世への警告であり、政治批判である。人材登用の時であることを、韋偃描く馬を借りて言っているが、もう一つ露骨なまでの奥があって、それが自らの境遇の唐朝への不満である。この不満を吐露するために、ことさらお礼にかこつけて、この詩を作ったと思えないが、とどのつまりは、自己不満を遠まわしに愛国者を気どって言うことに落着くのは、わびしくかつ拙劣にも思える。

ともかく、杜甫は、どうしても絵画と向いあった位置に執して、実直にとどまる。「戯題王宰画山水図歌「戯れに王宰の山水を画《えが》ける図に題する歌」」にしても、同じである。

巴陵《はりょう》　洞庭《どうてい》　日本《にっぽん》の東
赤岸《せきがん》の水　銀河と通ず
中に　雲気の飛龍に随《したが》うあり
舟人《しゅうじん》　漁子《ぎょし》　浦漵《うらわ》に入り
山木　尽《ことごと》く洪濤《こうとう》の風に亜《つ》ぐ

詩のほぼ中央に、王宰の山水図へのこのような説明があるのだが、やはり詩的説明にとどまって、その山水の中へ奥深くわけいっていくことはしない。どうしても山水図の「図」がとれずに残りつづけるのである。この説明の前後は、ほとんど杜甫は美術批評家になっている。「十日に一水を画《えが》き」「五日に一石を画く」ではじまるすべりだしは、芸談批評であり、他人のうるさい促迫《そくはく》を受けては、よい真跡を留むことができないと、芸術家論を一席ぶっている。後半も「もっとも遠勢を工《たく》みとし古も比するなし」と言って、遠景のうまさを賛美し、「咫尺《しせき》　まさにすべからく万里を論ずべし」と言い、山水画を論ずるには、たったその咫尺の画幅の中に万里の風景がふくまれているかどうか、どれだけの広い世界が包含されているかどうかを見なければならず、山水画の本領はまさにそこにあると、山水画の見方と評価の基準を提出している。

杜甫が、絵を詩題にするにあたって、なんら絵を脱けでる拘束もないわけであるし、むしろ詩題に絵をもちこんだのは、彼が最初ではないにしても、十七首も作ることによって詩題のパターンを定着させた功は、見逃すわけにはいかない。

事実、おそらく李賀の「追賦画江潭苑四首」も、絵を詩題とした杜甫の作品になんらかの触発を受けていると見てよいであろう。李賀の詩藻が、しばしば杜甫からきているとは、すでに言われていることであり、李賀の父晋粛と杜甫とが、従兄弟の間柄であり、なんらかの親密感を杜甫に抱いていたと考えるのは自然であるし、だとすれば、杜甫の画題詩群を見ていたとて、不思議ではない。

杜甫に「画鷹」という詩がある。「追賦画江潭苑四首」の「其三」は、鷹の飛翔を初二句で扱っているが、呉正子の注釈以来、「縚根　玉鏇の花」の句は、杜甫の「画鷹」中の「條鏇《とうせん》　光　摘《つ》むに堪る」から来ているとされている。

字句的には、「鏇」の語のみが共通だが、杜甫の「條鏇」の「條」の字と、李賀の「縚根」の「縚」は、音意ともに同じである。杜甫が、猟の鷹の足にくくりつけた紐を通す輪環が、手触り目触りできるほどはっきり光の中にあるのを画中の鷹の中に見ているのだが、李賀は、杜甫が一つにして言った「條鏇」を分割した視線をもって、「縚根」と「玉鏇」にし、微細に眺め落しながら、それを拡大している。

吉川幸次郎は、この詩に注釈し、この行にふれながら、「過去の東洋画の技法は、光線を示すのに、油絵のごとく便利でない。それをこの画は非凡に写し得ているのであり、それに着目した杜甫の詩も、非凡である。一たいに杜甫は、光沢を詩にうたうのに、熱心を示す」と述べている。光の詩人と言えば、李賀もまたそう言えるのであり、ただし二人は、その光の対しかたに、決定的な質の相違があったと言わなくてはならない。

それは、杜甫が、あくまでも我が目をもって、画家の如くに光をシビアに凝視したのに対し、李賀は、光を体感し、その体感した光をみつめ、そのみつめた光の中に入っていき、その入っていく自分の姿までも見えた詩人だったと言える。

鷹の脚についている紐と金環《くるる》への対しかたでも、二人の差がはっきり示されている。杜甫がその光をあらわすのに「光」という語句を用いてしまっているが、李賀は、「條鏇」を縚根と玉鏇に分割し、縚を「縚の根」に、鏇を「玉の鏇」に細分化し、それが動感の中にあることを初句の「剪翅　小鷹　斜」によって補い、そこに「光」の所在をあきらかにしている。それらが朝の光りの中にあることを感じさせるのである。吉川幸次郎は、東洋画の技法は光を示すのに便ではないと言っているが、そうではなく、東洋画、それは水墨画と言ったほうがよいが、光をあらわさないで光をあらわすというのが伝統であり、色彩の溢れかえる李賀の詩は、けっして水墨画的とは言えないが、方法論的には、むしろ伝統にそっている。

この両者の「光」への対処の差は、この場合、ただちに二人の「絵」への位置どりの差にもなっているように思える。杜甫は、けっして画を詩題としたからには、画の存在を忘れることがなかった。李賀は、そのような律儀な不自由さをもっていない。「追賦」という発意のせいもあるにしても、「画江潭苑」にとらわれていない。

はじめは、とらわれていたのだが、しだいに画中に溶けこんで、絵を忘れてしまったというかきかたさえしていない。のっけから、絵という咫尺の物質感からこともなげに脱出している。杜甫のように、画を論じたり、賛を贈ったりはしない。絵として語っている風合いのひとかけらさえない。

董伯音は、この李賀の詩をかく言っている。「江潭苑は、梁武帝の遊猟の苑である。未完成の苑であったが、侯景《こうけい》の乱後、ある人がその勝景を絵に摹《も》し、一幅の図におさめた。長吉は、その事を追賦しているのである」。この「画江潭苑」という作品そのものの実在について述べているのは、「協律鉤元」の引く董伯音の注ぐらいしかないのだが、これとても、明瞭ではない。曽益もやや言及していて「四首、宮人の早起遊猟の作である。おそらく、そのことを心に慕って故に追賦したのであろう。画或いは、遺っている図画を追賦したのであろう」としている。

多くの注は、この絵の存在については、ほとんど触れない。画があって、それを追賦したとして、そのまま通過させてしまっている。絵と詩の関係に言及したものもない。曽益や董伯音は、それでも絵の行方に疑問を抱いた注家だと言えるだろう。

目下、私の知るかぎり、「画江潭苑」の存在を知らない。絵が残っていなくても、文献的に名のみ残っていることがあるのだが、同じ名のものを発見していない。杜甫の場合、画家の名前まで記しているので、絵画史的にも貴重な資料にさえなるのだが、「画江潭苑」は、画家の名前はおろか、いつの時代に画かれたものか、董伯音は、侯景の乱後の人が描いたとしているが、その直後なのか、隋朝にはいってからなのかわからない。遺図なのか、唐朝の人が、梁の江潭苑の朝猟に画題をしつらえて描いたのかも、わからない。いわんや、李賀がどこでその絵を見たのかもわからない。知るかぎりでは、「梁宮人射雉図」とか「梁北郊図」など、画題だけ残っているものがあり、それから推察すると、「画江潭苑」は、李賀の生きていた時代に存在しえたとも思われるのだが、その証拠がない。

というよりも、李賀の「追賦画江潭苑」を詠んでいると、いっさい詩中に、絵について言及しているところがなく、杜甫のように絵の念頭が去らないという必要はないが、絵の世界の詩化という痕跡でもあれば、いくらかでも安心するのに、李賀の詩にあっては、楽々と画中にはいりこんでしまって、絵の枠がなくなってしまっているので、詩題を忘れて、彼の造出した梁の御苑にそのまま拉致されてしまうのである。

曽益が、惑うて言うように、遺図を見て追賦したかもしれないが、それは詩題だけのことで、梁帝の早起遊猟を想うて追賦したにすぎないのかもしれぬ。そうだとすると、この詩には、はじめから絵などというものは、存在していなかったとも言えるのだ。詩題の着想は、杜甫の作品に内発されただけのことで、絵は幻であったとも言えるのだ。

その真否は、断言不可であるが、それほどに、李賀の詩に、絵の影はない。絵があっても、李賀の柔軟な詩の運動は、絵を越えてしまうため、題にしかその面影をとどめなかったのか。四首それぞれ、絵の部分の詩化であるが、そのことをいちいち言わずに、絵の中に深くはいりこんで、自らの想念にひきずりこんでいるため、その影を失ったのか。それともやはり、李賀の詩へのデザインとして、「追賦画江潭苑」という題を選んだのであって、そもそも絵は存在しなかったのか。

そのどちらでも、よいといえばよいのだが、いったい李賀は、梁の武帝時代にさかのぼることによって、なにを追賦しようとしたのか。「江潭苑」を描いた絵を追賦すると言わずとも、彼はもともと古代に材をとることは多く、六朝は梁の時代に舞台を置くのは、常套と化しているほどなのであるが、だとすれば、武帝のつくった江潭苑を追賦したにすぎない。それに一つの屈曲の装置をあたえるものとして、「画」の存在をくわえたにすぎないとも言える。

四首を総覧して言えることは、梁の武帝の朝の御猟風景がくりひろげられていることが、その共通項であり、絵の存在になお固執して言うならば、李賀は、絵の全体を見ずに、部分にたちどまって、それに自らの想像力を交合させてあたかも目に見えるように詩の世界に上昇させ、その四つの部分の詩化によって、全体の絵の復元をもくろんだとも言える。

だが、この早朝の猟風景の特長は、軍装の宮女が従っているということである。私が、とりあげたのは、まさしくこの宮女の風景があり、その宮女の行動が、李賀に喰われることなく、他の宮女ものにくらべて、きわめて様態化されているように思えたからであった。それは、絵という前提があったから、そうなったと見ていた。

かならずしも、そうは言いきれぬことは、すでに見てきたが、この詩の発意が、諷刺にあるという説は、猟に従う宮女たちに、一つの悲惨を見ようとするところからおこっている。葉葱奇の説は、その典型である。「其一」にたいして、彼は、「当時の皇帝の荒淫を譏《き》誚《しょう》した」ものとしている。当時というのは、李賀の生きていた当時であり、憲宗皇帝である。憲宗の荒淫を譏誚するために、梁の武帝の宮女嬉遊のさまを描いたのだと言うことになる。「其二」にたいしても「この首は宮女の凄惨を描写したにすぎず、帝王の荒淫を示すための反映である」としている。

さらに葉葱奇は、歴史的附会を試みていて、資治通鑑の「元和十三年二月、麟徳《りんとく》殿を修し、龍首池を浚《しゅん》し、永《えい》暉《き》殿を起す」を引き、「憲宗は淮西《わいせい》を平らげた後、神仙を好み、遊観を好むようになった。この四首は、憲宗の沈湎荒嬉《ちんめんこうき》ぶりに感ずるところあって、舌を借りて今を諷した」のだとしている。

姚文燮の昌谷集註は、同じ諷刺説でもややちがっている。憲宗と見ないで、前代の徳宗のこととしているからだ。「徳宗、遊畋《ゆうでん》を好み、常に漁藻《ぎょそう》池に宴し、宮人をして水を張らせ嬉《この》んで棹歌《とうか》を唄わせ、時には宮人を率いて苑中に猟し、又東城に猟した。李賀の意図は、六朝の侈《し》靡《び》を詩にし、自らその永祚《えいそ》を難じた」としている。つまり「画江潭苑を観て、追賦し以て戒めを誌《しる》した」としている。

事跡としては、徳宗の乱行が、この詩にふさわしいが、李賀の生きた時代としては憲宗の神仙狂ぶりが近い。しかし、李賀が、時代に対して啼き叫ぶような憤激を抱いていたことは、たしかであっても、そのような単純な諷刺説ではおさまりきれないまばゆいまでの矛盾をいっぱいにかかえていて、それが詩語の上にも溢れかえっていた。ただ、この諷刺説をよしとしてしまうならば、画を追賦したという事情が、いとも簡単に解決してしまうところがある。姚文燮の説などは、諷刺すべき現実が大前提であるから、梁の江潭苑を描いた絵を観たという体験は後についてくる方便になってしまう。たまたま絵を観る体験があって、そのあとから諷刺が企てられるのではないから、極端には絵を観ることがなくても、六朝に仮託することは、容易であったわけだし、絵を追賦するというかたちも、諷刺の方途にすぎないことになり、絵の影が、詩中に見えないことにも、さして気にしないですむことになる。

だが、そうか。宮女を中心に、この詩を眺めてきたせいもあるが、たしかに皇帝の荒婬という観点は、それに囚れた時、すべてがそう見えるというメカニズムが人間にあるから可能ではあるが、どうもそう思えないところがあるのだ。皇帝の荒婬は、即宮女の惨鼻でもあるのだが、荒婬惨鼻の目で見ることは、あまりにも機械的にすぎるとも言えるのである。

それは、たとえ李賀の意識の上で、皇帝の早朝の宮女を率いた御猟のふるまいを否定していたにしても、李賀の官能においては、趣向においては、それらを肯定しているところがあるからである。それは、詩の意味においては肯定していなくても、詩の姿において否定していないように思える節が、濃いからである。

そのことは、猟の主宰者たる皇帝にたいしても、従う宮女にたいしても言えるのだ。李賀の血と願望は、荒婬する皇帝の側にある。荒婬を肯定的に自らに諾意しているところがある。羨望とか賛美の道筋は、李賀の立たされている境涯はとりようもないのだが、ねじれるようにその荒婬を否定しきれていないし、また肯定もしきれていない。だから、時には肯定的にも見え、時には否定的にも見える襞《ひだ》を、光りにあわせて照らしだすのである。

宮女にたいしても、そのことはいえ、彼の官能的視線の中には、彼女たちの人間としての哭き声をみ、時には、いやしばしば自分の哭き声を重ねあわせるかに見えることもあるのだが、その逆に李賀は、宮女たちの様態をエロチックなるものとして捉えているのを感じるのである。

この「追賦画江潭苑」の宮女にたいして、一貫して、つぎの要素を持続させていた。一つは、化粧である。その化粧がよくつかず、「紅粉薄」になったり、涙痕を隠した「匀粉」が、金鞍に照り映えたり、猟の飛燼によって、「汚鉛華」になったり、早朝の猟にかりだされる故に「画眉早」であったりし、そのことは、諷刺説の目からすれば惨鼻そのものを証しているのだが、私には、むしろエロチックな景として見ている李賀の視線の熱さを感じるのである。

もう一つは、宮女の軍装である。女性が軍装して戦争にくわわることは、殷代のむかしからあることで、特殊な習慣ではなく、女性軍団さえ古代中国にあったことは、たしかめられていることだが、王たちが宮女たちに軍装させたことには、そこに倒錯の官能が働いている。このこともまた、李賀は惨なるものとして否定しきっているとは思えない。李賀の官能はあえて肯定していると言い切ってもよい。「河南府試十二月楽詞」の「三月」に早くもこの軍妓があらわれているのを見たが、「貴主征行歌」「栄華楽」「呂将軍歌」にも繰り返し現れている。しばらくこの軍装の宮女たちを観測していかねばならない。

十六

かつて第一部「挫折以前」の章において、「貴主征行楽」をとりあげたことがある。そこでは、彼の剣客志願の不発性と諷刺の意志の不透明さは、どこから忍びよってくるのか、その由来を考えてみる一例として、軽く触れたことがある。

ここでは、ひんぱんに詩に出動してくる軍装の宮妓とは、いったい李賀の心の中にどのような宿りかたをしているのかを見定めるために、「貴主征行楽」をふたたび俎上に拡げてみようとするものだ。

この詩は、たとえば董伯音が「此《こ》れ、唐世主家の驕横《きょうおう》を諷す」と言うが如く、諷刺を目的としたものだと言われているが、それはあまりにも機械的な見方で、もともと中国の詩の伝統の中に諷刺の精神はあるにしても、李賀の詩にも脈打っているにしても、諷刺のキーを発見することを以て、その詩を限定してしまうところがあり、不満である。このキー探しは、李賀の詩注がはじまった宋の時代から現代にまで持続している、相当にしつこい手口であり、便法である。

これは、諷刺なりとお墨つきがつけば、その詩が一つの名誉を確保すると思うような心理背景が、詩人にもあれば、読み手にもあり、この安易さこそが、逆には詩の持続とその生命力の保持にもなっているという側面があるにしても、それは、詩への侮辱である。諷刺精神が詩および詩人の価値を決定する傾向さえあるのは、中国の詩がもつ特殊な公的要素が、そうさせるのだとも言えるのだが、詩は、公が私に犯され、私が公に脅やかされ、それらが混濁としたところに成立するのであって見れば、諷刺による価値の決定は、その性に違背していることになる。

諷刺という詩行動は、詩の社会性であるとともに、詩人の社会との関係だとも言え、董伯音が、「国家の威を褻《けが》し」「将士の心を灰にす」る唐世主家の驕横を諷すと「貴主征行楽」について言ったのも、まさに詩の社会性に立った観点からくるのだが、それだけで終るのなら、詩は諷刺の機械でしかない。社会性などと言っても、個人あっての社会性であって見れば、天下国家のためにのみ詩を作ることは不可能であるし、そういう諷刺万能な理解は、ひいては諷刺への侮辱である。

人間は、社会的人間であって見れば、個人はつねになんらかの社会的制肘を受けているわけであり、私憤は公憤につながりやすい。純粋な公憤というものも、したがってありえない。諷刺の親は、不満である。不満の表明は、対象の否定であり、その否定の強弱はともかくとして、社会諷刺の波調を附帯しないわけにはいかず、それをいちいち感取して、鬼の首をとったように指摘してもはじまらぬところがある。

人間は不満の生きものであるから、不満を吐けば、諷刺ありということになんでもなってしまう。問題なのは、その不満の深さであり、その深さの殺気が、人間と社会の関係をどれだけ揺さぶる力になっているかであり、ただ政治が悪いと言ったところで、詩人の名誉にもならなければ、詩に諷刺を見たものの手柄にもならない。

注釈者たちが、諷刺を指摘したがるのは、露骨に国政なりを否定するのではなく、いったんその否定が隠れこむからである。その隠れこみこそ諷刺の作法でもあるのだし、隠れることによって、かえって隠れないという力学がその作法をささえている。露骨でありすぎても隠れこみすぎても、その効力は薄れる。諷刺は不満がその発条《ばね》となるにしても、不満そのものが人間の通性であってみれば、その通性が隠れるように示された時、諷刺の意図がない時でも、諷刺と受けとられてしまう可能性をもっている。

李賀の場合、どうなのか。諷刺は、結局、受け取り人の問題である。詩人にとって、諷刺を発したつもりでも受信されなかったり、その意志もないのにそう理解されてしまうことがある。諷刺は、その意味で、受け身である。身ぶりでも伝達は可能であるにしても、言語を媒体にするかぎり、言葉そのものが自然に諷刺性を内蔵しているため、つねに諷刺に逢着していると言える。いかに言語技術の問題が横たわっていようと、諷刺は受け取り人しだいである。それは、受け取り人の個人性というよりも、個人の社会性が、その傍受を左右する。

中国の詩の受容には、この諷刺の社会性が伝統的についてまわっているため、李賀の詩もまた、諷刺のありかをさぐられ続けてきたところがある。李賀の注釈史は、だから諷刺を読みとる能力を競いあってきたとも言える。

李賀の詩への態度の中にも、あきらかに諷刺へ積極的であることがあったのだが、意志としては消極的にさえ諷刺を働かそうとさえ思っていないことがあったはずだ。だが、諷刺を読みとろうとする伝統と、意志にかかわらず諷刺を帯びてしまう言語の運命との両ばさみにあって、李賀の詩は、歪曲を受けつづけてきたと、一面としては言えるだろう。李賀の詩の困難は、彼の詩語と詩法の困難であり、さらに言えば、彼の生きかたの困難、つまり心性を伴って運動する肉体の困難であるのだが、それは、ひいては諷刺のキーを発見する困難であったとも言える。

　だが、諷刺は、キーさえ発見すれば、芋づるのように意味化することができる。姚文燮のように、ことごとくその諷刺を解読する名手もでてくる。彼の意味化とは、歴史的解読のことであったから、歴史の背景をさぐる彼の嗅覚と豊富にしてかつ研磨された知識とが、両輪となって、李賀の詩を拡大した。にもかかわらずその拡大は、諷刺の発見にその主体が置かれているために、かえって李賀の詩を限定したとも言える。詩を諷刺の拡大に限定したと言えるのだ。しかも、諷刺解読の妥当性はまた別であって、あくまでも彼の文章としての説得力いかんであって、附会の不安定につきまとわれている。姚文燮の詩注が、数ある中でも異彩を放っているのは、その附会そのものの内容よりも、その附会する力というものであって、すなわち彼の肉体、つまり生きかたの存在表明が鮮明であるからである。それが力強い説得力ともなることがあるのは、彼の肉体が李賀の肉体から浮びあがった詩語と交合するからである。彼の諷刺をてさぐるその執着というよりも、その執着が李賀の詩と等質になるような昇華をとげることがあるからだ。

　私には、李賀が、その詩において、諷刺の香辛料が曖昧な配分になって、意志に反してその利《き》かせが不透明になったり、或る時は勝手にしのびよってきて彼を裏切ったりすることへ目が動いていくのを抑えることができない。

奚騎《けいき》　黄銅《こうどう》　連鎖の甲《こう》
羅旗《らき》　香幹《こうかん》　金の画葉《がよう》

「貴主征行楽」は、このようにはじまる。董伯音は、この二句をつぎのように解釈する。「〈唐六典《とうりくてん》〉は、奚を女官とする。貴主を以て大将とするは、即ち女奚をその騎士とみなすからである。これは、賊を殺さんとする軍ではなく、軍隊の美観をつくるためである」と。

　かつて私は、この詩行に女性の騎馬群を見ようとしなかった。「奚騎」を夷種の騎兵とみなし、むしろ異国の風姿をもった騎兵隊を観じていた。奚を女奴隷と見る解釈はあるし、女の編成になる軍隊は古代からあるにしても、いつも漢民族は異国の軍を用いていたし、唐朝においても、それは同じであったから、私は後者の場合を想い浮べて、この詩行に対していた。

それは根拠があるというより、詩を自分が見たいように見ようとしていたからにほかならない。後句に騎馬する紅粧の貴公主の登場を見るためには、その部下が女たちであるよりも、異様な雰囲気をもった男たちがさきに疾駆していたほうが劇的なお膳立てのように思えたからであり、そのように受け取ってはいけないという理由も、特別この二行には見当らぬように思えた。

ただ、姚文燮は、奚を宦官の五局の一つである奚官であるとし、奚騎は女騎とする曽益の注釈を「非ず」と強く否定していた。彼の歴史的背景を嗅ぎとる感覚は、元和四五年におこった王承宗《おうしょうそう》の反乱を附会させていて、その討伐軍の司令官となった宦官の吐突承璀《ととつしょうさい》をこの貴主とみなしていた。この詩に漲るふんぷんたる女臭を男であって男ならざる吐突承璀が軍率したからだと考えたようで、この二行にたいしても「甲幟鮮豔《こうしせんえん》。徒《いたずら》に軍容を壮《さか》んにす」と見なしていた。

宦官が大将として出動した王承宗の叛乱は、李賀在世の事件であり、それがこの詩の引き金になっていたというのには、異議はないにしても、李賀は、その事件そのものを描いているとは思えず、宦官将軍への非難を時勢はばかって貴公主に変えたとも思えず、ましてやその貴公主が吐突承璀そのものの姿だとは、観じえなかった。彼の伝でいくと、貴公主の部率もみな宦官だと言うことになる。

王承宗の乱をこの詩の背後に感取した姚文燮の嗅覚は鋭しとしても、彼のようなとらえかたをすると、ほとんど直喩の諷刺になってしまう。李賀にそのような習慣がないだけでなく、中国の諷刺の伝統にもそのような直截な方法論はない。だが、私個人の問題からすれば、十数年前の観点に変化がおこっている。奚騎を異民族の群兵として、つまり男の騎兵として見なしていたことに変更の感覚が芽生えてしまっているのである。

初句につづく「羅旗　香幹　金の画葉」の句へ、私は女の体臭を嗅ぐようになってしまう。羅旗も香幹の句も、驕縦侈靡《きょうしょうしび》の態を示しているにしても、なんら軍装の官妓たるからという理由にならないのだが、今、私がこの詩に見ようとしている観点が、女性の姿であることに支配されているせいもあって、平原に陸続として疾走する軍装の女兵の姿が浮びでてしまうのだ。

いちど固執された想念は、詩語の細部にも調和の働きを続けるから、はためく羅紗《らしゃ》地の旗や揺れる香粉の放つ旗竿にも軍妓を感じるばかりでなく、黄銅の鎖子甲の句にもむせる女体がはまりこんでいく。

中軍　留《とど》まり酔う　河陽《かよう》城
嬌断《きょうせい》　紫燕《しえん》　花を踏んで行く

「嬌断　紫燕　花を踏んで行く」。この句にたいしても、私は、むくつけき奚騎が「花を踏んで行く」という景が、かえってふさわしいものとして受けとめることができたのだが、軍装の宮妓と見はじめると、またそれなりの調和をなした景に思えてきて、かつて馬の嘶《いなな》きを「嬌断」とすることにも異響的調和を覚えていた感動も横すべりして、やはり女性が騎馬しているので、「嬌断」の句を選びとったのだという風に思えてくる。そして、李賀の詩の慣行は、一つのきまったイメージは変更することはないということに応援されて、軍装の宮妓が登場する時は、かならず群をなしているから、この場合も例外ではないように、思いこんでいく。

十七

河陽城は、河南府河陽県にある。「元和郡県志」に「西南、府に至る八十里」とあるのは、河南の都洛陽からの距離であろうか。春秋のむかしより、天子の狩猟の地として知られていたが、唐にあっては、外夷や藩鎮の侵《しん》掠《りゃく》にそなえて、粛宗乾元《けんげん》（七五八―九）のころから、この地へ重装の兵団が駐屯するようになった。徳宗の貞元《ていげん》（七八五―八〇四）の世には、節度使が置かれ、「都城の巨防」を為した。

この軍事都市河陽の地は、李賀の生活空間を考える時、そう遠いところにない。「中軍　留まり酔ふ　河陽城」と「貴主征行楽」で詠ったこの地を訪れたことは、充分に考えられる。乾元中、史思明《ししめい》が再び洛陽を陥れた時、太尉李光弼《りこうひつ》が河陽に大軍を以て守備して以来、要衝としてその名は喧伝され、河陽・河清・済潦《せいろう》・温の四県の租税はすべて河陽三城の維持に帰し、河南尹《いん》は名のみその地を総管しているにすぎなかった。

このころ、宦官の専横は、目にあまるものがあった。彼等は、皇帝や皇后のそばにあって影の政治力を発揮するだけでなく、安禄山《あんろくざん》の叛乱以後、将軍の地位につく資格さえ獲得するようになっていた。兵乱があいつぎ、都落ちの事態がひんぱんにおこると、皇帝を主護する近衛の神策《しんさく》軍の指揮は、自然、宦官に委ねられていった。

この荒涼たる人間関係を編む官僚国家にあって、皇帝のもっとも信頼するにたる人間が、いつも側にいる宦官にしか求められないとすれば、その宦官の権力欲が表面にでて、軍事の掌握までを欲したとすれば、当然、その兵権までも手を伸ばすことになる。

このころの宦官は、漢の司馬遷がそうであったように政治犯を宮刑に処したり、異民族の捕囚を去勢したりするのでなく、全国から皇帝への供物としてとりたてた。それは、地方官の責任のもとに中央へ供給され、当時の辺地福建は、その最大の供給地であった。

彼等は、すでに男ではない。肉体的に男ではない。人間の欲望は、しかし性欲だけではないから、権勢欲もあれば、金銭欲もある。尋常なる性欲が欠如しただけ、かえって、他の欲望は鋭くなるとも見える。いや、情欲が消滅したのではなく、かえって強くなったとも言える。性欲と情欲はまた別であるからだ。情欲にあっては、性の欠けたることをもって欲を放つも可能だからだ。

宋代以後のような出世の手段として、すすんで去勢する自宮の宦官は、唐代において、まだ顕著でないが、宮刑による屈辱感というものは、よほど薄れていたと言えるだろう。地方官によって供出された宦官は、最初から屈辱などというものを断念している。

後宮に宦官がおかれるのは、皇帝の私物たる宮女や女官たちを守るためだが、守るとは他の男たちの手に触れさせないためだが、その性欲にしても、奇怪な情欲に変じたというより、性交そのものが可能であるという報告もある。明代では、宦官と女官が夫婦になったり、妾を城外に囲うこともあった。その性生活の実態は不明だが、彼等が国を傾けるまでにも、もつに至ったその権勢欲とは、性器を欠いても、やはり完全なる欠如になりえないところから、そのエネルギーを放出しているように思える。彼等の権勢欲は、はじめ裏の闇にあるが、かならず表の日ざしへ向って発展してくる。李賀の時代は、そのような宦官の権力が、外光の下に、ぬけぬけと表沙汰され、その悪弊は、巷の噂としてでなく、人々の目に映るようになっていた。

それは、彼等が、軍事権力に手をさしのべはじめたからである。玄宗のころの宦官高力士《こうりきし》は、三品官の右監門《うかんもん》将軍となり、さらに驃騎《ひょうき》大将軍となった。宦官の支配する役所は、内侍《ないし》省であるが、その長官は四品官である。位階への欲望は、他の省へ移動しないかぎり不可能であったが、その捷径は、軍職を奪うことであった。皇帝や後宮の女性たちを守る大義から、その守護軍団である神策軍の位階は、すぐ手の届くところにあった。

たしかに位階への限界のない欲望もあったにちがいないが、それよりも彼等にとって重要なことは、武官職を奪うことによって、いったん失われた男根を回復することができる、実際は性器そのものは再生すべくもないのだが、気持としては自他ともに向って男を誇示することができるという心理が満足できたからではないか。

宦官という不気味な存在からして、このような単純な心理であるとも思えないのだが、屈曲かつ逆相しあった再生の観念が、この武官職という権力にあえて着くその行動の中に強く働いていたとは言えるだろう。すくなくとも、幼児を殺してその脳髄を啖《くら》って、性器の復活を信じた宦官よりも、深く宙返りしている。

唐代の宦官は、中人とも別に言う。この場合の「中」は、男でもなく女でもない人間という意味かと思われるが、もとはあきらかに「男」であったわけで、生れながらの「中人」ではない。すでに唐にあっては、最初から出世の土台であり、生活のためという側面をもちはじめていたから、宮刑による屈辱感をもって仕えるという執念は彼等の心情から薄らいでいる。それだからこそ、宦官の専横は、乾いたものになって、人間くささを失って、その生きかたさえも技術化しているのだが、それでもなお、彼等中人に「男」の意識が、権力の獲得とともに生じてきて、軍職への志願が強くなってくる。強い屈辱感があるなら、あくまでも影の使い手にまわるのが、筋である。軍職の官位を奪うということは、後宮から外へ向って飛びだすわけで、つまり中人たる自らの姿を白日に曝すことである。三田村泰助はその著『宦官』の中で、彼等の人体上の特長を清末に取材したステントの文章を例にとって、つぎのように記している。

「宦官は、全体としてはなんともいえぬいやな感じの容貌をもっているが、若い美貌の持主になると、その女らしいしぐさなどから本ものの若い女が男装したような錯覚をあたえるという。しかし年をとってくると、その風貌がいたましくもおどけたようになってきて、年齢や性を忘却してしまって、ちょうど男の仮装をした老婦人とそっくりになる。」「彼らはすべて、手術をおこなったときから持ちまえの音声を失う。とくに子供のとき去勢された場合は、若い女性の声とほとんど区別しがたい、成人してからの場合は、ひどく耳ざわりな裏声になる」「若いとき去勢した宦官はでっぷり肥ってくる。しかし、その肉はやわらかでしまりがない。もちろん力もない。そしておおかたの者は年をとるにしたがって肉が落ち、急激にたくさんのしわがよってくる。実際、年をとって肥満しているものは少ない。四十歳でも六十歳ぐらいに見えるのはそのためである」

かかる肉体の変化の中にある中人が、軍人になると、どういう光景になるか。李賀の「貴主征行楽」は、河陽の地が、その舞台になっている。この河陽の地は、宦官の権勢欲が、武官職に手をかけはじめた時と、密接な因縁をもっている。すでに高力士の例はあったが、露骨にその権力への欲望が、血なまぐさくして勇爽な軍事に向ったのは、安禄山が暗殺されたのち、部下の史思明が叛乱して、東都洛陽や首都の長安を覗《うかが》っていた乾元のころであり、河陽の地は、注目を浴びるようになる。

安禄山を殺したのは、息子の安慶緒《あんけいしょ》であった。朔方《さくほう》の郭子儀《かくしぎ》を含む九節度使が、その征討にむかったが、この時、宦官の魚朝恩《ぎょちょうおん》が、観軍容宣慰処置使《かんぐんようせんいしょちし》の軍職についている。一種のお目付役であろうか。乾元二年、節度使の一人河東の李光弼が、思明を討つ計略を告げた時、魚朝恩は不可と答えて、中止させる力を発揮している。このころ宮中では、宦官の李輔国《りほこく》が、皇后と結託し、窮《きわま》りなく政事に嘴《くちばし》をいれていた。京師の禁兵も彼の掌中にあった。

乾元二年の三月、来る日も来る日も激戦の相ついだ壬申の日、「大風忽《たちま》ち起り、沙を吹き木を抜き、天地昼晦《くら》く、咫尺《しせき》を相弁《あいべん》ぜず、両軍大《おおい》に驚き、官軍潰《つい》えて南し、賊潰えて北す」（資治通鑑）という状態が発生し、郭子儀は、この時、「河陽に至り、将《まさ》に城守せんと謀《はか》らん」とした。「賊至らば力を併せてこれを防がん」と諸将は兵をひきいて河陽に参集し、城を築いた。魚朝恩は、名将郭子儀を憎んでいて、彼を皇帝に誇《そし》って、その役職を解いている。厳整をもって鳴る李光弼がその後を襲ったが、兵馬元帥は辞している。

九月、史思明は、三千の兵を率い、河南へ向って攻撃を開始した。光弼は、大胆な策をたてた。賊は勝に乗じているから、一挙に洛陽五百里の地を放棄し、全軍を河陽に移すべしと。この命を賭けた策は、採用され、空城となった洛陽に史思明は入ったが、「光弼が其の後を掎《よ》せんことを畏れ、敢て宮に入らず」、月城《げつじょう》を河陽の南に築き、光弼の軍勢への備えとした。河陽の地を意識したわけだ。十月にはいって、思明は、しばしばこの河陽に攻撃したが、なかなか落ちない。通鑑の司馬光の声をここで聴こう。

「時に光弼《こうひつ》、自ら将とし、中潬《ちゅうたん》城外に屯し、柵を置き、柵外に塹《せん》を穿《うが》ち、深広二丈。乙巳、賊将周摯《しゅうし》、京城を棄て、力を併せて中潬を攻む。光弼、茘非元礼《れいひげんれい》に命じ、勁卒《けいそつ》を羊馬城《ようばじょう》（城外に築いた肩の高さの短垣）に出し、以て賊を防ぐ。光弼自ら城の東北隅に於て、小朱旗を建て、以て賊を望む。」

ここにでてくる中潬城は、李賀の「河陽歌」にでてくる。のちにこの詩も合せて検討するため、河陽城の風景を見んとして、あえて引いたが、やはり戦闘風景も見ておこう。

「思明、良馬千余匹有り。毎日、河の南渚《なんしょ》に出《いだ》して之《これ》を浴し、循環して休まず、以て多きを示す。光弼、命じて軍中の牝馬を索《もと》めしめ、五百匹を得、その駒を城内に繋《つな》ぎ、思明の馬が水際に至るを俟《ま》ち、尽《ことごと》くこれを出す。馬嘶《いなな》きて已《や》まず。思明の馬、悉《ことごと》く浮びて河を渡る。一時にこれを駆りて城に入る。」

「思明怒り、戦船数百艘を列《つら》ね、火船を前に泛《うか》べてこれに随《したが》い、流に乗じて浮橋を焼かんと欲す。光弼まず百尺の長竿《ちょうかん》数百枚を貯へ、巨木を以てその根を承け、氈《せん》に鉄《てつ》叉《さ》を裹《つつ》み、その頭に置き、以て火船を迎へてこれを叉《さ》す。船、進むを得ず。須臾《しゅゆ》にして自ら焚《や》け尽す。又、叉を以て戦船を橋上に拒ぎ、礟石《ほうせき》を発してこれを撃つ。中《あた》る者皆沈没す。賊、勝たずして去る」

兵は二万、糧食は十日分しかなかったが、光弼の奇策に満ちた智謀は、史思明の軍勢をついに破る。上元元年の四月にも、河陽の西渚に史思明を破り、斬首千五百を数えた。城は、川を利した位置に構築されていたと思える。河陽は、洛陽の西南であるから、長安と洛陽の間にあるのではない。洛陽の真後ろの位置だが、長安に向うには、この河陽を通過しなければならなかったのかもしれない。東都の洛陽を棄てて、河陽に陣したのは、そのせいであろうか。

陝州《せんしゅう》観軍容使となっている宦官の魚朝恩は、上元二年二月、「東都、取るべし」と申言している。光弼は、やむをえず、河陽を鄭陳節度使の李抱玉《りほうぎょく》に守らせ、「兵を将《ひき》ゐ、朝恩及び神策節度使衛伯玉《えいはくぎょく》と会し、洛陽を攻めている。その結果、官軍は大敗した。「朝恩・伯玉奔《はし》りて陝《せん》に還る。抱玉も亦《また》河陽を棄てて走る。河陽・懐州、皆賊に没す。朝廷これを聞き、大に懼《おそ》れ、兵を益《ま》して陝に屯せしむ」と「資治通鑑」は言う。だが、史思明はいよいよ長安を目ざそうとしていた時、つらくあたられたのを恨んだ長男の朝義《ちょうぎ》と彼を擁する部下の手によって殺される。

宦官魚朝恩は、あきらかに軍議に口出してとりかえしのつかぬ失策をしたのだが、悪運強く、史思明の死によって逃れたわけだ。一方、長安では、ついに李輔国が兵部尚書となる。つまり陸軍大臣の位置を奪うのであり、さらにくわえて宰相とならんを求めるにいたる。

上元二年（七六一）の冬も終り、神策節度使衛伯玉は史朝義を攻撃し、永寧《えいねい》・澠池《べんち》・福昌《ふくしょう》に破った。この福昌は、李賀の育ったところであり、まだこの時、彼は生まれてはいないが、史思明の反乱の余波は、この地をも突き走ったことがわかる。

宝応元年（七六二）、粛宗が、危篤に陥いった時、李輔国と相表裏するようになっていた張皇后は、長生殿に宦官二百余人を待ち伏せさせ、一挙に誅殺をはかったが、同じく宦官の程元振《ていげんしん》の耳にきこえ、逆に皇太子を陣営にひきこみ、皇后を殺してしまう。すぐに粛宗は崩じ、皇太子は即位したが、それが代宗である。李輔国は、かくして宦官最初の宰相となり、程元振は左監門衛将軍、驃《ひょう》騎《き》大将軍となったから、軍はなお中人の匂いの中にあった。まもなく程元振と李輔国との間に、すなわち宦官同志の確執暗闘がはじまった。

父を暗殺した史朝義の党は、なお叛乱をつづけていたが、外夷の回紇《ウイグル》が征討軍に加わるようになる。朝義の部将の一人が「唐もし独り漢の兵とともに来らば、よろしく衆を悉《つく》してともに戦うべし、もし回紇とともに来らば、その鋒、当るべからず。よろしく退きて河陽を守り、以てこれを避くべし」と進言したが、彼は従わなかった。部将の案は、さんざん苦しめられた李光弼の策を逆手にとろうとしたのである。回紇とともに官軍はやってきたが、はたして大敗する。この時、戦さ好きの魚朝恩は、「射生五百人を遣はして力戦」している。河陽城は、再び官軍の掌中に戻り、「回紇、悉《ことごと》く掠《かす》むる所の宝貨を河陽に置き、その将安恪《あんかく》を留めてこれを守ら」しめた。今、味方とはいえ、要衝の地を回紇の手にみすみす委ねたことになる。事実ほどなく、回紇は吐蕃《とばん》などの外夷と連合して侵略を開始する。この河陽の地は、蛮夷の軍靴の響くところともなったわけだ。敗残の史朝義は、広陽《こうよう》の林中で、首をくくって自裁し、乱は終焉する。

永泰元年（七六五）、代宗が陝州に行幸した時、魚朝恩は、その地の兵をすべて神策軍と称し、都に帰ってからも、「神策軍を以て上に従い、苑中に屯す」る始末であった。なお詳しく「新唐書」の宦官列伝に引くなら「代宗、吐蕃を避けて東に幸す。衛兵離散、朝恩、軍を悉《つ》くして、華陰《かいん》に乗輿《じょうよ》を奉迎す。六師《りくし》すなわち振う。帝、これを徳とす。さらに天下観軍容宣慰処置使を号し、専ら神策軍を領す」。で、この時から魚恩は、その功を恃んで、憚るところなくなるとある。これらの史話に当る時、唐朝の誇った軍制が、安史の乱よりこのかた、ついに乱糸の状をなすにいたっているのを知る。宮城内に駐屯する近衛の兵団として、左右の羽林《うりん》軍があり、それらは左右の龍武軍、左右の神武《しんぶ》軍、左右の神策軍に分かたれていて六軍《りくぐん》と言った。宮城の官省内に配置されていたのが左右衛、左右驍衛《ぎょうえい》、左右武衛《ぶえい》、左右領軍衛《りょうぐんえい》、左右監門衛《かんもんえい》、左右千牛衛《せんぎゅうえい》、左右金吾衛《きんごえい》の十六衛である。金吾衛のみは、皇城ではなく長安城下の治安に当っていた。

代宗が難を避けて東幸した時、守護すべき衛兵はいず、陝州より駈けつけた魚朝恩の神策軍だけだったというほどに、乱脈化していた。宦官の禁軍の支配というよりも、禁軍が軍律を失って宦官につけこまれたばかりでなく、宦官に支配されるほどに弱体化していたということであり、火のごとき宦官将軍は、都ばかりでなく、戦端の切られている地方の果てまで兵馬を率いて、その風姿をあらわすことになった。大暦五年の記事として「資治通鑑」は、魚朝恩の得意の状をつぎのように言う。「観軍容宣慰処置使・左監門衛大将軍兼神策軍使・内侍監魚朝恩、専ら禁兵を典《つかさど》り、寵任比《ちょうにんたぐい》なし。上《じょう》、常にともに軍国の事を議し、勢、朝野を傾く。朝恩好みて広座に於て、恣《ほしいまま》に時政を談じ、宰相を陵侮《りょうぶ》す」と。

魚朝恩の長い肩書きを見ると、禁軍のやや儀杖兵的な北衙《ほくが》（皇城内）ばかりでなく、実力の兵団南衙《なんが》にまで支配がすすんでいるのを知る。宦官の役所である内侍省と、彼の初役である節度使の監察はいうまでもない。だが、その専恣不軌《せんしふき》として結局は、宴後に縊殺されて、その生涯を終える。

徳宗の時代にはいっても、宦官が兵権を握るのは続いた。「宦官、艱難より以来、多く監軍と為《な》り、恩を恃みて縦横なり、この属は、ただまさに宮掖《きゅうえき》の事を掌《つかさど》るべし。よろしく委ぬるに兵権国政を以てすべからず」と諫言する吏もあったが、徳宗は喜ばなかった。

河陽の地は、しばらく大きな事件をもたない。貞元になって節度使が置かれたのは、重要の地としての認識が続いていることを意味している。軍は常駐していたわけだから、たとえば貞元十六年春正月、呉少誠《ごしょうせい》を討たんとして、河陽からも出陣し、戦い利あらずして帰還している。貞元十六年には、呉少誠討伐に向った河陽の兵が、命令もなく本道に帰ったりしている。藩鎮の抵抗や蛮夷の侵略はやむことなく続いているが、河陽を背水の陣とする切迫された状態にまでは事は及んでいないが、貞元も終りごろともなれば、李賀はすでに十四、五の齢を迎えていて、河陽の地にほど遠からぬところに住む彼にとって、往来する軍馬の音と戦さの噂は、無視できぬものとして受けとめていたであろう。

河陽城が、ひさかたぶりに脚光を浴びたのは、宦官将軍吐突承璀の行動が話題になった時だと言える。「資治通鑑」に彼の名が初出するのは、憲宗元和元年（八〇六）の十一月である。「内常侍《ないじょうじ》吐突承璀を以て左神策中尉と為す。承璀、上に東宮に事《つか》へ、幹敏《かんびん》を以て幸を得たり」とある。つづいて吐突承璀の名が記事に表われるのは、元和四年（八〇九）である。このころ藩鎮の実力は肥大化し、その権力と地位は世襲化さえしていた。成徳節度使王士真《おうししん》は、この年四月死去したが、その子の承宗《しょうそう》は自ら留後となって、唐朝に地位を返納しなかった。憲宗は、この世襲の弊を革《あらた》めんとして、新たな節度使を命じ、従わざる時は、これを討伐せんという強行策をたてた。これに対し、諸臣は、さきに李師道《りしどう》の承襲を許したばかりだから、今急に地位を奪ってもおとなしく服することはないだろうと建言し、反対した。韓愈と同年の翰林学士の李絳《りこう》も、今、江淮《こうわい》の地方が洪水にさらされ、公私ともに困竭《こんけつ》している時だから軽々しく軍旅をなしてはならぬとした。

だが、この時、吐突承璀は、憲宗に媚び「自ら兵を将《ひき》ゐてこれを討たんと請ふ」とある。中書侍郎《ちゅうしょじろう》裴垍《はいき》の権力を奪わんという意を秘めていた。三年の間に、吐突承璀は大きな権力を蓄えてしまっているのを知る。

この吐突承璀に媚びる吏もいた。「承宗は討たざるべからず。承璀は親近の信臣なり。よろしく委ぬるに禁兵を以てし、諸軍を統《す》べしむべし。誰かあえて服せざらん」と進言するものがいた。宗正少卿《そうせいしょうけい》の李拭《りしょく》である。憲宗はこの奏上に苦い顔をした。

「これ姦臣《かんしん》なり。朕が承璀を将せんと欲するを知る、故にこの奏を上《たてまつ》る」と。承璀を征討軍の将にする意はかわらぬが、反対意見があるならそれを言え、媚びた発言をするなと、度量の広いような狭いような態度を見せて不気嫌になった。

また、このころ聖徳《せいとく》碑の事件がある。承璀は、僧尼の籍を総管する功徳使《こうとくし》の役職を兼ねていて、安国寺に玄宗の高さ五十丈の華岳《かがく》碑にも匹敵する碑をたてようとした。憲宗は、これを認めたが、李絳は、「観遊を壮麗にするに過ぎず」と反対し、帝もまた同意し、すでに頌徳《しょうとく》文を刻さんばかりになっていた碑楼を曳き倒すことを命じた。吐突承璀は、この奏上の時、帝のかたわらにあり、その巨大を理由に徐々に破壊すべきを言い、その延引の間に憲宗を再説得しようとしたが、「多く牛を用いてこれを曳け」と命じた。

憲宗は、吐突承璀をつねにその側に置き、彼を寵愛していることは明らかだが、一方では賢帝を気取り、諫言をあえて聴こうとしていた。司馬光は、「多く牛を用いてこれを曳け」と命じた時、「上、声を励まして曰く」と記していて、その拒否が憲宗にとって勇気を必要とするものであったことを見抜いている。

元和四年冬十月、憲宗はついに王承宗の官爵を削奪し、「吐突承璀を以て左右神策河中河陽浙西宣歙《せっせいせんしょう》等道行営《こうえい》兵馬使、招討《しょうとう》処置等使と為《な》」した。翰林学士の白楽天は、「古より今に及ぶまで、未だ天下の兵を懲して、専ら中使をして統領せしむる者有らざるなり」と上奏し、諸臣もまたこぞってその不可を極言したが、招討処置使を宣慰使に変更しただけで聴こうとしなかった。

その猛反対の中を、吐突承璀は、十月遂に「神策の兵を将《ひき》いて長安を発す」るのである。しかし、その討伐は、芳しくなかった。「吐突承璀、行営に至り、威令、振わず。承宗と戦い、しばしば敗る」有様で、あまつさえ左神策大将軍酈定進《れきていしん》が戦死し、軍中の気勢はあがらなかった。長安を発したとはいえ、吐突承璀は、どこまで進発したのかわからない。「左右神策河中河陽浙西宣歙等道行営兵馬使」というのが、彼の肩書きであるが、河陽が最も長安に近い。彼の滞留する行営が、この河陽であったとすれば、李賀の「中軍　留まり酔ふ　河陽城」の句は、それに呼応するだろう。

春営の騎将　紅玉の如し
走馬　鞭を揃《はら》えば空緑《くうりょく》に上《のぼ》る

「吐突承璀、行営に至り、威令、振はず」の記事は、元和五年の春である。「春営の騎将」は、時節としては符合する。この三月、白楽天は、「諸軍の、王承宗を討つ者、久しく功無し」を見て、上言している。「今すでに師を出《いだ》せるに、承璀いまだかつて苦戦せず。すでに大将を失い……遷延《せんえん》進退す。ただ怠、逗留にあるのみならず、またこれ力、敵を支え難からん」と。

この騒然たる元和四年五年と言えば、李賀は、科挙の野望に燃えて、長安洛陽の間を徘徊していた時に当る。或いは、諱の事件によって、進士の夢を断念させられた時に当っていたかもしれぬ。そうだ、ここまで河陽の地と宦官将軍の出現について詳述してきたのは、この「貴主征行楽」の詩に対する姚文燮の詩注、それは一度私が否定したところのものだが、貴主を吐突承璀とする彼の説を洗い直して見たくなったからでもある。

十八

史書に収録された記事というものは、その時代時代の中に頻発している事件の数からすれば、氷山の一角一砕にすぎないのは当然だが、千年もたってしまえば、残された記事のみが、その時代の耳目を支配しつくしたように錯覚することがある。

これは、たえず自戒しなければならぬことだが、逆に言えば、特に正史に残された記事は、同時代人の誰の耳にもはいった大事件であったという側面もあるはずだ。正史とは言え、時代はくだったところで編纂されるのであるし、正史としての「清史《しんし》」などはいまだ書かれていないという風であるし、台湾政府と本土中共政権のどちらも正史なりとして試みる可能性があり、その時、両書は大きくちがってくるだろう。記述者の史観や、編纂国家の思想上の陰謀による歪曲もその編史の作業にくわわるのも必然だが、それでもなお同時代人の耳目をそばだたせた事件が、史に書録されていると思わなければ、後世の人間はお手あげである。

正史は、政治史と言ってよいわけで、皇城内の事件が、逐一、通常人の耳にはいったと見なすことはできず、史書を通して後世の人間のみが、はじめて知ることができるという恩恵にも浴しているいるわけであるにしろ、この宦官吐突承璀の事件は、外へ向っても広く噂になったものと見なしてよい。

皇帝の側にあって政治に嘴《くちばし》を入れる宦官の横暴は、宮中秘史的内幕に閉される可能性のあるものだが、この吐突承璀の場合、内に閉ざされた時事ではなく、大きく外に開かれたはずだ。なぜならば、吐突承璀は、武権を握って将軍となり、軍とともに出動したからである。元和四年「神策の兵を将いて長安を発す」という時、その軍装した出陣の姿は、沿道に並ぶ市民の目にも映じたであろう。

吐突承璀の年齢は不明であり、この元和四、五年のころ何才になっていたかも不明である。その風貌も、どのようであったか、わからない。英人ステントの観察を信じるならば、若くて美貌の場合は、男装の麗人に似て、声も女の子のようであるというから、かっかっと馬蹄を響かせて長安を出陣していく吐突承璀の鞍上の姿は、どのようなものであったろうか。唐代の宦官は、政治事件によって宮刑に処せられたものによって構成されているのではなく、全国から地方官の責任のもとに皇帝へ供出されるのであるから、近衛兵がそうであるように美少年が選ばれたであろうということは、恣意の想像にはなるまい。

宦官は、齢をとりやすく、肉体にしまりがなくなってくるともいうが、若い時は、男装の麗人にも似るというのだから、吐突承璀もそうでなかったとは言えないのである。

李賀が、吐突承璀を、じかに見たのかどうかはわからない。女と見まがう美貌であるという噂を耳にしたにすぎないのかもしれない。親しく目撃したとしても、それは長安でなのか河陽なのか。そんなことは、どうでもよいというより、詩人ならば、たちまちそれを題材にし、見たように詩とすることはできる。

この「貴主征行楽」は姚文燮の言うがごとく、吐突承璀が軍将となって出陣したという事件に触発されているとみなしてよいように思われる。その姚文燮の詩注（昌谷集註）がどのようなものであるかを、ここで詳しく見ておこう。

「元和の朝《とき》。王承宗が反した。吐突承璀をもって、神策河中等の道行営兵馬諸軍招討処置使に命じ、これを討たしめんとする詔勅が発せられた。

「承璀は、驕縦にして侈靡《しび》であり、その威令は、しかし振わなかった。この詩は、おそらくその征行を譏《そし》って楽《うた》としたものであろう。

「先に承璀は、烏重胤《うちょういん》を用いて盧従史《ろじゅうし》を誘い執え、遂に彼を昭義留後《しょうぎりゅうご》の役に牒《ちょう》したが、李絳はこれを諫止《かんし》し、すなわち、重胤をして河陽に鎮させた。しかるに重胤は、承璀に恩徳を感じており、それ故承璀は、河陽に留まりて酔うていたのである。

「甲幟《こうし》は鮮豔《せんえん》にして、いたづらに軍容を壮《さか》んにし、紫燕《しえん》の軍馬は花を踏み、ついに進取を忘れ、紀律も弛懈《しかい》した。士馬は奔逐するも戯れであり、暁の角笛が鳴りわたるも、中軍はいまだ出発せず、はやくも賞与を濫発していた。

「ついに寇《たたかい》を玩《もてあそ》び師《ぐん》を喪《うしな》うに至った。財《ぐんび》を竭《つく》くし律《ぐんりつ》を失った。その刑余嬖幸《けいよひこう》と妄窃兵権《もうせつへいけん》ぶりは、前朝の魚朝恩の腐敗、竇霍《とうかく》の奸妖《かんよう》にもまさるともおとらぬものであったが、主上の憲宗は、なおそのことを悟るところがなかった。太《はなは》だ感ずべきことである」

姚文燮は、「貴主征行楽」の背後に、吐突承璀の事件を嗅ぎとるにあたって、司馬光の「資治通鑑」を唐書の類とともに参考としたであろうことは、「威令不振」の語が、共通しているのでもわかる。「資治通鑑」は、編年体の史書である。元和四年五年のころの記事は、吐突承璀の事件が、この間の最大の事件のように夥《おびただ》しく書きこまれて、一際目立つのであり、詩の背景を読みとろうとする姚文燮の嗅覚は鋭敏にならざるをえないであろう。

元和五年と言えば、白楽天の友人でもある元稹《げんじん》が、華州の敷水駅《ふすい》で、宦官に殴打されるという事件がおこっている。司馬光の筆を借りるなら「駅門を破り、呼罵《こば》して入り、馬鞭を以て稹を撃ち、面《おもて》を傷つく」であり、これを見ると、このころの宦官は、影の権力をふるうよりも馬上にあって男ぶりを発揮することを、やたらと好む風潮にあったことがわかる。

姚文燮の詩注を読むと、李賀の「貴主征行楽」の「中軍　留り酔う　河陽城」の詩行に対して、単に河陽の行営兵馬使であったことを理由とせずに、もう一歩、深く史実と附会しようとしている。

白楽天は、吐突承璀が軍を率いた王承宗の討伐には反対であり、「速《すみや》かに兵を罷《や》むべし」と上言したのだが、彼が反対の理由としたことの一つに、時節の不利がある。「今、天時すでに熱く、兵気相蒸《あいむ》し、飢渇疲労し、疾疫暴露するに至り、駆りて以て戦に就く」には、耐えられないとした。いかに身を惜しまない気持があっても、限界があるとした。だが、白楽天が、もっとも言いたかったことは、暑熱の夏に戦う尋常の兵の問題ではなく、つぎのことで、「況《いわん》や」の語をもって言っている。

「況や神策の烏雑《うざつ》なる城市の人、例みな慣わず。かくのごとくならば、忽《たちま》ち生路を思はん。一人もし逃れば、百人相扇《あいあお》がん。一軍もし散ぜば、諸軍かならず揺《うご》かん」

吐突承璀の統卒する直下の主力軍は、神策の近衛の兵であり、行旅の軍戦の経験をもっていない。「烏雑城市の人」と白楽天が言ったのは、軽蔑がこめられている。そういう苦労知らずの兵は、暑熱下に戦闘し、あまつさえ疫病の流行でばたばた倒れるのを見ると、生きようとしてまっさきに逃亡するのは見えている。そうなれば、たちまちその風は諸軍に伝染し征討軍は潰滅してしまう、そうなれば機をうかがっている四囲の蛮夷の乗じるところとなるから、「速に兵を罷むべし」と白楽天は主張したわけである。

このころは、宦官の暴横の他に、王承宗の乱に見られるごとく、藩鎮の権力化があったのだが、この両者がしばしば結託したのは当然で、昭義節度使の盧従史《ろじゅうし》などは、父の死後、世襲の許可されないのを怖れて、吐突承璀を通じて、「本軍を発して承宗を討たん」などと策を弄している。それは元和四年の五月のことだが、盧従史は、ぶじ世襲し、あまつさえ左金吾大将軍にもなった。どうしたかというと、王承宗討伐の謀議をしておきながら、いっこうに軍を発しない。それどころか、王承宗とひそかに通じあって賄賂の取引をしている。

この盧従史が、王承宗とつながっているのなら、兵を逗留するのも当然であり、しかもこの盧従史が、王承宗討伐軍の総師とも言うべき宦官の吐突承璀とつるんでいるのだから、始末に終えない。ことは、白楽天が心配する以上に複雑になっていた。

兵権を乱用している吐突承璀にとって、もっとも苦手《にがて》なのは中書侍郎の裴垍であり、盧従史の「狡猾驕狠《こうかつきょうこん》」の陰謀を言ったあと、承璀とのつるんでいるさまを暴露している。「聞きますところによれば、承璀と従史の行営は向いあっており、従史は承璀を可愛がり、視ること嬰児の如くで、往来にはいっさいの軍備がなされていず、放りっぱなしでございます」と。元和五年四月のことである。この時、「上、初めて愕然たり」と司馬光は記している。

おそらくその愕然は、臣の反対をおしきって兵権をあたえた承璀を見込みちがいしたことに対してではなかっただろう。宰相裴垍のこの暴露は、憲宗の嫉妬を刺激するためであったように思われる。憲宗が宦官の承璀をかくまでも寵愛する裏には、そこに同性愛的なものが働いていたと見てよい。去勢の男性であるからには、同性愛の関係は成立しないにしろ、憲宗と吐突承璀との間には、男性と中人との関係による性愛があったと見てよい。

盧従史が「承璀を視ること嬰児の如し」と言う裴垍の言葉づかいは、宰相の品位を疑ってよい卑猥さをもっているが、それをあえてしたのは、頑迷な憲宗の目をひらかせるには、嫉妬心をゆさぶるしかないと、覚悟したのだろうか。「嬰児の如し」と言う表現は、たんなる比喩をこえていて閨房の痴態を想像させる起爆剤になるばかりでなく、承璀の容姿そのものが、嬰児のような印象があったのかもしれない。女のような宦官が軍装すれば、嬰児のようなかよわさがあったとも思える。承璀は、軍馬を駆ることを好むだけの若さがあり、老いし中人ではなく、その風貌は女のように、或いは子供のようなあどけなさをもっていたように思える。

憲宗は、この諫言に、ようやく承璀をなんとかせねばと決心するのだが、この情報がいち早く耳にはいったのか、けもののような感覚を働かして、盧従史をだまし討ちにしようとする。変り身は早い。

承璀は、さんざん従史と昵狎《じっこう》して彼を喜ばせて油断させたあと、行営兵馬使の李聴《りちょう》とはかり、従史が承璀の営幕にはいったところを伏せていた壮士に捕えさせ、縛して車の中に投げこみ、そのまま馬を走らせて長安へ送りこむという手際よいところを見せる。これに従史の左右の兵臣は驚き騒ぎ、「承璀、十余人を斬る」とあるが、彼自らがその手をくだしたのかは、わからない。外には、打合せずみの都知兵馬使の烏重胤《うちょういん》がおり、詔勅を以て従史の兵を諭して、乱を事前に防いでしまう。重胤は、この功によって、河陽節度使となる。これらのことは、すべて中軍の河陽の地でおこったと見てよい。

はじめ、憲宗は承璀の意見をいれて、この重胤を従史の職であった昭義節度使に命じようとしたが、李絳の反対にあって、河陽節度使にとどまった。昭義は山東の要害であったからだ。憲宗の承璀への寵愛はまだ止んでいないのを見るが、それは恋人をとり戻したような感覚でいたからであろうか。

承璀が、行営より長安へ帰ったのは、元和五年の九月である。姚文燮の詩注によれば、李賀の「貴主征行楽」の模様は、この重胤が、盧従史を逮捕するに功あって、河陽の節度使となったころと見ている。私は、この期間に絞るよりも、もっと前にさかのぼってよいと思う。承璀が行営を河陽に設けて、滞留した元和四年の九月から「承璀斬るべし」の声の高い長安に帰京した元和五年の九月まで、ほぼ一年間の行動が、詩の題材となったと見てよい。しかし詩の制作は、かならずしもこの年とは限らないだろう。

私は、この「貴主征行楽」を今では、ほとんど姚文燮にならって承璀の事件を扱ったと見ている。当時の人々なら、この詩を読むなり、その事件を想起したであろうが、詩そのものは、その内意が隠されているにしろ、一貫してやはり、女だてらに軍令を振わんとする公主を描いているとみたほうがよい。ということに固執するものだ。

たとえば「春宮の騎将　紅玉の如し」の詩句にたいしても、黎二樵は「皆美少年、恐らくはこれ主翁《かんがん》の輩」と見なすように、相反する意見がでているのだが、この見、曽益は「女騎を統べる将の紅玉の如く美しきを言う」どちらかが正しいのではなく、長い時間をかけて検討しているうちに、どちらも正しいと見るべきであるという気持になっている。

「貴主征行楽」の「楽」は「楽しみ」の意味にとらえる詩注と、「うた」とするのに別れるが、前者をとると、諷刺を強く見ようとする解釈がせせりでてくる。

女垣《じょえん》の素月《そげつ》　角《かく》　咿咿《いい》
牙帳《がちょう》　未《いま》だ開かざるに　錦衣を分《わか》つ

これは最後の二行だが、裏をさぐれば、軍陣を発しないうちから、兵に賞与を分配する吐突承璀の事件がでてきて、その意味を詩の絶対の意味としなければならなくなってくる。「楽」を、「引」「歌」「詩」「行」「曲」の語尾をもつ詩と同じように「うた」と解くなら、よほど詩の見方は楽になってきて、素直にこの詩を、男ぶりの貴公主の軍営のふるまいとして見ることができる。これだって、そのような弊が過去にあったのは事実であり、諷刺と言えば、諷刺になっているのだが、まず詩を詩として見るという建前からは、はずれないであろう。

だが、唐詩は、特に李賀の詩はそれをそれだけでとどめることも、また無謀であり、女公主の軍陣の真裏には、そっくり中人吐突承璀の軍陣のさまがあったと見てよい。いや、この場合は真裏というよりは、二重写しに近かったとも言える。それも、ずれ幅の多い二重写しではなく、微差の二重写しであり、それというのも、女性の軍装と中人の軍装ぶりとが、その見かけにおいては、ほとんど相似ていたことに負っていて、この詩にいよいよ曲相曲折した淫蕩なまでの奥行をあたえることになっている。

十九

「貴主征行楽」は、李賀在世中の王承宗の乱と宦官将軍の出陣で、当時の人々の耳目をそばだてた話題の軍事都市河陽をその舞台としていたが、もう一詩、この地を背景とした詩があって、それが、「河陽歌〔河陽の歌〕」である。

姚文燮の「昌谷集註」は、この詩を「此《こ》れは李賀が、再び河陽の地を過ぎて、さきに来た時に狎《な》じみとなった官妓に逢い、それが作品となった」と解釈している。ということは、「貴主征行楽」と「河陽歌」は、べつべつの機会に作られたと見ているわけだ。

一度、この軍馬の嘶《いなな》きと甲冑《かっちゅう》の兵の往来する、しかも水利の地に城塞を築いた河陽を訪れた時に「貴主征行楽」が生まれ、再度訪れた時に「河陽歌」が生まれたと見ている。同時にこの二作ができあがったかもしれず、李賀がこの地を訪れたのが二度どころか、洛陽の西南に位置しているのだから、数えきれずであったかもしれないが、詩を読むにとどまらず、伝記的関心を寄せると、遺詩のみがそのたよりであるから、つい窮窟な見方になってしまうことがある。「貴主征行楽」などは、「河陽歌」とちがって、ニュースに触発された詩想が、過去に通過した体験と攪拌したにすぎないかもしれないし、全然、行ったことがなかったとも言える。詩は、いちいちそのような裏話的報告をする義務もない。ただ、はっきりとわかっていることは、彼の心中に「河陽」の地が、強く占めているということだ。さきに「貴主征行楽」の時に河陽へ行き、二度目の時に「河陽歌」が生まれたと縛られるのは愚だが、この詩にかぎれば、李賀にとって、なじみの土地であり、迷いと慰さめの場所として、この「河陽」はあったと思われる。

染羅衣　　　羅衣《らい》を染《そ》む
秋藍難着色　秋の藍《あい》は　色を着け難し
不是無心人　是《こ》れ　無心の人ならず
爲作臺邛客　為に　台邛《だいこう》の客となる

「誦《しょう》すると仲々悪くないが、惜しいことに内容が解からなすぎる」と評したのは、徐文長だが、「羅衣を染む秋の藍は　色を着け難し」とは、どういうことだろう。のっけから諺《ことわざ》的な比喩を唐突にもってきて、なんだろう、おやと思わせて、詩の中に人をひきずりこむのは、李賀の常套だが、意味としては、まさにそのままで、羅《うすぎぬ》の衣を染めるには、秋の藍色では、色が着きにくいということである。

　だから、どうしたというのか。多く解けざるを惜しむ、と言った徐文長は、詩の欠点として惜しむとしたのか、自分が理解できなかったことを残念としたのか、不明だが、王琦などは、つぎのように裏を取っている。「羅衣の染色は、最初のうちなら難しいことではないが、時間がたつと色が着きにくくなる。二人の若い男女が相い遇《あ》うことの喩えである。はじめはすぐ意気投合できても、時が距たれば逢うのも難しくなる。けだしこれは詩の興にして比である。」

　姚文燮は、こうである。「今、羅衣は秋に当り、春柳の汁に復するに非ざれど、藍袍《らんぽう》の衣を染むべし」。この二句に、彼は、制挙に応じて高弟を奪わんとする李賀を見ているのか、あえて染め時でもないのに染めようとしていると見ようとしている。曽益は、こうである。「羅は軽く、藍は浅い。着けるとすぐに染まる。それが着き難いというのは、色は染めやすくして染め難いことを言う。染めやすくて染めにくいとは、その無心《つれなさ》を疑うことである」。わかったようでわからない解釈だ。陳本礼になると、この詩全体を、河陽の老尉、つまり老妓を譏《そし》るとみなしているので、「伎女が羅衣の染めるのを喩えとしている」となる。

　たしかに、種々の解釈を見ていると、徐文長の嘆息もわからぬでないが、王琦の説が妥当であるように思える。男女の仲は、くっつき時があるのであり、いったん時間に遠ざけられると、なかなか和合しにくくなるという解釈が素直である。物には、汐どきがあることを言っているにすぎないが、ここには、なにごとにも通じる一つの時間論があると見てよい。それが男女の仲に関する時間論なのは、詩全体がそれを説明している。

「是れ　無心の人ならず　為に台邛の客と作る」。時間がたって、男女の仲は、疎遠になってしまうのが、当然なのに、というより事の成行きというものなのに、この私は、無心の人でないため、つまりつれない人間でないため、こうして「台邛の客」となって戻ってきたと、やや恩着せがましく言っている。

この「台邛の客」なる言葉は、ただむかしの恋人のいる河陽へ戻ってきたという以上の意味がこめられていると見てよい。「台邛」は、おそらく漢の司馬相如の出世のもととなった臨邛《りんきょう》のことのはずだからである。相如が仕えていた梁の孝王が死に、故郷へ帰ったが、貧窮して職もなかった彼が、臨邛へ行って、金持の娘卓文君《たくぶんくん》に逢ってから、運がついて武帝に仕える。この故事が、含意されていると見てよい。

だとすると、無心の人に非ずと、威張って見せながらも、この河陽行は、相如にあやかろうとしていたところがなくもない、ということがわかる。なんのために河陽へ来たのか。おそらく、職さがしにちがいない。だとすれば、李賀は、諱の事件にひっかかって、科試を断念された時か、意に染まぬ奉礼郎を辞して故郷に戻ったのち、やはり職を求めて運動せねばならぬ時に相当している。

このころ、中央に官職を求めえぬものは、藩鎮の幕下の吏になることへ妥協したから、その可能性は李賀にもあり、洛陽からも故郷からも至近距離にある河陽は、そのてっとり早い候補の地であっても、不思議ではない。そういう時、李賀は、むかしなじんだ妓女のことを想いだしたのだろうか。彼女のことを、あやかるべき卓文君に想定したのだろうか。

花焼中潭城　　花は中潭城《ちゅうたんじょう》を焼くも
顔郎身已老　　顔郎《がんろう》の身は已《すで》に老《お》えり
惜許兩少年　　惜しみて許す　両《りょう》少年
抽心似春草　　心を抽《ぬき》んずること春草に似たり

李賀の虫のいい考えは、というよりトウカイした期待の心は、河陽へ来て、女に逢った時、すでに、苦く敗れているのを、この四句に見る。女に向って言った、時間がたってしまえば、もうとりかえしがつかない、よりを戻しようもないというセリフは、そのまま自らへのものであったことがわかる。無心の人間ではないので、再びやってきたという言葉は、断念と期待の中に浮ぶ自らへ嘲りの逆転が、忠告がましくそっくり女へ向ったものであることがわかる。

おそらく、李賀は、自らの口から、そんなことは言わなかっただろうし、女と再会した時は、無心の人にあらずという言訳が、相如にあやかる助平な心も、たちまち口ごもる化石となって、もやもやと停止してしまっただろう。

「羅衣を染む　秋藍　着色し難し」の時間論は、この四行では、ほとんど人間の生命の時間論へと転出している。

中潭城は、河陽三城の中央にあった一城である。戦船数百艘を浮べて戦えるほどに、大河がその城塞をめぐり流れていたことは「資治通鑑」を通してすでに見たが、李賀の訪れたのは、春であって、いっせいに野原に咲き乱れる花の勢いは、中潭城を囲んで、焼けんばかりに咲いている。

李賀が、この燃え立つ春景にいらだつごとく溜息つくごとく反射的に感じるのは、「顔郎の身は已に老えり」ということであった。まだ若いはずだが、漢の顔駟《がんし》を想起している。彼は、ここで肉体の衰弱の自覚ばかりでなく自らの存在への老いを感じるのだが、そこにもう一つ屈折がはいっていて、それはやはり出世への未練である。顔駟は出世できぬまま心労に老いたが、その老いこそが、かえって武帝の目をひくことになったからで、この顔郎に比して老いを言うことは、自らの老いたりの意識に、落ちながら、落ちきっていないところがあるのを白状している。

「惜しみて許す　両少年。心を抽んずること春草に似たり」。彼女を前にしても、むかしはたがいに若かったなあ、春草のごとく心は勃発して若かったなあ、とくりかえすばかりなのだから、この下降心理に比すればなお残る未練は上昇志向であり、妙な相反する心理の同居という気まずさの中に、李賀はいることになる。その気まずい少年時代の回顧に陥ちこみながら、秋水、汎溢《はんいつ》すれば、南北二城、その水に濡れてもなお屹然《きつぜん》たりと言われた花に焼ける中潭城の春景を眺めている。老いると言っても、この李賀も、目の前の恋人もまだ若い。彼女は、老いたりの意識の李賀に心中させられてしまっている。

李賀が、もしこの河陽になじみの女がいたとしても、その女といったん別れてからもそう月日はたっていないはずである。ただしこの数年の間で、春草を抽かんばかりの若者の意気は、しおれて老いの意識に変っただけのことで、青春が、老いたる青春に変じただけのことだ。陳本礼が、この相手の女性を「老尉」と見なすことは、まるで当っていない。李賀の意識が老いの中にあるだけのことで、二人の若い男女はやはりそこにいるのだ。この老いの意識に、花焼ける中潭城の春景を配したのは、やはり鬼趣の才と言わねばなるまい。

今日見銀牌　　今日　銀牌《ぎんぱい》に見《まみ》え
今夜鳴玉讌　　今夜　鳴玉《めいぎょく》の讌《えん》たり
牛頭高一尺　　牛頭　高さ　一尺
隔坐應相見　　隔坐《かくざ》　応《まさ》に相《あい》見るべし
月従東方來　　月は　東方より来り
酒従東方轉　　酒は　東方より転ず
觥船飫口紅　　觥船《こうせん》　口に飫《そそ》いで紅《くれない》なり
蜜炬千枝爛　　蜜炬《みつきょ》　千枝《せんし》　爛《らん》たり

相手の女性が、おそらく官妓であることは、銀牌の語からも判断できる。この注目の軍事基地河陽には、酒宴を助ける妓女や、酒楼の歌妓がいたであろう。官妓は、州郡の首都や藩鎮の官衙に用意され、公私にわたる宴会に侍ったわけだが、そこでは自由な恋愛もあり、倡女的な役目も果した。

　この官妓と李賀がどのようにして出会いをもったのか知らぬが、実はいわゆる花柳界の妓女が恋人だったにすぎなかったかもしれぬ。なぜなら、官妓は高官に属するものだからだが、詩では、官妓になっている。民妓なら、李賀も、自由に遊べたはずだが、詩では官妓でもいいはずだ。

　李賀が、就職運動に、節度使の軍営のある河陽へやってきたとするなら、讌席《えんせき》に侍る機会もあったはずだし、恋人の歌妓が、詩の上で官妓にすりかえられていても、不思議ではない。その酒宴の席で、彼女に、坐を隔てて相見ることになる。無心の人でないと、李賀は勝手に思いきめて、昔の女のところにやってきても、そこには時間の裁く距離はあるのであって、李賀がいくら老いたりの意識をもって、二人の距離をつくっても、向うからも距離は作られているわけで、しかし彼女の側の気持は描かれていない。「牛頭　高さ　一尺」の詩句が、酒宴の隔坐の中で、それを表徴している。牛頭とは、牛の頭の彫刻のある酒樽であり、いわゆる犧尊《ぎそん》である。

　李賀の甘い心が裏切られている苦々しさが、ここにはある。酒宴は、つづけられ、月は東から出てくる。むかしの恋人同志は、今は人々のたくさん集る宴席で対坐していて、二人っきりではない。酒が、月の出に連なるごとくに、やはり東から盃がまわってくる。觥船、すなわち酒盃だが、しきりと口に注ぎこまれる。酒盃に当てられたその唇は、真紅だ。唇だけに部分どりするのは、李賀の特許技術だが、その真紅の唇は、いったい誰なのだろう。やはり彼女のだろうか。この「紅」の毒々しさが、李賀の疎隔感を際だたせる。蜜蠟のローソクが千枝の林となって、酒宴の場は、爛々としている。

　曽益のように、二人だけで酒を飲みかわしているという説もあるが、千枝の蜜炬は多すぎる。むかしの恋人たる官妓が「年甲、已に過ぎたるに風情減ぜず」様を嘲笑していると見るという王琦の説は、二人がいまだ若さの中にあることを忘れている。葉葱奇などは、河陽で少年男女の歓飲のさまを見て、自らの衰老を嘆き、彼らと相《そう》諧《かい》できぬずれを見ていて、かつての恋人同志が二人っきりで対坐していると考えていないのはよしとしても、この酒宴は、やはり藩鎮の席のように思える。この詩は、注釈者たちが、それぞれに想像力を働かして異解が多いが、陳本礼などは、最後の二行に対して、客がいなくなって、酒は冷え灯光四照の下に老いし官妓と黙坐している情景を見ている。酒を飲む老尉に対しても「色衰えど、なお妖媚《ようび》自在」と見る。姚文燮は、かつての恋人が、官妓の身に変ってしまっていると考えているようだ。

　それぞれ採るべきところありながら、どれもしっくりしないが、いったい河陽の地は、李賀にとって、どのような場所だったのか。「貴主征行楽」で、彼は、軍装の公主と宦官将軍を重ねあわせたが、この「河陽歌」ではむかしなじみの遊妓を見た。公主は、女だてらに軍装している。宦官将軍は、かつて男だが女っぽく、これも軍装である。官妓は、まさしく女そのものだ。この殺伐たる軍事都市の中に、李賀は、嬌《なまめ》かしきものの存在を横たえていて、グロテスクなまでの白粉の気配がたちこめている。これは、なんであろうか。

小説・悲しみは満つ　千里の心

――唐の鬼才　李賀の疾書

一

唐は元和九年（八一四）。秋七月。

沢州高平《たくしゅうこうへい》県（山西省）から西へ二十一里、小さな町の長平駅へ、痩馬に揺られ、二人の旅人が、のたっのたっと到着した。秋の日は短く、もうあたりは闇色に染まりはじめていた。

一人は、後世に詩人として鬼才の名をほしいままにする李賀《りが》。すこし遅れて従う一人は、召使いの少年巴童《はどう》。洛陽を旅立ってから、すでに十日がすぎ、李賀の友人張徹《ちょうてつ》がいる潞《ろ》州まで、やっと三分の二の距離を埋めた。

いそぎ旅ではなかったが、李賀は、胸を病んでいて、途中、なんども血を吐いた。巴童には、なぜこうも無理までして、辺塞《へんさい》の潞州くんだりまで主人が旅を強行したがるのか、わからなかった。

「巴童、古戦場を見たい」

馬上から振りかえりざま、李賀は通眉《つうび》といわれる太い眉をビリッとふるわして、うしろの巴童にむかって叫んだ。従者の少年が乗る馬は、背の低い驢馬なので、主人の鋭い声がかかると、宙空から金属音をたてて白刃が斜めに落下してくる感じで、いつものことながら、首を縮めた。

「ふーん、不満か。俺は一人でも行くぞ」

巴童は首をゆっくり横にふり、大きすぎる団子鼻をひとすすりした。不満などなかった。

「いちどだって若旦那のいいつけにそむいたことがあるか」

元和四年、巴《は》（四川省）から下僕として李賀の家に彼が入ったのは、十二歳の時で、はや六年目になる。まだ十九歳の傲慢な少年だった李賀も、二十四歳になっていた。今や希望に燃える客気満々の青年に成長したというより、時々、老人に見えることがあった。眉だけは太く黒かったが、頭髪は抜け落ち、残るまばらな髪も、白い。

主人に襲いかかる不運の連続を眺めながらの六年でもあった。東都洛陽の河南令（副知事）であった文豪の聞こえ高い韓愈《かんゆ》に詩才を認められた時、李賀の母は、これで科挙の試験に合格したも同然と喜び、まもなく偉いお役人になるのだから、奴僕の一人ぐらい持っていなくてはと、巴童を買った。

洛陽の近くにある昌谷という村の小地主にすぎず、数年前、地方まわりの下級官吏であった父も世を去り、けっして豊かといえなかったが、そこは宗室の末孫を誇る母の見栄で、無理算段しての買物だった。

しかし、河南の地方試験にはパスし、しばし李賀とその一家が有頂天になったのもつかの間、悪い噂が立って、翌年、都の長安で開かれる礼部主催の全国試、進士科の試験資格を失ってしまったのである。

以来、つぶさにその落胆、憔悴の姿を見守ってきた巴童にとって、気の疲れと病いで痩せほそった李賀に、どこにまだその力が残っているのか、と思えるような鋭い声でなにかを命じられる時、たとえむっつりと答えたとしても、心の中は、むしろほっとした気持ちになっているのだった。

長平の街並みは、しばらく行くと、すぐに途絶え、そこから東へ少し入ったところが、もう古戦場の跡であった。巴童にとって、石ころだらけの使いものにならぬ、ただのだだっぴろい畑でしかなかった。遠くに見える太行山脈は、すでに雪化粧しているのが、夕闇のせまる荒地からも望むことができた。

馬上のまま李賀は、茫然とあたりを眺めまわしていた。長い風が、巴童の首筋を吹き抜けた。

石ころを片はしから跳ねかえし、雑草をなぎ倒すように遠くまで吹き渡っていく風を合図に、李賀は古戦場の中へ馬をすっと乗り入れた。彼の痩せた背には、ボロボロになった小さな錦の嚢《ふくろ》が、すがりついていた。

「どうやら、詩が頭の中で動きだしたようだな」

巴童には、六年のつきあいから、詩のできそうな気配を、ちょっとした李賀のしぐさからでも感じとれるようになっていた。

荷をほどき、硯と筆と紙、それに墨汁をため置く筒をたしかめた。硯は、李賀自慢の端州の石工に作ってもらった「青花紫石硯」だった。小ぶりなので、遠出の散策や旅にも向いていた。

李賀の作る詩は、歌曲によくのり、楽工たちが競って買いに訪れ、洛陽や長安の酒場でも歌われているのを巴童は知っていた。

「ひょっとしたら、この世に詩という奴を旦那の心の腑から生み落とさせるため、俺は生まれてきたのかもしれん」

と思うこともあった。

ここは、戦国時代の古戦場跡であった。秦の将軍白起《はっき》が、趙の大軍をここに破り、降伏してきた兵四十万をことごとく生き埋めにして虐殺したと伝えられている。千年以上の月日が消えたというのに、いまだ耕地として甦ることもなく、今日に至っている。巴童は、いいしれぬ妖気を寒々と感じながら、古戦場の中へどんどん馬を進める李賀のあとを追った。

まもなく李賀が馬から降りるのが遠くに見えた。巴童は、石ころに蹄が当って駈けづらそうな驢馬の尻を、追いつかんとして手で強く叩いた。

李賀がしゃがみこんで、なにかを拾っているのが見えた。そばへ駈けよって驢馬を降りると、李賀は三角形の金属を手のひらにのせて、それを巴童のほうへ、ほらという風につきつけた。

「箭頭《やじり》でしょう」

「みろよ、この凄《すさま》じい銅花《さびばな》を。漆の灰のような黒。黒白骨粉の白。丹水の砂のような朱。この箭頭には黒白朱のさび色が模様となって、まるで花のように咲いているぞ。この花の色は、なんだと思うか。血だよ、古血《こけつ》だよ。殺されると思わずに降伏して生き埋めにされた兵たちの血が錆びに化けて浮んでいる」

いつもの、せきこむような早口で、手のひらの箭頭を凝視しながらまくしたて、大きな目をきらきらさせている。李賀の胸裡に、いまや詩語がふつふつと噴出しつつある証拠だった。

空を見あげると、まるで戦場にはためく黒旗のような雲が、じとっとした水をふくんで、低く垂れこんでいる。しかし、それら黒雲の上の青黒い空には、晴れているのか、星屑が蕭々《しょうしょう》と光りはじめている。

「ほう、おでましだ。見えるだろう。兵士の幽霊だ。右に左に、うようよと出てきた。飢えた啼き声まで出している。きこえるだろう」

巴童には、なにも見えなかったし、なにも聞こえなかった。

このような李賀の幻視は、これまでに数かぎりなく立ち会ってきているので、気が狂ったのかとも思わなかった。それでも巴童は、なにか見えるかもしれんという風に、闇の迫る戦場に目を凝らしたが、やはり漠々たる荒野が拡がっているだけだった。

李賀は、「これから彼等をお祭りする、酒を出せ」といった。まだ残っているかなと巴童が壺をふったが、やはり切れてしまっていた。かわりに乳酪の瓶をとりだし、巴童は怒ったようにドーッとそれを地面へ向けて注いだ。ついでに羊のあぶら肉もお供えした。

棒立ちになって李賀は、しばらく瞑目していた。が、やにわに目を開くや、

「やっぱり来てよかったよ。霊たちが、みな白い歯

をだして喜んでいる。よっぽど長い間、誰もここに訪れるものがいなかったんだね」

と大きく口をひろげて笑った。

その邪気のない笑顔の彼に向って、巴童は、無言で筆と紙を押しつけた。片方の手のひらには、まわりから数寸の光をボーッと放つ青花紫石硯がのっている。

李賀は、紫の唇に似た硯の墨池の中へ筆の穂先を染め入れながら、ぶつぶつと呟いていた。が、にわかに自分の手のひらを壁にして紙をバサバサと拡げた。と見るや、目にもとまらぬ速さで、その白く揺れる空間の上に文字が走りはじめた。

あたりは真っ暗になっていたが、李賀は頓着しなかった。灯りなどいらぬことを巴童は知っていた。その疾書《しっしょ》のさまは、いつ見ても、惚れ惚れする気分のいいものだった。字の姿は見えないから、筆の走る音を見ている感じだった。

はたと、紙の上を疾走する筆の音がやんだ。李賀は、その紙を乱暴に折りたたむや、鋭い手裏剣の切っさきのように長く伸ばした爪のある手をうしろにまわして、背の錦嚢《きんのう》の口を開き、その中へ新しい詩の草稿を投げこんだ。「今夜のは、ずいぶんうまくいったと見える」。紙に書いてみて、詩が気にいらぬ時は、ポイと地面へ棄てるのが常で、巴童はそれを丹念に拾ってしまっておく習慣になっていた。今日、自らの手でボロ錦嚢の中へ入れたのは、自信がある証拠だった。

「まもなく、俺の旦那も死ぬにちがいない」

と巴童は思った。なぜだか知らないが「そう長くはない」と急に確信的に思えてきて、いてもたってもいられない気持ちがつのってきた。

「旦那様よ、後生ですから、せめて今作ったのを一行でもようございますから、歌ってくださいまし」

巴童は、地べたに這いつくばって叩頭《こうとう》した。

李賀は、そのさまを見るや急に柔和な瞳となって巴童を見下ろしていたが、ほどなく、よしとうなずき、かくて歌ったのは、次の二行だった。

蟲《むし》棲《す》み　雁《かり》病み　蘆《あし》の筍《め》は紅《くれない》なり
廻風《つむじかぜ》　客《たびびと》を送って　陰火《おにび》を吹く

鬼火は巴童の目に見えなかったが、たしかに長平の古戦場のあちこちには、なまあたたかいつむじ風が舞っていた。（この時の作は、「長平箭頭歌」として世

に残る)

二

長い旅を終え、潞州にある昭義節度使郗士美《しょうぎせつどしちしび》の幕府にたどりつき、友人の張徹の官舎へ李賀と巴童が寝泊りするようになってから、はや一週間がすぎた。

出迎えの門前に到着し、張徹の姿を認めるや、思わず李賀は笑ったが、その口を閉じぬまま、ドボッと血を吐いて倒れ、そのまま気が遠くなり、官舎へかつぎこまれた。張徹は、腰帯の近くまで、あごひげを垂らした美丈夫だが、その顔を見て急に安心したのだろうか。

張徹の妻は、なんと、名前を思い出しただけでも、李賀にとって不快になる男韓愈、唐の高級官僚で、文豪の名をほしいままにしている韓愈、その姪にあたった。しかし巴童と彼女の手厚い看護がなかったなら、この北方の辺地で、そのまま息たえるところだった。

どうせなら、そのまま死んでもよかった、という気持ちが李賀にあったが、しかし「お前を呼びつけたわしこそが悪い」と恐縮し、あれこれ配慮してくれた張徹の親切も、身にしみた。

もとはといえば、彼が呼びつけたのではない。李賀が、泣きついたのだった。まだ初秋というのに、冬の気配の濃い、空気の乾いた潞州の地が、意外にも体質と合うのか、それとも李賀の心胸《むね》に黒々と巣喰っている病魔が、なにかの気まぐれでもおこしたのか、みるみる回復していった。

ある日の朝、元気をとり戻した李賀を見て、出勤前の張徹が、

「貴様、その顔色だと、もう酒だって大丈夫のようだな」

あごひげの中から赤い唇を開いて、声をかけた。

長安時代、これまで二人は、夜を徹して、なんど飲んだことか。張徹は、李賀より十四歳齢上であったが、うまがあった。潞州に到《つ》いてから、いまだ二人は酒を酌みかわしていなかった。

冗談と知りつつ李賀は、張徹の言葉に破顔して、「おう、もとよりですとも」と答えた。しかし、張徹とて、李賀がいくら酒好きだといっても、すこし前まで瀕死の病人だった男に飲ませるわけにはいかないのである。「うーん」とすこし唸ったあと、「ところで、まえまえから郗公が、一度貴様を邸へ連れ

てこいといっているんだ。今晩、挨拶がてらに顔をだしてみたらどうだ。郗公も心配している」と張徹がきいた。「酒はでるんでしょうね」と答えれば、「多分な」といったまま、彼は口ごもった。李賀は反射的に、かたわらにひかえる巴童の顔を見た。巴童は、ぷいと横を向いた。

　節度使の郗士美は、李賀にとっても、縁の深い人だった。元和四年から五年にかけての河南尹《かなんいん》であり、李賀を推挙した河南令韓愈の上位にいた高官だった。

　つまり韓愈の推挙した李賀が、河南府試に合格したことも、翌年、進士の受験のため、長安に上京した際、亡き父晋粛《しんしゅく》の名の晋《しん》が進士の名の進《しん》と同音、諱《いみな》に触れるとして断念しなければならなかったことも、事件として受験界や官僚社会の間で大きな噂になったから、郗士美も深く記憶にとどめているはずだった。

　当時、無官のしるしである受験生の白い上衣は、街を歩いていても注目を浴び、いわば合格する前からスターだった。だれの推挙を受けたかも、すぐニュースとなって都の雀のさえずりの種となった。詩才によって韓愈のひいきを受けている二十歳の李賀は、まさにスターだった。

　事件後、韓愈は、「諱の弁」を書いて李賀を弁護した。その不合理への正義の怒りからのみならず、推挙した彼にも、火の粉がかかってくるから、弁護しないわけにいかなかったのである。

　この事件は、まさにごり押しに近い。諱は、皇帝や先祖を尊崇するところから生れた礼法である。科挙の答案には皇帝の名に触れる文字を用いないとか、身内の死があった時は、受験を避けるとか、そういうことなら、本人の注意しだいである。

　しかし李賀の場合、亡き父の名をもはや変えることもかなわなければ、進士の名もまた科挙が廃されないかぎり、ありつづける。永遠に李賀は科挙を試みることができない。おそらく古文運動（行政改革でもある）の旗頭であった韓愈らの政敵によって放たれた毒矢にちがいなかったが、未来に栄光の夢を抱いていた驕慢な李賀にとって、まさに寝耳に水の横槍であった。

　一挙に眼前に暗い帳《とば》りがおり

「人生二十にして心すでに朽《く》ちたり」

と呟かざるをえなかった。

　おそらく、昭義節度使の郗士美は、当時も韓愈と深いつながりがあったにちがいない。まもなく河南尹の職から、辺境潞州の昭義節度使となったのは、一見、官位の点で栄転のように見えるが、危険な地方まわりであり、左遷でもあった。つまり李賀の事件により、責任をとらされたともいえる。ともかく河南の地方試に合格させてしまっている。

彼の父、郗純《ちじゅん》は、清名高節をもって天下に名を轟かした人である。進士の出身であり、権勢を誇った宰相元載《げんさい》を敵にまわし「国の恥」とののしって辞職したあと、十年近くも洛陽に退隠したまま、官に就こうともしなかった清廉の人として知られる。

書家としても名高い李邕《りよう》や、詩人としても名を馳せた張九齢《ちょうきゅうれい》ら高級官僚の知遇をえ、当時、書家としてより憂憤の国士として知られた顔真卿《がんしんけい》、文章家の蕭穎士《しょうえいし》や李華《りか》とも、郗純は仲がよかった。蕭穎士と李華は、古文運動の先駆者でもあり、文集六十巻を残した郗士美の父も、その運動仲間だった。韓愈は、彼等の継承者なのである。

当時の権力争いとして、おおまかながら貴族官僚と進士官僚の対立がある。さらに、南北六朝時代の華美な文体である駢文《べんぶん》や、科挙の文体である時文《じぶん》とよばれる律賦《りっぷ》を擁護する形式主義の名門貴族（恩廕《おんいん》で官職を得る）からなる保守派と、それを時代遅れなりと否定する進士出身の官僚からなる人間主義の古文派とが、当時の政争の地下水脈の中でしつこく、からみあって暗闘をつづけていた。

上表《じょうひょう》などの政治文章は、みな形式性の強い駢文で書くのがしきたりであり、その否定は、個人の政治的立場を揺るがすだけでなく、大唐帝国の組織を根底からひっくりかえす牙の要素を含み、単なる文学運動ではなかった。文体論争なのである。

それは、政治文書を飾る書体にもいえることであった。たとえば顔真卿の書は、太宗《たいそう》以来、政治的にとりこまれ、体制的な書体となった二王（王羲《おうぎ》之《し》・王献《おうけん》之《し》）の系譜を超克しようとしており、マンネリ大唐帝国の基底をなかば脅かすところもあったのだし、事実、進士出身の彼は、郗士美の父をはじめとする古文派の連中と親しかったのである。書の実用性・芸術性といっても、ともになまぐさい政治のつるが、くねくねと螺旋をなしてからんでいた。

この日の夕、李賀と張徹は、郗士美の邸に向っていた。途中、とつぜん、

「張徹さん、僕どうして、こんなところへわざわざ来てしまったんだろうって、勝手に押しかけてきたくせに、そう思っているんですよ」と李賀が呟いた。

隣を歩む張徹は、「おや、なにをいう」という顔をして、横の李賀を見たが、すこし笑って肯いただけで、なにも答えなかった。

遠くより馬蹄のひびきがきこえてきた。まもなく、軍旗や槍をささげもち、黄銅の鎧で身をかためた騎馬隊が、夕暮れの砂塵を蹴りたてて、二人のそばを駈け抜けた。あわてて李賀は、道の脇へ退き、竜騎兵の一群を見送りながら、かたわらの張徹に向って、なお言った。

「つらかったんですよ。じっとしているのが。だから潞州への旅に出たんです。あの事件があってから、もう四年になる。まだあの事件が忘れられない。笑わないでください。いや笑ってくれてもいいんです。きっと、あの屈辱が、生き甲斐みたいになっているんですよ、この俺は。気をとりなおし、下っぱ役人になったり、いろいろやってみたけど、やっぱりだめなんです。あの事件がなかったら、俺は今ごろどんなにとつい思ってしまうから、なにをやってみても面白くない。むらむらと、腹が立ってくる。そもそも、あの唐突な事件こそが、わが栄光の頂点だった、人生は終った、あとは余生だ、という風に自分へいいきかせることもあるけれど、心の底ではなかなかそう思えていないんですよ。あの事件による大転落は、不運という名の大勲章だと、なかなか思い切れない。だから、どうしてもすねてしまう。長安で、奉礼郎《ほうれいろう》をやっていたころも、張徹さんに、さんざん愚痴をきいてもらったけど、それでさっぱりというわけではなかった。やけ酒と同じで、あとで、いつも、かえってわが身にたたったんですよ」

張徹は、病いがただ一服しているとしか思えない李賀の細瘦《さいそう》の肉体を、痛ましきものとして見つめながら、彼の饒舌に耳を傾けていた。

「そうですよね。あのころの張徹さんは、もうりっぱな進士だった。たしか元和四年の進士でしたよね。僕が、韓愈の訪問を受けて有頂天になり、河南府試にも合格して、順風満帆の時、一足早く張徹さんは進士になっていた。あの時、おいくつでしたか」

「三十三歳だった」

「お前はまだ若い若いと、いつも慰めてくれたけど、慰められるほうは、自分の哀しさに酔っているから、若さがなんだ、齢がなんだと思っちゃって、残酷なんですよ。慰める人の気持ちなんか、これっぽちも考えやしない。才能のある自分に惚れて慰めてくれていると、もっぱら考えている。張徹さんが、三十三歳まで、何度も科挙に落第して、どんなに苦労したのか、考えもしなかったもの。それに、人のうらやむ進士様になっても、張徹さんには、官職さえなかったんですからね。いわば浪人のあなたに慰められていたわけだ」

「なあに、俺は、若い君を慰めていたんだよ。自分を慰めていたんだよ。自分の不幸ばかり考える君の利己心が羨ましいくらいだったんだ。おかげで同病相憐むのみじめな気持ちにもならなかった。俺も利己的になれた。だから感謝しているくらいなんだ。俺の不運なんて、君にくらべればと、いつも自分を慰めることができたからね」

「そういってもらえれば、ありがたいことだけど。そうですよね、進士の張徹さんが、やっと職を見つけたのが、なんと今年の春ですものね。五年も官職がなかった。いざ職にありついても、正式といえない。人が羨むには縁遠い節度使の幕客ですものね。ていのいい食客。その食客殿のところへ、僕は押しかけてきているというわけだ」

「これしか、今のご時世じゃ、手がないんだよ。これだって、運がいいほうだ。進士及第を、人は出世コースも同然と思っているけれど、官職の椅子は余っているわけでない。まず幕客で、食を安定させてから次の機会をうかがうってやつさ。女房は、君の嫌いな韓愈の姪、いつも偉そうにしている彼だって、俺によい官職をあたえる力なんてないんだ。文豪としての名声は高いけど、今だって比部郎中史館修撰《かんしゅうせん》なんていう官位でしかない。そもそも俺が、韓愈と知りあったのは、いつだったと思う？　二十二歳の時だよ。その時、彼は三十二歳。二十五歳で進士になったものの、名門の保守派の連中が牛耳っている吏部主催のエリート試験のほうはさっぱりでね、いやけをさして長安を棄て、地方の節度使まわりをして就職運動をしていたんだ。そこでたまたま汴《べん》州節度使の董晋《とうしん》に拾われて幕客になるんだが、何年かのちにそのパトロンも死んでしまう。しかも、その汴州で反乱がおこって、身を避けるため、たまたま俺の故郷の彭城《ほうじょう》にやってきた。なんと隣の家にやってきたんだ。そのころ田舎で俺はしこしこ勉強していたけど、すでに彼の文名だけは高かったからね。君の詩名と同じさ。俺は弟子の礼をとったよ。一緒によく郊外へ出て散歩もしたな。野花を摘んだり、魚を取ったりね。山道で迷って往生したこともある。俺だって、韓愈は嫌いなんだ。十歳も年下の俺にだって、平気でよく謙遜するんだが、そのやり口が不快なんだ。たとえばだよ、わしの言葉は一見つまらぬが、あとで味がでてくる、それを君はよく見抜いた、などというといいかたをする。いつも臆面がなくて大嫌いだけれど、彭城で不遇時代の彼と遊んだころのことは、今でも忘れられない。彼にようやく運がむいてきたのは、貞元十七年、国子《こくし》四門《しもん》博《はか》士《せ》になったころだろう。もうその時、彼も三十五歳だった」

　李賀の饒舌を奪うように、張徹こそがしゃべりだしたので、すこし鼻白みながら、ここは彼の縄張りだ、おとなしく聞いているしかないなと思った。

　彼と韓愈のからみが、これほど深く、むかしにさかのぼれるとは、この日まで知らなかった。それにしても、なにを彼はいいたいのか。俺が韓愈を怨んでいると知って、師の彼を弁護しているのか。

　たしかに、韓愈を怨んでいる時もあった。「韓愈が俺をひきたててくれなければ」とさか怨みもした。実際にも、あの事件以後、「諱の弁」の効果なしと知るや、巻きぞえを喰ってはかなわぬと、すっかり彼はガードに入り、俺に門前払いを喰わし、冷たかった。

　ただ、彼の門弟たちは、俺に同情してか、いつも暖かかった。それに平気で甘えたのは、俺の傲慢のゆえか。それとも韓愈のさし金だったとでもいうのか。

「弁護してくれた〈諱の弁〉も、結局は彼の名声をあげただけで、好きなように利用された」

　と酔ったついでに悪態をついたこともある。

ひょっとすると、韓愈は李賀の怨みを恐れ、潞州くんだりまで彼が落ちていくように、張徹を通して企んだということもありうる。

　しかし、まさか。招いたのは、たしかに張徹だが、拒否権は、俺にあった。押しかけたのは、あくまでも俺だと激しく首をふりつつ、張徹の顔を覗きこんだ。

「俺の見るところ、韓愈は、学者であっても、政治家じゃない。ところが韓愈は、政治が好きなんだ。それだけならいいのに、どうも下手の横好きの政治にも、若者を利用しようとする。李賀よ、君なんか、その犠牲者であるのは、まちがいないんだよ。俺は、韓愈の姪を妻にしてから、めったなことでは彼へ近づかないようにと心掛けてきた。それでも彼の影響を免れないけどね。節度使の郗士美をたよったのも、

「もうすぐそばだ。ひさしぶりに君と二人きりで話したいと、早目に出てきた。夕方に訪ねるといってあるから、郗公が待ちくたびれて、怒っているなんてことはないさ」

と張徹が言うのを聞きながら、ふと思いだしたように、

「いったい、張徹さんは、ここでの仕事はなんですか」

と李賀はきいた。

にやりと長い美髯をしごきながら張徹は、

「郗公のおしゃべりの相手さ。あとは、朝廷にさしだす文章の代筆。めったにない。この潞州の辺境も、不穏の地にちがいないが、退屈の地でもある。ちょっとさびしいことをのぞけば、楽なものよ」

「上奏文は、やはり古文で書くんですか」

「そうもいかない。郗公も古文派だが、今の朝廷は保守の駢麗派が牛耳っている。郗公もそこまで彼の父のように抗《あらが》う気はない。俺は、長い間、受験勉強にあけくれていたから、あの紋切りの美辞麗句を並びたてる駢文だって、お手のものさ。貴様は、どうなんだい」

「僕だって、お手のものですよ。当分、居候するつもりの董晋の食客となった彼の若き日の真似みたいなものだ。韓愈が郗士美を紹介してくれたわけじゃないが、しかし二人が旧知の間柄だったことも、俺の採用と無関係でもあるまいよ」

と張徹。

「それじゃ、僕が今、潞州にやってきて、張徹さんの世話になっているのも、うしろに韓愈大人がいるからというわけですね」

と李賀。

二人は、はじめて、ここで微笑をかわしたが、たがいに意見一致してのことではなかった。

知らないまに、李賀と張徹は、座りこんでいた。契丹《きったん》や突厥《とっけつ》、そして巴童の故郷である奚《けい》の侵略にそなえる軍事都市、この殺伐たる辺境の町潞州の中を流れる小川のそばの草むらに腰かけて、長い時間、おしゃべりをしている自分たちに気づき、どちらが先に言いだしたわけでもなく、二人は立ちあがった。

巴童をお伴につれてこなかったが、なるほど潞州は、洛陽にくらべれば、彼の故郷に、はるかに近いと李賀は思った。

郗士美の官邸は、町はずれにあり、そこは、要塞のかなめになっているところだった。

もりでいますが、代筆の代筆だってやりますよ」

「書のほうは、どうなんだ。文は、書でもあるのだ。うるさいぞ」

「ずいぶん勉強しました。二王流の行書楷書草書をね。答案の書も、科挙の判定基準の一つになるってきいてましたからね。ほら、受験生がみな勉強する顔真卿の『干禄《かんろく》字書』だってね、ちゃんと頭の中につまっている。事件後だって、暇さえあれば散歩して巴童をつれ、あちこちにある碑もずいぶん見てまわったんですよ。嵇康《けいこう》の草書は、好みからいえば、一等だ。小篆、行書、章草は、晋の衛瓘《えいかん》。彼はすべてよい。隷書は、梁《りょう》の庾肩吾《ゆけんご》。『書品』という文章だけ珍重されているけど、実技だって悪くない」

「これは、驚いたね。かねがね、貴様の草書、いや狂草というべきか、なかなかだと思っていたが」

「えっ、そんなもの、僕、書きましたっけ」

「貴様は、暗闇の中だって、平気で詩をすらすらと書く。その筆跡、かねがね悪くないと思っていた」

「えっ、あれは書なんかじゃありませんよ」

「まあ、世の中には、いろんな人がいてね。知らないだろうが、貴様が書き散らした詩篇を蒐集しているものがいる。もちろん、詩としてが大半だろうが、書として先き物買いしている御人もいるんだよ」

「まさか、郤公が、そうだと」

「そのまさかが当りなんだよ。郤公は、貴様の書の隠れファンなんだ」

李賀は、思わず唇を噛んで空を見上げた。

まだ陽は暮れ切っていなかったが、太行の山嶺の空の上に、うっすらと素月がかかっていた。これまで洛陽や長安でも見たこともない大きな鴉が二羽、その素《しろ》い月を、鳴きもせず、ズインと横切った。遠くのほうで、兵たちの合唱しているような笑声がきこえる。

三

「ほう、爪を長くのばしてるのう」

これが、郤公の第一声だった。

「詩想が湧いても、筆がない時、この長き爪、便利にございます」

「まさか、筆代りと申すか」

「人も殺せるやも知れませぬ。わが身、痩せ衰えておりますれば、いざなる時、刀剣の代りにもと」

「また物騒な」

「自分を殺しそこねたことはございます。ある日、鼻の穴の中が、むずむずかゆく、ついうっかり、長い爪の指をつっこんで、中のやわらかな皮膚を切り裂き、三日三晩、血がとまらぬことがございました」

「嘘をつけ」

郡公は、苦笑したが、これは、事実だった。あまりにも血がとまらぬので、大きな紙をひろげ、頭をふりまわして、即興の詩を書きつらねたことがある。母は気でも狂ったかと、うろたえた。

「〈濃笑《のうしょう》　空《くう》に書《えが》いて唐字《とうじ》を作《つく》る〉。文字など指でも空中に書けまする。紙も筆も墨なくとも」

「ふーん、宰相杜黄裳《とおうしょう》の遺児を歌った詩よな。〈忘るるなかれ　歌を作るの人　姓は李〉。たしか「唐《とう》児《じ》の歌」という題。フッフ、驚いているようだな。その「唐児の歌」の草稿、杜家の不良息子より、ゆずり受けたのよ」

さも心地よさそうに郗公は、笑った。杜黄裳は、晩年、宰相を兼ねて、河中《かちゅう》晋絳《しんこう》節度使になった。郗公が知っていても、おかしくなかった。それまで黙って会話をきいていた張徹が、ようやく横あいから、

「元和五年のできごと、公はよく知っておられるのだよ。心を痛めてな。以来、君の詩に関心をお持ちになった。河南府試の答案「十二月楽詞」まで、そらんじておられる。君が書き散らした草稿も、三十篇はおもちだろう。写したものだけでも、二百篇は下らぬ」

と言葉をはさんだ。

気味悪しと、李賀は思いつつ、深く拝礼した。

「あの時、なにも手助けできなかったこと、恥と思っておる。張徹が、君の友人と知って、招くように言ったのだが、来ていただけるとは思わなんだ。なんら魂胆あってのことじゃない。わしがこの職にあるかぎり、ゆるりと潞州に滞在せられよ」

と郗公。

「では、まさかこの私めを幕客にとも」

李賀は思わず身を前にのりだした。「ああ、俺は仕官したがっている。情なし」と心の中では、激しく首を振っていた。

「まさか。君の職務はここにない。詩を贈れともいわぬ。わしがの詩稿を集めているのも、わが郗家の伝統でな。好きなものを集める癖があってな。他意はない。もちろん、贈ってくれるというなら、断りはしないが、まあ、時々、張徹と一緒に酒の相手に

なってくれれば、それで充分じゃ。礼金は、母御のもとへ送らせよう」

「はて、なにか見すかされているような」

「そんな千里眼はない。君の詩や直筆を見ての身勝手な想いじゃ。怒るなかれ。君にはとうてい役人などつとまらぬとな」

最後のセリフにむっとしたが、たとえ科挙にパスしていても、そうだったかもしれぬと思った。人間関係のめんどうな吏道《りどう》など、とうてい歩めるはずもない。官僚への道が塞《ふさ》がれたからこそ、執着しているだけにすぎないということが、今ごろになって、ようやくわかってきた。それにしても、郗士美なる男は、これまで逢ったことのない不可解な人物に李賀は思えた。

「郗公よ、おききしたきことがございます。公の父君は、進士の出身ときいております。なぜ、公は科試を拒んだのでございますか」

「これは、きつい質問。一言でいうなら、なまけものだから、と答えるべきか。親の七光りで、せっかく官職にありつけるというのに、なんぞ難関突破の苦労などしようか。見栄から、恩廕の官職を嫌って進士の名誉を狙うものがいるが、不作もいいところよ。フッフ、未冠《みかん》の十代の身で、すぐにも陽翟丞《ようてきじょう》の職が転ってきたわ」

それをひきつぐように、張徹が世辞を言った。

「十二歳で、五経《ごきょう》、史記《しき》、漢書《かんじょ》みな暗誦なさっていたとか。進士の試験には、暗記ものもある。公は楽々と合格できたはず。それに、父君の友人の蕭潁士や顔真卿が、いつの日か、この子が大きく育った時、二人の郗と交友せねばならぬ日もこようぞと言ったとか」

「うむ。それはそうであるが、哀しいことに、作るほうの才能なしと見極めたのよ。進士出身が世の評判をうるのは、詩、書、文、みな作る才能をもってだ。父はそれに欠けた。理解する力だけは人一倍あるから、たくさん友人はできる。いつも嘆いていたよ。だから、高級官僚として名前が後世にかろうじて残るかどうか、といったところで父の生涯は終った。その同じ血を自分もひきついでいるとわかってから、そういう才能のある友人を作らなかった。父のように嘆かないですむ。もっとも近づいたところで、進士様は結束かたく、恩廕の官吏を虫けらのように嫌うがね。張徹の師の韓愈だって、この俺様を敬して遠ざけおったよ。ただ、詩や書や画を好むのだけは、やめられなくてね。ひそかに楽しんでおる。わしは河南尹だけでなく、京兆尹《けいちょういん》もやったし、工《こう》部尚書《ぶしょうしょ》にもなったが、根がなぜか戦場が好きでね。役は辺境のほうが多い。ふりだしの陽翟丞の次は、李抱真《りほうしん》の潞州の幕府を補佐する役で、今、またここに戻った。詩書画をみていると、ほんとに辺境のさびしさや戦場の荒れた心を慰める」

哀しい話になってきたな、と李賀は思った。

「ところで、ひとつ見せたいものがある。わしは顔真卿の妙な作品を、父の秘蔵品として、ひきついでいる。子供のころから見ているが、ひとつわからないところがある。今すぐにとってくるから、君の意見をきいてみたい」

まもなく郗士美が、応接の間に拡げてみせたのは、俗に後世、「裴将軍詩《はいしょうぐんし》」と呼ばれる破体の墨書と「祭姪文稿《さいてつぶんこう》」と呼ばれる祭文《さいもん》の真蹟であった。「裴将軍詩」には、署名がなかった。

「これらは、書じゃない」

李賀は言下に答えた。ほう、と郗士美は目を細め、まず「裴将軍詩」を指で示して、

「父からきいているのだが、どうやらこれは、顔真卿が湖州刺史として在任中の作であるらしい。この時代、彼は、茶の陸羽《りくう》や坊主の皎然《こうぜん》、狂画の張志和《ちょうしわ》といった変人奇人とばかり、つきあっていたから、その影響を受けた一種の狂草体というべきかな。なにしろ彼は狂草の張旭《ちょうぎょく》の弟子筋でもあるし、気狂い懐素《かいそ》も知っていたんだから」

「ちがいますね。それにしてもひどい詩だ。まるで詩になっていない。しかし、書になっていない、といったのと同じ意味じゃありませんよ。この作品が、奇観なのは、楷行草篆《かいぎょうそうてん》、さらには張旭の狂までも合体させた大胆不敵さはあるけれど、それを凡愚がやれば、思いつき、よくて意想《アイディア》のいい気さにとどまるところを、しきりと彼は含羞しているからだ。奇観といいましたが、狂観といってもよいのは、この含羞にあるんですよ。本人は、日頃より心の裏《うち》で、自分にないものとしての狂草体に憧れをもっていたとしても、到底、ふだんはこう書けない。むしろ、いわゆる狂気は、彼の楷書の中にひそんでいる。ところが、作品に含羞は禁物なのに、ここでは、つい出てしまっている。つまり、この「裴将軍詩」に作品の意識がなかった証拠だ。おそるおそる、こっそりやってみたんですよ。こっそりとやっているのに、なぜ含羞があるのか。これこそ狂気にちがいない。

だから署名もしていない。しかもふだんから構想工夫や技術の鍛練もあるから、おそるおそる書いても、ついその地力はでてしまう。それが、奇観狂観を作るが、やはり〈書〉じゃないんです。人は異様な魅力を感じるが、どう判断していいかわからぬ。まあ、そういったところだ」

と李賀は言い放った。

「ふむっ、その含羞、兵法でいえば、まさに天下無双よ。だが、顔真卿は狂草を遊ぶに、どうして裴旻《はいびん》将軍をもってきたんだろうね」

郗士美は、李賀の礼を失した乱暴な言葉にも意に介さずに、かく受けた。

「私はこうきいております。ひとむかし前、詩の李白、書の張旭、剣舞の裴旻を三絶と世はもてはやした。顔真卿は、この三人と知りあいだったし、中でも物として残らぬ裴旻の剣舞を一つ顕彰しておきたい、という気持ちだったのではないでしょうか」

と口をはさんだのは、張徹だった。李賀は、ちがうちがうという風に大きく首を横に振った。

「張徹さんよ、公がきいているのは、そういうことじゃないのさ。顔真卿は、武将の印象が強いが、文官だよ。戦場が好きという郗士美公とて、文官だ。この潞州の節度使は、李抱真以来武将ばかりだったが、郗士美公がここへやってきてから、民政にも力をいれ、地元の人の困苦迷惑を一掃したと君が言っていたじゃないか。顔真卿も似たようなことをしている。そういう戦場に功のある文官は、やたらに根っからの武将をほめたりしないものだ。どうでしょうか、僕の考えは？　僕の推理では、この裴旻を見くびっていたと思うんだ。たかが剣舞じゃないかと。「裴将軍詩」は、だからこそ、ますます顔真卿の含羞のうちだと思うわけだ。ひそかに書いて人に見せたがらなかったのも、そのためだ」

どう理解すべきかと腕を組んで沈思している郗士美にむかって、張徹は、面白いことを言う男でしょうという風に、にこりと笑いを作ったが、無視された。

「では、大きく狂草体なるものをどう考えるかな。わしは、懐素の狂草の公開実演を長安の寺院でかつて見物したことがある」

「曲芸あるいはスタイルのみ、これに尽きる。もちろん、懐素の場合は知りませんが、近くは、高閑《こうかん》上人《しょうにん》の場合を僕は見た。師の韓愈が連れていってくれた。僕のあの事件があった年ですよ。僕を慰めるためじゃない。弟子たちをぞろぞろひきつれてですからね、張徹さんも同行したはず」

「あの時、韓愈の点はからかった。かたちだけ張旭を真似ていると言っていたように思うが」

と張徹。

だが、李賀は、そのセリフをきくや、急に目を剝《む》いてしゃべりだし、独壇場となった。

「曲芸の醜さ、面白さ、そういうところにまどわされていないのは、さすが韓愈殿よ。長安の文士たちは、こぞって上人の動作に目を奪われ、筆の速射の勢いに驚き、連綿と流れていた字がとつぜん大きくなっただけでも、茫然とし、溜息を洩らし、拍手したくらいだからね。この狂草が、魔術でもなんでもなく、一つのスタイルだということをなんとなく韓愈君は知っている。だから高閑上人に対し張旭の筆致筆体だけを真似るなと言ったんだろう。つまり、張旭の狂草を彼は書の一体として承認しているわけだ。だが、こんな意見、狂草とかぎったことじゃなく、物を作ることすべてに通じる話。かたちだけで心がなくてはだめだというのも退屈な論理で、だれだってこのくらいは言える。韓愈さんの理解は、これどまり。どうも張旭だけは、単なるスタイルでなかったように神格化しているんだ。そういうスタイルがあるからこそ、人は真似られることにも、気づいていない。つまり狂草は名だけで、なんら狂気の草書でないことを知らないんだ。そこで、親切にも、心をスタイルの中に吐きだすにはどうしたらよいか、と親切にも当の上人に向って教授しだすのだから、お節介もいいところだ。物ごとに対して、あえて利害感情をもって立ちむかえ。さすれば、無くしたいと思ったり、隠したがっている利害感情が鮮明になってくる。それがわかれば、どうしたって心が動くので、草書の中にも変動がおこり、張旭の心になれるというのだ。安っぽい、安っぽい。韓愈君は、心にとらわれるあまり、こんどはスタイルを置き去りにしてしまっている。人間主義の貧乏性というやつだ。まあ、韓愈殿の限界でもあるよ。だから、韓愈さんの詩は、つまらないんだ。だれも真似できない彼一人の詩になってしまう。張旭にしろ懐素にしろ、真似のできそうな誘惑力をもっている。が、だれも張旭にも懐素にもなれやしない。スタイルを抜けて自分になるしかない。俺の詩だって、そうだ。だれも真似できやしない。それらしい言葉を使ってみたって、僕にはなれっこないんだ。心がいくらあったって、詩ができるはずもない。激しく喜怒哀楽の動く練習をいくらしてみても、むだなんだ。スタイルだって、外にあるわけじゃない。僕の心の中にあるんだからね。韓愈さんの怪奇趣味が、ちゃんちゃらおかしいのは、ただの空想だからだよ。空想を外に見ている。僕のは趣味や空想じゃないよ、ほんとに見えるんだ」

張徹は、それこそ気が狂ったようにしゃべりだした病みあがりの李賀を、大丈夫かというふうに見あげていた。親戚で恩師でもある韓愈をこきおろされるよりも、そのほうが気になるようだった。時々、李賀は、憑かれたように目がうつろになり、口の端に白い泡がたまったが、言ってることは、まるまる支離滅裂というわけでもなかった。

しかし郗士美は、この遠来の青年に容赦なかった。病みあがりの彼を心配する様子もなく、じっと静かに観察していた。又、その話を面白いとかなんとか、あいづち一つ入れるわけでもなく、「しゃべるだけ、しゃべるがいい。もし死んだとしても、しかたなし」といった構えであった。

訪れてから数時間はたっていた。酒はおろか、夕膳の饗応はもちろん、一椀の茶さえ、まだだされていない。ということは、それなりに郗士美も、李賀に呑みこまれていたといえないこともなかった。

「顔真卿の草稿が、もう一点残っている。感想をきかせてくれんかね」

郗士美は、すこしなぶるような目で頼んだ。後世、評価の高すぎるといえる「祭姪文稿」であった。李賀は、しばらくそれを凝視していたが、ぶわっと膨れあがったような赤い唇をチロリとなめ、すこし吃って、

「これも、書じゃない」

と勢いこむように言った。

安史《あんし》の乱で、従兄の顔杲卿《がんこうけい》が惨死する。その時、息子の李明《りめい》も死んだ。真卿にとって姪である李明の首をやっと手にいれると、その父の杲卿とともに葬った際に彼が書いた祭文の草稿が、いわゆる「祭姪文稿」である。

「これを書として見るのなら、他の書を書として見るのを放棄しなければならぬ、といった神々しい代物だ」

これをいったん、書としてほめてしまえば、「書」の自己否定になる。書の造形とか、心の問題など、考えるのも阿呆らしくなってしまうだろう。書家を

任じるものは、ただの私心でさえも書を意識しないではいられぬ化け物だが、そのため書は死ぬことが多い。

しかし、ここでは、書家として天下一品の顔真卿が、習性化しているかたちと心の同時関係への修錬や配慮さえも、つきあげてくる我が悲哀の前に破産し、その筆意は乱れるままに流出、氾濫している。

それではいけないと、書家の精神でもって、気の統一を図るのだが、それも長く続かない。片っ端から、かたちも心も崩壊していく。それでもなんとかもちなおそうという自己激励の念が働く。そのまとめあげようという意識と心の乱れとが格闘し、なんとも痛ましいのである。

これは、書家としての格闘というより、身内の死に直面しながら、その祭文を書かねばならぬ文章家のあがきでもある。これは、人に見せる必要のないものだ。書家としての見栄など、とうに死んでいる。忘れている。忘れるとは、心の死である。にもかかわらず、書家の習性にも、やはり反逆されていて、乱れる心の軌道を刻印し、そのため文字がなまなましく浮き彫りにされてくる。

これこそが書だともいえるが、もはや書という必要もない天の時だ。むしろ天に呵《どな》っている時であり、鬼哭啾々《きこくしゅうしゅう》の時である。

ほとんどの書家は、一生の間、一度もこのような体験と遭遇することはない。このような幸運（不運というべきか）にめぐまれることはないし、めぐまれた時は、たかが書家の矜恃など消滅してる。このような当てにできぬものを頌《ほ》めあげるのはかまわぬが、書家として、そうありたしと思うのは、無意味なのだ。

李賀の長広舌をまとめると、まあ、このようになる。

さらに李賀は演説をやめない。

「郗公よ、僕の詩の草稿は、みなこの類《たぐ》いにすぎないんですよ。いつだって詩を作る時は、天に呵《どな》っているんだから。書にちがいないが、書としても見れるなどといわれるのは、心外も心外、侮辱に近いことなんですよ。僕の書は、乱脈そのもの。自分だけ読めればいいんだから。つまり狂草体の一種なんてものじゃないですよ。いつだって僕は手と心が一致している。いやそうもいえぬか。心が先走って、どんどん行ってしまうこともあるから、それをとらえようとして物凄く筆が速くなるんです。疾書《しっしょ》といってもいいが、スタイルなんて偉そうなものとは、無縁もよいところ。闇の中でも書けるようになったのは、噴出してくる詩想に追いつくため。その時、僕はぶつぶつ呟くらしいが、これもわが心への追いつきかたのひとつで、記憶に刻むため。これがいつも正確に働いてくれるのなら、わざわざ書くこともない。そうとは限らないから、しかたなく疾書する。それだけなんです。いわば、僕の字は、ただの物の影。物にさえなっていない。凄い書家なら、その物の影まで物にしようとするだろうが、その気もない。人の書に大いに興味はあるが、それは地上の風物に興味があるのと同じことで、自分の書く字とはまったく無縁。それでも科挙に未練があったころまでは、朝から昼まで、午前中いっぱい、顔真卿の「干禄字書」をもとに手習いしたこともありましたが、それはひたすら試験に合格したいというあさましき心のなせるわざ。こんなことは、受験生なら誰だってする」

さらに、二人の問答は続く。

郗「病み上がりの御仁との初対面で、ちとしつこいようだが、狂草体の連中が、かならず酒を飲むのはなぜなのか」

李「気が弱いからですよ。つまり物にとらわれ、規格にはまりやすいタイプ。気を大きくするために飲む」

郗「気が大きくなると、書は面白くなるのか」

李「多少は、珍しい字になる。それだけだ」

郗「酒を飲まなくても、気が大きい人の字は面白いか」

李「多少人とちがった字を書く。それだけだ」

郗「酒を飲むと気が大きくなる人と、酒を飲まなくても気が大きい人の書の優劣はいかに」

李「ナンセンス」

郗「酒に酔って大胆の味をしめた人間は、つぎからは、酒なしでも大胆になれるか」

李「ならず。悲しき哉、もとの小心に戻る。だから、また酒の力を借りる。癖になる」

郗「酒の量との関係いかに」

李「酔うに個人差あり。いずれにしろ、酔いすぎれば書にならず」

郗「酔いはじめた瞬間が、もっとも大胆になる時か」

李「しかり。ふだんの意識、多少残りしまま酔いに入った時。一気に酔いの自由感へ飛び乗る時と想像す。我れ狂草をやらず。想像するのみ」

郗「詩の場合、いかに」

李「同じなり。酒席の詩といえども、正気なくして作ること不可。酔いどれ詩人といえど、つねに酔って作らず」

郗「酔わざる時との差いかに」

李「酔狂の詩、気分ゆったりするも、全体にたがはずれたり。酒に酔わざるに、心酔いし時にかなわず」

郗「懐素いかに」

李「つねに正気なり。酔っても正気の目、動かず。ペテン師なり。世を欺き、己れを欺き、酒をも欺く狂草体の聖祖たる資格あり。張旭より上。狂気に見えて、きわめて尋常。怪奇というより、むしろ清冽《せいれつ》。鬼趣すくなし。筆尖の鋭きも、殺気に欠く。いわば清冽なる詭形怪状《きけいかいじょう》というべきか。しかれど、ために、その書、牛鬼邪神の援護なし。彼の心思《こころ》つねに地上にあり。限界なり」

郗「懐素、書するにあたって飲酒の他にも呪文し、絶叫するという。これはいかに」

李「演技なり。己れを欺き、客をたばかる芸なり。呪文し、絶叫するとき、気の統一あり。かえって正気をつかんで、しかも酒の酔いにも乗じるという飛行の儀式なり。高閑上人より上なるは、その飛行の才による」

郗「われ、若き日、懐素を見し時、そのスピードに驚く。狂草、ゆっくり書くこと、あたわざるか」

李「もとより草書、速しをもって生まる。遅き狂草、世にありえず。狂草の自由、醒めし日常の裏返しなり。狂草、日常の深さなくして放蕩不羈《ふき》せず。これ知らずして手に染めるもの、ただ酔いを借りし韋駄《いだ》天《てん》とかわらず、ただ手と足の運動のみ」

郗「しからば、狂楷、狂行、狂篆なきか」

李「真の意味で、あり。狂なき名楷、名行、名篆なし。狂あらば鬼神も、しばし泣く」

郗「壁書の狂草、いかん」

李「国の恥なり。大寺院創建ブームに乗りし悪業なり」

郗「さもあらば、李賀に問わん。汝の詩に、「題趙《だいちょう》生壁《せいへき》」あり。趙なるものの家の壁に書したるにあらざるや」

李「しかり。しかりといえど、我れを責めしことにならず。我れ昌谷にありて巴童と逍遥せし時、戯れに百姓家の小さき壁に書せしことあり。趙の妻の働き姿、大いに美し。かくて詩を作る。〈冬暖かに松枝を拾う　日煙生じて蒙滅《もうめつ》たり〉の句、今も覚ゆ」

郗「〈背を曝して東亭に臥せば　桃花　肌骨《きこつ》に満つ〉の句、われも特に覚えたり。その壁の書体、やはり〈草〉なるか。あるいは、いつもの〈疾書〉を以てせしか」

李「ノン。いずれも非。我れ、この日、殊勝にも〈行〉を以てせり。壁を汚したりと趙の大婦、大いに我れを叱る。〈行〉なるも、書の意識、もとよりなし。意識なくして書なし。ああ、我れ、ついに疲れたり。郗公の言、わが草稿に及びしためなり。五十過ぎし郗公の元気の前に我れ破れたり。いさぎよく降《くだ》る。ひたすら逃げるのみ。ただちに張徹と辞さん」

郗「この一夕、我れ感謝し、拝謝す。我れに他意なし。賀の詩、賀の詩稿の書、愛すればなり。拒むなかれ。強いていえば、今夕、大いに兵法を学ぶ。狂は戦場の習いなり。日々の策なくして戦いに勝てず。真の狂、日々にこそ養う。また鬼の助けなくして戦いに勝てず。兵、酒ありて勇。また酒ありて死す。徒死なり」

李「鬼は、呼ぶものにあらず。呼びて来たる鬼、外《げ》道《どう》なり。鬼、おのずから内にありて、しかも外より来る。潞州へ到る途中、長平の古戦場に寄れり。趙の降卒の鬼霊、群れをなして我れに近寄る」

郗「さもあらん。我れに言葉なし。陳謝、叩頭《こうとう》」

四

張徹は、よれよれになって憔悴しきった李賀を片手で抱きかかえながら、宿舎へ向かう途中、「こいつのからだは、なんたる軽さよ、羽毛のようにたよりない。いったい、こいつ生きているのか」と思ったが、「晴天にわかにかき曇る。それにしても、今日はなんたる日ぞ。これでいいのか」とも自分にいいきかせないではおれなかった。

はたして自分を拾ってくれた節度使郗士美のためにも、これほど病気が悪化しているとも知らず、呼びつけてしまった齢下の親友李賀のためにも、よい出会いといえたのか、自信はなかった。気持ちとしては、ほうほうの体《てい》で、郗公の邸から逃げ帰ったという感じでもあった。

ただ救いは、李賀の傲慢無礼を、郗士美が、戦場の予期せぬできごとであるかのように受けとめたと、そう思えることのみだった。ただ郗士美が、まえまえから李賀の草稿を欲しがり、屏風などに「疾書」体で書いてもらいたい、といっていたのも事実だった。今日の会談で、李賀は、狂草体どころか自分の疾書も完全に否定してしまった。

　さてこれから、どうなるのか、そんなことを考えていた時、とつぜん、彼に抱きかかえられていた李賀が、もそりと口を開き、

「張徹さん、とうとう郗公め、酒もださなかったよね」

　と笑った。

「さあ、帰ったら、飲みましょう。いや、どうか、飲ませてください。巴童にも飲ませてください。まだ十八の子供ですが、けっこう酒に強く、あいつも僕の看病で疲れているから」

「お前、ほんとに大丈夫か」

「大丈夫はないでしょ。どうせ、もうすべて僕なんか手遅れなんだから。それにしたって、潞州の老莎《ろうさ》（かやつり草）は、痛いね。踏んだだけで、短い鏃《やじり》のような葉先が鞋を貫き、ブスリと下から突きあげてくる」

　そう李賀がすこしスネぎみに言葉を返した時、張徹は、前方の月影もない路上に、物影がちらりと動いたように思えた。目をこらして見やると、なんと驢馬に乗った巴童が、音もなく二人の前にいた。以心伝心で、この忠僕は李賀を迎えにきたのか、と張徹は思った。

「よし、よし。死んだって俺は知らぬ。よし、飲みあかそうか。潞州の酒はきついぞ」

　と張徹。

「よし。よし。よし」

　と李賀。

　この老人のような青年は、急に少年のように、はしゃいだ。その夜は、朝が来て空が白むまで飲んだ。巴童は、酒宴の部屋の入口に座って、ちびちび飲んでいる。時々、潞州の地酒が、きつすぎるのか、顔をしかめた。

　この夜の酒宴で李賀は、荒れた。どこにまだ力が残っているかと思えるほど、今にも剣をひっさげて戦場へ向かわんばかりに意気軒昂となったり、急にしょぼしょぼと低音で愚痴ったりした。

「本物の辺境へ来るのは、はじめてだが、僕はこれまで何度も何度も詩にしてきているんだ。不思議だね。それも十代の時からだ。とつぜん辺塞の地が見えてくるんだ。こんどの旅で河陽の地を過《よぎ》った時、焼けるように燃えあがってる秋の花にかこまれた城塞を見たが、むかし一度見た風景に思えてならな

かった。長平の古戦場を訪れた時も、はじめてのような気がしなかった。この寂寞《じゃくまく》たる潞州だってそうだよ」

こうも李賀は言った。

「風聞では、文豪の韓愈と皇甫湜《こうほしょく》が連れだって僕を訪ねたことになっている。たしかにこれで僕の名声はいちどきにあがったさ。それには違いないが、実際は、先に僕のほうから韓愈の邸へ売りこみに行っているんだよ。できたての楽府「雁門太守行《がんもんたいしゅこう》」をもってね。十七の時だ。大自信の作だった。その日、韓愈は、疲れていたらしく、逢わないと門人がいう。詩だけ預けて、すごすごと帰ろうとすると、さきの門人が追っかけてきて、ぜひどうぞ、お逢いになりますというんだ。僕はいやだっていったんだ。今日は、もういいと言ったんだ。ところが、この門人、こういいやがる。帯をときながら最初の二行を読むや、あわてて締めなおして呼び戻せと主人に命じられたんだから、ぜひ逢ってくれというんだ。泣かせるよ。僕は、韓愈の悪口ばかり言っているが、やはり恩人なんだよ。でもしかたがないだろう？　僕が韓愈を怨むのは。それしかないだろう。だれを怨めばいいんだ。天を怨んでも、声はない。とりつく怨みの島は、彼しかいないのさ。その意味でも、また恩人だ」

黒雲　城を壓《あっ》し　城摧《くだ》けんと欲す
甲光《きっこう》　月に向って　金鱗《きんりん》と開く

これが「雁門太守行」の最初の二行だ。李賀は目をつむり声を出して詠《うた》った。張徹も、この楽府は、大好きだった。李賀が詩行を移動しながら読むたび溢れでる、眩耀と動く色彩の洪水に目がつぶれそうになった。次の四行。

角聲《かくせい》　天に満つ　秋色の裏《うち》
塞上《さいじょう》の燕脂《えんじ》　夜紫《やし》を凝《こ》らす
半《なか》ば捲《ま》ける紅旗　易水《えきすい》に臨《のぞ》み
霜《しも》重し鼓《こ》寒し　聲《こえ》起らず

李賀は神妙に目をつむり、ここまで朗誦すると、

「雁門（山西省代州）は、この潞州から近いのか」

ときいた。「もっと奥だ」と張徹は答えた。最後の二行に至るや、李賀は盃を手に、うっすらと涙さえ浮かべていた。

君が黄金臺上《おうごんだいじょう》の意に報い
玉龍を提攜《ていけい》して君が為に死せん

詠い終ると、李賀はすこし薄ら笑った。

この詩が、科挙の空間、大唐帝国の官僚空間から永遠に締めだしを喰ったあの事件の前の作だったとすると、李賀は早くも不吉な予感に戦《おのの》いていたとしか思えない。そう、張徹は思った。最後の二行は、唐のため、主君のためをことさらにリフレインしている。いまは寒門といえ、唐室の末裔隴西《まつえいろうせい》（唐室の出身地）の李たる誇りが、辺塞の地で剣をふるう姿を、なお夢みさせるのか。

東方が白みだしたころ、張徹は、この日の記念にあらたなる詩を所望した。なぜか、この日かぎりは素直に、詩を作ってくれと李賀に言えた。

李賀は、潞州の早朝の寒さで、もう酔いが醒めていたのか、たちどころに一作〈酒罷み張大徹、贈詩を索《もと》む。時に張初めて潞幕効《さず》く〉をものした。張徹が、潞州の幕閣になったことを祝う言葉を忘れなかった。巴童は、この時も、「旦那さまよ、後生ですから、せめて今作ったものを一行でもいいですから、詠ってくださいまし」と床に叩頭した。

最初の八行では、張徹を友人の中で最高の才能だとほめたたえ、この潞州の幕閣入りを契機に、まもなく大出世するだろうと大盤振舞いの讃辞だったが、終聯《しゅうれん》四句にいたるや、とつぜん、さびしいものとなった。

隴西の長吉《ちょうきつ》　摧頽《さいたい》の客
酒　闌《たけな》わにして中區《せかい》の窄《ちぢ》みいくを　感覚す

だが、李賀（長吉）は、この潞州の地にあしかけ三年、張徹の宿舎に居候した。郗士美は、断言通り、李賀に職をあたえなかったが、書や詩を所望したりもしなかったし、故郷にいる彼の母への仕送りも欠かさなかった。

李賀の日課は、巴童を連れて、たえず軍鼓と軍笛のひびきわたる潞州の山野を駈けめぐり、恨みの詩をつくりつづけることだった。時には郗士美に頼みこんで、従軍もした。よほど居心地がよかったのだろうか。愁肺《むね》の病状は、一進一退であったが、死にいたることはなかった。

三年目の元和十一年の春、とつぜん李賀は故郷へ帰るといいだした。ある日、こんなところにいつまでいても、出世の緒口《いとぐち》にもなりやしない、と急に叫んで暴れだし、節度使の郗士美と友人の張徹を哀しませた。

悲しみは満つ　千里の心
日は暖かなり　南山の石

という詩（「客遊」）をのこし、巴童をつれて潞州を去った。

翌十二年、李賀は卒した。二十七歳。

のちに巴童は、李賀の母により奴隷から解放され、潞州時代の作、その百篇近い草稿をもって郗士美に届けた。やがて別れを告げると、潞州よりさらに奥地にある生地の奚へと帰っていった。張徹は、そのうしろ姿を見送りながら、すこし首をひねった。

後年、郗士美は、李賀の詩集を編もうとした。李賀の従兄某が、決定稿をもっているときき、それならその完成作と校訂してもらおうと思い、愛蔵の草稿のすべてを彼に渡した。何年たっても戻ってこないので手紙で催促すると、彼は少年時代から李賀の傲慢に腹をたてていたので、今こそ恨みを晴らす時と、預ったものを含めすべての詩編を、厠《かわや》の中に投げ棄てたという返事が戻ってきた。

郗公は、すぐ彼のもとへ面会に出かけ、その顔をみるや、大怒《だいど》した。従兄は、にわかに大笑を返し、以来、気が狂った。

張徹は、辺塞の地をつぎつぎと歴官した。長安に呼び戻されることはなかった。長慶元年、幽州の節度使のもとで監察御史にあった時、兵の反乱があった。

日ごろより、張徹は兵たちの信望も篤かったが、唐王朝に忠実で、反乱をおこした彼等を罵りつづけた。しかたなく兵たちは、義士よと惜しみつつ、張徹を撲殺した。

跋

原田　憲雄

垂翅《すいし》とは羽根を垂らすことであり、客とは旅人のことだから、「垂翅の客」とは、尾羽うち枯らした人、失敗した旅人、というほどの意である。

中国唐代の詩人李賀《りが》（よび名は長吉《ちょうきつ》）の評伝にこのことばを題としたのは、李賀の「昌谷にて読書し巴童に示す」という詩に「君は垂翅の客を憐れみ、辛苦して尚お相従う」の句があるのにちなんだのである。

草森紳一の評伝『垂翅の客』は、思潮社の雑誌『現代詩手帖』に、一九六五年九月号から一九六六年十一月号にかけて第一部、一九七〇年一月号から一九七六年十一月号にかけて第二部が連載され、以後とだえたまま、未完となった。

李賀は、数え年の二十七歳で死んだ。その生涯は短いが、韓愈など師友との出会い、河南府試という官吏登用予備試験の合格、その本試験の進士科を受けるのに父の名の晋粛《しんしゅく》がわざわいとなった諱《いみな》の事件、奉礼郎という官への就職と退職、晩年の潞州への遊歴、帰郷と臨終がわかっているのみで、これらをつなぐ細部が不明で、草森のいうように「年代記風に李賀を定着することは不可能に等しい」。

けれども、李賀の死後まもなく、友人の沈亜之《しんあし》が他の人の詩の序文に短いながら李賀の生涯と文学に触れており、その十数年後に杜牧が述べ、つづいて李商隠が「李賀小伝」を書いた。「伝」と名づけるのはこれが初めで、以後、長短さまざまの評伝があらわれる。十世紀宋代にはいると、呉正子などの注釈が出はじめる。注釈という形の評伝で、延々今日に及び、呉企明編『李賀資料彙編』（中華書局・一九九四年）がそれらを網羅解説する。二十世紀になると、漆山又四郎『訳注李長吉詩集』（東明書院・一九三三年）などの訳注、稲田尹「李長吉の生涯」（台大文学・一九四〇年）などの評伝、夏耿眠（日夏耿之介）「李長吉新意」（汎天苑・一九二八年）などの翻訳・詩評など、日本人の研究が続出し、さらに、M・サウスの'Li Ho—*A Scholar-official of the Yuan-ho Period (806-821)*'など、オーストラリアや欧米の研究・翻訳・評伝があらわれた。その一斑は、拙著『李賀歌詩編』（平凡社東洋文庫・一九九九年）に掲げる。

草森は、これら先行する文献にひろく目をくばり、李賀の詩を解釈するという形で評伝を展開した。

「解釈のめんどうのいらぬのは長吉だけだ」といわれる一方「注なしには李賀の詩はよめない」ともいわれている。

これはしかし中国人のことばである。中国は外国であり、唐代は千年の昔である。やさしいといわれた白居易の詩だって、いまの日本人には容易ではない。

草森はいう「語というものは、同心円的な輪状の洞窟であって限りない深さをもっている。作者の力倆によって意をこめただけ深くなり、作者の背後にある体験の質量に従って意をこめなくとも語は勝手に深くなってくる。この深さに手をつっこむのが解釈である。その人の手の光りに応じた解釈が生まれるだろう」。

これはむつかしいが、旅人のことだとわたしのいった「客」について「客《たびびと》とは、生きかたになんらの決着のつかない時に、自らへあたえる称号のようなものである」と草森のいうのなどが、その一つの例にあたろうか。

李賀の詩のあるものは極めて難解であり、それを解釈する草森の評伝『垂翅の客』も、わかりやすい本ではないだろう。けれども、「解釈のわずらわしさを避けない心がまえがなければ李賀の詩は読めない」のは確かで、その険路を乗りこえたところに展開する絶景は、筆舌につくしがたい。

『垂翅の客』は、李賀の評伝としては、未完である。八一四年、二十四歳の李賀が潞州にゆき、足かけ三年滞在し、たぶん八一七年、二十七歳で帰郷し、ふしぎな死にかたをするまでの晩年が、その時期にあたる。

だが、幸いなことに、その時期の李賀を、草森は「小説・悲しみは満つ千里の心—唐の鬼才李賀の疾書」に描き、本書に収められている。

生涯の終始をしるせば完成するのが伝とすれば、草森の李賀伝は、完成したといえるだろう。ただ、かれの評伝と小説とは、構想も文体もことなり、評伝では、草森が「自分の身を」李賀の「詩の中にそのままそっくり預け」ているのに、小説では、外から李賀を眺めているのである。

『垂翅の客』は、草森紳一の初期の作品で、稚拙なところもあり、いくらかの誤りも含みはするが、潑溂淋漓、縱横無尽、世界文学の鬼才李賀を描く文章として、この一編にまさるものは稀であろう。

（はらだ　けんゆう）

初出

第一部　挫折以前

『現代詩手帖』（思潮社）一九六五年九月号〜一九六六年十一月号。

第二部　公無渡河

『現代詩手帖』（思潮社）一九七〇年一月号〜一九七六年十一月号。

小説・悲しみは満つ千里の心——唐の鬼才 李賀の疾書

『墨』（芸術新聞社）一九八九年十二月増刊号。のち、『北狐の足跡「書」という宇宙の大活劇』（ゲイン、一九九四年一月一日初版第一刷発行）に収録。

李賀引用詩索引

た行

な行

は行

ま・や・ら行

主要人名索引

さ行

た行

な行

は行

ま行

や行

ら行

【著者略歴】

草森紳一（くさもり・しんいち）

1938年北海道生まれ。慶応義塾大学文学部中国文学科卒業。

文学、美術、書、宣伝、ファッション、カメラ、デザイン、マンガなど、広範な分野の著作がある。1973年『江戸のデザイン』（駸々堂出版）で毎日出版文化賞受賞。2008年3月、7万冊ともいわれる蔵書を残し逝去。その一部が帯広大谷短期大学に寄贈され、「草森紳一記念資料室」に収蔵・公開されている。

『絶対の宣伝 ナチス・プロパガンダ（全4巻）』（番町書房）、『素朴の大砲画志アンリ・ルッソー』（大和書房）、『荷風の永代橋』（青土社）、『あやかり富士 随筆「江戸のデザイン」』（翔泳社）、『不許可写真』『随筆 本が崩れる』（共に文春新書）など著書多数。

書籍未刊行の原稿が膨大に残されており、没後『夢の展翅』（画・井上洋介、青土社）、『中国文化大革命の大宣伝（上・下）』（小社）、『フランク・ロイド・ライトの呪術空間 有機建築の魔法の謎』（写真・大倉舜二、フィルムアート社）、『「穴」を探る 老荘思想から世界を覗く』『古人に学ぶ 中国名言集』（共に河出書房新社）、『文字の大陸 汚穢の都　明治人清国見聞録』（大修館書店）、『記憶のちぎれ雲 我が半自伝』（本の雑誌社）等、著書が続々と刊行されている。

李賀《りが》　垂翅《すいし》の客《きゃく》

2013年　4月8日　初版第1刷発行

著　者　草森紳一
発行者　相澤正夫
発行所　株式会社 芸術新聞社
東京都千代田区神田神保町 2-2-34
千代田三信ビル　〒101-0051
電　話　03-3263-1637（販売）
03-3263-1623（編集）
FAX　03-3263-1659
振　替　00140-2-19555
URL　http://www.gei-shin.co.jp/
印刷・製本　シナノ印刷 株式会社

ISBN978-4-87586-356-4　C0098